W9-BBV-350

UN DESTELLO DE LUZ

LOUISE PENNY

UN DESTELLO DE LUZ

Traducción del inglés de
Patricia Antón de Vez

Título original: *How The Light Gets In*
Ilustración de la cubierta: © Anna Zagaynova

Ediciones Salamandra
www.salamandra.info

UN DESTELLO DE LUZ

UNO

Audrey Villeneuve sabía que no podía estar pasando, que sólo era fruto de su imaginación. Era una mujer adulta, capaz de distinguir entre realidad y fantasía. No obstante, cada mañana, cuando salía de su casa en el extremo oriental de Montreal y cruzaba al volante de su coche el túnel de Ville-Marie de camino a la oficina lo veía, lo oía, lo sentía ocurrir.

Podía empezar con los destellos rojos de las luces de freno, luego el camión de delante pegaba un volantazo, patinaba y chocaba de lado. Un horrible alarido reverberaba contra las duras paredes hasta llegar a donde estaba ella, y bocinazos, alarmas, frenazos, chillidos de la gente.

Entonces, unos bloques de hormigón enormes se desprendían del techo llevándose consigo una maraña de venas y tendones metálicos: al túnel se le salían las tripas, las tripas que sustentaban la estructura, que sustentaban la ciudad de Montreal.

Que la habían sustentado hasta ese día.

Y entonces, entonces... el óvalo de luz diurna, la salida del túnel, se cerraba, como un ojo.

Y luego, la oscuridad.

Y luego la espera larga, larguísima: quedar aplastados.

Cada mañana y cada tarde, cuando Audrey Villeneuve conducía a través de aquella maravilla de la ingeniería que unía un extremo de la ciudad con otro, el túnel se derrumbaba.

«Todo saldrá bien», se dijo riendo para sí, de sí misma. «Todo saldrá bien.»

Subió el volumen de la música y se puso a cantar en voz alta.

Pero seguía notando un hormigueo en las manos, que empezaba a sentir frías y entumecidas, y el corazón le palpitaba con fuerza.

Una oleada de nieve fangosa golpeó el parabrisas, los limpiaparabrisas se la llevaron y dejaron una media luna moteada.

El tráfico se ralentizó y después se detuvo del todo.

Audrey abrió mucho los ojos: esto nunca había pasado. Tener que circular por el túnel ya era bastante malo, pero quedarse parado dentro era terrible. Se quedó en blanco.

—Todo saldrá bien.

Pero le faltaba el aire y el silbido en su cabeza era tan intenso que no pudo oír su propia voz.

Bajó el seguro de la puerta con el codo, no para dejar a alguien fuera, sino para obligarse a continuar dentro: un penoso intento de contenerse para no abrir la puerta de golpe y salir corriendo y chillando sin parar hasta encontrarse fuera del túnel. Se aferró al volante, fuerte, muy fuerte.

Sus ojos recorrieron la pared salpicada de nieve medio derretida y luego el techo y la pared a lo lejos.

Grietas.

¡Por Dios! Veía grietas.

Y algunos intentos poco entusiastas de rellenarlas con yeso.

No para repararlas, sino para ocultarlas.

«Eso no significa que el túnel vaya a derrumbarse», se dijo para tranquilizarse.

Pero las grietas se ensancharon y le sorbieron el seso. Todos los monstruos de su imaginación se volvieron reales y empezaron a abrirse paso y a emerger por esas fisuras.

Apagó la música para poder regodearse en su hipervigilancia. El coche de delante avanzó unos centímetros... y luego se detuvo.

—Vamos, vamos, vamos —imploró.

Pero Audrey Villeneuve estaba atrapada y aterrorizada. No tenía adónde ir. Lo del túnel ya era malo, pero lo que le esperaba bajo la luz grisácea de diciembre era aún peor.

Hacía días, semanas, meses (años, para ser franca) que lo sabía: los monstruos existían. Vivían en las grietas de los túneles, y en callejones oscuros, y en pulcras casas adosadas. Tenían nombres como Frankenstein y Drácula, y Martha, y David, y Pierre..., y casi siempre te los encontrabas en los lugares más inesperados.

Miró por el retrovisor y vio dos ojos marrones aterrorizados, pero en el reflejo atisbó también su salvación, su bala de plata, su estaca.

Era un vestido de fiesta muy bonito.

Había pasado muchas horas cosiéndolo, un tiempo que podría haber empleado (y debería haber empleado) en envolver regalos de Navidad para su marido y sus hijas. Un tiempo que podría haber invertido (y debería haber invertido) en hornear galletas con forma de estrellas, ángeles y divertidos muñecos de nieve con botones de caramelo y ojos de gominola.

En lugar de eso, nada más entrar en casa, Audrey Villeneuve se iba directa al sótano y a su máquina de coser. Encorvada sobre la tela verde esmeralda, había puesto en las puntadas de aquel vestido de fiesta todas sus esperanzas.

Se lo pondría esa noche. Se presentaría en la fiesta navideña, echaría un vistazo a la sala y en el acto percibiría un aluvión de ojos sorprendidos clavados en ella. Con su vestido verde entallado, la anticuada y sosa Audrey Villeneuve se convertiría en el centro de atención. Pero no lo había hecho para captar la atención de todos, sólo la de un hombre. Y cuando la tuviera, podría relajarse.

Podría soltar el lastre que acarreaba y seguir con su vida. Los daños se repararían, las fisuras se cerrarían, los monstruos volverían al lugar al que pertenecían.

La salida al puente de Champlain ya era visible. No era la que tomaba normalmente, pero ese día estaba lejos de ser normal.

Audrey puso el intermitente y vio al hombre del coche de al lado dirigirle una mirada huraña. ¿Adónde se creía ella que iba? Todos estaban atrapados, pero Audrey Villeneuve lo estaba más, incluso. El tipo le hizo una peineta, pero ella no se ofendió: en Quebec, era un gesto tan trivial como un ademán amistoso. Si los quebequeses diseñaran un coche algún día, el adorno de capó sería una peineta. Lo normal habría sido que ella también respondiera con un «ademán amistoso», pero Audrey tenía otras cosas en la cabeza.

Se desvió poquito a poco hasta el carril más a la derecha, hacia la salida que daba al puente. La pared del túnel quedaba a sólo unos palmos de distancia: podría haber hundido el puño en uno de sus agujeros.

—Todo saldrá bien.

Audrey Villeneuve sabía que las cosas podían salir de varias maneras... y que probablemente, muy probablemente, no saldrían bien.

DOS

—Consíguete tu propio pato, hostia —soltó Ruth, y abrazó más fuerte a *Rosa*, un edredón vivito y coleando.

Constance Pineault sonrió y se la quedó mirando. Cuatro días atrás nunca se le habría ocurrido tener un pato, pero ahora le envidiaba su *Rosa*, la verdad, y no sólo por el calor que el animalito proporcionaba en ese gélido día de diciembre.

Cuatro días atrás, nunca se le habría ocurrido abandonar la comodidad de su butaca frente a la chimenea del *bistrot* para sentarse en un banco helado junto a una mujer borracha, o más bien chiflada. Pero ahí estaba.

Cuatro días atrás, Constance Pineault no sabía que el afecto, al igual que la cordura, se manifestaba de muchas formas, pero ahora sí.

—¡Esa defeeeensaaa! —gritó Ruth a los jóvenes que jugaban en el lago helado—. Por el amor de Dios, Aimée Patterson, hasta *Rosa* lo haría mejor que tú.

Aimée pasó de largo patinando y Constance la oyó decir algo que podría haber sido «pata», o a lo mejor «puta»...

—Me adoran —le dijo Ruth a Constance, o a *Rosa*, o al aire.

—Te tienen miedo —puntualizó Constance.

Ruth le dirigió una mirada mordaz.

—¿Sigues aquí? Pensaba que te habías muerto.

Constance se rió y su risa se alejó flotando como una nube sobre la plaza del pueblo hasta fundirse con el humo de las chimeneas.

Cuatro días atrás, pensaba que ya había soltado su última risa, pero allí, junto a Ruth, hundida en la nieve hasta el tobillo y con el culo congelado, había descubierto que había muchas más risas, y que estaban escondidas allí, en Three Pines, el almacén de las risas.

Las dos septuagenarias observaban la actividad de la plaza ajardinada en silencio, salvo por el graznido que se oía a cada rato y que Constance prefería atribuir a la pata.

Aunque tenían prácticamente la misma edad, eran la noche y el día. Lo que Constance tenía de dulce, Ruth lo tenía de dura. Mientras que el cabello de Constance, recogido pulcramente en un moño, era largo y sedoso, el de Ruth era corto y áspero. Donde Constance tenía formas redondeadas, Ruth las tenía angulosas: todo en ella eran cantos y aristas.

Rosa se revolvió y aleteó, se deslizó del regazo de Ruth al banco cubierto de nieve y luego dio unos pasos bamboleantes hasta Constance, se subió a su regazo y se arrellanó encima.

Ruth entornó los ojos, pero no se movió.

Había nevado día y noche desde que Constance llegara a Three Pines. Llevaba viviendo en Montreal toda su vida adulta y había olvidado que la nieve podía ser tan hermosa; para ella, la nieve era algo que hacía falta quitar de en medio: una faena caída del cielo.

Pero ésta era la nieve de su infancia, alegre, divertida, radiante y limpia. Cuanta más hubiera, mejor. Era un juguete.

Cubría las casas de muros de mampostería, las casas de madera y las casas de ladrillo rojo que rodeaban la gran plaza ajardinada del pueblo. Cubría el *bistrot* y la librería, la *boulangerie* y el pequeño supermercado. Constance se imaginaba que había un alquimista en plena tarea y que Three Pines, surgido de la nada como por arte de magia y depositado en aquel valle, era el resultado. O quizá, al igual que la nieve, el pueblecito había caído del cielo para proporcionar un aterrizaje mullido a todos los que caerían allí.

El día de su llegada al pueblo, cuando aparcó el coche enfrente de la librería de Myrna, le había preocupado que la nevada se intensificara y se convirtiera en ventisca.

—¿Debería mover el coche? —le había preguntado a Myrna antes de irse las dos a la cama.

Myrna se había plantado delante del escaparate de su tienda de libros nuevos y de ocasión para valorar el asunto.

«Creo que está bien donde está.»

—Está bien donde está.

Y allí se quedó. Constance había pasado una noche inquieta, pendiente de las sirenas de las quitanieves por si acudían a avisarla para que sacara el coche a golpe de pala y lo moviera. El viento arrojaba copos contra las ventanas de su habitación y las hacía repiquetear. Constance oía la ventisca aullando entre los árboles, lejos de la seguridad de los hogares, como si fuera un animal en plena caza. Finalmente se había quedado dormida, calentita bajo el edredón. Cuando despertó, la tormenta había amainado. Fue hasta la ventana esperando ver su coche como un mero montículo blanco, sepultado bajo varios palmos de nieve fresca, pero la calle estaba despejada y todos los coches habían sido desenterrados.

«Está bien donde está.»

Y ella también, finalmente.

Hacía cuatro días y sus noches que nevaba sin parar cuando Billy Williams regresó con su quitanieves, y hasta que eso ocurrió el pueblo de Three Pines había permanecido sumido en la nieve, incomunicado. Pero no les había importado, puesto que ahí mismo tenían cuanto necesitaban.

Lentamente, Constance Pineault, de setenta y siete años, comprendió que estaba bien, y no porque hubiera un *bistrot*, sino porque era el *bistrot* de Olivier y Gabri. Y no había una simple librería, sino la librería de Myrna, y la panadería de Sarah, y el supermercado de monsieur Béliveau.

Había llegado como una mujer urbanita e independiente y ahora estaba cubierta de nieve, sentada en un banco junto a una chiflada y con un pato en el regazo.

¿Quién estaba ahora como una cabra?

Pero Constance Pineault sabía que, lejos de estar loca, por fin había recobrado el juicio.

—He venido a preguntarte si te apetece una copa —le dijo.

—¡Hostia! ¿Y por qué no lo has dicho de entrada, tía? —exclamó Ruth, que se puso en pie y se sacudió los copos del abrigo de paño.

Constance se levantó a su vez y le tendió a *Rosa* diciendo:

—El pato lo pagas tú.

Ruth soltó un bufido y aceptó la pata y el reproche.

Olivier y Gabri se acercaban desde la fonda. Se encontraron con ellas en la calle.

—Ahora resulta que con los copos caían también mariposones —se burló Ruth.

—Yo antes era tan puro como la nieve virgen —le confió Gabri a Constance—, pero luego se me llevó el viento.

Olivier y Constance se echaron a reír.

—Conque ahora Mae West habla por tu boca —dijo Ruth—; ¿no va a ponerse celosa Ethel Merman?

—Ahí dentro hay sitio para todo el mundo —respondió Olivier, mirando a su voluminoso compañero.

Constance nunca se había relacionado con homosexuales, al menos conscientemente. Antes, lo único que sabía sobre los homosexuales era que no tenía nada que ver con ellos y que lo suyo no era natural. Siendo benévola, le parecían defectuosos, enfermos. Cuando pensaba en ellos, si lo hacía siquiera, era siempre con desaprobación, incluso con repugnancia.

Hasta hacía cuatro días. Hasta que la nieve había empezado a caer y el pueblecito había quedado incomunicado en el fondo del valle. Hasta que había descubierto que Olivier, aquel hombre que había tratado con frialdad, era quien había cavado para desenterrar su coche sin que ella se lo hubiera pedido, sin siquiera comentárselo luego.

Hasta que, desde la ventana de su habitación, en el apartamento que tenía Myrna encima de la librería, había visto a Gabri abrirse paso con dificultad, la cabeza gacha contra la nieve que arreciaba, cargado con café y *croissants* calientes para los vecinos que no habían podido llegar al *bistrot* para desayunar.

Lo había visto entregar la comida y luego, pala en mano, quitar la nieve del porche, los peldaños y el sendero de acceso.

Y luego irse, y pasar a la casa siguiente.

Constance notó la mano fuerte de Olivier en el brazo, sujetándola con firmeza. Si un desconocido apareciera en el pueblo en ese momento, ¿qué pensaría? ¿Que Gabri y Olivier eran sus hijos?

Confiaba en que sí.

Cruzó el umbral y percibió el aroma ahora familiar del *bistrot*. Las vigas de madera oscura y los suelos de tablones anchos de pino estaban impregnados de más de un siglo de fuegos con leña de arce y café bien cargado.

—¡Aquí!

Constance siguió la voz. Las ventanas con parteluces dejaban entrar la luz diurna, por poca que hubiera, pero el interior seguía en penumbra. Su mirada se dirigió a ambos extremos del *bistrot*, donde dos chimeneas de piedra, una a cada lado, enormes y rodeadas de sofás y butacas de aspecto confortable, albergaban sendos fuegos crepitantes. En el centro de la estancia, entre las chimeneas y la zona de los sofás, había varias mesas antiguas de madera de pino puestas con cubiertos de plata y platos de porcelana de ceniza de hueso que no casaban entre sí. Un árbol de Navidad grande y frondoso se alzaba en un rincón, con luces rojas, azules y verdes, y un caótico despliegue de adornos, guirnaldas de cuentas y carámbanos colgando de las ramas.

Sentados en las butacas, varios clientes tomaban *café au lait* o chocolate caliente y leían periódicos del día anterior en francés o inglés.

El grito había salido del otro extremo de la habitación y, aunque Constance no veía con claridad a la mujer, sabía perfectamente de quién era esa voz.

—Te he pedido un té —dijo Myrna, esperándolas de pie junto a una de las chimeneas.

—Más vale que se lo estés diciendo a ella —soltó Ruth, que ocupó el mejor asiento junto al fuego y puso los pies sobre el escabel.

Constance abrazó a Myrna y notó sus carnes blandas bajo el grueso jersey. Aunque Myrna era una mujer negra y robusta, y al menos veinte años más joven que ella, su tacto y su olor le recordaban a su madre. A poco de conocerla, esa sensación sobresaltaba a Constance, como si alguien le diera un empujón y la desequilibrara ligeramente, pero ahora esperaba con ilusión esos abrazos.

Constance daba sorbitos al té mientras observaba el baile de las llamas y oía sin oír a Myrna y Ruth hablar sobre la última remesa de libros, que se había retrasado por la nieve.

Notó que se adormecía al calorcito.

Sólo cuatro días y ahora tenía dos hijos homosexuales, una madre negra y grandota, una poeta chiflada por amiga, y estaba considerando conseguirse un pato.

No era lo que había esperado de aquella visita.

Se quedó pensativa, hipnotizada por el fuego. No estaba segura de que Myrna entendiera por qué había ido allí, por qué se había puesto en contacto con ella al cabo de tantos años. Era vital que Myrna lo comprendiera, pero se estaba acabando el tiempo.

—Ya no nieva tanto —anunció Clara Morrow. Se pasó las manos por el pelo, chafado por el gorro, pero en su intento de domarlo sólo consiguió encresparlo más.

Percatándose de que se le había pasado por alto la llegada de Clara, Constance se levantó.

La había conocido en su primera noche en Three Pines. Clara las había invitado a cenar a su casa, a Myrna y a ella, y aunque lo que más le apetecía era cenar tranquilamente con Myrna, no había sabido cómo declinar educadamente su ofrecimiento, de modo que se habían puesto los abrigos y las botas y habían ido caminando desde allí.

Se suponía que iban a ser sólo ellas tres, lo que ya era bastante desacertado, pero entonces habían llegado Ruth Zardo y su pata y la velada había ido del desacierto al desastre. *Rosa*, la pata, se había pasado la noche farfullando algo que sonaba como «caca, caca, caca», mientras Ruth bebía como una cuba, soltaba tacos, insultaba e interrumpía sin parar.

Constance había oído hablar de ella, por supuesto: ganadora del Premio del Gobernador General en poesía, era lo más parecido a un poeta laureado que tenía Canadá, en este caso una poeta chiflada y amargada.

¿Quién te lastimó antaño
hasta tal punto que ahora
a la insinuación menor
tuerces el gesto irritada?

Era una buena pregunta: Constance llegó a esa conclusión en el transcurso de la velada e incluso estuvo tentada de hacérsela a la poeta loca, pero desistió por temor a que ella se la hiciera de vuelta.

Clara había cocinado tortillas con queso de cabra fundido. Una ensalada mixta y unas *baguettes* recién hechas, todavía calientes, completaban el menú. Habían cenado en la espaciosa cocina y, al terminar, mientras Myrna preparaba café y Ruth y *Rosa* se retiraban a la sala de estar, Clara la había llevado a su estudio. Estaba atiborrado de pinceles, paletas y lienzos, olía a pintura al óleo, aguarrás y plátano maduro.

—Peter me habría dado la lata para que ordenara todo esto —dijo Clara mirando el desorden.

Durante la cena, Clara les había contado que ella y su marido estaban separados. Constance se había plantado en la cara una expresión comprensiva mientras se preguntaba si podría escaparse por la ventana del cuarto de baño.

Morir congelada en un montículo de nieve no podía ser tan malo, ¿no?

Y ahora Clara ya estaba hablando otra vez de su marido, del marido del que estaba separada. Era como pasearse por ahí en ropa interior, como revelar sus intimidades. A Constance le parecía feo, indecoroso e innecesario, y sólo deseaba irse a casa.

De la sala de estar llegaba un «caca, caca, caca».

Y ya no sabía, ni le importaba, si se trataba de la pata o de la poeta.

Clara pasó ante un caballete. El esbozo fantasmal de lo que podía acabar siendo un hombre era apenas visible en el lienzo. Sin mucho entusiasmo, Constance la siguió hasta el otro extremo del estudio. Clara encendió una lámpara que iluminó un pequeño cuadro.

Al principio la obra le pareció carente de interés, insignificante.

—Me gustaría pintarte, si no te importa —había dicho Clara sin mirar a su invitada.

A Constance se le pusieron los pelos de punta. ¿La había reconocido? ¿Sabía quién era?

—Preferiría que no —contestó con firmeza.

—Lo comprendo —repuso Clara—, yo tampoco sé si querría que me pintaran.

—¿Por qué no?

—Me daría demasiado miedo lo que alguien pudiera ver.

Clara había sonreído y luego se había dirigido a la puerta. Constance la siguió tras haber echado un último vistazo a aquella pintura diminuta: era un retrato de Ruth Zardo, que ahora estaba fuera de combate y roncando en el sofá de Clara. En el cuadro, la vieja poeta se ceñía un chal azul al cuello con manos delgadas como garras. Las venas y los tendones del cuello eran visibles a través de la piel, traslúcida como el papel vegetal.

Clara había captado la amargura, la soledad y la ira de Ruth; a Constance le costó lo indecible apartar los ojos del retrato.

Una vez en la puerta del estudio, miró atrás. Su vista ya no era tan buena como en otros tiempos, pero no le hizo falta que lo fuera para distinguir qué había pintado Clara en realidad: era Ruth, pero también era alguien más, una imagen que Constance recordaba de una infancia marcada por la religión.

Era la vieja poeta chiflada, pero también la Virgen María, la madre de Dios, olvidada, resentida, dejada de lado, mirando furibunda a un mundo que ya no recordaba lo que ella le había dado.

Sintió alivio por haberse negado a que Clara la pintara: si veía así a la madre de Dios, ¿qué habría visto en ella?

Al atardecer, Constance había vuelto a acercarse, al parecer sin pretenderlo, a la puerta del estudio. La única lámpara encendida todavía iluminaba el retrato y, desde el umbral, Constance pudo ver que su anfitriona no se había limitado a pintar a la loca de Ruth, y tampoco a la olvidada y resentida María: los ojos de la anciana miraban a lo lejos, hacia un futuro oscuro y solitario, y sin embargo, casi imperceptible, apenas visible, había algo más.

Clara había captado la desesperación, pero también la esperanza.

Constance había cogido su café y había vuelto a donde estaban Ruth y *Rosa*, Clara y Myrna. Y esta vez las había escuchado porque había empezado a entender, apenas a vislumbrar, lo que significaría ser capaz de ponerle a un rostro algo más que un nombre.

Esto había pasado cuatro días antes.

Y ahora, Constance había hecho las maletas y estaba lista para irse. Una última taza de té en el *bistrot* y se pondría en marcha.

—No te vayas.

Myrna lo había dicho bajito.

—Tengo que...

Constance evitó mirar a los ojos a Myrna: era un gesto demasiado íntimo. En cambio, miró por los ventanales escarchados hacia el pueblo cubierto de nieve. Caía la noche y las luces navideñas empezaban a brillar en los árboles y las casas.

—¿Puedo volver por Navidad?

Siguió un silencio largo, muy largo, y todos los temores de Constance regresaron reptando por la brecha de ese silencio. Se miró las manos, entrecruzadas pulcramente en el regazo.

Se había puesto en evidencia: la habían engañado, le habían hecho creer que estaba a salvo, que allí la querían, que era bienvenida.

Entonces notó una mano grande sobre la suya y alzó la vista.

—Me encantaría —dijo Myrna, y sonrió—: nos lo pasaremos bomba.

—¿Tú crees? —preguntó Gabri dejándose caer en el sofá.

—Constance va a volver por Navidad.

—¡Estupendo! Podrías venir a la misa de Nochebuena. Cantaremos un montón de villancicos: *Noche de paz*, *La primera Navidad*...

—*Ya vienen los gays* —intervino Clara.

—*Gloria cantan los sarasas* —añadió Myrna.

—Los de toda la vida —terció Gabri—, aunque este año estamos ensayando uno nuevo.

—Espero que no sea *Oh, noche santa* —repuso Constance—, no sé si estoy preparada para ése.

Gabri soltó una carcajada.

—No, es el *Villancico hurón*, ¿lo conoces? —le preguntó, y entonó unas estrofas de este canto quebequés antiquísimo.

—Ése me gusta muchísimo —dijo ella—, pero ya nadie lo canta.

No debería haberla sorprendido encontrar en aquel pueblecito otra cosa que prácticamente ya había desaparecido en el mundo exterior.

Constance se despidió de todos y, entre exclamaciones de *à bientôt!*, Myrna y ella fueron hasta el coche.

Constance arrancó el motor para que se calentara. Empezaba a estar demasiado oscuro para jugar al hockey y los niños abandonaban la pista avanzando titubeantes sobre sus patines y utilizando los palos para equilibrarse.

Era ahora o nunca, Constance lo sabía.

—Nosotros hacíamos eso —dijo.

Myrna siguió la dirección de su mirada.

—¿Jugar al hockey?

Constance asintió con la cabeza.

—Teníamos nuestro propio equipo, nuestro padre era el entrenador y nuestra madre la animadora. Era el deporte favorito de *frère* André —añadió mirando a los ojos a Myrna.

«Ya está —pensó—. Hecho.» El sucio secreto había salido finalmente a la luz. Cuando volviera, Myrna tendría montones de preguntas que hacerle y ella por fin las contestaría.

Myrna miró cómo se marchaba su amiga y no dio más vueltas a aquella conversación.

TRES

—Piénselo bien —dijo Armand Gamache. Su tono de voz era casi neutro. Casi. Pero la expresión de sus ojos castaño oscuro era inequívoca.

Miraban con dureza, con frialdad, implacables.

Observaba al agente por encima de sus gafas de lectura de media luna y esperaba.

En la sala de conferencias se hizo el silencio. El trasiego de papeles y los susurros insolentes se extinguieron, incluso cesaron las miradas burlonas.

Y todas se clavaron en el inspector jefe Gamache.

A su lado, la inspectora Isabelle Lacoste dejó de mirar al jefe para centrarse en los agentes e inspectores congregados. Celebraban la sesión informativa semanal del Departamento de Homicidios de la Sûreté du Québec, una reunión en la que se intercambiaban ideas e información sobre los casos abiertos. Para Lacoste siempre había sido una hora de esfuerzo en común; sin embargo, ahora la temía.

Y si ella se sentía así, ¿cómo debía de sentirse el inspector jefe?

A esas alturas, costaba saber qué sentía y pensaba realmente el jefe.

Isabelle Lacoste lo conocía mejor que nadie en la sala. Se llevó una sorpresa al darse cuenta de que ella era la persona que llevaba más tiempo a su servicio: al resto de los miembros de la vieja guardia los habían trasladado, ya fuera a petición propia o por órdenes del superintendente Francœur.

Y a ellos les habían endilgado a esa chusma.

El Departamento de Homicidios con más éxito del país había sido destripado y rehecho con matones perezosos, insolentes e incompetentes. Pero ¿eran incompetentes? Como detectives de Homicidios desde luego que sí, pero ¿era ése su verdadero cometido?

Por supuesto que no. Ella sabía, y sospechaba que Gamache también, por qué estaban ahí en realidad esos hombres y mujeres, y no era para resolver asesinatos.

Aun así, el inspector jefe Gamache se las apañaba para imponerles su autoridad, para controlarlos, aunque a duras penas. Y la balanza se estaba inclinando, Lacoste lo veía claramente. Cada día llevaban a más agentes nuevos, los veía intercambiar sonrisas de complicidad.

Lacoste sintió que le hervía la sangre.

La locura de las multitudes: esa locura había invadido su departamento. Y cada día el inspector jefe Gamache se encargaba de ponerle freno y asumir el control, pero se le estaba yendo de las manos. ¿Cuánto tiempo podría aguantar sin que se le fuera del todo?

La inspectora Lacoste tenía muchos miedos, y la mayoría tenían que ver con sus hijos: temía que les ocurriera algo, y sabía que esos temores eran casi todos irracionales.

Pero el miedo a lo que podía pasar si el inspector jefe Gamache perdía el control no era irracional.

Su mirada se encontró con la de un agente, uno de los mayores, que estaba repantigado en la silla con los brazos cruzados. Aburrido, por lo visto. La inspectora lo miró con expresión severa y él bajó la vista, ruborizándose.

Estaba avergonzado, y ya podía estarlo.

Mientras ella lo fulminaba con la mirada, el agente se irguió en la silla y descruzó los brazos.

Lacoste asintió con la cabeza. Una victoria, por pequeña, y sin duda pasajera, que fuera, pero incluso esas victorias contaban últimamente.

La inspectora se volvió de nuevo hacia Gamache, que tenía las manos entrelazadas encima de la mesa, apoyadas sobre los informes semanales, junto a los cuales había un bolígrafo nuevo. La mano derecha le temblaba un poco; Lacoste confió en que nadie más hubiera reparado en ello.

Iba bien afeitado y parecía justo lo que era: un hombre que se acercaba a los sesenta años. No era exactamente guapo, sino más bien distinguido. Más que un policía, parecía un profesor; más que un cazador, un explorador. Olía a sándalo con un toque de rosa y había acudido a trabajar con americana y corbata, como todos los días.

El cabello, entrecano y bien peinado, se le rizaba un poco en las sienes y detrás de las orejas. Tenía arrugas en la cara, por la edad, las preocupaciones y la risa, aunque no las ejercitaba mucho últimamente; y lucía, ya para siempre, una cicatriz en la sien izquierda: el recordatorio de unos sucesos que ninguno de los dos podría olvidar jamás.

Pasaba del metro ochenta y era de complexión grande y robusta. No precisamente musculoso, pero tampoco gordo: firme.

«Sí, firme, como la tierra», se dijo Lacoste, «como un promontorio expuesto al vasto océano». ¿Acaso ese embate incesante había empezado a resquebrajarlo y a abrir brechas profundas? ¿Empezaban a verse grietas?

En ese momento el inspector jefe Gamache no mostraba indicios de erosión. Miraba fijamente al agente transgresor y ni siquiera Lacoste pudo evitar sentir una punzada de compasión. Ese agente novato había confundido la tierra firme con un banco de arena, y ahora, demasiado tarde, comprendía con qué se había topado.

La inspectora vio cómo su insolencia se transformaba en inquietud y luego en alarma. El agente se volvió hacia sus amigos en busca de apoyo, pero éstos, como una jauría de hienas, se echaron atrás: casi parecían ansiosos por ver cómo lo hacían pedazos.

Hasta ese momento, Lacoste no era consciente de hasta qué punto la jauría estaba dispuesta a volverse contra sus miembros. O, al menos, a negarse a ayudarlos. Miró de soslayo a Gamache y vio que sus ojos seguían clavados en el agente, humillándolo, y supo que el jefe estaba haciendo precisamente eso: los estaba poniendo a prueba, comprobando su lealtad. Había elegido a un miembro de la jauría y ahora esperaba a ver si alguno acudía en su rescate.

Pero ninguno lo hacía.

Isabelle Lacoste se relajó un poco: el inspector jefe Gamache seguía teniendo el control.

Éste continuaba mirando fijamente al agente, los demás habían empezado a revolverse en sus sillas. Uno de ellos se levantó y exclamó en un tono hosco:

—Tengo trabajo que hacer.

—Siéntese —le espetó el jefe sin mirarlo, y el agente se dejó caer como una piedra.

Gamache esperó y esperó.

—*Désolé, patron* —soltó finalmente el agente—, todavía no he interrogado a ese sospechoso.

Las palabras resbalaron por la mesa. Menuda confesión desastrosa. Todos habían oído mentir a ese agente sobre el interrogatorio y ahora esperaban ver al inspector jefe darle su merecido: querían ver cómo vapuleaba a aquel hombre.

—Hablaremos de esto después de la reunión —dijo Gamache.

—Sí, señor.

Alrededor de la mesa la reacción no se hizo esperar.

Hubo sonrisas maliciosas. Habían asistido a una exhibición de fuerza por parte del jefe, pero ahora percibían flaqueza. Si Gamache hubiera hecho pedazos al agente, lo habrían respetado, lo habrían temido, pero ahora sólo olían la sangre.

E Isabelle Lacoste pensó: «Que Dios me perdone: incluso yo he deseado que el jefe humillara y desacreditase a este agente. Que lo crucificara como advertencia para los que se atrevieran a desobedecer al inspector jefe Gamache.»

Hasta aquí hemos llegado.

Pero Isabelle Lacoste llevaba el tiempo suficiente en la Sûreté para saber que era mucho más fácil disparar que hablar. Que era mucho más fácil gritar que mostrarse razonable. Y mucho más fácil humillar y degradar, y hacer mal uso de la autoridad, que hacer gala de dignidad y educación, incluso con aquellos que no sabían de esas cosas.

Que hacía falta mucho más valor para ser bueno que para ser cruel.

Pero los tiempos habían cambiado, la Sûreté había cambiado. Ahora era una institución que recompensaba la crueldad, que la fomentaba.

El inspector jefe Gamache sabía que era así, y sin embargo acababa de jugarse el cuello. ¿Lo había hecho a propósito?, se preguntó Lacoste, ¿o se había ablandado?

Ella ya no lo sabía.

Lo que sí sabía era que durante los últimos seis meses, el inspector jefe había visto cómo se cargaban y corrompían su departamento, y cómo echaban por tierra todo su trabajo. Había visto cómo se iban aquellos que le eran leales, o cómo se volvían en su contra.

Al principio había opuesto resistencia, pero lo habían machacado. Lacoste lo había visto volver una y otra vez a su despacho tras haber discutido con el superintendente en jefe, siempre con la moral por los suelos. Y ahora, al parecer, no le quedaban ánimos para luchar.

—Siguiente —dijo Gamache.

Y así siguió la cosa, durante una hora: cada agente ponía a prueba la paciencia de Gamache, pero el promontorio resistía, sin indicios de desmoronarse ni de que aquello tuviera algún efecto en él. Finalmente, la reunión terminó y Gamache se puso en pie. Sólo la inspectora Lacoste se levantó, los demás parecieron vacilar hasta que un agente se puso en pie y el resto lo imitó. En la puerta, el inspector jefe se volvió y miró al agente que había mentido. Fue sólo una mirada rápida, pero bastó. El agente se situó justo detrás de Gamache y lo siguió hasta su despacho. Mientras la puerta se cerraba, la inspectora Lacoste vislumbró una expresión fugaz en el rostro del jefe.

Era de agotamiento.

• • •

—Siéntese.

Gamache señaló un asiento y luego él mismo ocupó la silla giratoria detrás de su escritorio. El agente pareció a punto de soltar una bravuconada, pero ésta se desvaneció ante el rostro severo que tenía delante.

Cuando habló, la voz del jefe transmitió un tono de autoridad natural.

—¿Está contento aquí?

Aquella pregunta sorprendió al agente.

—Supongo que sí.

—Puede hacerlo mejor, es una pregunta simple: ¿está contento?

—No tengo más remedio que estar aquí.

—Sí que lo tiene. Podría dejarlo, no está obligado por contrato. Y sospecho que no es usted el idiota que finge ser.

—Yo no finjo ser idiota.

—¿No? ¿Cómo llamaría entonces a no interrogar a un sospechoso clave en la investigación de un homicidio? ¿Cómo llamaría a mentir sobre el tema a quien usted debería saber que detectaría esa mentira?

Pero era evidente que el agente nunca pensó que iban a pillarlo; nunca se le ocurrió, desde luego, que se encontraría solo en el despacho del jefe para ser amonestado.

Pero, sobre todo, nunca se le pasó por la cabeza que, en lugar de echársele al cuello y hacerlo pedazos, el inspector jefe Gamache se limitaría a mirarlo fijamente con ojos pensativos.

—Lo llamaría una «tontería» —admitió el agente.

Gamache continuó observándolo.

—No me importa lo que piense de mí, no me importa lo que piense sobre el hecho de que lo hayan destinado aquí. Tiene razón en que no ha sido por elección suya, ni mía. Usted no tiene formación como detective de Homicidios, pero es un agente de la Sûreté du Québec, uno de los mejores cuerpos policiales del mundo.

El agente esbozó una sonrisita, pero luego su expresión adquirió un aire de leve sorpresa.

El inspector jefe no hablaba en broma: lo creía de verdad. Creía que la Sûreté du Québec era un cuerpo de policía estupendo y eficaz, una escollera entre los ciudadanos y quienes pretendieran hacerles daño.

—Tengo entendido que procede usted de la división de Delitos Graves.

El agente asintió con la cabeza.

—Debe de haber visto cosas terribles.

El joven se quedó muy quieto.

—Cuesta lo suyo no volverse cínico —continuó el jefe en voz baja—. Aquí nos ocupamos de una sola cosa, y eso es una gran ventaja porque nos hemos convertido en unos especialistas. La desventaja es que nos ocupamos de la muerte. Cada vez que suena el teléfono significa que alguien ha perdido la vida. Unas veces es un accidente, otras un suicidio y en algunos casos se trata de una muerte natural, pero casi siempre es todo menos natural, y entonces intervenimos nosotros.

El agente miraba fijamente aquellos ojos y, sólo por un instante, creyó ver en ellos las muertes terribles que se habían acumulado, día y noche, durante años. Los jóvenes y los viejos, los niños, los padres y las madres, las hijas y los hijos. Muertos, asesinados: vidas arrebatadas, y sus cuerpos yacían a los pies de aquel hombre.

La Muerte parecía haberse apuntado a la reunión, volviendo el ambiente viciado y denso.

—¿Sabe qué he aprendido de estas tres décadas de muertos? —preguntó Gamache, inclinándose hacia el agente y bajando la voz.

A su pesar, el agente tuvo que inclinarse también.

—He aprendido hasta qué punto es valiosa la vida.

El agente lo miró esperando algo más, y cuando no lo hubo volvió a hundirse en la silla.

—El trabajo que hace aquí no es trivial —dijo el jefe—: la gente cuenta con usted, yo cuento con usted. Por favor, tómeselo en serio.

—Sí, señor.

Gamache se levantó y el agente hizo otro tanto. El jefe lo acompañó hasta la puerta y asintió con la cabeza mientras el joven salía.

En el Departamento de Homicidios todos se habían quedado mirando, a la espera de una explosión, a la espera de que el inspector jefe Gamache vapuleara al agente culpable; incluso Lacoste lo esperaba y lo deseaba.

Pero no había pasado nada.

Los otros agentes intercambiaron miradas sin molestarse ya en ocultar su satisfacción. El legendario inspector jefe Gamache era un hombre de paja después de todo. Aún no se había puesto de rodillas, pero casi.

Cuando Lacoste llamó a la puerta abierta, Gamache alzó la vista de lo que estaba leyendo.

—¿Puedo pasar, jefe?

—Por supuesto —dijo Gamache, que se levantó y le señaló la silla.

Lacoste cerró la puerta. Sabía que muchos agentes, si no todos, en aquella oficina de planta abierta, habían seguido mirando. Aunque en realidad le daba igual: podían irse al infierno.

—Querían ver cómo se ensañaba con ese hombre.

El inspector jefe asintió.

—Sí, lo sé. —La miró fijamente—. ¿Y tú, Isabelle?

No tenía sentido mentir al jefe. Soltó un suspiro.

—En parte, pero por razones distintas.

—¿Y qué razones eran ésas?

Lacoste señaló a los agentes con un gesto de cabeza.

—Les habría demostrado que usted no se deja intimidar: sólo entienden la brutalidad.

Gamache consideró unos instantes lo que Lacoste acababa de decirle y luego asintió.

—Tienes razón, por supuesto, y debo admitir que me he sentido tentado.

Sonrió. Le había costado acostumbrarse a ver a Isabelle Lacoste sentada frente a él, en lugar de a Jean-Guy Beauvoir.

—Diría que hubo un tiempo en que ese joven creía en su trabajo —añadió mientras observaba, a través de la ventana interior, al agente cogiendo el teléfono—. Diría que lo hacían todos. Creo sinceramente que la mayoría de los agentes entran a formar parte de la Sûreté porque quieren contribuir.

—¿Para servir y proteger? —preguntó Lacoste con una sonrisita.

—«Servicio, Integridad, Justicia» —dijo Gamache, citando el lema de la Sûreté—. Muy anticuado, ya lo sé. —Levantó las manos haciendo el ademán de rendirse.

—¿Y qué ha cambiado? —quiso saber Lacoste.

—¿Por qué los hombres y mujeres jóvenes se vuelven matones? ¿Por qué los soldados sueñan con ser héroes pero acaban maltratando a prisioneros y disparando a civiles? ¿Por qué los políticos se vuelven corruptos? ¿Por qué los policías muelen a palos a los sospechosos y se saltan las leyes que supuestamente deben proteger?

El agente con el que Gamache acababa de hablar estaba al teléfono. Pese a las pullas de los demás, estaba haciendo lo que el jefe le había pedido.

—¿Porque pueden hacerlo? —sugirió Lacoste.

—Porque todos los demás lo hacen —repuso Gamache reclinándose en la silla—: la corrupción y la brutalidad se imitan, se esperan y se recompensan. Se vuelven normales. Y a cualquiera que se enfrente a eso, que les diga que está mal, lo aplastan, o algo peor. —Negó con la cabeza—. No, no puedo condenar a esos jóvenes agentes por haber perdido los papeles: lo raro sería que no les pasara.

El jefe la miró y sonrió.

—O sea que te preguntas por qué no lo he humillado si podría haberlo hecho, ¿no? Pues he ahí por qué, y antes de que lo confundas con una heroicidad por mi parte, te diré que no lo ha sido: ha sido puro egoísmo. Necesitaba probarme a mí mismo que aún no he llegado a esos extremos, aunque es tentador, debo admitirlo.

—¿El qué? ¿Unir fuerzas con el superintendente Francœur? —preguntó Lacoste, sorprendida de que admitiera eso.

—No, crear mi propio caos de mil demonios a modo de respuesta.

La miró fijamente, como si sopesara sus propias palabras.

—Sé lo que hago, Isabelle —añadió en voz baja—, confía en mí.

—No debería haber dudado.

Isabelle Lacoste comprendió entonces cómo empezaba la podredumbre, cómo ocurría: no de la noche a la mañana, sino de forma gradual. Una pequeña duda laceraba la piel y luego se producía una infección de confusión, críticas, cinismo y desconfianza.

Observó al agente con el que había hablado Gamache. Ya había colgado el teléfono y tomaba notas en su ordenador, intentando hacer su trabajo, pero era el blanco de las burlas de sus colegas, y mientras la inspectora Lacoste lo observaba el joven dejó de teclear y se volvió para mirarlos y sonrió: volvía a ser uno de ellos.

La inspectora Lacoste centró de nuevo la atención en el inspector jefe Gamache. Jamás habría creído que pudiera serle desleal, pero si les había ocurrido a esos agentes, que en el pasado habían sido honestos, quizá también podía pasarle a ella. Quizá ya le estaba pasando. Cada vez llegaban más y más agentes de Francœur y cada vez más y más de ellos desafiaban a Gamache. Lo creían débil y, quizá, por el mero hecho de estar cerca, aquello estaba calando también en ella.

Quizá empezaba a dudar de él.

Seis meses atrás nunca habría cuestionado cómo el jefe imponía disciplina a un subordinado, pero ahora lo había hecho y una parte de ella seguía preguntándose si lo que acababa de ver, lo que todos acababan de ver, no habría sido flaqueza al fin y al cabo.

Pase lo que pase, Isabelle —dijo Gamache—, debes confiar en ti misma, ¿lo entiendes?

Su mirada era muy intensa, como si pretendiera que sus palabras no sólo tuvieran eco en la cabeza de Lacoste, sino también en un lugar más profundo: un lugar secreto, un lugar seguro.

La inspectora asintió.

Gamache sonrió, relajando la tensión.

—*Bon.* ¿Es eso lo que has venido a decirme o hay algo más?

A ella le llevó unos instantes acordarse, y sólo lo hizo al reparar en el post-it que llevaba en la mano.

—Hace unos minutos se ha recibido una llamada. No quería molestarlo... no estoy segura de si es personal o profesional.

Él se puso las gafas, leyó la nota y frunció el entrecejo.

—Yo tampoco estoy seguro.

Gamache se reclinó en la silla, se le abrió la americana y Lacoste reparó en la Glock que llevaba al cinto en una cartuchera. No conseguía acostumbrarse a verla ahí: el jefe detestaba las armas.

«Mateo 10:36.»

Era una de las primeras cosas que le habían enseñado a Lacoste cuando entró a formar parte de la división de Homicidios. Aún podía ver al inspector jefe Gamache, sentado donde estaba ahora, diciéndole: «Mateo 10:36, "y los enemigos del hombre serán los de su casa". Nunca olvide eso, agente Lacoste.»

Ella había supuesto que se refería a que, en una investigación de homicidio, había que empezar por la familia, pero ahora sabía que significaba mucho más: el inspector jefe Gamache llevaba un arma en la jefatura de la Sûreté, en su propia casa.

Gamache despegó el post-it de su escritorio.

—¿Te apetece un paseo en coche? Podemos estar allí a la hora de comer.

Lacoste se sorprendió, pero no hizo falta que el jefe se lo dijera dos veces.

—¿Quién va a quedar al mando? —quiso saber mientras cogía el abrigo.

—¿Quién está al mando ahora?

—Usted, por supuesto, *patron.*

—Qué amable por tu parte decir eso, aunque ambos sabemos que no es verdad. Sólo espero que no nos hayamos dejado cerillas tiradas por ahí.

Mientras la puerta se cerraba, Gamache oyó cómo el agente con el que había hablado les decía a los demás:

—La vida es tan valiosa...

Estaba imitándolo con un tono de voz agudo e infantil, como si fuera un imbécil.

Gamache recorrió el pasillo hasta el ascensor y al llegar sonrió.

Una vez dentro, los dos se quedaron mirando los números: 15, 14...

La otra persona que iba en el ascensor salió, dejándolos solos.

...13, 12, 11...

Lacoste estuvo tentada de hacer la única pregunta que nadie debía oír jamás.

Miró al jefe, que observaba los números. Parecía relajado, pero ella lo conocía lo suficiente para detectar arrugas nuevas en su cara, arrugas más profundas, y unas ojeras más oscuras.

«Sí», se dijo. «Salgamos de aquí. Crucemos el puente, dejemos atrás la isla. Vayámonos todo lo lejos que podamos de este sitio nefasto.»

8... 7... 6...

—¿Señor?

—*Oui?*

El jefe se volvió y ella detectó una vez más el cansancio que asomaba en su cara en momentos de descuido. No tuvo valor para preguntarle qué le había ocurrido a Jean-Guy Beauvoir, el segundo al mando después de Gamache antes de que llegara ella. Su propio mentor y el protegido de Gamache, y más que eso.

Durante quince años Gamache y Beauvoir habían formado un equipo formidable. Veinte años más joven que el inspector jefe, Jean-Guy Beauvoir estaba siendo preparado para coger el relevo al mando.

Y de pronto, unos meses atrás, al regresar de una abadía remota donde se investigaba un caso, el inspector Beauvoir había sido trasladado al departamento del mismísimo superintendente jefe Francœur.

Había sido un lío tremendo.

Lacoste había intentado preguntarle por lo ocurrido a Beauvoir, pero el inspector no quería tener nada que ver con los de Homicidios y el inspector jefe Gamache había dado la orden de que nadie en Homicidios tuviera trato con Jean-Guy Beauvoir.

Debían hacerle el vacío, darlo por desaparecido, considerarlo invisible.

No sólo se había vuelto *persona non grata*, sino *persona non exista*.

Isabelle Lacoste apenas podía creerlo, y el paso del tiempo no lo había vuelto más creíble.

3... 2...

Eso era lo que quería preguntar.

Si era cierto.

Durante un tiempo pensó que era una estratagema, una forma de introducir a Beauvoir en el campo de Francœur, de intentar averiguar qué andaba tramando el superintendente jefe.

Seguro que Gamache y Beauvoir seguían siendo aliados en aquel juego tan peligroso.

Pero con el paso de los meses el comportamiento de Beauvoir se había vuelto más errático, y Gamache más decidido. Y la brecha entre ambos se había convertido en un gran abismo: ahora parecían habitar en dos mundos distintos.

Mientras seguía a Gamache hacia su coche, Lacoste comprendió que no se había abstenido de hacer aquella pregunta por no herir los sentimientos del jefe, sino los suyos propios. No quería saber la respuesta: quería creer que Beauvoir seguía siendo leal y que Gamache tenía la esperanza de detener el plan que fuera que Francœur había puesto en marcha.

—¿Te apetece conducir? —preguntó Gamache ofreciéndole las llaves.

—Con mucho gusto.

Condujo a través del túnel de Ville-Marie y luego subió al puente de Champlain. Gamache guardaba silencio y contemplaba el río San Lorenzo, allá abajo, medio congelado. Cuando se acercaban al punto más alto del arco del puente, el tráfico se volvió más y más lento hasta casi detenerse. Lacoste, que no tenía miedo a las alturas, se sintió intranquila. Una cosa era cruzar el puente en coche y otra bien distinta quedarse parada a sólo unos palmos de la barandilla baja... y de la vertiginosa caída .

Lacoste podía ver, muy abajo, placas de hielo que entrechocaban en la corriente gélida. La nieve medio derretida se movía despacio bajo el puente, como fango.

A su lado, el inspector jefe Gamache inhaló profundamente y luego exhaló, revolviéndose en el asiento. Lacoste recordó que sufría vértigo. Se fijó en que había cerrado las manos en puños y que los abría y los cerraba, los abría y los cerraba.

—Respecto al inspector Beauvoir... —se oyó decir: tenía la sensación de estar a punto de saltar del puente.

Gamache puso la misma cara que si lo hubiera abofeteado, y ella se dio cuenta de que era justo eso lo que quería: darle un bofetón y detener el remolino que daba vueltas sin parar en la cabeza del inspector jefe.

Por supuesto, no podía agredir físicamente al inspector jefe Gamache, pero sí hacerlo emocionalmente, y acababa de hacerlo.

—¿Sí? —Él la miró, pero ni su voz ni su expresión la animaban a continuar.

—¿Puede contarme qué pasó?

El coche que iba delante avanzó unos palmos y luego frenó. Estaban casi en el centro del arco, en el punto más alto.

—No.

Le había devuelto el bofetón, y notaba el ardor.

Se sumieron en un silencio incómodo alrededor de un minuto, pero Lacoste reparó en que el jefe ya no apretaba los puños: se limitaba a mirar fijamente a través de la ventanilla. Se preguntó si lo habría golpeado con demasiada fuerza.

Entonces la expresión de Gamache cambió y Lacoste comprendió que ya no miraba las aguas oscuras del San

Lorenzo, sino hacia el lateral del puente. Habían coronado la cima y ahora veían el motivo del retraso: coches patrulla y una ambulancia bloqueaban el carril de más a la derecha, justo donde el puente conectaba con la costa sur.

Se estaba izando un cuerpo, tapado y sujeto a una camilla de salvamento, por el dique de contención. Lacoste se santiguó, por la fuerza de la costumbre, no porque pensara que gracias a la fe fuera a cambiar nada para los vivos o los muertos.

Gamache no se santiguó. Tampoco dejó de mirar.

Aquella muerte había tenido lugar en la costa sur de Montreal: no era su territorio, ni su cuerpo. La Sûreté du Québec tenía jurisdicción en todo el estado excepto en aquellas ciudades que contaran con su propia policía. Eso aún les dejaba mucho territorio y muchos cuerpos, pero no ése.

Además, tanto Gamache como Lacoste sabían que aquel pobre infeliz era probablemente un suicida, desesperado ante la proximidad de las Navidades.

Cuando pasaron junto al cuerpo, envuelto en mantas como un recién nacido, Gamache se preguntó hasta qué punto podía llegar a ser mala la vida para que las aguas grises y frías parecieran una opción mejor.

Y entonces lo dejaron atrás, y el tráfico volvió a fluir y pronto estuvieron circulando deprisa por la autopista. Lejos del puente, del cuerpo, de la jefatura de la Sûreté, rumbo al pueblecito de Three Pines.

CUATRO

La campanilla sobre la puerta tintineó cuando Gamache entró en la librería. Antes había golpeado los pies contra la jamba, confiando en quitarse así parte de la nieve de las botas.

Cuando habían salido de Montreal ya nevaba, pero era una tormenta ligera que se había vuelto más intensa a medida que subían por las laderas de las montañas al sur de la ciudad. Oyó los golpes amortiguados de los puntapiés de las botas de Isabelle Lacoste antes de que lo siguiera al interior.

Si hubiera llevado una venda en los ojos, el inspector jefe habría podido describir perfectamente aquella tienda tan familiar para él: las paredes estaban cubiertas de estanterías llenas de ejemplares en tapa dura y en rústica, había literatura y biografías, obras de ciencia y de ciencia ficción, de misterio y religiosas, de poesía y libros de cocina. Era una estancia plagada de sabiduría, sentimientos, creatividad y deseos, nuevos y de ocasión.

Varias alfombras orientales raídas esparcidas por el suelo de madera le daban el aspecto de una vetusta y empolvada biblioteca de casa solariega.

En la puerta de la tienda de libros nuevos y de ocasión de Myrna había clavada una guirnalda muy alegre, y en un rincón se alzaba un árbol de Navidad. Se veían regalos amontonados al pie y el aroma ligeramente dulce de la resina lo inundaba todo. El centro de la habitación lo ocupaba una estufa de leña de hierro forjado negro con una tetera encima hirviendo a fuego lento y un sillón orejero a cada lado.

La librería de Myrna no había cambiado desde el día en que Gamache había entrado allí por primera vez, años atrás. Ni siquiera la funda de flores del sofá, tan pasada de moda, ni las butacas frente a la ventana en saledizo. Había libros amontonados junto a uno de los viejos orejeros y varios ejemplares atrasados de *National Geographic* y *The New Yorker* desparramados sobre una mesita baja.

Gamache tenía la sensación de que un suspiro podría haber tenido ese aspecto.

—*Bonjour?* —exclamó, y esperó. Nada.

Al fondo de la librería, unas escaleras llevaban al apartamento de Myrna. Gamache estaba a punto de llamarla por el hueco cuando Lacoste reparó en una nota garabateada junto a la caja registradora.

Vuelvo en diez minutos. Deja el dinero si compras algo. (Lo digo por ti, Ruth.)

No estaba firmada, ni falta que hacía, pero sí llevaba escrita una hora en la parte de arriba: las 11.55 h.

Lacoste echó un vistazo a su reloj de pulsera mientras Gamache se volvía hacia el carillón de detrás del mostrador: eran casi las doce en punto del mediodía.

Los dos deambularon unos minutos por los pasillos. Había libros en francés e inglés a partes iguales; algunos eran nuevos, pero la mayoría de segunda mano. Gamache se concentró en los títulos y acabó por seleccionar un ejemplar maltrecho sobre la historia de los gatos. Se quitó el pesado abrigo y sirvió dos tazas de té, para él y Lacoste.

—¿Leche o azúcar? —preguntó.

—Un poco de ambas, *s'il vous plaît* —contestó la inspectora desde el otro extremo de la estancia.

Gamache tomó asiento junto a la estufa de leña y abrió su libro, Lacoste se sentó en la otra butaca y dio unos sorbitos de té.

—¿Está pensando en tener uno?

—¿Un gato? —Gamache echó un vistazo a la portada del libro—. *Non*; Florence y Zora quieren una mascota, sobre todo después de su última visita. *Henri* las conquistó con sus encantos y ahora quieren un pastor alemán.

—¿En París? —preguntó Lacoste con tono ligeramente divertido.

—Sí. Creo que todavía no son conscientes de que viven en París —contestó Gamache, y se rió al pensar en sus nietas—. Reine-Marie me contó anoche que Daniel y Roslyn se están planteando conseguir un gato.

—¿Madame Gamache está en París?

—Ha ido por Navidad, yo me uniré a ellos la semana que viene.

—Apuesto a que tiene unas ganas locas.

—*Oui.*

Gamache volvió a su libro, «ocultando la magnitud de su añoranza», se dijo Lacoste, y cuánto echaba de menos a su mujer.

El sonido de una puerta que se abría lo sacó de la historia sorprendentemente fascinante del gato atigrado. Alzó la mirada y vio entrar a Myrna por la puerta que conectaba su librería con el *bistrot*.

Llevaba un cuenco de sopa y un sándwich, pero se detuvo en cuanto los vio, y su rostro esbozó una sonrisa tan radiante como su jersey.

—Armand, no esperaba que vinieras hasta aquí.

Gamache se había puesto en pie, al igual que Lacoste. Myrna dejó los platos sobre el mostrador y los abrazó a ambos.

—Hemos interrumpido tu almuerzo —dijo él con tono de disculpa.

—Oh, sólo me he escapado un momento a buscarlo, por si llamabas. —Myrna se apartó entonces y sus ojos vivaces recorrieron su cara—. ¿Qué haces aquí? ¿Ha pasado algo?

A Gamache le provocaba cierta tristeza que su presencia se recibiera casi siempre con muestras de ansiedad.

—No, en absoluto. Tú has dejado un mensaje y ésta es nuestra respuesta.

Myrna se rió.

—Menudo servicio; ¿no se os ha ocurrido llamar?

Gamache se volvió hacia Lacoste.

—El teléfono... ¿Por qué no habremos pensado en eso?

—No me fío de los teléfonos —repuso Lacoste—. Son engendros del demonio.

—Para mí lo es el correo electrónico, la verdad —dijo Gamache volviéndose de nuevo hacia Myrna—. Nos has dado una excusa para salir de la ciudad unas horas, y siempre me alegra venir aquí.

—¿Dónde está el inspector Beauvoir? —preguntó Myrna mirando alrededor—. ¿Aparcando el coche?

—Está en otra misión —contestó el jefe.

—Ya veo.

En la breve pausa que siguió, Gamache se preguntó qué veía Myrna.

—Tenemos que conseguiros algo para almorzar —añadió ella—, ¿os importa si comemos aquí? Es más privado.

Hizo aparecer una carta del *bistrot* y poco después Gamache y Lacoste tenían delante el *spécial du jour*: sopa y un sándwich. Se sentaron los tres a la luz de la ventana en saledizo, Gamache y Lacoste en el sofá y Myrna en la butaca grande, que conservaba de forma permanente su huella y parecía una extensión de su cuerpo, ya de por sí de proporciones generosas.

Gamache removió la cucharada de crema agria y observó cómo su sopa pasaba del rojo intenso a un rosa suave mientras se mezclaban los tropezones de remolacha, repollo y carne tierna.

—Tu mensaje era un poco confuso —dijo.

Ya hacía varios años que conocía a Myrna: desde que había acudido por primera vez al pueblecito de Three Pines para investigar un asesinato. Ella había sido entonces una sospechosa, ahora la consideraba una amiga.

Unas veces las cosas cambiaban a mejor, pero otras simplemente no cambiaban.

Gamache dejó la nota de papel amarillo en la mesa, junto a la cestita de *baguettes*.

Siento molestarte, pero necesito tu ayuda con una cosa. Myrna Landers.

Después figuraba su número de teléfono, que Gamache había decidido ignorar, en parte como excusa para salir de la jefatura, pero sobre todo porque Myrna nunca le había pedido ayuda hasta entonces. Fuera cual fuese el motivo, podía no ser grave, pero era importante para ella, y ella era importante para él.

Gamache se tomó la sopa mientras Lacoste consideraba aquellas palabras.

—Es probable que no sea nada en realidad —empezó Myrna, pero entonces lo miró a los ojos, se detuvo y luego admitió—: Estoy preocupada.

Gamache dejó la cuchara y dedicó toda su atención a su amiga.

Myrna miró por la ventana y él siguió su mirada. Allí, entre los parteluces, Gamache vio los tres pinos enormes que dominaban el pueblo y le daban nombre. Por primera vez se dio cuenta de que actuaban como parapetos y se llevaban la peor parte de las ventiscas de nieve. Aun así, un grueso manto blanco lo cubría todo. Pero no era la nieve sucia de la ciudad: allí era de un blanco casi puro, roto tan sólo por las aceras y las huellas de los esquís de fondo y las raquetas.

Unos cuantos adultos patinaban en la pista armados con palas con las que apartaban el hielo mientras los niños esperaban impacientes. En torno a la gran plaza ajardinada no había dos casas iguales, y Gamache conocía todas y cada una de ellas hasta el último detalle gracias a los interrogatorios y las fiestas.

—La semana pasada tuve a una amiga de visita —explicó Myrna—. Se suponía que ayer iba a volver para pasar aquí las Navidades; anteayer por la noche llamó para decir que llegaría a la hora de comer, pero no apareció.

El tono de voz de Myrna era tranquilo, preciso: era la testigo perfecta, como Gamache sabía muy bien. Nada superfluo, nada de interpretaciones, sólo lo que había pasado.

Pero la mano que sostenía la cuchara temblaba levemente, salpicando de sopa la mesa y dejando diminutas cuentas rojas, y en sus ojos había una súplica, aunque no de ayuda: le rogaban que la tranquilizara, que le dijera que su reacción era exagerada, que se estaba preocupando por nada.

—Hace unas veinticuatro horas, entonces —intervino Isabelle Lacoste. Había dejado el sándwich y prestaba toda su atención.

—No es mucho, ¿verdad? —dijo Myrna.

—Cuando se trata de adultos, no solemos empezar a preocuparnos hasta pasados dos días —comentó Gamache—. De hecho, no se abre un expediente oficial hasta que alguien lleva desaparecido cuarenta y ocho horas. —Su tono pareció sugerir una alternativa, y Myrna esperó—. Pero si alguien que me importara hubiera desaparecido, yo no esperaría cuarenta y ocho horas para ponerme a buscarlo: has hecho lo correcto.

—Es posible que no sea nada.

—Sí —contestó el jefe.

Aunque no pronunció las palabras que Myrna deseaba oír, su mera presencia le resultaba tranquilizadora.

—La habrás llamado, por supuesto.

—Sí, ayer esperé más o menos hasta las cuatro de la tarde y entonces la llamé a su casa, porque no tiene teléfono móvil. Pero sólo me salió el contestador automático. La llamé... —hizo una pausa— muchas veces, probablemente cada hora.

—¿Hasta cuándo?

Myrna echó un vistazo al reloj.

—La última vez ha sido esta mañana a las once y media.

—¿Vive sola? —quiso saber Gamache. Su tono había cambiado del de una conversación seria al de un interrogatorio: ahora estaba trabajando.

Myrna asintió con la cabeza.

—¿Qué edad tiene?

—Setenta y siete años.

Hubo una pausa larga mientras el inspector jefe y Lacoste asimilaban sus palabras. Las implicaciones eran obvias.

—Anoche llamé a los hospitales, tanto franceses como ingleses —explicó Myrna, interpretando correctamente lo que ambos estaban pensando—. Y he vuelto a hacerlo esta mañana, y nada.

—¿Iba a conducir ella misma hasta aquí? —quiso confirmar Gamache—. ¿No cogía el autobús ni la traía alguien?

Myrna asintió.

—Tiene su propio coche —dijo.

Lo miraba muy fijamente, tratando de interpretar la expresión de sus ojos marrón oscuro.

—¿Habría venido sola?

Ella volvió a asentir con la cabeza.

—¿En qué estás pensando?

Pero él no contestó, lo que hizo fue sacar del bolsillo de la pechera una libretita y un bolígrafo.

—¿De qué marca y modelo es el coche de tu amiga?

Lacoste también extrajo un bloc de notas y un bolígrafo.

—No lo sé, es un coche pequeño, de un tono naranja. —Al ver que ninguno de los dos tomaba nota, añadió—: ¿No ayuda eso?

—Supongo que no sabrá el número de matrícula, ¿verdad? —preguntó Lacoste sin muchas esperanzas, pero aun así tenía que hacerlo.

Myrna negó con la cabeza.

Lacoste sacó su teléfono móvil.

—Ya sabrá que aquí, en las montañas, no funcionan —dijo Myrna.

Lacoste lo sabía, en efecto, pero había olvidado que aún quedaban rincones en Quebec donde los teléfonos seguían enchufados a las paredes. Se levantó.

—¿Puedo usar su teléfono?

—Claro —dijo Myrna indicándole el mostrador. Mientras Lacoste se levantaba, miró a Gamache.

—La inspectora Lacoste va a llamar a nuestra patrulla de tráfico para comprobar si ha habido algún accidente en la autopista o en las carreteras de alrededor.

—Pero ya he llamado a los hospitales...

Cuando Gamache no respondió, Myrna lo comprendió: no todas las víctimas de un accidente precisaban un hospital. Ambos observaron a Lacoste, que escuchaba al teléfono pero no tomaba notas.

Gamache se preguntó si Myrna sabría que eso era buena señal.

—Necesitamos más información, por supuesto —dijo él—. ¿Cómo se llama tu amiga?

El inspector cogió su bolígrafo y acercó la libreta, pero cuando el silencio se alargó levantó la vista.

Myrna no lo miraba a él sino al fondo de la librería. Se preguntó si habría oído la pregunta.

—¿Myrna?

Se volvió hacia él, pero siguió con la boca cerrada, los labios apretados.

—¿Cómo se llama?

Ella seguía vacilando, y Gamache ladeó un poco la cabeza, sorprendido.

Isabelle Lacoste volvió, tomó asiento y esbozó una sonrisa tranquilizadora.

—Ayer no hubo accidentes de tráfico graves en la carretera de aquí a Montreal.

Myrna respiró aliviada, pero le duró poco. Su atención volvió a centrarse en el inspector jefe Gamache y su pregunta aún sin responder.

—Tienes que decírmelo —la animó él, cada vez con más curiosidad.

—Ya lo sé.

—No lo entiendo, Myrna... ¿Por qué no quieres decírmelo?

—Aún puede aparecer, y no quiero avergonzarla.

Gamache, que la conocía bien, supo que no decía la verdad. La miró fijamente unos instantes y entonces decidió probar otra táctica.

—¿Puedes describírnosla?

Myrna asintió, y mientras hablaba le pareció ver a Constance sentada exactamente donde estaba ahora Armand Gamache, leyendo y bajando de vez en cuando el libro para mirar a través de la ventana, hablando con ella, escuchándola hablar, ayudándola a hacer la cena en el piso de arriba o compartiendo un whisky con Ruth frente a la chimenea del *bistrot*.

Vio a Constance subiéndose a su coche, despidiéndose con la mano y luego conduciendo colina arriba para salir de Three Pines.

Y después se había esfumado.

Piel blanca. Francófona. Entre metro sesenta y metro sesenta y cinco. Ligero sobrepeso, pelo blanco, ojos azules. Setenta y siete años.

Eso era lo que había escrito Lacoste. El resumen de lo que era Constance.

—¿Y su nombre? —preguntó Gamache. Su voz era firme ahora. La miró a los ojos, y Myrna le sostuvo la mirada.

—Constance Pineault —respondió por fin.

—*Merci* —repuso Gamache en voz baja.

—¿Es su *nom de naissance*? —quiso saber Lacoste.

Cuando no hubo respuesta, Lacoste, por si Myrna, que era anglófona, no había entendido aquella expresión francesa, aclaró:

—¿Es su nombre de nacimiento o el de casada?

Pero Gamache tuvo claro que Myrna había entendido la pregunta perfectamente: era la respuesta lo que la confundía.

Había visto a esta mujer asustada, apenadísima, contenta, enfadada, perpleja.

Pero nunca la había visto presa de la confusión. Y era evidente, por su reacción, que también era un estado de ánimo ajeno a ella.

—Ninguna de las dos cosas —contestó finalmente—. Ay, Dios..., me mataría si se lo contara a cualquiera.

—Nosotros no somos «cualquiera» —dijo Gamache. Aunque esas palabras entrañaban cierto reproche, las dijo con tono suave, con cuidado.

—Quizá debería esperar un poco más.

—Es posible —repuso Gamache, que se levantó, echó dos troncos en la estufa y volvió con una taza de té para Myrna.

—*Merci* —dijo ella, y la cogió con las dos manos. Su almuerzo estaba a medio comer, pero ya no se lo acabaría—. Inspectora, ¿le importaría llamar a su teléfono fijo una vez más?

—*Absolument*. —Lacoste se levantó y Myrna garabateó el número en un pedazo de papel.

Desde el otro extremo de la estancia les llegaban los pitidos a medida que Lacoste marcaba los números. Gamache la observó un instante, luego se volvió hacia Myrna y bajó la voz.

—¿Quién es, si no es Constance Pineault?

Myrna le sostuvo la mirada, pero ambos sabían que iba a contárselo, que era inevitable.

—Pineault es el apellido por el que la conozco —susurró—, el que suele utilizar. Era el apellido de soltera de su madre. Su nombre verdadero, su *nom de naissance*, es Constance Ouellet.

Myrna lo observó esperando una reacción, pero Armand Gamache no pudo contentarla.

Al fondo, Isabelle Lacoste, al aparato, escuchaba. No hablaba. El teléfono sonaba una y otra vez en una casa desierta.

La casa de Constance Ouellet. Constance Ouellet.

Myrna lo observaba detenidamente.

Podría habérselo preguntado a ella, estaba tentado de hacerlo y desde luego lo haría si era necesario, pero Gamache quería llegar a averiguarlo por sí mismo. Sentía curiosidad por ver si la mujer desaparecida rondaba por sus recuerdos y, de ser así, qué diría su memoria al respecto.

El nombre le sonaba, pero de un modo vago, poco definido. Si madame Ouellet moraba en su memoria, se hallaba varias cadenas montañosas más atrás. Hizo que su mente se remontara al pasado, sobrevolando rápidamente el terreno.

Se saltó su propia vida personal y se concentró en la memoria colectiva de Quebec. Constance Ouellet tenía que ser una figura pública, o haberlo sido. Una persona famosa o tristemente célebre, un nombre antaño conocido.

Cuanto más buscaba, más seguro estaba de que andaba por ahí, en algún rincón de su mente, una mujer mayor que no quería salir a la luz.

Y ahora había desaparecido, ya fuera por voluntad propia o por designio de otro.

Se llevó una mano a la cara mientras pensaba, mientras se acercaba más y más.

Ouellet. Ouellet. Constance Ouellet.

Entonces inspiró y entornó los ojos. En su mente apareció una fotografía desvaída en blanco y negro, no de una mujer de setenta y siete años, sino de una niña sonriente que saludaba con la mano.

La había encontrado.

—Sabes de quién te hablo —dijo Myrna al ver cómo se le iluminaban los ojos.

Gamache asintió con la cabeza.

Pero, en su búsqueda, había tropezado con otro recuerdo, mucho más reciente y más preocupante. Se puso en pie y llegó al escritorio justo cuando Lacoste colgaba.

—Nada, jefe.

Él asintió y cogió el auricular. Myrna se levantó.

—¿Qué pasa?

—Nada, se me ha ocurrido algo —contestó él, y marcó.

—Marc Brault. —La voz sonaba seca, oficial.

—Marc, soy Armand Gamache.

—Armand. —La voz se volvió amistosa—. ¿Qué tal te va?

—Bien, gracias. Oye, Marc, siento molestarte...

—No es ninguna molestia. ¿En qué puedo ayudarte?

—Estoy en los cantones del este. Esta mañana, cuando cruzábamos el puente de Champlain, más o menos a las once menos cuarto... —Gamache dio la espalda a Myrna y bajó la voz—, hemos visto a tu gente subiendo un cuerpo de la ribera sur.

—¿Y quieres saber quién era?

—No quisiera entrometerme en tu jurisdicción, pero sí.

—Déjame echar un vistazo.

Gamache oyó teclear al jefe de Homicidios de la policía de Montreal para acceder a sus archivos.

—Aquí está, todavía no se sabe gran cosa sobre ella.

—¿Es una mujer?

—Sí. Llevaba ahí un par de días, por lo visto. La autopsia se ha programado para esta tarde.

—¿Sospecháis que ha sido un asesinato?

—No es probable. El coche lo han encontrado arriba. Tiene pinta de que había intentado saltar desde el puente al agua y falló. Se dio contra el terraplén y rodó hasta quedar debajo del puente; unos obreros la han encontrado allí esta mañana.

—¿Tenéis un nombre?

Gamache se preparó para oírlo: Constance Ouellet.

—Audrey Villeneuve.

—*Pardon?*

—Audrey Villeneuve, dice aquí. Tenía cerca de cuarenta años. El marido informó de su desaparición hace dos días, no se presentó en el trabajo... mmm...

—¿Qué? —preguntó Gamache.

—Esto es interesante.

—¿El qué?

—Trabajaba para el Ministerio de Transporte, en la división de Carreteras.

—¿Era inspectora? ¿Es posible que su caída fuera un accidente?

—Déjame ver... —Hubo una pausa mientras el inspector jefe Brault leía el informe—. No, era administrativa de alto rango. Fue un suicidio, casi seguro, pero la autopsia nos revelará más cosas. ¿Quieres que te la mande, Armand?

—No, no hace falta, pero gracias. *Joyeux Noël*, Marc.

Gamache colgó y se volvió para mirar a Myrna Landers.

—¿Qué pasa? —quiso saber ella.

La vio prepararse para lo que fuera a decirle.

—Esta mañana han recuperado un cuerpo del talud del puente de Champlain. Me temía que fuera el de tu amiga, pero no lo era.

Myrna cerró los ojos y volvió a abrirlos.

—Bueno, ¿y dónde está?

CINCO

Isabelle Lacoste y el inspector jefe Gamache esperaban en plena hora punta de tráfico, en el acceso al puente de Champlain, de regreso a Montreal. Eran apenas las cuatro y media, pero el sol se había puesto y parecía medianoche. Había parado de nevar y Gamache miraba más allá de Isabelle Lacoste por la ventanilla, más allá de los seis carriles de tráfico: miraba el punto en que Audrey Villeneuve había elegido la muerte en lugar de la vida.

A aquellas alturas ya se lo habían comunicado a la familia. Armand Gamache había hecho eso en numerosas ocasiones y nunca se volvía más fácil. Era peor que mirar la cara de los muertos, era mirar las caras de los que quedaban atrás y ser testigo del instante en que su mundo cambiaba para siempre.

Lo que él llevaba a cabo era una especie de asesinato. De la madre, el padre, la esposa o el esposo. Cuando llamaba a su puerta, le abrían pensando que el mundo era un lugar con sus defectos, pero básicamente decente. Hasta que él abría la boca. Era como arrojarlos por un precipicio. Los veía caer en picado y luego dar contra el fondo y descoyuntarse. Las personas que habían sido, las vidas que habían conocido, desaparecían para siempre.

Y aquella expresión en sus ojos, como si el causante hubiera sido él.

Antes de su marcha, Myrna les había dado la dirección de Constance.

—Cuando estuvo aquí, ¿cómo te pareció que estaba? —había preguntado Gamache.

—Como de costumbre. Llevaba una temporada sin verla, pero me pareció la de siempre.

—¿No estaba preocupada por nada?

Myrna negó con la cabeza.

—¿Por el dinero o la salud?

Myrna volvió a hacer un gesto de negación.

—Era una persona muy reservada, como cabría esperar. No me contó gran cosa sobre su vida, pero se la veía relajada, contenta de estar aquí y de volver para pasar las fiestas.

—¿No advertiste nada raro? ¿Discutió con alguien de aquí? ¿Alguien que hiriera sus sentimientos?

—¿Sospechas de Ruth? —preguntó Myrna con la sombra de una sonrisa asomando en su rostro.

—Yo siempre sospecho de Ruth.

—Pues la verdad es que Constance y Ruth se llevaban bien. Había cierta química entre ellas.

—¿Se refiere a química o a medicamentos? —intervino Lacoste, que había hecho sonreír a Myrna.

—¿Son parecidas? —quiso saber Gamache.

—¿Ruth y Constance? Son del todo distintas, pero por alguna razón parecían caerse bien mutuamente.

Gamache encajó aquello con cierta sorpresa. A la vieja poeta, de entrada, le desagradaba todo el mundo, y los habría odiado a todos de haber podido hacer acopio de la energía que requería el odio.

—«¿Quién te lastimó antaño / hasta tal punto que ahora / a la insinuación menor / tuerces el gesto irritada?» —soltó Myrna.

—¿Perdona? —replicó Gamache, desconcertado ante aquella pregunta.

Myrna sonrió.

—Es de un poema de Ruth, Constance me lo recitó una noche después de visitarla.

Gamache asintió. Se preguntó si Constance, cuando finalmente la encontraran, habría sufrido tanto daño que ya no habría remedio para ella. Cruzó la librería para recuperar su abrigo.

En la puerta, besó a Myrna en ambas mejillas.

Ella lo apartó sujetándole los hombros con las dos manos.

—¿Y tú? ¿Estás bien?

Gamache consideró aquella pregunta y todas las posibles respuestas, de la frívola a la despreciativa o a la verdadera. Tenía muy poco sentido mentirle, y lo sabía, pero tampoco podía decirle la verdad.

—Estoy bien —contestó, y la vio sonreír.

Myrna lo observó mientras entraba en el coche y subía la ladera para salir de Three Pines. Constance había emprendido el mismo camino y no había vuelto, pero sabía que Gamache sí regresaría y llevaría consigo una respuesta que ella tendría que escuchar.

El tráfico empezó a avanzar poco a poco y los agentes de la Sûreté no tardaron en cruzar el puente de Champlain y adentrarse en las calles de la ciudad. La inspectora Lacoste detuvo el coche delante de una casa modesta en el *quartier* de Pointe-Saint-Charles de Montreal.

Todas las ventanas de la calle estaban iluminadas y los adornos de Navidad encendidos arrojaban reflejos rojos, amarillos y verdes sobre la nieve recién caída.

Excepto en una casa, que era como un agujero en medio de la alegría del vecindario.

El inspector jefe Gamache comprobó la dirección que le habían dado; sí, ahí vivía Constance Ouellet. Se esperaba encontrar un sitio diferente, más grande.

Echó una ojeada a las otras casas. Enfrente, en un jardín, un muñeco de nieve abría las ramas que tenía por brazos como si pretendiera abrazar a alguien. Por la ventana se veía con claridad a una mujer que ayudaba a un niño con los deberes. En la casa contigua, una pareja mayor veía la televisión mientras los adornos navideños parpadeaban sobre la repisa de la chimenea.

Había vida por todas partes, excepto en la casa a oscuras de Constance Ouellet.

Según el reloj del salpicadero, eran poco más de las cinco.

Bajaron del coche. La inspectora Lacoste cogió una linterna y se echó al hombro un macuto con el instrumental de la escena de un crimen.

La nieve en el acceso a la casa de madame Ouellet no se había quitado, y tampoco se veían huellas. Subieron varios peldaños hasta un pequeño porche de hormigón. Su aliento se elevaba en nubecillas que se desvanecían en la noche.

La brisa hacía que a Gamache le ardieran las mejillas; notaba el frío colándose por sus mangas y bajo su bufanda. Lo ignoró y miró a su alrededor. La nieve en los alféizares estaba intacta. La inspectora Lacoste llamó al timbre.

Esperaron.

Gran parte del trabajo policial consistía en esperar, ya fuera a los sospechosos, las autopsias o los resultados forenses. O a que alguien respondiera a una pregunta, o abriera una puerta.

Ése era, y él lo sabía muy bien, uno de los grandes dones de Isabelle Lacoste, uno que fácilmente se pasaba por alto: ella era muy muy paciente.

Cualquiera podía andar corriendo por ahí, pero pocos sabían esperar en silencio, como hacían ellos en ese momento. Aunque eso no significaba que el inspector jefe Gamache y la inspectora Lacoste no estuvieran haciendo nada: mientras esperaban, ambos tomaban buena nota de cuanto los rodeaba.

La casita se hallaba en buen estado de conservación, con los canecillos bien encajados en los aleros, las ventanas y los alféizares pintados y sin desconchados ni grietas. Se veía muy cuidada. En la barandilla de hierro forjado del porche se habían enroscado luces de Navidad, pero estaban apagadas. En la puerta principal había una guirnalda.

Lacoste se volvió hacia el jefe, que asintió con la cabeza. Abrió la puerta exterior y escudriñó el recibidor a través del semicírculo de cristal tallado.

Gamache había estado en el interior de muchas casas similares. Se habían construido a finales de los años cuarenta y principios de los cincuenta para los veteranos que regresaban, eran hogares modestos en barrios ya consolidados. Desde entonces, muchas de esas casas se habían demolido o ampliado, pero algunas, como ésa, seguían intactas: una pequeña joya.

—Nada de nada, jefe.

—*Bon.*

Gamache bajó de nuevo los peldaños, señaló hacia la derecha y observó cómo Lacoste se internaba en la nieve profunda. Él echó a andar para rodear el otro lado de la casa, reparando en que tampoco allí había huellas mancillando la nieve. Se hundió en ella hasta las pantorrillas y le entró en las botas; notó el frío intenso cuando se fundió y le empapó los calcetines.

Al igual que Lacoste, miró por las ventanas ahuecando las manos a los lados de la cara. La cocina estaba desierta y limpia, no había platos por lavar en la encimera. Probó a abrir las ventanas: todas estaban cerradas a cal y canto. En el diminuto patio trasero se encontró a Lacoste, que volvía por el otro lado. Ella negó con la cabeza, se puso de puntillas y miró por la ventana. Mientras Gamache la observaba, la inspectora encendió la linterna y alumbró el interior.

Y entonces se volvió hacia él.

Había encontrado algo.

Sin pronunciar palabra, Lacoste le tendió la linterna. Gamache alumbró hacia dentro desde la ventana y vio una cama, un armario, una maleta abierta... y a una anciana tendida en el suelo. Ya no tenía remedio.

• • •

Armand Gamache e Isabelle Lacoste esperaban en la pequeña sala de estar de la casa de Constance Ouellet. Al igual que el exterior, el interior estaba limpio, aunque no aséptico. Había libros y revistas, y un par de zapatillas viejas junto al sofá. No era una sala de exposición reservada para invitados especiales: era evidente que Constance la utilizaba. En un rincón, frente a un televisor de los antiguos, había dos butacas y un sofá. Como todo lo que había en la estancia, las butacas eran de buena calidad y en su momento debían de haber sido caras, aunque ahora se veían gastadas. Era un salón cómodo y acogedor, y la madre de Gamache habría considerado que estaba decorado con buen gusto.

Después de haber descubierto el cuerpo al mirar por la ventana, Gamache había llamado a Marc Brault y los dos agentes de la Sûreté habían esperado en el coche a que llegaran las fuerzas policiales de Montreal para ocuparse del asunto. Cuando éstas aparecieron, dio comienzo la rutina habitual, pero sin la ayuda del inspector jefe Gamache y la inspectora Lacoste, que fueron relegados a la sala de estar, como invitados de aquella investigación. Era una sensación rara para ambos, como si jugaran a hacer novillos. Pasaron el tiempo deambulando por la modesta habitación, fijándose en la decoración, en los objetos personales, pero no tocaron nada, ni siquiera se sentaron.

Gamache reparó en que tres de los asientos parecían ocupados por gente transparente. Al igual que la butaca de la librería de Myrna, conservaban la forma de las personas que se habían sentado en ellos todos los días durante años y años.

No había árbol de Navidad, ni adornos dentro de la casa, «pero ¿por qué iba a haberlos?», se dijo Gamache, «si ella planeaba ir a pasar las fiestas a Three Pines».

Gamache vio el destello de unos faros a través de las cortinas corridas, oyó cómo se detenía un coche, luego una puerta que se cerraba y el crujido cauteloso de unas botas sobre la nieve.

Marc Brault entró en la casa y encontró a Gamache y a Lacoste en la sala de estar.

—No esperaba verte, Marc —dijo Gamache mientras estrechaba la mano del jefe de Homicidios de Montreal.

—Bueno, estaba a punto de irme a casa, pero como has sido tú quien ha llamado para dar el parte, he pensado que mejor me pasaba por aquí, por si hacía falta que alguien te arrestara.

—Qué amabilidad la tuya, *mon ami* —repuso Gamache con una sonrisa.

Brault se volvió hacia Lacoste.

—Andamos cortos de personal por las vacaciones, ¿le gustaría ayudar a mi equipo?

Lacoste sabía reconocer cuándo la despachaban educadamente. Ella los dejó solos y la mirada inteligente de Brault se volvió hacia Gamache.

—Bueno, háblame de este cuerpo que habéis encontrado.

—Se llama Constance Ouellet.

—¿Es la mujer por la que estabas preocupado esta tarde? ¿La que pensabas que quizá podría haber sido la suicida?

—*Oui*. La esperaban ayer para comer. Mi amiga ha dejado pasar un día, confiando en que llegaría, y luego me ha llamado.

—¿La conocías?

Gamache se dio cuenta de lo curioso que era que lo interrogaran a uno. Porque se trataba de un interrogatorio, por más que fuera amistoso y amable.

—No personalmente.

Marc Brault abrió la boca para hacer otra pregunta, pero vaciló. Observó a Gamache unos instantes.

—Dices que no personalmente... pero ¿la conocías en otro sentido? ¿Por su reputación?

Gamache podía notar cómo trabajaba la mente astuta de Brault, cómo escuchaba y analizaba.

—Sí, y diría que tú también. —Esperó un momento—. Es Constance Ouellet, Marc.

Repitió el nombre. Le contaría quién era, si fuera necesario, pero quería que su colega llegara a descubrirlo por sí mismo, si podía.

Vio que su amigo rebuscaba en sus recuerdos, como había hecho él, y luego notó que abría mucho los ojos: había encontrado a Constance Ouellet. Brault se volvió y se quedó mirando fijamente la puerta abierta; luego salió y anduvo a toda prisa por el pasillo hasta el dormitorio y el cadáver.

Myrna no sabía nada de Gamache, pero tampoco lo esperaba: era demasiado pronto. Se decía que no tener noticias era una buena noticia, y se lo repetía una y otra vez.

Llamó a Clara y le pidió que se acercara a tomar una copa.

—Necesito contarte algo —dijo, cuando ambas estuvieron sentadas frente a la chimenea del apartamento con sendos vasos de whisky.

—¿Qué? —preguntó Clara inclinándose hacia su amiga. Sabía que Constance había desaparecido y, al igual que Myrna, estaba preocupada.

—Es sobre Constance.

—¿Qué? —Clara se preparó para recibir malas noticias.

—Sobre quién es en realidad.

—¿Cómo? —El pánico de Clara se evaporó, sustituido por la confusión.

—Se hace llamar Constance Pineault pero ése era el apellido de soltera de su madre. En realidad se llama Constance Ouellet.

—¿Cómo?

—Constance Ouellet.

Myrna observó a su amiga. Tras la reacción de Gamache, ya esperaba esa pausa, durante la cual la gente se preguntaba dos cosas: quién era Constance Ouellet y por qué Myrna le daba tanta importancia a este asunto.

Clara frunció el entrecejo, volvió a reclinarse en el asiento y cruzó las piernas. Dio unos sorbitos al whisky y su mirada se perdió en el vacío.

Y entonces, dando un respingo, Clara cayó en la cuenta de quién era en realidad.

Marc Brault volvió a la sala de estar, esta vez caminando despacio.

—Se lo he contado a los demás —dijo, casi como si hablara en sueños—. Hemos registrado su dormitorio. ¿Sabes, Armand? De no habernos dicho tú quién era, no lo habríamos sabido, al menos hasta que la introdujéramos en el sistema.

Brault paseó la vista sin prisa por la pequeña sala de estar.

—No hay un solo indicio que sugiera que era una de las Ouellet, ni aquí ni en los dormitorios. Podría haber documentos o fotografías en algún sitio, pero de momento no ha aparecido nada.

Los dos hombres examinaron con detalle la sala. Había figuritas de porcelana, libros, discos compactos, crucigramas y cajas viejas de rompecabezas: pruebas de una vida privada, pero no de un pasado.

—¿Es la última que quedaba? —preguntó Brault.

Gamache asintió.

—Creo que sí.

El forense asomó la cabeza y dijo que estaban a punto de llevarse el cadáver; preguntó a los agentes si querían echar un último vistazo. Brault se volvió hacia Gamache, que hizo un gesto afirmativo con la cabeza.

Ambos siguieron al forense por el pasillo estrecho hasta un dormitorio al fondo de la casa. Un equipo de investigadores de escenarios del crimen del Departamento de Homicidios de Montreal estaba recabando pruebas. Cuando llegó Gamache, todos se detuvieron de inmediato. Isabelle Lacoste, que simplemente había estado observando la operación, los vio poner los ojos como platos al darse cuenta de quién había entrado.

El inspector jefe Gamache, de la Sûreté: el hombre con quien soñaban trabajar todos los policías de Quebec, excepto los agentes que actualmente formaban la división de Homicidios bajo su mando. La inspectora rodeó la cinta policial que delimitaba el cuerpo de madame Ouellet y se unió a los dos hombres en la puerta. De pronto la pequeña habitación estaba abarrotada.

El dormitorio, al igual que la sala de estar, tenía muchos objetos personales, incluida la maleta, llena y abierta sobre la cama hecha e impecable. Pero, como en la sala de estar, no había una sola fotografía.

—¿Me permite? —preguntó Gamache al inspector de la escena del crimen, que asintió con la cabeza.

El jefe se arrodilló junto a Constance. Llevaba una bata con los botones abrochados y por debajo asomaba un camisón de franela. Era evidente que la habían matado mientras hacía la maleta, la víspera de su partida hacia Three Pines.

El inspector jefe Gamache le sostuvo la mano helada y la miró a los ojos. Los tenía abiertos, fijos. Muy azules, muy muertos. No expresaban sorpresa, ni dolor, ni miedo. Estaban vacíos, como si su vida sencillamente se hubiera extinguido; agotado, como una batería.

Podría haber sido una escena pacífica de no ser por la sangre que había debajo de la cabeza y en el pie de la lámpara rota junto al cuerpo.

—No parece premeditado —comentó una agente—, quien fuera que hizo esto no traía un arma. La lámpara salió de ahí. —Señaló la mesita de noche.

Gamache asintió con la cabeza. Pero eso no significaba que no fuera premeditado, sólo apuntaba a que el asesino sabía cómo encontrar un arma.

Volvió a mirar a la mujer a sus pies y se preguntó si el asesino sabría quién era.

• • •

—¿Estás segura? —preguntó Clara.

—Pues sí —contestó Myrna, y se esforzó en no sonreír.

—¿Por qué no nos lo contaste?

—Constance no quería que lo supiera nadie: es muy reservada.

—Pensaba que estaban todas muertas —dijo Clara en voz baja.

—Confío en que no.

—Francamente —admitió Marc Brault cuando se disponían a salir de la casa de Constance Ouellet—, esto no podría haber pasado en peor momento. Cada Navidad hay maridos que matan a sus esposas, empleados que matan a sus patronos y unos cuantos suicidas. Y ahora, esto. La mayor parte de mi equipo está de vacaciones.

Gamache asintió.

—Yo me marcho a París dentro de una semana, Reine-Marie ya está allí.

—Pues yo me voy a nuestro chalet en Sainte-Agathe este viernes. —Brault lanzó una mirada inquisitiva a su colega. Para entonces estaban en la acera, donde empezaba a haber vecinos mirones—. Supongo que no podrás... —Se frotó las manos enguantadas para calentarlas—. Ya sé que tienes muchos casos propios, Armand...

Brault sabía más que eso, y no porque el inspector jefe Gamache se lo hubiera contado, sino porque lo sabían todos los oficiales de policía de Quebec y probablemente de Canadá: el Departamento de Homicidios de la Sûreté se estaba «reestructurando». A Gamache, aunque se lo elogiara en público, lo estaban marginando personal y profesionalmente. Era humillante, o lo sería si el inspector jefe Gamache no continuara comportándose como si no se hubiera dado cuenta.

—Estaré encantado de ocuparme de este caso.

—*Merci* —repuso Brault con evidente alivio.

—*Bon.* —El inspector jefe hizo una seña a Lacoste: era hora de irse—. Si tu equipo puede acabar con los interrogatorios y el informe forense, nos encargaremos del asunto por la mañana.

Se fueron hacia el coche. Varios vecinos pidieron información y el inspector jefe Brault dio respuestas imprecisas pero tranquilizadoras.

—No podemos mantener en secreto su muerte, por supuesto —dijo en voz baja a Gamache—, pero no anunciaremos su verdadero nombre. Si la prensa pregunta, la llamaremos Constance Pineault. —Observó los rostros preocupados de los vecinos—. Me pregunto si sabían quién era.

—Lo dudo —respondió Gamache—. No habría borrado todas las pruebas de su identidad, incluido su apellido, para luego contárselo a los vecinos.

—Quizá lo adivinaron —sugirió Brault.

Pero, al igual que Gamache, él tampoco lo creía. ¿Quién iba a adivinar que su anciana vecina había sido una de las personas más famosas no sólo de Quebec o Canadá, o de Norteamérica, sino del mundo?

Lacoste ya había puesto en marcha el motor y encendido la calefacción para deshelar el parabrisas. Los dos hombres estaban de pie junto al vehículo. Marc Brault parecía reacio a irse.

—Dilo de una vez —lo animó Gamache.

—¿Vas a presentar la dimisión, Armand?

—Llevo en este caso unos dos minutos ¿y ya pides mi dimisión?

Brault sonrió sin dejar de mirar fijamente a su colega. Gamache inhaló hondo y se ajustó los guantes.

—¿Tú lo harías? —preguntó al final.

—¿A mi edad? Tengo la pensión asegurada, y tú también. Si mis jefes desearan tanto que me fuera, saldría disparado.

—Si tus jefes desearan tanto que te fueras, ¿no te parece que te preguntarías por qué?

Detrás de Brault, Gamache podía ver el muñeco de nieve de la casa de enfrente: sus brazos abiertos parecían los huesos de una criatura contrahecha que le hacía señas para que se acercara.

—Acepta la jubilación, *mon ami* —dijo Brault—. Vete a París, disfruta de las fiestas y luego retírate. Pero antes, resuelve este caso.

SEIS

—¿Adónde vamos? —quiso saber Isabelle Lacoste.

Gamache echó un vistazo al reloj del salpicadero: eran casi las siete.

—Necesito pasar por casa, por *Henri*, y luego estaremos unos minutos en la jefatura.

Sabía que podía pedirle a su hija Annie que le diera de comer a *Henri* y lo sacara a pasear, pero ella tenía otras cosas en la cabeza.

—¿Y madame Landers? —preguntó Lacoste mientras giraba con el coche hacia la casa del jefe en el Outremont.

Gamache también había estado pensando en ella.

—Me acercaré allí esta noche y se lo diré en persona.

—Iré con usted.

—*Merci*, Isabelle, pero no es necesario. Es posible que me quede en la fonda. El inspector jefe Brault ha dicho que nos mandaría todos los informes y me gustaría que los descargaras mañana por la mañana, yo averiguaré lo que pueda en Three Pines.

No pasaron mucho rato en su casa, sólo el suficiente para que el jefe preparara una maleta para que él y *Henri* pudieran pasar la noche fuera. Indicó al gran pastor alemán que subiera al asiento trasero del coche y el animal, con las orejas tiesas como dos antenas parabólicas, recibió con placer aquella orden. Entró de un brinco e inmediatamente, temiendo que Gamache cambiara de opinión, se hizo un ovillo lo más prieto que pudo.

Así no puedes verme. Nooo pueeedeees veermeee.

Pero, dada su excitación, y como había comido muy deprisa, *Henri* delató su presencia de una forma que empezaba a ser demasiado habitual.

En los asientos delanteros, tanto el inspector jefe como Isabelle Lacoste se apresuraron a bajar las ventanillas: preferían el frío glacial de fuera a lo que amenazaba con fundir la tapicería allí dentro.

—¿Hace eso a menudo? —jadeó Lacoste.

—Es una muestra de afecto, según me han contado —contestó el jefe sin mirarla a los ojos—: un cumplido. —Hizo una pausa, volviéndose hacia la ventanilla—. Un gran cumplido.

Isabelle Lacoste sonrió: estaba acostumbrada a recibir «cumplidos» parecidos de su marido y ahora también de su hijo. Se preguntó por qué el cromosoma Y era tan oloroso.

En la jefatura de la Sûreté, Gamache puso la correa de cuero a *Henri* y los tres entraron en el edificio.

—¡Espere, por favor! —exclamó Lacoste cuando vio entrar a un hombre en el ascensor al fondo del pasillo.

La inspectora salió corriendo hacia él, con Gamache y *Henri* a su espalda, pero entonces aminoró el paso... y se detuvo.

El hombre en el ascensor apretó un botón, y volvió a apretarlo otra vez, y otra más.

Lacoste estaba a un par de palmos del ascensor deseando que las puertas se cerraran y pudieran subir en el siguiente.

Pero el inspector jefe Gamache no vaciló. Él y *Henri* pasaron de largo a la inspectora y entraron en el ascensor, al parecer ajenos al hombre que hundía sin cesar el dedo en el botón de cerrar las puertas. Cuando éstas empezaron a cerrarse, Gamache sacó el brazo para impedirlo y miró a Lacoste.

—¿Vienes?

Lacoste entró para unirse a Armand Gamache, a *Henri*... y a Jean-Guy Beauvoir.

Gamache saludó a su antiguo segundo al mando con una leve inclinación de cabeza.

Jean-Guy Beauvoir no le devolvió el saludo: prefirió seguir mirando al frente. Si Isabelle Lacoste no creyera ya en cosas como la energía y las vibraciones desde antes de entrar en el ascensor, lo habría hecho al salir. El inspector Beauvoir despedía, irradiaba, una emoción intensa.

Pero ¿qué emoción? Lacoste clavó la mirada en los números.

2... 3... 4...

Y trató de analizar las ondas que emanaban de Jean-Guy Beauvoir. ¿Vergüenza? ¿Turbación? Ella sentiría las dos cosas si fuera él, desde luego; pero no lo era. Sospechaba que lo que Beauvoir sentía e irradiaba era más vil, más burdo, más simple.

Lo que emanaba de él era rabia.

6... 7...

Lacoste observó el reflejo de Beauvoir en la puerta picada y abollada; apenas lo había visto desde que lo habían trasladado de Homicidios al departamento del superintendente jefe Francœur. Tal como ella lo recordaba, su mentor era un hombre ágil, enérgico, frenético en ocasiones. Esbelto en comparación con la envergadura más robusta de Gamache. Racional donde el jefe era intuitivo, pura acción donde Gamache se mostraba contemplativo.

A Beauvoir le gustaban las listas; a Gamache, los pensamientos, las ideas.

A Beauvoir le gustaba interrogar; a Gamache, escuchar.

Y, sin embargo, entre ese hombre maduro y el más joven existía un vínculo que parecía extenderse en el tiempo. Cada uno de ellos ocupaba un lugar natural, casi ancestral, en la vida del otro, y el sentimiento se había vuelto aún más profundo cuando Jean-Guy Beauvoir se enamoró de Annie, la hija del jefe.

A Lacoste le había producido cierta sorpresa que Beauvoir se prendara de Annie: ella no se parecía en nada a la ex mujer de Beauvoir y tampoco a las preciosas quebequesas con las que éste acostumbraba a salir. Annie Gamache prefería la comodidad a las modas, no era ni guapa ni fea, no era esbelta, aunque tampoco gorda. Annie Gamache nunca sería la mujer más atractiva en la sala: no hacía volver la cabeza.

Hasta que se reía y hablaba.

Para el asombro de Lacoste, Jean-Guy Beauvoir había sabido ver algo que muchos hombres no llegaban a percibir jamás: hasta qué punto era hermosa, y atractiva, la felicidad.

Annie Gamache era feliz, y Beauvoir se enamoró de ella.

Isabelle Lacoste lo admiraba por eso. De hecho, había muchas cosas de su mentor que despertaban su admiración, aunque lo que más admiraba era su pasión por el trabajo y su lealtad incuestionable al inspector jefe Gamache.

Hasta unos meses atrás. Aunque, para ser franca, ya antes habían empezado a aparecer fisuras.

Su mirada se posó entonces en el reflejo de Gamache: parecía relajado; sus manos, en la correa de *Henri*, no se veían tensas. Se fijó en la cicatriz en la sien canosa.

Desde el día en que había ocurrido eso nada había vuelto a ser igual. No podía serlo; no debería serlo. Pero a Lacoste le había llevado un tiempo darse cuenta de lo mucho que habían cambiado las cosas.

Ahora estaba plantada en medio de las ruinas, entre los escombros, la mayoría de los cuales habían caído de Beauvoir. Su rostro bien afeitado se veía cetrino, demacrado. No aparentaba treinta y ocho años, sino muchos más. No parecía simplemente cansado, ni siquiera exhausto: parecía que lo hubieran vaciado. Y en el hueco él había metido, para salvaguardarlo, lo único que le quedaba: su ira.

9... 10...

La esperanza debilísima que Lacoste abrigaba todavía, la de que el jefe y el inspector Beauvoir sólo estaban fingiendo aquel distanciamiento, se desvaneció: no había refugio posible, ni esperanza, ni duda alguna.

Jean-Guy Beauvoir despreciaba a Armand Gamache.

No estaba actuando.

Isabelle Lacoste se preguntó qué habría ocurrido de no haber estado también ella en el ascensor. Dos hombres armados, y uno de ellos con la ventaja, si podía llamarse así, de albergar una ira casi sin fondo.

Tenía delante a un hombre con una pistola y nada más que perder.

Si Jean-Guy Beauvoir odiaba a Gamache, Lacoste se preguntó qué sentiría el jefe.

Volvió a observar con detenimiento su imagen en la puerta rayada y abollada del ascensor: parecía perfectamente tranquilo.

En ese momento, *Henri* tomó la decisión, si algo así puede ser fruto de una decisión, de ofrecerles otro de sus grandes cumplidos. El instinto de supervivencia hizo que Lacoste se llevara una mano a la cara.

El perro, ajeno al aire putrefacto, miró a su alrededor haciendo tintinear alegremente su placa. Sus grandes ojos marrones se alzaron hacia el hombre que tenía a su lado, no el que sujetaba su correa, sino el otro.

Un hombre que le resultaba familiar.

14... 15...

El ascensor se detuvo y la puerta se abrió dejando entrar oxígeno. Isabelle se preguntó si tendría que quemar la ropa que llevaba puesta.

Gamache la sostuvo abierta para ella y Lacoste salió tan deprisa como pudo, desesperada por alejarse de aquel hedor, del que sólo podía culparse en parte a *Henri*. Pero antes de que Gamache pudiera salir, *Henri* se volvió hacia Beauvoir y le lamió la mano.

Beauvoir la apartó como si se la hubieran escaldado.

El pastor alemán salió del ascensor siguiendo al jefe y las puertas se cerraron tras ellos. Cuando los tres se dirigían hacia las puertas de cristal de la división de Homicidios, Lacoste reparó en el temblor de la mano que sujetaba la correa.

Era leve, pero ahí estaba.

Y comprendió también que Gamache, si bien no controlaba los esfínteres de *Henri*, sí controlaba totalmente los movimientos del animal: podría haberlo sujetado más corto y haber impedido que se acercara a Beauvoir, pero no lo había hecho.

Había permitido el lametón: había permitido aquel beso leve.

El ascensor llegó a la planta superior de la jefatura de la Sûreté y las puertas se abrieron enfrente de dos hombres de pie en el pasillo.

—Coño, Beauvoir, menuda peste —soltó uno, poniendo mala cara.

—No he sido yo —dijo Beauvoir, que aún notaba en la mano el lametón de *Henri*, húmedo y caliente.

—No me digas —se burló el tipo, e intercambió una mirada con el otro.

—Que os jodan —musitó Beauvoir, y se abrió paso entre ambos para entrar en la oficina.

El inspector jefe Gamache contemplaba su Departamento de Homicidios: donde antes había agentes hasta bien entrada la noche, ahora sólo se veían escritorios vacíos.

Deseó que el motivo de aquella calma fuera que se habían resuelto todos los asesinatos. O mejor incluso, que ya no hubiera asesinatos, que nadie sintiera tanto dolor como para arrebatar una vida, ni la de otro ni la suya.

Como Constance Ouellet, como el cuerpo bajo el puente, como él, en el ascensor, hacía un momento.

Pero Armand Gamache era realista y sabía que la larga lista de homicidios no hacía sino crecer. Lo que había disminuido era su capacidad para resolverlos.

• • •

El superintendente jefe Francœur no se levantó. No alzó la vista. Ignoró a Beauvoir y a los demás cuando tomaron asiento en su enorme despacho privado.

A esas alturas, Beauvoir ya se había acostumbrado. El de superintendente jefe era el rango más alto dentro de la policía de Quebec, y se notaba. Distinguido, con el pelo canoso y aspecto de estar seguro de sí mismo, irradiaba autoridad. No era un hombre con el que uno pudiera andarse con jueguecitos. Francœur se veía a menudo con el primer ministro, comía con el ministro de Protección Civil y se tuteaba con el cardenal de Quebec.

A diferencia de Gamache, Francœur daba libertad a sus agentes. No le preocupaba cómo conseguían resultados. «Limítate a conseguirlo», les decía.

La única ley válida era la del superintendente jefe Francœur, la única línea que no debía cruzarse se había trazado en torno a él: su poder era absoluto y nadie lo ponía en duda.

Trabajar con Gamache había sido siempre muy complicado: había muchas zonas grises y siempre se debatía qué era lo correcto, como si eso fuera una cuestión difícil de discernir.

Trabajar con el superintendente jefe Francœur era sencillo.

Los ciudadanos que cumplían las leyes estaban a salvo y los criminales no lo estaban. Francœur confiaba en la capacidad de su gente para decidir quién era qué y de saber qué hacer al respecto. ¿Y si se cometía un error? Entonces velaban los unos por los otros; se defendían, se protegían mutuamente.

Eso no pasaba con Gamache.

Beauvoir se frotó la mano tratando de borrar el lametón como si lo hiciera con lija. Pensó en las cosas que debería y podría haber dicho a su antiguo jefe y no le había dicho.

• • •

—Deja tus cosas y vete a casa —le dijo Gamache a Lacoste en la puerta de su despacho.

—¿Seguro que no quiere que lo acompañe?

—Seguro. Ya te digo que es posible que pase allí la noche. Gracias, Isabelle.

Al mirarla, como le pasaba casi siempre, le vino la imagen fugaz de Lacoste inclinada sobre él y pronunciando su nombre, y volvió a sentir sus manos sujetándole la cabeza mientras él yacía espatarrado en el suelo de hormigón.

Había notado un peso aplastante en el pecho y una subida de sangre a la cara. Y la necesidad de pronunciar dos palabras, sólo dos, mientras miraba a Lacoste, desesperado porque ella lo entendiera.

«Reine-Marie.»

Era todo lo que le quedaba por decir.

Al principio de su recuperación, cuando recordaba el rostro de Isabelle tan cerca del suyo, se avergonzaba de su vulnerabilidad. Su deber era ser su líder, protegerlos; y les había fallado. Ella, en cambio, lo había salvado.

Pero ahora, cuando la miraba y aquella imagen fugaz destellaba entre ambos, comprendía que estaban unidos para siempre por aquel instante y sólo sentía un afecto enorme por ella, y gratitud por haberse quedado con él y escuchado aquellas palabras apenas susurradas: Isabelle era el recipiente en el que había vertido sus últimos pensamientos.

«Reine-Marie.»

Armand Gamache recordaría siempre el alivio inmenso que había sentido al ver que ella lo había entendido, y que ya podía irse en paz al otro barrio.

Pero no se había ido al otro barrio, por supuesto. Gracias en gran parte a Isabelle Lacoste, había sobrevivido. Pero demasiados de sus agentes no lo habían hecho aquel día, incluido Jean-Guy Beauvoir. El sabelotodo fanfarrón y peñazo había entrado en aquella fábrica y al salir era alguien distinto.

—Vete a casa, Isabelle —dijo Gamache.

• • •

El superintendente continuó leyendo el documento que tenía delante y pasó lentamente una página.

Beauvoir reconoció el informe sobre la redada en la que había participado unos días antes.

—Aquí dice —comentó Francœur con su voz grave y tranquila— que no todas las pruebas llegaron al archivo.

Miró a Beauvoir, que puso cara de extrañeza.

—Faltan unos medicamentos, por lo visto.

Beauvoir se devanó los sesos tratando de dar con una respuesta mientras el superintendente volvía a bajar la vista hacia el informe.

—Pero no creo que el caso vaya a verse afectado por esto —concluyó finalmente Francœur, volviéndose hacia Martin Tessier—. Quítalo del informe.

Le lanzó el documento a su segundo al mando.

—Sí, señor.

—Dentro de media hora tengo una cena con el cardenal. Está muy preocupado por la violencia de las pandillas de moteros; ¿qué puedo decirle?

—Que esa niña resultara muerta ha sido mala suerte —repuso Tessier.

—No creo que haga falta que le diga eso, ¿no?

Beauvoir sabía de qué hablaban: lo sabía todo Quebec. Una niña de siete años había saltado por los aires junto con varios miembros de los Hell's Angels al hacer explosión una bomba en un coche. Había salido en todas las noticias.

—Siempre nos había funcionado bien lo de pasar información a bandas rivales y dejar que se enfrentaran entre sí —dijo Tessier.

Beauvoir había llegado a apreciar las ventajas de semejante estrategia, aunque al principio estaba horrorizado: se trataba de dejar que los criminales se mataran unos a otros. La Sûreté sólo tenía que guiarlos un poco: soltaba algo de información por aquí, algo por allá y luego se quitaba de en medio. Las bandas rivales se ocupaban del resto. Era fácil, seguro y, sobre todo, eficaz. Es cierto que a veces salía perjudicado algún civil, pero entonces la Sûreté se encargaba de hablar con los medios de comunicación e insinuar que el muerto o la muerta en cuestión quizá no fuera tan inocente como aseguraba su familia.

Y siempre había funcionado.

Hasta lo de esa niña.

—¿Qué estáis haciendo al respecto? —quiso saber Francœur.

—Bueno, tenemos que responder y elegir como blanco uno de sus búnkeres. Ya que fueron los Rock Machine quienes pusieron la bomba que mató a la niña, deberíamos planear una redada contra ellos.

Jean-Guy Beauvoir bajó la vista y se quedó mirando la alfombra, luego las manos.

«Yo no, por favor; otra vez no.»

—No me interesan los detalles. —Francœur se levantó y los demás hicieron lo mismo—. Hacedlo y punto, y cuanto antes mejor.

—Sí, señor —respondió Tessier, y cruzó el umbral detrás de él.

Beauvoir los observó salir y exhaló: estaba a salvo.

Al llegar al ascensor, el superintendente jefe le mostró un frasquito a Tessier.

—Diría que nuestro miembro más reciente está un poco nervioso, ¿no te parece? —dijo, dejando las pastillas en la mano del inspector—. Incluye a Beauvoir en esa redada.

Francœur entró en el ascensor.

Sentado a su escritorio, Beauvoir miraba sin ver la pantalla del ordenador tratando de borrar el encuentro de su pensamiento. No el que había tenido con Francœur, sino con Gamache. Hacía meses que se organizaba la jornada haciendo todo lo posible para evitar ver al jefe, y le había funcionado. Hasta esa noche. Estaba molido y le dolía todo el cuerpo excepto una zona pequeña, en la mano, que seguía notando húmeda y caliente por mucho que la frotara para secarla.

Sintió una presencia junto a su codo y alzó la vista.

—Buenas noticias —dijo el inspector Tessier—: le has causado buena impresión a Francœur, te quiere en la redada.

A Beauvoir se le revolvió el estómago. Ya se había tomado dos OxyContin, pero volvía a dolerle.

Inclinándose sobre el escritorio, Tessier dejó un frasco de pastillas junto a la mano de Beauvoir.

—Todos necesitamos una ayudita de vez en cuando. —Dio unos golpecitos en la tapa del frasco y añadió, con ligereza y en voz baja—: Tómate una. No es nada, sólo relaja un poco. Todos las tomamos, te sentirás mejor.

Beauvoir miró fijamente el frasco. Sonó una pequeña alarma en algún sitio, pero demasiado hondo, y demasiado tarde.

SIETE

Armand Gamache apagó las luces y luego recorrió el pasillo con *Henri*, pero en lugar del botón de bajar, apretó el de subir. No hasta la última planta, sino a la de justo debajo. Miró el reloj: las ocho y media. Perfecto.

Un minuto más tarde, llamó a una puerta y entró sin esperar respuesta.

—*Bon* —dijo la superintendente Brunel—. Ya lo has conseguido.

Thérèse Brunel, tan menuda y elegante como siempre, se puso de pie y con un gesto le señaló una silla junto a su marido, Jérôme, que también se había levantado. Intercambiaron apretones de manos y luego todos tomaron asiento.

Thérèse Brunel ya pasaba de la edad de jubilación de la Sûreté, pero nadie tenía agallas, ni otros órganos, para decírselo. Había llegado tarde al cuerpo, donde la había formado Gamache, pero luego ella lo había adelantado en la competición gracias en parte a su trabajo duro y su capacidad, pero en parte también, como todos sabían, a que la carrera de él había dado contra un muro edificado por el superintendente jefe Francœur.

Se habían hecho amigos en la academia, donde ella tenía el doble de años que cualquiera de sus compañeros y él era su profesor. Los papeles, cargos y rangos que ambos desempeñaban actualmente deberían estar revertidos. Thérèse Brunel lo sabía, Jérôme lo sabía, y Gamache lo sabía también, aunque sólo a él parecía no importarle.

Se sentaron en el sofá y las sillas de diseño, con *Henri* tumbado entre Gamache y Jérôme. El anciano dejó caer un brazo para acariciar con gesto ausente al pastor alemán.

Jérôme, que se acercaba ya a los ochenta años, era un hombre casi completamente esférico, una bola con patas; de haber sido algo más bajo, *Henri* habría tenido la tentación de hacerlo rodar y perseguirlo de aquí para allá.

Pese a la diferencia de rango, era evidente que Armand Gamache estaba al mando de la situación: ésta era su reunión, aunque no fuera su despacho.

—¿Qué noticias tienes? —preguntó a Thérèse.

—Diría que nos estamos acercando, Armand, pero hay un problema.

—Me he topado con algunos obstáculos —explicó Jérôme—. Quien haya hecho esto es muy listo: justo cuando consigo acelerar un poco me descubro en un callejón sin salida.

Jérôme hablaba con tono quejumbroso, pero su actitud era jovial. Había rodado un poco hacia delante y tenía las manos entrelazadas; le brillaban los ojos y luchaba por contener una sonrisa.

Estaba disfrutando con aquello.

El doctor Brunel era investigador, pero no trabajaba para la Sûreté du Québec. Ya retirado, había sido jefe de Urgencias del Hôpital Notre-Dame de Montreal. Se había formado para detectar rápidamente una emergencia médica, decidir un protocolo de intervención, dar un diagnóstico y luego proporcionar un tratamiento.

Desde su jubilación, unos años antes, concentraba su energía y sus habilidades en resolver acertijos y códigos. Tanto su mujer como el inspector jefe Gamache le habían consultado casos en los que aparecían mensajes en clave, pero Jérôme Brunel era algo más que un médico jubilado que se entretenía: era un hombre nacido para resolver acertijos. Tenía una mente capaz de ver y establecer enseguida conexiones que a otros podían llevarles horas o días, si llegaban siquiera a dar con ellas. Pero el juego favorito del doctor Brunel, su droga favorita, eran los ordenadores: era un ciberadicto, y Gamache le había llevado heroína pura en la forma de aquel enigma tan retorcido.

—Jamás había visto tantas capas de seguridad —explicó Jérôme—, alguien se ha tomado muchas molestias para ocultar esto.

—¿Cómo «esto»? Pero ¿qué es «esto»? —quiso saber Gamache.

—Nos pediste que descubriéramos quién había filtrado en realidad el vídeo de la incursión en la fábrica —dijo la superintendente Brunel—, la que dirigiste tú, Armand.

Gamache asintió con la cabeza. El vídeo provenía de las cámaras diminutas que los agentes llevaban sujetas a los auriculares. Lo grababan todo.

—Hubo una investigación, por supuesto —prosiguió madame Brunel—. La conclusión del Departamento de Delitos Cibernéticos fue que un *hacker* con suerte dio con los archivos, los editó y los colgó en internet.

—Y una mierda —soltó el doctor Brunel—: un *hacker* jamás podría haber pirateado esas grabaciones, están demasiado bien protegidas.

—¿Y bien? —Gamache se volvió hacia Jérôme—. ¿Entonces quién lo hizo?

Todos sabían quién lo había hecho: si no se trataba de un *hacker* con suerte, tenía que ser alguien de dentro de la Sûreté, y de bastante arriba, puesto que había podido ocultar su rastro. El doctor Brunel había dado con ese rastro y lo había seguido.

Y todos sabían que llevaba hasta la oficina que tenían justo encima: a la mismísima cumbre de la Sûreté.

Pero hacía mucho que Gamache había empezado a dudar de que estuvieran haciendo la pregunta adecuada: si en lugar de «quién», no debería ser «por qué». En realidad, él sospechaba que al final se descubriría que el vídeo no era sino el asqueroso excremento de una criatura mucho mayor, es decir, que se había confundido la *merde* con la amenaza real.

Armand Gamache observaba a los allí reunidos. Un alto cargo de la Sûreté que había dejado atrás la edad de jubilación, un médico gordinflón y él, un inspector de mediana edad marginado.

Sólo ellos tres. Y la criatura a la que buscaban parecía crecer cada vez que alcanzaban a vislumbrarla.

Sin embargo, Gamache sabía que una desventaja como ésa podía constituir también una ventaja: la gente no los tenía en cuenta, los descartaba; en especial aquellos que se creían invisibles e invencibles.

—Creo que nos estamos acercando, Armand, pero no paro de encontrarme con callejones sin salida —dijo Jérôme.

El médico parecía de pronto ligeramente sospechoso.

—Continúa —pidió Gamache.

—No estoy seguro del todo, pero creo que he detectado a un mirón.

Gamache no dijo nada: sabía qué era un mirón, tanto en términos físicos como cibernéticos, pero quería que Jérôme fuera más preciso.

—Si es así, es muy astuto y hábil, y es posible que lleve un tiempo observándome.

Gamache apoyó los codos en las rodillas y entrelazó sus grandes manos como un acorazado surcando las aguas tras su objetivo.

—¿Es Francœur? —preguntó Gamache. No tenía sentido fingir.

—Él en persona, no —repuso Jérôme—, pero sea quien sea creo que actúa desde dentro de la red de la Sûreté. Llevo ya mucho tiempo haciendo esto y nunca había visto nada tan sofisticado: siempre que me paro a mirar, retrocede y se esfuma.

—¿Cómo sabes siquiera que está ahí? —quiso saber Gamache.

—No lo sé con certeza: es una sensación. La de que hay algo que se mueve, un desplazamiento.

Brunel hizo una pausa. Era la primera vez que Gamache percibía en aquel médico, alegre por naturaleza, un deje de preocupación. Daba la impresión de creer que por bueno que él fuera quizá estaba enfrentándose a alguien mejor.

El inspector jefe se reclinó contra el respaldo de la silla como si algo hubiera pasado junto a él dándole un empujón.

«¿Qué hemos sacado a la luz?»

No sólo estaban dando caza a aquella criatura, sino que ahora parecía que la criatura también podía andar tras ellos.

—¿Sabe ese mirón quién eres? —preguntó Gamache.

—No lo creo —dijo Jérôme.

—¿No lo crees? —replicó Gamache con tono seco y mirada dura.

—No. —Jérôme negó con la cabeza—. No lo sabe.

Sin embargo, había un «pero» implícito, aunque no se hubiera expresado.

—Ten cuidado, Jérôme —dijo Gamache, poniéndose en pie y recogiendo la correa de *Henri*. Se despidió de la pareja, salió y se internó en la noche.

Las luces de ciudades, pueblos y aldeas se desvanecían en el espejo retrovisor a medida que se adentraba en el bosque. Al cabo de un rato, la oscuridad fue absoluta excepto por los haces de los faros sobre las carreteras nevadas. Finalmente, Gamache vio un resplandor suave al frente, y supo de qué se trataba. Su coche coronó una montaña, y abajo, en el valle, vio tres pinos enormes adornados con luces navideñas en verde, rojo y amarillo. Miles de ellas, al parecer. Todo el pueblo estaba lleno de luces alegres colgadas de porches y cercas y del puente de piedra.

A medida que el coche descendía, la señal de su teléfono se iba perdiendo. Allí no había cobertura de móvil ni llegaban los correos electrónicos: era como si él y *Henri*, dormido en el asiento trasero, hubieran desaparecido de la faz de la tierra.

Aparcó delante de la librería de Myrna y vio que aún había luces encendidas en el piso de arriba. Cuántas veces había acudido a aquel sitio para encontrarse con la muerte... Esta vez la había llevado consigo.

OCHO

Clara Morrow fue la primera que reparó en la llegada del coche.

Tras haber compartido con Myrna una cena sencilla a base de estofado recalentado y ensalada, se había levantado para lavar los platos. Myrna no había tardado en unirse a ella.

—Ya lo hago yo —le dijo Clara, echando un chorro de lavavajillas en el agua caliente. Observó cómo se formaba la espuma. Siempre le producía un placer extraño: la hacía sentirse una maga, una bruja o una alquimista. Quizá no resultaba tan valioso como convertir plomo en oro, pero tenía su utilidad, al fin y al cabo.

Clara Morrow no era una persona a la que le gustaran las tareas domésticas, lo que le gustaba era la magia: convertir agua en espuma, platos sucios en limpios, un lienzo en blanco en una obra de arte.

No le fascinaba tanto el cambio como la metamorfosis.

—Tú siéntate.

Pero Myrna cogió el trapo decidida a secar un plato calentito y limpio.

—Me ayuda a no pensar en ciertas cosas.

Las dos sabían que secar los platos de la cena era una balsa frágil en un mar embravecido, pero si con eso Myrna lograba mantenerse a flote un rato, a Clara ya le estaba bien.

Ambas consiguieron llevar un ritmo acompasado, ella lavaba y Myrna secaba.

Cuando hubo acabado, Clara vació el fregadero, lo enjugó con un trapo y se volvió para mirar la estancia. No había cambiado en los años que habían transcurrido desde que Myrna dejó su consulta de psicóloga en Montreal y cargó su coche diminuto con todas sus posesiones. Cuando llegó a Three Pines, parecía que hubiera huido de un circo.

Se apeó ahí mismo, una mujer negra enorme, sin duda más grande que el coche. Se había perdido por carreteras secundarias y, al toparse con aquel pueblecito inesperado, se había detenido para tomar un café y una pasta e ir al lavabo: una parada técnica de camino a otro sitio, a algún lugar más emocionante, más prometedor, pero Myrna Landres nunca llegó a marcharse.

En el *bistrot*, frente a un *café au lait* y unas pastas, comprendió que estaba bien allí. Deshizo las maletas, alquiló la tienda vacía junto al local de Olivier y abrió una librería con ejemplares nuevos y de ocasión. Se instaló en el piso de arriba, en la buhardilla.

Fue por eso, en realidad, por lo que Clara conoció a Myrna. Un día se pasó por allí para ver qué tal iba la nueva librería y oyó que alguien barría y soltaba improperios en la planta de arriba. Al subir por las escaleras al fondo de la tienda, se encontró a Myrna.

Barriendo y soltando improperios.

Y eran amigas desde entonces.

Clara había visto a Myrna hacer magia y convertir una tienda vacía en una librería. Convertir un espacio desierto en un lugar de reunión, una buhardilla abandonada en un hogar, una vida desgraciada en otra llena de alegría.

Three Pines podía ser tranquilo, pero siempre estaba en movimiento.

Mientras contemplaba la habitación y las luces navideñas en las ventanas, a Clara le pareció ver el destello fugaz de unos faros, aunque no estaba segura.

Entonces oyó el motor del coche. Se volvió hacia Myrna, que también lo había oído.

Ambas pensaron lo mismo.

Constance.

Clara trató de reprimir el alivio, consciente de que era prematuro, pero éste burbujeaba y envolvía su cautela.

Les llegó el tintineo de la puerta en la planta de abajo y el ruido de unos pasos. Oyeron a una persona, una sola, cruzando el suelo por debajo de ellas. Myrna agarró la mano de Clara y exclamó:

—¿Hola?

Hubo una pausa y luego se oyó una voz familiar.

—¿Myrna?

Clara notó cómo se enfriaba la mano de Myrna. No era Constance: era el mensajero. El cartero había llegado en su bicicleta llevando un telegrama.

Era el jefe de Homicidios de la Sûreté.

Myrna sostenía con ambas manos la taza de té intacta. Quería calentarse, no bebérsela. A través de la ventanilla de la estufa de leña, miraba fijamente las llamas y las brasas, que se reflejaban en su cara y la hacían parecer más animada de lo que estaba en realidad.

Clara se había arrellanado en el sofá y Armand se sentó en la butaca frente a Myrna. Él también tenía una taza de té en las manos, pero no observaba el fuego, sino a Myrna.

Henri, después de haber olisqueado todo el apartamento, se había tumbado en la alfombra, al lado de la estufa.

—¿Crees que habrá sufrido? —preguntó Myrna, sin dejar de mirar el fuego.

—No.

—¿Y no sabes quién pudo hacerle eso?

«Eso.» Myrna no era capaz todavía de decir en voz alta en qué consistía «eso».

Cuando sólo había pasado un día sin que Constance hubiera aparecido, ni siquiera llamado, Myrna ya se había preparado para lo peor: para la posibilidad de que Constance hubiera sufrido un infarto, un derrame cerebral, un accidente.

Nunca se le había ocurrido que pudiera ser algo aún peor: que su amiga no hubiera perdido la vida, sino que se la hubieran arrebatado.

—Todavía no lo sabemos, pero lo averiguaré —dijo Gamache inclinándose hacia ella.

—¿Puedes hacerlo? —preguntó Clara, que intervenía por primera vez desde que él les había dado la noticia—. ¿No vivía en Montreal? ¿No queda fuera de tu jurisdicción?

—Sí, en efecto, pero el inspector jefe de Homicidios de Montreal es amigo mío y me ha cedido el caso. —Se dirigió a Myrna—: ¿Conocías bien a Constance?

Myrna abrió la boca y miró a Clara.

—Ah —exclamó ésta, que lo entendió en el acto—, ¿prefieres que me vaya?

Myrna titubeó y después negó con la cabeza.

—No, perdona. Ha sido la costumbre: tengo por norma no hablar sobre los clientes.

—De modo que era clienta, no sólo amiga —repuso Gamache, que no sacó la libreta, optando por escuchar con atención.

—Primero fue clienta y luego amiga.

—¿Cómo os conocisteis?

—Acudió a mi consulta de terapeuta hace varios años.

—¿Cuántos?

Myrna calculó mentalmente.

—Veintitrés —dijo, y pareció asombrarse un poco—. La conozco desde hace veintitrés años —añadió maravillada, y luego se obligó a volver a la realidad—: cuando dejó de acudir a mi consulta, continuamos en contacto. Salíamos a cenar, al teatro. Tampoco muy a menudo, pero descubrimos que, siendo ambas solteras, teníamos mucho en común. Me caía bien.

—¿No es poco corriente —quiso saber Gamache— entablar amistad con un cliente? O una paciente, en este caso.

—Una antigua paciente. Pero sí, es muy poco corriente. Es la única vez que me ha pasado. Una psicóloga debe tener los límites muy claros, incluso con los antiguos pacientes. La gente ya se nos mete en la cabeza; si se mete también en nuestra vida, tenemos un problema.

—Pero ¿Constance sí lo hizo?

Myrna asintió.

—Creo que las dos estábamos un poco solas, y ella me pareció bastante cuerda.

—¿Bastante?

—¿Quién de nosotros está totalmente cuerdo, inspector jefe?

Los dos miraron a Clara. Su cabello empezaba a ponerse de punta otra vez por la confluencia terrible del gorro, la electricidad estática y su manía de pasarse los dedos por el pelo para alisarlo.

—¿Qué sucede? —preguntó.

Gamache se volvió de nuevo hacia Myrna.

—¿Habías visto a Constance desde que te mudaste a Three Pines?

—Un par de veces, cuando iba a Montreal. Aquí, nunca. En general, manteníamos el contacto mediante postales y llamadas telefónicas. La verdad es que en estos últimos años nos habíamos distanciado un poco.

—Y entonces ¿qué la llevó a visitarte ahora? —preguntó el jefe—. ¿La invitaste tú?

Myrna se lo pensó y luego negó con la cabeza.

—No, diría que no. Creo que fue idea suya, aunque es posible que me insinuara que quería venir y yo la invitara.

—¿Tenía algún motivo en particular para querer visitarte?

Una vez más, Myrna le dio vueltas al asunto antes de responder.

—Su hermana murió en octubre, como probablemente ya sabrás...

Gamache asintió. Había salido en las noticias, del mismo modo que saldría la muerte de Constance: el asesinato de Constance Pineault era una mera estadística, el de Constance Ouellet, un titular de primera plana.

—Desde que desaparecieron sus hermanas, no le quedaba nadie más. Constance era muy reservada. No tiene nada de malo, pero en su caso se había convertido en una especie de manía.

—¿Podrías darme los nombres de algunos de sus amigos?

Myrna negó con la cabeza.

—¿No conoces a ninguno?

—No tenía ninguno.

—*Pardon?*

—Constance no tenía amigos —repitió Myrna.

Gamache se la quedó mirando.

—¿Ninguno?

—Ninguno.

—Tú eras amiga suya —intervino Clara—, y era amiga de todos aquí, incluso de Ruth.

Sin embargo, apenas lo hubo dicho, Clara comprendió su error: había confundido una actitud amistosa con una auténtica amistad.

Myrna guardó silencio unos instantes antes de volver a hablar.

—Constance daba la impresión de ser una persona amigable y cercana, pero en realidad no era así.

—¿Quieres decir que era todo mentira? —preguntó Clara.

—No del todo. No quiero que penséis que era una sociópata o algo así. Le gustaba la gente, pero siempre ponía una barrera.

—¿Incluso contigo? —quiso saber Gamache.

—Incluso conmigo. Había muchas partes de su vida que mantenía ocultas.

Clara recordó su intercambio en el estudio, cuando Constance se había negado a que la retratara. No había sido grosera, pero sí firme: la había mandado a paseo de un modo clarísimo.

—¿Qué pasa? —preguntó Gamache al ver la cara de concentración de Myrna.

—Estaba pensando en lo que ha dicho Clara, y tiene razón. Creo que Constance era feliz aquí, que de verdad se sentía cómoda con todo el mundo, incluso con Ruth.

—¿Y qué crees que significa eso? —insistió Gamache.

Myrna reflexionó.

—Me pregunto si...

Paseó la vista por la habitación y luego observó, a través de la ventana, los pinos con su iluminación navideña. Las bombillas se mecían bajo la brisa nocturna.

—Me pregunto si por fin se estaba abriendo —prosiguió, mirando de nuevo a sus invitados—. No había pensado en ello hasta ahora, pero se la veía menos cauta, más auténtica, especialmente con el paso de los días.

—No me permitió pintarla —comentó Clara.

Myrna sonrió.

—Es comprensible, ¿no crees? Eso era precisamente lo que ella y sus hermanas más temían... Que las exhibieran.

—Pero yo entonces aún no sabía quién era —repuso Clara.

—Daba igual, ella sí lo sabía —le explicó Myrna—. El caso es que para cuando se marchó parecía sentirse a salvo aquí, sin importar si su secreto había salido a la luz o no.

—¿Y había salido a la luz? —quiso saber Gamache.

—Yo nunca se lo he contado a nadie.

Gamache se fijó en la revista sobre el escabel: un ejemplar muy antiguo de *Life* con una foto famosa en la portada.

—Pero es evidente que tú sí sabías quién era —le dijo a Clara.

—Se lo he contado yo esta tarde —explicó Myrna—, cuando he empezado a asumir que, probablemente, Constance nunca aparecería.

—¿Y nadie más lo sabía? —insistió él, cogiendo la revista y poniéndose a observar la fotografía. Una imagen que había visto muchas veces: la de cinco niñas pequeñas con manguitos y unos abrigos de invierno preciosos. Abrigos idénticos, niñas idénticas.

—Que yo sepa, no —contestó Myrna.

Y una vez más Gamache se preguntó si el hombre que había matado a Constance sabía quién era, si era consciente de que estaba eliminando a la última de su especie: a la última de las quintillizas Ouellet.

NUEVE

Armand salió a la noche fría y vigorizante. Hacía mucho que había parado de nevar y el cielo estaba despejado. Acababan de dar las doce y, mientras estaba ahí plantado respirando grandes bocanadas de aire límpido, las luces de los árboles se apagaron.

El inspector jefe y *Henri* eran los únicos seres en un mundo oscuro. El inspector alzó la vista y poco a poco fueron apareciendo las estrellas: el Cinturón de Orión, la Osa Mayor, la Estrella Polar; millones y millones de luces, todas muy muy brillantes ahora y sólo ahora, únicamente visibles en la oscuridad.

Gamache se encontró sin saber qué hacer ni adónde ir. Estaba cansado y no le apetecía volver a Montreal, pero no había reservado en la fonda porque había preferido ir directamente a casa de Myrna, y ahora era ya más de medianoche y en la fonda todas las luces estaban apagadas. A duras penas conseguía distinguir el contorno de la antigua posada para diligencias contra el fondo del bosque.

Pero, mientras observaba, en una ventana de la planta de arriba apareció una luz tamizada por las cortinas, y unos instantes después otra, en la planta de abajo. Y entonces vio un resplandor a través del montante de la puerta de entrada, antes de que ésta se abriera: la figura de un hombre muy alto y robusto se recortó en el umbral.

—Ven, muchacho, ven aquí —llamó una voz, y *Henri* tironeó de la correa.

Gamache lo soltó y el pastor alemán salió disparado sendero abajo, subió por los peldaños y se lanzó a los brazos de Gabri.

Cuando Gamache llegó, Gabri se esforzaba por mantenerse en pie.

—Buen chico. —Le dio un abrazo al inspector jefe—. Pasa, que me estoy congelando el culo, aunque no me sirve ya de gran cosa.

—¿Cómo has sabido que estábamos aquí?

—Myrna ha llamado, le parecía que ibas a necesitar una habitación. —Miró detenidamente a su huésped inesperado—. Porque quieres quedarte, ¿no?

—Desde luego que sí —repuso el inspector jefe, que rara vez había hablado más en serio.

Gabri cerró la puerta tras ellos.

Sentado en su coche, Jean-Guy Beauvoir miraba fijamente la puerta cerrada. Estaba arrellanado en el asiento, no tanto como para resultar invisible, pero sí lo suficiente como para dejar clara su intención de ser discreto. Era un gesto calculado y, como él mismo sabía en el fondo, también patético.

Pero ya le daba igual: sólo quería que Annie mirara por su ventana, que reconociera su coche, que lo viera allí y abriera la puerta.

Quería...

Quería...

Quería volver a sentirla en sus brazos, aspirar su aroma. Quería susurrarle: «Todo saldrá bien.»

Sobre todo, quería creerlo él mismo.

—Myrna nos contó que Constance había desaparecido —dijo Gabri. Cogió una percha para el abrigo que le tendía Gamache, hizo una pausa y enseguida añadió—: ¿Estás aquí por ella?

—Me temo que sí.

Gabri vaciló un instante brevísimo y luego preguntó:

—¿Está muerta?

El inspector jefe asintió con la cabeza.

Gabri estrechó con fuerza el abrigo y miró fijamente a Gamache. Ansiaba hacerle más preguntas, pero se contuvo, consciente de que el inspector estaba agotado. Colgó el abrigo y se encaminaron hacia las escaleras.

Gamache siguió a la inmensa bata oscilante hasta la planta de arriba.

Se detuvieron frente a una puerta que al inspector le resultaba muy familiar; Gabri encendió la luz y Gamache descubrió la habitación donde siempre se alojaba. A diferencia de Gabri, aquella estancia, y en realidad la fonda entera, era un ejemplo de moderación. Sobre los tablones anchos del suelo se distribuían varias alfombras orientales. La cama de madera oscura, grande y tentadora, tenía unas sábanas blancas impecables, un edredón grueso y almohadas de plumas.

Era una habitación poco recargada y confortable, sencilla y acogedora.

—¿Has cenado?

—No, pero aguanto bien hasta mañana. —Según el reloj de la mesita de noche eran las 12.30 h.

Gabri fue hasta la ventana, la abrió sólo un poco, para que entrara aire fresco, y corrió las cortinas.

—¿A qué hora te gustaría levantarte?

—¿Las seis y media es demasiado pronto?

Gabri palideció.

—Claro que no: siempre nos levantamos a esa hora. —Gabri fue hacia la puerta y una vez allí se detuvo—. Te refieres a las seis y media de la tarde, ¿verdad?

Gamache dejó su pequeña bolsa de viaje en el suelo, junto a la cama.

—*Merci*, *patron* —dijo con una sonrisa, mirando a Gabri a los ojos.

Antes de desvestirse, Gamache se percató de que *Henri* se había plantado junto a la puerta. De pie en el centro de la habitación, el jefe miró alternativamente la cama calentita y mullida y al animal.

—Ay, *Henri*, más te vale tener ganas de hacer algo más que jugar —dijo con un suspiro, y hurgó en las cosas del perro en busca de la pelota de tenis y una bolsa.

Bajaron con sigilo por las escaleras. Gamache volvió a ponerse el abrigo, los guantes y el gorro, abrió la puerta y los dos se internaron en la noche. No le puso la correa a *Henri*: el riesgo de que escapara era casi nulo, teniendo en cuenta que era uno de los perros menos aventureros que conocía.

El pueblo estaba completamente a oscuras y apenas se adivinaba el contorno de las casas contra el bosque. Fueron hasta la plaza y Gamache observó con satisfacción y agradecimiento silenciosos cómo *Henri* hacía sus necesidades. El inspector jefe las recogió con la bolsa y se volvió hacia *Henri* para darle su premio.

Pero el perro ya no estaba. Siempre que paseaban, y lo hacían a diario, después de darse un gusto como aquél, *Henri* se quedaba plantado junto a Gamache expectante y con la cabeza levantada, esperando su premio: era un *quid pro quo*.

Pero, por inconcebible que fuera, *Henri* no estaba ahí: se había esfumado.

Se maldijo por ser tan estúpido y miró la correa que tenía en la mano. ¿Habría captado el perro el olor de un ciervo o un coyote y salido disparado hacia el bosque?

—*Henri* —lo llamó—. Ven aquí, vamos.

Silbó y entonces reparó en las huellas de patas en la nieve: volvían a cruzar la calle, pero no hacia la fonda.

Gamache se inclinó y las siguió a paso rápido. Una vez en la otra acera, cruzaban un montón de nieve, se internaban en un jardín y enfilaban la vía de acceso a una casa que no se había despejado con pala. Por segunda vez en aquel día, el jefe se encontró con que la nieve se le metía en las botas y se le fundía en los calcetines. Volvía a tener los pies empapados, pero no le importó: sólo deseaba encontrar a *Henri*.

Se detuvo. Delante de él había una figura oscura, de orejas enormes, que miraba expectante una puerta. Meneaba la cola, esperando que lo dejaran entrar.

El jefe sintió que se le apaciguaba el corazón. Lanzó un suspiro de alivio.

—*Henri* —susurró con vehemencia—. *Viens ici.*

El pastor alemán miró hacia donde estaba él.

«Se ha equivocado de casa», pensó Gamache, no del todo sorprendido. Aunque *Henri* tenía un gran corazón, su cerebro era más modesto. Su cabeza quedaba ocupada casi por entero por las orejas; de hecho, parecía un simple soporte para esas orejas. Por suerte, *Henri* en realidad no necesitaba la cabeza, pues todas las cosas importantes las guardaba en el corazón... excepto, quizá, su domicilio actual.

—Ven aquí —le indicó, sorprendido de que el animal, tan bien entrenado y normalmente tan obediente, no le hubiera respondido de inmediato—. Le vas a dar un susto de muerte a esta gente.

Pero enseguida comprendió que *Henri* no se había equivocado en absoluto: había llegado a esa casa a propósito; conocía la fonda, pero conocía más esa casa.

Henri había crecido allí. Lo habían rescatado de cachorro y llevado a esa casa, donde lo había criado una anciana. Emilie Longpré lo había salvado, le había dado un nombre y cariño, y *Henri* la había querido mucho también.

Éste había sido, y de algún modo lo sería siempre, el hogar de *Henri*.

Gamache había olvidado que su perro conocía mejor Three Pines de lo que él lo conocería jamás. Cada olor, cada brizna de hierba y cada árbol, del primero al último.

Bajó la vista hacia las huellas de botas y patas en la nieve: nadie había quitado la nieve del sendero de la entrada, ni despejado los peldaños del porche. La casa estaba a oscuras y desierta.

Estaba seguro de que allí no vivía nadie, de que aquella casa había estado deshabitada en los años transcurridos desde la muerte de Emilie Longpré, cuando Armand y Reine-Marie habían decidido adoptar al cachorro huérfano.

Henri no lo había olvidado. O era más probable, como pensó Gamache mientras subía los peldaños llenos de nieve para recuperar al perro, que reconociera su hogar por puro instinto. Y ahora esperaba, meneando la cola, que una mujer muerta hacía tiempo le diera una galleta y le dijera que era un buen perro.

—Buen perro —susurró Gamache en una de sus enormes orejas cuando se inclinó para ponerle la correa. Pero antes de volverse de nuevo hacia los peldaños, escudriñó el interior por una ventana.

Vio muebles cubiertos por sábanas: muebles fantasmas.

Henri y él bajaron del porche y rodearon lentamente la plaza ajardinada del pueblo cubiertos por la bóveda celeste.

Uno de ellos iba pensando; el otro, recordando.

Thérèse Brunel se incorporó sobre un codo y, por encima del bulto en la cama que era Jérôme, miró el reloj sobre la mesita de noche.

Pasaban unos minutos de la una de la madrugada. Se dejó caer de nuevo en el colchón y observó la respiración acompasada de su marido. Su tranquilidad le produjo envidia. Se preguntó si la razón era que en realidad no entendía la gravedad de la situación, pese a que era un hombre reflexivo y sensato.

O lo más probable, quizá, era que Jérôme confiara en que su esposa y Armand sabrían qué hacer.

Durante la mayor parte de su vida de casada a Thérèse la había reconfortado la idea de que, como médico de urgencias, Jérôme siempre sería capaz de ayudar. Si ella o uno de los niños se asfixiaban, se daban un golpe en la cabeza, sufrían un accidente o tenían un infarto, él los salvaría.

Pero ahora se daba cuenta de que los papeles se habían intercambiado: era él quien contaba con su mujer, y ella no tenía valor para decirle que no sabía qué hacer. La habían formado para tener propósitos claros y objetivos evidentes. Para resolver el crimen y arrestar al criminal. Pero ahora todo parecía borroso, poco definido.

Mientras contemplaba el techo y escuchaba la respiración rítmica y profunda de su marido, la superintendente Brunel comprendió que la cosa se reducía a dos posibilidades.

Que a Jérôme no lo hubieran descubierto en el ciberespacio, que no lo hubieran seguido, que todo fuera un espejismo.

O que lo hubieran descubierto, y seguido.

Y esto último significaba que alguien en las altas esferas de la Sûreté se había tomado muchas molestias para encubrir lo que estaba haciendo, más molestias de las que merecía un vídeo viral, por malévolo que fuera.

Tumbada en la cama, mirando el techo, pensó en lo impensable: ¿y si la criatura a la que trataban de dar caza llevaba años ahí, creciendo e intrigando, llevando a cabo pacientemente sus planes?

¿Era eso con lo que habían topado? Al seguir el rastro de aquel vídeo pirateado, ¿había descubierto Jérôme algo mucho mayor, más antiguo e incluso más deleznable?

Al mirar a su marido se dio cuenta de que estaba despierto, después de todo, y también miraba el techo. Lo tocó en el brazo y él se volvió y acercó su cara a la de ella.

Asiéndole la cara con ambas manos, Jérôme susurró:

—Todo saldrá bien, *ma belle*.

Le hubiera gustado ser capaz de creerle.

En el otro extremo de la plaza del pueblo, el inspector jefe se detuvo. *Henri*, sujeto de la correa, esperó pacientemente bajo el frío mientras Gamache contemplaba la casa donde se había criado. El propio *Henri* lo había conducido hasta allí.

Y una idea cobró forma en su pensamiento.

Al cabo de un minuto más o menos, Gamache advirtió que el pastor alemán levantaba alternativamente las patas delanteras para evitar el contacto con la nieve y el hielo.

—Vámonos ya, *mon vieux* —dijo, y echó a andar deprisa hacia la fonda.

En la habitación, el inspector jefe encontró un plato con sándwiches de jamón de varios pisos, unas cuantas galletas y un chocolate caliente. Se moría de ganas de meterse en la cama con su cena.

Pero primero se arrodilló, tomó las patas frías de *Henri* entre sus manos calientes una por una y luego le susurró en una oreja:

—Todo saldrá bien.

Y *Henri* le creyó.

DIEZ

A la mañana siguiente, unos golpecitos a la puerta despertaron a Gamache a las seis y media.

—*Merci, patron* —exclamó, apartó el edredón y atravesó medio encogido la habitación fría para cerrar la ventana.

Después de ducharse, bajó las escaleras con *Henri* siguiendo el aroma a café fuerte y beicon ahumado al arce. En la chimenea bailaba y chisporroteaba el fuego.

—¿Un huevo o dos, *patron*? —preguntó Gabri.

Gamache se asomó a la cocina.

—Dos, por favor. Y gracias por los sándwiches de anoche. —Dejó los platos vacíos y la taza en el fregadero—. Estaban deliciosos.

—¿Has dormido bien? —preguntó Gabri, alzando la vista del beicon que removía en la sartén.

—Sí, mucho.

Y así era: había sido un sueño profundo y reparador, el primero en mucho tiempo.

—El desayuno estará listo en unos minutos.

—Volveré para entonces.

En la puerta principal, Gamache se encontró con Olivier y se dieron un abrazo.

—Me he enterado de que estabas aquí —dijo Olivier mientras ambos se inclinaban para ponerse las botas. Hizo una pausa y se incorporó—. Gabri me ha contado lo de Constance. Qué tragedia... ¿Ha sido el corazón?

Cuando Gamache no contestó, los ojos de Olivier se fueron abriendo más y más a medida que encajaba la enormidad de lo que veía en la expresión sombría del jefe.

—No es posible... —susurró—. ¿La ha matado alguien?

—Me temo que sí.

—Dios mío. —Olivier negó con la cabeza—. La ciudad es una mierda.

—¿Eso no es ver la paja en ojo ajeno, monsieur? —se burló Gamache.

Olivier hizo un mohín y siguió a Gamache hasta el porche, donde éste le puso la correa a *Henri*. Se acercaba el solsticio de invierno, el día más corto del año. Aún no había salido el sol, pero los lugareños empezaban a ponerse en marcha. Desde el porche, los dos hombres y el perro vieron encendidas las primeras luces en las ventanas en torno a la plaza y un olor leve a humo de leña les llegó por el aire.

Salieron juntos hacia el *bistrot*, donde Olivier tenía que atender a la gente que acudiera a desayunar.

—¿Cómo fue?

—La atacaron en su casa: un golpe en la cabeza.

Incluso en la oscuridad, Gamache notó la mueca de su amigo.

—Pero ¿por qué iba alguien a hacer algo así?

Ésa, por supuesto, era la cuestión, se dijo Gamache.

En ocasiones, la pregunta era «cómo», muchas veces «quién», pero lo que en verdad obsesionaba a cualquier investigador era «por qué».

¿Por qué había matado alguien a esa anciana de setenta y siete años? ¿Y había matado a Constance Pineault o a Constance Ouellet? ¿Sabía el asesino que era una de las famosas quintillizas Ouellet, y no sólo una de ellas, sino la última?

¿Por qué?

—No lo sé —admitió Gamache.

—¿Tú te encargarás del caso?

El jefe asintió y su cabeza reprodujo el ritmo de sus pasos.

Por fin se detuvieron frente al *bistrot*. Olivier estaba a punto de despedirse cuando el inspector jefe alargó una mano y lo tomó del brazo. Olivier bajó la vista hacia la mano enguantada y volvió a levantarla para mirar a aquellos intensos ojos castaños.

Luego esperó.

Gamache bajó la mano. Tenía un plan, pero no estaba seguro, ni mucho menos, de que fuera sensato. El rostro apuesto de Olivier estaba enrojeciendo a causa del frío y su aliento emergía en bocanadas largas y tranquilas.

El jefe dejó de mirarlo a los ojos y se concentró en *Henri*, que se revolcaba en la nieve pataleando en el aire.

—¿Te importaría dar un paseo conmigo?

Aquello sorprendió un poco a Olivier, que se puso en guardia: sabía por experiencia que rara vez era buena señal que el inspector jefe de Homicidios quisiera hablar con uno en privado.

La nieve acumulada en la calle crujió cuando aquel hombre alto y robusto, y el otro, más bajo, esbelto y joven que él, echaron a andar con paso tranquilo alrededor de la plaza del pueblo. Con las cabezas gachas y juntas, compartían confidencias, pero no sobre el asesinato, sino sobre algo completamente distinto.

Se detuvieron ante la casa de Emilie Longpré. No había humo en la chimenea, ni luz en las ventanas, pero estaba llena de recuerdos de una anciana a la que Gamache había admirado profundamente y *Henri* había adorado. Los dos hombres observaron la casa y Gamache explicó qué quería.

—Entendido, *patron* —dijo Olivier cuando hubo escuchado la petición de Gamache.

—Gracias; ¿puedo pedirte que no le cuentes esto a nadie?

—Por supuesto.

Se separaron, Olivier para abrir el *bistrot*, Gamache y *Henri* para desayunar en la fonda.

Un gran tazón de *café au lait* esperaba en una de las gastadas mesas de pino frente a la chimenea. Después de ponerle comida y agua fresca a *Henri*, Gamache se sentó a la mesa. Bebía café y tomaba notas. *Henri* se tendió a sus pies, pero alzó la cabeza cuando entró Gabri.

—*Voilà*.

El posadero dejó un plato con dos huevos, beicon, bollos tostados y fruta fresca sobre la mesa. Luego se preparó un *café au lait* y se sentó con el jefe.

—Olivier ha llamado hace un momento desde el *bistrot*. Me ha dicho que a Constance la asesinaron; ¿es verdad?

Gamache asintió y tomó un sorbo de café. Estaba cremoso y fuerte.

—¿Te ha contado algo más? —Lo preguntó como quien no quiere la cosa, pero estudiando a Gabri.

—Me ha dicho que fue en su casa.

Gamache esperó, pero por lo visto Olivier había mantenido el resto de la conversación en secreto, tal como había prometido.

—Cierto.

—Pero ¿por qué? —Gabri cogió uno de los bollos tostados.

Ahí estaba otra vez, se dijo Gamache. Como su compañero, Gabri no había preguntado quién, sino por qué.

Por supuesto, Gamache no podía responder todavía a ninguna de esas preguntas.

—¿Qué opinión tenías de Constance?

—Bueno, sólo estuvo aquí unos días —dijo Gabri, pero entonces pareció considerar mejor la pregunta.

Gamache esperó: tenía mucha curiosidad por oír la respuesta.

—A su llegada, se mostró cordial, aunque reservada —explicó finalmente Gabri—. Era evidente que no le caían muy bien los gays.

—Y ella ¿te caía bien a ti?

—Pues sí. A menudo, la gente simplemente no ha conocido a muchos maricones y ése es todo el problema.

—¿Y una vez que os hubo conocido a ti y a Olivier?

—Bueno, tampoco es que se volviera una entusiasta de los mariposones, pero casi.

—¿Qué?

En lugar de soltar una ocurrencia ingeniosa, Gabri se puso serio.

—Se volvió casi como una madre para ambos. Para todos nosotros, creo yo, a excepción de Ruth.

—Y con Ruth, ¿cómo era?

—Al principio, Ruth no quiso tener nada que ver con ella: la odió en cuanto la vio. Ya sabes que para Ruth es un motivo de orgullo odiar a todo el mundo. *Rosa* y ella mantenían las distancias y murmuraban palabrotas desde lejos.

—La reacción normal de Ruth, entonces —repuso Gamache.

—Me alegro de que *Rosa* esté ya de vuelta —confesó Gabri por lo bajo, y luego miró a su alrededor con cara de preocupación exagerada—, pero ¿no te parece que es un poco como los monos voladores de *El mago de Oz*?

—Me pregunto si podríamos centrarnos en la cuestión, Dorothy —bromeó Gamache.

—Lo curioso es que, después de haber tratado a Constance como si fuera una caca de *Rosa*, de pronto Ruth pareció cogerle simpatía.

—¿Ruth?

—Ya, ya. Nunca había visto nada parecido. Hasta cenaron juntas una noche en casa de Ruth, las dos solas.

—¿Ruth? —repitió Gamache.

Gabri untó mermelada en su bollo y asintió con la cabeza. Gamache escrutaba su rostro, pero no le pareció que ocultara nada; se dio cuenta, eso sí, de que éste no sabía quién era Constance: de haberlo sabido, a esas alturas ya habría comentado algo.

—O sea que, por lo que tú sabes, ¿nada de lo ocurrido aquí explicaría su muerte? —preguntó Gamache.

—No, nada.

El inspector jefe terminó su desayuno con ayuda de Gabri, se levantó y llamó a *Henri*.

—¿Te guardo la habitación?

—Sí, por favor.

—Y otra para el inspector Beauvoir, claro; porque vendrá también, ¿no?

—La verdad es que no: está en otra misión.

Gabri hizo una pausa y luego asintió.

—Ah.

Ninguno de los dos supo en realidad qué se suponía que significaba ese «Ah».

Gamache se preguntó cuánto tiempo tenía que pasar para que la gente al mirarlo dejara de ver a Beauvoir de pie a su lado, y cuánto para que él mismo dejara de esperar ver ahí a Jean-Guy. No era el dolor lo que se hacía tan difícil soportar, se dijo: era la carga.

Cuando el inspector jefe y *Henri* llegaron al *bistrot*, el salón ya se había llenado con el aluvión de gente que iba a desayunar, aunque quizá «aluvión» no fuera el término correcto, porque nadie parecía tener mucha prisa.

Muchos lugareños alargaban el café cerca de las chimeneas, arrellanados en los sillones con los periódicos matutinos, que llegaban con un día de retraso de Montreal. Algunos se sentaban junto a las mesas bajas y pedían tostadas francesas, crepes o huevos con beicon.

Estaba saliendo el sol, e iba ser un día radiante.

Al entrar por la puerta, todas las miradas se volvieron hacia él. Estaba acostumbrado. Sabían lo de Constance, por supuesto. Se habían enterado de que había desaparecido y ahora sabían que había muerto. Asesinada.

Recorrió la estancia con la mirada y vio curiosidad, incluso pena, en los ojos de algunos. Había expresiones de intriga y otras simplemente inquisitivas, como si él llevara al hombro un saco lleno de respuestas.

Al colgar el abrigo, atisbó unas cuantas sonrisas: los lugareños habían reconocido a su compañero, el de las orejas grandes. Un hijo pródigo. *Henri* también los reconoció y los fue saludando con lametones, meneos de cola y olisqueos inoportunos mientras él y Gamache cruzaban el *bistrot*.

—¡Aquí!

Gamache vio a Clara de pie junto a un grupo de butacas y un sofá. Le devolvió el ademán de saludo y se abrió paso entre las mesas. Olivier se acercó, con un trapo al hombro y una bayeta húmeda en la mano, y limpió la mesa mientras el jefe saludaba a Myrna, Clara y Ruth.

—¿Os importa que se quede *Henri* o preferís que lo deje en la fonda?

Olivier miró a *Rosa*. La pata estaba sentada junto al fuego en una butaca que tenía un ejemplar de la *Gazette* de Montreal debajo y uno de *La Presse* sobre el brazo, a la espera de ser leído.

—No creo que haya problema —dijo Olivier.

Ruth dio un porrazo en el asiento libre que había a su lado en el sofá: un gesto que sólo podía interpretarse como una invitación, una especie de cóctel Molotov personalizado.

Gamache se sentó.

—Oye, ¿dónde está Beauvoir?

El jefe había olvidado que, contra todo pronóstico y todas las leyes de la naturaleza, Jean-Guy y Ruth habían entablado una amistad, o al menos habían llegado a entenderse.

—Está en otra misión.

Ruth lo fulminó con los ojos y él le aguantó la mirada sin alterarse.

—Conque finalmente te ha visto el plumero, ¿no?

Gamache sonrió.

—Debe de haber sido eso.

—¿Y tu hija? ¿Sigue enamorado de ella o con eso la ha cagado también?

Gamache continuaba mirando fijamente sus ojos fríos y viejos.

—Me alegra ver a *Rosa* de vuelta —respondió por fin—. Tiene buen aspecto.

Ruth miró a Gamache, después a la pata y de nuevo al inspector jefe, y entonces hizo algo que él había visto muy rara vez: se ablandó.

—Gracias —dijo.

Armand inhaló profundamente: el *bistrot* olía a pino y a humo de leña con un toque de caramelo. Sobre la repisa de la chimenea pendía una corona y en el rincón se alzaba un árbol decorado con adornos navideños y golosinas.

Se volvió hacia Myrna.

—¿Cómo estás esta mañana?

—Fatal, la verdad —respondió ella con una sonrisita, y, en efecto, tenía pinta de no haber dormido gran cosa.

Clara apretó la mano de su amiga.

—La inspectora Lacoste recibirá esta mañana todas las pruebas materiales de la policía de Montreal —les contó Gamache—. Me iré a la ciudad y llevaremos a cabo los interrogatorios. Una pregunta importante es si la persona que mató a Constance sabía quién era en realidad.

—¿Quieres decir: si fue un desconocido o alguien ha ido a por ella a propósito? —preguntó Olivier.

—Ese interrogante siempre se plantea —admitió Gamache.

—¿Crees que tenían intención de matarla? —quiso saber Clara—. ¿O fue por equivocación: un robo que se fue de las manos?

—¿Si hubo *mens rea*, una «mente culpable», o fue un accidente? —preguntó Gamache—. Ésas son las cuestiones que nos plantearemos.

—Espera un momento —intervino Gabri, que se había acercado a ellos pero, cosa rara, había guardado silencio—. ¿Qué has querido decir con eso de «quién era en realidad»? No has dicho «quién era», sino «quién era en realidad», ¿a qué te referías?

Gabri miró de Gamache a Myrna y de nuevo a Gamache.

—¿Quién era?

El inspector jefe se inclinó en el asiento, a punto de responder, pero entonces miró a Myrna sentada en silencio en su butaca y le hizo un gesto de asentimiento con la cabeza: era un secreto que Myrna había guardado durante décadas, le tocaba a ella revelarlo.

Myrna abrió la boca, pero la que habló fue otra voz, una voz quejumbrosa.

—Era Constance Ouellet, capullo.

ONCE

—¿Constance Ouellet-Capullo? —preguntó Gabri.

Ruth y *Rosa* lo fulminaron con la mirada.

—Caca, caca, caca —soltó la pata.

—Ella era Constante Ouellet —aclaró Ruth con tono gélido—: el capullo eres tú.

—¿Lo sabías? —le preguntó Myrna a la vieja poeta.

Ruth cogió a *Rosa* y se la subió al regazo para acariciarla como si fuera un gato. *Rosa* estiró el cuello, apuntó el pico hacia Ruth y se arrellanó en su cuerpo viejo como en un nido.

—Al principio, no. Pensaba que sólo era una pesada de mierda, como tú.

—Un momento —intervino Gabri, agitando su mano enorme como si pretendiera disipar la confusión—. ¿Constance Pineault era Constance Ouellet? —Se volvió hacia Olivier—. ¿Tú lo sabías?

Pero era evidente que su compañero estaba tan asombrado como él.

Gabri miró uno por uno a los reunidos para finalmente centrarse en Gamache.

—¿Estamos hablando de lo mismo? ¿De las cinco hermanas Ouellet?

—*C'est ça* —repuso el jefe.

—¿Las quintillizas? —insistió Gabri, todavía incapaz de entenderlo del todo.

—Eso es —le aseguró Gamache, pero al parecer sólo consiguió aumentar el desconcierto de Gabri.

—Pensaba que estaban muertas.

—¿Por qué hay tanta gente que piensa eso? —replicó Myrna.

—Bueno, da la sensación de que todo aquello pasó hace mucho, en otra época.

Todos guardaron silencio. Gabri había dado en el clavo: a la mayoría no les asombraba tanto que una de las quintillizas Ouellet hubiera muerto como que cualquiera de ellas siguiera viva. Y que hubiera estado allí, entre ellos.

Las quintillizas eran una leyenda en Quebec, y en todo Canadá, y en el mundo entero. Eran un fenómeno; bichos raros, prácticamente. Cinco niñitas idénticas, nacidas en lo más crudo de la Depresión, concebidas sin tratamientos de fertilidad: *in vivo*, no *in vitro*. El primer caso conocido de quintillizos fecundados de manera natural que hubieran sobrevivido. Y habían sobrevivido durante setenta y siete años... hasta el día anterior.

—Constance era la única que quedaba —explicó Myrna—. Su hermana Marguerite murió en octubre, de un derrame cerebral.

—¿Se había casado Constance? —preguntó Olivier—. ¿De ahí el apellido Pineault?

—No, ninguna de las quintillizas se casó —contestó Myrna—. Todas adoptaron el apellido de soltera de su madre, Pineault.

—¿Por qué? —preguntó Gabri.

—¿Por qué crees, tonto del culo? —le espetó Ruth—. No todo el mundo se muere por que le presten atención, ¿sabes?

—¿Y cómo supiste tú quién era? —le soltó Gabri.

Eso hizo callar a Ruth, para el asombro general. Habían esperado una réplica brusca, no un silencio.

—Me lo contó ella —respondió finalmente—, aunque no hablamos más del asunto.

—Oh, venga ya —dijo Myrna—, ¿te contó que era una de las quintillizas Ouellet y no le hiciste una sola pregunta?

—Me da igual si me crees o no —repuso Ruth—, es la verdad y punto.

—¿La verdad? Tú no reconocerías la verdad ni aunque la tuvieras en las narices —intervino Gabri.

Ruth lo ignoró y se concentró en Gamache, que la había estado observando con mucha atención.

—¿La mataron porque era una quintilliza Ouellet? —le preguntó al inspector jefe.

—¿Qué crees tú?

—No veo por qué —admitió Ruth—, y sin embargo...

«Y sin embargo, en efecto», pensó Gamache mientras se levantaba. Y, sin embargo, ¿por qué otro motivo iban a matarla?

Gamache consultó el reloj: eran casi las nueve, hora de ponerse en marcha. Se acordó de que su teléfono móvil no funcionaba en Three Pines, y tampoco el correo electrónico, así que se excusó para dirigirse a la barra a hacer una llamada telefónica. Le pareció que, si se asomaba a la calle, descubriría un montón de mensajes en el cielo, sobrevolando el pueblo de aquí para allá sin poder descender, esperando a que él saliera de allí para bombardearlo en picado.

Pero ninguno podía llegarle mientras estuviese en Three Pines. Armand Gamache sospechaba que eso explicaba en parte que hubiera dormido tan bien esa noche, y también que Constance Ouellet se hubiera sentido cada vez más cómoda en el pueblo.

Allí estaba a salvo, nada podía alcanzarla. Había sido al marcharse que la habían matado.

«O...»

Mientras el teléfono llamaba, las ideas se agolpaban en su cabeza.

«O...»

De repente se dio cuenta: no la habían matado al marcharse de allí; Constance Ouellet había sido asesinada cuando intentaba regresar a Three Pines.

—*Bonjour, patron.* —La voz alegre de la inspectora Lacoste le llegó a través del teléfono fijo.

—¿Cómo has sabido que era yo?

—El identificador de llamadas decía «*bistrot*», que es la palabra en clave que utilizamos para usted.

Gamache dudó un segundo, preguntándose si sería verdad, pero entonces la oyó reír.

—¿Sigue aún en Three Pines?

—Sí, justo me iba ahora. ¿Qué has averiguado?

—Tenemos la autopsia y el informe forense de la policía de Montreal. Ahora estoy leyendo las declaraciones de los vecinos. Le han enviado a usted todo esto.

«Estaba entre los mensajes que flotaban en lo alto», se dijo Gamache.

—¿Hay algo que deba saber?

—De momento, no. Los vecinos no sabían quién era, por lo visto.

—¿Lo saben ahora?

—No les hemos dicho nada. Queremos mantenerlo en secreto el mayor tiempo posible. Se armará un gran revuelo en los medios cuando salga a la luz que la última de las quintillizas no sólo acaba de morir, sino que además ha sido asesinada.

—Me gustaría ver otra vez la escena del crimen; ¿puedes reunirte conmigo en la casa Ouellet dentro de una hora y media?

—*D'accord* —respondió Lacoste.

Gamache alzó la mirada hacia el espejo que había detrás de la barra, vio su propio reflejo y, tras él, todo el *bistrot*, con su decoración navideña y el ventanal que daba al pueblo nevado. El sol ya estaba más alto y asomaba sobre las copas de los árboles, y el cielo lucía su azul de invierno más pálido. La mayoría de los clientes del *bistrot* habían vuelto a sus conversaciones, ahora con mucho alboroto, animados por la noticia de que habían conocido en persona a una quintilliza Ouellet. Gamache captaba el flujo y reflujo de sus emociones: entusiasmo ante el descubrimiento, seguido por el recuerdo de que estaba muerta; luego vuelta al fenómeno de las quintillizas, seguido de la noticia del asesinato. Eran como átomos moviéndose a toda velocidad entre dos polos, incapaces de quedarse quietos en un sitio.

En torno a la chimenea, los amigos procuraban consolar a Myrna, y sin embargo... Al contemplar el reflejo, Gamache había tenido la impresión de percibir un movimiento fugaz: alguien que lo había estado mirando se había apresurado a bajar la vista.

Pero había otros ojos que sí seguían clavados en él, que lo miraban con insistencia.

Henri.

El pastor alemán seguía sentado, con perfecta compostura y ajeno al barullo que lo rodeaba. Miraba fijamente a Gamache, petrificado, expectante: lo esperaría para siempre, con la certeza absoluta de que su dueño no se olvidaría de él.

Gamache miró al perro a los ojos a través del espejo y sonrió. *Henri* meneó la cola, pero el resto de su cuerpo permaneció inmóvil como una estatua.

—¿Y ahora qué, *patron*? —Olivier salió de detrás de la barra cuando Gamache colgaba el teléfono.

—Ahora me vuelvo a Montreal, tengo trabajo que hacer.

Olivier levantó el auricular.

—Y yo. Buena suerte, inspector jefe.

—Buena suerte para ti también, *mon vieux*.

El inspector jefe Gamache se encontró con Isabelle Lacoste en la puerta de la casa de Constance. Entraron juntos.

—¿Dónde está *Henri*? —quiso saber ella mientras encendía las luces. Hacía sol, pero la casa tenía un aspecto mortecino, como si los colores estuvieran palideciendo.

—Lo he dejado en Three Pines con Clara; para alegría de ambos, al parecer.

Le había asegurado que volvería y el pastor alemán le había creído.

Gamache y Lacoste se sentaron a la mesa de la cocina a repasar los interrogatorios y el informe del forense. La policía de Montreal había sido concienzuda en la toma de declaraciones, muestras y huellas digitales.

—Ya veo que sólo hay huellas de Constance —dijo Gamache, sin alzar la vista del documento que estaba leyendo—. No hay indicios de que entraran por la fuerza y la puerta no estaba cerrada con llave cuando llegamos nosotros.

—Podría no significar nada —repuso Lacoste—: en cuanto llegue a las declaraciones de los vecinos verá que casi ninguno cierra la puerta con llave durante el día cuando están en casa. Es un barrio antiguo y bien establecido, no hay delincuencia y las familias llevan viviendo aquí muchos años, desde hace varias generaciones en algunos casos.

Gamache asintió con la cabeza, pero sospechaba que Constance Ouellet podría haber cerrado su puerta. Su posesión más valiosa parecía ser la privacidad, y no habría querido que ningún vecino bienintencionado se la robara.

—El médico forense confirma que la mataron poco antes de medianoche —leyó el jefe—. Para cuando la encontramos llevaba muerta día y medio.

—Eso también explica que nadie viera nada —añadió Lacoste—: estaba oscuro y hacía frío. Todos estarían en casa durmiendo, viendo la televisión o envolviendo regalos. Nevó todo el día siguiente, con lo que las huellas que pudiera haber habido quedaron cubiertas.

—¿Cómo entró? —Gamache alzó la vista para mirar a Lacoste a los ojos.

En torno a ellos, la anticuada cocina parecía estar esperando a que uno de los dos preparara un té o se comiera las galletas de la lata. Era una cocina acogedora.

—Bueno, la puerta no estaba cerrada con llave cuando llegamos, de modo que ella la dejó abierta y el asesino se coló tranquilamente; o bien la dejó cerrada, él llamó al timbre y ella le permitió pasar.

—Luego la mató y se fue —añadió Gamache— sin cerrar la puerta con llave.

Lacoste asintió y vio que Gamache se arrellanaba en el asiento y negaba con la cabeza.

—Constance Ouellet no lo habría dejado pasar. Según Myrna, era patológicamente reservada, y esto lo confirma. —Dio unos golpecitos en el informe de pruebas forenses—. ¿Cuándo fue la última vez que viste una casa con huellas de una sola persona? Nadie entraba aquí nunca..., al menos con invitación.

—Entonces la puerta no debía de estar cerrada con llave y él se coló tranquilamente.

—Pero no cerrar con llave tampoco parece muy propio de ella —dijo el inspector jefe—. Digamos que, al igual que el resto del vecindario, había adquirido la costumbre de no cerrar, pero era de noche y tarde y ya se disponía a irse a la cama... Para entonces sí que habría echado la llave, *non?*

Lacoste asintió con la cabeza. O bien Constance había dejado entrar a su asesino o éste se había colado en la casa tranquilamente.

Ninguna de las dos posibilidades parecía probable, pero una de ellas era la verdad.

Gamache leyó el resto de los informes mientras la inspectora Lacoste llevaba a cabo su propio registro exhaustivo en la casa, empezando por el sótano. Le llegaban los ruidos que ella hacía allí abajo, moviendo cosas, pero aparte de eso sólo se oía el tictac del reloj sobre el fregadero dando fe del paso del tiempo.

Por último, dejó los informes en la mesa y se quitó las gafas.

Los vecinos no habían visto nada. La vecina de más edad, que había vivido toda la vida en aquella calle, se acordaba de cuando las tres hermanas se habían mudado a la casa, treinta y cinco años antes.

Constance, Marguerite y Josephine.

Por lo que ella sabía, Marguerite era la mayor, aunque Josephine había sido la primera en morir, cinco años atrás: de cáncer.

Las hermanas habían sido cordiales, aunque reservadas. Nunca invitaban a nadie, pero siempre les compraban cajas de naranjas y pomelos y bombones de Navidad a los niños cuando se hacían campañas en la escuela para recoger fondos, y en los días cálidos de verano se paraban a charlar mientras arreglaban el jardín.

Eran simpáticas sin llegar a ser entrometidas y sin permitir intromisiones.

«Las vecinas perfectas», había comentado la mujer.

Ella vivía en la casa de al lado y en una ocasión había tomado una limonada con Marguerite. Sentadas en el porche, se habían dedicado a observar cómo Constance lavaba el coche. Le daban ánimos mientras le señalaban en broma las partes que pasaba por alto.

Gamache casi podía saborear la limonada ácida y oler el agua fría de la manguera al caer sobre el pavimento caliente. Se preguntó cómo era posible que aquella vecina anciana no hubiera sabido que estaba sentada junto a una de las quintillizas Ouellet.

Pero conocía la respuesta.

Las quintillizas sólo existían en fotografías en sepia y en noticiarios cinematográficos, vivían en castillos pequeños y perfectos, llevaban vestiditos con volantes exageradísimos y venían en un racimo de cinco.

Ni tres, ni una.

Cinco hermanas, niñas para siempre.

Las quintillizas Ouellet no eran reales, no envejecían, no morían, y desde luego no tomaban limonada en Pointe-Saint-Charles.

Por eso nadie las reconocía.

También ayudaba que ellas no quisieran que las reconocieran; como había dicho Ruth, no todo el mundo se muere por que le presten atención.

«Es la verdad y punto», había dicho.

«Y punto», pensó el inspector jefe Gamache. Salió de la cocina y empezó su propio registro.

• • •

Clara Morrow dejó un cuenco de agua fresca en el suelo, pero *Henri* estaba demasiado emocionado para reparar en él. Correteaba por toda la casa, olfateando. Clara lo observaba con el corazón henchido y roto a la vez: no hacía tanto que había tenido que sacrificar a su golden retriever, *Lucy*. Myrna y Gabri las habían acompañado, y sin embargo Clara se había sentido sola. Peter no estaba.

Había considerado llamarlo para contarle lo de *Lucy*, pero sabía que no era más que una excusa para ponerse en contacto con él.

Habían acordado esperar un año y no habían pasado ni seis meses desde su marcha.

Clara siguió a *Henri* hasta el estudio, donde el animal encontró una vieja piel de plátano. Tras quitársela, Clara se paró ante su última obra, que apenas era un boceto.

El fantasma del lienzo era su marido.

Algunas mañanas y algunas noches entraba allí y hablaba con él: le contaba cómo había ido su jornada. A veces incluso se preparaba la cena y se la llevaba al estudio para comer a la luz de una vela ante su esbozo de Peter, charlaba con él y le explicaba los sucesos del día. Cosas sin trascendencia, que sólo le importarían a un buen amigo, y acontecimientos tremendos, como el asesinato de Constance Ouellet.

Clara pintaba y hablaba con el retrato. Añadía una pincelada aquí, un toque allá. Aquél era un marido creado por ella, que la escuchaba, que la quería.

Henri seguía olfateando y resoplando por todo el estudio. Quizá, como había encontrado la piel de plátano, tenía motivos para confiar en que hubiera más. Parando de pintar un momento, Clara se dio cuenta de que *Henri* no buscaba una piel de plátano: estaba buscando a Armand.

Hurgó en el bolsillo, sacó una de las galletitas de premio que había dejado Gamache, se inclinó y llamó al perro. *Henri* dejó sus correteos y la miró, con las orejas como dos antenas parabólicas, volviéndose hacia su voz y sintonizando su canal favorito: el de los premios.

El animal se acercó, se sentó y cogió con delicadeza la galletita con forma de hueso.

—Tranquilo —le dijo ella apoyando su frente contra la del perro—, va a volver.

Clara volvió a concentrarse en el retrato y le dijo a la pintura húmeda:

—Le pedí a Constance que posara para mí, no sé muy bien por qué, pero no quiso. Tienes razón: soy la mejor artista de Canadá, quizá del mundo entero, así que debería haberse puesto contenta.

¿Por qué no exagerar un poco? Total, aquel Peter no podía hacer gestos de exasperación.

Clara se echó atrás, apartándose un poco del lienzo. Se llevó el pincel a la boca y se dejó un manchón ocre oscuro en la mejilla.

—Anoche me quedé a dormir en casa de Myrna.

Le describió a Peter cómo se había tapado con el edredón, cómo se había puesto el viejo número de *Life* en las rodillas y estudiado la portada. Mientras miraba la imagen de las niñas, ésta había dejado de ser adorable para volverse extraña y luego levemente perturbadora.

—Eran todas iguales, Peter: su expresión, su estado de ánimo... No eran sólo parecidas, sino exactamente iguales.

Clara Morrow, la artista, la retratista, había buscado en aquellos rostros algún indicio de individualidad y no había encontrado ninguno. Luego se había arrellanado en la cama y recordado a la anciana que había conocido. Clara no solía pedir a mucha gente que posara para un retrato: le exigía demasiado como para hacerlo por capricho. Pero, por lo visto por puro capricho, se lo había pedido a Constance y había recibido una negativa firme como respuesta.

En realidad, lo que le había dicho a Peter no era una exageración: Clara Morrow se había vuelto sorprendentemente famosa con sus retratos. Al menos para ella era una sorpresa, y desde luego lo había sido para su marido, también artista.

Recordó lo que había dicho John Singer Sargent:

«Cada vez que pinto un retrato pierdo a un amigo.»

Clara había perdido a su marido no porque lo hubiera pintado, sino porque pintaba mejor que él. A veces, en las noches oscuras del invierno, deseaba haber seguido pintando pies gigantescos y úteros guerreros.

—Pero mis cuadros no hicieron que te fueras de casa, ¿verdad? —le dijo al lienzo—. Fueron tus propios demonios, que acabaron por alcanzarte.

Lo observó con atención.

—Debes de haber sufrido mucho —añadió en voz baja—. ¿Dónde estás ahora, Peter? ¿Has dejado ya de huir? ¿Te has enfrentado a lo que fuera que devoró tu felicidad, tu creatividad, tu sentido común..., tu amor?

Había devorado su amor, pero no el de Clara.

Henri se instaló en la alfombra gastada a sus pies, ella cogió el pincel y se acercó al lienzo.

—Volverá —susurró, quizá dirigiéndose a *Henri*.

El inspector jefe Gamache abría cajones y puertas examinando el contenido del hogar de Constance Ouellet. En el armario del recibidor encontró un abrigo, una pequeña colección de sombreros y unos guantes.

Ahí no se acumulaban cosas.

Inspeccionó en las estanterías y la repisa de la chimenea, se puso a cuatro patas y miró bajo los muebles. Por lo que había averiguado la policía de Montreal, Constance no había sido víctima de un robo: su bolso seguía allí, con el dinero y demás; su coche estaba aparcado en la calle. No había espacios vacíos en las paredes donde pudiera haber estado colgado un cuadro, ni huecos en la vitrina donde pudiera haber habido una chuchería de sorprendente valor.

No se habían llevado nada.

Aun así, Gamache siguió buscando.

Sabía que avanzaba por un camino que ya había recorrido la policía de Montreal, pero él andaba detrás de algo distinto. Ellos habían empezado por buscar pistas del asesino: un guante ensangrentado, una llave de más, un detalle amenazador, una huella dactilar o de un zapato, indicios de robo.

Gamache buscaba pistas sobre la vida de Constance.

—No hay nada, jefe —dijo Lacoste, sacudiéndose de las manos el polvo del sótano—. Esta gente no parecía muy sentimental: no hay ropita de bebé, juguetes viejos, trineos ni raquetas de nieve.

—¿Raquetas de nieve? —preguntó Gamache, divertido.

—El sótano de mis padres está lleno de esa clase de cosas —admitió Lacoste—. Y cuando ellos mueran, el mío también lo estará.

—¿No te desharás de todo eso?

—No podría; ¿usted sí?

—Madame Gamache y yo conservamos unas cuantas cosas de nuestros padres. Como ya sabes, ella tiene trescientos hermanos, de modo que era difícil que todo fuera a parar a nuestra casa.

Isabelle Lacoste rió: cada vez que el jefe describía a la familia de madame Gamache, el número de hermanos crecía. Suponía que, para un hijo único como él, debía de haber sido abrumador encontrarse de pronto dentro de una gran familia.

—¿Qué había ahí abajo? —quiso saber Gamache.

—Un baúl de cedro con ropa de verano, los muebles de jardín, que guardaban ahí durante el invierno, en su mayoría de plástico barato, mangueras y herramientas. Ningún objeto personal.

—¿No había nada de su infancia?

—Nada en absoluto.

Ambos sabían que era algo insólito, incluso para gente que fuera rigurosamente ajena a los sentimentalismos, pero ¿lo era en el caso de las quintillizas? En torno a ellas se habían levantado industrias enteras: objetos de recuerdo, libros, muñecas, rompecabezas. Gamache tenía la seguridad de que, si rebuscaba lo suficiente, en su propia casa encontraría algo de las quintillizas: una cuchara de la colección de su madre o una postal de la familia de Reine-Marie con los rostros sonrientes de las niñas.

En una época en que los quebequeses empezaban a apartarse de la Iglesia, las quintillizas se habían convertido en la nueva religión, en una combinación fantástica de milagro y entretenimiento. A diferencia de la condenatoria Iglesia católica, las quintillizas eran divertidas; a diferencia de la Iglesia, cuyo símbolo más poderoso era el del sacrificio y la muerte, la imagen perdurable de las quintillizas Ouellet sería de felicidad: cinco niñitas sonrientes, radiantes y vivaces. El mundo entero cayó rendido a sus pies. Al parecer, las únicas personas que no estaban enamoradas de las quintillizas eran las propias quintillizas.

Gamache y Lacoste enfilaron el pasillo y cada uno eligió un dormitorio. Volvieron a encontrarse unos minutos más tarde y compararon sus notas.

—Nada de nada —dijo Lacoste—: todo limpio e impecable. Ni ropa ni efectos personales.

—Ni fotografías.

La inspectora negó con la cabeza.

Gamache soltó una exhalación profunda. ¿De verdad habían sido tan asépticas sus vidas? Y aun así, aquella casa no era un sitio frío, sino que transmitía una sensación cálida y acogedora. Había cosas personales, aunque no íntimas.

Entraron en el dormitorio de Constance. La alfombra manchada de sangre seguía allí. La maleta estaba sobre la cama. La policía se había llevado el arma homicida, pero una cinta indicaba dónde la habían dejado caer.

Gamache se inclinó sobre la pequeña maleta y fue sacando artículos para dejarlos cuidadosamente sobre la cama. Jerséis, ropa interior, medias gruesas, una falda y unos pantalones de aspecto cómodo. Camisetas de manga larga y un camisón de franela. Todas las cosas que uno metería en la maleta para pasar la Navidad en un país frío.

Entre unas camisas calentitas encontró tres regalos envueltos en un papel con motivos de bastones de caramelo. Cuando los apretó, el papel se arrugó: lo que fuera que había dentro era blando.

Supo enseguida que era ropa, pues él había recibido ya su cuota de calcetines, corbatas y bufandas de parte de sus hijos. Echó un vistazo a las etiquetas.

Uno para Clara, otro para Olivier y otro para Gabri.

Se los tendió a Lacoste.

—¿Podrías desenvolverlos, por favor?

Mientras la inspectora lo hacía, Gamache palpó el interior de la maleta. Uno de los jerséis de lana parecía no ceder tanto como debería. Lo sacó y lo desenrolló.

—Una bufanda para Clara —dijo Lacoste— y mitones para Olivier y Gabri.

Los envolvió de nuevo.

—Mira esto. —Gamache sostuvo en alto lo que había encontrado en el centro del jersey: era una fotografía.

—Esto no aparece en la lista del registro de los polis de Montreal —comentó Lacoste.

—Era fácil pasarla por alto —repuso Gamache. Pudo imaginar en qué estarían pensando: era tarde, hacía frío, estaban hambrientos y aquél no tardaría en dejar de ser su caso.

No era tanto que hubieran sido incompetentes como poco concienzudos, y la pequeña fotografía en blanco y negro quedaba casi oculta en el jersey de lana gruesa.

Se la llevó a la ventana y la examinó junto con Lacoste.

Cuatro mujeres de treinta y pocos años, según calculó el inspector jefe, les sonreían. Se cogían unas a otras de la cintura y miraban directamente a la cámara. Gamache se encontró con que sonreía a su vez, y reparó en que Lacoste también lo hacía. Las sonrisas de las chicas eran sinceras y contagiosas, aunque no fueran de oreja a oreja.

Ahí aparecían cuatro personas felices.

Pero, aunque sus expresiones eran idénticas, todo lo demás en ellas era distinto. La ropa, el cabello, los zapatos, el estilo en general. Incluso sus cuerpos eran diferentes: dos eran regordetas, otra flaca y la última ni gorda ni delgada.

—¿Qué te parece? —le preguntó el jefe a Lacoste.

—Es evidente que son cuatro de las hermanas, pero da la sensación de que hicieron todo lo posible por no parecerse.

Gamache asintió con la cabeza: a él también le había dado esa impresión.

Miró en el dorso de la fotografía, pero no había nada escrito.

—¿Por qué hay sólo cuatro? —quiso saber Lacoste—. ¿Qué pasó con la que falta?

—Creo que una de ellas murió joven.

—No debería costar mucho averiguarlo.

—Cierto, y parece una tarea para mí —repuso Gamache—. Tú puedes ocuparte de lo más durillo.

El jefe se metió la fotografía en el bolsillo. Ambos pasaron los minutos siguientes registrando la habitación de Constance.

Había una pila de libros sobre la mesita de noche; Gamache volvió a mirar en la maleta y encontró el volumen que ella estaba leyendo: era *Ru*, de Kim Thúy.

Lo abrió por el punto de libro y, deliberadamente, pasó la página. Leyó la primera frase: palabras que Constance Ouellet jamás llegaría a leer.

Como amante de la lectura, un punto de libro colocado por alguien que acababa de morir siempre lo ponía triste. Él tenía dos libros como ése: estaban en la estantería de su despacho, los había encontrado su abuela en la mesita de noche del dormitorio de los padres de Armand después de que ambos murieran en un accidente de coche cuando él era niño.

De vez en cuando, él los cogía y acariciaba los puntos de libro, pero todavía no había sido capaz de continuar donde ellos lo habían dejado y leer el resto de la historia.

Gamache bajó con el libro de Constance y miró por la ventana hacia el pequeño jardín trasero. Sospechaba que la nieve ocultaba un huertecito, y se imaginó a las tres hermanas en verano, sentadas en sillas baratas de plástico, a la sombra de aquel arce enorme y bebiendo té helado. Leyendo, o charlando, o sencillamente en silencio.

Se preguntó si hablarían alguna vez de los tiempos en que eran las quintillizas Ouellet. ¿Rememoraban esa época? Lo dudaba mucho.

Aquella casa parecía un santuario, y precisamente era de eso de lo que se refugiaban.

Volvió entonces a observar la mancha en la alfombra, la cinta de la policía y el libro que tenía en las manos.

No tardaría en conocer toda la historia.

—La verdad es que puedo entender que las hermanas Ouellet no quisieran que la gente supiera que eran las quintillizas —dijo Lacoste cuando se disponían a irse—, pero ¿por qué no tener fotografías, postales y cartas personales en la privacidad de su propia casa? ¿No le parece muy raro?

Gamache bajó los peldaños del porche.

—Creo que descubriremos que muy pocas cosas en su vida podían considerarse normales.

Recorrieron despacio el sendero cubierto de nieve, entornando los ojos para protegerse del reflejo del sol.

—Pero, además de una quintilliza, en la foto faltaba alguien más —dijo el jefe—, ¿no te has dado cuenta?

Lacoste reflexionó. Sabía que no la estaban sometiendo a una prueba, pues el inspector jefe y ella estaban por encima de esas cosas, pero no daba con la respuesta.

Negó con la cabeza.

—Los padres —reveló él.

«Joder», se dijo Lacoste. No había rastro de los padres, y se le había pasado por alto. Entre tantas quintillizas y quintillizas faltantes, había olvidado a los padres.

Monsieur y madame Ouellet. Una cosa era suprimir una parte de tu propio pasado, pero ¿por qué borrar también a tus padres?

—¿Qué cree que significa algo así?

—Es posible que nada.

—¿Cree que fue eso lo que se llevó el asesino?

Gamache consideró lo que le decía la inspectora.

—¿Fotografías de los padres?

—Fotografías familiares, de los padres y las hermanas.

—Supongo que es posible —admitió él.

—Me pregunto si... —murmuró ella cuando llegaron al coche.

—Continúa.

—No, es demasiado absurdo.

Él enarcó las cejas, pero no dijo nada y se limitó a mirarla.

—¿Qué sabemos en realidad acerca de las quintillizas Ouellet? —preguntó Lacoste—. Dejaron adrede de aparecer en público, se convirtieron en las hermanas Pineault, eran sumamente reservadas...

—Dilo de una vez, inspectora.

—A lo mejor Constance no era la última.

—*Pardon?*

—¿Cómo sabemos que las demás están muertas? Es posible que alguna no lo esté. ¿Quién más habría podido entrar en la casa? ¿Quién más sabía dónde vivían? ¿Quién más habría podido llevarse fotografías familiares?

—No sabemos siquiera si el asesino había averiguado que era una quintilliza —puntualizó el inspector jefe—, mucho menos si robó fotos familiares.

Pero a medida que se alejaba de allí con el coche, la sugerencia de Lacoste le iba dando más vueltas en la cabeza.

A lo mejor Constance no era la última.

DOCE

«Presta atención», se rogó Jean-Guy Beauvoir. «Por el amor de Dios, contrólate.»

Le entró un tembleque en la rodilla. Se la sujetó con una mano y apretó hacia abajo.

Al fondo de la estancia, Martin Tessier daba instrucciones a los agentes de la Sûreté que estaban a punto de irrumpir en el bastión de la pandilla de moteros.

—No son simples matones tatuados —dijo el segundo al mando de Francœur, dándole la espalda al gráfico de su pizarra para mirarlos—. Demasiados polis y capos de la mafia han muerto por subestimar a los moteros. Estos tipos son soldados. Es posible que tengan pinta de patanes, pero no os confundáis: son muy disciplinados y están profundamente comprometidos y motivados en la defensa de su territorio.

Tessier continuó mostrándoles imágenes, tácticas y planes.

«Por favor, Dios mío, no dejes que muera.»

El inspector jefe Gamache llamó a la puerta y entró en el despacho de Thérèse Brunel. Ella alzó la vista de su escritorio.

—Cierra la puerta, por favor —le soltó quitándose las gafas. Su tono y su actitud eran más bruscos que de costumbre.

—Recibí tu mensaje, pero estaba fuera de la ciudad —dijo Gamache, y echó un vistazo al reloj de encima de la mesa: pasaban apenas unos minutos de mediodía.

Ella le indicó un asiento. El inspector jefe titubeó un momento y luego se sentó. Thérèse ocupó la silla a su lado. Parecía cansada, pero seguía yendo impecablemente arreglada y haciendo gala de un perfecto dominio de sí misma y de los demás.

—Esto se acabó, Armand, lo siento.

—¿Qué quieres decir?

—Ya sabes qué quiero decir: he estado dándole vueltas y hablando con Jérôme, y creemos que no hay nada que buscar. Hemos estado dando palos de ciego.

—Pero...

—No me interrumpas, inspector jefe. Todo este asunto del vídeo se ha sacado de quicio. Ya está hecho, el vídeo está ahí fuera y nada que hagamos conseguirá cambiar esa realidad. Tienes que dejarlo estar.

—No entiendo qué...

Gamache tenía la mirada fija en Brunel.

—Pues es muy sencillo: te sentías dolido y furioso y querías venganza. Es perfectamente natural. Y luego te convenciste de que había algo más que ese simple vídeo, te volviste loco y te las apañaste para volver locos a cuantos te rodeaban, incluyéndome a mí. La culpa es mía, no tuya: fui yo quien se permitió creerte.

—¿Qué ha pasado, Thérèse?

—Superintendente —corrigió ella.

—*Désolé*: superintendente —dijo Gamache bajando la voz—. ¿Ha ocurrido algo?

—Desde luego que sí: he recobrado la sensatez y te aconsejo que hagas lo mismo. Anoche no podía dormir y finalmente me levanté y tomé una serie de notas; ¿te gustaría verlas?

Gamache asintió con la cabeza, observándola con gran atención. Ella le tendió una hoja manuscrita, él se puso las gafas, la leyó y luego la dobló por la mitad cuidadosamente.

—Como ves, he enumerado todas las pruebas a favor de tu afirmación de que el superintendente Francœur filtró el vídeo del asalto y pretende algo más malévolo y de mayor calado...

—¡Thérèse! —exclamó Gamache, inclinándose de repente hacia ella, como si procurara impedir físicamente que siguiera hablando.

—Ay, por el amor de Dios, inspector jefe, déjalo de una vez: en este despacho no hay micrófonos. Nadie nos está escuchando, a nadie le importa lo que digamos: todo está en tu cabeza. Mira mis notas: no hay una sola prueba. Lo mucho que valoro nuestra amistad y el respeto que siento por ti me nublaron el juicio. Has conectado indicios que tú mismo creaste. —Se inclinó hacia él de un modo casi amenazador—. Estoy casi segura de que te has dejado llevar por tu odio personal hacia Francœur. Si sigues con esto, Armand, yo misma acudiré a él con pruebas sobre tus actos.

—No serías capaz —repuso él con un hilo de voz.

—Estoy cansada, Armand. —Se levantó y ocupó su silla al otro lado del escritorio—. Y Jérôme también está agotado: nos has arrastrado a los dos a esta fantasía delirante. Déjalo ya. Mejor incluso, jubílate. Vete a pasar las Navidades a París, dale vueltas a todo esto, y a tu regreso...

Dejó la frase en suspenso entre ambos.

Gamache se levantó.

—Estás cometiendo un error, superintendente.

—Pues si es así, voy a cometerlo en Vancouver, con mi hija. Y mientras estemos allí, Jérôme y yo hablaremos de mi futuro. Ya es hora de que nos quitemos de en medio, Armand. No es la Sûreté la que se viene abajo, sino tú y yo: somos dinosaurios y ya ha caído el meteorito.

• • •

—¿Listo? —Tessier le dio una palmada en la espalda a Beauvoir.

«No», pensó Beauvoir.

—Listo —contestó.

—Bien, pues quiero que te pongas al mando del equipo y entréis en el segundo nivel del búnker.

Tessier sonreía como si acabara de ofrecerle al inspector un billete a las Bahamas.

—Sí, señor.

Se las apañó para llegar por los pelos a unos lavabos. Cerró la puerta del retrete y vomitó sin parar hasta que lo único que brotó de él, saliendo de muy hondo, fue aire fétido.

—Una llamada para usted, jefe.

—¿Es importante?

La secretaria se asomó a la puerta abierta de su despacho. En todos los años que llevaba trabajando para el inspector jefe Gamache, jamás le había hecho esa pregunta. Había confiado en que, si ella le pasaba una llamada, era que a su juicio valía la pena contestarla.

Pero parecía trastornado desde su regreso de la reunión con la superintendente Brunel, y llevaba los últimos veinte minutos mirando por la ventana.

—¿Quiere que diga que dejen el mensaje?

—No, no. —Gamache tendió la mano para que le diera el teléfono—. Contestaré.

—*Salut, patron* —exclamó la voz alegre de Olivier—, espero no molestarte. —Y prosiguió, sin esperar respuesta—: Gabri me ha pedido que te llamara para confirmar si aún quieres tu habitación para esta noche.

—Pensaba que ya había hablado con él sobre eso. —El jefe captó la leve irritación en su propia voz, pero no hizo nada por cambiar el tono.

—Oye, yo no hago sino transmitirte el mensaje.

—¿La ha reservado por duplicado o algo así?

—No, sigue disponible, pero quiere saber cuántos seréis.

—¿Qué quieres decir?

—Bueno, si el inspector Beauvoir va a venir también.

Gamache exhaló con aspereza en el auricular.

—*Voyons*, Olivier —empezó a decir, pero se contuvo—. Escucha, Olivier, también le expliqué eso. El inspector Beauvoir está en otra misión. La inspectora Lacoste va a quedarse en Montreal para continuar con la investigación desde aquí, y yo voy a ir a Three Pines para ocuparme de lo que concierne al caso allí. He dejado a *Henri* con madame Morrow, de modo que tengo que ir de todas formas.

—No hace falta que te cabrees, jefe —espetó Olivier—, sólo era una pregunta.

—No estoy cabreado —matizó, aunque era evidente que sí lo estaba—, sólo muy ocupado, y no tengo tiempo para esto. Si hay sitio en la fonda, estupendo; si no, recogeré a *Henri* y me volveré a Montreal.

—*Non, non*, sí que hay sitio. Y quédate todo el tiempo que quieras: Gabri ya no va a aceptar más reservas hasta Navidad; está demasiado enfrascado en el concierto.

Gamache no estaba dispuesto a dejarse arrastrar a esa conversación. Le dio las gracias a Olivier, colgó y echó un vistazo al pequeño reloj de su escritorio: casi la una y media.

El inspector jefe se apoyó en el respaldo de la silla y la hizo girar de forma que le dio la espalda al despacho y quedó frente al gran ventanal que dejaba ver Montreal cubierta de nieve.

La una y media.

Era la una y media.

Beauvoir volvió a inspirar profundamente y se apoyó contra el interior de la furgoneta destartalada. Intentó cerrar los ojos, pero eso hacía peores las náuseas. Volvió la cara de forma que su mejilla caliente quedó contra el metal frío.

Al cabo de una hora y media daría comienzo el asalto. Hubiera querido que la furgoneta tuviera ventanas para poder ver la ciudad, los edificios que tan bien conocía, sólidos y predecibles. A Jean-Guy siempre lo hacía sentir más cómodo lo hecho por la mano del hombre que lo natural. Trató de adivinar dónde se encontraban, ¿habían cruzado ya el puente? ¿Había edificios ahí fuera, o bosques?

¿Dónde estaba?

Gamache sabía dónde estaba Beauvoir: estaba en una redada que debía dar comienzo a las tres.

Otra redada, una incursión innecesaria ordenada por Francœur.

El jefe cerró entonces los ojos. «Inhala profundamente, exhala...»

Se puso el abrigo. Desde el umbral de su despacho, observó cómo la inspectora Lacoste daba órdenes a un grupo de agentes, o al menos intentaba hacerlo.

Formaban parte del grupo de agentes nuevos que habían trasladado allí cuando el equipo del propio Gamache se había disuelto y dispersado por otros departamentos de la Sûreté. Para sorpresa de todos, el inspector jefe no había protestado, tampoco había tratado de impedirlo: dio la impresión que no le preocupaba gran cosa que desmantelaran su departamento, que ni siquiera se daba cuenta.

Se había quedado tan campante. Algunos habían empezado a preguntarse, por lo bajo al principio y luego de forma más descarada, si a Armand Gamache le importaba algo ya. Aun así, cuando él se acercó al grupo, todos se mantuvieron callados y atentos.

—Quiero hablar contigo, inspectora —dijo, y sonrió a los agentes.

Isabelle Lacoste lo siguió de vuelta a su despacho. Él cerró la puerta.

—Ay, por Dios, señor... ¿Por qué tenemos que aguantar eso? —Lacoste indicó con un gesto la oficina al otro lado de la puerta.

—Al mal tiempo, buena cara.

—¿Quiere que nos rindamos?

—Nadie se está rindiendo —repuso Gamache con tono tranquilizador—. Tienes que confiar en mí. Eres una gran detective, tenaz, intuitiva, y lista, y tienes una paciencia ilimitada: ahora debes utilizarla.

—No es ilimitada, *patron*.

Gamache asintió con la cabeza.

—Lo comprendo. —Se apoyó en el borde del escritorio y se inclinó hacia ella—. No te dejes intimidar, no permitas que te saquen de quicio; y siempre siempre confía en tu instinto, Isabelle. ¿Qué te dice ahora?

—Que estamos jodidos.

Gamache se apoyó en el respaldo y soltó una carcajada.

—Entonces confía en el mío. Las cosas no están como yo querría, es evidente, pero nada está decidido. Esto no es apatía, sólo estamos recuperando el aliento.

Lacoste les echó un vistazo a los agentes repantigados en sus escritorios, ignorando sus órdenes.

—Y, mientras nosotros recuperamos el aliento, ellos se apoderan de todo y destruyen el departamento.

—Sí —repuso él.

La inspectora esperaba un «pero» que no llegó.

—Quizá debería amenazarlos —sugirió—: a lo único que le tiene respeto un león es a un león más grande.

—Esos de ahí no son leones, Isabelle; son irritantes pero diminutos; son hormigas, o sapos. Uno les pasa por encima o los rodea, pero no hace falta pisarlos: uno no les declara la guerra a los sapos.

«Sapos o más bien zurullos: los excrementos de algún bicho grande», se dijo Lacoste mientras salía. Pero el inspector jefe Gamache tenía razón: aquellos agentes nuevos no merecían sus desvelos; los rodearía para evitarlos, al menos por ahora.

• • •

Gamache aparcó el coche en la plaza reservada: sabía que la empleada que solía aparcar allí no iba a necesitarla, estaba en París.

Eran las dos en punto. Hizo una pausa cerrando los ojos, luego volvió a abrirlos y recorrió con paso decidido el sendero helado hasta la entrada trasera de la Biblioteca Nacional. Introdujo el código de Reine-Marie en el teclado numérico de la puerta y oyó cómo se abría.

—Monsieur Gamache. —Lili Dufour alzó la vista de su escritorio, comprensiblemente perpleja—. Pensaba que estaba en París con Reine-Marie.

—No, ella ha ido de avanzadilla.

—¿En qué puedo ayudarlo? —La mujer se levantó y rodeó el escritorio para saludarlo. Era esbelta y reservada; agradable pero fría, casi oficiosa.

—Tengo que documentarme sobre un tema y he pensado que quizá podría ayudarme.

—¿Sobre qué?

—Las quintillizas Ouellet.

Gamache la vio arquear las cejas.

—No me diga, ¿por qué?

—No esperará que se lo cuente, ¿verdad? —repuso él con una sonrisa.

—Pues entonces no esperará que yo lo ayude, ¿no?

La sonrisa de Gamache se esfumó. Reine-Marie le había hablado de madame Dufour: que custodiaba los documentos de la Biblioteca y los Archivos Nacionales como si fueran su propia colección privada.

—Son asuntos de la policía —dijo.

—Son asuntos de la biblioteca, inspector jefe —respondió ella, indicando con la cabeza las grandes puertas cerradas.

Miró hacia donde señalaba madame Dufour. Estaban en las oficinas traseras, donde trabajaban los jefes de biblioteca: a través de esas puertas se accedía a la zona pública.

La mayoría de las veces en que había visitado a su mujer allí, se había sentido satisfecho de esperar en la parte pública, enorme y nueva, donde una hilera tras otra de escritorios y lámparas de lectura reunían a estudiantes y profesores universitarios, a investigadores y a simples curiosos. Los escritorios tenían enchufes para ordenadores portátiles y gracias a la red inalámbrica se accedía fácilmente a los archivos.

Pero no a todos los archivos: la Biblioteca y los Archivos Nacionales de Quebec contenían decenas de miles de documentos, no sólo libros, sino también mapas, diarios, cartas, documentos legales. Muchos de ellos tenían siglos de antigüedad y la mayoría no estaban todavía en el sistema informático.

Un montón de técnicos trabajaban muchas horas para escanearlo todo, pero llevaría años, décadas.

A Gamache le encantaba recorrer los pasillos imaginando toda la historia que contenían: mapas trazados por Cartier, diarios escritos por Marguerite d'Youville, los planos manchados de sangre de la batalla de las Llanuras de Abraham.

Y tal vez, tal vez, la historia de las quintillizas Ouellet. No la dirigida al público, sino la de sus vidas privadas: sus vidas auténticas, cuando las cámaras se apagaban.

Si estaba en alguna parte, era ahí.

Y él la necesitaba.

Se volvió de nuevo hacia madame Dufour.

—Estoy investigando a las quintillizas Ouellet para un caso y necesito su ayuda.

—Me lo imaginaba.

—Necesito ver lo que tenga en los archivos privados.

—Son documentos clasificados.

—¿Por qué?

—No lo sé: no los he leído porque están clasificados.

Gamache sintió cierta irritación hasta que advirtió la expresión ligeramente divertida de la bibliotecaria.

—¿Y le gustaría leerlos?

Ella vaciló entonces, debatiéndose entre dar la respuesta adecuada o decir la verdad.

—¿Intenta sobornarme? —preguntó finalmente.

Ahora le tocó a él esbozar una sonrisa divertida. Sabía qué moneda de cambio manejaba aquella mujer porque era la misma que la suya: la información, el conocimiento. Descubrir cosas que nadie más supiera.

—Aunque se lo permitiera, no podría utilizar sus descubrimientos en un tribunal —dijo ella—: se habrían obtenido de forma ilegal. Las implicadas aún viven.

Gamache supo que con eso se refería a las quintillizas.

Cuando él no contestó, la mujer se limitó a mirarlo con sus ojos inteligentes, escrutando a Gamache y su silencio.

—Venga conmigo.

Dio la espalda a las grandes puertas que daban a la sala pública de lectura, de vidrio y metal, y echó a andar para guiarlo en dirección opuesta. Recorrió un pasillo, bajó un tramo de escaleras y finalmente introdujo un código en un teclado numérico y una gran puerta corrediza metálica se deslizó rápidamente levantando una ligera brisa.

Unas bombillas incandescentes se encendieron de forma automática. Era una habitación sin ventanas y hacía bastante frío.

—Perdone la poca iluminación —dijo la bibliotecaria, que cerró la puerta tras ellos y se internó en la estancia—: se trata de mantenerla al mínimo.

Cuando sus ojos se acostumbraron a la penumbra, Gamache se percató de que estaba en una sala grande, pero sólo era una de muchas. Miró a la derecha, a la izquierda y al frente: bajo la biblioteca se sucedían distintas salas, una tras otra, todas conectadas entre sí.

—¿Viene? —preguntó ella, y se alejó.

Gamache comprendió que si la perdía de vista se metería en problemas, de modo que se cuidó mucho de seguirla de cerca.

—Las salas se han dispuesto según cuartos de siglo —explicó la mujer mientras pasaba a buen ritmo de una a otra.

Gamache trataba de leer las etiquetas de los cajones al pasar, pero la luz mortecina lo hacía difícil. Le pareció ver «Champlain» en una, y se preguntó si Champlain en persona estaría archivado allí; más adelante, en otra sala, entrevió «Guerra de 1812».

Al cabo de un rato se resignó a mantener la vista en la espalda flaca de madame Dufour: más valía no saber qué tesoros estaba dejando atrás.

Finalmente, la bibliotecaria se detuvo y Gamache casi chocó contra ella.

—Ahí —dijo señalando un cajón.

En la etiqueta se leía: «Quintillizas Ouellet.»

—¿Ha visto alguien más estos documentos?

—Desde que se reunieron y clasificaron, no, que yo sepa.

—¿Y cuándo fue eso?

Madame Dufour fue hasta el cajón y leyó de cerca la etiqueta.

—El 27 de julio de 1958.

—¿Por qué entonces? —quiso saber él.

—¿Y por qué ahora, inspector jefe? —respondió ella.

Gamache reparó en que la mujer se había quedado de pie entre él y lo que necesitaba saber.

—Es un secreto —repuso con tono despreocupado, pero sin dejar de mirarla a los ojos.

—Se me da bien guardar secretos —dijo ella, dirigiendo una ojeada a la larga hilera de archivadores.

Gamache la observó unos instantes.

—Constance Ouellet murió hace dos días.

Madame Dufour encajó aquella información con gesto apenado.

—Lamento oírlo: tengo entendido que era la última de las hermanas.

Gamache asintió con la cabeza y ahora fue ella quien lo estudió con atención.

—No murió simplemente, ¿no?

—No.

Lili Dufour lanzó un gran suspiro.

—Mi madre fue a verlas a la casa que les construyeron en Montreal, ¿sabe? Hizo cola durante horas. En aquella época eran sólo unas crías, pero mi madre se pasó la vida contando aquella experiencia.

Gamache asintió. Las quintillizas habían tenido algo mágico, y que hubieran protegido su intimidad de forma tan extrema en épocas más tardías de su vida no hacía sino aumentar el halo de misterio.

Madame Dufour se hizo a un lado y Gamache alargó una mano para abrir el cajón donde moraban sus vidas privadas.

Beauvoir consultó el reloj: las tres menos diez. Estaba pegado a una pared de ladrillo con tres agentes de la Sûreté a su espalda.

—Quedaos aquí —susurró, y desapareció por la esquina.

Antes había visto fugazmente la perplejidad reflejada en sus rostros. La perplejidad y la preocupación. No por la pandilla de moteros a los que estaban a punto de apresar, sino por el agente que supuestamente los lideraba en la incursión.

Beauvoir sabía que tenían motivos para sentir temor.

Apoyó la cabeza contra el ladrillo, golpeándose ligeramente. Después se agachó hasta que tuvo las rodillas contra el pecho y empezó a mecerse. Mientras lo hacía, oía el crujido rítmico de sus botas sobre la nieve. Parecía un caballo balancín al que le faltara aceite, al que le faltara algo.

Las tres menos ocho minutos.

Beauvoir hurgó en un bolsillo de su chaleco táctico, el que contenía vendas y esparadrapo para cubrir heridas. Sacó dos frascos de pastillas, abrió la tapa de uno y se tragó a toda prisa dos OxyContin. Se había saltado la toma anterior y ahora el dolor apenas lo dejaba pensar.

Y el otro... el otro. Se quedó mirando el frasco de pastillas y se sintió como un hombre parado en mitad de un puente.

Tenía miedo de tomarse la pastilla y miedo de no hacerlo, tenía miedo de entrar en el búnker y miedo de salir huyendo, tenía miedo de morir y miedo de seguir viviendo.

Por encima de todo, le daba miedo que todos descubrieran hasta qué punto estaba asustado.

Beauvoir hizo girar la tapa y agitó el frasco. Las píldoras se derramaron, rebotaron en su mano temblorosa y se perdieron en la nieve. Sin embargo, se salvó una: la tenía en el centro de la palma. Su necesidad era tan grande y ella tan diminuta... Se la llevó a la boca todo lo rápido que pudo.

Las tres menos cinco.

Gamache leía y tomaba notas sentado a un escritorio del archivo, fascinado por lo que había encontrado hasta el momento: diarios, cartas personales, fotografías. Pero entonces se quitó las gafas, se frotó los ojos y miró los libros y documentos que aún tenía por leer: no iba a acabar con todos aquella tarde, ni en broma.

Madame Dufour le había enseñado dónde estaba el timbre, y ahora lo apretó. Tres minutos más tarde, oyó pasos en el suelo de cemento pulido.

—Me gustaría llevármelo —dijo, y señaló con la cabeza los montones sobre el escritorio.

Ella abrió la boca para decir algo, pero la volvió a cerrar y se lo pensó.

—¿De verdad fue asesinada Constance Ouellet? —preguntó.

—Así es.

—¿Y cree que algo de eso podría ayudarlo? —preguntó y miró los documentos sobre el escritorio.

—Creo que sí.

—Me retiro este próximo agosto, ¿sabe? Jubilación obligatoria.

—Lo siento —contestó Gamache.

Ella miró a su alrededor y sonrió.

—Supongo que ni a mí ni a ese fichero nos van a echar de menos. Lléveselo si quiere, monsieur, pero por favor devuélvalo: si lo pierde, o si se lo come su perro, pagará una multa considerable.

—*Merci* —repuso él, y se preguntó si madame Dufour habría conocido a *Henri*—. Hay algo más que necesito de usted.

—¿Un riñón?

—Un código.

Unos minutos más tarde, ambos estaban ante la puerta trasera. Gamache llevaba el abrigo puesto y sostenía con ambas manos la caja, que tenía un peso considerable.

—Confío en que encuentre lo que anda buscando, inspector jefe. Dé muchos recuerdos de mi parte a Reine-Marie cuando la vea; *joyeux Noël* —dijo la bibliotecaria, pero antes de que la puerta se cerrara, añadió—: Tenga cuidado, la luz y la humedad pueden causar daños permanentes. —Hizo una pausa sin dejar de mirarlo atentamente—. Y diría, monsieur, que usted sabe un par de cosas sobre los daños permanentes.

—*Oui* —admitió él—. *Joyeux Noël.*

Cuando Armand Gamache llegó a Three Pines, ya había oscurecido. Aparcó no muy lejos de la fonda, y apenas había tenido tiempo de abrir la puerta del coche cuando aparecieron Olivier y Gabri, procedentes del *bistrot*. Le dio la impresión de que habían estado pendientes de su llegada.

—¿Qué tal el trayecto? —le preguntó Gabri.

—No ha ido mal —respondió Gamache mientras cogía la bolsa de viaje y la pesada caja de cartón—. Excepto en el puente de Champlain, por supuesto.

—Siempre es infernal —coincidió Olivier.

—Está todo a punto —interrumpió Gabri.

Este último los precedió por las escaleras, cruzó el porche hasta la puerta principal y la abrió, pero el inspector jefe Gamache, en vez de entrar, se hizo a un lado para dejar pasar primero a sus dos acompañantes.

—Bienvenidos —dijo Olivier.

Thérèse y Jérôme Brunel entraron en la casa de Emilie Longpré: la casa que *Henri* había encontrado para ellos.

TRECE

Olivier y Gabri llevaron el equipaje a las habitaciones y luego salieron.

—*Merci, patron* —dijo Gamache, saliendo con ellos al frío del porche.

—No hay de qué —respondió Olivier—. Antes, por teléfono, has interpretado bien tu papel: casi me he creído que estabas enfadado.

—Tú también has estado muy convincente —respondió Gamache—. Digno de premio, Olivier.

—Bueno, pues ha querido la suerte que tenga planeado premiarlo esta noche —intervino Gabri.

Gamache los observó cruzar la plaza hacia el *bistrot*. Luego cerró la puerta, se dio la vuelta y sonrió.

Por fin podía relajarse.

Thérèse y Jérôme estaban a salvo.

Y Jean-Guy estaba a salvo. Había sintonizado la frecuencia de la Sûreté durante todo el trayecto hasta allí y no había oído peticiones de ambulancias. De hecho, por las conversaciones que había alcanzado a oír, creía que el búnker había sido abandonado: los Rock Machine ya no estaban allí.

El informante había mentido, o no había informante, lo que era más probable.

Ante estas noticias, Gamache se sintió aliviado y triste a la vez.

Jean-Guy estaba a salvo por el momento.

Observó la casa de Emilie Longpré.

Había dos sofás enfrentados, uno a cada lado de la chimenea de piedra. Llevaban fundas de tela con un estampado floral descolorido. En el espacio entre ambos había un arcón de pino y encima un tablero de *cribbage* y varias barajas de cartas.

En un rincón, lado a lado, se acurrucaban dos butacas con una mesita entre ambas; tenían un escabel delante, para que lo compartieran cuatro pies cansados. Una lámpara de pie con la pantalla adornada con borlas las bañaba con una luz suave.

Las paredes estaban pintadas de un azul claro y relajante, y una de ellas estaba cubierta por una librería de suelo a techo.

La atmósfera era tranquila y agradable.

Olivier había invertido la mañana en averiguar quién era ahora el propietario de la casa de Emilie y si podía alquilarla. Al parecer, la dueña era una sobrina lejana de Regina que aún no había decidido qué hacer con ella. Estuvo más que dispuesta a alquilarla durante las Navidades.

Olivier llamó entonces a Gamache y le dijo la frase que habían convenido: «Gabri me ha pedido que te llamara para confirmar si aún quieres tu habitación para esta noche», que le confirmaría que podía disponer de la casa de Emilie.

Después, Olivier se había procurado la ayuda de otros lugareños y el resultado era éste.

Habían quitado las sábanas que cubrían los muebles, hecho las camas, puesto toallas limpias, pasado el aspirador, quitado el polvo y sacado brillo. La chimenea estaba preparada para prender el fuego y, a juzgar por el aroma, la cena se estaba calentando en el horno.

Daba la sensación de que él y los Brunel hubieran salido unas horas y acabaran de volver a casa.

Sobre la encimera de mármol de la cocina había una cestita con dos *baguettes* de la panadería de Sarah y monsieur Béliveau había abastecido la despensa y la nevera con leche, queso, mantequilla y tarros de mermelada casera. Sobre la mesa de la cocina había un cuenco de madera con fruta.

Incluso había un árbol de Navidad decorado y con las luces encendidas.

Gamache se aflojó la corbata, se arrodilló, acercó una cerilla al papel y la leña en la chimenea y observó embelesado cómo ardían las llamas.

Exhaló largamente y sintió como si le quitaran un manto de encima: una de aquellas sábanas fantasmales de los muebles.

—Thérèse, Jérôme —llamó.

—*Oui?* —La respuesta llegaba de lejos.

—Voy a salir.

Se puso las botas y el abrigo y echó a andar a buen paso, a través del frío cortante del anochecer, hacia la casita de la cerca abierta y el camino sinuoso.

—Armand —dijo Clara al abrirle la puerta.

Henri se emocionó tanto que pareció dudar entre saltarle encima o hacerse un ovillo a sus pies. Finalmente, lo que hizo el pastor alemán fue enroscarse una y otra vez en sus piernas con gemidos de entusiasmo.

—Ni que le hubiera pegado —bromeó Clara, mirando a *Henri* con fingida indignación.

Gamache se arrodilló y jugó un poco con *Henri*.

—Tienes toda la pinta de necesitar un whisky —comentó Clara.

—No me digas que me parezco a Ruth.

Clara se echó a reír.

—Sólo me recuerdas un poco a ella.

—La verdad es que no necesito nada, *merci*.

Gamache se quitó el abrigo y las botas y siguió a Clara hasta la sala de estar, donde había un fuego encendido.

—Gracias por cuidar de *Henri*, y gracias por ayudar a que tuviéramos lista la casa de Emilie.

Era imposible explicar con palabras qué les había parecido aquella casa a unos viajeros cansados que habían llegado al final del camino. De pronto, y con cierta sorpresa, se preguntó si aquel pueblecito sería precisamente eso: el final del camino... y si, como la mayoría de los finales, no sería sino un nuevo principio.

—Ha sido un placer —repuso Clara—. Gabri lo combinó con un ensayo para el concierto navideño y nos hizo cantar a todos el *Villancico hurón* una y otra vez. Sospecho que si hundes el puño en un cojín brotará esa melodía.

Gamache sonrió: le gustaba la idea de una casa embebida de música.

—Es bonito volver a ver luces en casa de Emilie —añadió Clara.

Henri se subió despacio al sofá, muy despacio, como si nadie fuera a verlo si lo hacía con sigilo y con los ojos entornados. Se tumbó cuan largo era, ocupando dos terceras partes, y apoyó la cabeza en el regazo de Gamache. Éste miró a Clara con expresión de disculpa.

—No pasa nada: a Peter nunca lo hizo muy feliz que los perros se subieran a los muebles, pero a mí me gusta.

Eso le dio a Gamache el pie que estaba esperando.

—¿Qué tal te va sin Peter?

—Tengo una sensación muy rara —contestó ella al cabo de unos instantes de reflexión—, como si nuestra relación no estuviera muerta, pero tampoco viva del todo.

—Un muerto viviente —bromeó Gamache.

—El vampiro de los matrimonios —añadió Clara entre risas—, aunque sin la parte divertida: la de chupar sangre.

—¿Lo echas de menos?

—El día que se fue lo observé mientras se alejaba de Three Pines con el coche y luego volví a entrar aquí y me apoyé contra la puerta cerrada. Más tarde me di cuenta de que en realidad estaba ahí para impedirle volver a entrar si decidía regresar... El problema es que lo quiero. Me gustaría saber si nuestro matrimonio ha terminado y tengo que seguir adelante con mi vida o si podemos ponerle remedio.

Gamache la miró largamente. Se fijó en su cabello cano, en su ropa cómoda y ecléctica y en su confusión.

—¿Puedo hacerte una pequeña sugerencia? —preguntó en voz baja.

Ella asintió con la cabeza.

—Creo que deberías intentar vivir tu propia vida. Si Peter vuelve y te parece que tu vida será mejor con él, pues estupendo, pero si no, sabrás que te basta contigo misma.

Clara sonrió.

—Es lo mismo que me dice Myrna. Os parecéis un montón, ¿sabes?

—Sí, me confunden a menudo con una mujer negra y grandota —bromeó Gamache—. Según dicen, es mi mejor rasgo distintivo.

—Pues a mí nunca me pasa, y es mi peor defecto.

Clara reparó entonces en los ojos castaños y pensativos de Gamache, en lo tranquilo que parecía y en la mano que le temblaba, sólo un poco, pero lo suficiente.

—¿Te encuentras bien?

Gamache sonrió, asintió con la cabeza y se levantó.

—Estoy bien.

Le puso la correa a *Henri* y se echó al hombro la bolsa con las cosas del animal.

Cruzaron el pueblo, hombre y perro, bajo la luz roja, verde y dorada de los tres enormes pinos de Navidad, imprimiendo sus huellas en la nieve coloreada como un vitral. Gamache cayó en la cuenta de que acababa de decirle a Clara exactamente lo mismo que le había dicho a Annie.

Cuando todo lo demás había fracasado: la terapia, la intervención, los ruegos de que volviera a someterse a tratamiento, Annie le había pedido a Jean-Guy que se fuera de la casa que compartían.

Aquella lluviosa noche de otoño, Armand esperaba en el coche frente al apartamento de su hija y Beauvoir. De los árboles caían hojas mojadas que el viento arremolinaba y hacía cruzar velozmente el parabrisas y la calle. Él había aguardado, vigilante, por si su hija lo necesitaba.

Jean-Guy se había ido sin que hiciera falta echarlo, pero al salir había visto a Gamache, que no había intentado esconderse. Parado en medio de la calle húmeda y brillante, con las hojas muertas arremolinándose alrededor, había vertido todo su veneno en una mirada de odio que había sorprendido incluso al inspector jefe de Homicidios. Pero también lo había tranquilizado, pues desde ese momento tuvo claro que, si Jean-Guy hiciera daño a algún Gamache, no sería a Annie.

Lo que Gamache había sentido aquella noche al irse a casa había sido alivio.

Esto había pasado unos meses atrás y, por lo que él sabía, Annie no había vuelto a tener contacto con Jean-Guy, pero eso no significaba que no echara de menos al hombre que Beauvoir era en el pasado y que podía volver a ser si se le daba la oportunidad.

Cuando Gamache entró en la casa de Emilie, Thérèse se levantó con esfuerzo de su asiento junto al fuego.

—Alguien te conoce bien —comentó, y le tendió a Armand un vaso de cristal tallado—. Han dejado una botella de whisky bueno en el aparador y un par de botellas de vino y cerveza en la nevera.

—Y *coq au vin* en el horno —añadió Jérôme, saliendo de la cocina con una copa de tinto en la mano—. Se está calentando ahora mismo. —Alzó su bebida—. *À votre santé*.

—A vuestra salud —repitió Gamache, levantando su vaso ante los Brunel.

Cuando Thérèse y Jérôme volvieron a ocupar sus sitios, él se sentó con un gruñido, tratando de no derramar el whisky en el proceso. A su lado en el sofá había un cojín de aspecto blando que no pudo evitar apretar. No emitió sonido alguno, pero Gamache tarareó las primeras notas del *Villancico hurón*.

—¿Cómo descubriste este sitio, Armand? —preguntó Thérèse.

—Lo encontró *Henri*.

—¿El perro? —intervino Jérôme.

Henri levantó la cabeza al oír su nombre, pero luego volvió a bajarla.

Los Brunel intercambiaron una mirada: aunque era un perro muy bonito, a *Henri* nunca lo admitirían en Harvard.

—Veréis, éste era su hogar —explicó Gamache—: madame Longpré lo adoptó en una perrera cuando era un cachorro y lo trajo a vivir aquí, por eso esta casa le resulta familiar. Madame murió poco después de que yo la conociera y fue entonces cuando Reine-Marie y yo nos quedamos con *Henri*.

—¿Y de quién es la casa ahora? —quiso saber Thérèse.

Gamache les explicó lo de Olivier y la secuencia de acontecimientos de esa mañana.

—Menudo granuja estás hecho, Armand. —La superintendente volvió a arrellanarse en el asiento.

—No más que tú con aquel numerito en tu despacho.

—*Oui* —admitió ella—, te pido disculpas por eso.

—¿Qué has hecho? —preguntó Jérôme a su mujer.

—Me ha hecho subir a su despacho y me ha pegado un buen rapapolvo —contestó Gamache—: me ha dicho que deliraba y que no estaba dispuesta a dejarse arrastrar más por mis fantasías, hasta ha amenazado con acudir a Francœur y contárselo todo.

—¡Thérèse! —la regañó Jérôme, impresionado—. No me digas que has atormentado y has engañdo a este pobre hombre.

—Tenía que hacerlo, por si había alguien escuchando...

—Bueno, pues has sido muy convincente —admitió Gamache.

—¿De verdad? —Thérèse pareció satisfecha—. Qué bien.

—Tengo entendido que es fácil engañarlo —bromeó Jérôme—, tiene fama de crédulo.

—Como la mayoría de los inspectores de Homicidios —concedió Gamache.

—¿Cómo has conseguido pillar de qué iba la cosa? —quiso saber Jérôme.

—Gracias a mis años de formación, mi profundo conocimiento de la naturaleza humana... —respondió Gamache— y a que Thérèse me ha dado esto.

Sacó del bolsillo un pedazo de papel pulcramente doblado y se lo tendió.

Si en efecto Jérôme ha descubierto algo, debo suponer que han puesto micrófonos en nuestra casa y en mi despacho. Le he dicho a Jérôme que haga las maletas para irnos a Vancouver, pero no quiero involucrar a nuestra hija; ¿alguna sugerencia?

—Después de que Olivier llamara y me dijera que podíamos utilizar esta casa, le he escrito una nota a Thérèse en el mismo papel que ella me había dado —explicó Gamache— y le he pedido a la inspectora Lacoste que se la enseñara.

Jérôme le dio la vuelta al papel. Garabateado en el dorso, con la letra de Gamache, se leía:

Id al aeropuerto para vuestro vuelo, pero no subáis al avión. Coged un taxi hasta el centro comercial Dix-Trente en Brossard. Nos encontraremos allí: conozco un lugar seguro.

El doctor Brunel devolvió la nota a Gamache. Había reparado en la primera frase del mensaje de su mujer: «Si en efecto Jérôme ha descubierto algo...»

Mientras los otros dos hablaban, él daba sorbitos al vino y contemplaba el fuego. Ya no había duda de que había dado realmente con algo.

No se lo había contado a Thérèse, pero cuando ella finalmente había conseguido volver a dormir, él había cometido una estupidez: se había sentado al ordenador para volver a intentarlo. Había hurgado más y más hondo en el sistema, en parte para ver qué averiguaba, pero también por si conseguía atraer al mirón, si es que lo había. Quería tentarlo, hacerlo salir al descubierto.

Y lo había conseguido. El mirón había aparecido, aunque no donde Jérôme Brunel esperaba: no estaba detrás de él, siguiéndolo, sino delante, atrayéndolo.

Tendiéndole una trampa.

Jérôme Brunel había puesto pies en polvorosa borrando una y otra vez sus huellas electrónicas. Aun así, el mirón había ido tras él con pasos seguros, rápidos e implacables. Había seguido a Jérôme Brunel hasta su propia casa.

Ya no había la menor duda: en efecto, había descubierto algo, y lo habían descubierto a él.

—Un lugar seguro —dijo Thérèse—, no creía que eso existiera.

—¿Y ahora? —preguntó Armand.

Ella miró a su alrededor y sonrió.

Jérôme Brunel, sin embargo, no.

La reunión informativa sobre la operación llegó a su fin y los equipos de la Sûreté se fueron a casa.

Beauvoir estaba sentado a su escritorio con la cabeza gacha y la boca abierta; su respiración entrecortada producía un silbido perfectamente audible. Tenía los ojos entornados y la sensación de escurrirse en el asiento.

La redada había llegado a su fin. No había moteros. Casi había llorado de alivio, y si no hubiera habido nadie observando lo habría hecho allí mismo, en aquel búnker de mierda.

Se había acabado: ahora ya estaba de vuelta, a salvo en su oficina.

Tessier pasó de largo, pero entonces volvió sobre sus pasos y se asomó.

—Confiaba en pillarte todavía, Beauvoir. El informante la ha cagado, pero qué le vamos a hacer. El jefe tiene mala conciencia, así que te ha puesto en la incursión siguiente.

Beauvoir se lo quedó mirando como si le costara concentrarse.

—¿Qué?

—Un cargamento de droga que se dirige a la frontera. Podríamos dejar que lo interceptaran los servicios aduaneros o la Policía Montada, pero Francœur quiere compensar lo de hoy. Descansa un poco, tiene pinta de que será gordo.

Beauvoir esperó a que dejaran de oírse pisadas en el pasillo y, cuando reinó el silencio, apoyó la cabeza en las manos.

Y se echó a llorar.

CATORCE

Tras una cena que incluía *coq au vin*, ensalada verde, fruta y merengue, los tres lavaron los platos. El inspector jefe Gamache, hasta los codos de espuma, fregaba en la profunda pila esmaltada mientras los Brunel secaban.

Era una cocina antigua, sin lavavajillas ni grifos monomando. No había armarios sobre las encimeras de mármol, sino estantes de madera oscura para los platos, y los armarios de abajo también eran de madera oscura.

La gran mesa rústica en la que habían comido hacía las veces de isla de cocina. Las ventanas daban al jardín trasero, pero afuera estaba oscuro, de modo que sólo veían sus propios reflejos.

Era exactamente lo que aparentaba ser: la cocina antigua de una casa antigua en un pueblecito antiguo. Olía a beicon y a pasteles, a romero, tomillo y mandarina. Y a *coq au vin*.

Una vez listos los platos, Gamache echó un vistazo al reloj de baquelita sobre el fregadero: eran casi las nueve.

Thérèse había vuelto a la sala de estar con Jérôme; él avivaba las brasas en la chimenea, ella encontró el equipo de música y lo puso en marcha. Un conocido concierto para violín empezó a sonar suavemente de fondo.

Gamache se puso el abrigo y silbó para llamar a *Henri*.

—¿El paseo nocturno? —preguntó Jérôme, que estaba de pie frente a la estantería, examinando los libros.

—¿Queréis venir? —Gamache le puso la correa a *Henri*.

—Yo no, *merci* —respondió Thérèse, sentada delante del fuego. Se la veía relajada, pero también cansada—. Dentro de unos minutos voy a darme un baño y me iré a la cama.

—Yo voy contigo, Armand —dijo Jérôme, y se echó a reír ante la cara de sorpresa del inspector jefe.

—No dejes que esté demasiado rato de pie sin moverse —exclamó Thérèse cuando salían—: es como la mitad de un muñeco de nieve y los críos siempre intentan ponerle otra bola encima.

—Eso no es verdad —dijo Jérôme poniéndose el abrigo—, sólo pasó una vez. —Cerró la puerta—. Vamos, tengo curiosidad por ver este pueblecito que tanto te gusta.

—No nos llevará mucho rato.

El frío les dio de lleno, pero en lugar de resultarles desagradable o incómodo lo sintieron refrescante, tonificante. Los dos hombres iban bien protegidos. Uno era alto y el otro menudo y casi esférico: parecían un signo de exclamación roto.

Bajaron los amplios peldaños del porche, giraron a la izquierda y echaron a andar por la calle despejada. El jefe soltó a *Henri*, lanzó una pelota de tenis y observó cómo el pastor alemán saltaba al arcén cubierto de nieve y se esforzaba en recuperar el preciado juguete.

Gamache sentía curiosidad por ver la reacción de su acompañante en su primera incursión en el pueblo. Jérôme Brunel, como él había llegado a entender con el tiempo, no era un hombre predecible. Nacido y criado en la ciudad, había estudiado Medicina en la Universidad de Montreal, y antes había pasado un tiempo en la Sorbona, en París, donde había conocido a Thérèse. Ella por entonces estaba enfrascada en un curso superior de Historia del Arte.

Gamache sospechaba que la combinación «vida de pueblo» y Jérôme Brunel no era muy natural que digamos.

Después de andar un rato en silencio, Jérôme se detuvo a mirar los tres enormes pinos iluminados que apuntaban al cielo. Luego, mientras Gamache lanzaba la pelota a

Henri, paseó la vista por las casas que rodeaban la plaza ajardinada del pueblo. Unas eran de ladrillo, otras de tablas de madera y otras de piedras sin cantear, como si hubieran brotado del terreno donde se situaban: uno de esos fenómenos raros de la naturaleza. Pero en lugar de hacer algún comentario sobre el pueblo, Jérôme volvió a observar los tres pinos enormes, echó la cabeza hacia atrás y los recorrió con la mirada. Arriba, más arriba... casi tocando las estrellas.

—¿Sabías, Armand, que algunas de ellas no son estrellas en realidad? —comentó, todavía de cara al cielo—. Son satélites de comunicación.

Su cabeza y su mirada volvieron a la tierra, miró a Gamache a los ojos y entre ambos se formó una bruma de aliento caliente en el aire helado.

—*Oui* —respondió Armand.

Henri se sentó a sus pies, la vista fija en la pelota de tenis que el jefe tenía en la mano enguantada y en su costra de saliva congelada.

—Describen una órbita —continuó Jérôme—. Reciben señales y las emiten. Cubren toda la tierra.

—Casi toda la tierra —puntualizó Gamache.

A la luz de los árboles, el jefe vislumbró una sonrisa en la cara de pan de Jérôme.

—Casi —admitió éste—. Por eso nos has traído aquí, ¿verdad? No sólo porque es el último sitio en el que a cualquiera se le ocurriría buscarnos, sino también porque este pueblo es invisible. No pueden vernos, ¿no? —Indicó con un ademán el cielo nocturno.

—¿Has notado que, en cuanto hemos bajado por esa ladera con el coche, nuestros móviles se han quedado sin cobertura?

—Pues sí, lo he notado, y me imagino que no pasa sólo con los móviles.

—Pasa con todo: ordenadores portátiles, teléfonos inteligentes, tabletas... Aquí no funciona nada. Hay electricidad y servicio telefónico —añadió Gamache—, pero sólo líneas fijas.

—¿No hay internet?

—Sólo por marcación telefónica. Ni siquiera hay televisión por cable: a las compañías no les vale la pena el esfuerzo.

Gamache señaló y Jérôme miró más allá del círculo de luz que era Three Pines, hacia la oscuridad.

Hacia las montañas, los bosques, la espesura impenetrable.

Jérôme comprendió que eso era lo maravilloso de aquel lugar: desde el punto de vista de las telecomunicaciones, desde el punto de vista de un satélite, equivalía a la oscuridad más absoluta.

—Una zona muerta —concluyó, volviéndose hacia Gamache.

El inspector jefe volvió a arrojar la pelota y *Henri* se internó de un salto en la nieve. Sólo se veía su cola, meneándose enérgicamente.

—*Extraordinaire* —dijo Jérôme, que echó a andar otra vez, pero ahora con la cabeza gacha, concentrado en sus pies.

Caminaba y pensaba.

Finalmente, se detuvo.

—No pueden seguirnos el rastro, no pueden encontrarnos; no pueden vernos ni oírnos.

No hubo necesidad de que explicara a quiénes se refería.

Gamache indicó el *bistrot* con un gesto de la cabeza.

—¿Te apetece una copa antes de irte a la cama?

—¿Me tomas el pelo? Con una no tengo ni para empezar.

Jérôme rodó hacia el *bistrot*, como si Three Pines se hubiera ladeado de pronto. Gamache se retrasó un par de minutos, pues se dio cuenta de que *Henri* seguía cabeza abajo en la nieve acumulada.

—Ay, por favor —soltó cuando el perro asomó, cubierto de nieve, pero sin la pelota.

Cavó él mismo con las manos y finalmente la encontró. Entonces hizo una bola de nieve, la lanzó al aire y observó cómo *Henri* saltaba, la cogía al vuelo, la mordisqueaba y, una vez más, se sorprendía de que desapareciera entre sus fauces.

A Gamache le sorprendió la nula curva de aprendizaje de *Henri*, pero comprendió que ya sabía cuanto necesitaría saber en su vida: sabía que era querido y sabía querer.

—Ven, vamos. —Le dio la pelota de tenis al perro y volvió a ponerle la correa.

Jérôme había conseguido dos asientos en el rincón del fondo, lejos de los demás clientes. Gamache saludó, dio las gracias a unos cuantos lugareños que sabía que habían ayudado a dejar lista la casa de Emilie y luego ocupó la butaca junto a Jérôme.

Olivier apareció casi al instante para limpiar la mesa y tomarles nota.

—¿Todo bien? —quiso saber.

—Perfectamente, gracias.

—Mi mujer y yo le estamos profundamente agradecidos, monsieur —dijo Jérôme con tono solemne—. Tengo entendido que fue usted quien organizó nuestra estancia aquí.

—Todos colaboramos —respondió Olivier, pero pareció complacido.

—Confiaba en ver a Myrna. —Gamache miró a su alrededor.

—Pues se te ha escapado por muy poco. Ha cenado con Dominique, pero se ha ido hace unos minutos. ¿Quieres que la llame?

—*Non, merci* —contestó el inspector jefe—. *Ce n'est pas nécessaire.*

Pidieron sus bebidas. Luego, Gamache se excusó un momento y cuando regresó, unos minutos después, había dos coñacs sobre la mesa.

Jérôme parecía satisfecho, aunque pensativo.

—¿Te preocupa algo? —preguntó Gamache mientras calentaba la copa entre las manos.

El viejo médico inhaló profundamente y cerró los ojos.

—¿Sabes, Armand? No consigo recordar la última vez que me sentí a salvo.

—Sé a qué te refieres: da la sensación de que esto dure desde siempre.

—No, no me refería sólo a este jaleo de ahora, sino a mi vida en general. —Abrió los ojos, pero no miró a su acompañante, sino que contempló las vigas del techo, decoradas simplemente con ramas de pino navideño. Inhaló muy muy hondo, retuvo el aire unos instantes y luego exhaló—. Creo que he tenido miedo casi toda mi vida: al patio del colegio, a los exámenes, a salir con chicas. A la facultad de Medicina. Y luego, cada vez que una ambulancia entraba en Urgencias, me daba miedo cagarla y que muriera alguien. Temía por mis hijos, por mi mujer: me daba miedo que les pasara algo.

Bajó la vista para mirar a Gamache.

—Sí —contestó éste—, lo sé.

—¿De veras?

Se miraron a los ojos y Jérôme se dio cuenta de que el inspector jefe conocía bien el miedo. Puede que no conociera el terror ni el pánico, pero sí sabía lo que era tener miedo.

—¿Y ahora, Jérôme? ¿Te sientes a salvo?

Jérôme cerró los ojos y se arrellanó en la butaca. Pasó tanto rato callado que Gamache pensó que se habría dormido.

El jefe dio sorbos a su propio coñac, se reclinó a su vez en la butaca y dejó vagar sus pensamientos.

—Tenemos un problema, Armand —dijo Jérôme al cabo de unos minutos, con los ojos todavía cerrados.

—¿Cuál?

—Si ellos no pueden entrar, nosotros no podemos salir. —Abrió los ojos y se inclinó hacia delante—. Éste es un pueblecito precioso, pero se parece un poco a una trinchera en Vimy, ¿no crees? Es posible que estemos a salvo, pero también atrapados, y no podemos quedarnos aquí para siempre.

Gamache asintió con la cabeza: les había conseguido algo de tiempo, pero no una eternidad.

—No quiero ser un aguafiestas, Armand, pero Francœur y quienquiera que tenga detrás acabarán por encontrarnos, y entonces... ¿qué?

Y entonces ¿qué? Era una buena pregunta, Gamache lo sabía. Y no le gustaba la respuesta. Pero siendo, como era, un hombre habituado al miedo, sabía que era peligrosísimo dejar que éste asumiera el control: distorsionaba la realidad, la hacía desaparecer. El miedo creaba su propia realidad.

Se inclinó en el asiento hacia Jérôme y susurró:

—Entonces deberemos encontrarlos nosotros primero.

Jérôme le aguantó la mirada sin flaquear.

—¿Y cómo propones que lo hagamos, por telepatía? Aquí estamos bien de momento. Es posible que hasta mañana... quizá durante semanas. Pero en cuanto hemos llegado aquí, ha empezado una cuenta atrás, y nadie, ni tú ni yo, ni Thérèse, ni siquiera Francœur, sabe de cuánto tiempo disponemos antes de que nos encuentren. —El doctor Brunel echó un vistazo al *bistrot* y a los lugareños que daban cuenta de sus copas: unos charlaban, otros jugaban al ajedrez o las damas y otros sencillamente permanecían sentados en silencio—. Y ahora los hemos metido a ellos en esto —agregó en voz baja—. Cuando Francœur nos encuentre, habrá terminado nuestra paz y tranquilidad, y también la suya.

Gamache sabía que Jérôme no estaba siendo melodramático: Francœur había dado pruebas de estar dispuesto a todo con tal de conseguir su objetivo. Lo que le preocupaba al inspector jefe, lo que lo atormentaba, era que aún no había conseguido entender qué objetivo era ése.

Él tenía que mantener a raya su miedo. Era bueno tener un poco, lo volvía perspicaz, pero el miedo sin control se volvía terror, y el terror daba paso al pánico, y el pánico generaba caos. Y entonces se desataba un verdadero infierno.

Lo que él necesitaba, lo que necesitaban todos y sólo podían encontrar ahí, en Three Pines, era paz y serenidad, y la claridad que iba con ellas.

Three Pines les había proporcionado tiempo: un día, dos, una semana... pero Jérôme tenía razón: no sería para siempre. «Dios mío, por favor», suplicó Gamache, «haz que sea suficiente».

—El problema, Armand —continuó Jérôme—, es que precisamente lo que nos hace estar a salvo va a acabar siendo nuestra perdición: no tener telecomunicaciones. Sin eso, no podemos hacer progresos, y estoy seguro de que me estaba acercando.

Bajó la vista e hizo girar el coñac en la copa. Había llegado el momento de contar a Armand lo que había hecho, lo que había encontrado, a quién había encontrado.

Alzó la mirada y la clavó en los ojos pensativos de Gamache. Más allá de su acompañante, veía el fuego chisporroteando, los ventanales con parteluces llenos de escarcha, el árbol de Navidad con los regalos debajo.

El doctor Brunel comprendió entonces que no le apetecía asomar la cabeza fuera de esa trinchera tan agradable. Sólo por una noche deseaba paz, aunque fuera una paz fingida, una ilusión. No le importaba: quería pasar esa noche tranquilo, sin miedo. Al día siguiente se enfrentaría a la verdad y les contaría lo que había descubierto.

—¿Qué necesitas para continuar la búsqueda? —quiso saber Gamache.

—Ya lo sabes: una conexión vía satélite de banda ancha.

—¿Y si te consigo una?

El doctor Brunel observó a Gamache. Se lo veía relajado, acariciando con la mano a *Henri*, que descansaba tumbado a sus pies junto a la silla.

—¿En qué estás pensando?

—Tengo un plan —contestó Gamache.

El doctor asintió con expresión pensativa.

—¿Tiene que ver con naves espaciales?

—No, es otro plan —respondió Gamache.

Jérôme se echó a reír.

—Has dicho que no podemos quedarnos y tampoco irnos —añadió el inspector jefe, y Jérôme asintió—, pero hay otra opción.

—¿Y cuál es?

—Crear nuestra propia torre.

—¿Te has vuelto loco? —Jérôme miró con sigilo a su alrededor y bajó la voz—. Esas torres se elevan muchísimos metros, son maravillas de la ingeniería. Como mucho podemos pedir a los colegiales de Three Pines que nos hagan una con palitos de polo y limpiapipas.

—Con palitos de polo quizá no —repuso Gamache con una sonrisa—, pero te has acercado bastante.

Jérôme apuró el coñac y luego miró con atención a Gamache.

—¿En qué estás pensando?

—¿Podemos hablar sobre esto mañana? Me gustaría que se lo comentáramos a Thérèse, saber su opinión. Además, se hace tarde y necesito hablar con Myrna Landers.

—¿Quién?

—Es la dueña de la librería. —Gamache indicó con la cabeza la puerta interior que conectaba el *bistrot* con la tienda de Myrna—. Me he acercado un momento cuando Olivier nos preparaba las copas, me está esperando.

—¿Va a darte un libro sobre cómo construir tu torre? —preguntó Jérôme mientras se ponía el abrigo.

—Era amiga de una mujer a la que mataron ayer.

—Ay, *oui*... se me olvidaba que en realidad estás aquí por trabajo. Lo siento mucho.

—No te apures: la triste verdad es que es la tapadera perfecta; explica por qué estoy en Three Pines, si alguien pregunta.

Se dieron las buenas noches y, mientras Jérôme volvía a la casa de Emilie Longpré y a una cama cálida junto a Thérèse, Armand y *Henri* entraron en la librería.

—¿Myrna? —llamó, y se percató de que había hecho exactamente lo mismo, casi a la misma hora, la noche anterior. Pero esta vez no llevaba noticias sobre el asesinato de Constance Ouellet: esta vez llegaba con un montón de preguntas.

QUINCE

Myrna lo recibió en lo alto de las escaleras.

—Bienvenido de nuevo.

Llevaba un enorme camisón de franela estampado con escenas de gente con esquís y raquetas de nieve, todos retozando sobre el monte Myrna. La tela le llegaba hasta las espinillas, donde se encontraba con unos calcetines gruesos que hacían las veces de zapatillas. Se había echado sobre los hombros la clásica manta canadiense de lana con rayas de colores.

—¿Un café, un pastelito de chocolate?

—*Non, merci.*

Gamache se instaló en la cómoda butaca que Myrna le había señalado junto al fuego mientras ella se servía una taza de café. Le acercó un plato con pastelitos de chocolate por si cambiaba de opinión.

La casa olía a chocolate, a café y a algo almizclado y sustancioso que a Gamache le resultó familiar.

—¿Hiciste tú el *coq au vin*? —preguntó. Había supuesto que era obra de Olivier o de Gabri.

Myrna asintió.

—Ruth me ayudó, aunque *Rosa* por poco hace que todo acabara en *canard au vin*.

Gamache soltó una carcajada.

—Estaba delicioso.

—Pensé que os vendría bien algo reconfortante —respondió ella observando a su invitado.

Gamache le aguantó la mirada esperando las preguntas inevitables: ¿qué hacía ahí?, ¿por qué había llevado consigo a la pareja de ancianos?, ¿por qué se escondían y de quién?

Three Pines lo había acogido y era razonable que Three Pines esperara respuestas a esas preguntas. Pero Myrna se limitó a coger un pastelito y darle un mordisco. Y Gamache tuvo entonces la certeza de estar a salvo de miradas indiscretas y preguntas indiscretas.

Three Pines, como bien sabía, no era inmune a las muertes espantosas, ni a la pena, ni al dolor. Lo que Three Pines tenía no era inmunidad, sino una excepcional capacidad de sanar, y eso les ofrecía a él y a los Brunel: un espacio y un tiempo para sanar.

Y consuelo.

Pero, al igual que la paz, el consuelo no se obtenía escondiéndose o huyendo: el consuelo exigía valor. Gamache cogió un pastelito y le dio un mordisco, luego sacó del bolsillo su libreta de notas.

—Me pareció que te gustaría saber qué hemos averiguado hasta el momento sobre Constance.

—Doy por supuesto que eso no incluye quién la mató —respondió Myrna.

—Por desgracia, no —repuso él, poniéndose las gafas de lectura y echando un vistazo a la libreta—. Me he pasado gran parte del día reuniendo datos sobre las quintillizas...

—¿De modo que crees que eso tuvo algo que ver con su muerte? ¿El hecho de que fuera una de las quintillizas Ouellet?

—En realidad no lo sé, pero es algo extraordinario, y cuando asesinan a alguien vamos en busca de hechos extraordinarios... aunque, para serte franco, a menudo descubrimos al asesino oculto en lo más banal.

Myrna se echó a reír.

—Suena parecido a ser terapeuta. La gente solía acudir a mi consulta porque les había pasado algo: alguien había muerto o los había traicionado, su amor no era correspondido, se habían quedado sin trabajo o se habían divorciado; por algo importante. Pero, aunque eso podía ser el catalizador, lo cierto era que el problema casi siempre era algo insignificante y oculto que venía de antiguo.

Gamache enarcó las cejas, sorprendido. En efecto, aquello se parecía mucho a su trabajo: el asesinato era el catalizador, pero la cosa empezaba casi siempre por algo muy pequeño e imperceptible a simple vista. A menudo procedía de años, décadas atrás: un desaire enquistado había crecido e infectado al huésped de tal forma que éste se había convertido en un resentimiento andante; cubierto de piel, se hacía pasar por humano... y fingía que era feliz.

Hasta que ocurría algo.

Y en la vida de Constance, o en la de quien la mató, había ocurrido algo que había desencadenado su asesinato. Quizá había sido algo de cierta envergadura y ellos no tardarían en identificarlo, pero lo más probable era que se tratara de un suceso ínfimo, y en tal caso les pasaría por alto fácilmente.

Por eso Gamache sabía que debía observar con mucha atención, con mucha cautela: donde otros inspectores de Homicidios se lanzaban de cabeza para cubrir terreno de manera espectacular, Armand Gamache se tomaba su tiempo. De hecho, sabía que, para algunos, lo suyo podía incluso parecer inactividad. Caminaba despacio, las manos a la espalda; se sentaba en un banco de la plaza con la mirada perdida; tomaba café en el *bistrot* o en el bar, escuchando.

Pensando.

Y mientras otros, en su carrera frenética, pasaban de largo al asesino, el inspector jefe Gamache llegaba hasta él andando despacio. Lo encontraba escondido a plena luz del día, disfrazado de cualquier otro.

—¿Te cuento lo que sé? —preguntó.

Myrna se arrellanó en su enorme butaca, se arrebujó en la manta de lana y asintió con la cabeza.

—Esto lo he recogido de toda clase de fuentes, algunas de ellas son públicas, pero la mayoría son notas y diarios personales.

—Continúa.

—Sus padres eran Isidore Ouellet y Marie-Harriette Pineault. Se casaron en la parroquia de Saint-Antoine-sur-Richelieu en 1928, él era labrador y tenía veinte años cuando se casó, y Marie-Harriette, diecisiete. —Gamache alzó la vista hacia Myrna. No sabía decir si aquello era una novedad para ella, aunque tampoco era una noticia de portada precisamente, eso vendría después—. Las niñas nacieron en 1937. —Se quitó las gafas y se apoyó en el respaldo como si ahí acabara todo, pero ambos sabían que tanto él como la historia tenían todavía un buen trecho por delante—. ¿Y qué razón tenían para esperar tanto? Casi diez años entre la boda y el primer crío... o crías. Es inconcebible, por así decirlo, que no tuvieran descendencia: en aquella época, la Iglesia y el párroco eran las mayores influencias en la vida de la gente. Concebir se consideraba un deber para cualquier pareja; de hecho, procrear era la única razón para casarse y tener relaciones sexuales. ¿Cómo es que Isidore y su joven esposa no habían cumplido con su deber?

Myrna sujetaba la taza de café y escuchaba: sabía que Gamache no le estaba haciendo una pregunta, no todavía.

—En aquellos tiempos, eran perfectamente habituales las familias con diez, doce y hasta veinte críos: en la de mi esposa son doce hermanos, y eso fue una generación más tarde. ¿Y en un pueblo, en el campo, en los años veinte? Tener niños era una obligación sagrada en aquel entonces, y una pareja incapaz de concebir caía en desgracia: se creía que no había sido bendecida por Dios, y a veces incluso se llegaba a pensar que estaba maldita.

Myrna asintió con la cabeza. En Quebec ya nadie actuaba así, pero así habían sido las cosas hasta hacía muy poco tiempo, y por eso muchos lo recordaban. La Revolución Tranquila había devuelto a las mujeres sus cuerpos y a las quebequesas sus vidas; había invitado a la Iglesia a abandonar el vientre materno y a limitarse a ocupar el altar. Casi había funcionado.

Pero... ¿en una comunidad rural, en los años veinte y treinta? Gamache tenía razón. Cada año que pasaba sin que tuvieran hijos, los Ouellet habrían caído más y más en el ostracismo, habrían inspirado lástima o despertado sospechas. Los habrían rehuido, como si su unión sin fruto fuera una maldición capaz de contagiarlos a todos y a todo: a la gente, los animales, la tierra; todo se volvería estéril, yermo, por culpa de una sola pareja joven.

—Tuvo que haber sido desesperante para ellos —prosiguió Gamache—: Marie-Harriette describe cómo se pasaba casi todo el día en la iglesia del pueblo. Rezaba, se confesaba, hacía penitencia. Y finalmente, al cabo de ocho años, emprendió el largo camino hasta Montreal. Debió de ser un viaje terrible para una mujer sola: desde la zona de Montérégie hasta la ciudad. Y al llegar, aquella esposa de labrador que jamás había salido de su pueblo, fue andando desde la estación de tren hasta el oratorio de San José, un trayecto que, por sí solo, tuvo que llevarle casi una jornada entera.

Mientras hablaba, el inspector jefe observaba a Myrna: había dejado de tomar sorbitos de café y el pastelito seguía en el plato a medio comer, escuchaba con atención absoluta. Incluso *Henri*, a los pies de Gamache, parecía pendiente de sus palabras, con sus orejas de satélite vueltas hacia la voz de su dueño.

—Aquello fue en mayo de 1936. ¿Sabes por qué acudió al oratorio de San José?

—¿Por el hermano André? —preguntó Myrna—. ¿Aún estaba vivo?

—Por los pelos. Tenía noventa años y estaba muy enfermo, pero continuaba recibiendo feligreses. En aquella época acudía a verlo gente de todas partes del mundo. ¿Has estado en el oratorio?

—Sí —contestó Myrna.

La gran cúpula, iluminada por las noches, era un espectáculo extraordinario, visible desde gran parte de

Montreal. Los arquitectos habían proyectado un paseo largo y amplio que llevaba directamente desde la calle hasta la entrada principal pero, como la basílica se había edificado en la ladera de una montaña, la única vía de acceso se encontraba cuesta arriba, muy cuesta arriba, subiendo unos peldaños de piedra interminables. Noventa y nueve, para ser exactos.

Y una vez dentro, las paredes estaban cubiertas de suelo a techo por muletas y bastones abandonados allí porque ya no hacían falta.

Miles de peregrinos débiles y tullidos habían subido a rastras por aquellos peldaños de piedra para estar en presencia de aquel anciano diminuto, y el hermano André los había curado.

Cuando Marie-Harriette Ouellet llevó a cabo su peregrinaje, el anciano tenía noventa años y le quedaba sólo un hálito de vida. Habría sido comprensible que prefiriese conservar la poca energía que le quedaba, pero aquel hombre menudo y marchito continuaba sanando a otros en detrimento de sus fuerzas.

Marie-Harriette Ouellet había viajado sola desde su pequeña granja para suplicar un milagro al santo.

Gamache hablaba sin necesidad de mirar sus notas: lo que había ocurrido después no era algo que se olvidara fácilmente.

—El oratorio de San José no era como es hoy en día: había una iglesia y ya existían el largo paseo y la escalinata, pero la cúpula no se había completado. Ahora está plagado de turistas, pero en aquel entonces prácticamente todos los visitantes eran peregrinos: enfermos, moribundos y tullidos que acudían desesperados en busca de ayuda. Y Marie-Harriette fue uno de ellos.

Hizo una pausa e inhaló profundamente. Myrna, que había estado contemplando el fuego casi apagado, lo miró a los ojos. Sabía, casi con absoluta certeza, lo que venía ahora.

—En la entrada, al pie del largo paseo, se postró de rodillas y rezó la primera avemaría.

La voz de Gamache era cálida y profunda, pero neutra: no era necesario instilar sus propios sentimientos en sus palabras.

Las imágenes cobraban vida a medida que hablaba. Tanto él como Myrna eran capaces de ver a aquella joven; joven según los parámetros de ambos, demasiado mayor según la opinión de su época.

Marie-Harriette, con veintiséis años, postrada de rodillas.

—«Ave, María, llena eres de gracia, el Señor es contigo. Bendita tú eres entre todas las mujeres y bendito es el fruto de tu vientre...» —En el silencio del apartamento, Armand Gamache rezó aquella oración que le era tan familiar—. Durante toda la noche —continuó luego— recorrió el paseo de rodillas, deteniéndose a rezar un avemaría a cada paso. Al pie de las escaleras, no vaciló: subió por los peldaños, con las rodillas ensangrentadas manchándole su mejor vestido.

«Debía de parecer que tenía la menstruación», se dijo Myrna. «Sangre que manchaba el vestido de una mujer que rezaba para tener hijos...»

—«Bendito es el fruto de tu vientre...»

Imaginaba a aquella joven exhausta, llena de dolor y desesperada, subiendo de rodillas los peldaños de piedra, rezando.

—Finalmente, al alba, Marie-Harriette llegó a lo alto de las escaleras —dijo Gamache—. Alzó la mirada y vio, de pie ante la entrada de la iglesia, al hermano André, que parecía estar esperándola. Él la ayudó a levantarse y entraron juntos. Escuchó sus súplicas y la bendijo. Y luego ella se marchó.

Se hizo el silencio en la habitación. Myrna respiró aliviada, contenta de que ese ascenso interminable hubiera concluido: podía sentir el ardor en sus rodillas y el anhelo en su propio vientre, y era capaz de comprender que Marie-Harriette creyera que podría concebir un hijo con la ayuda de un sacerdote casto y una virgen muerta hacía una eternidad.

—Funcionó —continuó Gamache—: ocho meses más tarde, en enero de 1937, un día después de que muriera el hermano André, Marie-Harriette Ouellet dio a luz a cinco niñas sanas.

Aunque sabía cómo acababa la historia, Myrna sintió una punzada de asombro. Entendía perfectamente que aquello se considerara un milagro, una prueba de que Dios existía y era bueno, y generoso. «Casi en exceso», se dijo.

DIECISÉIS

—Y por supuesto —dijo Gamache leyéndole el pensamiento a Myrna—, se consideró un milagro: el primer caso en la historia de quintillizos que sobrevivían al parto. Causaron verdadera sensación.

El inspector jefe se inclinó hacia delante y dejó una fotografía sobre la mesa de centro; en ella aparecía Isidore Ouellet, el padre, de pie tras los bebés. Tenía el rostro muy curtido, de labrador, iba sin afeitar y despeinado, como si se hubiera pasado la noche entera mesándose los cabellos con aquellas manos enormes. Incluso en esa imagen con mucho grano eran visibles sus ojeras profundas y oscuras. Llevaba una camisa clara y una americana raída, como si en el último momento se hubiera puesto su mejor ropa de domingo.

Sus hijas yacían ante él sobre la tosca mesa de cocina. Eran diminutas, recién nacidas, y estaban envueltas en sábanas, trapos y harapos llevados a toda prisa. El padre contemplaba a las niñas con los ojos muy abiertos y cara de asombro.

La imagen habría resultado cómica de no haber expresado tanto espanto aquel rostro apergaminado. Viendo la cara de Isidore Ouellet, uno podría pensar que el mismísimo Dios había ido a cenar y se había montado un fiestorro.

Myrna cogió la fotografía y la observó con atención, no la había visto nunca.

—Me figuro que la encontraste en su casa —dijo, todavía afectada por la expresión en los ojos de Isidore.

Gamache dejó otra foto sobre la mesa.

Myrna la cogió. Estaba un poco desenfocada, pero el padre había desaparecido y ahora quien estaba de pie tras los bebés era una mujer mayor.

—¿La comadrona? —preguntó, y Gamache asintió.

Era corpulenta y se la veía eficiente; tenía los brazos en jarras y un delantal manchado cubriendo su busto enorme. Sonreía, cansada y feliz y, al igual que Isidore, parecía asombrada, aunque sin el espanto que transmitía aquél. Al fin y al cabo, su responsabilidad ya había concluido.

Gamache dejó entonces sobre la mesa una tercera fotografía en blanco y negro. La mujer de antes ya no estaba, los harapos y la mesa de madera también habían desaparecido y las recién nacidas estaban ahora colocadas en una mesa de instrumental quirúrgico, cada una de ellas pulcramente envuelta en su propia mantita de franela limpia. Un hombre de mediana edad, vestido de blanco de pies a cabeza, estaba plantado tras ellas con cara de orgullo: ésa era la foto famosa, la de la presentación al mundo de las quintillizas Ouellet.

—El médico, ¿cómo se llamaba? —preguntó Myrna—. Bernard, eso es... el doctor Bernard.

Un testimonio más de la fama de las quintillizas era que casi ocho décadas más tarde Myrna recordara el nombre del médico que las había traído al mundo... o no.

—¿Quieres decir que no fue el doctor Bernard quien asistió en el parto en realidad? —añadió entonces, volviendo a fijarse en las fotografías de antes.

—Ni siquiera estaba allí —le confirmó Gamache—. Y bien pensado, ¿por qué iba a estar? En 1937 quienes solían atender a las campesinas en el parto eran las comadronas, no los médicos. Y aunque quizá habían sospechado que esa mujer llevaba en su seno a más de un crío, a nadie le habría pasado por la cabeza que pudieran ser cinco. Estaban en plena Depresión, los Ouellet eran más pobres que las ratas, jamás habrían podido permitirse un médico, ni siquiera de haber sabido que lo necesitarían.

Ambos observaron aquella imagen icónica: el sonriente doctor Bernard, seguro de sí mismo, sereno y paternal. Era el actor perfecto para un papel que interpretaría el resto de su vida.

El gran hombre que había llevado a cabo un milagro, que gracias a su pericia había logrado lo que ningún otro médico había conseguido: traer al mundo, vivos, a cinco bebés y mantenerlos con vida. Incluso había salvado a la madre.

El doctor Bernard se convirtió en el médico que todas las mujeres querían, en un icono de eficacia y en un motivo de orgullo para Quebec, donde se había criado y formado este profesional tan habilidoso y compasivo.

«Qué pena que fuera todo mentira», se dijo Gamache poniéndose las gafas para estudiar la fotografía.

La dejó a un lado y volvió a centrar la atención en la imagen original, la de las quintillizas y el padre horrorizado. En la primera de las miles de fotografías que les tomarían a lo largo de su vida, las niñas aparecían envueltas de cualquier manera en sábanas manchadas de sangre, heces, mucosidades y membranas de su madre. Era un milagro, pero también un caos.

Era la primera imagen, pero también la última que se tomaría de las niñas reales: al cabo de sólo unas horas de su nacimiento, las quintillizas se convirtieron en un producto. Habían dado comienzo las mentiras, la impostura, el teatro, el engaño.

Gamache le dio la vuelta a la fotografía original. Escritos en una letra pulcra y redonda de colegial, vio los nombres de las niñas:

Marie-Virginie, Marie-Hélène, Marie-Josephine, Marie-Marguerite, Marie-Constance.

Debían de haberlas envuelto a toda prisa en lo que la partera y monsieur Ouellet consiguieron encontrar, y las irían dejando sobre la mesa según iban naciendo.

Gamache cogió entonces la fotografía con el doctor Bernard, tomada tan sólo unas horas más tarde. En el dorso, alguien había escrito:

M-M, M-J, M-V, M-C, M-H.

Ya no figuraban los nombres completos, sólo las iniciales. «Hoy en día habrían sido códigos de barras», se dijo el inspector jefe. Sospechando de quién era la letra, volvió a mirar al gentil médico de pueblo a quien también le había cambiado la vida esa noche: había nacido un nuevo doctor Bernard.

Gamache sacó una foto más del bolsillo de la camisa y la dejó sobre la mesa de centro, Myrna la cogió y vio a cuatro mujeres jóvenes, de poco más de treinta años, que se cogían unas a otras de la cintura y sonreían a la cámara. Dio la vuelta a la fotografía, pero no había nada escrito en el dorso.

—¿Son las niñas?

Gamache asintió con la cabeza.

—Qué diferentes unas de otras —comentó ella maravillada—. El peinado, la forma de vestir... incluso sus cuerpos se ven distintos. —Levantó la mirada de la imagen para posarla en Gamache, que la observaba—. Ni siquiera es posible saber que son hermanas; ¿crees que lo hicieron a propósito?

—¿Qué opinas tú?

Myrna volvió a centrarse en la foto, pero ya sabía la respuesta. Asintió con la cabeza.

—Yo pienso lo mismo —dijo Gamache, quitándose las gafas y reclinándose en la butaca—. Es evidente que estaban muy unidas; no lo hicieron para distanciarse unas de otras, sino del resto del mundo.

—Van disfrazadas —concedió Myrna bajando la fotografía—: transformaron sus cuerpos para que nadie supiera quiénes eran. Aunque en realidad parece más una armadura que un disfraz. —Dio unos golpecitos con el dedo en la imagen—. Sólo son cuatro... ¿Dónde está la otra?

—Muerta.

Myrna ladeó la cabeza mirando al jefe.

—*Pardon*?

—Virginie murió cuando tenía poco más de veinte años —explicó Gamache.

—Claro, es verdad, se me había olvidado. —Myrna rebuscó en sus recuerdos—. Fue un accidente, ¿no? ¿De tráfico? ¿O se ahogó? No consigo acordarme, fue algo trágico.

—Se cayó por las escaleras en la casa donde vivían.

Myrna guardó silencio unos instantes antes de responder.

—Supongo que no se trató de algo más, ¿no? Me parece muy poco normal que las veinteañeras se caigan por las escaleras.

—Menuda mente tan suspicaz la suya, madame Landers —bromeó Gamache—. Constance y Hélène lo vieron cuando ocurrió. Según contaron, perdió el equilibrio. No se hizo autopsia ni hubo necrológica en el periódico; Virginie Ouellet fue enterrada en la intimidad en la tumba familiar en Saint-Antoine-sur-Richelieu. Unas semanas más tarde, alguien de la morgue filtró la noticia y hubo una gran efusión de pena entre la gente.

—¿Por qué correr un velo sobre su muerte? —quiso saber Myrna.

—Por lo que he averiguado, las hermanas quisieron llorarla en privado.

—Sí, la cosa encaja. Antes has dicho: «Según contaron, perdió el equilibrio», y me parece que ahí hay un matiz... Contaron eso, pero ¿era la verdad?

Gamache esbozó una sonrisita.

—Se te da bien escuchar. —Se inclinó para que ambos quedaran frente a frente sobre la mesa de centro, con un perfil iluminado por el fuego y el otro sumido en la oscuridad—. Si sabes cómo interpretar informes policiales y certificados de defunción, se desprenden muchas cosas de lo que no explicitan.

—¿Creyeron que alguien pudo empujarla?

—No, pero sí se sugiere que, aunque su muerte fuera un accidente, no fue del todo una sorpresa.

—¿Qué quieres decir? —preguntó Myrna.

—¿Te contó algo Constance sobre sus hermanas?

—Sólo por encima: me interesaba la vida de Constance, no la de sus hermanas.

—Debió de haber sido un alivio para ella —comentó Gamache.

—Creo que sí, un alivio y una sorpresa. A la mayoría de la gente sólo le interesaban las quintillizas como conjunto, no como seres individuales. Aunque, para ser franca, no caí en la cuenta de que era una quintilliza hasta que llevábamos alrededor de un año de terapia.

Gamache se la quedó mirando y trató de ocultar que aquello le divertía.

—No tiene gracia —le espetó Myrna, pero también sonrió.

—No —concedió el inspector jefe, y borró la sonrisa de su cara—, en absoluto. ¿De verdad no sabías que era una de las personas más famosas del país?

—La cosa fue así: se presentó como Constance Pineault y mencionó a su familia, pero sólo en respuesta a mis preguntas. No se me ocurrió preguntarle si era una quintilliza; no era una cuestión que soliera plantearles a mis pacientes. Pero tú no has contestado a mi pregunta: ¿qué has querido decir con lo de que la muerte de la quintilliza más joven fue un accidente, pero no una sorpresa?

—¿La más joven?

—Bueno, sí. —Myrna se interrumpió y negó con la cabeza—. Qué curioso, doy por hecho que la que murió primero...

—Virginie.

—...era la más joven y Constance la más vieja.

—Supongo que es natural, a mí me pasa igual.

—Y bien, inspector jefe, ¿por qué la muerte de Virginie no fue una sorpresa del todo?

—No la diagnosticaron ni recibió tratamiento, pero es casi seguro que Virginie padecía una depresión clínica.

Myrna inhaló lenta y profundamente y luego exhaló lenta y largamente.

—¿Creyeron que había sido un suicidio?

—Nunca se mencionó, o no con mucha claridad, pero me da la impresión de que lo habían sospechado.

—Pobrecita —dijo Myrna.

«Pobrecita», pensó Gamache, y se acordó de los coches patrulla en el puente de Champlain y de la mujer que había saltado la mañana anterior a las aguas fangosas del río San Lorenzo; ¿hasta qué punto tenía que ser terrible un problema para que la única solución fuera arrojarte a un río helado o escaleras abajo?

«¿Quién te lastimó antaño —se preguntó el inspector jefe mientras miraba la foto de Virginie recién nacida sobre la mesa de la casa de sus padres, llorando junto a sus hermanas— hasta tal punto que ahora...?»

—¿Te contó algo Constance sobre su educación?

—Prácticamente nada. Admitir quién era supuso un gran paso para ella, pero no estaba dispuesta a entrar en detalles.

—¿Y cómo llegaste a descubrir que era una de las quintillizas Ouellet?

—Ojalá pudiera decir que fue gracias a mi extraordinaria perspicacia, pero creo que ese barco ya ha zarpado.

—Y se ha hundido, me temo —bromeó Gamache.

Myrna se echó a reír.

—Es cierto, por desgracia. Pensándolo ahora, me doy cuenta de que se le daban muy bien las indirectas: durante un año, iba dejándolas caer todo el tiempo. Dijo que tenía cuatro hermanas, aunque nunca se me ocurrió que quisiera decir que eran de su misma edad. Me contó que sus padres estaban obsesionados con el hermano André, pero que a ella y sus hermanas les habían advertido que no debían hablar sobre él, que se meterían en líos si lo hacían. Dijo que la gente siempre intentaba averiguar cosas sobre sus vidas, pero simplemente me pareció que tendría vecinos fisgones o que estaba algo paranoica. Nunca se me pasó por la cabeza que se refiriera a toda Norteamérica, incluidos los noticiarios, y que fuera verdad. Debió de haberse exasperado de lo lindo conmigo. Me avergüenza admitir que jamás habría caído en la cuenta de no habérmelo contado ella finalmente.

—Me encantaría haber estado presente en esa conversación.

—Nunca la olvidaré, tenlo por seguro. Yo pensaba que una vez más íbamos a hablar de cuestiones íntimas; me senté allí, bolígrafo en mano y cuaderno en las rodillas —dijo Myrna imitando la postura—, y ella me soltó: «Pineault era el apellido de mi madre; mi padre se llamaba Ouellet, Isidore Ouellet.» Me miró como si aquello significara algo y lo gracioso es que así era, aunque sólo se trataba de un recuerdo vago. Entonces, al ver que no acababa de caer en la cuenta, añadió: «Utilizo el nombre de Constance Pineault, y de hecho así es como pienso en mí ahora, pero para casi todos los demás soy Constance Ouellet, y comparto fecha de nacimiento con mis cuatro hermanas.» ¡E incluso con toda esa información me llevó unos instantes entenderlo!

—No estoy seguro de que yo lo hubiera creído.

Myrna negó con la cabeza: seguía sin creérselo del todo.

—Las quintillizas Ouellet casi eran personajes de ficción. Eran una especie de mito: fue como si la mujer a la que yo conocía como Constance Pineault hubiera anunciado que era una diosa griega; Hera en carne y hueso, o un unicornio.

—¿Te pareció poco probable?

—Me pareció imposible, incluso delirante. Pero se la veía tan serena, tan relajada... casi aliviada: habría costado encontrar una persona más cuerda. Creo que notaba que yo me esforzaba en creerla y le resultaba divertido.

—¿También ella padecía una depresión? ¿Fue por eso por lo que acudió a verte?

Myrna negó con la cabeza.

—No. Tenía momentos depresivos, pero todo el mundo los tiene.

—Entonces ¿por qué fue a verte?

—Nos llevó mucho tiempo averiguarlo —admitió Myrna.

—Por cómo lo dices, parece que ni la propia Constance lo sabía.

—Y no lo sabía. Estaba ahí porque se sentía desdichada y quería que yo la ayudara a averiguar qué andaba mal. Dijo que se sentía como alguien que ha descubierto de pronto que sólo puede ver en blanco y negro mientras que todos los demás viven en un mundo de colores vibrantes.

—La incapacidad de ver los colores no tiene cura —repuso Gamache—; ¿la tenía Constance?

—Bueno, primero había que llegar al problema en sí; no a la fanfarria de la superficie, sino a lo que había debajo, a la raíz.

—¿Y llegasteis a la raíz?

—Creo que sí, creo que era bien simple, como lo son casi todos los problemas: Constance se sentía sola.

El inspector jefe Gamache le dio vueltas a aquello. Esa mujer nunca había estado sola: había compartido un vientre, compartido un hogar, compartido unos padres, una mesa, la ropa. Lo había compartido todo: había vivido constantemente rodeada de una multitud, siempre con gente alrededor, tanto dentro como fuera de la casa, mirándola boquiabierta.

—Habría jurado que lo que anhelaba era privacidad.

—Pues sí, todas la anhelaban. Aunque parezca raro, creo que fue eso lo que hizo que Constance acabara sintiéndose tan sola. En cuanto pudieron, las quintillizas se retiraron de la luz pública, pero se apartaron demasiado. Su vida se volvió muy privada, aislada. Lo que había empezado como un mecanismo de supervivencia se volvió contra ellas: estaban a salvo en su casita, en su mundo particular, pero estaban solas. Eran unas niñas solitarias que, al crecer, se habían convertido en adultas solitarias, pero no conocían otra vida que ésa.

—Sólo veían en blanco y negro —apuntó Gamache.

—Pero Constance era capaz de ver que ahí fuera había algo más. Estaba a salvo, pero no era feliz... y quería serlo.

—Myrna negó con la cabeza—. No le desearía la fama ni a mi peor enemigo. Y a los padres que se la imponen a sus hijos deberían colgarlos de las pelotas.

—¿Crees que la culpa fue de los padres de las quintillizas?

Myrna le dio vueltas a la pregunta.

—Diría que Constance sí lo creía.

Gamache indicó con un gesto de la cabeza las fotografías que estaban sobre la mesa entre ambos.

—Antes me has preguntado si las había encontrado en casa de Constance. Pues no, allí no había fotografías personales; ni una sola, ni enmarcadas ni en álbumes. Las encontré en los Archivos Nacionales. —Gamache cogió la instantánea de las cuatro jóvenes—. Excepto ésta, que Constance había metido en su equipaje para traerla.

Myrna se quedó mirando la pequeña fotografía que el jefe tenía en la mano.

—Me pregunto por qué.

Jérôme Brunel cerró el libro.

Las cortinas estaban corridas y los dos estaban en la cama, tapados con el edredón. Thérèse se había quedado dormida leyendo. Él la observó unos instantes: su respiración era profunda y acompasada, la barbilla apoyada en el pecho, la mente, siempre tan activa, en reposo... En paz, por fin.

Dejó el libro sobre la mesita de noche y le quitó las gafas y el libro de la mano a Thérèse. Luego la besó en la frente y olió el perfume de su crema de noche, tan suave y sutil. Cuando ella se iba de viaje de negocios, Jérôme se ponía un poco en las manos y se las acercaba a la cara al ir a dormir.

—¿Jérôme? —Thérèse se despertó—. ¿Va todo bien?

—Perfectamente —susurró él—, justo iba a apagar la luz.

—¿Ha vuelto Armand?

—Todavía no, pero he dejado encendidas las luces del porche y alguna de la sala de estar.

Thérèse le dio un beso y se volvió de costado.

Jérôme apagó la lámpara de la mesita de noche y los tapó bien a ambos con el edredón. Por la ventana abierta entraba un aire frío y limpio que volvía aún más reconfortante la cama calentita.

—No te preocupes —susurró al oído de su mujer—, Armand tiene un plan.

—Confío en que no tenga que ver con naves espaciales o viajes en el tiempo —musitó ella, medio dormida otra vez.

—No, es otro plan —dijo Jérôme, y oyó la risita de su mujer antes de que la habitación volviera a sumirse en el silencio excepto por los crujidos y quejidos leves de la casa al asentarse en torno a ellos.

De pie frente al ventanal de la librería de Myrna, Armand Gamache vio apagarse la luz en el dormitorio de arriba de la casa de Emilie.

Había seguido escaleras abajo a Myrna, que ahora estaba plantada en medio de un pasillo de la tienda con cara de perplejidad.

—Estoy segura de que estaba aquí.

—¿El qué? —Gamache se dio la vuelta, pero Myrna había desaparecido entre las hileras de estanterías.

—El libro que escribió el doctor Bernard sobre las quintillizas. Lo tenía aquí, pero no consigo encontrarlo.

—No sabía que hubiera escrito un libro —repuso él mientras recorría otro pasillo mirando en los estantes—; ¿es bueno?

—No lo he leído —musitó Myrna, distraída examinando los lomos—, pero no creo que sea bueno, teniendo en cuenta lo que sabemos ahora.

—Bueno, sabemos que no trajo al mundo a las niñas, pero aun así les dedicó la mayor parte de su vida. Es probable que las conociera mejor que nadie.

—Lo dudo.
—¿Por qué dices eso?
—Creo que apenas se conocían ellas mismas. Como mucho, el libro te permitirá comprender su rutina cotidiana, pero no a las propias quintillizas.
—Entonces ¿por qué lo estás buscando?
—Me ha parecido que incluso eso podía sernos de ayuda.
—Pues sí —convino Gamache—. ¿Por qué no lo has leído?
—El doctor Bernard cogió algo que debería haber quedado en la intimidad y lo hizo público: las traicionó a cada paso, al igual que hicieron sus padres. No quise formar parte de eso —dijo, y apoyó una de sus grandes manos en un estante, perpleja.
—¿Se lo habrá llevado alguien? —sugirió Gamache desde el pasillo siguiente.
—Aquí no se prestan libros, no es una biblioteca: tienen que comprármelos. —Hubo un silencio y luego Myrna añadió—: Maldita Ruth.
Gamache pensó que quizá aquél era el nombre real de Ruth: su nombre de pila. Imaginó el bautizo.
«—¿Qué nombre habéis elegido para esta niña? —preguntaba el cura.
»—Maldita Ruth —respondían los padrinos.»
Habría sido una elección profética.
Myrna interrumpió sus ensoñaciones.
—Es la única que parece creer que esto es una biblioteca: se lleva los libros y luego los devuelve y coge otros.
—Al menos los devuelve —dijo Gamache, un comentario que hizo que Myrna lo mirara con acritud—. ¿Crees que Ruth se ha llevado el libro del doctor Bernard sobre las quintillizas?
—¿Quién si no?
Buena pregunta.
—Le preguntaré mañana —concluyó él, poniéndose el abrigo—. ¿Sabes aquel poema de Ruth que citaste?
—¿Cuál? ¿«Quién te lastimó antaño»?

—Sí, ¿lo tienes?

Myrna lo encontró, era un libro delgado. Gamache lo pagó.

—¿Por qué dejó Constance de ser paciente tuya?

—Llegamos a un punto muerto.

—Vaya, ¿y por qué?

—Se hizo evidente que si Constance deseaba de verdad tener amigos íntimos, tendría que bajar la guardia y dejarlos entrar. Nuestras vidas son como casas: a unas personas las dejamos pasar al jardín, a otras al porche, y las hay que llegan al recibidor o a la cocina. A los mejores amigos, los invitamos a ir más allá, hasta la sala de estar.

—Y a otros les permitimos entrar en el dormitorio —añadió Gamache.

—Sí, en las relaciones verdaderamente íntimas.

—¿Y Constance?

—Su casa era una preciosidad: encantadora, perfecta, pero estaba cerrada con llave. Ahí no entraba nadie —explicó Myrna.

Gamache escuchó aquello, pero no le reveló a Myrna que su analogía de la casa era exacta: Constance no sólo se había atrincherado emocionalmente hablando, sino que nadie cruzaba tampoco el umbral de su casa de ladrillo y cemento.

—¿Se lo dijiste así?

Myrna asintió.

—Lo comprendía, y se esforzaba muchísimo, pero las paredes eran demasiado altas y gruesas, así que hubo que poner fin a la terapia: yo ya no podía hacer nada más por ella. De todas formas continuamos en contacto, aunque sin llegar a ser íntimas. —Myrna sonrió—. Cuando me visitó aquí, llegué a pensar que por fin se mostraría abierta conmigo: confiaba en que, ahora que la última hermana que le quedaba había muerto, no tendría la sensación de estar revelando secretos familiares.

—¿Y no te contó nada?

—No.

—¿Quieres saber mi opinión? —preguntó Gamache.

Myrna asintió con la cabeza.

—Creo que la primera visita fue por puro placer; cuando decidió regresar, la razón era muy distinta.

Myrna lo miró a los ojos.

—¿Qué quieres decir?

Gamache sacó las fotografías del bolsillo y escogió la de las cuatro jóvenes.

—Creo que iba a traerte esto: su posesión más preciada y más personal. Creo que quería abrir las puertas y las ventanas de su casa y dejarte entrar.

Myrna suspiró largamente y luego le cogió la fotografía de las manos.

—Gracias por esto —dijo en voz baja, y observó la foto—. Virginie, Hélène, Josephine, Marguerite... y ahora Constance. Ya no queda ninguna, se han convertido en leyenda... ¿Qué ha ocurrido?

Gamache sujetaba en alto la primera fotografía de las quintillizas Ouellet, la de recién nacidas, alineadas como hogazas de pan sobre la rústica mesa de la casa de su padre, con él de pie tras ellas, completamente anonadado.

Le dio la vuelta a la foto y observó las palabras que, casi con total seguridad, habían escrito el padre o la madre con pulcritud y cuidado, con la letra de alguien poco acostumbrado a tomar nota de nada: en una vida con pocos alicientes, aquello habría merecido el esfuerzo. Uno de ellos, pues, había escrito los nombres de sus hijas en el orden en que las habían ido dejando sobre la mesa.

Marie-Virginie.

Marie-Hélène.

Marie-Josephine.

Marie-Marguerite.

Marie-Constance.

Seguramente aquél era el orden en que habían nacido, pero también, se percató Gamache, el orden en que habían muerto.

DIECISIETE

Unos gritos y una breve e intensa explosión de sonidos despertaron a Gamache.

Se incorporó como un resorte hasta quedar sentado en la cama, pasando en una fracción de segundo del sueño profundo a la vigilia absoluta. Su mano salió disparada hacia la mesita de noche y el cajón en que guardaba la pistola.

Aguzó la vista, completamente concentrado, y luego se quedó quieto, con el cuerpo tenso.

Vio la luz del día a través de las cortinas y entonces volvió a oírlos: un grito apremiante, un quejido pidiendo ayuda, una orden mascullada... y otro estruendo.

Aquellos sonidos eran inconfundibles.

Se puso la bata y las zapatillas, descorrió la cortina y se encontró ante un partido de hockey en el estanque helado del centro de la plaza.

Henri estaba a su lado, también alerta, y hurgaba con el hocico en el resquicio de la ventana, olisqueando.

—Este sitio va a matarme —dijo el inspector jefe al perro, aunque sonrió al ver a los críos patinar furibundos tras el disco, gritarse instrucciones unos a otros, soltar aullidos de triunfo y chillar de dolor cuando un tiro acababa en el fondo de la red.

Siguió allí plantado unos instantes, fascinado, mirando a través del cristal escarchado.

Hacía un día radiante. Cayó en la cuenta de que era sábado. El sol acababa de salir, pero daba la sensación de que los niños llevaran horas allí y pudieran seguir el día entero, sólo parando de vez en cuando para tomar chocolate caliente.

Cerró la ventana, descorrió del todo las cortinas y se dio la vuelta. La casa estaba en silencio. Había tardado unos instantes en recordar que no estaba en la fonda de Gabri, sino en la casa de Emilie Longpré.

Esta habitación era más grande que la que solía tener en la fonda. Había una chimenea, el suelo era de anchos tablones de pino y las paredes lucían un papel pintado floral que no podía considerarse precisamente moderno; tenía ventanas en dos de los muros, lo que la hacía luminosa y alegre.

Miró el reloj de la mesita y se llevó una sorpresa al comprobar que eran casi las ocho: había dormido más de la cuenta. No se había molestado en poner el despertador, convencido de que despertaría por sí mismo a las seis de la mañana, como solía, o de que *Henri* lo obligaría a levantarse a golpe de hocico. Pero ambos se habían sumido en un sueño profundo y aún estarían en la cama de no haber sido por una escapada inesperada y un gol en el partido de ahí abajo.

Tras una ducha rápida, Gamache se llevó a *Henri* a la planta baja. Le puso de comer, preparó y encendió la cafetera eléctrica y luego le ató la correa y lo sacó a pasear a la plaza del pueblo. Mientras caminaban, observaban el partido; *Henri* tironeando de la correa, ansioso por unirse a los críos.

—Me alegro de que lleves a esa bestia estúpida con correa: es un peligro.

Gamache se dio la vuelta y vio a Ruth y *Rosa* acercarse a ellos por la calle helada. *Rosa* llevaba unas botitas de ganchillo; daba la impresión de caminar con una cojera leve, al igual que su dueña, y ésta daba la impresión de hacerlo con andares de pato, como *Rosa*.

Si la gente acababa realmente pareciéndose a sus mascotas, se dijo Gamache, en cualquier momento a él le saldrían unas orejas enormes y luciría una expresión juguetona y un poco ausente.

Pero *Rosa* era algo más que una mascota para Ruth; y para la pata, Ruth no era simplemente una persona más.

—*Henri* no es una bestia estúpida, madame —dijo Gamache.

—Ya lo sé —soltó la poeta—: yo hablaba con *Henri*.

El pastor alemán y la pata se miraron fijamente. Por precaución, Gamache sujetó con más fuerza la correa, pero no debería haberse preocupado: *Rosa* lanzó un picotazo y *Henri* retrocedió de un salto y se escondió detrás de las piernas de Gamache, alzando la vista hacia él.

Hombre y perro se miraron enarcando las cejas.

—¡Pásalo —gritó Ruth dirigiéndose a los jugadores de hockey—, no retengas el disco!

Cualquiera que estuviera escuchando habría oído el «tarado» que iba implícito en el final de esa frase.

Un niño pasó el disco, pero demasiado tarde: desapareció en la nieve de la orilla. Miró a Ruth y se encogió de hombros.

—No pasa nada, Étienne —dijo Ruth—. La próxima vez levanta la cabeza.

—*Oui*, míster.

—Putos niños, nunca escuchan —soltó Ruth y les dio la espalda, pero no antes de que unos cuantos las hubieran visto, a ella y la pata, y dejado de jugar para saludarlas con la mano.

—¿Míster? —preguntó Gamache caminando junto a ella.

—Es «gilipollas» en francés.

Gamache se rió soltando una nube de buen humor.

—Entonces ya les ha enseñado algo más.

De la boca de Ruth brotaron unas nubecillas y él supuso que era una risita, o azufre.

—Gracias por el *coq au vin* de anoche —dijo el inspector jefe—, estaba delicioso.

—¿Era para ti? Madre mía, pensaba que esa mujer de los libros había dicho que era para la gente de la casa de Emilie.

—Que somos mis amigos y yo, como bien sabe.

Ruth cogió en brazos a *Rosa* y anduvo en silencio unos pasos.

—¿Estás más cerca de saber quién mató a Constance? —preguntó finalmente.

—Un poco, sí.

Junto a ellos, el partido de hockey proseguía, y niños y niñas trataban de alcanzar el disco, unos patinando hacia delante y otros marcha atrás, como si la vida dependiera de lo que le ocurriera a aquel pedazo de goma congelada.

Podía parecer algo trivial, pero Gamache sabía que era ahí donde se aprendían muchas cosas: a tener confianza y trabajar en equipo, cuándo ceder, cuándo seguir adelante y cuándo batirse en retirada, y a nunca perder de vista el objetivo, por mucho caos y muchas distracciones que tuvieras alrededor.

—¿Por qué se llevó ese libro del doctor Bernard? —preguntó.

—¿Qué libro?

—¿Cuántos libros tiene de un tal doctor Bernard? El que escribió sobre las quintillizas Ouellet: lo cogió de la tienda de libros de Myrna.

—¿Es una tienda de libros? Pues en el letrero pone *library*, y eso es «biblioteca» en inglés.

—Lo que pone ahí es *librairie* —replicó el inspector jefe—: es «mentirosa» en francés.

Ruth soltó un bufido de risa.

—Sabe perfectamente bien que *librairie*, en francés, quiere decir «tienda de libros».

—Putas lenguas y sus confusiones, ¿por qué no limitarnos a hablar con claridad?

Gamache la miró con asombro.

—Muy buena pregunta, madame.

Hablaba sin exasperación alguna: le debía muchas cosas a Ruth y un poco de paciencia figuraba entre las primeras.

—Sí, me llevé ese libro. Como ya he dicho, Constance me contó quién era, de modo que quería leer cosas sobre ella por pura curiosidad morbosa.

Gamache sabía que Ruth Zardo podía ser morbosa, pero no era curiosa: eso le habría exigido mostrar interés por los demás.

—¿Y le pareció que averiguaría algo gracias al relato del doctor Bernard?

—Bueno, lo tenía crudo para enterarme por ella, ¿no? Era mi mejor opción. Menudo libro tan aburrido: habla sobre todo de sí mismo, y detesto a la gente egocéntrica.

Gamache dejó pasar el comentario.

—Aunque sí dice algunas cosas muy duras sobre los padres —continuó Ruth—, todo expresado educadamente, por supuesto, por si ellos llegaban a leerlo, y sospecho que en efecto lo hicieron, o pidieron a alguien que se lo leyera.

—¿Por qué dice eso?

—Según Bernard, eran pobres e ignorantes, más tontos que hechos de encargo y tremendamente codiciosos.

—¿No me diga?

—Básicamente, vendieron a sus hijas al gobierno y luego se mosquearon cuando se les acabó el dinero: estaban convencidos de que se les debía más.

El propio Gamache había encontrado detalles de sus estimaciones. Aparecía un pago cuantioso, o al menos cuantioso para la época, a Isidore Ouellet, aunque disfrazado de expropiación: se había tasado la granja con un valor cien veces más alto del real.

A un campesino más pobre que las ratas le había tocado la lotería en forma de cinco hijas fabulosas: lo único que tenía que hacer era vendérselas al Estado.

Gamache también había encontrado un montón de cartas escritas a lo largo de los años con una laboriosa caligrafía. En ellas, exigían que les devolvieran a sus hijas, asegurando que los habían engañado y amenazaban con hacer público el trato: contarían a todo el mundo que el gobierno les había robado a sus hijas. Isidore incluso invocaba al *frère* André, quien para entonces había muerto ya, pero que, en Quebec, era un símbolo cada vez más potente.

Después de leer aquellas cartas, Gamache tenía la impresión de que Isidore Ouellet no quería en realidad a las niñas, sino más dinero.

Y había también cartas que ellos habían recibido como respuesta de parte de un departamento recién formado del gobierno llamado Service de Protection de l'Enfance. Aunque estaban escritas en un lenguaje sumamente cortés, Gamache captaba en ellas un tono amenazador.

Si los Ouellet abrían la boca, los miembros del gobierno harían lo mismo.

Y tenían mucho que decir. Ellos también invocaban al hermano André; por lo visto, el santo jugaba en los dos equipos, o eso esperaban ellos.

Los Ouellet habían dejado poco a poco de escribir cartas, pero no antes de que el tono se volviera más patético, más degradante. Y suplicante, sobre todo cuando explicaban que tenían sus derechos y sus necesidades.

Y entonces las cartas se interrumpieron.

—¿Le contó algo Constance sobre sus padres? —le preguntó Gamache a Ruth.

Estaban dando la vuelta a la plaza del pueblo por segunda vez. Bajó la vista hacia *Henri*, que iba muy pegado a sus piernas y miraba fijamente a *Rosa*. Una expresión increíblemente estúpida se había dibujado en su cara.

«¿Será posible? —se preguntó Gamache—. No, no puede ser.»

Echó otro vistazo a *Henri*, que prácticamente babeaba mirando a *Rosa*. Era difícil adivinar cuál de las dos era la explicación correcta, pero el pastor alemán o bien quería comerse a la pata o bien se había enamorado de ella.

Gamache decidió no explorar ninguna de las dos posibilidades: eran demasiado nefastas.

—La verdad, no sé cómo puedes ser tan idiota —soltó Ruth—, ya te dije ayer que sabía quién era Constance, pero que no habíamos hablado nada al respecto. Tú en realidad no escuchas, ¿no?

—¿Sus conversaciones chispeantes? ¿Quién no lo haría? No, sí que prestaba atención... sólo me preguntaba si

Constance le habría revelado algo a usted, pero en fin, ya veo que no.

Ruth le lanzó una mirada fugaz con sus ojos azules, empañados pero incisivos: fue como un cuchillo en las aguas frías de un arroyo.

Se detuvieron delante de la casa de Emilie Longpré.

—Recuerdo haber venido a visitar a madame Longpré —dijo Gamache—, era una mujer excepcional.

—Sí —dijo Ruth.

Él esperó que añadiera algún apelativo insidioso, pero no lo hizo.

—Es agradable volver a ver las luces encendidas y humo saliendo por la chimenea —continuó la poeta—. Esta casa se hizo para que la habitara gente y ha pasado demasiado tiempo vacía. —Se volvió hacia él—. Necesita visitantes, aunque sean visitantes tan banales como tú.

—*Merci* —respondió el inspector jefe, haciendo una pequeña reverencia—. ¿Puedo pasarme después a recoger el libro?

—¿Qué libro?

Gamache tuvo que hacer un gran esfuerzo para no poner los ojos en blanco.

—El libro del doctor Bernard sobre las quintillizas Ouellet.

—¿Aún lo quieres? Pues entonces más vale que se lo pagues a esa mujer, ahora que ha transformado su biblioteca en una tienda de libros. ¿Es eso legal siquiera?

—*À bientôt, míster* —se despidió Gamache, y se quedó mirando a Ruth y *Rosa*, una cojeando y la otra con andares de pato, dirigirse a la casa de al lado.

Henri se puso en evidencia con un gemidito.

Gamache tironeó de la correa y el pastor alemán lo siguió a regañadientes.

—Y yo que pensaba que estabas enamorado del brazo de nuestro sofá —comentó el inspector jefe, entrando en la atmósfera cálida de la casa—, menuda bestia veleidosa estás hecho.

Thérèse estaba en la sala de estar, delante de la chimenea, leyendo un periódico viejo.

—Es de hace cinco años —dijo dejándolo a un lado—, pero si no hubiera visto la fecha habría jurado que era de hoy.

«*Plus ça change...*» —recordó Gamache, sentándose con ella.

—«Cuanto más cambian las cosas, más siguen igual.» —Thérèse acabó la cita y luego reflexionó un momento—. ¿Crees que es así?

—No.

—Eres todo un optimista, monsieur. —Se inclinó hacia él y bajó la voz—. Pues yo tampoco.

—¿Un café? —preguntó Gamache, y se encaminó a la cocina para servir dos tazas.

Thérèse lo siguió, se apoyó en la encimera de mármol.

—Me siento un poco perdida sin el móvil, el correo electrónico y el portátil —admitió, rodeándose el cuerpo con los brazos como una adicta en pleno mono.

—Yo también —repuso él tendiéndole una taza de café.

—Cuando venís aquí para investigar algún asesinato, ¿cómo os conectáis?

—No podemos hacer gran cosa aparte de pinchar teléfonos para acceder a internet.

—Pero eso sigue siendo de marcación telefónica —repuso Thérèse—, aunque supongo que es mejor que nada. Sé que también se utilizan concentradores inalámbricos y antenas parabólicas cuando uno está en zonas remotas; ¿funcionan aquí?

Gamache negó con la cabeza.

—No son muy fiables: el valle es demasiado profundo.

—O las montañas demasiado altas —contestó ella con una sonrisa—, cuestión de perspectiva.

Gamache abrió la nevera y encontró beicon y huevos. Thérèse sacó un pan y lo cortó a rebanadas mientras él ponía el beicon en una sartén de hierro colado.

Removió las tajadas cuando empezaron a sisear y chisporrotear.

—Buenos días. —Jérôme entró en la cocina—. Huele a beicon.

—Está casi a punto —respondió Gamache desde los fogones. Cascó los huevos y los echó en la sartén mientras Jérôme ponía las mermeladas en la mesa.

Unos minutos más tarde estaban todos sentados frente a unos platos de huevos fritos con beicon y tostadas.

Por la ventana de atrás, sobre el fregadero, Gamache veía el jardín de Emilie y el bosque, un poco más lejos, cubiertos de una nieve tan radiante que más que blanca parecía azul y rosa. Era imposible encontrar un sitio más perfecto donde esconderse: no existía un refugio más seguro que aquél.

Estaban a salvo, se dijo, pero también encerrados.

«Como las quintillizas», pensó, al tiempo que tomaba un sorbo de café fuerte y caliente. Mientras el resto del mundo había estado sumido en la Depresión, a ellas las habían cogido en brazos para llevárselas y ponerlas a salvo. Les dieron cuanto desearon, excepto la libertad.

Gamache miró a sus compañeros, que comían huevos con beicon y untaban mermelada casera en pan casero.

Ellos también tenían cuanto deseaban, excepto su libertad.

—¿Jérôme? —preguntó con cierta vacilación.

—*Oui, mon ami.*

—Tengo una pregunta médica que hacerte. —Pensar en las quintillizas le recordó la conversación de la noche anterior con Myrna.

Jérôme bajó el tenedor y le prestó toda su atención.

—Dime.

—¿Suelen compartir los gemelos el mismo saco amniótico?

—¿En el útero? Los gemelos idénticos, sí, pero no los mellizos, que proceden cada uno de su propio óvulo y tienen su propio saco.

Fue evidente que Gamache había despertado su curiosidad, aunque no preguntó a qué venía.

Pero Thérèse sí lo hizo.

—¿Por qué preguntas eso? ¿Habéis recibido Reine-Marie y tú una buena noticia?

Gamache se echó a reír.

—Pues no, aunque sería maravilloso tener gemelos en esta etapa de la vida. Simplemente estoy interesado en los partos múltiples.

—¿De cuántos? —quiso saber Jérôme.

—De cinco.

—¿De cinco? Pues debe de haber sido una fecundación in vitro. Con medicamentos para la fertilidad y múltiples óvulos, con casi total seguridad no serán idénticos.

—No, no, en este caso sí son idénticos, o lo fueron. Y en la época no existía la fecundación in vitro.

Thérèse se lo quedó mirando.

—¿Estás hablando de las quintillizas Ouellet?

Gamache asintió con la cabeza.

—Eran cinco, por supuesto, y todas de un único óvulo. Se habrían dividido en parejas y compartido saco amniótico, excepto una de ellas.

—Menudo investigador concienzudo estás hecho, Armand —comentó Jérôme—: te remontas hasta el útero.

—Bueno, de un feto no sospecha nadie —repuso él—, es la gran ventaja que tiene.

—Aunque existen también unas cuantas desventajas. —Jérôme hizo una pausa para reflexionar—. Las quintillizas Ouellet... Las estudiamos en la facultad de medicina. Eran todo un fenómeno: no sólo por tratarse de un parto múltiple y encima de cinco crías idénticas, sino también por el hecho de que todas hubieran sobrevivido. Un hombre excepcional, ese tal doctor Bernard. Lo oí dar una conferencia en cierta ocasión, cuando ya era muy mayor. Seguía siendo muy perspicaz y aún se sentía muy orgulloso de aquellas niñas.

Gamache se preguntó si debería decir algo, pero decidió no hacerlo: no era necesario sacar los trapos sucios de aquel ídolo, todavía no.

—¿Cuál era tu pregunta, Armand?

—La quintilliza que quedó sola en el útero... ¿Habría supuesto eso alguna diferencia para ella, una vez nacidas?

—¿Qué clase de diferencia?

Gamache le dio unas vueltas al asunto: ¿qué quería decir exactamente?

—Bueno, habría tenido el mismo aspecto que sus hermanas, pero ¿habría sido distinta en otros sentidos?

—No es mi especialidad —puntualizó Jérôme, y luego contestó de todas formas—: pero creo que tuvo que haberle afectado de alguna manera, aunque no necesariamente mala. Podría haberla vuelto más fuerte e independiente. Las otras tendrían una afinidad natural con las hermanas con las que habían compartido saco: hallarse tan cerca física y psicológicamente durante ocho meses no pudo sino unirlas de una forma que va más allá de la personalidad; pero ¿en el caso de la quintilliza que se desarrolló sola? Es posible que tuviera menos dependencia de las demás, que fuera más independiente.

Jérôme volvió a centrarse en untar de mermelada su tostada.

—O no —dijo Gamache, y se preguntó cómo habría sido la vida para una forastera perpetua en una comunidad cerrada. ¿Habría anhelado sentir ese vínculo? Viendo cuán unidas estaban las demás, ¿se habría sentido rechazada?

Según la descripción de Myrna, Constance era una persona solitaria; ¿era por eso? ¿Se había sentido sola toda la vida, desde antes incluso de inspirar su primer aliento?

Vendida por sus padres, excluida por sus hermanas, ¿qué supondría algo así para una persona? ¿Podría retorcerla hasta volverla grotesca: agradable y sonriente como las demás por fuera, pero hueca por dentro?

Gamache tuvo que recordarse que Constance era la víctima, no una sospechosa, pero también se acordaba del informe de la policía sobre la muerte de la primera hermana: Virginie se había caído por las escaleras, o quizá, se dijo, la habían empujado.

Las hermanas se habían confabulado para guardar silencio. Myrna suponía que había sido su forma de reaccionar ante la publicidad excesiva que habían padecido de niñas, pero ahora el inspector jefe Gamache se preguntó si habría otra razón para quedarse calladas: algo que estaba dentro de su propia casa, no fuera de ella.

Y, además, tenía la impresión de que, a sus setenta y siete años, Constance había querido regresar a Three Pines, y a Myrna, llevando consigo no sólo la única fotografía existente de las hermanas adultas, sino también la historia de lo que ocurrió en realidad en aquella casa.

Pero la mataron antes de que pudiera decir nada.

—Ella misma se lo habría buscado, claro —dijo Jérôme.

—¿Qué quieres decir?

—Bueno, mató a su hermana.

Gamache se quedó boquiabierto; ¿cómo era posible que Jérôme supiera eso, o que estuviera al corriente de sus propias sospechas?

—He ahí la razón de que estuviera sola en el saco: es prácticamente seguro que había seis hermanas, dos por cada saco, pero la solitaria habría matado y absorbido a su gemela. Ocurre constantemente.

—¿Por qué quieres saber todas estas cosas, Armand? —intervino Thérèse.

—No se ha anunciado públicamente, pero la última de las quintillizas, Constance Ouellet, murió asesinada hace dos días. Y se disponía a venir aquí, a Three Pines.

—¿Aquí? —preguntó Jérôme—. ¿Por qué?

Gamache les contó por qué y, mientras hablaba, se percató de que aquello suponía algo más que otra muerte para ellos, incluso algo más que otro asesinato: aquella tragedia acarreaba un peso añadido, como si Thérèse y Jérôme hubieran perdido a alguien a quien conocieran y tuvieran cariño.

—Cuesta creer que ya no quede ninguna —dijo Thérèse, y luego reflexionó sobre sus propias palabras—: Pero nunca parecieron del todo reales. Eran como estatuas: tenían aspecto humano, pero no lo eran.

—Myrna Landers me dijo que fue como descubrir que su amiga era un unicornio o una diosa griega: Hera, en carne y hueso.

—Una observación interesante —comentó Thérèse—, pero ¿cómo ha llegado a tus manos este caso, Armand? A Constance Ouellet la encontraron en Montreal: tendría que quedar dentro de la jurisdicción de la policía de esa ciudad.

—Cierto, pero Marc Brault me lo cedió cuando comprendió que había una conexión.

—Pues qué suerte has tenido —dijo Jérôme.

—Qué suerte hemos tenido todos —repuso Gamache—: de no ser por eso no estaríamos aquí, en esta casa.

—Lo cual nos lleva a otra cuestión —terció Jérôme—: ahora ¿cómo vamos a salir?

—¿Queréis saber el plan? —preguntó Gamache.

Ambos asintieron con la cabeza.

El inspector jefe se tomó un momento para ordenar sus ideas.

Jérôme creyó que aquélla era una buena ocasión para explicarles qué había descubierto: el nombre. Solamente lo había visto un instante antes de percatarse de que lo habían pillado, un instante antes de que pusiera pies en polvorosa, de que retrocediera a toda prisa por el corredor virtual, dando portazos y borrando su rastro; corriendo, corriendo.

Sólo había llegado a verlo de refilón, y a lo mejor se había confundido, se dijo. En medio del pánico, debía de haberse equivocado.

—Nuestra única esperanza es averiguar qué está haciendo Francœur e impedirlo. Y para hacer eso tenemos que conseguir conectaros de nuevo a internet —dijo Gamache—, y no a través de la marcación telefónica: tiene que ser con banda ancha.

—Pues sí —repuso Thérèse con exasperación—, eso ya lo sabemos. Pero ¿cómo? Aquí no hay banda ancha.

—Vamos a crear nuestra propia torre repetidora.

Thérèse Brunel se apoyó contra el respaldo y lo miró fijamente.

—¿Te has dado un coscorrón con algo, Armand? No podemos hacer eso.

—¿Por qué no? —quiso saber él.

—Bueno, aparte de que nos llevaría meses y requeriría una pericia fuera de nuestro alcance, ¿no te parece que, si construyéramos una torre, alguien lo notaría?

—Ah, en ese caso lo notarían sin duda, pero yo no he dicho «construir», he dicho «crear».

Gamache se levantó, fue hasta la ventana de la cocina y señaló más allá de la plaza del pueblo, más allá de los tres pinos enormes y de las casas cubiertas de nieve, montaña arriba.

—¿Qué se supone que tenemos que ver? —preguntó Jérôme—. ¿La ladera sobre el pueblo? Pues sí, podríamos plantar una torre en ella, pero seguiría requiriendo una pericia que no tenemos.

—Y tiempo —añadió Thérèse.

—Pero la torre ya está ahí —insistió Gamache.

Los otros dos miraron otra vez. Finalmente, Thérèse se volvió hacia él, perpleja.

—Te refieres a los árboles.

—*C'est ça* —respondió Gamache—: son torres naturales. ¿Jérôme?

Se volvió hacia el voluminoso médico, que estaba encastrado entre la butaca y la ventana, de espaldas a ellos, y miraba más allá del pueblo.

—Podría funcionar —dijo con cierta vacilación—, pero hará falta que alguien ponga una antena parabólica en un árbol.

Volvieron a la mesa del desayuno.

—Por aquí tiene que haber gente que trabaje con árboles... ¿Cómo se llama alguien así? —A la mente urbana de Thérèse le costó lo suyo dar con la palabra—. ¿Leñador? Podríamos hacer que un leñador trepara con una antena. Y apuesto a que desde esa altura, a vista de pájaro, podríamos encontrar una torre de transmisiones y desde allí conectarnos vía satélite.

—Pero ¿de dónde sacamos una antena parabólica? —preguntó Jérôme—: no puede ser una común y corriente, tiene que ser una que no se pueda rastrear.

—Digamos que conseguimos conectarnos por fin —intervino Thérèse mientras las ideas se le agolpaban en la cabeza—. Entonces tendremos otro problema: no podemos utilizar las claves de la Sûreté para acceder al sistema porque Francœur estará pendiente de que lo hagamos, así que ¿cómo lo hacemos para volver a entrar?

Gamache dejó una hoja de un bloc de notas sobre la mesa de madera.

—¿Qué es? —quiso saber Thérèse.

Pero Jérôme ya lo sabía.

—Es una clave de acceso, pero... ¿utilizando qué red?

Gamache le dio la vuelta al papel.

—La Biblioteca Nacional —dijo Thérèse, reconociendo el logotipo—: el archivo nacional de Quebec. Reine-Marie trabaja allí, ¿no?

—*Oui*. Ayer fui a la Biblioteca a documentarme sobre las quintillizas Ouellet y me acordé de que, según Reine-Marie, la red del archivo llega a toda la provincia, tanto a las salas de lectura más pequeñas como a los ficheros gigantescos de las universidades. Tiene conexión con todas y cada una de las bibliotecas con fondos públicos.

—Incluso puede acceder al catálogo de la Sûreté —añadió Thérèse—, a los archivos de todos los casos antiguos.

—Puede ser nuestra vía de acceso —dijo Jérôme con los ojos clavados en el pedazo de papel y su logo—. ¿Es de Reine-Marie? Una clave perteneciente a Reine-Marie Gamache haría saltar la alarma.

Jérôme era consciente de que estaba buscando razones por las que no funcionaría porque sabía qué le aguardaba al otro lado de aquella puerta electrónica: alguien que merodeaba, que deambulaba de aquí para allá, buscándolo, que esperaba a que él cometiera alguna estupidez, como la de volver a acceder.

—Ya he pensado en eso —contestó Gamache con tono tranquilizador—: es de otra persona. Se trata de una supervisora, de modo que nadie cuestionará que se acceda mediante esa clave.

—Creo que podría funcionar —dijo Thérèse en voz baja, como si temiera tentar a las Parcas.

Gamache se levantó de la butaca.

—Voy a salir a ver a Ruth Zardo y luego tengo que ir a Montreal. ¿Podéis hablar con Clara Morrow para ver si sabe de alguien que instale antenas parabólicas?

—Armand —dijo Thérèse en la puerta cuando él cogía las llaves del coche y se ponía el abrigo y los guantes—, has de saber que es posible que hayas resuelto los dos extremos del problema: la conexión por satélite y las claves de acceso, pero ¿cómo llegamos de uno al otro? Nos falta toda la parte de en medio. Necesitaremos cables y ordenadores y a alguien que lo conecte todo.

—Sí, eso supone un inconveniente, pero es posible que se me haya ocurrido algo al respecto.

La superintendente Brunel tuvo la sensación de que Gamache parecía más desdichado con la posible solución que con el problema en sí.

Cuando el inspector jefe se hubo marchado, Thérèse Brunel volvió a la cocina y se encontró a su marido sentado a la mesa mirando fijamente el desayuno, ahora frío.

—Le ha entrado el virus de la impaciencia —anunció ella sentándose a su vez.

—Sí —contestó Jérôme, y pensó que el término «virus» los describía a ellos a la perfección.

DIECIOCHO

—Me ha mentido.

—Hablas como una colegiala —soltó Ruth Zardo—; ¿qué pasa, que he herido tus sentimientos? Sé qué puede ayudarte... ¿Whisky?

—¡Son las diez de la mañana!

—Era una pregunta, no un ofrecimiento: ¿has traído whisky?

—Por supuesto que no.

—Bueno, ¿pues qué haces aquí entonces?

El propio Armand Gamache trataba de recordarlo: Ruth Zardo tenía la extraña capacidad de enredar incluso el propósito más claro.

Se sentaron en la cocina, en sillas blancas de plástico, a una mesa blanca también de plástico, todo recogido de un contenedor. Había estado antes allí; varias veces, incluida la cena más extraña a la que hubiera acudido jamás y en la que no había tenido la certeza, ni mucho menos, de que fueran a sobrevivir todos.

Esa mañana, aunque un poco desesperante, era al menos predecible.

Cualquiera que se situara en la órbita de Ruth, y desde luego entre las paredes de su casa, y no estuviera preparado para la demencia, sólo podía culparse a sí mismo. Lo que a menudo sorprendía a mucha gente era que la demencia en cuestión fuera la suya propia y no la de Ruth; ella se mantenía bien cuerda, si no sobria.

Rosa dormía en su nido: una manta vieja colocada en el suelo entre Ruth y el horno caliente. Tenía el pico escondido bajo el ala.

—Vengo a buscar el libro de Bernard, el de las quintillizas —dijo Gamache—, y a que me cuente la verdad sobre Constance Ouellet.

Ruth frunció los finos labios, que quedaron a medio camino entre un beso y una maldición.

—«Muerta tiempo atrás y enterrada en otra ciudad», citó Gamache como de pasada, «mi madre no ha acabado conmigo todavía».

Los labios ya no estaban fruncidos sino que formaban una línea recta. Todo su rostro pareció venirse abajo y, por un instante, Gamache temió que estuviera sufriendo un derrame cerebral, pero su mirada seguía siendo penetrante.

—¿Por qué has dicho eso? —preguntó Ruth.

El inspector jefe sacó un libro delgado de la cartera y lo dejó en la mesa de plástico.

Los ojos de Ruth se posaron en él.

La cubierta estaba descolorida y rota; era azul, simplemente azul, sin dibujos ni adornos, y en ella se leía: *Antología de la nueva poesía canadiense*.

—Anoche me lo llevé de la librería de Myrna.

La mirada de Ruth fue del libro al hombre.

—Dime qué sabes.

Gamache abrió el libro y encontró lo que buscaba.

—«¿Quién te lastimó antaño / hasta tal punto que ahora / a la insinuación menor / tuerces el gesto irritada?» Estas palabras las escribió usted.

—¿Y qué? He escrito un montón de palabras.

—Éste fue el primer poema suyo en publicarse y sigue siendo uno de los más famosos que han salido de su pluma.

—Los he escrito mejores.

—Es posible, pero hay pocos tan sentidos como éste. Ayer, cuando hablábamos sobre la visita de Constance, usted me dijo que ella le había revelado quién era y también que usted no le había hecho más preguntas, y yo pensé: «¡Ay!»

Ruth lo miró a los ojos y en su cara apareció una sonrisa cansina.

—Ya me imaginaba que pensaría algo así.

—Ese poema lleva por título «¡Ay!». —Gamache cerró el libro y citó de memoria—: «¿Se encontrarán de nuevo los perdonados y los indulgentes / o será, como ha sido siempre, demasiado tarde?»

Ruth lo miró con la cabeza muy erguida, como si se enfrentara a un ataque.

—¿Te lo sabes de memoria?

—Sí, y creo que Constance también se lo sabía. Yo conozco el poema porque me gusta muchísimo, ella, porque adoraba a la persona que lo inspiró.

Volvió a abrir el libro y leyó la dedicatoria:

—«Para V.»

Lo dejó con cuidado sobre la mesa entre ambos.

—Usted escribió «¡Ay!» para Virginie Ouellet. El poema se publicó en 1959, el año siguiente al de su muerte; ¿por qué lo escribió?

Ruth guardó silencio, ladeó la cabeza, miró a *Rosa* y luego acarició con su mano flaca y surcada de venas azules el lomo de la pata.

—Tenían mi edad, ¿sabes? Casi exactamente. Al igual que ellas, crecí durante la Depresión, y luego vino la guerra. Éramos pobres, mis padres pasaban apuros; tenían otras cosas en la cabeza que una hija difícil e infeliz, de modo que me volví introvertida y desarrollé una intensa vida imaginaria. En ella, yo era una quintilliza: la sexta. —Le sonrió a Gamache y se le arrebolaron un poco las mejillas—. Sí, ya lo sé... seis quintillizas, no tenía mucho sentido.

Gamache prefirió no señalar que aquello no era lo único que carecía de sentido.

—Me parecieron siempre tan felices, tan libres de preocupaciones... —prosiguió Ruth.

Su tono se volvió distante y en su cara apareció una expresión que Gamache no le había visto nunca: una expresión soñadora.

Thérèse Brunel siguió a Clara desde la bien iluminada cocina hasta el estudio.

Pasaron ante un retrato fantasmal en un caballete, una obra en curso. A Thérèse le pareció que podía tratarse de la cara de un hombre, pero no estaba segura.

Clara se detuvo frente a otro lienzo.

—Éste lo acabo de empezar —dijo.

Thérèse estaba ansiosa por verlo: era una gran admiradora de la obra de Clara.

Las dos mujeres se plantaron delante codo con codo, una de ellas despeinada, con pantalón de franela y sudadera; la otra, muy elegante y acicalada, con pantalón de pinzas, blusa de seda, un jersey Chanel y cinturón fino de piel. Ambas tenían en las manos una taza de tisana humeante y miraban fijamente el lienzo.

—¿Qué es? —preguntó por fin Thérèse, tras haber ladeado la cabeza a derecha e izquierda.

Clara soltó un bufido.

—Quién es, querrá decir. Es la primera vez que pinto un retrato de memoria.

Thérèse se preguntó hasta qué punto sería buena la memoria de Clara.

—Es Constance Ouellet —reveló ésta.

—Ah, *oui?* —Thérèse volvió a ladear la cabeza, pero por mucho que retorció el cuello no consiguió que aquello le recordara a una de las famosas quintillizas, ni siquiera a un ser humano—. Nunca acabó de posar para usted.

—Tampoco empezó: se negó a hacerlo.

—¿De veras? ¿Por qué?

—No me lo dijo, pero creo que no quiso que yo viera demasiado, o revelarme demasiado.

—¿Y por qué quería pintarla, porque era una quintilliza?

—No, entonces yo no lo sabía: sólo me parecía que tenía una cara interesante.

—¿Qué le interesaba? ¿Qué veía en ella?

—Nada.

La superintendente dejó de escudriñar el lienzo para observar a su acompañante.

—*Pardon?*

—Oh, Constance era maravillosa..., divertida, cariñosa y amable, una buena persona a quien invitar a cenar: estuvo aquí un par de veces.

—¿Pero...? —quiso saber Thérèse.

—Pero nunca tuve la sensación de que pudiera llegar a conocerla bien: llevaba una especie de barniz protector, una especie de esmalte; como si ya fuera un retrato: algo creado, más que real.

Observaron un rato el manchón de pintura en el lienzo.

—Quería preguntarle algo: ¿conoce usted a alguien que pueda instalar una antena parabólica? —pidió Thérèse, recordando su misión.

—Sí, conozco a alguien pero no servirá de mucho.

—¿Qué quiere decir?

—Las antenas parabólicas no funcionan aquí. Puede probar con una antena de conejo, pero la señal de televisión seguirá siendo bastante mala: la mayoría de nosotros oímos las noticias en la radio y si hay algún acontecimiento importante vamos al hotel balneario para verlo en su televisor. Pero puedo prestarle un buen libro.

—*Merci* —repuso Thérèse con una sonrisa—, pero si pudiera encontrar de todas formas a alguien que ponga antenas parabólicas, sería genial.

—Voy a hacer unas llamadas. —Clara dejó a Thérèse sola en el estudio, contemplando el lienzo y a la mujer que no había sido del todo real y que ahora estaba muerta.

Ruth sostenía el volumen de poesía entre las manos flacas, manteniéndolo bien cerrado.

—Constance vino a verme la primera tarde que pasó aquí, dijo que le gustaban mis poemas.

Gamache esbozó una mueca. Había dos cosas que nunca, jamás, debías decirle a Ruth Zardo: «Se nos ha acabado el alcohol» y «Me gustan sus poemas».

—¿Y qué le contestó? —preguntó, casi temeroso de hacerlo.

—¿Qué crees tú?

—Estoy seguro de que actuó con gentileza y la invitó a pasar.

—Bueno, sí, la invité a hacer algo.

—¿Y lo hizo?

—No. —Ruth aún parecía sorprendida—. Se quedó plantada ante mi puerta y se limitó a decir: «Gracias.»

—¿Y qué hizo usted?

—Bueno, ¿qué iba a hacer después de una cosa así? Le cerré la puerta en las narices. No puedo decir que no se lo hubiera buscado.

—Tenía usted razón: ante semejante provocación, cualquiera habría perdido los estribos —ironizó Gamache, y ella le dirigió una mirada intensa y escrutadora—. ¿Sabía usted quién era?

—¿Crees que dijo: «Hola, soy una de las quintillizas, ¿puedo pasar?»? Pues claro que no sabía quién era. Pensé que no era más que una vieja pesada que querría algo de mí, de modo que me libré de ella.

—¿Y qué hizo Constance?

—Volvió trayendo consigo una botella de Glenlivet; por lo visto había tenido una charla con Gabri en Chez Gay: él le contó que la única forma de entrar en mi casa era con una botella de whisky.

—Menudo fallo en su sistema de seguridad.

—Se sentó ahí. —Ruth señaló la silla de plástico donde estaba Gamache—. Y yo aquí, y bebimos.

—¿En qué momento le dijo quién era?

—En realidad no lo hizo: me dijo que yo había acertado con el poema. Le pregunté a qué poema se refería y me lo citó, como acabas de hacer tú. Y entonces me contó que

Virginie se había sentido exactamente así. Le pregunté en qué Virginie estaba pensando, y me dijo que en su hermana, Virginie Ouellet.

—¿Y fue entonces cuando lo supo?

—Por Dios, hombre... hasta la puta pata lo supo entonces.

Ruth se levantó y volvió con el libro de Bernard sobre las quintillizas, lo arrojó sobre la mesa y se sentó de nuevo.

—Un libro vomitivo —comentó.

Gamache observó la cubierta: una fotografía en blanco y negro del doctor Bernard sentado en una silla y rodeado por las quintillizas Ouellet, que tendrían unos ocho años y lo miraban con caras de adoración.

Ruth también miraba la cubierta, y a las cinco niñitas.

—Solía imaginar que era adoptada y que algún día ellas vendrían a buscarme.

—Y un día Constance lo hizo —repuso Gamache en voz baja.

Al final de su vida, al final del camino, Constance Ouellet había acudido a aquella casa vieja y deteriorada, a aquella poeta vieja y deteriorada, y ahí, finalmente, había encontrado a su compañera.

Y Ruth había encontrado a su hermana, por fin.

Ruth lo miró a los ojos y sonrió. «¿O será, como ha sido siempre, demasiado tarde?»

¡Ay!

DIECINUEVE

El inspector jefe Gamache había conducido hasta Montreal y estaba sentado ante su ordenador leyendo los informes semanales de la inspectora Lacoste, los agentes de Homicidios a su cargo y las distintas comisarías de la provincia.

Era sábado por la mañana y estaba solo en la oficina. Respondió correos electrónicos, escribió notas, envió ideas y sugerencias sobre investigaciones de asesinatos en curso y llamó a un par de inspectores en zonas remotas con casos en marcha para hablar con ellos sobre posibles avances.

Al cabo, se puso a revisar el informe del día anterior: era un resumen ejecutivo de actividades y casos enviado desde el despacho del superintendente jefe Francœur. Gamache sabía que no tenía que leerlo; sabía que, si lo abría, estaría haciendo exactamente lo que quería Sylvain Francœur. No se lo habían mandado a título informativo y tampoco, desde luego, como una muestra de cortesía, sino con la intención de agredirle.

El dedo de Gamache se posó sobre la tecla para abrir el mensaje.

Si la apretaba, quedaría etiquetado como abierto por él: desde su escritorio y su terminal y utilizando sus claves de seguridad.

Francœur sabría que lo había vencido una vez más.

Apretó la tecla de todas formas y las palabras aparecieron en la pantalla.

Leyó lo que Francœur quería que leyera y sintió exactamente lo que Francœur quería que sintiera.

Impotencia, ira.

Francœur había destinado a Jean-Guy Beauvoir a otra operación, en esta ocasión una redada antidroga de la que podrían haberse encargado fácilmente la policía montada y los guardias fronterizos. Gamache fijó la mirada en aquellas palabras, inhaló lenta y profundamente, retuvo el aire unos instantes y luego lo dejó escapar despacio. Se obligó a releer aquel informe para no perderse ni un solo detalle.

Luego cerró el mensaje y lo archivó.

Siguió sentado y miró a través del cristal que separaba su despacho de la oficina, de planta abierta: la sala desierta que había más allá, con sus enmarañadas ristras de luces navideñas y el árbol adornado con desgana y sin regalos, ni siquiera falsos.

Tuvo ganas de girar en la silla, de darle la espalda a todo eso y contemplar aquella ciudad que tanto amaba, pero sólo tenía ojos para lo que había visto en la pantalla, lo que acababa de leer y lo que había sentido. Entonces hizo una llamada, se levantó y se marchó.

Probablemente debería haber ido en coche, pero necesitaba aire fresco. Las calles de Montreal estaban cubiertas de nieve fangosa y bullían de personas que hacían compras navideñas, que chocaban entre sí y daban muestras de cualquier cosa menos paz y buena voluntad.

El Ejército de Salvación interpretaba villancicos en una esquina; al paso del inspector jefe, un crío con voz de soprano entonaba *Once in Royal David's City*.

Pero el inspector jefe Gamache no oía nada.

Se abría camino entre los compradores sin mirar a nadie, sumido en sus pensamientos. Finalmente, llegó a un edificio de oficinas, llamó a un timbre y le abrieron el portal. Un ascensor lo llevó hasta la última planta. Recorrió un pasillo desierto y abrió una puerta para entrar en una sala de espera que conocía bien.

La visión y el olor de aquel sitio le revolvieron el estómago. La intensidad de los recuerdos que acudieron en tropel y la oleada de náuseas lo cogieron por sorpresa.

—Inspector jefe.

—Doctor Fleury.

Los dos hombres se dieron un apretón de manos.

—Me alegro de que pueda verme —dijo Gamache—, sobre todo en sábado. *Merci.*

—No suelo venir los fines de semana, sólo estaba despejando mi escritorio antes de salir de vacaciones.

—Lo siento si soy una molestia.

El doctor Fleury observó al hombre que tenía delante y sonrió.

—Le he dicho que lo recibiría, Armand, no me molesta en absoluto.

Condujo al inspector jefe a su consulta, un espacio cómodo y bien iluminado, con grandes ventanales, un escritorio y dos sillas enfrentadas. Fleury le indicó una de ellas, pero no habría hecho falta: Armand Gamache conocía bien aquel sitio, había pasado muchas horas allí.

El doctor Fleury era su psicoterapeuta. De hecho, era el psicoterapeuta más importante de la Sûreté du Québec. Su consulta, sin embargo, no estaba en la jefatura: se había decidido que un lugar neutral sería mejor.

Además, si el ejercicio como psicólogo de Fleury hubiera dependido tan sólo de que los agentes de la Sûreté acudieran a terapia, se habría muerto de hambre: éstos no tenían fama de admitir que necesitaran ayuda y, desde luego, no eran famosos por pedirla.

Pero, tras la incursión en la fábrica, el inspector jefe Gamache había puesto como condición para la vuelta al trabajo que todos los agentes involucrados, heridos físicamente o en otros aspectos, se sometieran a terapia.

Incluido él mismo.

—Pensaba que ya no confiaba en mí —dijo el doctor Fleury.

El inspector jefe sonrió.

—Confío en usted; en otros, ya no estoy tan seguro: ha habido filtraciones acerca de mí, de mi vida personal y mis relaciones, pero sobre todo de las sesiones que tuvo usted con mi equipo. La información obtenida se ha utilizado contra ellos: una información de cariz totalmente personal que le había sido revelada sólo a usted. —Gamache tenía la vista clavada en el doctor Fleury. Hablaba con naturalidad, pero su mirada era severa—. Su consulta era el único sitio del que podría haber salido —continuó—, pero yo nunca lo he acusado personalmente, espero que lo sepa.

—Sí, lo sé, pero también que usted creía que habían pirateado mis archivos.

Gamache asintió con la cabeza.

—¿Lo cree todavía?

El inspector jefe miró al psicólogo a los ojos. Eran casi de la misma edad; Fleury quizá un par de años más joven. Dos hombres con mucha experiencia: uno que había visto demasiado y otro que había escuchado demasiado.

—Sé que llevó a cabo una investigación concienzuda y no encontró pruebas de que hubieran entrado en sus archivos —respondió Gamache.

—Pero ¿lo cree?

Gamache sonrió y replicó:

—Si es así, ¿diría que estoy paranoico?

—Pues no me vendría mal —bromeó Fleury, cruzando las piernas y apoyando la libreta abierta en la rodilla—; de hecho, le tengo echado el ojo a una casita en las montañas Laurentinas.

Gamache rió, pero las náuseas se habían asentado en su estómago para formar allí una charca agria. Vaciló.

—¿Sigue abrigando dudas, Armand?

El inspector jefe captó la preocupación, muy probablemente genuina, en el rostro de Fleury, y también en su voz.

—Alguien más me ha llamado paranoico recientemente —admitió.

—¿Quién?

—Thérèse Brunel: la superintendente Brunel.

—¿Su superior?

Gamache asintió.

—Pero también mi amiga y confidente. Le parece que he perdido la chaveta, que veo conspiraciones por todas partes, y... bueno... —Gamache se miró brevemente las manos, que tenía en el regazo. Luego volvió a mirar al doctor y esbozó una sonrisa un poco tímida—. Se ha negado a ayudarme a investigar y se ha ido a Vancouver a pasar las fiestas.

—¿Cree que esos planes para sus vacaciones tienen algo que ver con usted?

—¿Ahora me cree un narcisista?

—Veo en mi futuro un nuevo motor fueraborda —admitió Fleury—. Continúe, inspector jefe.

En esta ocasión, sin embargo, Gamache no sonrió; en cambio, se inclinó hacia el psicólogo.

—Está pasando algo, lo sé; sencillamente no puedo probarlo. Todavía no. Desde luego, hay corrupción en el seno de la Sûreté, pero se trata de algo más... Creo que detrás de todo hay un alto cargo.

El doctor Fleury permaneció indiferente: ni se inmutó.

—No para de decir «creo que»; ¿son racionales esos temores suyos?

—No son sólo temores —respondió Gamache.

—Pero tampoco hechos probados.

El inspector jefe guardó silencio mientras trataba de elegir palabras que convencieran a aquel hombre.

—¿Esto va otra vez sobre la filtración del vídeo? Ya sabe que hubo una investigación oficial —dijo el doctor Fleury—, tiene que aceptar sus conclusiones y dejarlo estar.

—¿Que lo deje? —Gamache captó el deje de amargura y el tono levemente quejumbroso en su propia voz.

—Hay cosas que no puede controlar, Armand —le recordó con paciencia el psicólogo.

—No se trata de control, sino de responsabilidad: de hacer frente a las cosas.

—Vaya, ¿el paladín con su lanza en ristre? La clave reside en saber si arremete contra un blanco legítimo o un molino de viento.

El inspector jefe Gamache fulminó con la mirada a Fleury, luego inhaló de pronto, como si sintiera un dolor repentino, y hundió la cara entre las manos. Se masajeó la frente, notando la cicatriz áspera.

Finalmente, levantó la cabeza y se encontró mirando a unos ojos pacientes y amables.

«Dios mío», pensó, «me tiene lástima».

—No me lo estoy inventando —insistió—: está ocurriendo algo.

—¿Qué?

—No lo sé —admitió, y se percató de que sonaba muy poco convincente—, pero llega muy arriba, a las más altas esferas.

—¿Se trata de la misma gente que supuestamente pirateó mis archivos y robó las notas sobre su terapia?

Gamache detectó el tono algo arrogante.

—No sólo sobre la mía: robaron los expedientes de todos los que participaron en aquella incursión, los que acudieron a usted en busca de ayuda y le contaron todo: sus temores, sus puntos débiles, lo que quieren de la vida, lo que les importa... Fue como si le entregaran un mapa de carreteras de sus mentes.

Cada vez hablaba más alto y con mayor vehemencia. Su mano derecha había empezado a temblar; se la sujetó con la izquierda.

—Jean-Guy Beauvoir vino a verle. Se sentó aquí mismo y se puso en sus manos. No quería, pero yo le ordené que lo hiciera: lo obligué. Y ahora lo saben todo sobre él; saben cómo meterse en su cabeza y cómo manipularlo. Y lo han vuelto contra mí.

El tono de voz de Gamache pasó de malhumorado a suplicante. Le rogaba a su psicólogo que le creyera: necesitaba que al menos una persona le creyera.

—¿De modo que sigue pensando que han pirateado mis archivos? —La voz de Fleury, normalmente tranquila, traslucía incredulidad—. Si de verdad lo cree, ¿qué hace aquí ahora, Armand?

Eso detuvo al inspector jefe. Se miraron a los ojos.

—No tengo a nadie más con quien hablar —respondió finalmente Gamache con una voz que fue apenas un susurro—: no puedo hablar con mi mujer ni con mis colegas, no puedo contárselo a mis amigos: no quiero involucrarlos. Podría decírselo a Lacoste, he estado tentado de hacerlo... pero tiene una familia joven...

Dejó la frase en suspenso.

—En el pasado, cuando las cosas se ponían feas, ¿con quién solía hablar?

—Con Jean-Guy. —Sus palabras fueron casi inaudibles.

—Y ahora está solo.

Gamache asintió con la cabeza.

—No me importa, lo prefiero así. —Ya se había resignado.

—Armand, tiene que creerme cuando le digo que nadie ha robado mis archivos: están a buen recaudo. Nadie aparte de mí sabe de qué hemos hablado. Está a salvo: lo que me está contando ahora no va a salir de aquí, se lo prometo.

Fleury continuó observando al hombre que tenía delante: un hombre hundido, triste, tembloroso. He ahí lo que había bajo la fachada.

—Necesita ayuda, Armand.

—Sí, la necesito, pero no de la clase que usted cree —repuso Gamache, recuperándose.

—No hay ninguna amenaza —dijo Fleury con tono convincente—: la ha creado usted en su cabeza para explicar ciertas cosas que no quiere ver ni admitir.

—Han desmantelado mi departamento —soltó Gamache, montando en cólera de nuevo—. Supongo que eso está sólo en mi imaginación. Me he pasado años construyéndolo, quedándome agentes a los que nadie quería y convirtiéndolos en los mejores investigadores de homicidios del país, y sólo para que ahora se vayan. Supongo que eso es imaginación mía.

—Quizá la razón de que se fueran es usted —sugirió Fleury en voz baja.

Gamache lo miró boquiabierto.

—Eso es lo que él quiere que crea todo el mundo.

—¿Quién?

—Syl... —empezó Gamache, pero se interrumpió y miró por la ventana, tratando de recobrar la compostura.

—¿Por qué está aquí, Armand, qué quiere?

—No he venido por mí.

El doctor Fleury asintió con la cabeza.

—Es evidente que no.

—Necesito saber si Jean-Guy Beauvoir todavía viene a verle.

—No puedo decírselo.

—No se trata de una petición educada.

—Aquel día en la fábrica... —empezó el doctor Fleury, pero Gamache lo interrumpió.

—Lo de ahora no tiene nada que ver con eso.

—Por supuesto que sí —soltó el doctor, con la impaciencia ganándole la batalla—: tuvo la sensación de haber perdido el control y sus agentes resultaron muertos.

—Sé muy bien qué pasó, no necesito que me lo recuerde.

—Lo que necesita que le recuerden —siguió Fleury— es que no fue culpa suya, pero se niega a ver eso: es terco y arrogante por su parte, tiene que aceptar lo que ocurrió. El inspector Beauvoir tiene su propia vida.

—Lo están manipulando —dijo Gamache.

—¿El mismo alto cargo al que aludía antes?

—No se haga el listillo conmigo: yo también soy un policía de alto rango, con décadas de experiencia en la investigación. No soy ningún chiflado ni estoy delirando. Necesito saber si Jean-Guy Beauvoir todavía viene a verlo y necesito ver su expediente. Tengo que ver qué le ha contado.

—Escuche. —Al doctor Fleury se le notó el esfuerzo en la voz: intentaba recobrar la calma, mostrarse razonable, pero le estaba costando—. Tiene que dejar que Jean-Guy

Beauvoir viva su propia vida. No puede protegerlo. Él tiene su propio camino y usted el suyo.

Gamache negó con la cabeza y volvió a mirarse las manos: una estaba quieta, la otra seguía temblando. Levantó la mirada para encontrar la de Fleury.

—Eso tendría sentido en circunstancias normales, pero Jean-Guy no es el de siempre: está siendo influido y manipulado, y vuelve a estar enganchado.

—¿A los calmantes?

Gamache asintió con la cabeza.

—El superintendente...

Se interrumpió. Sentado frente a él, el doctor Fleury se inclinó un poco hacia delante. Era lo más cerca que había estado Gamache de nombrar a su supuesto adversario.

—El alto cargo en cuestión —prosiguió el inspector jefe— lo ha obligado a tomar OxyContin. Sé que es así. Y Beauvoir trabaja ahora con él. Creo que está tratando de llevar a Jean-Guy al límite.

—¿Por qué?

—Para llegar hasta mí.

El doctor Fleury dejó que las palabras pendieran ahí, que hablaran por sí solas sobre la paranoia y la arrogancia de aquel hombre, sobre sus ideas delirantes.

—Estoy preocupado por usted, Armand. Ha dicho que están llevando al límite al inspector Beauvoir, pero usted está igual, y se lo está haciendo a sí mismo. Si no se anda con cuidado, voy a tener que recomendar que se tome una excedencia.

Se fijó en la pistola que Gamache llevaba al cinto.

—¿Desde cuándo lleva eso?

—Es reglamentaria.

—Mi pregunta no era ésa. La primera vez que vino, me dejó bien claro qué opinaba sobre las armas de fuego: dijo que nunca llevaba una a menos que sintiera que iba a tener que utilizarla. Así pues, ¿por qué la lleva ahora?

Gamache entornó los ojos y se levantó de la silla.

—Ya veo que he cometido una equivocación al venir: quería que me informara sobre el inspector Beauvoir.

Se alejó hacia la puerta.

—Preocúpese por usted —exclamó tras él el doctor Fleury—, no por Beauvoir.

Armand Gamache salió de la consulta, recorrió de vuelta el pasillo y apretó el botón para bajar. Cuando llegó el ascensor, entró. Respirando profundamente, se apoyó contra la pared del fondo y cerró los ojos.

Una vez fuera, notó el aire tonificante en las mejillas y entornó los ojos bajo la luz radiante del sol.

«Noel, Noel, Noooeeel, Noooeeel», cantaba el pequeño coro en la esquina.

El inspector jefe volvió andando a la jefatura, tomándose su tiempo, con las manos enguantadas entrelazadas a la espalda. La melodía del villancico resonaba en sus oídos.

Mientras caminaba, iba tarareando. Había hecho lo que había ido a hacer.

En la jefatura de la Sûreté, el inspector jefe llamó al ascensor para subir a la oficina, pero luego decidió no entrar. Al cerrarse las puertas, Gamache ya estaba bajando las escaleras: no podía arriesgarse a que lo vieran bajar tanto.

Pasó el sótano y el subsótano, bajó más allá del aparcamiento y entró en una zona con paredes de bloques de hormigón y puertas metálicas, una zona con vibraciones constantes: de las luces fluorescentes, las calderas, las calefacciones, los aires acondicionados, la hidráulica.

Era la planta que acogía las infraestructuras físicas de comunicación del edificio: un lugar para las máquinas y el personal de mantenimiento.

Y una agente.

Durante todo el trayecto hasta Montreal, Gamache había pensado en su próximo paso. Había sopesado las consecuencias de visitar al doctor Fleury y de visitar a esa agente. Había considerado qué ocurriría si lo hacía y qué ocurriría si no lo hacía.

¿Qué era lo mejor que podía esperar?

¿Y lo peor?

Y finalmente ¿qué alternativa había, qué otra opción tenía?

Y cuando hubo respondido a estas cuestiones y tomado una decisión, el inspector jefe Gamache no vaciló. Una vez ante la puerta, llamó rápidamente con los nudillos y la abrió.

La joven agente se volvió, con su cara pálida teñida de un verde suave por los monitores que la rodeaban. Gamache notó que estaba sorprendida.

Nadie iba a verla: éste era el motivo de que Armand Gamache estuviera allí.

—Necesito tu ayuda —dijo.

VEINTE

Una nota sobre la mesa de la cocina recibió a Gamache cuando éste volvió a la casa de Emilie:

Estamos tomando algo en el bistrot. *Te esperamos.*

Ni siquiera *Henri* estaba. Sábado noche: noche de salir.

Se duchó, se puso unos pantalones de pana y un cuello alto y fue a reunirse con los otros.

Cuando entró en el *bistrot*, Thérèse se levantó y le hizo señas. Estaba sentada con Jérôme, Myrna, Clara y Gabri. *Henri* había estado durmiendo junto al fuego, pero ahora se sentó de golpe, meneando la cola. Olivier se acercó con una pipa de regaliz.

—Aquí hay alguien con pinta de que no le amargaría un dulce.

—*Merci, patron.* —Gamache se dejó caer en el sofá con un gemido y levantó la golosina ante sus compañeros—. *À votre santé.*

—Tienes aspecto de haber tenido un día muy largo —comentó Clara.

—Diría que ha sido un buen día —respondió el jefe, y se volvió hacia Jérôme—. ¿El tuyo también?

El doctor Brunel asintió con la cabeza.

—Este sitio es muy relajante.

Pero no se lo veía muy relajado.

—¿Un whisky? —ofreció Olivier.

Pero Gamache negó con la cabeza: no estaba muy seguro de qué le apetecía, pero entonces vio a un niño y una niña con sendos tazones de chocolate caliente.

—Me encantaría tomar uno de ésos, *patron*.

Olivier sonrió y se alejó.

—¿Qué noticias traes de la ciudad? —preguntó Myrna—. ¿Algún avance en el caso del asesinato de Constance?

—Alguno —repuso Gamache—. Debo decir que en la mayoría de las investigaciones los avances no son exactamente lineales.

—Cierto —dijo la superintendente Brunel, y procedió a contar algunas historias divertidas sobre robos, falsificaciones de obras de arte e identificaciones equivocadas mientras Gamache se arrellanaba en el asiento escuchando sólo a medias. Agradeció que la superintendente hubiera intervenido para desviar la conversación, así se evitaba tener que admitir que se había pasado casi toda la jornada con otra cosa.

Llegó su chocolate caliente y, al llevárselo a los labios, reparó en que Myrna lo miraba, no con insistencia, sólo con cierto interés.

La librera cogió un puñado de frutos secos.

—Ah, ahí está Gilles —dijo Clara, que se puso en pie e hizo gestos a un hombre grandote, de barba pelirroja, vestido de manera informal y que debía de rondar los cincuenta, para que se acercara—. Los he invitado a cenar, a él y a Odile —añadió dirigiéndose al jefe—, y tú también vienes.

—*Merci* —repuso Gamache, y se arrancó del sofá para saludar al recién llegado.

—Cuánto tiempo —dijo Gilles estrechándole la mano, y luego ocupó un asiento—. Lamenté enterarme de lo de la quintilliza.

Gamache advirtió que ni siquiera hacía falta añadir el apellido Ouellet. Las cinco niñas habían perdido su privacidad, a sus padres y sus nombres: eran simplemente «las quintillizas».

—Tratamos de que no se difunda mucho, por el momento —dijo.

—Vaya, pues Odile está escribiendo un poema sobre ellas —confesó Gilles—: espera poder publicarlo en la gaceta de criadores de cerdos.

—No creo que pase nada si sale ahí —respondió Gamache, y se preguntó si aquello supondría una mejora en la cadena alimenticia con respecto a sus editores anteriores. Sabía que su antología la había publicado, prácticamente sin correcciones, el Consejo del Tubérculo de Quebec.

—Va a llamarlo «Cinco guisantes en una vaina dorada» —dijo Gilles.

Gamache agradeció que Ruth no estuviera presente.

—Conoce bien el mercado. ¿Y dónde está Odile, por cierto?

—En la tienda. Intentará venir después.

Gilles hacía muebles exquisitos con árboles caídos y Odile los vendía en el escaparate de su tienda junto a unos poemas apenas aptos para el consumo humano, debía admitir Gamache, pese a la opinión del Consejo del Tubérculo.

—Bueno. —Gilles dejó caer una manaza sobre la rodilla del inspector jefe—. Tengo entendido que quieres que te instale una antena parabólica, ¿no? ¿Ya sabes que aquí no funcionan?

Gamache se lo quedó mirando y luego miró a los Brunel, que parecían también ligeramente perplejos.

—Me pediste que me pusiera en contacto con quien se encargara de instalar antenas parabólicas en la zona —intervino Clara—, y ése es Gilles.

—¿Desde cuándo? —quiso saber Gamache.

—Desde la recesión —contestó el fornido hombretón—: el mercado de los muebles hechos a mano se vino abajo, pero el de los quinientos canales de televisión ha subido como la espuma, así que me saco unos dólares de más instalando esas antenas. Ayuda que no tenga vértigo.

—Te estás quedando muy corto —repuso Gamache, y se volvió hacia Thérèse y Jérôme—: antes era leñador.

—Hace mucho de eso —repuso Gilles mirando el fondo de su copa.

—Tengo que meter la cazuela en el horno. —Clara se puso en pie.

Gamache se levantó a su vez y el resto hizo lo mismo.

—Podríamos continuar con esta conversación en casa de Clara, donde hay un poco más de privacidad —dijo el inspector jefe a Gilles cuando éste se despegaba del sofá.

—Bueno, ¿y dónde está tu colega el bajito? —preguntó Gilles cuando recorrían el corto trayecto hasta la casa de Clara, haciendo crujir la nieve bajo los pies.

Unos cuantos niños patinaban en el estanque helado. Gabri cogió un poco de nieve, formó una bola y se la lanzó a *Henri*, que cruzó disparado la ribera para atraparla.

—¿Quién, Frodo Beauvoir? —bromeó Gamache, obligándose a adoptar un tono alegre. En la oscuridad, oyó a Gilles soltar un bufido de risa.

—Exacto.

—Está en otra misión.

—O sea que por fin consiguió salir de Mordor —concluyó Gilles.

Aunque Gamache había percibido el tono jocoso en su voz grave, sus palabras lo dejaron un poco trastocado: ¿había convertido él, sin darse cuenta, el célebre Departamento de Homicidios de la Sûreté en un Mordor? Lejos de proteger las carreras de unos agentes prometedores, ¿los había aprisionado y alejado de sus colegas?

Los niños del estanque, que habían visto la bola de nieve y al perro correr tras ella, se detuvieron para hacer las suyas y arrojárselas a Gabri, que se agachó demasiado tarde. Acabaron por lloverles bolas a todos. *Henri* se puso histérico de pura emoción.

—¡Malditos mocosos! ¡Recórcholis! —gritaba Gabri, que sacudía los puños fingiendo que estaba enfadado. Los críos se morían de la risa.

• • •

Jean-Guy Beauvoir era incapaz de ducharse. Le apetecía, pero suponía demasiado esfuerzo, como la colada. Sabía que apestaba, pero le daba igual.

Había ido a la comisaría, pero no había pegado sello. Sólo quería salir de su apartamento, diminuto y deprimente, y alejarse de los montones de ropa sucia, de la comida pasada en la nevera, de la cama sin hacer y los platos con una costra de restos.

Y del recuerdo del hogar que había tenido y perdido.

No, no lo había perdido: se lo habían arrebatado, robado. Y había sido Gamache: el único hombre en el que había confiado se lo había quitado todo y a todos.

Beauvoir se puso en pie y anduvo con rigidez hasta el ascensor y luego hasta el coche.

Le dolía el cuerpo y a ratos estaba muerto de hambre o bien sentía náuseas, pero no tuvo ánimos para comprarse algo en la cafetería ni en los tugurios de comida rápida frente a los que pasó por el camino.

Aparcó el coche en una plaza señalizada en la calle, apagó el motor y se quedó sentado.

Ahora sí que estaba hambriento, muerto de hambre. Y olía fatal: el coche entero apestaba. Notaba cómo se le pegaba la camiseta sudorosa, cómo se ceñía a su cuerpo como una segunda piel.

Siguió sentado en el coche frío y a oscuras mirando la única ventana iluminada, confiando en vislumbrar a Annie o aunque fuera su sombra.

Hubo un tiempo en que podía evocar su aroma, el de un limonar en un día cálido de verano, fresco y cítrico, pero ahora sólo era capaz de oler su propio miedo.

Sentada en la oscuridad, Annie Gamache miraba por la ventanilla. Sabía que era algo malsano, algo que nunca admitiría ante sus amigas: se quedarían horrorizadas y la mirarían como si fuera digna de lástima, y probablemente lo era.

Había sacado a patadas a Jean-Guy de la casa que compartían cuando él se había negado a volver a rehabilitación. Se habían peleado una y otra vez, hasta que ya no les había quedado nada que decir, y luego se habían peleado un poco más. Jean-Guy insistía en que no pasaba nada malo, en que su padre se había inventado toda aquella patraña de los fármacos como venganza después de que él se hubiera unido al superintendente Francœur.

Finalmente, Jean-Guy se había ido, pero no del todo: Annie seguía teniéndolo dentro y no podía librarse de él. Por eso se sentaba en su coche y miraba fijamente la ventana a oscuras del apartamento diminuto de Jean-Guy con la esperanza de ver una luz.

Si cerraba los ojos, sentía cómo la rodeaba con los brazos, podía respirar su olor. Después de echarlo, se había comprado un frasco de su colonia y derramado unas gotas en la almohada junto a la suya.

Cerró los ojos y lo sintió en su piel; vibrante, listo, irreverente y cariñoso. Lo vio sonreír, escuchó su risa; sintió sus manos, sintió su cuerpo.

Ahora él se había ido. Pero no la había abandonado. Y, a veces, Annie se preguntaba si era él quien hacía latir su corazón. Y se preguntaba qué pasaría si dejaba de hacerlo.

Iba allí todas las noches. Aparcaba y miraba por la ventanilla con la esperanza de ver algún indicio de vida.

—Dudo mucho que sea la primera vez que te estampan una bola en la cara —dijo Ruth a Gabri—, para ya de quejarte.

Habían encontrado a Ruth en la sala de estar de Clara cuando llegaron, aunque no los estaba esperando. De hecho, había puesto cara de cabreada al verlos entrar a todos.

—Confiaba en tener una velada tranquila —murmuró, haciendo girar los cubitos en el vaso con tanta fuerza que creó un vórtice de whisky.

Gamache se preguntó si algún día ese remolino succionaría a la vieja poeta y entonces se percató de que eso ya había ocurrido.

Henri echó a correr hacia *Rosa*, sentada en el escabel junto a Ruth. Gamache lo cogió del collar justo cuando salía disparado, pero no habría hecho falta que se preocupara: *Rosa* le siseó al pastor alemán y luego le dio la espalda. De haber podido hacerle un gesto soez con una pluma, lo habría hecho.

—No sabía que una pata pudiera sisear —comentó Myrna.

—¿Seguro que es una pata? —susurró Gabri.

Thérèse y Jérôme se acercaron, fascinados.

—¿Es ésa Ruth Zardo? —quiso saber el médico.

—Lo que queda de ella —respondió Gabri—: perdió el seso hace años, y nunca tuvo corazón. Lo que la mantiene con vida son sus conductos hepáticos. —Señalando, añadió—: Y ésa es *Rosa*.

—Ya veo por qué *Henri* se ha vuelto loco —dijo Thérèse mirando al pastor alemán enamorado—; ¿a quién no le apetece un buen pato?

Tras semejante comentario por parte de una dama elegante se hizo el silencio. Thérèse sonrió y enarcó la ceja sólo un poquito; Clara se echó a reír.

El pollo al romero estaba en el horno y el olor invadía la casa. La gente se sirvió sus propias copas y se dividió en grupitos.

Thérèse, Jérôme y Gamache llevaron a Gilles aparte.

—¿Lo he entendido bien? ¿Antes era usted leñador? —quiso saber Thérèse.

Gilles se puso un poco a la defensiva.

—Ahora ya no lo soy.

—¿Por qué no?

—No importa —repuso aquel hombre corpulento—, por razones personales.

Thérèse continuó mirándolo fijamente con una expresión que les había arrancado verdades incómodas a agentes de la Sûreté bien curtidos, pero Gilles se mantuvo firme.

Ella se volvió hacia Gamache, que no dijo ni pío. Aunque conocía esas razones, no traicionaría la confianza de Gilles. Los dos hombres robustos se miraron a los ojos un instante y Gilles asintió levemente como muestra de agradecimiento.

—Entonces déjeme preguntarle una cosa —dijo la superintendente Brunel, cambiando de táctica—: ¿cuál es la especie de árbol más alta ahí arriba?

—¿Dónde?

—En la cresta de la ladera sobre el pueblo —intervino Jérôme.

Gilles consideró la cuestión.

—El pino blanco americano, probablemente: pueden alcanzar los treinta metros o más, como unas ocho plantas de altura.

—¿Se puede trepar por ellos? —quiso saber Thérèse.

Gilles se la quedó mirando como si hubiera sugerido algo asqueroso.

—¿A qué vienen estas preguntas?

—Es pura curiosidad.

—No me tome por tonto, madame. Lo suyo es más que curiosidad. —Su mirada fue de los Brunel a Gamache.

—Jamás te pediríamos que talaras un árbol, ni siquiera que lo dañaras —dijo el inspector jefe—. Sólo queremos saber si se puede trepar a los árboles más altos de por aquí.

—No, yo no —soltó Gilles.

Thérèse y Jérôme dejaron de observar al antiguo guarda forestal para mirar a Gamache, perplejos ante la reacción de Gilles. El inspector jefe tomó a éste por el brazo para hablarle en un aparte.

—Lo siento, debería haber hablado contigo antes sobre esto: necesitamos hacer llegar hasta Three Pines una señal vía satélite...

Levantó una mano para acallar, una vez más, las protestas de Gilles, que insistía en que no podía hacerse.

—... y nos preguntábamos si podría fijarse una antena en uno de los árboles más altos y tender un cable hasta el pueblo.

Gilles abrió la boca para protestar otra vez, pero la cerró; su expresión fue de agresiva a reflexiva.

—¿Estás pensando que alguien podría encaramarse a un árbol congelado de treinta metros cargado con una antena parabólica y luego no sólo fijarla allí, sino además ajustarla para encontrar una señal? Debe de gustarte con locura la televisión, monsieur.

Gamache rió.

—No es para televisión. —Bajó la voz—. Es para tener internet. Necesitamos conectarnos, y necesitamos hacerlo... mmm... lo más discretamente posible.

—¿Robar una señal? —preguntó Gilles—. Francamente, no serías el primero en intentarlo ni mucho menos.

—Entonces ¿es posible?

Gilles suspiró, se mordía los nudillos y pensaba en ello.

—Estás hablando de convertir un árbol de treinta metros en una torre de transmisiones, encontrar una señal y luego tender un cable hasta aquí abajo.

—Haces que suene difícil —admitió el inspector jefe con una sonrisa.

Pero Gilles no sonreía.

—Lo siento, *patron*. Haría cualquier cosa por ayudarte, pero no creo que lo que propones pueda hacerse. Digamos que consigo trepar hasta la cima del árbol con la antena y sujetarla... Aun así, allí arriba hace demasiado viento: la haría moverse como una hoja.

Miró a Gamache y lo vio aceptar este hecho. Y en efecto era un hecho, no había por dónde cogerlo.

—La señal nunca sería constante —explicó Gilles—, por eso las torres de transmisiones se hacen de acero y son estables: eso es clave. Lo tuyo es una buena idea, en teoría, pero no funcionaría.

El inspector jefe Gamache dejó de mirarlo a los ojos y bajó la vista al suelo un instante, absorbiendo el golpe: aquél no era sólo un plan, sino el único. No había un plan B.

—¿Se te ocurre algún otro modo de conectarse a internet con banda ancha? —preguntó.

Gilles negó con la cabeza.

—¿Por qué no vas simplemente a Cowansville o a Saint-Rémi? Tienen banda ancha.

—Necesitamos quedarnos aquí, donde no puedan localizarnos.

Gilles asintió, pensativo. Gamache lo observó rogando para que diera con una respuesta. Al final, Gilles negó con la cabeza.

—La gente se ha pasado años intentándolo. Legal o pirata, sencillamente no puede hacerse. *Désolé*.

Así se sintió Gamache al darle las gracias a Gilles y alejarse: desolado.

—¿Y bien? —preguntó Thérèse.

—Dice que no puede hacerse.

—Lo que ocurre es que no quiere hacerlo él —opinó la superintendente Brunel—, podemos encontrar a algún otro.

Gamache le explicó lo del viento y la vio aceptar lentamente la realidad. Lo de Gilles no era testarudez; estaba siendo realista. Sin embargo, Gamache se percató de otra cosa: Thérèse Brunel parecía decepcionada, pero su marido no.

Gamache entró en la cocina, donde Clara y Gabri preparaban la cena.

—Huele bien —comentó.

—¿Tienes hambre? —preguntó Gabri, y le tendió una fuente con paté de campaña y galletitas.

—Pues sí, la verdad —contestó el jefe, untando una galletita. El olor al pan horneándose mezclado con el del pollo al romero lo hizo recordar que no había comido nada desde el desayuno—. Tengo un favor que pedirte —le dijo a Clara—: he pasado una película vieja a un disco y me gustaría verla, pero en casa de Emilie no hay reproductor de DVD.

—¿Quieres usar el mío?

Cuando el jefe asintió, Clara blandió un cubierto como si fuera una varita mágica hacia la sala de estar.

—Está en la habitación siguiente de la salita.

—¿No te importa?

—No, para nada. Te enseñaré cómo va, por lo menos falta media hora para que esté lista la cena.

Gamache la siguió hasta una habitación pequeña con un sofá y una butaca. Sobre una mesa había un televisor viejo y aparatoso con un reproductor de DVD al lado. Gamache observó a Clara apretar varios botones.

—¿Qué hay en el DVD? —preguntó Gabri, de pie en el umbral con la bandeja de galletitas y paté en las manos—. Déjame adivinarlo... ¿Tu audición para el programa *Got Talent*?

—Si lo fuera, sería bien corta —contestó Gamache.

—¿Qué pasa aquí? —preguntó Ruth, abriéndose paso con *Rosa* bajo un brazo y un vaso de whisky en la mano.

—El inspector jefe se ha presentado al programa *Canadian Idol* —explicó Gabri—: ésta es la cinta de su audición.

—Bueno, no, es... —empezó Gamache, pero desistió; ¿para qué molestarse?

—¿Es cierto que te has presentado a las pruebas para *Bailando con las estrellas*? —preguntó Myrna, que se había apretujado en el pequeño sofá entre el jefe y Ruth.

Gamache miró a Clara con expresión lastimera. Olivier también se había acercado y estaba de pie junto a su compañero. El inspector jefe suspiró y apretó el botón de puesta en marcha.

En la pantalla, un logotipo familiar en blanco y negro giró hacia ellos con una música de fondo.

«En una aldea canadiense ha ocurrido un pequeño milagro», declaró el desabrido locutor del noticiario.

Aparecieron las primeras imágenes granulosas y, en el diminuto cuarto del televisor de Clara, todos se inclinaron hacia delante.

VEINTIUNO

«Cinco milagros», continuó el narrador con tono melodramático, como quien anuncia el Apocalipsis, «traídos al mundo una cruda noche de invierno por este hombre: el doctor Joseph Bernard».

En la pantalla apareció el doctor Bernard con uniforme quirúrgico y una mascarilla cubriéndole la nariz y la boca. Sus ademanes eran un poco exagerados, pero Gamache sabía que se trataba del efecto de los noticiarios antiguos en blanco y negro, donde las imágenes se entrecortaban y los movimientos parecían demasiado lentos o demasiado frenéticos.

Ante el médico se hallaban las cinco niñas recién nacidas envueltas en mantas.

«Cinco criaturitas, hijas de Isidore y Marie-Harriette Ouellet.»

Al locutor le costó pronunciar aquellos nombres quebequeses: era la primera ocasión que se mencionaban en un noticiario, aunque no tardarían en estar en boca de todos. Aquélla era la presentación al mundo de...

«Cinco princesitas, las primeras en el mundo en sobrevivir a un parto de quintillizos. Virginie, Hélène, Josephine, Marguerite...»

«...y Constance»; Gamache escuchó este último nombre con particular interés. Constance pasaría la vida entera pendiendo del extremo de aquella lista. «Y Constance.» Siempre al margen: un caso aparte.

La voz pareció animarse de pronto.

«Y aquí vemos al padre.»

La escena siguiente mostraba al doctor Bernard en la salita de estar de una modesta casa de labranza. De pie ante una estufa de leña, le entregaba a un hombre alto y robusto una de sus propias hijas como si estuviera haciéndole un favor. No era un regalo, sino un préstamo.

Isidore, adecentado para la cámara y con una sonrisa desdentada, sostenía a su hija tímidamente en sus brazos. No estaba habituado a los bebés, pero Gamache tuvo la impresión de que se le daban bien.

Thérèse notó una mano familiar en el codo que la hizo apartarse a regañadientes del televisor.

Jérôme la condujo a un rincón de la sala de estar de Clara, lo más lejos posible de los demás, aunque aún podían oír de fondo la Voz de la Fatalidad. Dicha voz hablaba ahora sobre la vida campesina y parecía dar a entender que las niñas habían nacido en un granero.

Thérèse miró a su marido con expresión inquisitiva.

Jérôme se situó de forma que pudiera ver a los invitados que estaban de pie en la puerta de la salita, enfrascados en la pantalla del televisor, y luego miró a su mujer.

—Háblame de Arnot.

—¿Arnot?

—Sí, Pierre Arnot, tú lo conoces. —Hablaba en voz baja, con tono apremiante, y su mirada iba constantemente de los otros invitados a su mujer.

Thérèse no se habría sorprendido más si su marido se hubiera desnudado de repente. Se lo quedó mirando sin apenas entender qué le decía.

—¿Te refieres al caso Arnot? Pero eso pasó hace años...

—No sólo al caso: quiero saber cosas del propio Arnot, todo lo que puedas contarme.

Thérèse estaba perpleja.

—Pero eso es absurdo... ¿Por qué narices te interesa de pronto ese hombre?

Jérôme dirigió una ojeada rápida a los otros invitados, que por suerte les daban la espalda, antes de volver a mirar a su mujer. Habló en voz aún más baja.

—¿No lo adivinas?

A Thérèse se le cayó el alma a los pies. «Arnot. No puede ser.»

De fondo se oía aquella voz funesta dando a entender que la mano de Dios había asistido en el parto. Pero la mano de Dios parecía muy lejos de aquella salita con su fuego chisporroteante, del aroma que les llegaba del horno y del nombre rancio y fétido que pendía en el aire.

El del maldito Pierre Arnot.

«El doctor Bernard, cómo no, se muestra modesto con respecto a su hazaña», dijo el locutor del noticiario.

En la pantalla, el doctor Bernard ya no vestía bata blanca, sino un traje y una fina corbata negra. Llevaba el pelo perfectamente peinado, iba recién afeitado y lucía unas gafas de montura negra y gruesa.

Estaba de pie en la sala de estar de los Ouellet, a solas, y sujetaba un cigarrillo.

«La mayor parte del trabajo lo hizo la madre, por supuesto.»

Hablaba en inglés con suave acento quebequés y su voz era sorprendentemente aguda, sobre todo en comparación con la del narrador, tan cavernosa. Miraba a la cámara y se reía de su propia bromita. Se suponía que los espectadores debían pensar una sola cosa: que el doctor Bernard era el héroe del momento, un hombre cuya enorme pericia sólo se comparaba con su humildad. Y era perfecto para aquel papel, pensó Gamache con cierta admiración: encantador, juguetón incluso; paternal y digno de confianza.

«Me mandaron llamar en plena tormenta. Por lo visto, los bebés prefieren llegar cuando hay tempestad», dijo y sonrió a la cámara, invitando a los espectadores a confiar en él, «y ésta fue una de las gordas: una tormenta de cinco criaturas».

Gamache miró a su alrededor y vio sonreír a Gilles y a Gabri e incluso a Myrna: no podían evitarlo, pues se hacía casi imposible que aquel hombre no te cayera bien.

Pero Ruth, en el otro extremo del sofá, no sonreía, aunque eso no era algo muy revelador.

«Debía de ser casi medianoche», continuó el doctor Bernard. «Yo no conocía a la familia, pero se trataba de una emergencia, de modo que cogí mi maletín y me vine hasta aquí lo más deprisa que pude.»

No quedaba muy claro cómo aquel hombre, que nunca había estado en la granja de los Ouellet, en medio de la nada, había dado con ella en plena noche, en plena ventisca, pero quizá eso formaba parte del milagro.

«Nadie me dijo que eran cinco bebés.» Se corrigió y cambió el tiempo verbal: «Que serían cinco bebés. Puse al padre a hervir agua para esterilizar el instrumental y a buscar ropa de cama limpia. Por suerte, monsieur Ouellet está habituado a asistir a sus animales de granja en el parto de sus crías: me fue de gran ayuda.»

El gran hombre compartía el mérito, pese a dar a entender que madame Ouellet no era mejor que una de sus cerdas. Gamache sintió crecer su admiración, si no su respeto: quien fuera que estuviera detrás de aquello era brillante. Pero, por supuesto, el doctor Bernard era un títere más, igual que las niñas e Isidore Ouellet, tan serio y perplejo.

El doctor Bernard miró directamente a la cámara del noticiario y sonrió.

—El caso Arnot apareció en todos los periódicos —dijo Thérèse bajando también la voz—, causó sensación... Pero eso ya lo sabías: todo el mundo lo sabe.

Era verdad, Pierre Arnot tenía tan mala fama como buena la tenían las quintillizas Ouellet. Era su antítesis: mientras que las cinco niñas proporcionaban grandes alegrías, Pierre Arnot sólo traía desgracias.

Si ellas eran obra de Dios, Pierre Arnot era el Hijo de la Aurora: el ángel caído.

Y aún los obsesionaba, y ahora había vuelto. Y Thérèse Brunel habría dado casi cualquier cosa con tal de no resucitar aquel nombre, aquel caso, aquella época.

—*Oui*, *oui* —dijo Jérôme. Rara vez daba muestras de impaciencia y casi nunca ante su esposa, pero ahora lo hizo—: todo ocurrió hace más o menos una década. Quiero volver a oírlo, y esta vez con lo que no salió en los periódicos, lo que no salió a la luz pública.

—Yo no oculté nada, Jérôme. —Ahora era ella quien daba muestras de impaciencia; su voz sonaba cortante y fría—. En aquella época era una agente novata, ¿no sería mejor preguntarle a Armand? Él conocía muy bien a ese hombre.

Instintivamente, ambos se volvieron hacia el grupo reunido en el cuarto de la televisión.

—¿De verdad te parece que sería sensato? —preguntó Jérôme.

Thérèse se volvió de nuevo hacia su marido.

—Quizá no. —Lo miró fijamente, buscando sus ojos—. ¿Por qué te interesa Pierre Arnot? Tienes que contármelo, Jérôme.

A Jérôme le costaba respirar, como si hubiera cubierto una distancia demasiado grande cargado con algo muy pesado. Por fin habló:

—Su nombre salió en mi investigación.

Thérèse Brunel sintió un mareo repentino: maldito Pierre Arnot.

—¿Estás de broma? —Pero ya veía que no era así—. ¿Fue ése el nombre que disparó las alarmas? Si lo fue, es necesario que nos lo cuentes.

—Lo que es necesario, Thérèse, es que yo sepa más sobre Arnot, sobre sus antecedentes. Por favor. Es posible que entonces fueras novata, pero ahora eres superintendente, sé que estás al corriente.

Ella lo miró con dureza, sopesando sus palabras, y cedió, como ya sabía que haría.

—Pierre Arnot era el superintendente en jefe de la Sûreté. Es el cargo más alto, el que ahora ejerce Sylvain Francœur. Yo acababa de entrar en la Sûreté cuando todo salió a la luz, sólo lo vi en persona una vez.

Jérôme Brunel recordaba demasiado bien el día en que su mujer, conservadora jefe en el Museo de Bellas Artes de Montreal, llegó a casa y anunció que quería incorporarse a la policía provincial. Pasaba ya de los cincuenta y fue como si hubiera revelado que había ingresado en las filas del Cirque du Soleil, pero Jérôme comprendió que no hablaba en broma, y siendo franco aquello no había sido una sorpresa absoluta para él: Thérèse había actuado como asesora especialista de la policía en una serie de robos de obras de arte y descubierto que tenía talento para resolver delitos.

—Todo aquello pasó hace más de diez años, como bien dices —continuó Thérèse—. Para entonces, Arnot llevaba mucho tiempo en el cargo; caía bien, se había ganado el respeto y la confianza de la gente.

—Has dicho que llegaste a conocerlo, ¿cuándo fue?

La mirada de su marido era intensa, analítica. Supo que así debía de haber sido Jérôme en el hospital, cada vez que los camilleros le llevaban un caso especialmente urgente.

Reunía información, la absorbía, la analizaba, la desglosaba y examinaba a toda prisa para saber cómo afrontar mejor la emergencia. Allí, en la sala de estar de Clara, con su aroma a pan recién hecho y pollo al romero en el aire, de pronto también había una emergencia, y ésa llevaba consigo el nombre cubierto de cieno y de sangre de Pierre Arnot.

—Fue en una conferencia en la academia —recordó Thérèse—, dirigida a los alumnos de la clase del inspector jefe Gamache.

—¿Invitó a Arnot a darla? —preguntó Jérôme sorprendido.

Thérèse asintió con la cabeza. Para entonces, ambos hombres eran famosos, Arnot por ser la cabeza respetada de un cuerpo de policía respetado y Gamache por crear y liderar el departamento de homicidios de más éxito en el país.

Ella estaba en el salón de actos abarrotado, una más entre centenares de estudiantes, sin nada todavía que la distinguiera de los demás excepto el cabello cano.

Cuando Thérèse pensó en aquello, la sala de estar desapareció y se convirtió en el anfiteatro. Podía ver con claridad a los dos hombres allí abajo: Arnot, de pie ante el atril, mayor, seguro de sí, distinguido; bajo y delgado, compacto; con el cabello cano bien peinado y con gafas. Parecía cualquier cosa menos poderoso, y sin embargo, precisamente aquella humildad suya traslucía fuerza: su poder era tan enorme que no le hacía falta exhibirlo.

Y de pie a un lado, observando, se hallaba el inspector jefe Armand Gamache.

Alto y robusto, tranquilo y circunspecto. Como profesor, parecía tener una paciencia interminable con las preguntas estúpidas y la testosterona. Predicaba con el ejemplo, no mediante el uso de la fuerza. Como la agente Brunel sabía muy bien, ahí había un líder nato, alguien a quien uno seguiría sin dudarlo.

De haber estado frente a la clase sólo Arnot, a Thérèse le hubiera causado una profunda impresión. Pero a medida que la conferencia progresaba los ojos se le iban cada vez más hacia el hombre tranquilo que esperaba a un lado. Que escuchaba tan atentamente, que parecía tan a sus anchas.

Y poco a poco la agente Brunel acabó por entender dónde residía la verdadera autoridad.

El superintendente jefe Arnot bien podía ser quien ejercía el poder, pero Armand Gamache era el hombre más poderoso.

Se lo contó a Jérôme, él reflexionó unos instantes antes de hablar.

—¿No intentó Arnot matar a Armand? —preguntó—. ¿O fue al revés?

El noticiario de la Fox Movietone acababa con el doctor Bernard sosteniendo con expresión benevolente a una de las quintillizas recién nacidas y moviéndole un bracito ante la cámara.

«Adiós. Sé que vamos a veros muy a menudo, a ti y a tus hermanas», dijo el locutor, como si se refiriera a la Gran Depresión.

Con el rabillo del ojo, Gamache advirtió que Ruth levantaba una mano surcada de venas.

Adiós.

La pantalla se puso en negro, pero sólo unos instantes, porque luego apareció otra imagen que a los canadienses les resultaba muy familiar: un ojo estilizado en blanco y negro y unas siglas estarcidas, sin atisbo de creatividad o belleza.

Sólo hechos, y punto.

El Consejo Nacional de Cinematografía de Canadá: el NFB.

No había voz en *off* desabrida ni música alegre, tan sólo las secuencias en crudo, filmadas por un cámara del NFB.

Las imágenes mostraban el exterior de una casita encantadora en verano. Era de cuento de hadas, con tejas de cerámica en escama y ornamentos de madera recortada; había macetas con flores en todas las ventanas, y girasoles y malvarrosas en tonos alegres contra los muros soleados, y una valla de madera blanca rodeaba un pequeño jardín.

Parecía una casa de muñecas.

La cámara se acercó a la entrada principal, cerrada, y enfocó. La puerta se abrió un poco y asomó la cabeza de una mujer cuyos labios pronunciaron algo parecido a *maintenant?*: «¿ahora?»

La mujer retrocedió y cerró la puerta, pero un instante después ésta volvió a abrirse y apareció una niñita con un vestido corto con volantes y un lazo en el cabello oscuro. Llevaba calcetines tobilleros y mocasines, Gamache supuso que tendría cinco o seis años. Hizo unos cálculos rápidos: aquello sería a principios de los cuarenta, los años de la guerra.

Apareció una mano y empujó a la niña hacia el exterior y el sol. No fue un empujón realmente brusco, pero sí lo bastante fuerte como para hacer que se tambalease un poco.

Y entonces una niña idéntica fue expulsada de la casa.

Y luego otra.

Y otra.

Y otra más.

Las niñas se quedaron ahí, de pie, aferrándose unas a otras como si hubieran nacido siamesas, y la expresión de sus caras también era idéntica.

De terror, de confusión, casi la misma expresión que se había dibujado en la cara de su padre el día de su nacimiento.

Miraron atrás, hacia la puerta, y se agolparon contra ésta tratando de entrar, pero la puerta no se abrió.

La primera niñita miró a la cámara suplicante y llorosa.

La imagen parpadeó y se desvaneció, y luego reapareció esa casita preciosa. No había rastro de las niñas y la puerta estaba cerrada.

Se abrió una vez más y en esta ocasión la niña salió por sí sola. Entonces apareció una hermana y la cogió de la mano, y así sucesivamente, hasta que la última hubo salido y la puerta se cerró tras ella.

Se volvieron a mirarla, todas al unísono. Una mano se coló a través de un resquicio de la puerta y les indicó que se alejaran, antes de desaparecer.

Las niñas se quedaron allí plantadas, paralizadas.

La cámara se estremeció un poco y las niñas se dieron la vuelta todas a la vez hacia el objetivo. Gamache pensó que el cámara debía de haberlas llamado, o quizá sostenía un osito de peluche, o caramelos, lo que fuera para atraer su atención.

Una de ellas rompió a llorar y las demás se vinieron abajo. La imagen parpadeó y se fundió en negro.

En la salita trasera de Clara, todos observaron la escena una y otra vez, olvidándose del paté y las bebidas.

Una y otra vez, las niñas salieron de la preciosa casita y de nuevo las hicieron entrar para hacer otro intento. Hasta que por fin apareció la primera niña con una gran sonrisa en la cara, seguida por una hermana, que la cogió de la mano, encantada.

Y luego otra, y la siguiente.

Y otra más.

Se alejaron de la casita y pasearon por el jardín siguiendo la valla de madera blanca, sonriendo y saludando con la mano.

Cinco niñitas felices.

Gamache miró a Myrna, Olivier, Clara, Gilles, Gabri; miró a Ruth y vio lágrimas surcando las profundas arrugas de su rostro, profundos cañones de pena.

En el televisor, las quintillizas Ouellet esbozaron sonrisas idénticas e hicieron ademanes de saludo idénticos a la cámara antes de que la pantalla quedara en negro. Gamache sabía que era esa escena la que había catapultado a las quintillizas como niñitas perfectas que llevaban unas vidas de cuento de hadas, arrancadas de la pobreza, lejos de cualquier conflicto. Aquella secuencia breve se había vendido a agencias de todo el mundo y seguía utilizándose en documentales sobre su vida.

Se enarbolaba como prueba de hasta qué punto habían sido afortunadas las quintillizas Ouellet.

Gamache y los demás sabían qué acababan de presenciar: el nacimiento de un mito. Y habían visto algo roto, hecho añicos, maltrecho sin remedio.

• • •

—¿Cómo sabes esas cosas? —preguntó Thérèse—. En el juicio nunca salieron a la luz.

—Encontré indicios de que había ocurrido algo entre los dos, algo casi letal.

—¿De verdad quieres saber qué fue? —quiso saber ella mirándolo detenidamente.

—Necesito saberlo —contestó él.

—Esto no debe salir de aquí.

Thérèse se ganó una mirada entre divertida y molesta.

—Prometo no colgarlo en mi blog.

Ella no rió, ni siquiera esbozó una sonrisa, y Jérôme Brunel se preguntó, no por primera vez, si de verdad quería oír aquello.

—Siéntate —le dijo Thérèse.

Él la siguió hasta el sofá, donde se instalaron cómodamente de cara a la puerta, observando las espaldas de los demás invitados.

—Pierre Arnot dejó su impronta en la comisaría de la Sûreté en el norte de Quebec —le confió a Jérôme—. En una reserva de la tribu cree, en James Bay. El alcohol y la coca corrían libremente y las viviendas cedidas por el gobierno eran un absoluto desastre. El agua de las alcantarillas rebosaba y llegó a mezclarse con la de las tuberías, era un pozo de enfermedades terribles y violencia: una cloaca.

—En medio del paraíso —añadió Jérôme.

Thérèse asintió con la cabeza. Eso, por supuesto, había hecho aún mayor la tragedia.

James Bay era en otro tiempo una zona de belleza espectacular, prácticamente virgen: más de dos millones de hectáreas de parajes naturales, de lagos de agua limpia y cristalina, de peces, venados y bosques primigenios. Allí vivían los cree, allí moraban sus dioses.

Pero cien años atrás habían conocido al diablo y hecho un pacto con él.

A cambio de todo lo que pudieran necesitar (comida, asistencia médica, vivienda, educación, las maravillas de la vida moderna), cuanto tenían que hacer era ceder los derechos de su tierra ancestral.

Pero no de toda: les darían un buen pedazo de terreno donde cazar y pescar.

¿Y si no accedían a la cesión?

El gobierno les quitaría las tierras de todas formas.

Cien años antes de que el agente Pierre Arnot se bajara del hidroavión en la reserva, el gran jefe de la tribu y el jefe de Asuntos Indios en Canadá se reunieron.

Se firmó la cesión.

Se cerró el trato.

Los cree tenían cuanto podrían desear, menos su libertad.

No prosperaron.

—Para cuando Arnot llegó, la reserva era un gueto de alcantarillas abiertas y enfermedad, adicción y desesperanza —explicó Thérèse—, y de gentes con vidas tan vacías que se violaban y daban palizas unos a otros por pura distracción. Aun así, la tribu cree había conservado su dignidad más tiempo del que nadie habría esperado: les costó varias generaciones perder finalmente la dignidad, el amor propio y la esperanza. Los cree pensaron que su vida ya no podía ir a peor, pero estaba a punto de hacerlo.

—¿Qué pasó? —quiso saber Jérôme.

—Pues que llegó Pierre Arnot.

«Ahora, como crías obedientes que son, las niñas le piden la bendición a su padre», iba diciendo el locutor del noticiario de Movietone como quien anuncia el bombardeo de Londres. «Es una costumbre que aún se mantiene en el interior de Quebec.»

Hablaba con mucho acento inglés y en voz baja, como quien describe una especie rara que ha pillado en su hábitat natural.

Gamache se inclinó hacia la pantalla. Las niñas tendrían ocho o nueve años y no estaban en la casita de cuento de hadas, sino en la casa familiar en el campo. A través de las ventanas se podía ver que estaban en invierno.

Los abrigos, los gorros y los patines de las niñas pendían de colgadores en la puerta, los palos de hockey formaban un tipi en el rincón. Gamache reconoció la estufa de leña, la alfombra de trapillo trenzada y el mobiliario del primer documental, de cuando nacieron las niñas: prácticamente nada había cambiado, como si fuera un museo.

Las niñas estaban arrodilladas con las palmas unidas ante sí y la cabeza gacha, llevaban vestidos idénticos, zapatos idénticos, lazos idénticos; Gamache se preguntó si alguien podía distinguirlas y si se molestaban siquiera en intentarlo. Siempre y cuando fueran cinco, los detalles parecían no tener importancia.

Marie-Harriette se arrodilló detrás de sus hijas.

Era la primera vez que las cámaras de los noticiarios captaban a la madre de las quintillizas. Gamache apoyó los codos en las rodillas y se inclinó aún más en un intento de ver mejor a aquella madre épica.

Con cierta sorpresa, reparó en que, de hecho, no era la primera vez que la veía: había sido Marie-Harriette la que había empujado a sus hijas para que salieran por aquella puerta y quien la había cerrado después, dejándolas fuera.

Una y otra vez, hasta que lo hicieron bien.

Gamache había supuesto que sería alguna productora del NFB, o incluso una enfermera o una maestra, pero había sido su propia madre.

Isidore Ouellet estaba de pie en el centro de la habitación, de cara a su familia, con los brazos extendidos ante sí. Tenía los ojos cerrados y una expresión tranquila, como un zombi buscando la iluminación.

Gamache reconoció el ritual: se trataba de la bendición que los padres daban a sus hijos el día de Año Nuevo. Era un rito solemne y significativo, pero que ya sólo se llevaba a cabo rara vez en Quebec. A él nunca se le había pasado por la cabeza celebrar algo así y, si lo hubiera intentado, Reine-Marie, Annie y Daniel se habrían desternillado de risa. Pensó brevemente en que se acercaban las fiestas y que la familia entera se reuniría en París. Quizá el día de

Año Nuevo, con sus hijos y nietos, podía sugerirlo, sólo por ver qué cara ponían: casi valdría la pena sólo por eso. La madre de Reine-Marie, sin embargo, sí recordaba haberse arrodillado con sus hermanos de niña para recibir la bendición.

Y ahí la tenían, interpretada para la audiencia insaciable del noticiario, esa gente sentada en cines a oscuras de todas partes del mundo a mediados de los cuarenta, cuando las vidas de las quintillizas se convirtieron en preludio a los últimos estrenos de Clark Gable o Katharine Hepburn.

La escena retratada en aquel documental en blanco y negro tenía un tufillo a luz de gas: era un acto orquestado, puesto en escena para causar sensación, como las danzas nativas al son de los tambores que se interpretaban para los turistas a cambio de dinero.

Lo que veían era auténtico, por supuesto, pero más mercantil que espiritual.

Se suponía que las niñas rezaban por la bendición paterna; Gamache se preguntó por qué estaría rezando su padre.

«Una vez concluida la encantadora ceremonia, las niñas se disponen a salir a jugar», dijo la voz en *off*, como si cubriera el trágico desembarco de Dieppe.

Siguieron escenas de las quintillizas poniéndose los monos para la nieve, intercambiando bromas bienintencionadas, mirando a la cámara y riendo. El padre las ayudó a atarse los patines y les tendió los palos de hockey.

Apareció Marie-Harriette para ponerles gorros en la cabeza. Cada uno, advirtió Gamache, con un motivo diferente: copos de nieve, árboles. La madre había llevado uno de más y lo arrojó lejos de la cámara. No lo hizo con despreocupación, sino con brusquedad, como si la hubiera mordido.

El gesto fue revelador: mostraba a una mujer al límite de su aguante, en un punto en que algo tan trivial como un gorro sobrante podía desencadenar su ira. Estaba exasperada, exhausta, hecha polvo.

Se volvió hacia la cámara y sonrió con una expresión que heló la sangre al inspector jefe.

Fue uno de esos momentos que un investigador de homicidios ansiaba encontrar: el diminuto conflicto entre lo que se decía y lo que se hacía, entre las palabras y el tono en que se decían.

Entre la expresión de Marie-Harriette y sus actos, entre la sonrisa y el hecho de arrojar lejos el gorro.

Aquélla era una mujer dividida, quizá incluso desmoronándose. Era a través de esa clase de resquicios que un buen detective se colaba para llegar al meollo del asunto.

Gamache observó la pantalla y se preguntó cómo la mujer que había subido de rodillas los peldaños del oratorio de San José rezando para concebir hijos habría llegado a eso.

El inspector jefe supuso que su irritación debía de estar relacionada con la omnipresencia del doctor Bernard: era un intento de dejarlo fuera de la escena para conseguir que, por una vez, los dejara a solas con sus hijas.

Y había funcionado; quienquiera que hubiese sido el receptor de aquel gesto, había retrocedido.

Pero Gamache comprendió que sólo se cubría la retirada, nadie tan agotado como ella se impondría por mucho tiempo.

Gamache recordó el poema fundamental de Ruth: «Muerta tiempo atrás y enterrada en otra ciudad, / mi madre no ha acabado conmigo todavía.»

Al cabo de poco más de cinco años, Marie-Harriette estaría muerta, y al cabo de poco más de quince, Virginie posiblemente se suicidaría. ¿Y qué había dicho Myrna? Ya no serían quintillizas: serían un cuarteto, luego trillizas, gemelas; y después sólo una, una hija única.

«Y Constance» se volvería simplemente Constance, y ahora se había ido ella también.

Miró a las crías, juntas y riéndose con sus monos para la nieve, y trató de distinguir a la niñita que yacía ahora en la morgue de Montreal, pero no lo consiguió.

Eran todas iguales.

«Sí, estos canadienses son realmente fuertes: pasan los largos meses de invierno pescando en el hielo, esquiando y jugando al hockey», dijo el taciturno comentarista, «incluso las niñas».

Las quintillizas saludaron a la cámara y salieron por la puerta tambaleándose sobre los patines.

El documental acababa con Isidore despidiéndolas con un ademán alegre y volviendo a entrar en la casa. Cerraba la puerta y miraba a la cámara, pero Gamache se dio cuenta de que sus ojos se ladeaban ligeramente: no miraba la lente, sino los ojos de alguien que quedaba justo fuera de la vista.

¿Estaba mirando a su mujer, al doctor Bernard o a alguien más?

Su expresión era de súplica: buscaba la aprobación de alguien. Y una vez más Gamache se preguntó por qué habría rezado Isidore Ouellet, y si sus plegarias habrían sido escuchadas.

Pero algo no encajaba, algo en aquel documental no cuadraba con lo que el inspector jefe había averiguado.

Se tapó la boca con la mano y miró fijamente la pantalla en negro.

—Déjame preguntarte una cosa —dijo Thérèse Brunel—: ¿cuál es el método más seguro para destruir a una persona?

Jérôme negó con la cabeza.

—Primero te ganas su confianza —reveló, mirándolo a los ojos— y luego la traicionas.

—¿Los cree confiaban en Pierre Arnot? —preguntó Jérôme.

—Él los ayudó a restablecer el orden, y los trataba con respeto.

—¿Y entonces...?

—Y entonces, cuando se dieron a conocer los planes para la nueva presa hidroeléctrica y fue evidente que arrasarían con lo que quedaba del territorio de los cree, los convenció de que los aceptaran.

—¿Cómo pudo hacer algo así? —preguntó Jérôme. Como quebequés, siempre había considerado un motivo de orgullo las grandes presas. Sí, era consciente del daño que hacían en el norte, pero le parecía un precio mínimo que, además, él mismo en realidad no tenía que pagar.

—Confiaban en él. Se había pasado años convenciéndolos de que era su amigo y su aliado. Más adelante, quienes dudaban de él, quienes cuestionaban sus decisiones, desaparecerían.

A Jérôme se le encogió el estómago.

—¿Eso hacía?

Thérèse asintió con la cabeza.

—No sé si empezó así de corrupto o si se fue corrompiendo, pero sí, eso hacía.

Jérôme bajó la vista y pensó en el nombre que había descubierto; el que estaba enterrado bajo Arnot. Si Arnot había caído, ese hombre había caído aún más bajo, y sólo para que, años más tarde, Jérôme Brunel lo desenterrara.

—¿Y cuándo entró en escena Armand? —preguntó.

—Una anciana cree fue elegida para viajar a Quebec capital en busca de ayuda: quería contarle a alguna autoridad que los jóvenes estaban muriendo, que los encontraban ahorcados, acribillados a tiros y ahogados. La comisaría de la Sûreté había desestimado ya esas muertes, considerándolas accidentes o suicidios. Algunos jóvenes de la tribu simplemente habían desaparecido: la Sûreté concluyó que habían huido, probablemente al sur, que acabarían apareciendo en algún tugurio de venta de crack o en una celda para borrachos en Trois-Rivières o en Montreal.

—¿Y la mujer acudió a la ciudad de Quebec para que la ayudaran a encontrarlos? —preguntó Jérôme.

—No, quería hablar con alguna autoridad competente para contarle que todo eran mentiras. Su propio hijo estaba entre los desaparecidos; ella sabía que no habían huido y que sus muertes no eran accidentes o suicidios.

Jérôme reparó en lo mucho que le afectaba a Thérèse desenterrar esos recuerdos, como alto cargo de la Sûreté, como mujer, como madre. Y a él también lo ponían enfermo, pero habían llegado demasiado lejos y no podían detenerse en medio de aquel cenagal: tenían que seguir adelante.

—Nadie le creyó —continuó Thérèse—. La tacharon de chiflada: otra aborigen borracha. No ayudó que no supiera encontrar la Asamblea Nacional y que se dedicara a parar a la gente que entraba y salía del Château Frontenac.

—¿El hotel?

Thérèse asintió con la cabeza.

—Es un edificio tan imponente que la mujer creyó que ahí estarían los líderes.

—Pero ¿cómo fue que Armand se metió en esto?

—Estaba en la ciudad de Quebec para asistir a una conferencia en el Château, la vio sentada en un banco con pinta de angustiada y le preguntó qué le ocurría.

—¿Y ella se lo contó?

—Sí, le contó todo. Armand le preguntó por qué no había acudido a la Sûreté con esa información. —Thérèse bajó la vista hacia sus manos de uñas impecables.

Con el rabillo del ojo, Jérôme vio que la reunión ante el televisor empezaba a disgregarse, pero no le metió prisa a su mujer: por fin habían llegado al fondo de la ciénaga, a las palabras definitivas que hacía falta dragar, y era evidente que Thérèse hacía un verdadero esfuerzo por revelar lo inconfesable.

—La anciana cree dijo que no lo había denunciado ante la Sûreté porque era obra de la propia Sûreté: estaban matando a los jóvenes de la tribu, incluido, quizá, su propio hijo.

Jérôme miró fijamente a su mujer, clavando la vista en aquellos ojos que le eran tan familiares. No quería apartar la mirada y sumirse en un mundo en el que algo así fuera posible. Advirtió que Thérèse sentía cierto alivio, que creía que el final estaba cerca, que lo peor había pasado ya.

Pero Jérôme sabía que lo peor no había llegado aún, ni mucho menos, y que el final ni mucho menos estaba cerca.

—¿Y qué hizo Armand?

Vio a Clara dirigirse a la cocina y a Olivier abrirse paso hacia ellos, pero siguió mirando a su mujer a los ojos.

—Creyó a aquella mujer.

VEINTIDÓS

—¡A cenar! —llamó Clara.

Habían visto el DVD hasta el final. Tras el documental del NFB y el noticiario, había más secuencias de las quintillizas: en su Primera Comunión, saludando a la joven reina, haciendo reverencias ante el primer ministro; todas a la vez, por supuesto, lo que hacía reír encantado al gran hombre.

«Qué raro ver cómo era de pequeña una persona a quien sólo se ha conocido de muy mayor», se decía Clara mientras sacaba la cazuela del horno, y más raro todavía verla crecer. Verla tantas veces y ver a tantas niñas que se parecían tanto a ella.

Mirar esas secuencias una tras otra empezaba siendo enternecedor, luego desconcertante y finalmente demoledor. Y no ser capaz de distinguir cuál de ellas era Constance lo hacía todo aún más raro: todas eran ella, y ninguna.

Los documentales se interrumpían de pronto cuando las niñas llegaban al final de la adolescencia.

—¿Puedo ayudarte? —preguntó Myrna, cogiendo el pan caliente de las manos de Clara.

—¿Qué os han parecido esas imágenes? —preguntó Clara, que procedió a poner en una cestita las rebanadas de *baguette* que iba cortando Myrna.

Olivier ponía los platos en la larga mesa de pino mientras Gabri mezclaba la ensalada.

Ruth trataba de encender las velas o de pegarle fuego a la casa. No había rastro de Armand, ni de Thérèse y su marido, Jérôme.

—No paro de ver a la primera hermana... Virginie, creo, mirando a la cámara.

Myrna dejó de cortar pan y se quedó con la mirada perdida.

—¿Cuando la madre no las dejaba entrar en la casa, quieres decir? —preguntó Clara.

Myrna asintió con la cabeza y pensó que era muy extraño que, al hablar con Gamache, ella hubiera utilizado la analogía de la casa, que dijera que Constance se había atrincherado emocionalmente en su hogar.

«¿Qué será peor, que te encierren dentro o que te dejen fuera?», se preguntó.

—Eran tan pequeñitas... —comentó Clara, cogiendo el cuchillo de la mano en suspenso de Myrna—. Es posible que Constance ni se acordara.

—Oh, sí, se acordaría —opinó Myrna—, y las demás también. Si no del hecho específico, recordarían la sensación que les produjo.

—Y no podían contárselo a nadie —añadió Clara—, ni siquiera a sus padres. Mucho menos a sus padres. Me pregunto cómo afecta algo así a una persona.

—Yo sé cómo le afecta.

Se volvieron hacia Ruth, que había prendido otra cerilla y la observaba como ardía con ojos bizcos. Justo antes de que le chamuscara las uñas amarillentas, sopló y la apagó.

—¿Cómo le afecta? —insistió Clara.

La habitación se había sumido en el silencio, todos los ojos clavados en la vieja poeta.

—Convierte a una niñita en un viejo marinero.

Hubo un suspiro colectivo: por un momento habían creído que Ruth tendría la respuesta; a esas alturas tendrían que haber sabido que no podían confiar en la sabiduría de una vieja borracha y pirómana.

—¿Te refieres al albatros? —preguntó Gamache.

Estaba de pie en el umbral entre la sala de estar y la cocina; Myrna se preguntó cuánto rato llevaría escuchando.

Ruth encendió otra cerilla y Gamache sostuvo la mirada a aquellos ojos en llamas, contemplando, a través del fuego, el corazón chamuscado.

—No entiendo nada: ¿qué tienen que ver con todo esto un viejo marinero y un atún? —preguntó Gilles rompiendo el silencio.

—Ha dicho «albatros», no «albacora» —intervino Olivier.

—Ay, por el amor de Dios —espetó Ruth, y sacudió la mano para apagar la cerilla—. Algún día me moriré ¿y cómo lo haréis entonces para tener conversaciones cultas, panda de idiotas?

—*Touché* —respondió Myrna.

Ruth dirigió a Gamache una última mirada severa, antes de volverse hacia los demás en la habitación.

—Ya sabéis, *La balada del viejo marinero*. —Por toda respuesta se encontró con miradas perplejas, de modo que añadió—: ¿El poema épico de Coleridge?

Gilles se inclinó hacia Olivier y susurró:

—No irá a recitarlo, ¿no? Ya tengo bastante poesía en casa.

—Tienes razón —soltó Ruth—, la gente suele confundir la obra de Odile con la de Coleridge.

—Al menos ambas riman —ironizó Gabri.

—No siempre —confesó Gilles—. En su último poema, Odile pretende que «cebolleta» rime con «establo».

Ruth suspiró tan fuerte que su última cerilla se extinguió.

—Muy bien, morderé el anzuelo —dijo Olivier—: ¿qué de todo esto te recuerda a *La balada del viejo marinero*?

Ruth miró a su alrededor.

—No me digáis que el inspector Clouseau y yo somos los únicos aquí con una educación clásica...

—Esperad un momento —intervino Gabri—. Ya me acuerdo... El viejo marinero era el que se aliaba con una pececita para salvar a Nemo de un acuario en Australia, ¿no es cierto?

—Creo que eso era en *La Sirenita* —dijo Clara.

—¿De verdad? —Gabri se volvió hacia ella—. Porque me parece recordar que...

—Basta. —Ruth los hizo callar con un ademán—. El viejo marinero lleva su secreto, como un albatros muerto, atado al cuello. Sabe que el único modo de librarse de él es contárselo a otros, liberarse de su carga, de modo que aborda a un extraño, un invitado a una boda, y se lo cuenta todo.

—¿Y cuál era su secreto? —quiso saber Gilles.

—El marinero había matado un albatros en alta mar —explicó Gamache mientras entraba en la cocina para coger la cesta del pan y llevarla a la mesa—, y ese acto tan cruel había causado la ira de Dios y costado la vida a la tripulación entera.

—¡Madre mía! —exclamó Gilles—. No soy ningún entusiasta de la caza, pero diría que el castigo fue un pelín exagerado, ¿no os parece?

—Dios sólo le había perdonado la vida al marinero para que purgara su culpa —continuó Gamache— y éste había comprendido, al momento de ser rescatado, que sólo podría liberarse si contaba lo sucedido.

—¿Que había matado un pájaro? —preguntó Gilles, tratando de encontrarle un sentido a todo aquello.

—Que una criatura inocente había muerto, que él la había matado —explicó Gamache.

—En ese caso, Dios tendría que responder también por cargarse a la tripulación entera —sugirió Gilles.

—Oh, cierra el pico —espetó Ruth—. El viejo marinero había provocado que la maldición cayera sobre él y los demás: fue culpa suya y tenía que admitirlo o llevar ese peso el resto de su vida, ¿lo pillas?

—Sigue sin tener mucho sentido para mí —murmuró Gilles.

—Pues si esto te parece difícil, prueba a leer *La reina de las hadas* de Spenser —intervino Myrna.

—¿*La reina de las hadas*? —repitió Gabri con tono esperanzado—. A mí me suena a cuento para antes de dormir.

Cuando se dispusieron a sentarse, los comensales compitieron por no hacerlo junto a Ruth o la pata.

Gamache perdió.

O quizá no participaba en el juego.

O quizá ganó.

—¿Crees que Constance llevaba un albatros atado al cuello? —le preguntó a Ruth mientras le servía pollo y bolitas de masa.

—Qué ironía, ¿no te parece? —dijo ella sin darle las gracias—. Lo de hablar de la muerte de un ave inocente mientras comemos pollo...

Gabri y Clara dejaron los cubiertos en el plato. Los demás fingieron no haberla oído: al fin y al cabo, estaba muy sabroso.

—Bueno, ¿y cuál era el albatros de Constance? —quiso saber Olivier.

—¿Por qué me lo preguntas a mí, gilipollas? ¿Cómo voy a saberlo?

—Pero ¿crees que tenía un secreto? —intervino Myrna—. ¿Algo de lo que se sentía culpable?

—Vamos a ver. —Ruth dejó los cubiertos y miró a Myrna, sentada frente a ella—. Si yo fuera adivina, ¿qué le diría a la gente? Pues miraría a los ojos a la persona en cuestión y le diría... —Se volvió hacia Gamache y movió las manos huesudas de aquí para allá ante su expresión divertida. Luego habló con ligero acento de Europa Oriental y en voz baja—. «Llevas una carga muy pesada: un secreto, algo que no le has contado absolutamente a nadie. Aunque te cueste mucho, debes soltar esa carga.»

Ruth dejó caer las manos y continuó mirando fijamente a Gamache, que no dejó traslucir nada pero se quedó muy quieto.

—¿Quién no tiene un secreto? —añadió ella en voz baja dirigiéndose al inspector jefe.

—Tiene razón, por supuesto —repuso Gamache, y se llevó un poco del delicioso guiso de pollo a la boca—: todos cargamos con secretos, y muchos de ellos nos los llevamos a la tumba.

—Pero hay secretos más pesados que otros —dijo la vieja poeta—. Los hay que nos hacen tambalear, que nos hacen ir más despacio, hasta el punto de que ni siquiera conseguimos llevárnoslos a la tumba, sino que es la tumba la que se anticipa y viene a nosotros.

—¿Crees que fue eso lo que le pasó a Constance? —preguntó Myrna.

Ruth sostuvo unos instantes más la mirada de Gamache antes de apartar la vista de golpe y mirar al frente.

—¿Tú no, Myrna?

Más aterrador incluso que aquella posibilidad fue el hecho de que Ruth llamara a Myrna por su nombre: tan seria se había vuelto la poeta, repentina y sospechosamente sobria, que se había olvidado de olvidar el nombre de Myrna.

—¿Cuál crees tú que era el secreto de Constance? —preguntó Olivier.

—Creo que Constance era en realidad un travesti —respondió Ruth, con un semblante tan serio que hizo a Olivier arquear las cejas. La sorpresa, sin embargo, dio paso a una mirada furibunda. A su lado, Gabri soltó una carcajada.

—Era la reina de las hadas, al fin y al cabo —dijo.

—¡Cómo narices iba yo a conocer su secreto! —añadió Ruth.

Gamache miró a través de la mesa. Sospechaba que Myrna había sido la elegida, la persona a la que Constance Ouellet había decidido confesar su secreto, aunque ya no había tenido la oportunidad de hacerlo.

Y también que no era una coincidencia que Constance Ouellet, la última quintilliza, fuera asesinada cuando se disponía a regresar a Three Pines.

Alguien quería impedir que volviera allí.

Alguien quería impedir que se liberara de su secreto.

Pero de repente se le ocurrió otra posibilidad: a lo mejor Myrna no era la única elegida, a lo mejor Constance se había confiado a alguien más.

Durante el resto de la cena charlaron sobre planes y menús navideños y sobre el concierto que se avecinaba.

Luego todos, excepto Ruth, se llevaron los platos a la cocina mientras Gabri sacaba de la nevera el bizcocho borracho de Olivier, con sus capas de soletillas, crema pastelera, nata batida y mermelada al brandy.

—«El amor que no se atreve a pronunciar su nombre» —susurró Gabri acunándolo en sus brazos.

—¿Cuántas calorías os parece que tiene? —preguntó Clara.

—Ni lo preguntes —repuso Olivier.

—No nos lo digáis —pidió Myrna.

Tras la cena, después de quitar la mesa y fregar los platos, los invitados se dispusieron a marcharse. Se pusieron los abrigos y buscaron sus botas entre la maraña que había en el recibidor.

Gamache notó una mano en el codo: era Gilles, que se lo llevó a un rincón de la cocina.

—Creo que sé cómo conectaros a internet. —Al silvicultor le brillaban los ojos.

—¿De veras? —preguntó Gamache sin apenas atreverse a creerlo—. ¿Cómo?

—Ahí arriba ya hay una torre, una que tú conoces.

Gamache lo miró perplejo.

—Diría que no, porque seríamos capaces de verla, *non?*

—No, ahí está la gracia —repuso Gilles, con clara excitación ahora—: es prácticamente invisible. De hecho, apenas notas que está ahí, aunque estés justo debajo.

Gamache no quedó muy convencido. Conocía esos bosques, quizá no tan a fondo como Gilles, pero sí lo suficiente, y no se le ocurría nada.

—Dímelo ya, ¿de qué estás hablando?

—Cuando Ruth ha hablado antes sobre matar a aquel pájaro, me ha hecho pensar en los cazadores, y eso me ha llevado a acordarme del puesto de caza elevado.

La boca del inspector jefe se abrió de pura sorpresa. «*Merde*», se dijo. El puesto de caza, la estructura de madera en lo alto de un árbol, en el bosque. Se trataba de una plataforma con barandillas de madera construida por los cazadores para sentarse cómodamente a esperar a que pasara un ciervo y matarlo: era el equivalente moderno del viejo marinero en la cofa de vigía.

Era un artilugio vergonzoso para un hombre que había visto ya demasiadas muertes.

Pero era posible que ahora compensara eso.

—El puesto de caza —susurró Gamache. Había estado allí, de hecho, la primera vez que había acudido a Three Pines para investigar el asesinato de la señorita Jane Neal, pero llevaba años sin pensar siquiera en él—. ¿Funcionará?

—Creo que sí. No es tan alto como una torre de comunicaciones, pero está en la cima de la montaña y es estable. Podemos fijar allí una antena parabólica, seguro.

Gamache hizo señas a Thérèse y Jérôme para que se acercaran.

—A Gilles se le ha ocurrido una manera de poner una antena parabólica ahí arriba.

—¿Cómo? —preguntaron los Brunel al unísono, y el inspector jefe se lo explicó.

—¿Y eso va a funcionar? —quiso saber Jérôme.

—Hasta que lo probemos no lo sabremos, por supuesto —dijo Gilles, pero sonreía, claramente esperanzado, si no seguro del todo—. ¿Cuándo la necesitáis ahí arriba?

—La antena y otras partes del equipo llegarán en algún momento de esta noche —dijo Gamache, y Thérèse y Jérôme lo miraron con cara de sorpresa.

Gilles fue con ellos hasta la puerta. Los demás ya estaban saliendo y ellos cuatro se pusieron los abrigos, las botas, los gorros y las manoplas, le dieron las gracias a Clara y se marcharon.

Gilles se detuvo al llegar a su coche.

—Me pasaré por la mañana, entonces —señaló—. *À demain*.

Se despidieron con apretones de manos y cuando Gilles quedó atrás Gamache se volvió hacia los Brunel.

—¿Os importaría pasear a *Henri*? Me gustaría hablar un momento con Ruth.

Thérèse cogió la correa.

—No voy a preguntar sobre qué.

—Bien.

Sylvain Francœur apartó un instante la vista del documento que había descargado su segundo al mando y volvió a centrarse en el ordenador. Estaban en el estudio que el superintendente jefe tenía en casa.

Mientras su jefe leía el informe, Tessier trató de interpretar su expresión, pero en todos los años que llevaba trabajando para él nunca había conseguido hacerlo.

Apuesto en el sentido clásico y de poco más de sesenta años, el superintendente jefe era capaz de sonreír y arrancarte la cabeza de cuajo a la vez; podía citar a Chaucer y a Tintín, tanto en un francés culto como en el dialecto joual más llano; pedía *poutine* para almorzar y *foie-gras* para cenar; trataba de contemporizar con todos, pero en realidad no tenía escrúpulos.

No obstante, Francœur también tenía un jefe, alguien ante quien debía responder. Tessier lo había visto con él en una única ocasión. Por descontado, nadie lo había presentado como el jefe de Francœur, pero Tessier lo había adivinado por la forma en que el superintendente se comportaba en su presencia. Decir que «se arrastraba a sus pies» sería un poco fuerte, pero sí se podía percibir su ansiedad: Francœur estaba tan ansioso por complacer a aquel hombre como Tessier lo estaba por complacer a Francœur.

Eso al principio había divertido a Tessier, pero la sonrisa se había esfumado de su cara al darse cuenta de que existía alguien capaz de amedrentar al hombre más aterrador que conocía.

Finalmente, Francœur se arrellanó en la silla y se meció un poco en ella.

—Tengo que volver con mis invitados, ya veo que fue bien.

—Perfectamente. —Tessier mantuvo el semblante plácido y el tono de voz neutro: había aprendido a imitar a su jefe—. Nos equipamos al máximo y fuimos hasta allí en el furgón de asalto. Para cuando llegamos, Beauvoir apenas se tenía en pie. Me aseguré de que una parte de las pruebas acabara en una bolsita en su bolsillo, con mis mejores deseos.

—No me hace falta saber los detalles —soltó Francœur.

—Lo siento, señor.

Como Tessier sabía muy bien, no era que su jefe fuera aprensivo: sencillamente le daba igual. Lo único que le importaba era que se hicieran las cosas, los detalles se los dejaba a sus subordinados.

—Quiero que lo incluyas en otro operativo.

—¿Otro?

—¿Tienes algún problema al respecto, inspector?

—En mi opinión, es una pérdida de tiempo, señor. Beauvoir ya no puede más: ya ha pasado del borde del abismo y ahora pende en el aire; simplemente no ha caído aún, pero lo hará. Para él ya no hay vuelta atrás, ni nada a lo que volver; lo ha perdido todo y lo sabe, no hace falta mandarlo a otro operativo.

—¿Y crees que esto tiene que ver con Beauvoir?

—Entiendo que tiene que ver con el inspector jefe Gamache.

—No me digas.

—Pero ¿ha visto esto...? —Tessier se inclinó para señalar algo en la pantalla del ordenador. No se percató de que el superintendente jefe no apartaba la vista de él, de que apenas parpadeaba—. El informe del psicólogo, el doctor Fleury: Gamache estaba tan alterado que ha ido a verlo hoy, un sábado. —Demasiado tarde, Tessier alzó la vista hacia aquellos ojos glaciales—. Esta misma tarde hemos encontrado esto en el ordenador del doctor. —Confiaba en captar alguna señal de aprobación, un indicio de deshielo, de vida, aunque fuera leve, pero sólo encontró aquella mirada vacía—. Aquí dice que Gamache está perdiendo el control a una velocidad vertiginosa, que incluso delira... ¿Lo ve?

Apenas lo hubo dicho, se habría pegado un tiro. Y debería haberlo hecho. Francœur lo veía todo mucho antes de que lo vieran los demás, ésa era la razón de que estuvieran al borde mismo del éxito.

Habían tenido lugar unos cuantos contratiempos inesperados: el asalto a la fábrica había sido uno de ellos, y el descubrimiento de la conjura en el caso de la presa... Gamache, siempre.

Pero eso volvía aquel informe médico todavía más dulce: el superintendente jefe debería estar satisfecho... ¿Por qué entonces ponía esa cara? Tessier sintió cómo se le enfriaba y espesaba la sangre, cómo se esforzaba su corazón.

—Si Gamache intenta alguna vez sacar cosas a la luz pública, podremos filtrar el informe de su propio terapeuta. Su credibilidad se esfumará: nadie creerá a un hombre que... —dijo Tessier escrutando el informe, desesperado por encontrar la frase perfecta— «padece de manía persecutoria e imagina conspiraciones y confabulaciones».

Tessier hizo girar la rueda del ratón y leyó más deprisa. Trataba de levantar un muro de palabras tranquilizadoras entre él mismo y Francœur.

—«El inspector jefe Gamache no es simplemente un hombre quebrantado, sino destrozado. A su vuelta de las vacaciones de Navidad, recomendaré que se le releve de su cargo.» —Tessier alzó la vista y volvió a encontrarse con aquellos ojos glaciales. Nada había cambiado: aquellas palabras, si habían penetrado, sólo habían encontrado más hielo, y más frío, y más antiguo; infinito—. Está aislado —continuó—: la inspectora Lacoste es la única que queda de sus antiguos agentes, al resto los han trasladado por petición propia o por orden de usted, incluso lo ha abandonado su última aliada de alto rango, la superintendente Brunel. Ella también cree que delira: tenemos las grabaciones de su despacho. Y el propio Gamache hace referencia a ello aquí. —Una vez más, Tessier buscó en el informe del psicólogo—. ¿Lo ve? Admite que los Brunel se han ido a Vancouver.

—Es posible que se hayan marchado, pero se habían acercado demasiado. —Francœur hablaba por fin—. El marido de Thérèse Brunel ha resultado ser algo más que un pirata informático aficionado, casi logra descubrirlo todo. —Su tono relajado no casaba con la mirada glacial.

—Pero no lo consiguió —puntualizó Tessier, ansioso por tranquilizar a su jefe—, y se cagó de miedo: apagó el ordenador y no ha vuelto a encenderlo desde entonces.

—Ha visto demasiado.

—No tiene ni idea de lo que vio, señor. No será capaz de encajar las piezas.

—Pero Gamache sí.

Ahora le tocó sonreír a Tessier.

—Pero el doctor Brunel no llegó a contárselo, y ahora él y la superintendente están en Vancouver; no podrían haberse ido más lejos de Gamache. Lo han abandonado: está solo, él mismo lo admitió ante su psicólogo.

—¿Dónde está?

—Investigando el asesinato de la quintilliza. Pasa la mayor parte del tiempo en un pueblecito en los cantones del este, y cuando no está allí sólo piensa en Beauvoir. Es demasiado tarde, ahora Gamache ya no puede pararlo; además, ni siquiera sabe qué está ocurriendo.

El superintendente jefe Francœur se puso en pie despacio, con parsimonia, y luego rodeó el escritorio. Tessier se apresuró a levantarse y apartarse de la silla. Retrocedió un paso, y otro, y otro más, hasta que notó la espalda contra la estantería.

Francœur, sin dejar de mirarlo fijamente, se detuvo a pocos centímetros de su segundo.

—¿Sabes lo que hay en juego?

El joven agente asintió con la cabeza.

—¿Sabes qué pasará si lo conseguimos?

Tessier volvió a asentir.

—¿Y sabes qué pasará si fallamos?

Al inspector nunca se le había ocurrido que pudieran fracasar, pero entonces lo consideró, y comprendió lo que significaría.

—¿Quiere que me ocupe de Gamache, señor?

—Todavía no: provocaría demasiadas preguntas. Tienes que asegurarte de que la distancia entre el doctor Brunel y Gamache no baje de los mil kilómetros, ¿entendido?

—Sí, señor.

—Si te parece que Gamache se está acercando, tendrás que distraerlo, no debería costarte mucho.

Mientras se dirigía hacia su coche, Tessier pensó que Francœur tenía razón: no sería muy difícil. Un mero empujoncito y Jean-Guy Beauvoir caería... para aterrizar sobre el inspector jefe Gamache.

VEINTITRÉS

Jérôme y Thérèse daban vueltas a la plaza del pueblo paseando a *Henri*. Ya era la segunda vuelta. Caminaban absortos en su conversación. Hacía un frío tremendo, pero necesitaban tomar el aire.

—Bueno —dijo Jérôme—, así que Armand investigó lo que le había dicho la anciana cree y descubrió que decía la verdad; ¿y qué hizo entonces?

—Se aseguró al cien por cien de que su caso no tuviera fisuras y llevó las pruebas ante el consejo.

Jérôme sabía que se refería al consejo de superintendentes, constituido por los máximos líderes de la Sûreté. Ahora Thérèse formaba parte de él, pero en aquella época era una humilde agente, una nueva recluta, ajena al terremoto que estaba a punto de sacudir los cimientos de la Sûreté. «Servicio, integridad, justicia.» Ése era el lema de la corporación. Sabía que sería casi imposible convencer a los superintendentes e, incluso si los convencía, éstos querrían proteger a Arnot y la reputación del cuerpo. Armand abordó a los dos miembros del consejo que creyó que se mostrarían comprensivos; uno lo fue, el otro no. Se vio forzado a actuar y pidió una reunión con el consejo. Para entonces, Arnot y unos cuantos más ya sospechaban de qué iba la cosa y al principio se negaron.

—¿Qué los hizo cambiar de opinión? —quiso saber Jérôme.

—Armand amenazó con hacer público el asunto.

—Estás de broma —volvió a decir Jérôme, pero enseguida se dio cuenta de que tenía sentido: ¿qué otra cosa, si no, iba a hacer Gamache? Había descubierto algo tan horrible, tan condenable, que sintió que ya no debía lealtad a los líderes de la Sûreté: le debía lealtad a Quebec, no a un puñado de ancianos sentados en torno a una mesa pulida que siempre miraban su propio reflejo antes de tomar una decisión—. ¿Y qué pasó en la reunión? —añadió.

—Arnot y sus subordinados inmediatos, contra quienes Armand tenía más pruebas, estuvieron de acuerdo en dimitir. Se retirarían, la Sûreté abandonaría el territorio cree y todos seguirían con sus vidas.

—Armand ganó —concluyó Jérôme.

—No, exigió más.

Sus pies crujían sobre la nieve mientras completaban lentamente su circuito a la luz de los tres árboles enormes.

—¿Más?

—Dijo que no era suficiente ni mucho menos: exigió que Arnot y los demás fueran arrestados y acusados de asesinato. Según dijo, los jóvenes cree que habían muerto lo merecían. Y sus padres y demás familiares, la comunidad entera, merecían respuestas, una disculpa y la promesa de que jamás volvería a ocurrir algo así. Tras un amargo debate, el consejo accedió finalmente: no les quedó otra opción, Armand tenía todas las pruebas. Sabían que, cuando todo aquello se hiciera público y el mismísimo líder del cuerpo fuera juzgado por asesinato, sería la ruina de la Sûreté.

Ése fue el caso Arnot.

Jérôme, como el resto de Quebec, lo había seguido. En muchos sentidos, para él había supuesto la presentación de Gamache: lo había visto entrar en los tribunales día tras día, solo, con los medios de comunicación arremolinándose en torno a él, y lo había visto responder con educación preguntas maleducadas.

Y declarar contra sus propios compañeros de armas con claridad y rigor, remachando los hechos con su tono sensato y pensativo.

—Pero hay más —confesó Thérèse en voz baja—: lo que no llegó a los periódicos.

—¿Más?

—¿Puedo prepararle un té, madame? —le preguntó Gamache a Ruth.

Los dos volvían a estar en la pequeña cocina de la poeta. Después de acostar a *Rosa*, Ruth se había quitado el abrigo de paño, pero no se había ofrecido a coger el de Gamache.

Él sostenía en alto una bolsa de Lapsang Souchong comprado a granel que había encontrado. Ruth la miró entornando los ojos.

—¿Eso es té? Pues explicaría unas cuantas cosas...

Gamache puso a calentar agua.

—¿Tiene una tetera para las hierbas?

—Vaya, pensaba que no era... —dijo Ruth, señalando la bolsita con un ademán de la cabeza.

Gamache la miró fijamente y tardó unos instantes en decodificar aquello.

—He dicho «hierbas» —contestó Armand por fin—, no «hierba».

—Ah, en ese caso sí que la tengo, está ahí.

Gamache enjuagó un poco la tetera con agua caliente antes de utilizarla. Ruth se espatarró en una silla y lo observó mientras él ponía té negro en el recipiente descascarillado y manchado.

—Bueno, ya es hora de dejar caer tu albatros —le dijo.

—¿Es un eufemismo? —preguntó él, y la oyó soltar un bufido. Vertió el agua recién hervida en la tetera, la tapó y luego se sentó a la mesa.

—¿Dónde está Beauvoir? Y no me sueltes esa gilipollez de que está en otra misión; ¿qué ha pasado?

—No puedo contarle los detalles —respondió Gamache—: no tengo derecho a contar una historia que no es la mía.

—Y entonces ¿por qué estás aquí esta noche?

—Porque sabía que usted estaba preocupada, y que quiere a Beauvoir.

—¿Todo bien?

Gamache negó con la cabeza.

—¿Me ocupo yo? —preguntó Ruth señalando el té, y Gamache sonrió mientras ella servía.

Se quedaron allí sentados, bebiendo sorbitos en silencio, y luego Gamache le contó lo que pudo sobre Jean-Guy, y sintió que su carga se aligeraba un poco.

Los Brunel caminaban en silencio excepto por el crujido rítmico de sus botas sobre la nieve. Lo que antes les había parecido un sonido molesto, que rompía la quietud, ahora les parecía tranquilizador, incluso reconfortante: era una presencia humana en aquel relato de inhumanidad.

—El consejo de la Sûreté votó a favor de no arrestar a Pierre Arnot y los demás de manera inmediata —explicó Thérèse—, sino darles unos días para poner en orden sus asuntos.

Jérôme reflexionó unos instantes sobre eso, sobre el uso de esas palabras en particular.

—¿Te refieres a que...?

Thérèse se quedó callada y eso lo obligó a decirlo él.

—¿... se suicidaran?

—Armand se opuso con vehemencia, pero el consejo votó a favor, e incluso Arnot fue capaz de ver que era la única salida posible. Un disparo en la cabeza, rápido. Los hombres se irían a un remoto campamento de caza, sus cuerpos y sus confesiones, se encontrarían más tarde.

—Pero... —Jérôme había vuelto a quedarse sin palabras intentando acorralar los pensamientos que se agolpaban en su cabeza—. Pero hubo un juicio: yo lo vi, y aquél era Arnot, ¿no?

—Sí, era él.

—Pues ¿qué pasó?

—Que Armand desobedeció las órdenes: fue al campamento y los arrestó. Los llevó de vuelta a Montreal esposados y se encargó él mismo de todo el papeleo, de las múltiples acusaciones de homicidio en primer grado.

Thérèse se detuvo, Jérôme se detuvo, el reconfortante crujido de la nieve se detuvo.

—¡Madre mía! —musitó Jérôme—. No me extraña que lo detesten en las altas esferas.

—Pero las bases lo adoran —replicó Thérèse—. En lugar de provocar la deshonra del cuerpo de policía, el juicio demostró que, aunque había corrupción, también existía justicia. La corrupción, o al menos el grado de corrupción, en el seno de la Sûreté conmocionó a la opinión pública, pero también les sorprendió el grado de decencia. Mientras que los líderes se solidarizaron secretamente con Arnot, las bases de la Sûreté tomaron partido por el inspector jefe, y la opinión pública también, desde luego.

—«Servicio, integridad, justicia» —recitó Jérôme, citando el lema que Thérèse tenía sobre su escritorio en casa: ella también creía en esas palabras.

—*Oui*. Para las bases, de pronto se volvió algo más que una mera frase. La única cuestión que quedó sin respuesta fue la de por qué hizo aquello el superintendente jefe Arnot —concluyó Thérèse.

—¿Arnot no dijo nada? —preguntó Jérôme mirándose los pies, sin atreverse a alzar la vista hacia su mujer.

—Se negó a prestar declaración y proclamó su inocencia durante todo el juicio. Dijo que había sido un golpe de Estado, un linchamiento por parte de un inspector jefe corrupto y sediento de poder.

—¿Nunca dio explicaciones?

—Dijo que no había nada que explicar.

—¿Y dónde está ahora?

—En el chabolo.

—*Pardon*?

—El chabolo: es adonde van a parar los peores delincuentes —explicó Thérèse.

—¿Os parece sensato tenerlos en un simple chabolo?

Thérèse miró a su marido y por primera vez desde que había dado comienzo esa conversación se echó a reír.

—Es como llamamos nosotros a la celda de aislamiento en la prisión de máxima seguridad.

—Eso tiene un poco más de sentido —admitió Jérôme—, ¿y Francœur?

Thérèse abrió la boca para responder, pero volvió a cerrarla. Había otro ruido, y se acercaba a ellos desde la oscuridad.

El crujido de otras pisadas.

Ni rápidas, ni lentas: no tenían prisa, pero tampoco se lo tomaban con calma.

El matrimonio se detuvo: dos personas mayores paralizadas. Jérôme se irguió en toda su estatura. Escudriñó la noche evitando pensar que la mera mención de un nombre podía haber conjurado a su propietario.

Y los pasos continuaron acercándose, acompasados, firmes.

—Fue en eso en lo que me equivoqué.

La voz surgió de la oscuridad.

—Armand —dijo Thérèse, y soltó una risa nerviosa.

—¡Jesús! —murmuró Jérôme—. Un poco más y tenemos que usar la bolsa para cacas.

—Lo siento —repuso el inspector jefe.

—¿Qué tal te ha ido con madame Zardo? —quiso saber Jérôme.

—Hemos charlado un poco.

—¿Sobre qué? —preguntó Thérèse—. ¿Sobre el caso Ouellet?

—No. —Los tres y *Henri* emprendieron el regreso a la casa de Emilie Longpré—. Sobre Jean-Guy: Ruth quería saber qué había pasado.

Thérèse guardó silencio; era la primera vez que Armand mencionaba el nombre del inspector, aunque sospechaba que pensaba en él frecuentemente.

—No he podido contarle gran cosa, pero me pareció que se lo debía.

—¿Por qué?

—Bueno, ella y Jean-Guy habían desarrollado una aversión mutua particular.

Thérèse sonrió.

—Ya me lo imagino.

Gamache se detuvo y miró a los Brunel.

—Ahora estabais hablando del caso Arnot, ¿a qué venía eso?

Thérèse y Jérôme intercambiaron una mirada y, finalmente, fue él quien contestó.

—Lo siento, debería habértelo dicho de inmediato, pero me daba demasiado...

«Miedo. Admítelo: te daba miedo.»

—... miedo. En mi última búsqueda di con su nombre. Estaba en un archivo muy escondido.

—¿Sobre los asesinatos cometidos en territorio de los cree? —preguntó Gamache.

—No, en un archivo más reciente.

—¿Y no me dijiste nada? —La voz de Armand sonó nítida, tranquila y oscura como la noche.

—Descubrí su nombre justo antes de que viniéramos aquí. Pensé que la cosa acababa ahí, que nos quedaríamos aquí durante un tiempo, pasando inadvertidos hasta que Francœur y los demás comprendieran que no suponíamos una amenaza.

—Y entonces ¿qué? —quiso saber Gamache.

No estaba enfadado, sólo sentía curiosidad. Incluso podía comprenderlo. ¿Cuántas veces no había deseado él lo mismo? Presentar la dimisión y largarse de allí. Reine-Marie y él encontrarían una casita en Saint-Paul de Vence, en Francia, muy lejos de Quebec... y de Francœur.

Sin duda ya había hecho suficiente, y Reine-Marie había hecho suficiente.

Sin duda ya era el turno de algún otro.

Pero no, no era así: seguía siendo su turno.

Y había involucrado a los Brunel, y ni ellos ni él podían deshacerse de esa carga todavía.

—Fue un sueño absurdo —admitió Jérôme con tono cansino—, un castillo en el aire.

—¿Qué decían esos archivos sobre Pierre Arnot? —quiso saber Gamache.

—No tuve ocasión de leerlos.

Pese a la oscuridad, Jérôme pudo sentir la mirada de Gamache escudriñando su rostro.

—¿Y Francœur? ¿Se lo mencionaba?

—Sólo eran sugerencias —contestó Jérôme—, si consigo volver a conectarme podré indagar más.

Gamache indicó la carretera con un ademán de la cabeza. Un vehículo rodeó lentamente la plaza del pueblo y se detuvo justo delante de ellos. Era una camioneta Chevrolet vieja y destartalada, con neumáticos de invierno baratos, completamente oxidada. La puerta chirrió al abrirse y el conductor se apeó, no podían distinguir si era hombre o mujer.

Henri, que casi nunca emitía sonido alguno, soltó un gruñido por lo bajo.

—Confío en que esto merezca la pena —dijo una voz de mujer joven y malhumorada.

Thérèse Brunel se volvió hacia Gamache.

—No puedo creer que hayas hecho esto —susurró la superintendente.

—He tenido que hacerlo, Thérèse.

—Pues podrías haberte limitado a meternos una pistola en la boca: habría sido menos doloroso. —Agarró del brazo al inspector jefe, tiró de él para apartarlo unos pasos de la furgoneta y le susurró con urgencia a la cara—: Sabes que la creemos sospechosa de trabajar con Francœur, de filtrar el vídeo de la incursión, ¿verdad? Estaba en la posición perfecta para eso: tenía acceso, y la capacidad y la personalidad necesarias. —Thérèse miró de refilón a la figura, que parecía un agujero negro contra las alegres luces navideñas—. Es casi seguro que trabaja con Francœur... ¿qué has hecho, Armand?

—Era un riesgo que tenía que correr —insistió él—. Si trabaja con Francœur estamos perdidos, pero lo habríamos estado de todas formas. Es posible que sea una de las pocas personas que pudieron haber filtrado el vídeo, pero también es una de las pocas que pueden conseguir que volvamos a conectarnos.

Los dos altos cargos de la Sûreté se miraron uno al otro con furia.

—Sabes que es así, Thérèse —se apresuró a decir Gamache—. No tenía elección.

—Sí la tenías, Armand —replicó Thérèse siseando—. Para empezar, podrías habérmelo consultado, a mí o a los dos.

—Tú no has trabajado con ella, yo sí.

—Y se te da de maravilla entender a la gente, ¿no es así, Armand? ¿Por eso está Jean-Guy donde está? ¿Por eso te ha abandonado tu departamento? ¿Por eso estás aquí escondido y nuestra única esperanza es una de tus antiguas agentes, de la que ni siquiera sabes si es leal o no?

Tras estas palabras se hizo el silencio, sólo se oyó una larguísima exhalación de algo que sonó como un escape de vapor.

—Disculpadme —concluyó Gamache, y se dirigió a la calzada pasando por delante de Thérèse.

—¿Puedo ayudar? —preguntó Jérôme un poco incómodo: había oído lo que acababa de decir Thérèse y sospechaba que aquella joven también.

—Entra en la casa, Jérôme —dijo Gamache—, yo me ocupo de esto.

—No hablaba en serio, imagino que ya lo sabes.

—Sí, lo decía en serio, y tiene razón.

Cuando los Brunel hubieron entrado, el inspector jefe se volvió hacia la recién llegada.

—¿Has oído?

—Pues sí. Joder, menuda paranoica.

—No utilices ese lenguaje conmigo, agente Nichol. Tendrás que ser respetuosa conmigo y con los Brunel.

—De modo que se trata de ella —repuso la joven escudriñando en la noche—, de la superintendente Brunel. No estaba segura del todo. Pues qué compañía tan emocionante: yo no le caigo bien.

—No confía en ti.

—¿Y usted, señor?

—Te he pedido que vinieras, ¿no?

—Sí, pero no tenía elección.

Estaba demasiado oscuro para ver la expresión de su cara, pero Gamache sospechó que sería de desdén y se preguntó hasta qué punto podía haber cometido un grave error.

VEINTICUATRO

A la mañana siguiente, los cuatro se dedicaron a instalar el equipo que la agente Yvette Nichol había llevado consigo de Montreal. Lo transportaron colina arriba desde la casa de Emilie hasta el antiguo edificio de la escuela.

Olivier le había dado la llave a Gamache sin hacer preguntas y él no le había ofrecido explicaciones. Al abrir la puerta, lo había recibido una oleada de aire viciado, como si la única aula de la escuela hubiera contenido el aliento durante años. Estaba polvorienta y todavía olía a tiza y libros de texto. Dentro hacía un frío glacial. En medio había una estufa negra y panzuda y las paredes estaban cubiertas de mapas y gráficas de matemáticas, ciencias, ortografía. Una gran pizarra sobre el escritorio del maestro dominaba el fondo de la estancia.

La mayoría de los pupitres había desaparecido, pero había un par de mesas contra la pared.

Gamache observó el lugar y asintió con la cabeza: serviría.

Apareció Gilles y los ayudó a cargar con los cables, terminales, pantallas y teclados.

—Todo esto es bastante viejo —comentó—, ¿estáis seguros de que aún funciona?

—Funciona —espetó Nichol, y observó al hombre de pelo entrecano—. Yo te conozco, nos conocimos cuando estuve aquí la última vez: tú hablas con los árboles.

—¿Habla con los árboles? —murmuró Thérèse, dirigiéndose a Gamache, al pasar cargada con una caja de material—. Eso es un pleno al dos, inspector jefe. ¿Quién será el siguiente? ¿Hannibal Lecter?

Al cabo de una hora, habían trasladado todo el equipo desde la casa de Emilie hasta la antigua escuela. La agente Nichol estaba siendo más servicial de lo que cualquiera habría esperado, en especial Gamache, lo cual no hizo sino incrementar su incomodidad: al fin y al cabo, Nichol sólo había cuestionado sus órdenes una vez.

—¿De verdad? —La joven se volvió hacia el inspector jefe después de que éste le explicara qué necesitaban hacer—. ¿Ése es su plan?

—¿Tienes uno mejor, agente Nichol?

—Instalarlo todo en la sala de estar de Emilie Longpré: es más conveniente.

—Para ti, sí —repuso Gamache—, pero cuanta menos distancia tengan que recorrer los cables, mejor; lo sabes muy bien.

Nichol admitió de mala gana que tenía razón.

El jefe no le había contado el otro motivo: si los descubrían, si le seguían el rastro a la señal, si Francœur y Tessier aparecían en la cima de la montaña, quería que el blanco fuera la escuela abandonada y no una casa en el centro de Three Pines. La escuela no estaba muy apartada, pero sí, quizá, lo suficiente.

Que tuvieran éxito, sospechaba, sería cuestión de segundos y milímetros.

La escuela se había desmantelado años atrás: los niños de Three Pines ya no podían ir andando al colegio y volver a casa a comer, ahora iban a Saint-Rémi en autobús todos los días. Eso era el progreso.

Una vez que el equipo estuvo instalado, Gilles se fue. Por una ventana sucia de la escuela, Gamache observó al silvicultor de barba pelirroja andar ladera arriba cargado con las raquetas de nieve, fuera ya del pueblo, en busca del puesto de caza. Había pasado mucho tiempo desde la última vez que Gilles o él mismo habían visto ese lugar;

Gamache confiaba en que siguiera allí y rogaba por que así fuera.

Un ruido metálico atrajo su atención y se volvió hacia el aula: la superintendente Brunel trataba de encender la estufa usando periódicos viejos y ramas pequeñas. En ese momento, la escuela parecía una nevera.

Mientras la agente Nichol y Jérôme Brunel se ocupaban de conectar el equipo, el inspector jefe Gamache se acercó a uno de los mapas clavados en la pared y sonrió. Alguien había puesto un puntito al sur de Montreal, justo al norte de Vermont, junto al tortuoso río Bella Bella, y escrito con letra menuda y perfecta: «MI CASA».

Era el único mapa existente que mostraba el pueblecito de Three Pines.

La superintendente Brunel echaba ahora troncos cortados en la estufa. Gamache oía crepitar y restallar la leña, seca desde hacía una eternidad, y olía el aroma levemente dulce del humo. Si Thérèse Brunel se ocupaba de ella, la estufa no tardaría en irradiar calor y podrían quitarse los abrigos, los gorros y las manoplas, pero aún no: el invierno había hecho suyo el viejo edificio y no sería fácil desalojarlo.

Fue hacia donde estaba Thérèse.

—¿Puedo echarte una mano?

Ella metió otro tronco y lo atizó entre un restallar de chispas.

—¿Estás bien? —quiso saber Gamache.

Thérèse apartó la vista de la estufa y dirigió una mirada furibunda al otro extremo de la estancia, donde Jérôme estaba sentado al escritorio, organizando una ristra de pantallas y teclados y cajitas metálicas. El trasero de la agente Nichol asomaba bajo el escritorio mientras ella conectaba los aparatos.

Thérèse volvió a mirar a Gamache.

—Pues no, no estoy bien. Esto es una locura, Armand —murmuró por lo bajo—. Incluso si no trabaja para Francœur, esa chica es muy voluble y tú lo sabes. Miente, manipula. Antes trabajaba para ti, y la despediste.

—La trasladé, la mandé a ese sótano.

—Deberías haberla despedido.

—¿Por qué? ¿Por ser arrogante y maleducada? Apenas quedarían agentes de la Sûreté si eso fuera motivo de despido. Sí, es un elemento de cuidado, pero mírala.

Ambos miraron y cuanto vieron fue su trasero en el aire como el de un terrier enterrando un hueso.

—Bueno, quizá no es el mejor momento para formarse una opinión —añadió Gamache con una sonrisa, pero a Thérèse no le pareció divertido—. La mandé a ese sótano a monitorizar las comunicaciones porque quería que aprendiera a escuchar.

—¿Y funcionó?

—No a la perfección —admitió él—, pero pasó otra cosa.

Volvió a mirar hacia la agente Nichol: ahora estaba sentada debajo del escritorio con las piernas cruzadas y diseccionaba cuidadosamente una maraña de cables. Se la veía greñuda y dejada, con ropa que no acababa de ser de su talla. Su jersey estaba lleno de bolitas y le quedaba apretado, los tejanos le sentaban fatal, el pelo parecía un poco grasiento, pero estaba concentradísima.

—Después de pasar tantas horas allí escuchando —continuó Gamache—, la agente Nichol le ha cogido el tranquillo a esto de la comunicación. No a la verbal, sino a la electrónica: ha invertido horas y horas en pulir las técnicas necesarias para reunir información.

—Espionaje. —Thérèse puso palabras a lo que él quería decir—. Pirateo. Ya sabrás que son argumentos a favor de que colabore con Francœur.

—*Oui*, ya veremos. A la división de Delitos Informáticos le pareció sospechosa, ¿sabes?

—¿Y qué sucedió?

—La rechazaron por su inestabilidad. No creo que Francœur trabajara con alguien a quien no pudiera controlar.

—¿Y por eso te la has traído?

—No porque sea una colega divertida, sino precisamente porque no lo es.

Señaló hacia Nichol con un tronco, la superintendente Brunel siguió su mirada y vio a la joven agente sentada bajo el escritorio y convirtiendo el caos de alambres, cables y cajas en conexiones ordenadas.

Thérèse se volvió de nuevo hacia Gamache y su mirada fue implacable.

—La agente Yvette Nichol puede ser buena en lo que hace, pero lo que yo me pregunto, y que por lo visto no consigues responder, es qué hace: ¿a qué se dedica en realidad?

El inspector jefe Gamache no tenía ninguna respuesta para eso.

—Ambos sabemos que probablemente trabaja para Francœur. Él dio la orden y ella la llevó a cabo. Encontró el vídeo, lo editó y lo difundió... para mortificarte. No te adoran en todas partes, ¿sabes?

Gamache asintió con la cabeza.

—Empiezo a tener esa impresión.

Una vez más, Thérèse no sonrió.

—Las cualidades que ves en ella son exactamente las mismas que ve Francœur, con una excepción. —La superintendente Brunel se acercó más al inspector jefe y volvió a bajar la voz—. Él sabe que es una sociópata y que no tiene conciencia, que hará lo que sea si eso la divierte o si le hace daño a alguien, en especial a ti. Sylvain Francœur es capaz de ver eso: lo cultiva, lo utiliza. ¿Y qué ves tú?

Ambos miraron hacia la joven pálida que sostenía un cable en alto con una expresión muy parecida a la de Ruth cuando sostenía la cerilla la noche anterior.

—Tú ves otra alma perdida a la que hace falta salvar. Tomaste tu decisión, la de traerla aquí, sin consultarnos, unilateralmente; es muy probable que tu orgullo desmedido nos cueste...

Thérèse Brunel no acabó la frase. No le hizo falta: ambos sabían cuál podía ser el precio. Bajó la tapa de hierro forjado de la estufa con tanta fuerza que Yvette Nichol dio un respingo y se golpeó la cabeza con la parte inferior del escritorio.

Debajo de la mesa del maestro estalló una explosión de tacos como nunca se había oído en la pequeña escuela.

Pero Thérèse no los oyó, y tampoco Gamache: la superintendente había salido del edificio cerrando la puerta en las narices del inspector jefe, que iba siguiéndola.

—Thérèse —llamó, y la alcanzó cuando había recorrido la mitad del camino que habían abierto a golpe de pala—, espera.

Ella se detuvo, pero siguió dándole la espalda, incapaz de mirarlo a la cara.

—Madre mía, Armand... Si pudiera, te despediría. —Entonces sí se volvió, con más ira en el rostro de la que él le había visto nunca—. Eres un arrogante, un egoísta: te crees capaz de comprender mejor que nadie la condición humana, pero eres tan imperfecto como todos nosotros, y ahora mira lo que has hecho.

—Lo siento, Thérèse, debería habéroslo consultado a ti y a Jérôme.

—¿Y por qué no lo hiciste?

Gamache lo pensó unos instantes.

—Porque me daba miedo que decidierais otra cosa.

La superintendente lo miró fijamente, todavía enfadada, pero su franqueza la había pillado desprevenida.

—Sé que la agente Nichol es muy voluble —continuó él—, sé que podría estar trabajando para Francœur y que es posible que haya filtrado el vídeo.

—Por Dios, Armand, ¿te escuchas alguna vez? «Sé esto, sé lo de más allá...»

—Lo que intento decir es que no había elección. Es posible que trabaje para él, pero si no es así, ella es nuestra única esperanza. Nadie va a echarla de menos: nadie baja nunca a aquel sótano. Sufre de incapacidad emocional, es grosera e insubordinada, pero también es excepcional en lo que hace, en descubrir información. Ella y Jérôme harán un equipo formidable.

—Si es que Nichol no nos mata.

—*Oui.*

—¿Y pensaste que, si nos lo explicabas, Jérôme y yo seríamos demasiado estúpidos para llegar a la misma conclusión?

Gamache la miró fijamente.

—Lo siento, debería habéroslo dicho —se disculpó, paseó una escrutadora mirada a su alrededor y luego la alzó hacia la carretera que salía del pueblo.

Thérèse, que había seguido su mirada, dijo:

—Si trabaja para Francœur, él ya está de camino. Le habrá contado que estamos juntos y lo que estamos haciendo. Y si no le ha dicho ya dónde encontrarnos, no tardará en hacerlo.

Gamache asintió con la cabeza y continuó contemplando la cima de la ladera, con la vaga esperanza de ver que una comitiva de vehículos negros se detenía allí, como boñigas sobre la nieve blanca.

Pero no ocurrió nada. Todavía no, por lo menos.

—Tenemos que dar por hecho lo peor: que él sabe a estas alturas que Jérôme y yo no estamos en Vancouver, que no te dimos la espalda —dijo Thérèse con pinta de desear haberlo hecho— y que estamos todos aquí en Three Pines, tratando todavía de reunir información sobre él. —Se volvió hacia Gamache y lo observó detenidamente—. ¿Cómo podemos confiar en ti, Armand? ¿Cómo sabemos que no harás más cosas sin consultarlo con nosotros?

—¿Y soy sólo yo quien oculta información aquí? —espetó el inspector jefe con más ira de la que incluso él esperaba—. Hablemos de Pierre Arnot.

Pronunció el nombre como si se lo escupiera a la cara.

—¿Quién es más dañino, más peligroso? —continuó Gamache—. ¿Una agente que puede o no puede trabajar para Francœur o un asesino en masa, un psicópata que conoce el funcionamiento de la Sûreté mejor que nadie? ¿No está Arnot involucrado de algún modo en todo esto?

La fulminó con la mirada y a ella se le arrebolaron las mejillas. Asintió brevemente con la cabeza.

—Así lo cree Jérôme. Aún no sabe cómo, pero si consiguen hacer funcionar ese trasto lo averiguará.

—¿Y cuánto tiempo te ha ocultado él ese nombre? ¿Y a mí? ¿No te parece que habría resultado útil saberlo?

Hablaba más alto ahora; se esforzó en bajar la voz, en controlarse.

—*Oui* —respondió Thérèse—, habría resultado útil.

Gamache asintió ligeramente.

—Ahora ya está hecho. Su error no justifica el mío. Me equivoqué, prometo consultaros a ti y a Jérôme en el futuro. —Le tendió una mano enguantada—. No podemos volvernos el uno contra el otro.

Thérèse miró aquella mano y luego la estrechó, pero no le devolvió la sonrisa que había asomado a sus labios.

—¿Por qué no detuviste a Francœur al mismo tiempo que a Arnot y los demás? —preguntó, soltándole la mano.

—No tenía pruebas suficientes. Intenté reunirlas, pero eran todo insinuaciones. Francœur era el segundo al mando de Arnot, y es inconcebible que no se hubiera involucrado en las matanzas de los cree, o que al menos supiera de ellas, pero no conseguí establecer una conexión directa.

—¿Aunque sí descubriste una conexión con el superintendente jefe Arnot?

Thérèse acababa de aludir a una cuestión que llevaba tiempo preocupando al inspector jefe: la de cómo era posible que hubiera encontrado pruebas condenatorias y directas contra el superintendente jefe pero no contra su segundo al mando.

Esto le había preocupado entonces y le seguía preocupando ahora, incluso más.

Sugería que no sólo le había pasado por alto toda la podredumbre, sino que le había pasado por alto su fuente.

Sugería que alguien había protegido a Sylvain Francœur, que le había cubierto las espaldas mientras dejaba sin protección a Arnot: alguien había arrojado a este último a los lobos.

¿Era posible?

—*Oui* —contestó—. Me costó encontrarlas, pero las pruebas que relacionaban a Arnot con las muertes estaban ahí.

—Él siempre mantuvo su inocencia, Armand. No creerás que...

—¿Que en realidad era inocente? —Gamache negó con la cabeza—. No, ni por asomo.

Pero se dijo que quizá Pierre Arnot no era tan culpable como él había creído. O quizá hubo alguien que acarreaba con más culpa incluso, alguien que seguía en libertad.

—¿Por qué hizo aquello el superintendente jefe Arnot? —quiso saber Thérèse—. Nunca salió a la luz en el juicio, ni aparecía en ninguno de los documentos confidenciales. Al principio de su carrera daba la impresión de que respetaba a los cree e incluso los admiraba. Y treinta años más tarde se vio involucrado en sus muertes; sin motivo alguno, por lo visto.

—Bueno, como ya sabes, no los mató él directamente —explicó Gamache—; lo que sí hizo fue crear un clima en el que se alentaba, incluso se recompensaba, el uso de la violencia asesina.

—Hizo más que eso, como demostró tu propia investigación —replicó Thérèse—. Según ciertos documentos, fomentó la matanza y hasta ordenó algunas muertes. Eso fue irrefutable, lo que nunca quedó claro fue por qué un alto cargo, y al parecer excelente policía, habría hecho una cosa así.

—Tienes razón —admitió Gamache—; por lo que arrojaban las pruebas, los jóvenes a los que mataron ni siquiera eran delincuentes, más bien al contrario. La mayoría ni tenía antecedentes.

En un lugar con tantos delitos, ¿por qué matar a quienes no habían hecho nada malo?

—Tengo que hacerle una visita a Arnot —declaró Gamache.

—¿En el chabolo? No puedes hacer eso: sabrán que hemos descubierto su nombre en nuestras pesquisas. —Thérèse lo examinó detenidamente—. Es una orden, inspector jefe; no vas a ir, ¿entendido?

—Entendido, no iré.

Aun así, la superintendente trató de leer aquel rostro que le era tan familiar, aquel rostro fatigado y maltrecho, y en sus ojos pudo captar cierta actividad. Veía a Armand haciendo lo mismo que su marido y aquella agente joven e inquietante: todos se afanaban en establecer conexiones. En su cabeza, rebuscaba entre sus viejos archivos y enumeraba nombres y sucesos tratando de encontrar alguna conexión que le hubiera pasado por alto.

Un hombre apareció en lo alto de la colina y les hizo señas.

Era Gilles, y parecía satisfecho.

—Aquí está.

Gilles apoyó una mano en la áspera corteza del árbol. Estaban en el bosque que se levantaba sobre el pueblo, había llevado raquetas de nieve para todos y ahora Thérèse, Jérôme, Nichol y Gamache esperaban de pie a su lado hundiéndose tan sólo unos centímetros.

—¿A que es una monada?

Echaron atrás la cabeza y a Jérôme se le cayó el gorro.

—¿Una monada? —repitió Nichol con tono mordaz.

Gilles decidió ignorar el sarcasmo en su voz.

—Sí, una monada.

—No quiero ni imaginar cómo habrá llegado a describir un árbol como si hablara de su novia —añadió Nichol en una voz que no fue lo bastante baja.

Gamache la miró con severidad.

—Tiene treinta metros de altura por lo menos, y es un pino blanco americano muy antiguo —continuó Gilles—, varias veces centenario, sin duda. En el estado de Nueva York hay uno que, según calculan, tendrá cerca de cinco siglos y es posible que los tres pinos blancos enormes del pueblo vieran llegar a los primeros colonos leales a la Corona británica durante la revolución de las Trece Colonias. En cuanto a éste —dijo, y se dio la vuelta hasta tocar con la nariz la corteza veteada; sus palabras sonaron más suaves y cálidas contra el árbol—, quizá fuera un arbolillo cuando llegaron los primeros europeos.

El silvicultor se volvió hacia ellos con pedacitos de corteza en la punta de la nariz y la barba.

—¿Sabéis cómo llamaban los indígenas al pino blanco?

—¿Ethel? —sugirió Nichol.

—El árbol de la paz.

—Bueno, ¿y qué hacemos aquí? —preguntó Nichol.

Gilles señaló y todos volvieron a alzar la vista. Esta vez fue el gorro de Gamache el que se cayó cuando echó atrás la cabeza; lo recogió y lo sacudió contra la pierna para quitarle la nieve polvo.

Ahí, sujeto mediante clavos al árbol de la paz, a unos seis o siete metros de altura, estaba el puesto de caza: un artilugio hecho para la violencia. Se veía desvencijado y podrido, como si el árbol lo estuviera castigando.

Pero ahí estaba.

—¿En qué podemos ayudar? —preguntó Gamache.

—Puedes ayudarme a subir la antena parabólica ahí arriba —contestó Gilles.

Gamache palideció.

—Creo que conocemos la respuesta a esa petición —intervino Jérôme—, y tampoco es que tú vayas a ocuparte de tender los cables.

Gamache negó con la cabeza.

—Entonces sugiero que tú y Thérèse os quitéis de en medio —concluyó Jérôme.

—Desterrados al *bistrot* —comentó Gamache, y eso sí hizo sonreír a Thérèse Brunel.

VEINTICINCO

Sendas tazas de sidra aparecieron ante Thérèse Brunel y el inspector jefe.

Clara y una amiga suya estaban sentadas junto a la chimenea. Les hicieron señas de que se acercaran, pero los dos agentes de la Sûreté, tras haber agradecido a Clara la cena de la víspera, se alejaron hacia la relativa privacidad de las butacas colocadas frente a la ventana con saledizo.

En los parteluces se acumulaba la escarcha, pero aún se veía bien el pueblo, y ambos lo observaron un par de minutos sumidos en un silencio un poco incómodo. Thérèse revolvió la sidra con el trozo de canela en rama y luego tomó un sorbo.

Sabía a Navidad, a patinaje y a las largas tardes de invierno en el campo. Jérôme y ella nunca tomaban sidra en Montreal, y se preguntó por qué.

—¿Va a acabar bien todo esto, Armand? —dijo finalmente.

En su voz no hubo apuro ni temor, sino que sonó fuerte, clara y llena de curiosidad.

Gamache también revolvía su sidra. Alzó la vista y la miró a los ojos. Una vez más, Thérèse se maravilló ante la calma que transmitían. Y había algo más en ellos, algo que ella había advertido por primera vez en aquel anfiteatro a rebosar hacía ya tantos años atrás.

Incluso desde su sitio, a medio camino del fondo, Thérèse había sido capaz de distinguir la bondad en sus ojos, una cualidad que algunos, allá ellos, habían confundido con debilidad.

Pero en él no había sólo bondad: Armand Gamache tenía la personalidad de un francotirador. Observaba y esperaba apuntando con mucha cautela. Casi nunca disparaba, ni metafórica ni literalmente, pero cuando lo hacía, casi nunca fallaba.

Aunque diez años atrás sí había fallado: había abatido a Arnot, pero no a Francœur.

Y ahora Francœur había reunido un ejército y planeaba algo espantoso. La cuestión era si a Gamache le quedaría alguna bala en la recámara y si esta vez daría en el blanco.

—*Oui*, Thérèse —respondió entonces y, cuando sonrió, aparecieron arrugas profundas en torno a sus ojos—. «Todo irá bien.»

—Julian de Norwich —dijo ella reconociendo la cita: «Todo irá bien.»

Al otro lado de la ventana escarchada, Thérèse veía a Gilles y Nichol cargando con el equipo ladera arriba, internándose en el bosque. Al volver a mirar a su acompañante, advirtió la pistolera y el arma que llevaba al cinto. Armand Gamache haría lo que fuera necesario, pero no antes de que fuera necesario.

—«Todo irá bien» —repitió Thérèse, y volvió a su lectura.

Gamache le había dado los documentos sobre las quintillizas Ouellet que había encontrado en sus pesquisas en la Biblioteca Nacional con el comentario de que una cosa lo inquietaba desde que había visto los noticiarios la noche anterior.

—¿Sólo una cosa? —Thérèse había visto el DVD esa mañana en un portátil viejo que Nichol había llevado consigo—. Esas pobres crías... Hubo un tiempo en que las envidiaba, ¿sabes? Cualquier niña deseaba ser una quintilliza o bien la pequeña princesa Isabel.

Se arrellanaron en sus butacas, la superintendente Brunel con el fichero sobre las niñas y el inspector jefe Gamache con el libro del doctor Bernard. Una hora más tarde, Thérèse bajó el dossier.

—¿Y bien? —preguntó Gamache quitándose las gafas de lectura.

—Aquí hay un montón de cosas que dejan a los padres por los suelos.

—Y aquí también —dijo Gamache apoyando una manaza en el libro—; ¿te choca algo en especial?

—Pues sí, la verdad: la casa.

—Continúa.

Thérèse supo por su cara que era lo mismo que le preocupaba a él.

—Los documentos muestran que, poco después de que nacieran las quintillizas, Isidore Ouellet vendió la casa familiar en el campo al gobierno con un margen enorme, por mucho más de lo que valía.

—De hecho, fue un pago por las niñas.

—El gobierno de Quebec las pondría bajo tutela del Estado y los Ouellet podrían irse tan campantes sin la carga de unas bocas que no podían alimentar. —Thérèse dejó el sobre de manila en la mesa con cara de desagrado—. Aquí se sugiere que los Ouellet eran demasiado pobres e ignorantes para ocuparse de las quintillizas y que de todas formas habrían acabado dejando que los de protección a la infancia se las llevaran.

Gamache asintió con la cabeza. Los documentos no mencionaban que en esa época la Depresión había causado los peores estragos y que muchísimas familias pasaron dificultades. Esa crisis económica no se la habían buscado los Ouellet, y aun así una vez más se insinuaba que ellos, y sólo ellos, eran los culpables de su desgracia. Y el gobierno, haciendo gala de harta benevolencia, se propuso salvarlos a ellos y a sus hijas.

—Estaban haciéndoles un favor —dijo Gamache—, comprándoles su carga. Madame Ouellet había parido su billete para salir de la Depresión. El libro del doctor Bernard dice más o menos lo mismo. El lenguaje está amañado, por supuesto: nadie quería ser visto criticando a los padres, pero la imagen del granjero quebequés ignorante no era muy difícil de vender en aquellos tiempos.

—Sólo que no sacaron tajada en absoluto —repuso Thérèse—. Al menos según el documental: aquella *bénédiction paternelle* tuvo lugar cuando las niñas tenían casi diez años y los Ouellet seguían en su antigua casa, no la habían vendido.

Gamache dio unos golpecitos con las gafas en el sobre de manila.

—Esto es mentira: los documentos oficiales se inventaron.

—¿Por qué?

—Para hacer parecer malas personas a los Ouellet, por si alguna vez denunciaban públicamente el asunto.

De pronto, las cartas de Isidore Ouellet presentaban otro cariz: lo que antes habían parecido engañifas, exigencias y quejas ahora se revelaban como la simple declaración de la verdad.

El gobierno les había robado a sus hijas y los Ouellet querían recuperarlas. Sí, eran pobres, como afirmaba el padre, pero eran capaces de cubrir las necesidades de las niñas.

Gamache recordó la vieja casa de labranza, a Isidore atando los patines a sus hijas y a una demacrada Marie-Harriette tendiendo un gorro a cada una.

Pero no cualquier gorro: les tendía sus propios gorros, todos diferentes.

Y entonces, enfurruñada, arrojaba uno fuera del encuadre de la cámara.

Aquello había llamado la atención de Gamache: aquel acto airado había venido a ensombrecer la ternura de hacía sólo un instante, cuando la madre las había tratado como seres individuales. Les había tejido gorros únicos para cada una, para protegerlas contra aquel mundo tan duro.

—¿Me perdonas un momento?

Gamache se levantó, hizo una pequeña inclinación a Thérèse y luego se puso el abrigo y se adentró en el día de invierno.

Desde su butaca, Thérèse Brunel lo observó recorrer con paso enérgico la calle que bordeaba la plaza del pueblo y dirigirse a la fonda. Desapareció en el interior.

—Sí, jefe —dijo la inspectora Lacoste—, aquí lo tengo.

Gamache la oyó teclear en el ordenador. La había llamado al móvil y la había pescado en casa esa tarde de domingo.

—Me llevará sólo un momento.

Su voz sonó apagada y Gamache la imaginó sujetando el teléfono entre el hombro y la oreja mientras tecleaba en el portátil tratando de encontrar lo que él le había pedido con una referencia tan vaga.

—No hay prisa —dijo, y se sentó en el borde de la cama de la que consideraba su habitación en la fonda. Y aún lo era: la había conservado y pagado, e incluso tenía en ella unos cuantos objetos personales.

Por si alguien aparecía buscando hospedaje.

Y siempre que necesitaba hacer una llamada a Montreal o a París la hacía desde ahí. Si no se equivocaba, las rastrearían, y no quería que el rastro llevara hasta la casa Longpré.

—Ya lo tengo —anunció Lacoste, y su voz volvió a oírse con claridad mientras leía—. En la habitación de Marguerite..., vamos a ver... Dos pares de guantes, unas manoplas muy gruesas, cuatro bufandas... y sí, aquí está: dos gorros, uno de mucho abrigo comprado en una tienda y otro que parecía tejido a mano.

Gamache se levantó.

—El hecho a mano, ¿podrías describírmelo?

Contuvo el aliento: Lacoste no estaba frente al inventario en sí, que seguía en la casita, sino leyendo las notas que ella misma había tomado.

—Era rojo, con árboles alrededor, pinos. Llevaba una etiqueta cosida en la que ponía «MM».

—Marie-Marguerite. ¿Algo más?

—¿Sobre el gorro? Lo siento, jefe, eso es todo.

—¿Y en las habitaciones de las demás? ¿Constance y Josephine también tenían gorros tejidos a mano?

Hubo otra pausa y se oyó teclear otra vez.

—Sí, el de Josephine era verde con copos de nieve, en la etiqueta de dentro ponía MJ; el de la habitación de Constance llevaba renos...

—Y una etiqueta con MC.

—¿Cómo lo ha adivinado?

Gamache soltó una carcajada. Lacoste pasó entonces a describir dos gorros más que se habían encontrado al fondo del armario del recibidor con MV y MH en las etiquetas.

No faltaba ninguno.

—¿Por qué es importante esto, jefe?

—Quizá no lo sea, pero fue su madre quien tejió esos gorros. Por lo visto, son las únicas cosas que conservaron de su infancia, los únicos recuerdos.

«Les recordaban a su madre», pensó Gamache. «Que habían tenido una madre y que eran personas distintas entre sí.»

—Hay algo más, *patron*.

—¿Qué es?

Tan concentrado estaba en aquel hallazgo que por una fracción de segundo no captó el tono sombrío de Lacoste, la inflexión de advertencia antes del impacto. Empezó a incorporarse para encajarlo, para levantar sus defensas.

Pero era demasiado tarde.

—Han enviado al inspector Beauvoir a otra incursión. Me ha pillado aquí porque estaba monitorizándolo. Y ésta pinta mal.

El inspector jefe Gamache sintió que las mejillas le ardían y palidecían a la vez. La atmósfera en torno a él pareció desaparecer, como si de repente estuviera en una cámara de aislamiento sensorial. Tuvo la impresión de que todos los sentidos le fallaban al mismo tiempo, y de hallarse suspendido... y luego caer.

Al cabo de unos instantes respiraba de nuevo. Todos sus sentidos retornaron en tropel y con gran agudeza. De pronto todo era descarnado, fortísimo, radiante.

—Cuéntame —dijo.

Hizo acopio de control y de calma, con la excepción de su mano derecha, que tenía cerrada en un puño cada vez más apretado.

—Ha sido una cosa de última hora. El propio Martin Tessier está al mando. De sólo cuatro agentes, por lo que he podido averiguar.

—¿Cuál es el objetivo? —El tono de Gamache fue seco, imperioso: calculaba los riesgos.

—Un laboratorio de metanfetamina en la costa sur. Debe de tratarse de Boucherville, a juzgar por la ruta que han seguido.

Hubo una pausa.

—¿Inspectora?

—Lo siento, jefe. Al parecer es en Brossard, pero han cruzado el puente Jacques Cartier.

—El puente da igual —repuso Gamache con irritación—, ¿ha empezado ya el asalto?

—Hace un momento. Encuentran resistencia, hay intercambio de disparos.

Gamache apretó el teléfono contra la oreja como si así pudiera acercarse más.

—Acaban de pedir una ambulancia. Los médicos están entrando, han abatido a un agente.

Acostumbrada a pasar informes, Lacoste trató de atenerse simplemente a los hechos y casi lo consiguió.

—Hay un agente herido —dijo, repitiendo la frase que ella misma había gritado una y otra vez en aquella fábrica, cuando había visto caer tanto a Beauvoir como al jefe.

«Hay un agente herido.»

—Dios... —oyó Lacoste a través de la línea telefónica, y le pareció más una plegaria que una irreverencia.

Gamache captó un movimiento con el rabillo del ojo y se volvió en redondo: la agente Nichol estaba plantada ante la puerta abierta de su habitación. Su perpetua mueca de desdén se le congeló en la cara al ver la expresión del inspector jefe.

Él la miró unos instantes y luego alargó la mano y cerró la puerta con tanta fuerza que temblaron los cuadros de las paredes.

—¿Jefe? —preguntó Lacoste al teléfono—. ¿Se encuentra bien? ¿Qué ha sido eso?

Había sonado como un disparo.

—La puerta —contestó él, dándole la espalda a la puerta. A través de una rendija en los visillos de la ventana pudo ver una luz difusa y oír palmadas y risas; también dio la espalda a eso. Miró fijamente la pared—. ¿Qué está pasando?

—La cosa parece bastante caótica —informó Lacoste—, estoy tratando de entender las comunicaciones.

Gamache se mordió la lengua y esperó. Sentía su rabia crecer por momentos. Sentía la necesidad casi irrefrenable de estampar el puño, ya cerrado y listo para actuar, contra la pared, de golpearla una y otra vez hasta que la pared sangrara.

Pero se contuvo.

Menudos idiotas: habían llevado a cabo una incursión sin estar preparados.

El jefe sabía cuál era el objetivo, el propósito. Era simple y sádico: desquiciar a Beauvoir y desequilibrarlo a él, empujarlos al abismo, posiblemente a algo peor.

«Hay un agente herido.»

Él mismo había gritado eso mientras sostenía a Jean-Guy. Mientras sujetaba una venda contra su abdomen para contener la hemorragia, mientras veía el dolor y el terror en los ojos de Beauvoir y veía la sangre que empapaba la camisa del joven y cubría sus propias manos.

Casi pudo sentir la sangre caliente y pegajosa en sus manos en esa habitación agradable y tranquila.

—Lo siento, jefe, se han cortado todas las comunicaciones.

Gamache miró fijamente la pared durante unos instantes. Todas las comunicaciones cortadas... ¿qué significaba algo así?

Intentó no llegar a la peor conclusión posible, la de que se habían cortado porque todos los que podían comunicar algo habían caído.

No. Se obligó a no pensar en eso, a ceñirse sólo a los hechos: sabía hasta qué punto podía llegar a ser catastrófica una imaginación galopante y alimentada por el miedo.

Se distanció. Habría tiempo para confirmarlo y, fuera lo que fuese lo que había pasado, ya había pasado.

Se había acabado y él no podía hacer nada.

Cerró los ojos y trató de no ver a Jean-Guy, ni al hombre aterrado y herido en sus brazos ni al hombre consumido en aquellos últimos meses ni, desde luego, al Jean-Guy Beauvoir sentado en la sala de estar de los Gamache, tomando una cerveza y riendo.

Ése era el rostro que más se esforzaba en alejar.

Abrió los ojos.

—Sigue pendiente, por favor —dijo—: yo estaré en el *bistrot* o en la librería.

—¿Jefe? —preguntó Lacoste con tono vacilante.

—Todo irá bien. —Su tono fue tranquilo y sereno.

—*Oui*. —No pareció muy convencida, pero la voz le había temblado menos.

«Todo irá bien», se repitió él mientras cruzaba la plaza con paso decidido.

Pero no estaba seguro de creerlo.

Sentada en el sofá del apartamento en la buhardilla, Myrna Landers miraba fijamente la pantalla del televisor.

Estaba viendo la imagen congelada de una niñita sonriente a la que su padre ataba los patines mientras sus hermanas esperaban con los suyos ya puestos.

En la cabeza llevaba un gorro de lana con renos.

Myrna no sabía si llorar o sonreír.

Sonrió.

—Se la ve radiante, ¿verdad?

Gamache y Thérèse Brunel asintieron, pues así era.

Ahora que tenía claro quién era quién, Gamache quería volver a ver el documental.

Detrás de la pequeña Constance, sus hermanas Marguerite y Josephine observaban la escena, impacientes por salir. Las dos niñas se reconocían ahora por sus gorros: de pinos para Marguerite, de copos de nieve para Josephine. Se diría que Marie-Constance podría pasarse el día entero allí sentada, atendida por su padre, con los renos corriendo alrededor de su cabeza.

Virginie y Hélène esperaban junto a la puerta, también llevaban gorros de lana y ambas fruncían levemente el entrecejo.

A petición de Gamache, Myrna volvió a rebobinar hasta el principio, donde Isidore extendía los brazos e impartía la *bénédiction paternelle*.

Pero en esa ocasión sabían cuál de las pequeñas penitentes era Constance porque habían retrocedido una y otra vez hasta el principio: estaba arrodillada con las demás, la última de la fila.

«Y Constance», pensó Gamache.

—¿Nos ayuda esto a descubrir quién mató a Constance? —quiso saber Myrna.

—No estoy seguro —admitió el inspector jefe—, pero por lo menos ahora sabemos cuál era cada niña.

—Myrna —intervino Thérèse—, Armand me contó que usted, cuando se enteró de quién era Constance, pensó que era como tener de paciente a Hera.

Myrna miró a Thérèse y de nuevo la pantalla.

—Sí.

—Hera —repitió Thérèse—: una diosa griega.

Myrna sonrió.

—Sí.

—¿Por qué?

Myrna apretó el botón de pausa y se volvió hacia su invitada.

—¿Por qué? —Reflexionó antes de contestar—. Cuando Constance me contó que era una de las quintillizas Ouellet, fue como si me hubiera dicho que era una diosa griega, un mito. Fue una broma, nada más.

—Lo entiendo —respondió Thérèse—, pero ¿por qué Hera?

—¿Y por qué no? —Myrna estaba claramente confusa—. No sé qué me está preguntando.

—No tiene importancia.

—¿En qué estás pensando? —intervino Gamache.

—Probablemente es una tontería. Cuando era conservadora jefe en el Museo de Bellas Artes veía un montón de arte clásico, una buena parte de éste basado en la mitología. A los artistas victorianos en particular les gustaba pintar diosas griegas. Siempre he sospechado que era una excusa para pintar mujeres desnudas, que a menudo luchaban contra serpientes: una forma aceptable de pornografía.

—Te estás yendo por las ramas —sugirió Gamache.

Thérèse sonrió.

—Llegué a conocer bien a todos los dioses y diosas, pero dos diosas en particular parecían fascinar a los artistas de aquella época.

—Déjeme adivinarlo —dijo Myrna—. ¿Afrodita?

La superintendente Brunel asintió.

—La diosa del amor... y de las prostitutas. Quién lo hubiera dicho. Aunque lo cierto es que nunca parecía llevar mucha ropa que digamos.

—¿Y la otra? —preguntó Myrna, aunque todos sabían la respuesta.

—Hera.

—¿También desnuda? —quiso saber Myrna.

—No, a los pintores victorianos les gustaba por su potencial dramático: ella encajaba bien con su imagen admonitoria de las mujeres fuertes. Era ladina y celosa.

Se volvieron hacia la pantalla. La película estaba en pausa y mostraba el rostro congelado de la pequeña Constance en plena plegaria.

Myrna miró a Thérèse.

—¿Cree que era ladina y celosa?

—No soy yo quien la ha comparado con Hera.

—Sólo era un nombre: la única diosa que me pasó por la cabeza. También podría haberla comparado con Afrodita o Atenea. —Myrna sonaba irritada, a la defensiva.

—Pero no lo hizo.

La superintendente Brunel no se arredró. Las dos mujeres se miraron a los ojos.

—Yo conocí bien a Constance —dijo Myrna—, primero como paciente y luego como amiga. Nunca me pareció que fuera así.

—Pero sí has dicho que era muy cerrada —intervino Gamache—; ¿sabes en realidad qué ocultaba?

—¿Estás sometiendo a juicio a la víctima?

—No —contestó Gamache—, no pretendo erigirme en juez, pero cuanto más sepamos sobre Constance, más fácil nos resultará averiguar quién la quería muerta y por qué.

Myrna reflexionó un momento.

—Perdón. Constance era tan reservada que siento la necesidad de protegerla.

Ella misma apretó el botón de puesta en marcha y los tres vieron rezar a la pequeña Constance, que después se incorporó dando empujones juguetones a sus hermanas para ponerse en fila para que su padre les pusiera los patines.

Pero ahora cada uno de ellos se preguntaba hasta qué punto era juguetona la escena.

Vieron la cara de alegría de Constance mientras su padre estaba arrodillado a sus pies y sus hermanas, por parejas, esperaban su turno observándolos desde atrás.

Sonó el teléfono de Myrna y Gamache se puso tan tenso que las dos mujeres lo miraron.

Myrna contestó y luego le tendió el auricular.

—Es Isabelle Lacoste.

—*Merci* —dijo él. Recorrió la distancia hasta Myrna y cogió el teléfono. Lo notó caliente al tacto.

Dando la espalda a la superintendente Brunel y a Myrna, habló por el auricular.

—*Bonjour*.

Lo dijo con tono firme, la espalda erguida y la cabeza bien alta.

Desde atrás, las mujeres lo observaban mientras escuchaba, y las dos notaron cómo los hombros se le hundían un poco, aunque siguió con la cabeza alta.

—*Merci* —dijo entonces, y colgó lentamente el auricular. Luego se dio la vuelta...

Y sonrió, aliviado.

—Buenas noticias —anunció—, pero no tienen que ver con este caso.

Se unió a ellas. Las dos apartaron la vista y no dijeron una palabra sobre el brillo en sus ojos.

VEINTISÉIS

—Tenemos que irnos.

Gamache se levantó bruscamente y tanto Myrna como Thérèse se lo quedaron mirando. Un instante antes les había parecido aliviado, casi eufórico, y de pronto algo había cambiado y su alegría se había tornado en cólera.

Myrna pulsó la pausa en la grabación. Cinco niñitas felices los miraban fijamente, como si estuvieran fascinadas por lo que estaba ocurriendo en el apartamento de Myrna.

—¿Qué ocurre? —preguntó Thérèse mientras se ponían los abrigos y bajaban a la librería—. ¿Quién se ha puesto al teléfono?

—*Merci*, Myrna. —Gamache se detuvo en la puerta y se esforzó en esbozar una sonrisa.

Myrna lo observó con atención.

—¿Qué ha sido eso?

Gamache negó levemente con la cabeza.

—Lo siento, algún día te lo contaré.

—Pero ¿hoy no?

—Me parece que no.

La puerta se cerró cuando salieron y el frío se ciñó sobre ellos. Aún lucía el sol, pero se acercaba el día más corto del año y ya no quedaba mucho rato de luz.

—Cuéntamelo a mí —dijo Thérèse cuando cruzaban a buen paso la plaza del pueblo.

Dejaron atrás a Ruth en su banco, dejaron atrás a las familias que patinaban en el estanque helado, dejaron atrás los tres antiquísimos pinos blancos.

Lo de Thérèse Brunel no había sido una petición, sino una orden.

—Hoy han enviado a Beauvoir a otra incursión.

Thérèse Brunel asimiló la noticia. Gamache, de perfil, tenía el ceño fruncido.

—Esto se tiene que acabar —concluyó el jefe.

Juntos emprendieron la marcha colina arriba, con Thérèse esforzándose por seguir el ritmo de Gamache. En la entrada del bosque, encontraron sus raquetas de nieve donde las habían dejado, clavadas en un ventisquero. Se las pusieron y enfilaron de nuevo el sendero, aunque ya apenas necesitaban las raquetas: la nieve del sendero se había endurecido y resultaba fácil seguirlo.

«¿Demasiado fácil?», se preguntó Thérèse Brunel, pero ya no había forma de evitarlo.

Cuando estaban a punto de llegar, vieron a Gilles, que parecía flotar en el aire, a seis o siete metros de altura y a un metro y medio aproximadamente del tronco del árbol. Aunque en el bosque ya había oscurecido, al acercarse Thérèse distinguió la plataforma, sujeta con clavos al árbol de la paz.

Jérôme estaba plantado en la base del pino blanco con la cabeza inclinada hacia atrás. Miró hacia ellos cuando oyó que se acercaban, y de nuevo hacia las ramas sobre su cabeza. Entonces la superintendente Brunel reparó en que Gilles no estaba solo allá arriba. Nichol estaba de pie en la plataforma, a tres o cuatro palmos de Gilles, que se afanaba en colocar la antena parabólica en la barandilla de madera.

—¿Captas algo? —preguntó Gilles con la voz amortiguada por los labios helados. Su barba pelirroja se veía blanca y crujiente, como si las palabras se le hubieran congelado y pegado a la cara.

—Casi —dijo Nichol, que observaba algo en sus manoplas.

Gilles ajustó ligeramente la antena.

—Ahí, para —dijo Nichol.

Todos, incluidos Thérèse y Armand, se quedaron quietos y esperaron, y esperaron. Luego despacio, muy despacio, Gilles soltó la antena.

—¿Sigue ahí? —preguntó.

Esperaron, y esperaron.

—Sí —contestó la agente.

—Déjame ver —dijo Gilles, alargando una mano enguantada.

—Ha conectado con el satélite, todo está bien.

—Dámelo, quiero verlo por mí mismo —soltó el silvicultor, consumido por aquel frío atroz.

Nichol le tendió lo que fuera que sostenía y Gilles lo miró.

—Bien —declaró finalmente, y debajo de ellos se exhalaron tres bocanadas de alivio.

Gilles sonrió al tocar tierra firme, la mueca hizo que se le resquebrajara un poco la barba escarchada de Papá Noel que lucía.

—Bien hecho —dijo Jérôme, pateando el suelo y prácticamente azul de frío.

Yvette Nichol estaba a un par de metros de distancia, separada del núcleo del equipo por lo que parecía un cordón umbilical largo y negro: el cable de transmisión.

«Thérèse, Jérôme, Gilles... y Nichol», pensó Gamache mirando a la joven agente cabizbaja. Y Nichol, unida a sus propios quintillizos por un hilo muy fino.

Y Nichol: qué fácil sería cortar el hilo y soltarla.

—¿Estamos conectados? —preguntó Gamache a Gilles, y éste asintió.

—Hemos encontrado un satélite —explicó con los labios y las mejillas ateridos de frío.

—¿Y el resto?

Gilles se encogió de hombros.

—¿Qué significa eso? —quiso saber Thérèse—. ¿Va a funcionar la cosa o no?

Gilles se volvió hacia ella.

—¿Y qué es exactamente «la cosa», madame? Todavía no sé qué hacemos aquí, sólo que probablemente no está relacionado con ver el último episodio de *Supervivientes*.

Siguió un silencio muy tenso.

—Quizá podríais explicárselo todo a Gilles en la escuela —dijo Gamache con toda naturalidad, como quien propone hacer un chocolate caliente después de haber pasado la tarde deslizándose en trineo—, supongo que ya estáis listos para volver a cubierto.

El inspector jefe miró a Nichol, de pie a un par de metros de ellos.

—Tú y yo podemos acabar lo que empezamos.

Sus palabras cayeron claras y frías como hielo negro.

«Quiere que los dejemos solos», se dijo Thérèse. «Va a separarla de la manada.» La sonrisa leve de Armand y su voz severa disparó sus alarmas: entre lo que Armand Gamache había dicho y lo que quería decir se había abierto una sima oscura, y Thérèse Brunel no envidiaba a la joven agente, que estaba a punto de descubrir qué ocultaba el inspector jefe en su interior, muy al fondo.

—Yo también debería quedarme —dijo—, aún no tengo frío.

—No —respondió Gamache—, creo que deberías ir también.

Thérèse sintió un escalofrío en los huesos.

—Tienes trabajo que hacer —añadió él en voz baja—, y yo también.

—¿Y qué trabajo es ése, Armand? Al igual que Gilles, me lo estoy preguntando.

—Sencillamente estoy poniendo mi granito de arena para establecer una conexión crucial.

Ahí estaba.

Thérèse Brunel miró fijamente a Gamache y luego a la agente Nichol, que desenredaba un nudo en el cable de telecomunicaciones congelado y parecía ajena a todo. Lo parecía: Thérèse observó a aquella joven taciturna e irascible, pero muy lista. Armand la había mandado al sótano de la Sûreté para que aprendiera a escuchar.

Quizá la cosa había funcionado mejor de lo que ellos creían.

La superintendente Brunel tomó una decisión; les dio la espalda a Armand y a la joven agente y se llevó de allí a su marido y al silvicultor.

Gamache esperó a que ya no se oyera el crujido de las raquetas de nieve, a que el silencio reinara en el bosque invernal, y entonces se volvió hacia Yvette Nichol.

—¿Qué hacías en la fonda?

—*Bonjour* tenga usted también —soltó ella sin levantar la vista—. «Buen trabajo, Nichol. Bien hecho, Nichol. Gracias por haber venido a congelarte el culo a este sitio de mierda para ayudarnos, Nichol.»

—¿Qué hacías en la fonda?

Ella alzó la mirada y sintió cómo se esfumaba el poco calor que pudiera quedarle.

—¿Qué hacía usted allí? —quiso saber ella.

Gamache ladeó la cabeza y aguzó la mirada.

—¿Me estás interrogando? —replicó él.

Nichol abrió mucho los ojos y el cable se le escurrió de las manos.

—¿Trabajas para Francœur? —le preguntó Gamache. Las palabras brotaron de su boca como carámbanos de hielo.

Nichol no podía hablar, pero se las apañó para negar con la cabeza.

Gamache se bajó la cremallera del chaquetón y lo apartó para mostrar la cadera; quedó expuesta su camisa... y también la pistola.

Mientras ella miraba, se quitó los guantes calentitos y dejó la mano derecha colgando al costado.

—¿Trabajas para Francœur? —repitió en voz más baja.

Nichol negó enérgicamente con la cabeza y vocalizó: «No.»

—¿Qué hacías en la fonda?

—Buscarlo a usted —consiguió responder ella.

—¿Para qué?

—Estaba en la escuela, preparando el cable para traerlo aquí, y lo he visto entrar en la fonda, de modo que lo he seguido.

—¿Por qué?

A Gamache le había llevado un rato atar cabos. Al principio pensó que le debía a Nichol una disculpa por haberle cerrado la puerta en la cara, pero luego empezó a preguntarse qué hacía en la fonda.

¿Estaba allí por la misma razón que él, para hacer una llamada discreta?

De ser así, ¿a quién llamaba? No le había costado adivinarlo.

—¿Por qué estabas en la fonda, Yvette?

—Para hablar con usted.

—Podrías haber hablado conmigo en la casa de Emilie, podrías haber hablado conmigo en la escuela; ¿por qué estabas en la fonda, Yvette?

—Para hablar con usted —repitió ella, y su voz fue apenas un gemido— en privado.

—¿Sobre qué?

Nichol titubeó.

—Para decirle que esto no iba a funcionar. —Indicó con un gesto el puesto de caza y la antena parabólica—. Aunque consigan conectarse, no podrán entrar en el sistema de la Sûreté.

—¿Quién ha dicho que ése sea nuestro objetivo?

—No soy idiota, inspector jefe: pidió un equipo no rastreable para la conexión por satélite y no está construyendo un ejército robótico. Si pretendiera entrar por la puerta principal podría hacerlo desde su casa o su despacho. Esto es otra cosa: me ha traído aquí para ayudarlo a colarse, pero no funcionará.

—¿Por qué no? —preguntó. A su pesar, aquello despertaba su interés.

—Porque aunque toda esta mierda quizá consiga que se conecten, e incluso ocultar su ubicación durante un tiempo, necesitan un código para llegar a los archivos mejor guardados. Su propio código de seguridad de la Sûreté lo delatará, y lo mismo pasará con el de la superintendente Brunel. Ya sabe que es así.

—¿Cuánto sabes sobre lo que estamos haciendo?

—No mucho, y no sabía nada hasta ayer, cuando pidió mi ayuda.

Se miraron fijamente.

—Usted me invitó a venir aquí, señor; no se lo pedí yo. Pero cuando pidió mi ayuda, se la di, ¿y ahora me trata como a una enemiga?

Gamache no pensaba tolerar sus jueguecitos mentales: sabía que había una razón mucho más probable por la que había accedido a ir allí, y no por lealtad a él, sino a otro. Estaba en la fonda para informar a Francœur y, de no haber estado distraído con su preocupación por Jean-Guy, la habría pillado in fraganti.

—Te invité porque no tenía elección, pero eso no significa que confíe en ti, agente Nichol.

—¿Qué tengo que hacer para ganarme su confianza?

—Dime qué hacías en la fonda.

—Quería avisarlo de que, sin un código de seguridad, nada de esto va a funcionar.

—Mientes.

—No.

Gamache sabía que estaba mintiendo: no hacía falta que le dijera lo del código en privado.

—¿Qué le has contado a Francœur?

—Nada —insistió ella—, jamás haría algo así.

Gamache la fulminó con la mirada. Una vez que el ordenador estuviera en marcha, una vez que se hubiera establecido la conexión por satélite; una vez que Jérôme abriera esa puerta y la traspusiera, sería sólo cuestión de tiempo que los descubrieran. Su única esperanza residía en la joven agente llena de amargura que tenía delante temblando de frío, temor e indignación, ya fueran sentimientos reales o fingidos.

Se acababa el tiempo para salvar a Beauvoir y para descubrir lo que fuera que Francœur tenía planeado. En todo aquello había un propósito, más allá de hacer daño a Gamache y Beauvoir.

Algo mucho más grande, sembrado años atrás, estaba madurando ahora. Hoy, mañana, pronto. Y Gamache todavía no sabía de qué se trataba.

Se sentía lento, estúpido. Era como si todas las pistas, los indicios, estuvieran flotando ante sus ojos, pero faltara una pieza, algo que conectaría todas las demás, algo que él había pasado por alto o bien no había descubierto todavía.

Ahora sabía que todo tenía que ver con Pierre Arnot, pero ¿cuál era el objetivo?

Gamache sintió ganas de gritar de pura frustración.

¿Qué papel jugaba esa joven patética en todo aquello? ¿Era un paso más hacia su destrucción o hacia su salvación? ¿Y por qué razón ambas opciones se parecían tanto entre sí?

Gamache volvió a abrocharse el chaquetón con una mano tan fría que apenas notaba que subía la cremallera. Se puso otra vez los guantes y recogió el pesado cable enrollado a los pies de la agente.

Bajo la mirada atenta de Nichol, el inspector jefe se echó el grueso cable al hombro y tiró de él, encorvándose, para llevarlo a cuestas a través del bosque en una ruta directa hasta la escuela. Al cabo de unos pasos, ya le parecía más ligero.

La agente Nichol había avanzado con las raquetas de nieve por el sendero que él estaba abriendo y levantado el cable para que pesara menos.

Lo seguía jadeando, por el esfuerzo y de puro alivio.

La había pillado, quizá incluso sospechaba de ella, pero no le había arrancado la verdad.

Una vez en la escuela, Thérèse Brunel hizo que Jérôme y Gilles se instalaran delante de la estufa. Se despojaron de los abrigos y los gorros, las manoplas y las botas, y se sentaron con los pies tan cerca como podían del fuego, simplemente cuidándose de no acabar ardiendo ellos también.

La habitación olía a lana mojada y humo de leña. Ahora estaba caliente, pero Gilles y Jérôme tardaron en entrar en calor.

Tras haber echado más leña en la estufa, Thérèse salió a buscar a *Henri*, que estaba en casa de Emilie, y luego se acercó al pequeño supermercado, donde compró leche, cacao y malvaviscos. A su vuelta, puso a calentar el cacao en un cazo sobre la estufa y el aroma se fundió con el de la lana mojada y el humo. Lo sirvió en tazones y en cada uno tiró un par de malvaviscos grandes y blanditos.

Pero el chocolate caliente temblaba tanto en las manos de Gilles que Thérèse tuvo que quitarle el tazón.

—Antes has preguntado de qué iba todo esto —le dijo ella.

Gilles asintió con la cabeza. Mientras escuchaba a Thérèse, los dientes le castañeteaban con fuerza y a ratos se rodeaba el cuerpo con los brazos o bien acercaba las manos a la estufa. La escarcha de la barba se había fundido y le había dejado una mancha de humedad en el jersey.

Cuando terminó su historia, Thérèse volvió a ofrecerle el chocolate caliente con el malvavisco fundido formando una espuma blanca en la superficie. Él se aferró al tazón y se lo llevó al pecho como un niño pequeño y asustado que intenta recobrarse después de haber escuchado un cuento aterrador.

A su lado, Jérôme había permanecido en silencio escuchando a su mujer, que les había explicado lo que andaban buscando y por qué. Se masajeaba los pies intentando que la sangre volviera a circular, y a medida que lo conseguía notaba pinchazos y calambres en los dedos.

Para entonces, el sol casi se había puesto por completo. El bosque sombrío aún acogía a Armand Gamache y a la agente Nichol. Thérèse encendió las luces y miró las pantallas que su marido había instalado esa mañana, aún apagadas.

«¿Y si esto no funciona?»

Pensó que formaban una patrulla de lo más precaria: no estaban preparados para reaccionar si algo fallaba.

Y no sólo eso, además estaban utilizando material robado para piratear archivos policiales. Si se dieran medallas por engañar, estarían cubiertos de ellas.

Se oyeron unas pisadas fuertes en el porche de madera. Thérèse abrió la puerta y se encontró con Armand, que resoplaba de agotamiento.

—¿Estás bien? —preguntó ella, aunque ambos sabían que en realidad quería preguntar: «¿Vienes solo?»

—Nunca he estado mejor —respondió él jadeando.

Tenía la cara roja por el esfuerzo y el frío glacial. Dejó caer el cable en el porche y entró en la escuela seguido, instantes después, por la agente Nichol. La cara de la joven ya no se veía pálida, sino con manchas blancas y rojas. Parecía la bandera de Canadá.

Thérèse suspiró, hasta ese momento no había sido consciente de lo preocupada que estaba.

—¿Huelo a chocolate? —preguntó Gamache con los labios helados.

Henri había corrido a recibirlo y el inspector jefe había puesto una rodilla en tierra para abrazarlo; Thérèse sospechó que buscaba tanto calor como afecto, aunque, en todo caso, *Henri* estuvo encantado de darle ambas cosas.

Los tres hicieron sitio junto a la estufa para los recién llegados.

Thérèse sirvió chocolate caliente y, cuando Gamache y Nichol se hubieron despojado de la ropa de abrigo, los cinco se quedaron sentados en silencio alrededor del fuego. Durante un par de minutos, el inspector jefe y la agente se estremecieron de frío. Les temblaban las manos y de vez en cuando sufrían espasmos, a medida que el crudo invierno abandonaba sus cuerpos como un espíritu.

En la pequeña escuela se hizo el silencio, excepto por los chirridos de la pata de alguna silla contra el suelo de madera, el crepitar del fuego y los gañidos de *Henri* al estirarse a los pies de su amo.

A Armand Gamache le entraron ganas de echarse un sueñecito. Por fin tenía los calcetines secos y un poco crujientes, el tazón de chocolate le calentaba las manos y el calor de la estufa lo envolvía. Pese a la urgencia de la situación en que se encontraban, le pesaban los párpados.

Lo que daría por unos minutos, un momento, de descanso.

Pero había trabajo que hacer.

Dejó la taza y se inclinó hacia delante con las manos entrelazadas. Observó al círculo que se arrebujaba en torno a la estufa en la diminuta escuela de una sola aula. Eran cinco: los quintillizos. Thérèse, Jérôme, Gilles, él mismo y Nichol.

«Y Nichol», volvió a pensar. Siempre al margen: un caso aparte.

—¿Y ahora qué?

VEINTISIETE

—¿Y ahora qué? —repitió Jérôme.

Nunca se habría imaginado que la cosa llegara tan lejos. Miró hacia el otro lado de la estancia, a las pantallas apagadas; sabía lo que debería ocurrir.

Notó un hilillo de sudor bajo el grueso jersey, como si su cuerpo esférico sollozara. Si Three Pines era la madriguera del grupo, él estaba a punto de asomar la cabeza. Armand les había proporcionado un arma, pero era un palo puntiagudo contra una ametralladora.

Se alejó del calor del fuego y, al llegar al fondo de la habitación, volvió a sentir frío. Dos ordenadores viejos y maltrechos reposaban lado a lado, uno sobre el escritorio del maestro, el otro sobre una mesa que habían arrastrado hasta allí. En la pared tras ellos había un cartel donde aparecía el alfabeto ilustrado de forma divertida, con abejorros, mariposas, patos y rosas; debajo se leían unas notas musicales.

Jérôme empezó a tararear siguiendo esas notas.

—¿Por qué cantas eso? —preguntó Gamache.

Jérôme dio un respingo: no se había dado cuenta de la presencia de Armand a su lado ni de que estaba tarareando.

—Es eso. —Señaló las notas—. En la primera línea pone «Do-re-mi» y debajo viene la canción.

Tarareó un poco más y entonces, para su sorpresa, Armand empezó a cantar en voz baja.

—«¿Qué haremos con el marinero borracho...?»

Jérôme observó a su amigo: Gamache miraba las notas y sonreía, luego se volvió hacia Jérôme.

—«...pronto por la mañaaa... naaa.»

Jérôme sonrió con ganas; sintió cómo parte de su miedo se despegaba de él y se alejaba a lomos de las notas musicales y las palabras absurdas de su amigo, normalmente tan serio.

—Es una vieja balada marinera —explicó Gamache, y volvió a mirar las notas en la pared—. Había olvidado que la señorita Jane Neal era la maestra aquí, antes de que la escuela cerrara y ella se jubilara.

—¿La conocías?

Gamache recordó haberse arrodillado sobre las hojas de colores vivos del otoño y haberle cerrado los ojos azules. De aquello hacía años: toda una vida, daba la sensación.

—Atrapé a su asesino. —Volvió a mirar la pared con el alfabeto y la música y susurró—: «Hey, hey, arriba esa vela...»

En cierto modo, era reconfortante hallarse en esa habitación donde la señorita Jane Neal había hecho lo que le encantaba hacer por niños a los que adoraba.

—Tenemos que traer el cable hasta aquí —indicó Jérôme.

Durante los minutos siguientes, mientras Gilles taladraba un agujero en la pared para pasar el cable, Jérôme y Nichol se metieron bajo los escritorios y organizaron los cables y los switches.

Gamache observaba maravillado ante el hecho de que hubieran empezado la jornada a treinta y cinco mil kilómetros de cualquier satélite de comunicaciones y que ahora estuviesen a meros centímetros de realizar la conexión.

—¿Has podido hacer lo tuyo? —preguntó Thérèse Brunel, acercándose e indicando con la cabeza a la joven agente.

Su marido y Nichol estaban apretujados bajo el escritorio tratando de no propinarse codazos, o por lo menos el doctor Brunel lo intentaba, porque daba la sensación de que la agente Nichol hacía todo lo posible para hundir sus codos huesudos en él a la menor oportunidad.

—Me temo que no —susurró Gamache.

—Pero los dos habéis conseguido volver, inspector jefe; algo es algo.

Gamache sonrió, aunque sin ganas.

—Menuda victoria: no le he disparado a una de mis propias agentes a sangre fría.

—Bueno, hay muchas clases de victorias —dijo ella con una sonrisa—. No estoy segura de que Jérôme hubiera desperdiciado la oportunidad.

Para entonces, los dos se daban codazos abiertamente bajo el escritorio.

Gilles terminó de hacer el agujero en la pared y pasó el cable a través, Jérôme lo cogió y tiró de él.

—Ya lo cojo yo.

Antes de que Jérôme siquiera se percatara de ello, Nichol le había quitado el cable de las manos y lo estaba conectando al primero de los switches.

—Espera. —Jérôme se lo arrancó de un tirón—. No puedes conectarlo. —Agarraba el cable con ambas manos y trataba de controlar el brote de pánico.

—Pues claro que puedo.

Nichol casi se lo arrebató, y quizá lo habría hecho de no haber intervenido la superintendente Brunel.

—Agente Nichol —ordenó—, fuera de aquí.

—Pero...

—Haz lo que te dicen —insistió Thérèse como si le hablara a una cría testaruda.

Tanto Jérôme como Nichol salieron reptando de debajo del escritorio, él aún aferrado al cable negro. Tras ellos se oyó un siseo cuando Gilles, todavía afuera, roció con espuma aislante el agujero que había hecho.

—¿Qué problema hay? —quiso saber Gamache.

—No podemos conectarlo —respondió Jérôme.

—Sí que po...

Pero el inspector jefe levantó una mano para hacer callar a Nichol.

—¿Por qué no? —le preguntó a Jérôme.

Habían llegado hasta allí, ¿por qué no recorrer los últimos centímetros?

—Porque no sabemos qué ocurrirá una vez que lo hagamos.

—¿No es ésa la...?

Pero una vez más la interrumpieron. Nichol cerró el pico, pero echaba chispas.

—¿Por qué no? —insistió Gamache con tono neutro, valorando la situación.

—Ya sé que parece un exceso de cautela, pero una vez que esto esté enchufado tendremos la capacidad de conectarnos al mundo, y eso significa que el mundo podrá conectarse con nosotros. Esto —dijo Jérôme, sosteniendo en alto el cable— es una carretera de dos direcciones.

La agente Nichol parecía estar a punto de hacerse pis encima.

El inspector jefe Gamache se volvió hacia ella y asintió con la cabeza.

—¡Pero si los ordenadores ni siquiera están encendidos! —La presa se rompió y las palabras manaron de Nichol a borbotones—. En estas circunstancias, daría igual que esto fuese una cuerda: hay que conectar los ordenadores a la red y luego encenderlos y asegurarnos de que todo funciona. ¿Para qué esperar?

Gamache sintió frío en la nuca y al darse la vuelta vio a Gilles entrar justo cuando el ambiente estaba más tenso. Gilles cerró la puerta, se quitó el gorro, las manoplas y el abrigo y se sentó junto a la puerta, como si la vigilara.

Gamache se volvió hacia Thérèse.

—¿Qué opinas tú?

—Que deberíamos esperar. —Al ver que Nichol volvía a abrir la boca, zanjó con un gesto cualquier comentario y mirando directamente a la joven agente añadió—: Tú acabas de llegar, pero nosotros llevamos semanas, meses, viviendo con esto. Hemos puesto en peligro nuestras carreras, nuestras amistades y nuestros hogares, quizá incluso más cosas. Si mi marido dice que hagamos una pausa, pues la hacemos, ¿entendido?

Nichol accedió de mala gana.

Cuando salieron, Gamache cerró la puerta con la llave y luego la guardó en el bolsillo de la camisa. Durante el corto trayecto a oscuras de vuelta a la casa de Emilie, Gilles se puso a su lado.

—Sabes que esa joven tiene razón, ¿no? —le dijo en voz baja y con la vista fija en el suelo nevado.

—¿En lo de que tenemos que probarlo? —repuso Gamache, también susurrando—. *Oui*, lo sé.

Observó a Nichol, que iba muy por delante, y a Jérôme y Thérèse detrás de ella.

Se preguntó de qué tendría miedo Jérôme en realidad.

Después de cenar un estofado, se llevaron las tazas de café a la sala de estar, donde tenían la chimenea preparada.

Thérèse acercó una cerilla al papel de periódico y lo observó prender y arder, luego se volvió hacia la habitación: Gamache y Gilles se habían sentado juntos en uno de los sofás con Jérôme frente a ellos; Nichol estaba en un rincón, haciendo un rompecabezas.

Tras encender las luces del árbol de Navidad, Thérèse se unió a su marido.

—Ojalá se me hubiera ocurrido traer regalos —comentó mirando el árbol—. Armand, estás muy pensativo.

Gamache había seguido la mirada de Thérèse y tenía la vista fija en la base del árbol. Algo había aflorado en su pensamiento, algo que tenía que ver con árboles, con la Navidad o con los regalos; lo había desencadenado lo que Thérèse acababa de decir, pero su siguiente comentario lo había despistado. El inspector jefe frunció el ceño y continuó mirando el árbol de Navidad, tan alegre en su rincón de la habitación, pero sin nada debajo: desprovisto de regalos.

—¿Armand?

Gamache negó con la cabeza y miró a Thérèse.

—Perdona, sólo estaba pensando.

Jérôme se volvió hacia Gilles.

—Debes de estar agotado —le dijo. Él también lo parecía.

Gilles asintió.

—Hacía mucho tiempo que no trepaba a un árbol.

—¿De verdad los oyes hablar? —preguntó Jérôme.

El silvicultor observó al hombre rechoncho que tenía delante: se había quedado al pie del pino blanco con aquel frío atroz, dirigiéndole palabras de ánimo, cuando perfectamente podría haberse ido. Asintió con la cabeza.

—¿Y qué dicen? —quiso saber Jérôme.

—No creo que quiera saber lo que dicen —contestó Gilles con una sonrisa—. Además, básicamente sólo oigo ruidos, susurros.

Los Brunel lo miraron esperando más. Gamache sostenía su café y escuchaba, ya conocía la historia.

—¿Ha sido siempre capaz de oírlos? —preguntó al final Thérèse.

En el rincón, la agente Nichol alzó la vista de su rompecabezas.

Gilles negó con la cabeza.

—Yo era leñador, cortaba cientos de árboles con mi sierra eléctrica. Un día, cuando estaba talando un roble antiquísimo, lo oí llorar.

La reacción a ese comentario fue el silencio. Gilles miraba fijamente la chimenea y la leña ardiendo.

—Al principio lo ignoré: pensé que era mi imaginación, pero luego el llanto se extendió y no oí llorar sólo a aquel árbol, sino a todos los demás. —Se quedó callado unos instantes—. Fue horrible —añadió en susurros.

—¿Y qué hizo? —quiso saber Jérôme.

—¿Qué podía hacer? Dejé de talar e hice parar a mi equipo. —Se miró las manos enormes y curtidas—. Creyeron que estaba chiflado, por supuesto; yo habría pensado igual de no haberlo oído por mí mismo. —Gilles miraba directamente a Jérôme mientras hablaba—. Podía vivir un tiempo negándolo, pero me resultaba imposible olvidarlo ya que lo sabía, ¿entiende?

Jérôme asintió: por supuesto que lo entendía.

—Gilles hace ahora unos muebles maravillosos de madera recuperada —intervino Gamache—, Reine-Marie y yo tenemos un par de piezas.

Gilles sonrió.

—Pero eso no paga las facturas.

—Hablando de pagos... —empezó Gamache.

Gilles miró al inspector jefe.

—Ni lo menciones.

—*Désolé* —repuso Gamache—, no debería haberlo dicho.

—Estoy encantado de haberos ayudado. Si queréis, puedo quedarme, por si necesitáis algo más.

—Gracias —dijo Gamache poniéndose en pie—, te llamaremos si te necesitamos.

—Bueno, pasaré por aquí mañana por la mañana. Para cualquier cosa, estaré en el *bistrot*.

Con el abrigo puesto y la mano en el picaporte, Gilles se volvió hacia los otros cuatro.

—Los ladrones roban de noche por una razón, ¿sabéis?

—¿Nos está llamando «ladrones»? —preguntó Thérèse divertida.

—¿No lo son?

Armand cerró la puerta y miró a sus colegas.

—Tenemos algunas decisiones que tomar, *mes amis*.

Jérôme Brunel corrió las cortinas y volvió a su sitio junto al fuego.

Aunque era casi medianoche y, pese al agotamiento, estaban tan pasados de vueltas que se sentían con energías renovadas. Habían hecho más café y arrojado otro tronco de arce al fuego; también habían paseado a *Henri*, que ahora dormía hecho un ovillo junto al hogar.

—*Bon* —dijo Gamache inclinándose para mirar fijamente a los demás—, ¿qué hacemos ahora?

—Aún no estamos listos para conectarnos —dijo Jérôme.

—Lo que quiere decir es que usted no está listo —intervino Nichol—, ¿a qué está esperando?

—No tendremos una segunda oportunidad —le espetó Jérôme—. Cuando operaba a un paciente, nunca pensaba: «Bueno, si meto la pata, siempre puedo volver a intentarlo.» No, un solo intento y punto: tenemos que asegurarnos de estar preparados.

—Estamos preparados —insistió Nichol—. No va a pasar nada más: no van a aparecer más equipos, ni más ayuda; ya tienen todo lo que podían conseguir, esto es lo que hay.

—¿Por qué razón estás tan impaciente? —quiso saber Jérôme.

—¿Por qué no lo está usted? —respondió ella.

—Ya basta —intervino Gamache—. ¿Qué podemos hacer para ayudarte, Jérôme? ¿Qué necesitas?

—Necesito saber ciertas cosas sobre el equipo que ella ha traído. —Miró a Nichol, sentada con los brazos cruzados—. ¿Para qué nos hacen falta dos ordenadores?

—Uno es para mí —dijo Nichol, que decidió hablarles como si se dirigiera a *Henri*—: encriptaré el canal que utilicemos para acceder a la red de la Sûreté. Si alguien capta nuestra señal, primero tendrán que desencriptarla, eso nos dará algo de tiempo.

La última parte la entendieron, *Henri* incluido, pero necesitaban darle unas vueltas a lo de la encriptación.

—Entiendo que todo lo que Jérôme escribe en el teclado se convierte en código —dijo Thérèse, abriéndose paso lentamente por la cháchara técnica—; ¿quieres decir que además puedes cifrar ese código?

—Exactamente —respondió Nichol—, antes de que salga de esta habitación. —Se interrumpió y ciñó aún más fuerte los brazos alrededor de su torso, como con correas de acero.

—¿Qué pasa? —quiso saber Gamache.

—Aun así los descubrirán. —Lo dijo con suavidad y sin tono triunfal alguno—: Mis programas sólo harán que les sea más difícil verlos, no imposible. Saben lo que hacen, nos encontrarán.

Al inspector jefe no se le escapó que el «los» se había convertido en «nos» en la misma frase. Le pareció enormemente significativo.

—¿Sabrán quiénes somos? —preguntó.

Vio reducirse la tensión de las abrazaderas en torno al torso de la joven agente, que se inclinó un poco hacia delante.

—Vaya, ésa es una pregunta interesante. He creado a propósito una encriptación que se ve torpe y poco sofisticada.

—¿A propósito? —repitió Jérôme, no muy convencido de que lo hubiera hecho adrede—. ¿Y por qué íbamos a hacer algo así? No necesitamos torpezas, por el amor de Dios: necesitamos lo mejor que haya.

Miró a Gamache y el inspector jefe percibió su punzada de pánico.

Nichol se quedó callada, ya fuera porque había llegado a entender el enorme poder del silencio o porque estaba mosqueada. Gamache sospechó que era lo segundo, pero quiso darle tiempo para pensar la pregunta de Jérôme, muy acertada.

¿Por qué tenían que parecer poco sofisticados?

—Para dejarlos descolocados —concluyó Gamache volviéndose hacia el rostro enfurruñado de la agente—; así, es posible que nos vean, pero también que no nos tomen en serio.

—*C'est ça* —convino Nichol relajándose un poquito—. Exactamente: se esperan un ataque sofisticado.

—Será como usar una piedra en una guerra nuclear —comentó Gamache.

—Sí —dijo Nichol—; si nos descubren, no nos tomarán en serio.

—Y con razón —terció Thérèse—; ¿cuánto daño puede hacer una piedra?

Dejando aparte la analogía con David y Goliat, una piedra no era en realidad gran cosa como arma. La superintendente se volvió hacia Jérôme esperando ver en su cara una expresión de desdén y se sorprendió al comprobar que era de admiración.

—No necesitamos hacer daño —declaró él—, sólo colarnos sin que nos vean los guardias.

—O al menos ésa es la intención —confirmó Nichol, y soltó un gran suspiro—. No creo que funcione, pero vale la pena intentarlo.

—Caray —soltó Thérèse—, esto es como vivir rodeada de un coro griego.

—Con mis programas lo tendrán más difícil para vernos, pero nos hace falta un código de seguridad para acceder, y si utilizan los que ustedes tienen los detectarán en cuanto entren.

—¿Y qué podría impedir que nos descubrieran? —preguntó Gamache.

—Ya se lo he dicho: un código de seguridad distinto, uno que no llame la atención. Aunque ni siquiera eso los detendría mucho tiempo: en cuanto entremos en un archivo que ellos intenten proteger, lo sabrán. Nos darán caza y nos encontrarán.

—¿Cuánto tiempo te parece que puede llevar eso?

Los labios finos de Nichol esbozaron un mohín mientras pensaba.

—Llegados a ese punto la sutileza ya dará igual, sólo importará la velocidad: entrar, coger lo que necesitemos y salir. No creo que dispongamos de más de medio día... probablemente menos.

—¿Medio día desde que consigamos colarnos en el primer archivo confidencial? —quiso saber Gamache.

—No —contestó Jérôme. Le hablaba a Gamache pero miraba a Nichol—. Quiere decir doce horas desde nuestro primer intento.

—Quizá menos —añadió Nichol.

—Con doce horas deberíamos tener suficiente, ¿no os parece? —intervino Thérèse.

—Antes no ha sido así —repuso Jérôme—: llevamos meses con ello y seguimos sin haber encontrado lo que necesitamos.

—Pero no me tenían a mí —dijo Nichol.

Todos la miraron maravillados ante la perseverancia e ingenuidad de la juventud.

—Bueno, ¿y cuándo empezamos? —quiso saber la agente.

—Esta noche.

—Pero, Armand... —comenzó Thérèse, y la mano de Jérôme se cerró sobre la suya hasta hacerle daño.

—Gilles estaba en lo cierto —dijo el inspector jefe con tono firme—, los ladrones trabajan de noche por una razón: hay menos testigos. Tenemos que entrar y salir mientras todos los demás duerman.

—Por fin —declaró Nichol poniéndose en pie.

—Necesitamos más tiempo —dijo Thérèse.

—Ya no queda tiempo. —Gamache consultó el reloj: era casi la una de la madrugada—. Jérôme, dispones de una hora para reunir tus notas, ya sabes dónde se disparó la alarma la última vez. Si puedes llegar hasta ahí deprisa, quizá podamos entrar y volver a salir con la información a tiempo para desayunar.

—Vale —repuso Jérôme, y soltó la mano de su mujer.

—Tú duerme un poco —le dijo Gamache a Nichol—, te despertaremos dentro de una hora.

Fue a la cocina y oyó cerrarse la puerta detrás de él.

—¿Qué estás haciendo, Armand? —preguntó Thérèse.

—Preparar más café —dijo, dándole la espalda mientras contaba las cucharadas que ponía en la cafetera.

—Mírame —exigió ella.

La mano de Gamache se detuvo, la cuchara llena quedó suspendida y un poco de café cayó sobre la encimera.

Bajó la cuchara hasta la lata y se dio la vuelta.

Thérèse Brunel le aguantó la mirada.

—Jérôme está agotado, lleva en marcha todo el día.

—Al igual que todos —respondió Gamache—. No estoy diciendo que esto sea fácil...

—¿Sugieres que Jérôme y yo andamos en busca de «lo fácil»?

—¿Qué andáis buscando entonces? ¿Quieres que os diga que podemos irnos todos a la cama y olvidar lo que está pasando? Estamos cerca y por fin tenemos una posibilidad. Esto acaba aquí.

—¡Madre mía! —soltó Thérèse mirándolo detenidamente—. Esto no tiene que ver con nosotros: tiene que ver con Jean-Guy Beauvoir. Crees que no sobrevivirá a otra incursión, por eso estás presionándonos, presionando a Jérôme.

—Esto no tiene que ver con Beauvoir —dijo Gamache, llevando una mano hacia atrás y agarrándose a la encimera de mármol.

—Por supuesto que sí: nos sacrificarías a todos para salvarlo.

—Jamás —soltó Gamache levantando la voz.

—Es lo que estás haciendo.

—Llevo años trabajando en esto —dijo el inspector jefe acercándose a ella—, desde mucho antes de la incursión en la fábrica, desde mucho antes de que Jean-Guy se metiera en problemas. He renunciado a todo para llegar al final de esto y ese final llega esta noche. Jérôme tendrá que limitarse a cavar más hondo, todos lo haremos.

—No estás siendo sensato.

—No, eres tú la que no está siéndolo —espetó él, furioso—; ¿no ves que Jérôme está asustado, muerto de miedo? Eso es lo que consume su energía: cuanto más esperemos, peor será para él.

—¿Me estás diciendo que haces esto por amabilidad hacia Jérôme? —preguntó Thérèse sin dar crédito.

—Lo hago porque si pasa un día más se vendrá abajo —dijo Gamache—, y entonces estaremos todos perdidos, incluido él. Si tú no eres capaz de verlo, lo siento.

—No es él quien se está viniendo abajo, no es a él a quien se le escapaban hoy las lágrimas.

Por la expresión de Gamache, se diría que ella acababa de atropellarlo con el coche.

—Jérôme puede hacerlo y lo hará esta noche: volverá a infiltrarse y nos conseguirá la información que necesitamos para poner al descubierto a Francœur y detener lo que sea que esté planeando. —Hablaba en voz baja, sus ojos echaban chispas—. Jérôme está de acuerdo, por lo menos él sí tiene agallas.

Abrió la puerta, salió y subió a su habitación, donde se quedó mirando la pared esperando a que la mano le dejara de temblar.

A las dos de la madrugada, Jérôme se levantó.

Armand había despertado a Nichol y ahora estaba en la planta baja. No miró a Thérèse, ni ella a él.

Nichol bajó, despeinada, y se puso el abrigo.

—¿Listo? —le preguntó Gamache a Jérôme.

—Listo.

El inspector jefe hizo una seña a *Henri* y todos salieron de la casa sin hacer ruido. Como ladrones, en plena noche.

VEINTIOCHO

Nichol, la única ansiosa por llegar a la escuela, abría la marcha a buen paso, pero Gamache sabía que sus prisas eran inútiles porque él tenía la llave.

Jérôme iba de la mano de Thérèse, ambos llevaban abrigo negro acolchado y manoplas blancas también acolchadas: parecían Mickey y Minnie Mouse de paseo.

El inspector jefe Gamache rozó a la superintendente Brunel al adelantarse para abrir. Sostuvo la puerta para que entraran los demás, pero en lugar de hacerlo él también, la dejó cerrarse de nuevo.

Por la ventana llena de escarcha vio encenderse la luz, oyó cómo levantaban la tapa metálica de la estufa y cómo echaban troncos sobre las brasas moribundas.

Pero ahí fuera sólo había silencio.

Echó atrás la cabeza y contempló el cielo nocturno. Se preguntó si uno de los puntos brillantes no sería en lugar de una estrella el satélite que muy pronto les permitiría viajar fuera de aquel pueblo.

Bajó la mirada de nuevo a la tierra: a las casitas, la fonda y la panadería, al supermercado de monsieur Béliveau, la librería de Myrna, el *bistrot*, escenario de tantas comidas y conversaciones estupendas con Jean-Guy, con Lacoste, incluso con Nichol.

Todo aquello se remontaba a muchos años atrás.

Estaba a punto de ordenar que establecieran la conexión definitiva. Después, ya no habría vuelta atrás. Como Nichol había señalado tan claramente, acabarían por descubrirlos y seguirían su rastro hasta ese lugar.

Y entonces no habría silvicultor, cazador, lugareño, poeta chiflada, pintora maravillosa ni posadero que pudiera impedir lo que iba a ocurrir, lo que iba a pasarle a Three Pines y a todos los que vivían allí.

Armand Gamache dio la espalda al pueblo dormido y entró.

Jérôme Brunel se había sentado ante una de las pantallas con Thérèse de pie a su lado; Yvette Nichol estaba junto al doctor Brunel, frente a su propio teclado y su propia pantalla, con la espalda ya encorvada como si tuviera joroba.

Todos se volvieron a mirarlo.

Gamache no vaciló: hizo un gesto afirmativo con la cabeza e Yvette Nichol se deslizó bajo el escritorio.

—¿Conecto?

—*Oui* —dijo el inspector jefe con tono seco y decidido.

Se hizo un silencio y luego oyeron un clic.

—Hecho —declaró la agente, y reptó para salir.

Gamache miró a Jérôme a los ojos y asintió con la cabeza.

Jérôme alargó el índice, sorprendido de que no le temblara, y apretó el botón de encendido. Parpadearon luces, se oyeron unos chasquidos y las pantallas cobraron vida.

Gamache hurgó en el bolsillo y sacó un papel pulcramente doblado. Lo abrió, lo alisó y lo dejó ante Jérôme.

La agente Nichol lo miró, fijándose en el logotipo y en la ristra de letras y números, luego alzó la vista hacia el inspector jefe.

—Los archivos nacionales —susurró—. ¡Madre mía! Podría funcionar.

—Bueno, todo a punto, estamos en línea —anunció Jérôme—. Todos los programas de encriptación y subprogramas están en marcha. Una vez que entre, empieza la cuenta atrás.

Mientras el doctor Brunel tecleaba despacio y con cautela el largo código de acceso, Gamache se dio la vuelta para contemplar la pared y el mapa del servicio de cartografía. Aunque era muy detallado, no habría mostrado dónde se encontraban en ese momento de no haber sido por ese puntito que un niño había colocado años atrás para escribir con letra cuidadosa y clara: «MI CASA.»

Gamache lo miró fijamente y pensó en la iglesia de Santo Tomás, en el otro extremo del camino, y en el vitral que se había colocado tras la Primera Guerra Mundial, que mostraba el avance de unos soldados jóvenes y llenos de vida. En sus caras no había valentía, sino temor, y aun así seguían avanzando.

Debajo figuraba la lista de los que no habían regresado a casa. Bajo sus nombres, una inscripción rezaba: «ERAN NUESTROS HIJOS.»

Gamache oyó cómo Jérôme tecleaba la secuencia de números y letras, y luego no oyó nada, sólo silencio.

El código ya se había introducido, sólo quedaba una cosa que hacer.

El índice de Jérôme Brunel pendía sobre la tecla «intro».

Y luego bajó.

—*Non* —soltó Armand.

Había agarrado a Jérôme de la muñeca y detenido el dedo a milímetros de la tecla.

Todos lo miraron fijamente, sin atreverse a respirar, preguntándose si Jérôme habría apretado la tecla antes de que Gamache se lo impidiera.

—¿Qué haces? —quiso saber Jérôme.

—He cometido un error. Estás agotado, todos lo estamos. Si esto va a funcionar, es necesario que estemos bien lúcidos y despejados: hay demasiado en juego.

Volvió a mirar el mapa en la pared y aquella marca casi invisible.

—Volveremos mañana por la noche y empezaremos habiendo descansado —añadió.

La expresión de Jérôme Brunel fue la de un hombre al que le hubieran retrasado la ejecución. No parecía muy seguro de si aquello era un gesto de amabilidad o un truco. Al cabo de unos instantes, bajó los hombros y suspiró.

Con su último atisbo de energía, el doctor Brunel borró el código y devolvió el papel a Gamache.

Cuando el inspector jefe lo guardaba en el bolsillo, su mirada se encontró con la de Thérèse y asintió con la cabeza.

—¿Puedes desconectarnos, por favor? —le pidió Jérôme a Nichol.

La agente estuvo a punto de protestar, pero decidió no hacerlo: estaba demasiado cansada, ella también, para discutir. Una vez más, se deslizó de la silla y se metió bajo el escritorio.

Cuando el cable estuvo desenchufado, apagaron las luces y Gamache volvió a cerrar con llave al salir. Confiaba en no haber cometido una equivocación, confiaba en no estar proporcionando a Francœur veinticuatro horas fundamentales para llevar a cabo su plan.

Cuando regresaban penosamente a la casa de Emilie Longpré, Gamache alcanzó a Thérèse.

—Tenías razón, debería...

Thérèse levantó su mano de Minnie Mouse y Gamache se interrumpió.

—Ambos nos equivocábamos: a ti te daba miedo parar y a mí me daba miedo seguir.

—¿Crees que mañana tendremos menos miedo?

—Menos miedo, no —repuso ella—, pero quizá sí tendremos más valor.

Una vez en la casa caliente, se fueron a la cama y se durmieron en cuanto apoyaron la cabeza en la almohada. Justo antes de caer rendido, Gamache oyó que *Henri* soltaba un gruñido de satisfacción y que la casa crujía de un modo que le recordó su propio hogar.

Gamache abrió los ojos y se encontró mirando directamente a *Henri*. Imposible saber cuánto tiempo llevaba allí, con el morro encima de la cama y el hocico húmedo a sólo unos centímetros de su cara.

Pero en cuanto los ojos de Gamache se habían abierto, el cuerpo entero de *Henri* había empezado a menearse.

Ya era de día. Miró el reloj en la mesita de noche.

Casi las nueve: seis horas de sueño, aunque tenía la sensación de haber dormido el doble; se sentía descansado, como nuevo, y ahora tenía la certeza de haber estado a punto de tomar una decisión desastrosa la noche anterior. Dedicarían el día a descansar y volverían allí por la noche sin tener que luchar contra la fatiga y la confusión, ni unos contra otros.

Mientras se vestía, oía los chirridos de unas palas. Descorrió las cortinas y vio todo el pueblo cubierto de blanco; incluso el aire estaba lleno de nieve. Los copos caían suavemente y se amontonaban sobre los tres pinos enormes, sobre el bosque y las casas.

No soplaba ni una gota de viento y la nieve caía a plomo, suave e implacablemente.

Vio a Gabri y a Clara despejando los senderos de su casa. Primero oyó y luego vio la quitanieves de Billy Williams bajando por la ladera hacia el pueblo: pasó de largo frente a la pequeña iglesia y la escuela y rodeó la plaza ajardinada.

Un grupo de padres patinaba en el estanque helado para despejar la nieve mientras los críos esperaban con palos de hockey y llenos de impaciencia en los bancos improvisados.

Gamache bajó a la cocina y se encontró con que era el primero en levantarse.

Mientras *Henri* comía, preparó una cafetera y un fuego en la chimenea de la sala de estar, luego los dos salieron a dar un paseo.

—Vente a desayunar al *bistrot* —exclamó Gabri. Llevaba un gorro con una borla gigantesca y se apoyaba sobre la pala para quitar nieve—, Olivier te preparará *crêpes* de arándano con sirope de arce.

—¿Y beicon? —preguntó Gamache, sabiéndose ya perdido.

—*Bien sûr* —repuso Gabri—; ¿hay otra forma de comer *crêpes*?

—Vuelvo ahora mismo.

Gamache fue corriendo a la casa, escribió una nota para los demás y volvió con *Henri* al *bistrot*. Se instaló junto a la chimenea. Acababa de dar un sorbo a su *café au lait* cuando Myrna se unió a él.

—¿Te importa tener compañía? —preguntó, pero ya estaba sentada en la butaca frente a él y había pedido por señas un café.

—Pensaba desayunar y luego ir a tu librería a buscar regalos —explicó el inspector jefe.

—¿Para Reine-Marie?

—No, para todos vosotros, para daros las gracias.

—No hace falta —respondió Myrna.

Gabri le llevó el café, acercó una silla y se sentó con ellos.

—¿De qué habláis?

—De regalos —contestó Myrna.

—¿Para mí? —preguntó Gabri.

—¿Para quién si no? —bromeó Myrna—. Sólo pensamos en ti, constantemente.

—Pues es algo que tenemos en común, *ma chère* —respondió Gabri.

—¿De qué habláis? —quiso saber Olivier mientras dejaba delante de Myrna y Gamache dos platos con *crêpes* de arándano y beicon ahumado al arce.

—De mí —respondió Gabri—, de mí, de mí y de mí.

—Vaya, pues qué bien —dijo Olivier acercando otra silla—: ya hacía treinta segundos que no tocábamos ese tema, así que debe de haber muchas novedades.

—De hecho, hay algo que quiero preguntaros a los dos —intervino Gamache.

Myrna le pasó la jarra de sirope de arce.

—*Oui?* —preguntó Olivier.

—¿Abristeis los regalos de Constance?

—No, los pusimos en el árbol; ¿quieres que los abramos?

—No, ya sé qué os regalaba.

—¿Qué? —quiso saber Gabri—. ¿Un coche, un caballo?

—No voy a revelarlo, pero digamos que es algo útil.

—¿Un bozal? —sugirió Olivier.

—¿De qué habláis? —preguntó Clara, acercando una silla.

Tenía las mejillas encendidas y le goteaba la nariz; Gamache, Gabri, Myrna y Olivier le tendieron un pañuelo, todos a la vez.

—De regalos —contestó Olivier—, de parte de Constance.

—¿No estaban hablando de ti? —le preguntó Clara a Gabri.

—Ya, lo sé... Parece mentira, aunque debo decir que hablábamos de los regalos que me hizo Constance.

—Que nos hizo —corrigió Olivier.

—Sí, a mí también me dio uno —dijo Clara, y se volvió hacia Gamache—: me lo trajiste tú el otro día.

—¿Y lo abriste?

—Pues me temo que sí —admitió Clara, cogiendo un trocito del beicon de Myrna.

—Por eso tengo vuestros regalos al pie de mi árbol hasta el día de Navidad —dijo Myrna apartando el plato.

—¿Qué te regaló Constance? —quiso saber Gabri.

—Esto.

Clara se desenrolló la bufanda que llevaba al cuello y se la tendió a Myrna, que la cogió y admiró su tono verde lima vivo y alegre.

—¿Y éstos qué son, palos de hockey? —Myrna señaló los motivos en ambos extremos de la bufanda.

—Pinceles —respondió Clara—. Me llevó un tiempo descifrarlo.

Myrna le devolvió la prenda a Clara.

—Eh, vamos a por los nuestros —dijo Gabri.

Salió pitando y, para cuando volvió, Myrna y Gamache habían acabado el desayuno e iban por el segundo *café au lait*. Gabri le tendió un paquete a Olivier y se quedó el otro para sí. Eran idénticos, ambos envueltos en papel de un vivo color rojo con motivos de bastones de caramelo.

Gabri abrió el suyo.

—¡Unas manoplas! —exclamó, como si hubiera descubierto un regalo magnífico, quizá un caballo y un coche envueltos en el mismo paquete.

Se las probó.

—Y hasta son de mi talla, y mira que cuesta encontrarlas para manos tan grandes. Ya sabéis qué dicen sobre las manos grandes...

Nadie siguió con ese tema.

Olivier se probó las suyas: también eran de su talla.

Cada manopla llevaba un motivo de una luna creciente.

—¿Qué os parece que significa? —preguntó Clara.

Todos dieron su opinión.

—¿Sabía acaso Constance que tú siempre estás en la luna?

—Como si no lo supieran todos... —repuso Gabri—, pero ¿por qué media luna?

—Ni siquiera es una media luna —comentó Clara—, sino una luna creciente.

Gabri se rió.

—¿Una luna con forma de *croissant*? Dos de mis cosas favoritas: los *croissants* y estar en la luna.

—Es cierto, por triste que sea —confirmó Olivier—, y a veces no hay quien lo baje de ahí.

—Pinceles para Clara y *croissants* para los chicos —intervino Myrna—: perfecto.

Gamache la observó admirar los regalos y entonces aquel pensamiento esquivo que había aflorado brevemente en su cabeza la noche anterior se posó de pronto en su consciencia con la suavidad de un copo de nieve.

Se volvió hacia Myrna.

—A ti no te trajo un regalo.

—Bueno, que viniera aquí ya fue regalo suficiente —contestó Myrna.

Gamache negó con la cabeza.

—Encontramos estos regalos en su maleta, pero no había nada para ti. ¿Por qué no? No tiene sentido que Constance les hiciera regalos a todos y a ti no te trajera nada.

—No esperaba que lo hiciera.

—Aun así —insistió Gamache—, si los traía para los demás, te habría traído uno a ti también, digo yo.

Myrna acabó viéndole la lógica al asunto y asintió con la cabeza.

—Quizá esa fotografía que metió en la maleta era para Myrna —sugirió Clara—, la de las cuatro hermanas.

—Es posible, pero ¿por qué no envolverla, como vuestros regalos? Volver por Navidad no formaba parte del plan original, ¿verdad? —preguntó Gamache, y Myrna negó con la cabeza—. ¿No es cierto que al principio sólo pensaba pasar aquí unos días?

Myrna asintió.

—Entonces, hasta donde ella sabía la primera vez, no iba a volver —continuó Gamache.

Todos lo miraron raro: ya había quedado claro, ¿para qué insistir tanto?

—Exacto —respondió Myrna.

Gamache se levantó.

—¿Puedes venir conmigo?

Se refería a Myrna, pero todos lo siguieron a través de la puerta que conectaba el *bistrot* con la librería. Ruth ya estaba allí, metiendo libros en su bolso enorme y tan deformado que ya hacía tiempo que parecía una botella de whisky escocés. Tenía a *Rosa* plantada a su lado y ambas los miraron al entrar.

Henri se detuvo y se tumbó para luego volverse panza arriba.

—Levántate, no seas patético —dijo Gamache, pero el animal se limitó a mirarlo del revés y a menear la cola.

—Madre mía —susurró Gabri en un aparte—, imaginaos a las crías: con orejas como antenas parabólicas y unos pies de pato gigantescos.

—¿Qué queréis? —espetó Ruth.

—Ésta es mi librería —dijo Myrna.

—No es una librería, sino una biblioteca —dijo cerrando el bolso de golpe.

—Imbécil —murmuraron ambas al unísono.

Gamache fue hasta el gran árbol de Navidad.

—¿Puedes echarles un vistazo, por favor? —le preguntó, señalando los regalos que había debajo.

—Pero ya sé qué hay ahí: los envolví yo misma. Son regalos para todos los presentes... y Constance.

«Y Constance», pensó Gamache. Aún le pasaba eso, incluso muerta.

—Mira de todas formas, por favor.

Myrna se dejó caer de rodillas y hurgó entre los regalos envueltos.

—Vaya, he ahí una luna llena —comentó Gabri con tono de admiración.

Myrna se sentó sobre los talones: tenía en la mano un regalo envuelto en papel de un vivo color rojo con motivos de bastones de caramelo.

—¿Puedes leer la tarjeta? —pidió Gamache.

Myrna se puso en pie con esfuerzo y abrió la tarjetita.

—«Para Myrna —leyó—, la llave de mi casa. Con cariño, Constance.»

—¿Qué significa eso? —preguntó Gabri, mirando una a una todas las caras hasta llegar a la de Gamache.

Pero el inspector jefe sólo tenía ojos para el paquete.

—Ábrelo, por favor.

VEINTINUEVE

Myrna se llevó el regalo de Navidad a un asiento junto al escaparate de la librería.

Todos se inclinaron hacia ella mientras quitaba la cinta adhesiva, excepto Ruth, que seguía donde estaba y contemplaba la nieve infinita al otro lado de la ventana.

—¿Qué te ha regalado? —Olivier estiró el cuello—. Déjame ver.

—Otras manoplas —dijo Clara.

—No, creo que es un gorro —intervino Gabri—, un gorro de lana.

Myrna lo sacó del paquete. En efecto, era un gorro azul claro, con unos motivos.

—¿Qué dibujos son ésos? —preguntó Clara. Le parecían murciélagos, pero probablemente no tenía sentido que lo fueran.

—Son ángeles —dijo Olivier.

Todos se acercaron más.

—Qué bonito —comentó Gabri dando un paso atrás—: tú eras su ángel de la guarda.

—Es maravilloso.

Myrna sostenía en alto el gorro, admirándolo y tratando de ocultar su decepción. Se había permitido creer que el paquete le revelaría a Constance y su vida más privada como por arte de magia, que el regalo le permitiría entrar por fin en su casa.

Era un regalo precioso, pero difícilmente era la llave para entrar en ningún sitio.

—¿Cómo has sabido que estaba ahí? —preguntó Clara a Gamache.

—No lo sabía —admitió él—, pero me parecía poco probable que os diera regalos a todos y no tuviera uno para Myrna. Entonces he reparado en que debía de haberle traído uno en su primera visita, teniendo en cuenta que no pensaba volver.

—Bueno, pues misterio resuelto —zanjó Gabri—. Yo me vuelvo al *bistrot*, ¿vienes, Maigret?

—Detrás de usted, Miss Marple —contestó Olivier.

Ruth se incorporó con un gruñido, miró fijamente el paquete y luego a Gamache. Él le hizo un gesto de asentimiento y ella le respondió con otro, sólo entonces salió con *Rosa*.

—Parece que vosotros dos tengáis telepatía de repente. —Clara vio a la vieja poeta alejarse con cautela por el camino nevado con la pata en brazos—. No creo que me gustara tener a Ruth en la cabeza.

—No la tengo en la cabeza —la tranquilizó él—, aunque sí pienso a menudo en ella. ¿Sabíais que escribió el poema «¡Ay!» para Virginie Ouellet, a su muerte?

—No —admitió Myrna. Con el gorro en la mano, observaba a Ruth detenerse y gritar instrucciones, o quizá improperios, a los jugadores de hockey—. Ese poema la hizo famosa, ¿verdad?

Gamache asintió.

—No creo que se recuperara nunca de aquello.

—¿De la fama? —preguntó Clara.

—De la culpa por haberse aprovechado de la pena de otra persona —contestó Gamache.

—«¿Quién te lastimó antaño / hasta tal punto que ahora / a la insinuación menor / tuerces el gesto irritada?»

Myrna musitó esos versos mientras observaba a Ruth y *Rosa* dirigiéndose a casa con la cabeza gacha, mirando la nieve.

—Todos tenemos nuestros albatros —añadió.

—O patos —replicó Clara, y se arrodilló junto a la silla de su amiga—. ¿Estás bien?

Myrna asintió con la cabeza.

—¿Te gustaría quedarte a solas?

—Sólo unos minutos.

Clara se incorporó, le dio un beso a Myrna en la coronilla y se marchó.

Pero Armand Gamache no se fue, esperó a que la puerta que comunicaba los dos locales se hubiera cerrado, ocupó el asiento que Ruth había dejado vacío y miró a Myrna.

—¿Qué ocurre? —quiso saber.

Myrna levantó el gorro tejido a mano y se lo puso: le quedó sobre la cabeza como una bombilla azul claro. Luego se lo tendió a Gamache, quien tras examinarlo se lo puso sobre una rodilla.

—Esto no fue hecho para ti, ¿verdad?

—No, y no es nuevo.

Gamache se fijó en que la lana estaba gastada y un poco apelmazada, y vio algo más: dentro del gorro se había cosido una etiqueta pequeña. Se puso las gafas de leer y se acercó la prenda a la cara hasta que el áspero tejido casi le rozó la nariz.

Costaba leer la etiqueta: era muy pequeña y las letras estaban emborronadas.

Se quitó las gafas y le devolvió el gorro a Myrna.

—¿Qué crees tú que pone ahí?

Ella lo examinó entornando los ojos.

—MA —respondió finalmente.

El inspector jefe asintió con la cabeza, jugueteando con las gafas sin darse cuenta.

—MA —repitió, y miró a través de la ventana. Tenía la mirada perdida, como si intentara ver algo que no estaba ahí.

Una idea, un pensamiento; un motivo.

¿Por qué alguien había cosido MA en el gorro?

La etiqueta era como las que habían encontrado en los otros gorros en casa de Constance. Ella había tenido uno con renos y MC en la etiqueta: Marie-Constance.

El gorro de Marguerite llevaba las siglas MM: Marie-Marguerite.

El de Josephine, MJ.

Bajó la vista hacia el gorro que tenía en la mano: MA.

—Quizá pertenecía a la madre —dijo Myrna—. Debe de ser eso: hizo uno para cada niña y otro para ella.

—Pero es muy pequeño —observó el inspector jefe.

—En aquel entonces la gente era más menuda —repuso Myrna.

Gamache asintió. Era cierto, en especial las mujeres; las quebequesas tendían a serlo incluso ahora. Volvió a mirar el gorro, ¿le cabría a una mujer adulta?

Tal vez.

Y quizá tuviera sentido que Constance conservara aquello: el único recuerdo de su madre. En la casa de las quintillizas no había una sola fotografía de sus padres, pero tenían algo mucho más valioso: los gorros que la madre les había tejido.

Uno para cada una de las niñas y otro para ella misma.

¿Y qué había puesto dentro? Sus iniciales no, por supuesto: dejó de ser Marie-Harriette cuando las niñas nacieron y se convirtió en mamá; MA.

Quizá, al fin y al cabo, ésa era la llave para llegar a Constance. Y a lo mejor, al dárselo a Myrna, le estaba diciendo que estaba dispuesta a dejarse llevar finalmente, a desprenderse del pasado, del rencor.

Gamache se preguntó si Constance y sus hermanas habrían llegado a saber que sus padres no las habían vendido al Estado, sino que en realidad habían sido expropiadas.

¿Había comprendido finalmente que su madre la quería? ¿Era ése el albatros que había llevado al cuello toda la vida? ¿No alguna terrible injusticia, sino el espanto que le había producido enterarse, demasiado tarde, de que no se había cometido ninguna injusticia con ella, de que siempre la habían querido?

«¿Quién te lastimó antaño, / hasta tal punto que ahora...?»

Quizá la respuesta, para las quintillizas y para Ruth, era bien simple: se habían lastimado a sí mismas.

Ruth, al escribir el poema y arrogarse la carga innecesaria de la culpabilidad, y las quintillizas, al creer una mentira y no reconocer el amor de sus padres.

Gamache miró de nuevo el gorro, dándole vueltas para examinar los motivos, y luego lo bajó.

—¿Cómo puede ser esto la llave de su casa? ¿Significan algo para ti estos dibujos de ángeles?

Myrna miró por la ventana, a la plaza y a los patinadores, y negó con la cabeza.

—Quizá esto no significa nada —continuó el inspector jefe—. ¿Por qué renos, pinos o copos de nieve? Los motivos que madame Ouellet tejió en los otros gorros no son más que símbolos alegres del invierno y la Navidad.

Myrna asintió mientras manoseaba el gorro y observaba a los críos en el estanque helado, felices.

—Constance me contó que a ella y sus hermanas les encantaba el hockey. Formaron un equipo y jugaban contra los otros niños del pueblo. Por lo visto era el deporte favorito del hermano André.

—No lo sabía —dijo Gamache.

—Creo que todos estaban convencidos de que *frère* André era su ángel de la guarda: de ahí el gorro —dijo Myrna sosteniéndolo en alto.

Gamache asintió. En los documentos del archivo había también muchas referencias al hermano André: ambos bandos habían invocado el recuerdo potente del santo.

—Pero ¿por qué darme a mí este gorro? —se preguntó Myrna—. ¿Para poder hablarme del hermano André? ¿Era él esa supuesta llave de su casa? No lo entiendo.

—A lo mejor quería sacarlo de la casa —sugirió Gamache poniéndose en pie—. Quizá ésa era la clave: liberarse de la leyenda.

«Quizá...», «quizá...», «quizá...»: ésa no era forma de llevar una investigación, y se estaba acabando el tiempo: si ese crimen no se había resuelto para cuando los Brunel, Nichol y él regresaran a la escuela, ya no se resolvería.

O por lo menos no lo haría él.

—Necesito volver a ver el documental —concluyó Gamache, dirigiéndose a las escaleras del apartamento de Myrna en la buhardilla.

—Ahí. —Gamache señaló la pantalla—. ¿Lo has visto?

Pero una vez más había apretado el botón de pausa una fracción de segundo demasiado tarde.

Rebobinó e hizo otro intento, y otro más. Myrna se sentó en el sofá a su lado y él volvió a pasar una y otra vez la vieja película, los mismos veinte segundos grabados en la ruinosa casa de labranza.

Las niñas riéndose y tomándose el pelo unas a otras, Constance sentada en el banco duro con su padre atándole los patines, las demás niñas en la puerta, tambaleándose sobre las cuchillas y empuñando ya los palos de hockey.

Y entonces la madre aparecía en escena y repartía los gorros, pero había uno de más, que arrojaba fuera de pantalla.

El inspector jefe Gamache lo reprodujo una y otra vez. El gorro sobrante sólo era visible un instante, cuando salía como una exhalación del encuadre. Finalmente consiguió capturarlo, congelado en la fracción de segundo entre el momento en que abandonaba la mano de Marie-Harriette y el momento en que salía de la pantalla.

Se acercaron más.

El gorro era de un tono claro, eso sí lo veían, aunque en una película en blanco y negro se hacía difícil saber de qué color era exactamente. Sin embargo los dibujos, aunque desenfocados y borrosos, podían distinguirse con suficiente claridad.

—Ángeles —dijo Myrna—: es este mismo. —Bajó la vista hacia el gorro que tenía en la mano—. Es el de la madre.

Pero Gamache ya no miraba la imagen congelada del gorro, sino la cara de Marie-Harriette. ¿Por qué estaba tan enfadada?

—¿Puedo usar tu teléfono?

Myrna se lo acercó y él hizo la llamada.

—Comprobé los certificados de defunción, jefe —lo informó la inspectora Lacoste en respuesta a su pregunta—. Definitivamente, están todas muertas: Virginie, Hélène, Josephine, Marguerite y ahora Constance. Ya no queda ninguna quintilliza Ouellet.

—¿Estás segura?

Era raro que el inspector jefe pusiera en duda sus descubrimientos; eso la hizo cuestionarse a sí misma.

—Sé que llegamos a pensar que alguna podía seguir con vida, pero he encontrado certificados de defunción y registros del sepelio de todas ellas. Están todas enterradas en el mismo cementerio cerca de su casa: tenemos pruebas de ello.

—También había pruebas de que el doctor Bernard asistió el parto —le recordó Gamache—, pruebas de que Isidore y Marie-Harriette las vendieron a Quebec y pruebas de que Virginie había muerto por una caída accidental, aunque ahora sospechamos que ése no fue el caso.

Al oírlo, la inspectora Lacoste comprendió a qué se refería.

—Eran sumamente reservadas —dijo muy despacio, dándole vueltas a lo que él estaba diciendo—, supongo que es posible...

—No eran sólo reservadas, sino herméticas. Ocultaban algo. —El inspector jefe reflexionó unos instantes—. Si están todas muertas, ¿es posible que en sus muertes hubiera más de lo que sabemos?

—¿Como en el caso de Virginie, quiere decir? —preguntó Lacoste, devanándose los sesos para entender lo que suponía eso.

—Si mintieron sobre una muerte, pueden haber mentido sobre todas.

—Pero ¿por qué?

—¿Por qué nos miente la gente?

—Para encubrir un delito —contestó Lacoste.

—Para encubrir un asesinato.

—¿Cree que todas fueron asesinadas? —preguntó ella, sin poder impedir un tono de perplejidad en su voz.

—Sabemos que Constance lo fue, y sabemos que Virginie tuvo una muerte violenta. ¿Qué sabemos exactamente respecto de esto último? El informe oficial dice que murió a causa de una caída por las escaleras. Hélène y Constance lo corroboraron, pero las notas médicas y los primeros informes policiales ofrecen una versión distinta.

—*Oui*: suicidio.

—¿Cree que Hélène la mató, o Constance?

—Creo que estamos más cerca de la verdad.

Gamache tenía la impresión de que por fin habían conseguido entrar en la casa Ouellet. Lacoste y él andaban a tientas en la oscuridad, pero lo que fuera que ocultaba aquella familia herida no tardaría en salir a la luz.

—Voy a revisar mis notas —dijo Lacoste—, y hurgaré más en los viejos archivos por si hubiera la más leve insinuación de que esas muertes pudieran no haber sido naturales.

—Muy bien, y yo comprobaré en el archivo parroquial.

Era ahí donde el sacerdote llevaba un registro de los nacimientos y las muertes. El inspector jefe sabía que allí figurarían cinco nacimientos, se preguntaba cuántas muertes encontraría.

El inspector jefe Gamache condujo directamente hasta el laboratorio forense de la Sûreté y dejó allí el gorro, con la instrucción de que le facilitaran un informe completo al final de la jornada.

—¿Hoy mismo? —preguntó el técnico, pero el inspector jefe ya le daba la espalda.

Subió a su oficina a tiempo para la reunión informativa. La dirigía la inspectora Lacoste, pero sólo se habían molestado en asistir unos cuantos agentes.

La inspectora se levantó al entrar el jefe; al principio, los demás no la imitaron, pero luego advirtieron la severidad en su rostro y lo hicieron.

—¿Dónde están los demás? —preguntó Gamache de mal talante.

—Cumpliendo con una misión —contestó una voz, que luego añadió—: señor.

—Mi pregunta iba dirigida a la inspectora Lacoste —dijo Gamache, y se volvió hacia ella.

—Se les informó de esta reunión, pero han decidido no venir.

—Voy a necesitar sus nombres, por favor —concluyó el inspector jefe.

Estaba a punto de irse cuando se detuvo y miró a los agentes, todavía en pie. Los observó unos instantes y pareció aflojarse.

—Váyanse a casa —declaró por fin.

No se esperaban aquello, y siguieron allí plantados con cara de sorpresa y sin saber qué hacer, al igual que Lacoste, aunque ella trató de que no se le notara.

—¿A casa? —preguntó uno.

—Váyanse —insistió el jefe—. Saquen la conclusión que quieran, pero márchense de una vez.

Los agentes se miraron unos a otros y sonrieron.

El inspector jefe les dio la espalda y se dirigió a la puerta.

—¿Y nuestros casos?

Gamache se dio la vuelta y vio al joven agente al que había tratado de ayudar unos días atrás.

—¿De verdad esos casos van a avanzar en algún sentido si se quedan?

Era una pregunta retórica.

Sabía que aquellos agentes, que lo miraban con expresiones de triunfo, estaban difundiendo por la Sûreté el rumor de que el inspector jefe Gamache estaba acabado, que había tirado la toalla.

Y ahora él les había hecho el gran favor de confirmarlo al clausurar a todos los efectos el departamento.

—Considérenlo un regalo de Navidad.

Ya no trataban de ocultar su satisfacción: el golpe maestro era ya absoluto, habían logrado poner de rodillas al gran inspector jefe Gamache.

—Váyanse a casa —insistió con tono cansino—, yo lo haré muy pronto.

Salió de la habitación con la espalda recta y la cabeza bien alta, aunque caminando despacio: era un león herido que sólo trataba de sobrevivir a la jornada.

—¿Jefe? —dijo la inspectora Lacoste alcanzándolo.

—A mi despacho, por favor.

Entraron, cerraron la puerta y él le indicó que tomara asiento.

—¿Algo más sobre el caso Ouellet? —preguntó.

—He vuelto a hablar con la vecina para averiguar si las hermanas recibían visitas alguna vez. Me ha contado lo que ya contó a los investigadores: que nadie visitaba aquella casa.

—Excepto la propia vecina, por lo que recuerdo.

—Una vez —confirmó Lacoste—, para tomar una limonada.

—Y a ella ¿no le parece raro que nunca la invitaran a entrar?

—No. Según dice, con los años uno se acostumbra a todo tipo de excentricidades: unos vecinos son entrometidos, a otros les gustan las fiestas y otros son muy reservados. Es un barrio antiguo y bien establecido y las hermanas llevaban allí muchos años. Nadie parecía cuestionar nada.

Gamache asintió y guardó silencio unos instantes jugueteando con el bolígrafo sobre el escritorio.

—Debes saber que he decidido retirarme.

—¿Retirarse? ¿Está seguro?

Lacoste trató de interpretar su expresión, su tono: ¿estaba diciendo lo que ella creía?

—Escribiré mi carta de dimisión y la entregaré esta noche o mañana. Tendrá efecto inmediato. —El inspector jefe se inclinó en la silla, se examinó las manos sobre el escritorio unos instantes y reparó en que el temblor había desaparecido—. Llevas mucho tiempo conmigo, inspectora.

—Sí, señor, creo recordar que me encontró en la basura.

—Hurgando en un contenedor.

Gamache sonrió.

Aquello no era del todo inexacto: el inspector jefe Gamache la había contratado el mismo día en que ella iba a dejar la división de Delitos Graves no porque no pudiera hacer su trabajo, no porque hubiese metido la pata en algo, sino porque era diferente: porque sus colegas la habían pillado con los ojos cerrados y la cabeza gacha en el escenario de un crimen particularmente horrendo cometido contra una niña.

El error de Isabelle Lacoste fue decir la verdad cuando le preguntaron qué estaba haciendo.

Estaba meditando, transmitiendo sus pensamientos a la víctima, asegurándole que no iban a olvidarla. A partir de ese momento los demás agentes habían convertido la vida de Isabelle Lacoste en un infierno... hasta que ella ya no pudo soportarlo más y supo que había llegado el momento de marcharse.

Tenía razón, sólo que no sabía adónde iba a ir a parar.

El inspector jefe Gamache, que había oído hablar de la agente meditadora, quiso conocer a quien se había convertido en el hazmerreír de la Sûreté. Cuando por fin la hicieron acudir al despacho de dirección, con la carta de dimisión en la mano, había esperado un *tête-à-tête* con su jefe, pero fue otro hombre quien se levantó de aquella silla enorme. Ella lo reconoció de inmediato: había visto al inspector jefe Gamache en la academia, lo había visto en televisión y había leído sobre él en los periódicos. En cierta ocasión había subido con él en el ascensor, tan cerca que había podido oler su colonia. Tan atrayente le había parecido el aroma, y tan potente el hechizo de aquel hombre, que casi había salido tras él en el piso equivocado.

El inspector jefe Gamache se había levantado del asiento al entrar la agente Lacoste en el despacho de su jefe y había inclinado levemente la cabeza ante ella: había algo anticuado en aquel hombre, algo de otro mundo.

Le había tendido la mano.

—Armand Gamache.

Y ella se la había estrechado sintiéndose aturdida y no muy segura de qué estaba pasando.

Y no se había apartado de su lado desde entonces.

Lo seguiría a donde fuera; no literalmente, por supuesto, aunque sí profesional y emocionalmente.

Y ahora le estaba diciendo que iba a dimitir.

No podía decir que aquello fuera una sorpresa. De hecho, llevaba un tiempo esperándolo, desde que el departamento se había desmantelado y los agentes se habían distribuido entre las otras divisiones, desde que la atmósfera en la jefatura de la Sûreté se había vuelto fría, húmeda y acre por el hedor a podredumbre.

—Gracias por todo lo que has hecho por mí —declaró el jefe. Se puso en pie y sonrió—. Te mandaré una copia de mi carta de dimisión por correo electrónico, te agradecería que la hicieras circular.

—Sí, señor.

—En cuanto la recibas, por favor.

—Así lo haré.

Fue con él hasta la puerta de su despacho y el jefe le tendió la mano como había hecho en su primer encuentro.

—No pasa un solo día en que no me sienta orgulloso de ti, inspectora Lacoste.

Ella notó su mano firme: no había rastro del cansancio que había mostrado ante los demás agentes, tampoco de derrota, ni de resignación. Parecía entero: le sostenía la mano y la miraba con entereza.

—Confía en tus instintos, ¿entendido?

Ella asintió con la cabeza.

Gamache abrió la puerta y salió sin mirar atrás. Se alejaba despacio, pero sin vacilar, del departamento que él mismo había creado y que acababa de destruir.

TREINTA

—Creo que querrá ver esto, señor.

Tessier alcanzó al superintendente jefe Francœur y les ordenó a todos los demás que salieran del ascensor. Las puertas se cerraron y Tessier le tendió una hoja de papel a su superior.

Francœur la examinó rápidamente.

—¿Cuándo se ha grabado esto?

—Hace una hora.

—¿Y ha mandado a todo el mundo a casa?

Francœur hizo ademán de devolver el papel a Tessier, pero cambió de opinión; lo dobló y se lo metió en el bolsillo.

—La inspectora Lacoste sigue allí. Ella y Gamache parecen centrados en el caso de las Ouellet, pero todos los demás se han ido.

Francœur miró al frente y vio su reflejo imperfecto en la puerta metálica picada y abollada del ascensor.

—Ya no puede más —dijo Tessier.

—No seas iluso —espetó Francœur—: según los archivos que sacaste del ordenador del psicólogo, Gamache sigue creyendo que lo tenemos vigilado.

—Pero nadie le cree.

—Él sí lo cree, y tiene razón. ¿No te parece que esto podría estar dedicado a nosotros? —Francœur se dio unos golpecitos en el bolsillo de la pechera, donde se había guardado el papel con la transcripción—. Quiere que sepamos que va a dimitir.

Tessier reflexionó unos instantes.

—¿Por qué?

Francœur miró al frente, a la puerta. Se acordó de cuando era nueva, cuando el acero inoxidable relucía y el reflejo era perfecto. Inhaló profundamente echando la cabeza un poco hacia atrás y cerró los ojos.

¿Qué pretendía Gamache? ¿Qué estaba haciendo?

Francœur debería sentirse satisfecho, pero se le habían disparado las alarmas. Estaban tan cerca... y ahora esto.

«¿Qué estás tramando, Armand?»

El párroco lo recibió con las llaves de la antigua iglesia de piedra.

Los tiempos en que las iglesias no estaban cerradas con llave habían quedado muy atrás, habían desaparecido junto con los cálices, los crucifijos y cualquier otra cosa que pudiera robarse o pintarrajearse. Las iglesias estaban ahora frías y desnudas, aunque no podía culparse de ello sólo a los vándalos.

Gamache se sacudió la nieve del abrigo, se quitó el gorro y siguió al sacerdote.

El alzacuello del padre Antoine quedaba oculto bajo una bufanda raída y un pesado abrigo. Se movía apresuradamente: no estaba muy contento de que lo hubieran arrancado en plena nevada de su chimenea y su almuerzo.

Era un anciano encorvado; Gamache imaginaba que rondaría los ochenta. Su rostro era terso, aunque tenía la nariz y las mejillas llenas de venas moradas y prominentes. Sus ojos parecían cansados, hartos de buscar milagros en aquella tierra tan dura, si bien en ella había tenido lugar el único milagro que se recordaba: las quintillizas Ouellet. «Aunque, quizá, uno era peor que ninguno», se dijo Gamache: Dios los había visitado una vez y luego no había vuelto.

El padre Antoine sabía qué cosas eran posibles y cuáles estaban más allá de él.

—¿Cuál quiere? —preguntó el párroco, ya en su despacho, en la parte trasera de la iglesia.

—De 1930 en adelante, por favor —le contestó el inspector jefe. Había llamado antes y hablado con el padre Antoine, pero éste aún parecía un poco incómodo.

El sacerdote paseó la vista por la habitación y Gamache hizo otro tanto. Había libros y archivadores por todas partes. Se notaba que antaño había sido una estancia cómoda, incluso acogedora: había dos butacas, una chimenea, estanterías; pero ahora parecía abandonada: estaba llena, pero vacía.

—Estarán allí. —El sacerdote señaló una estantería junto a la ventana, dejó caer las llaves sobre el escritorio y se marchó.

—*Merci, mon père* —exclamó el jefe; luego cerró la puerta, encendió la lámpara sobre el escritorio, se quitó el abrigo y se puso manos a la obra.

El superintendente jefe Francœur le tendió el papel a su compañero de almuerzo y observó cómo lo leía, lo volvía a doblar y lo dejaba sobre la mesa junto al platillo de porcelana con el panecillo integral caliente. Junto al cuchillo de plata había una voluta de mantequilla.

—¿Qué crees que significa? —preguntó su acompañante. Su tono, como siempre, era cálido, cordial y seguro de sí; jamás se ponía nervioso y rara vez se enfadaba.

Francœur no sonrió, pero tuvo ganas de hacerlo. A diferencia de Tessier, el hombre que tenía delante no se dejaba engañar, por mucho que Gamache se esforzara en confundirlos.

—Sospecha que hemos puesto micrófonos en su despacho —explicó. Tenía hambre, pero no se atrevía a parecer distraído ante ese hombre. Indicó con la cabeza el papel sobre el mantel de hilo—. Y eso va dedicado a nosotros.

—Estoy de acuerdo, pero ¿qué significa? ¿Está dimitiendo o no? ¿Qué mensaje pretende enviarnos? —Dio golpecitos sobre el papel—. ¿Es esto una capitulación o un truco?

—Para serle franco, señor, no creo que importe.

Ahora, el acompañante de Francœur parecía interesado.

—Continúa.

—Ya estamos muy cerca. Tener que ocuparnos de aquella mujer pareció un problema al principio...

—Si con «ocuparnos» te refieres a arrojar a Audrey Villeneuve del puente de Champlain —zanjó el hombre—, tú y Tessier creasteis ese problema.

Francœur esbozó una sonrisa tensa y procuró serenarse.

—No, señor: lo creó ella misma excediéndose en sus atribuciones. —Se guardó para sí que la mujer nunca debería haber sido capaz de descubrir esa información, pero lo había hecho. El conocimiento podía ser poder; sin embargo, también podía resultar mortal—. Y lo resolvimos antes de que ella pudiera decir nada —añadió Francœur.

—Algo sí dijo —puntualizó su acompañante—, aunque tuvimos la suerte de que acudiera a su supervisor y que éste acudiera luego a nosotros. Podría haber sido una catástrofe.

A Francœur que utilizara aquella palabra le pareció interesante, y también irónico, teniendo en cuenta lo que estaba a punto de ocurrir.

—¿Estamos seguros de que no se lo contó a nadie más?

—A estas alturas ya habría salido a la luz —repuso Francœur.

—Eso no me parece muy tranquilizador.

—En realidad, ella no sabía qué había descubierto —añadió Francœur.

—No, Sylvain: lo sabía, pero no acababa de creérselo.

En lugar de ira, Francœur vio satisfacción en la cara del otro hombre: lo mismo que había sentido él.

Ellos habían contado con dos cosas: con su capacidad de ocultar lo que estaba sucediendo y, en caso de ser descubiertos, con que se descartaría por inconcebible, por increíble.

—Los archivos de Audrey Villeneuve se corrigieron de inmediato, se llevó a cabo una limpieza de su coche y se registró su casa —explicó Francœur—. Cualquier indicio, por remotamente incriminatorio que fuera, ha desaparecido.

—Exceptuándola a ella: a ella sí la encontraron. Tessier y su gente no acertaron a arrojarla al agua, y mira que era complicado fallar con un blanco tan grande, ¿no te parece? Hace que me pregunte cómo andarán de puntería.

Francœur miró a su alrededor. Excepto por un puñado de guardaespaldas en la puerta, estaban solos en el comedor. Nadie podía verlos, nadie podía oír ni grabar lo que decían, pero aun así bajó la voz. No habló en susurros, para no dar la sensación de que estaban conspirando, pero sí lo hizo en un tono más discreto.

—Resultó ser el mejor desenlace posible —dijo—: su muerte figura como un suicidio y, además, el hecho de que el cuerpo se encontrara bajo el puente permitió a Tessier y a su gente llegar allí abajo sin que nadie hiciera preguntas. Nos vino como caído del cielo.

El acompañante de Francœur enarcó las cejas y luego sonrió.

Fue un gesto atractivo, casi juvenil. Su rostro tenía la personalidad suficiente, los defectos suficientes, para parecer sincero. En su voz había apenas una punzada de aspereza, de modo que lo que decía nunca parecía mera palabrería. Sus trajes, aunque hechos a medida, estaban un punto menos que impecables, lo que le daba el aspecto de un ejecutivo y, al mismo tiempo, de un hombre cercano a la gente.

Todo el mundo podía tomarlo por uno de los suyos.

Había poca gente a la que Sylvain Francœur admirase, pocos hombres por los que no sintiera un desprecio inmediato nada más verlos, y éste era uno de ellos. Hacía ya más de treinta años que se conocían. Entonces eran jóvenes, y ambos habían progresado en sus respectivas profesiones.

El compañero de almuerzo de Francœur partió el panecillo en dos mitades y las untó con mantequilla.

Francœur sabía que había alcanzado la cumbre por la vía más ardua, pero lo había conseguido: de obrero en las represas de James Bay había pasado a ser uno de los hombres más poderosos de Quebec.

Todo giraba en torno al poder: se trataba de crearlo, de utilizarlo, de arrebatárselo a otros.

—¿Estás diciendo que Dios ha estado de nuestra parte? —preguntó su acompañante, claramente divertido.

—Hemos tenido suerte —respondió Francœur—. Hemos trabajado mucho, hemos tenido paciencia y un buen plan, pero también suerte.

—¿Ha sido una suerte que Gamache se oliera lo que estamos haciendo? ¿Fue una suerte que impidiera el colapso de la presa el año pasado?

La conversación había dado un giro. La voz, antes cálida, se había endurecido.

—Llevábamos años trabajando en aquello, Sylvain, décadas, y todo para que tú lo echaras a perder.

Francœur sabía que éste era un momento crucial: no podía parecer débil, pero tampoco arriesgarse a un enfrentamiento, así que sonrió, cogió su panecillo y lo abrió en dos mitades.

—Tiene razón, por supuesto, pero creo que más adelante nos daremos cuenta de que eso también fue un regalo del cielo. El asunto de la presa fue siempre problemático: no sabíamos a ciencia cierta si en efecto llegaría a colapsarse, y en todo caso la red eléctrica habría sufrido un daño de tal magnitud que habría tardado años en repararse. Esto de ahora es mucho mejor. —Miró por los ventanales, que iban de suelo a techo, y vio la nieve que seguía cayendo afuera—. Estoy convencido de que es incluso mejor que el plan original: tiene la gran ventaja de ser muy visible. No será algo que ocurra en medio de la nada, sino aquí mismo, en el centro de una de las mayores ciudades de Norteamérica. Piense en el impacto visual.

Los dos hombres hicieron una pausa: podían imaginarlo.

Lo que estaban considerando no era una acción de destrucción, sino de creación. Supondría manufacturar la rabia: una atrocidad tan grande se tornaría un crisol, un hervidero, y eso levantaría un clamor exigiendo acción, lo que, a su vez, requería un líder.

—¿Y Gamache?

—Ya no es un factor en la ecuación —repuso Francœur.

—No me mientas, Sylvain.

—Está aislado, su departamento está hecho un desastre y hoy él mismo prácticamente ha acabado de destruirlo. Ya no le quedan aliados y sus amigos le han dado la espalda.

—Gamache sigue vivo. —El acompañante de Francœur se inclinó hacia él y bajó la voz, no para ocultar lo que iba a decir, sino para dejarlo bien claro—: Has matado a muchos, Sylvain, ¿por qué vacilar con Gamache?

—No es vacilación. Créame, nada me gustaría más que librarme de él, pero incluso la gente que no le es leal haría preguntas si apareciera flotando de pronto en el río San Lorenzo o fuera víctima de un atropello con fuga. No necesitamos eso ahora. Ya hemos acabado con su carrera, con su departamento; hemos acabado con su credibilidad y quebrantado su voluntad. No hace falta matarlo, todavía no, a menos que se acerque demasiado, pero no lo hará: lo tengo bien distraído.

—¿Cómo?

—Meciendo al borde del precipicio a alguien que a él le importa mucho. Gamache está desesperado por salvar a ese hombre y...

—¿Jean-Guy Beauvoir?

Francœur hizo una pequeña pausa, sorprendido de que su acompañante supiera eso, y entonces se le ocurrió otra cosa: mientras él espiaba a Gamache, ¿este hombre lo estaba espiando a él?

«Da igual», pensó. «No tengo nada que ocultar.»

Aun así, sintió que las alarmas se activaban en su interior, que se ponía en guardia. Sabía muy bien de qué era capaz, incluso se enorgullecía de ello. Se consideraba un comandante en tiempos de guerra, alguien que no se arredraba ante las decisiones difíciles, ni a la hora de enviar a sus hombres a la muerte ni a la de ordenar la muerte de otros. Era desagradable pero necesario.

Como Churchill al permitir el bombardeo de Coventry: sacrificar a unos pocos por el bien de muchos. Francœur dormía bien por las noches, sabedor de que no era ni de lejos el primer comandante en andar ese camino. Todo por un bien mayor.

El hombre al otro lado de la mesa tomó un sorbo de vino tinto y lo observó por encima del borde de la copa. Francœur sabía de qué era capaz él mismo y también de qué era capaz su acompañante, y qué cosas había hecho ya.

Sylvain Francœur redobló sus defensas.

Armand Gamache encontró los registros de la parroquia, unos volúmenes gruesos y encuadernados en piel, exactamente donde el sacerdote había dicho que estarían. Sacó un par de los estantes polvorientos y se llevó el correspondiente a la década de 1930 al escritorio.

Se puso el abrigo. En el despacho hacía frío y él tenía hambre. Ignorando el ruido que le hacían las tripas, se puso las gafas de leer y se inclinó sobre el libro en el que figuraban los nacimientos y las muertes.

Francœur cortó el hojaldre de su salmón en *croûte* y observó la carne rosácea y escamosa cubierta de berros. La masa rezumaba limón y mantequilla al estragón.

Se llevó el tenedor a la boca mientras su acompañante daba cuenta de una pierna de cordero en su jugo al ajo y romero. En la mesa había dos bandejitas de judías verdes finas y de espinacas.

—No has contestado a mi pregunta, Sylvain.

—¿Cuál?

—¿Va a dimitir realmente el inspector jefe? ¿Está dejando constancia de su capitulación o trata de engañarnos?

La mirada de Francœur volvió a posarse en el papel doblado pulcramente sobre la mesa: la transcripción de la conversación en el despacho de Gamache grabada unas horas antes.

—Ya le he dicho antes que, en mi opinión, da igual.

Su compañero dejó el tenedor y se llevó la servilleta de hilo a los labios: se las apañó para que ese gesto amanerado pareciera masculino.

—Pero no has explicado qué querías decir con eso.

—Me refería a que llega tarde. Por nuestra parte ya está todo en su sitio y sólo necesitamos que usted dé la orden.

Mientras miraba hacia el otro extremo de la mesa, el tenedor de Francœur pendía en el aire.

Si se diera la orden en ese momento, ambos estarían a sólo unos minutos de poner fin a lo que había empezado treinta años atrás, con dos jóvenes idealistas y una conversación entre susurros. Ahora, ambos tenían canas, manchas de vejez en las manos y arrugas en el rostro; comían rodeados de mantelería almidonada, plata bruñida, vino tinto. Y ya no serían susurros, sino una explosión.

—Muy pronto, Sylvain. Es cuestión de horas, quizá de un día: sigamos ciñéndonos al plan.

Al igual que su acompañante, el superintendente jefe Francœur sabía que la paciencia significaba poder.

Allí figuraban todas.

Marie-Virginie.

Marie-Hélène.

Marie-Josephine.
Marie-Marguerite.
Y Marie-Constance.
Había encontrado el registro de sus nacimientos: una larga lista de nombres bajo el apellido Ouellet. Y había encontrado sus muertes: la de Isidore, la de Marie-Harriette y la de sus hijas. Constance, por supuesto, aún no tenía una entrada, pero no tardaría en tenerla, y entonces el registro quedaría completo: los nacimientos y luego las muertes, y el libro podría cerrarse.
Gamache se arrellanó en la silla. Pese al desorden, la habitación transmitía calma. Sin duda, y él lo sabía muy bien, se debía al silencio y el aroma de los libros viejos.
Devolvió a su sitio los volúmenes, ambos grandes y pesados, y salió de la iglesia. Cuando cruzaba hacia la rectoría, pasó frente al cementerio: las lápidas grises y viejas del campo, medio enterradas en la nieve, transmitían serenidad. Aún nevaba, como había hecho todo el día; no era una nevada copiosa, pero sí constante, con copos grandes y suaves cayendo a plomo.
—¡Ay, qué demonios! —exclamó Gamache en voz alta, y se salió del camino.
Se hundió de inmediato hasta media pantorrilla y notó que la nieve le entraba en las botas. Avanzó penosamente, hundiéndose a ratos hasta las rodillas, y fue de lápida en lápida hasta dar con ellos.
Isidore y Marie-Harriette, uno junto al otro, con sus nombres escritos en piedra para la eternidad. Marie-Harriette había muerto muy joven, al menos para los estándares de hoy en día: aún no tenía cuarenta años; Isidore, muy mayor, a punto de cumplir los noventa. Eso había sido quince años atrás.
El inspector jefe trató de quitar la nieve de la tumba para leer los demás nombres y fechas, pero había demasiada. Miró a su alrededor y luego volvió sobre sus pasos.
Vio acercarse al párroco y lo saludó.
—¿Ha encontrado lo que andaba buscando? —quiso saber el padre Antoine.

Ahora parecía más cordial. Gamache pensó que quizá su problema era un nivel bajo de azúcar en sangre, más que el mal humor o la decepción crónica ante un Dios que lo había dejado allí tirado y se había olvidado de él.

—Más o menos. He intentado echar un vistazo a las lápidas, pero hay demasiada nieve.

—Le traeré una pala.

El padre Antoine volvió al cabo de unos minutos. Gamache abrió un caminito hasta el monumento y luego despejó la tumba.

Marie-Virginie.

Marie-Hélène.

Marie-Josephine.

Marie-Marguerite.

Y Marie-Constance. Su fecha de nacimiento sí figuraba; la de su muerte todavía no. Era de suponer que la enterrarían junto a sus hermanas: juntas en la muerte al igual que en la vida.

—Déjeme preguntarle una cosa, *mon père*.

—*Oui?*

—¿Sería posible fingir un funeral y falsificar el registro del mismo?

El padre Antoine pareció desconcertado ante la pregunta.

—¿Fingir y falsificar, por qué?

—No estoy muy seguro de por qué, pero ¿sería posible hacerlo?

El párroco reflexionó un instante.

—No anotamos un fallecimiento en el registro sin antes ver el certificado de defunción, pero si este último no fuera exacto, entonces supongo que sí, que en el registro también figuraría un error. Pero ¿el funeral? Eso sería más complicado, ¿no? Me refiero a que tendríamos que enterrar a alguien...

—¿Podría tratarse de un ataúd vacío?

—Bueno, eso no es muy probable: la funeraria no suele entregarnos ataúdes vacíos para enterrarlos.

Gamache sonrió.

—Supongo que no, pero no tendrían que saber necesariamente quién va dentro. Y si usted no conociera al feligrés en cuestión, también podrían engañarlo.

—¿Ahora sugiere que podría haber alguien en el ataúd, aunque no la persona que correspondía?

El padre Antoine parecía tener serias dudas. «Y ya puede tenerlas», se dijo el inspector jefe.

No obstante, si gran parte de las vidas de las quintillizas Ouellet había sido una falsificación, ¿por qué no también sus muertes? Pero ¿con qué fin? ¿Y cuál de ellas podía seguir aún con vida?

Gamache negó con la cabeza. La respuesta más razonable, con mucho, era la más simple: estaban todas muertas, y la cuestión que debería estar planteándose no era si estaban muertas, sino si habían sido asesinadas.

Observó las lápidas vecinas. A la izquierda, más Ouellet: la familia de Isidore; a la derecha, los Pineault: la familia de Marie-Harriette. Todos los nombres masculinos de los Pineault empezaban por «Marc». Gamache se inclinó más y no le sorprendió comprobar que los nombres de todas las mujeres empezaban por «Marie».

La de Marie-Harriette atrajo de nuevo su mirada.

«Muerta tiempo atrás y enterrada en otra ciudad, / mi madre no ha acabado conmigo todavía.»

Gamache se preguntó qué sería exactamente eso que no había acabado aún entre las hijas y la madre. Mamá, Ma.

—¿Ha venido alguien últimamente preguntando por las quintillizas? —preguntó Gamache mientras los dos andaban en fila india por el caminito que él había despejado.

—No, la mayoría de la gente se olvidó de ellas hace tiempo.

—¿Lleva mucho de párroco aquí?

—Unos veinte años. Desde mucho después de que las quintillizas se mudaran.

Así pues, aquel sacerdote cansado ni siquiera había visto los frutos del milagro: sólo había recibido los cuerpos.

—Las niñas ¿volvieron alguna vez de visita?

—No.

—Y sin embargo están enterradas aquí.

—Bueno, ¿dónde iban a enterrarlas si no? Al final, la mayoría de la gente vuelve a casa.

Gamache pensó que probablemente era cierto.

—¿Y los padres? ¿Llegó a conocerlos?

—Conocí a Isidore. Vivió muchos años y nunca volvió a casarse: siempre confió en que sus hijas regresarían para cuidar de él en su vejez.

—Pero no lo hicieron.

—Sólo para su funeral, y luego para ser enterradas ellas mismas.

El sacerdote cogió el viejo juego de llaves que le tendía Gamache y se despidieron, pero al inspector le quedaba una parada más antes de regresar a Montreal.

Unos minutos más tarde, Gamache detuvo el coche en una plaza de aparcamiento y apagó el motor. Contempló los muros altos, coronados con púas y marañas de alambre de espino. Los guardias lo observaron desde sus torres empuñando los rifles.

No hacía falta que se inquietaran: el inspector jefe no tenía intención de apearse, aunque estuvo tentado de hacerlo.

La iglesia quedaba tan sólo a unos kilómetros de la prisión de máxima seguridad donde ahora vivía Pierre Arnot, donde lo había metido Gamache.

Su intención, tras haber hablado con el párroco y echado un vistazo al registro, era volver directamente a Montreal, pero había sentido la necesidad imperiosa de ir hasta allí: algo lo había arrastrado hasta ese lugar, y ese algo era Pierre Arnot.

Se encontraban a sólo unos centenares de metros uno del otro, y Arnot tenía todas las respuestas.

Gamache estaba cada vez más convencido de que, fuera lo que fuese, aquello que estaba llegando a su punto crítico lo había puesto en marcha Arnot. Y Arnot no lo detendría: eso dependía de Gamache y los otros.

Aunque le tentaba enfrentarse a Arnot, no estaba dispuesto a romper la promesa que le había hecho a Thérèse.

Encendió el motor del coche, metió la marcha y se alejó de allí, pero en vez de regresar a Montreal tomó la dirección opuesta, de vuelta a la iglesia. Una vez allí, aparcó delante de la rectoría y llamó a la puerta.

—Otra vez usted —dijo el párroco, pero no parecía disgustado.

—*Désolé, mon père* —dijo Gamache—. He olvidado preguntarle una cosa: ¿vivió Isidore en su propia casa hasta su muerte?

—Así es.

—¿Y cocinaba, limpiaba y cortaba leña él mismo?

—La generación de nuestros mayores —contestó el sacerdote con una sonrisa— era autosuficiente y se enorgullecía de serlo: nunca pedían ayuda.

—Pero a menudo contaban con ayuda —replicó Gamache—, por lo menos en el pasado: la familia cuidaba de los padres y los abuelos.

—Cierto.

—Bueno, ¿y quién cuidó de Isidore si no lo hicieron sus hijas?

—Uno de sus cuñados.

—¿Y aún vive aquí? ¿Puedo hablar con él?

—No. Se marchó cuando Isidore murió. El viejo monsieur Ouellet le dejó su casa. A modo de agradecimiento, supongo. ¿A quién si no iba a dejársela?

—Pero ¿ya no vive allí?

—No: Pineault la vendió y se mudó a Montreal, me parece.

—¿Tiene su dirección? Me gustaría hablar con él sobre Isidore, Marie-Harriette y las niñas. Los habrá conocido a todos, ¿no? Incluso a la madre.

Gamache contuvo el aliento.

—Claro que sí: ella era su hermana, y él, tío de las niñas —repuso el padre Antoine—. No tengo su dirección, pero se llama André, André Pineault, y a estas alturas será un anciano.

—¿Qué edad debe de tener?

Père Antoine reflexionó un momento.

—No estoy seguro. Podemos comprobarlo en los registros de la parroquia si quiere, pero diría que tendrá setenta y largos. Era el más joven de su generación, bastantes años más joven que su hermana. Los Pineault eran una familia numerosísima. Buenos católicos.

—¿Está seguro de que todavía vive?

—No, no estoy seguro, pero ahí no está. —El párroco miró más allá de Gamache, hacia el cementerio—. ¿Y adónde iba a ir a parar si no?

A casa, pero no a la que había heredado, sino a la tumba.

TREINTA Y UNO

El técnico le tendió a Gamache el informe y el gorro.

—Listo.

—¿Hay algo?

—Bueno, hubo tres contactos significativos con ese gorro; además de su propio ADN, por supuesto. —Miró con desaprobación a Gamache por haber contaminado la prueba.

—¿Quiénes son los otros?

—Bueno, primero que nada déjeme decirle que más de tres personas llegaron a tocar ese gorro. He encontrado restos de ADN de un buen puñado de gente y al menos de un animal. Probablemente fueron contactos fortuitos, años atrás. Lo cogieron, y es posible que incluso lo llevaran, pero no por mucho tiempo: pertenecía a alguien más.

—¿A quién?

—Estoy en ello.

El técnico lo miró con irritación. El inspector jefe hizo un ademán con la mano invitando al tipo a seguir con el asunto.

—Bueno, como le decía, hubo tres contactos significativos. Uno es un caso aparte, pero los otros dos guardan parentesco.

El caso aparte, sospechó Gamache, sería Myrna, que había tenido el gorro en las manos e incluso había probado a calárselo en la cabeza.

—Una de las coincidencias procede de la víctima.

—Constance Ouellet —dijo Gamache. No era una sorpresa, pero mejor tener la confirmación—. ¿Y la otra?

—Bueno, ahí es donde la cosa se pone interesante, y difícil.

—Ha dicho que había un parentesco —insistió Gamache, con la esperanza de ahorrarse un sermón sin duda fascinante.

—Y lo hay, pero el otro ADN es antiguo.

—¿Cómo de antiguo?

—De hace décadas, diría yo. Es difícil conseguir una interpretación exacta, pero no hay duda de que los une un parentesco. Eran hermanos, quizá.

Gamache miró fijamente los ángeles.

—¿Hermanos? ¿No podrían ser un progenitor y un hijo?

El técnico reflexionó un momento y asintió.

—Es posible.

—Madre e hija —señaló Gamache casi para sí.

De modo que tenían razón: MA representaba a la madre. Marie-Harriette había tejido seis gorros, uno para cada una de sus hijas y uno para sí misma.

—No —dijo el técnico—. Madre e hija no, padre e hija: el ADN antiguo es casi sin duda masculino.

—*Pardon?*

—No puedo estar seguro al cien por cien, por supuesto —explicó el técnico—. Está ahí, en el informe: el ADN procede de cabello. Yo diría que este gorro había pertenecido a un hombre años atrás.

Gamache volvió a su despacho.

El departamento estaba desierto, incluso Lacoste se había ido. La había llamado desde el coche, cuando estaba aparcado frente a la rectoría, y le había pedido que encontrara a André Pineault. Ahora más que nunca quería hablar con el hombre que había conocido a Marie-Harriette y, sobre todo, que había conocido a Isidore y las niñas.

«Padre e hija», había dicho el técnico.

Gamache podía ver a Isidore con los brazos extendidos, bendiciendo a sus hijas, y esa expresión de capitulación en la cara. ¿Era posible que no las estuviera bendiciendo, sino pidiéndoles perdón?

«Se encontrarán de nuevo los perdonados y los indulgentes.»

¿Por eso ninguna se había casado? ¿Por eso ninguna había regresado, excepto para asegurarse de que él estaba realmente muerto?

¿Por eso se había suicidado Virginie?

¿Por eso odiaban a su madre? ¿No por lo que había hecho, sino por lo que no había sido capaz de hacer? ¿Y era posible que el Estado, con su actitud arrogante y arbitraria, de hecho hubiera salvado a las niñas al llevárselas de aquella sombría casa de labranza?

Gamache recordó la cara de alegría de Constance cuando su padre le ataba los patines. No había dudado de ella en ningún momento, pero ahora se preguntó si era auténtica. Había investigado muchos casos de abusos infantiles y sabía que el crío en cuestión, si lo ponías en una habitación con sus padres, casi siempre se abrazaba al abusador.

El esfuerzo de una niña por ganarse el favor de su padre... ¿era eso lo que mostraba la cara de la pequeña Constance? ¿No alegría genuina, sino una expresión fruto de la desesperación y la práctica?

Bajó la vista hacia el gorro: la llave de la casa de las quintillizas. Valía más no sacar una conclusión precipitada que quizá estaba lejos de la verdad, pensó Gamache, pero al mismo tiempo se preguntó si ése sería el secreto que Constance había puesto bajo llave, el que finalmente estaba dispuesta a sacar a la luz.

Pero eso no explicaba su asesinato. O quizá sí... ¿Habría pasado por alto el significado de algo o no habría sabido establecer alguna conexión crucial?

Cada vez más, le parecía esencial hablar con el tío de las niñas.

Lacoste le había mandado un correo electrónico para decirle que creía haberlo encontrado. Era un apellido muy común y quizá no fuera el Pineault correcto, pero la edad casaba y se había mudado a su apartamento catorce años atrás, de modo que la época coincidía con la muerte de Isidore y la venta de la casa de labranza. Lacoste le había preguntado a Gamache si quería que ella entrevistara a Pineault, pero él le había dicho que se fuera a casa y descansara un poco: lo haría él mismo de camino a Three Pines.

Sobre su escritorio encontró el dossier que le había dejado Lacoste y que incluía la dirección de un tal monsieur Pineault en el extremo este de Montreal.

Giró lentamente la silla hasta quedar de espaldas al despacho, desierto y a oscuras, y miró por la ventana. Se estaba poniendo el sol. Miró el reloj: las 4.17 h, una hora en la que, en efecto, debía estar poniéndose el sol; aun así, siempre parecía demasiado pronto.

Se mecía suavemente mirando Montreal: ¡qué ciudad tan caótica! Siempre lo había sido, pero también vibrante, viva y alborotada.

Observar Montreal siempre suponía un placer para él.

Estaba considerando hacer algo que podía resultar una estupidez garrafal. Sensato no era, desde luego, pero en realidad aquella idea no había salido de su cabeza.

El inspector jefe reunió sus papeles y se marchó sin mirar atrás. No se había molestado en cerrar con llave su despacho; de hecho, ni siquiera había cerrado la puerta: no hacía falta, dudaba mucho que fuera a volver.

En el ascensor, en lugar del botón de bajar pulsó el de subir a una planta más arriba. Una vez allí, salió y recorrió el pasillo con decisión. A diferencia del Departamento de Homicidios, éste no estaba desierto, y los agentes levantaban la vista de sus escritorios cuando les pasaba por delante. Unos cuantos alargaron la mano hacia el teléfono.

Pero el inspector jefe no les prestó atención: iba derecho a su objetivo. Una vez allí, entró sin llamar a la puerta y la cerró con firmeza.

—Jean-Guy.

Beauvoir alzó la vista del escritorio y Gamache sintió que se le encogía el corazón: Jean-Guy parecía decaído, endurecido.

—Ven conmigo —dijo Gamache.

Había esperado que su voz sonara normal y le sorprendió oír sólo un susurro, unas palabras apenas audibles.

—Fuera de aquí. —Beauvoir también habló en voz baja, y le dio la espalda.

—Ven conmigo —repitió Gamache—. Por favor, Jean-Guy, aún no es demasiado tarde.

—¿Para qué? ¿Para que puedas joderme aún un poco más? —Beauvoir se volvió para fulminarlo con la mirada—. ¿Para humillarme más incluso? Pues que te den por el culo.

—Han robado los informes del psicólogo —dijo el inspector jefe, acercándose a aquel joven ahora envejecido—. Ahora saben muy bien cómo meterse en nuestra cabeza... en la tuya, en la mía..., en la de Lacoste, en la de todos.

—¿«Saben»? ¿Quiénes «saben»? Espera, no me lo digas: todos aquellos que no son tú. Eso es todo lo que importa, ¿no? El gran Armand Gamache no es culpable de nada, la culpa es sólo de «ellos», como siempre. Bueno, pues coge esa puta vida perfecta tuya, coge tu expediente impoluto y sal cagando leches de aquí. Para ti no soy más que un pedazo de mierda, algo que se te ha pegado al zapato, no soy lo bastante bueno para tu departamento ni para tu hija, no soy lo bastante bueno para que me salves.

Estas últimas palabras apenas si brotaron de los labios de Beauvoir: se le había cerrado la garganta y a duras penas logró que salieran. Se puso en pie, con todo su cuerpo enjuto temblando.

—Intenté que... —empezó Gamache.

—Me abandonaste, me dejaste para que muriera en aquella fábrica.

Gamache abrió la boca para hablar, pero ¿qué podía decir? ¿Que había salvado a Beauvoir? ¿Que lo arrastró hasta ponerlo a salvo, que restañó su herida y pidió ayuda?

¿Que no fue culpa suya?

Por muchos años que viviera, lo que vería Armand Gamache no sería la herida de Jean-Guy, sino su cara: el terror que había en aquellos ojos, el miedo a morir tan de repente, de forma tan inesperada; los ojos de Jean-Guy, que le rogaban a Gamache que no lo dejara morir solo y le suplicaban que se quedara con él.

Jean-Guy se había aferrado a las manos de Gamache, que aún podía sentir las suyas, pegajosas y calientes. Jean-Guy no había dicho una palabra, pero sus ojos habían hablado a gritos.

Armand había besado a Jean-Guy en la frente, le había alisado el cabello enmarañado, le había susurrado al oído y después se había ido a ayudar a los demás: él era su líder y los había conducido a lo que resultó una emboscada, no podía quedarse con el agente caído, por mucho cariño que le tuviera.

A él también le habían disparado. Casi había muerto. Al alzar la mirada había visto a Isabelle Lacoste; ella lo había mirado a los ojos, le había sostenido la mano y escuchado susurrar «Reine-Marie».

Ella no lo había abandonado: Gamache había conocido el consuelo inenarrable de no estar solo en sus últimos momentos, y entonces fue consciente de la soledad inenarrable que debió de haber sentido Beauvoir.

Armand Gamache sabía que Jean-Guy había cambiado: de aquel suelo de cemento se había levantado un hombre distinto del que había caído. Pero también sabía que Jean-Guy Beauvoir nunca se había levantado en realidad: seguía anclado al suelo de aquella maldita fábrica por culpa del dolor y los analgésicos, por la adicción y la crueldad y el cautiverio de la desesperanza.

Gamache volvió a mirar aquellos ojos.

Ahora estaban vacíos. Incluso la ira parecía un mero ejercicio, un eco; en realidad, ya ni la sentía: eran unos ojos mortecinos.

—Ven conmigo —insistió Gamache—, deja que te busque ayuda. Aún no es demasiado tarde, por favor.

—Annie me echó a patadas porque tú le dijiste que lo hiciera.

—La conoces bien, Jean-Guy, incluso mejor que yo: sabes que no se la puede obligar a hacer nada. Lo que hizo fue un acto de amor, aunque casi la mata. Te echó porque quería que buscaras ayuda para tu adicción.

—Sólo son analgésicos —le espetó Beauvoir. La discusión sobre eso también era antigua, una danza sombría entre ambos hombres—. Y recetados por un médico.

—¿Y esto? —Gamache se inclinó y cogió los ansiolíticos del escritorio de Beauvoir.

—Eso es mío. —Beauvoir le arrebató el frasco de la mano y las pastillas cayeron y se desparramaron por el suelo—. Me lo has quitado todo y sólo me has dejado esto. —En un solo gesto, recogió el bote y se lo arrojó al jefe—. Esto es todo lo que me queda, y ahora quieres quitármelo también.

Beauvoir estaba demacrado y temblaba, pero se enfrentó a Gamache, más robusto que él.

—¿Sabías que los demás agentes solían decir que yo era tu perra porque siempre andaba correteando detrás de ti?

—Nunca dijeron nada semejante: tenías todo su respeto.

—«Tenías», «tenías»... Pero ¿ya no? Sí que era tu perra: te besaba el culo y el anillo. Era el hazmerreír. Y después de la incursión, les dijiste a todos que era un cobarde...

—¡Jamás!

—... les dijiste que estaba destruido, que ya no servía para nada...

—¡Jamás!

—Hiciste que me mandaran a un loquero y luego a rehabilitación, como si fuera un maldito enclenque. Me humillaste.

Mientras hablaba, iba empujando a Gamache hacia atrás. Con cada afirmación, un empellón, y otro, y otro más, hasta que la espalda del inspector jefe dio contra la fina pared del despacho.

Y cuando Gamache ya no podía moverse hacia delante ni hacia atrás, Jean-Guy Beauvoir le metió una mano bajo la chaqueta y le cogió la pistola.

—Me abandonaste para que muriera y luego me convertiste en un hazmerreír.

Gamache sintió el cañón de la Glock en el abdomen e inhaló de pronto al notar que se hundía más.

—Te relevé de tu cargo. —La voz del jefe sonaba estrangulada—. Ordené que volvieras a rehabilitación para ayudarte.

—Annie me ha dejado —dijo Beauvoir, ahora con los ojos llenos de lágrimas.

—Ella te quiere, pero no podía vivir con un adicto. Eres un adicto, Jean-Guy.

Mientras el inspector jefe hablaba, Jean-Guy se inclinó y hundió aún más la pistola en su abdomen. El inspector jefe apenas podía respirar, sin embargo seguía sin defenderse.

—Ella te quiere —repitió el jefe con un hilo de voz áspera—, tienes que buscar ayuda.

—Me abandonaste para que muriera —insistió Beauvoir, jadeante—, para que muriera en el suelo, en el puto suelo sucio.

Ahora lloraba y se inclinaba contra el cuerpo de Gamache. Podía sentir el tejido de la chaqueta del inspector jefe contra la mejilla sin afeitar y el olor a madera de sándalo mezclado con un leve aroma a rosas.

—He vuelto en tu busca ahora, Jean-Guy. —La boca de Gamache estaba contra la oreja de Beauvoir, sus palabras apenas eran audibles—. Ven conmigo.

Notó moverse la mano de Beauvoir y tensarse el dedo sobre el gatillo, pero siguió sin defenderse, sin oponer resistencia.

«Se encontrarán de nuevo los perdonados y los indulgentes.»

—Lo siento —dijo Gamache—, daría mi vida por salvarte.

«¿O será, como ha sido siempre, / demasiado tarde?»

—Demasiado tarde. —Las palabras de Beauvoir sonaron amortiguadas contra el hombro del jefe.

—Te quiero —susurró Armand.

Jean-Guy Beauvoir retrocedió de un salto blandiendo la pistola y golpeó a Gamache en un lado de la cara. El inspector jefe trastabilló, dio contra un archivador y alargó un brazo hacia la pared para evitar caerse. Cuando se dio la vuelta, vio a Beauvoir apuntándolo con la Glock, con la mano temblándole violentamente.

Gamache sabía que había agentes al otro lado de la puerta que podrían haber entrado, que podrían haber impedido aquello y que aún podían hacerlo, pero no lo hacían.

Se incorporó y alargó una mano, ahora cubierta por su propia sangre.

—Podría matarte —dijo Beauvoir.

—*Oui*, y quizá lo merezco.

—Nadie me culparía, nadie me arrestaría.

Gamache comprendió que eso era cierto. Nunca se le había ocurrido que, si alguna vez lo abatían a tiros, podría ser en la jefatura de la Sûreté, a manos de Jean-Guy Beauvoir.

—Lo sé —contestó en voz baja. Dio un paso hacia Beauvoir, que no retrocedió—. Qué solo debes de sentirte.

Miró a Jean-Guy a los ojos y el corazón se le rompió en pedazos por aquel muchacho al que había dejado atrás.

—Podría matarte —repitió Beauvoir con voz menos firme ahora.

—Sí —dijo, cara a cara con Jean-Guy. La pistola casi le rozaba la camisa blanca salpicada de sangre.

Gamache alargó la mano derecha, una mano que ya no temblaba, y notó el frío metal. Cerró la mano en torno a la de Jean-Guy. La sintió fría, como la pistola. Ambos hombres se miraron a los ojos unos instantes y luego Jean-Guy soltó el arma.

—Déjame —dijo Beauvoir, sin ganas de luchar y con muy pocas de vivir.

—Ven conmigo.

—Vete.

Gamache volvió a meter la pistola en su funda y fue hasta la puerta. Una vez allí, vaciló.

—Lo siento.

Beauvoir estaba plantado en el centro de su despacho, demasiado cansado para volverse siquiera.

El inspector jefe Gamache salió y echó a andar hacia un grupo de agentes de la Sûreté, algunos de los cuales habían sido alumnos suyos en la academia.

Armand Gamache siempre había tenido creencias pasadas de moda: creía que la luz barrería las tinieblas, que la amabilidad era más poderosa que la crueldad y que la bondad existía incluso en los lugares donde reinaba mayor desesperanza. Creía que el mal tenía sus límites. Pero ante aquellos hombres y mujeres jóvenes que lo observaban ahora, y que no habían hecho nada al ver que algo terrible estaba a punto de ocurrir, se preguntó si podía haber estado equivocado todo el tiempo.

Quizá las tinieblas ganaban a veces, quizá el mal no tenía límites.

Recorrió el pasillo solo, apretó el botón y, en la privacidad del ascensor, se llevó las manos a la cara.

—¿Seguro que no necesita un médico?

André Pineault estaba plantado en el umbral del cuarto de baño con los brazos cruzados sobre el amplio pecho.

—No, estoy bien.

Gamache se echó más agua en la cara y notó el picor cuando tocó la herida. Un líquido rosáceo se arremolinó en el desagüe y luego desapareció. Levantó la cabeza y vio su reflejo, con un corte irregular en el pómulo y el cardenal empezando a formarse.

Pero se curaría.

—¿Y dice que ha patinado en el hielo? —Monsieur Pineault le tendió una toalla limpia que el inspector jefe presionó contra su mejilla—. Yo también me he pegado mis buenos patinazos, sobre todo cuando andaba con unas cuantas copas encima; le pasa a todo el mundo, en todas partes: a veces incluso nos arrestan por pegar patinazos.

Gamache sonrió y luego esbozó una mueca. Pero volvió a sonreír.

—El hielo es bastante traicionero —admitió.

—*Maudit tabarnac*, cuánta razón tiene —dijo Pineault, abriendo la marcha pasillo abajo hasta la cocina—. ¿Una cerveza?

—*Non, merci.*

—¿Café? —le preguntó sin muchas ganas.

—Quizá un poco de agua.

Pineault no habría mostrado menos entusiasmo si le hubiera pedido pis, pero le sirvió un vaso y sacó unos cubitos de hielo. Dejó caer uno en el agua, envolvió el resto en un trapo de cocina y le tendió ambas cosas al inspector jefe.

Gamache le devolvió la toalla y se llevó el hielo a la cara. Hizo que se sintiera mejor de inmediato; era evidente que André Pineault tenía experiencia en esos asuntos.

Su anfitrión abrió una cerveza, apartó una silla y se sentó con Gamache a la mesa de formica.

—Bueno, *patron* —dijo—, ¿quería hablar de Isidore y Marie-Harriette o de las niñas?

Tras haber llamado al timbre, Gamache se había presentado y explicado que quería hacerle unas preguntas sobre monsieur y madame Ouellet. Sin embargo, su autoridad se había visto socavada por su aspecto: parecía que acababa de perder una pelea en un bar.

Había tratado de adecentarse en el coche sin salir muy airoso. En circunstancias normales, habría ido a casa a cambiarse, pero no quedaba mucho tiempo. Por suerte, no parecía que su aspecto hubiera impresionado en ningún sentido a André Pineault.

Ahora, sentado en la cocina y tomando agua fresca, con media cara entumecida, Gamache empezaba a sentirse humano y competente de nuevo.

Monsieur Pineault se apoyó en el respaldo de la silla con el pecho y la panza sobresaliendo. Era fuerte, vigoroso, curtido. Bien podía pasar de los setenta, según el calendario, pero parecía no tener edad: casi inmortal. Gamache no podía imaginarse a nadie o nada abatiendo a aquel hombre.

Había conocido a muchos quebequeses como él, hombres y mujeres robustos, criados para cuidar de casas de labranza, bosques y animales, y de sí mismos; enérgicos, tenaces, autosuficientes: una raza a la que ahora las clases urbanas, más refinadas, miraban con desprecio.

Por suerte, a los hombres como André Pineault no les importaba gran cosa o, si les importaba, se limitaban a pegar sus buenos patinazos y llevarse por delante al urbanita en cuestión.

—¿Recuerda bien a las quintillizas? —preguntó Gamache, y dejó el trapo con el hielo sobre la mesa de la cocina.

—Cuesta olvidarlas, aunque no las veía mucho. Vivían en aquella especie de parque temático que el gobierno construyó para ellas en Montreal, pero volvían por Navidad y a pasar unos días en verano.

—Debe de haber sido emocionante eso de tener unas celebridades en el pueblo.

—Supongo, aunque en realidad nadie las consideraba lugareñas. En el pueblo se vendían recuerdos de las quintillizas Ouellet y se bautizaban moteles y cafés con nombres que tenían que ver con ellas, como la cafetería Cinco Hermanas, etcétera, pero no las consideraban del pueblo, no en realidad.

—¿No tenían amigos, niños del pueblo con los que pasaran el rato?

—¿Pasar el rato? —repitió Pineault con un resoplido—. Esas niñas no «pasaban el rato»: todo lo que hacían estaba planeado. Cualquiera diría que eran las reinas de Inglaterra.

—¿De modo que no tenían amigos?

—Sólo aquellos a los que la gente del cine les pagaba para que jugaran con ellas.

—¿Sabían eso las niñas?

—¿Que eran críos sobornados? Probablemente.

Gamache recordó lo que Myrna había contado sobre Constance: cómo ansiaba tener compañía, y no la de sus sempiternas hermanas, sino la de una amiga, una sola, a la que no hubiera que pagar. Incluso a Myrna le había pagado para que la escuchara, aunque luego Constance había dejado de hacerlo y Myrna no la había abandonado.

—¿Cómo eran?

—Niñas normales, supongo, muy unidas entre ellas.

—¿Muy presumidas? —quiso saber Gamache.

Pineault se revolvió en el asiento.

—Pues no sabría decirlo.

—¿Le caían bien?

Pineault pareció desconcertado ante la pregunta.

—Ellas debían de tener su misma edad más o menos... —probó de nuevo Gamache.

—Yo era un poco más pequeño. —Sonrió de oreja a oreja—. No soy tan viejo, aunque pueda parecerlo.

—¿Jugaba con ellas?

—A hockey, a veces. Isidore montaba un equipo cuando las niñas estaban en casa por Navidad. Todos queríamos ser Rocket Richard, incluidas las niñas.

Gamache advirtió un ligero cambio en su actitud.

—Isidore le caía bien, ¿verdad?

André soltó un gruñido.

—Era un bestia. Daba la sensación de que lo hubieran arrancado de la tierra, como algún tocón grandote y sucio. Tenía unas manos enormes.

Pineault extendió las suyas, de tamaño considerable, sobre la mesa de la cocina y bajó la vista, sonriendo. Al igual que Isidore, a su sonrisa le faltaban varios dientes, aunque ni un ápice de sinceridad. Negó con la cabeza.

—No se le daba bien conversar. Si me dijeran que le saqué más de cinco palabras en sus últimos diez años de vida, me llevaría una sorpresa.

—Vivía usted con él, tengo entendido.

—¿Quién le ha dicho eso?

—El párroco.

—¿Antoine? Menuda vieja está hecho, joder: siempre cotilleando, como cuando era niño. Jugaba de portero, ¿sabe? Pero era demasiado perezoso para moverse; se quedaba ahí plantado como una araña en su tela. Nos ponía los pelos de punta. Y ahora es amo y señor de esa iglesia y prácticamente cobra por enseñar a los turistas dónde bautizaron a las quintillizas. Hasta les enseña la tumba de los Ouellet. Aunque, por supuesto, eso ya no le importa gran cosa a nadie.

—¿Nunca volvieron a visitar a su padre de adultas?

—¿Eso también se lo ha contado Antoine?

Gamache asintió con la cabeza.

—Bueno, pues tiene razón. Pero daba igual, Isidore y yo estábamos bien solos. Él ordeñó las vacas hasta el día que murió, ¿sabe? Tenía casi noventa años y prácticamente cayó muerto en el cubo de leche —dijo, y rió ante su propia ocurrencia. Tomó un sorbo de cerveza y continuó—: Confío en que sea cosa de familia, porque es así como me gustaría morir.

Miró a su alrededor, la cocina pequeña y pulcra, y recordó dónde estaba y cómo era probable que muriera.

Gamache, sin embargo, sospechaba que caer de cabeza en un cubo de leche no sería tan divertido como parecía.

—¿Lo ayudaba en la casa de labranza?

Pineault asintió.

—También me ocupaba de la limpieza y de cocinar. A Isidore se le daban bien las tareas al aire libre, pero detestaba trabajar dentro de la casa, aunque sí le gustaba tenerla ordenada.

Gamache no tuvo que mirar a su alrededor para saber que André Pineault también apreciaba el orden. Se preguntó si se le habría pegado en los años pasados con el exigente Isidore o si sería ordenado por naturaleza.

—Por suerte para mí, su comida favorita era esa pasta que viene en lata, la de letras, y los perritos calientes. Por las noches jugábamos al *cribbage* o simplemente nos sentábamos en el porche.

—¿Sin hablar?

—Sin decir una palabra. Él miraba hacia los campos, y lo mismo hacía yo. A veces me iba al pueblo, al bar, y cuando volvía, él seguía allí.

—¿En qué pensaba?

Pineault apretó los labios y miró por la ventana. No había nada que ver, sólo la pared de ladrillo del edificio de al lado.

—Pensaba en las niñas. —La mirada de André volvió a posarse en Gamache—. El momento más feliz de su vida fue cuando nacieron, pero no creo que llegara a superar nunca la impresión que eso le produjo.

Gamache se acordó de la fotografía de un joven Isidore Ouellet mirando con los ojos muy abiertos a sus cinco hijas envueltas en sábanas, toallas y trapos sucios.

Sí, le había causado una gran impresión.

Pero unos días después ahí estaba Isidore, limpio como sus hijas, acicalado para los noticiarios. Sostenía a una de las niñas con cierta torpeza, un poco inseguro, pero con mucha ternura, con un ademán protector, envolviéndola con aquellos brazos bronceados y fornidos. La película mostraba a un labrador rudo y sin educación, pero era una imagen fingida.

Isidore Ouellet había querido a sus hijas.

—¿Por qué las niñas no iban a visitarlo de mayores?

—¿Cómo voy a saberlo? Tendría que preguntárselo a ellas.

«¿A ellas?», pensó Gamache.

—No puedo.

—Bueno, si ha venido a verme para que le dé su dirección, no la tengo: hace años que no las veo ni sé nada de ellas.

André Pineault pareció caer en la cuenta de algo de repente. Su silla produjo un chirrido largo y lento contra el linóleo cuando la echó hacia atrás, apartándose del inspector jefe.

—¿Por qué ha venido?

—Constance murió hace unos días. —Observó a Pineault mientras hablaba; de momento no hubo reacción: el hombretón estaba simplemente asimilándolo.

—Lamento oírlo.

Pero Gamache dudó que lo hiciera: la noticia no debía de haberlo alegrado, pero tampoco lo entristecía exactamente. Por lo que veía el inspector jefe, le daba igual.

—Bueno, ¿y cuántas quedan? —quiso saber Pineault.

—Ninguna.

—¿Ninguna? —Eso sí pareció sorprenderlo. Se apoyó en el respaldo de la silla y cogió su cerveza—. Pues se acabó lo que se daba.

—¿Lo que se daba?

—Se acabaron las quintillizas.

—No parece muy afectado.

—Mire, estoy seguro de que eran buenas chicas pero, por lo que sé, cuando nacieron a Isidore y Marie-Harriette les cayó un montón de *merde* encima.

—Fueron el fruto de las plegarias de su madre —le recordó Gamache—. Conocerá usted toda aquella historia del hermano André.

—¿Qué sabe usted sobre eso? —preguntó Pineault.

—Bueno, no es precisamente un secreto, ¿no? Su hermana le hizo una visita al hermano André en el oratorio para pedir su intercesión. Subió las escaleras de rodillas rogando que se le concedieran hijos. Las niñas nacieron un día después de que muriera *frère* André: todo eso es parte importante de la historia de las niñas.

—Ah, sí, claro —repuso Pineault—: los bebés milagrosos. Cualquiera diría que el mismísimo Jesucristo había asistido el parto. Marie-Harriette sólo era una mujer que deseaba una familia, la esposa de un campesino pobre. Pero le diré una cosa. —Pineault inclinó su corpachón hacia Gamache—. Si Dios le hizo eso, es que debía de odiarla.

—¿Ha leído usted el libro del doctor Bernard?

Había esperado que Pineault se enfadara, pero guardó silencio un momento y negó con la cabeza.

—Oí hablar de él, como todos. Era una sarta de mentiras: dejaba a Isidore y Marie-Harriette como unos campesinos ignorantes, demasiado estúpidos para criar a sus propias hijas. Bernard oyó hablar de la visita al hermano

André y la convirtió en una basura salida de Hollywood. La contó en los noticiarios, a los periodistas y en su libro. Marie-Harriette no fue la única que acudió al oratorio en busca de la bendición del hermano André, la gente sigue haciéndolo hoy en día y nadie habla del resto de los que subieron esas escaleras de rodillas, joder.

—Los demás no dieron a luz a quintillizas.

—Pues qué suerte tuvieron.

—¿No le caían bien las niñas?

—No las conocía bien. Cada vez que volvían a casa había cámaras y niñeras, y ese médico, y toda clase de gente. Al principio era divertido, pero entonces se volvió una... —buscó la palabra exacta— *merde* y convirtió las vidas de todos en una *merde* también.

—¿Lo veían de esa manera Marie-Harriette e Isidore?

—¡Y yo qué sé! Sólo era un crío. Lo que sí sé es que Isidore y Marie-Harriette eran buena gente, gente decente que sólo intentaba salir adelante. Marie-Harriette deseaba ser madre más que nada en el mundo y no se lo permitieron: se lo arrebataron, y a Isidore también. En el libro de ese tal Bernard se decía que habían vendido a sus hijas al gobierno. Era una patraña, pero la gente lo creyó y eso la mató, ¿sabe? Mi hermana murió de vergüenza.

—¿E Isidore?

—A él lo volvió incluso más callado; apenas sonreía ya, con todo el mundo cuchicheando a sus espaldas, señalándolo. Después de eso casi no salía de casa.

—¿Y por qué no volvieron las niñas a la casa de labranza cuando se hicieron mayores? —Había hecho antes esa pregunta, sin éxito, pero valía la pena volver a intentarlo.

—No eran bienvenidas, y lo sabían.

—Pero Isidore hubiera querido que lo hicieran, para cuidar de él.

Pineault soltó una risotada.

—¿Quién le ha contado eso?

—El sacerdote, el padre Antoine.

—¡Y qué sabe él! Desde la muerte de Marie-Harriette, Isidore no quiso saber nada de las niñas... Las culpaba.

—¿Y usted no se mantuvo en contacto con sus sobrinas?

—Les escribí para decirles que su padre había muerto y aparecieron para el funeral. Eso fue hace quince años, desde entonces no las he visto.

—Isidore le dejó la casa de labranza a usted —dijo Gamache—, y no a sus hijas.

—Cierto: se había desentendido de ellas.

Gamache sacó el gorro de lana del bolsillo y lo dejó sobre la mesa. Por primera vez en mucho rato, vio una sonrisa genuina en el rostro de André.

—Lo reconoce.

Pineault lo cogió.

—¿De dónde lo ha sacado?

—Constance se lo dio a una amiga por Navidad.

—Pues qué regalo tan raro: el gorro de otra persona.

—Lo describió como la llave de su casa; ¿sabe qué puede haber querido decir con eso?

Pineault examinó el gorro y luego volvió a dejarlo en la mesa.

—Mi hermana les tejió gorros a todas las niñas. No sé de cuál de ellas era éste. Si Constance lo regaló es probable que fuera el suyo, ¿no le parece?

—¿Y por qué llamarlo «la llave de su casa»?

—*Câlice*, yo qué sé.

—Este gorro no era de Constance —dijo Gamache dándole unos golpecitos.

—Pues sería de otra, supongo.

—¿Alguna vez se lo vio a Isidore?

—Su testarazo en el hielo debe de haber sido peor de lo que cree —dijo André con un resoplido—. Eso pasó hace sesenta años: no recuerdo ni lo que me ponía yo, así que él ya ni digamos. Sólo me acuerdo de que solía llevar camisas a cuadros en invierno y verano, y que apestaban. ¿Alguna pregunta más?

—¿Cómo llamaban las niñas a su madre? —quiso saber Gamache, ya poniéndose en pie.

—*Tabarnac* —soltó Pineault—. ¿Seguro que se encuentra bien?

—¿Por qué lo pregunta?

—Porque ha empezado a hacer preguntas estúpidas... «¿Cómo llamaban las niñas a su madre?»

—¿Y bien?

—¿Cómo coño voy a saberlo? ¿Cómo llama cualquiera a su madre?

Gamache aguardó la respuesta.

—Pues «mamá», por supuesto.

No habían recorrido ni dos pasos cuando Pineault se detuvo.

—Espere un momento. Ha dicho que Constance ha muerto, pero eso no explica su interrogatorio; ¿por qué me ha preguntado tantas cosas?

Gamache sabía que Pineault se lo plantearía en algún momento. Le había llevado su tiempo, aunque también era probable que lo hubieran distraído las preguntas estúpidas.

—Constance no falleció de muerte natural.

—¿Cómo murió?

El hombre miraba a Gamache con mucha intensidad.

—La asesinaron. Trabajo en Homicidios.

—*Maudit tabarnac* —musitó Pineault.

—¿Se le ocurre alguien que pueda haberla matado?

André Pineault reflexionó unos segundos y negó despacio con la cabeza.

Antes de salir de la cocina, Gamache reparó en la cena de aquel hombre, esperando en la encimera.

Una lata de pasta de letras y perritos calientes.

TREINTA Y DOS

Cuando cruzaba el puente de Champlain desde la isla de Montreal, Gamache se fijó en que habían salido las quitanieves, con sus luces parpadeantes.

El tráfico de la hora punta era tan denso que parecía haberse congelado, y por el espejo retrovisor advirtió que una de esas máquinas gigantescas también había quedado atrapada en el atasco.

No quedaba otra que ir avanzando palmo a palmo. La cara había empezado a palpitarle, pero trató de ignorarlo. Le costó más ignorar cómo había ocurrido, aunque con esfuerzo consiguió que sus pensamientos se centraran en la conversación con André Pineault, la única persona viva que había conocido a las quintillizas y a sus padres. A Gamache le había dejado en la cabeza una imagen de amargura, de pérdida, de una pobreza que iba más allá de la mera economía.

La casa de los Ouellet debería haber estado llena de bebés llorones, pero en vez de eso se había llenado de rumores y leyendas sobre un milagro que había sido puesto a la venta por unos padres codiciosos y sobre unas niñas a las que habían salvado no sólo de la pobreza, sino también de la codicia de sus padres. E Isidore y Marie-Harriette se habían quedado solos.

Se había forjado un mito para vender entradas, películas y comida en la cafetería de las Cinco Hermanas, para vender libros y postales, para vender la imagen de Quebec como una tierra ilustrada, progresista, temerosa de Dios, obediente a Dios.

Un lugar por donde la deidad se paseaba concediendo deseos a quienes se postraban ante él con las rodillas sangrantes.

Aquello despertó algo en el pensamiento de Gamache mientras observaba a los conductores impacientes que trataban de cambiarse de carril creyendo que así avanzarían más rápido en el embotellamiento, creyendo que de pronto ocurriría un milagro reservado para el carril de al lado y todos los coches que había delante desaparecerían por ensalmo.

Observó la carretera y pensó en milagros y en mitos, y en cómo había descrito Myrna el momento en el que Constance admitió por primera vez que no era una Pineault, sino una de las quintillizas Ouellet.

Myrna dijo que había sido como si se materializara una diosa griega: Hera, y después Thérèse Brunel había señalado que Hera no era una diosa cualquiera, sino la más influyente de todas, poderosa y celosa.

Myrna había protestado diciendo que era sólo el primer nombre que se le había ocurrido, que podría haber dicho igualmente Atenea o Afrodita, pero no lo había hecho: había mencionado a la solemne y vengativa Hera.

La cuestión a la que Gamache no paraba de darle vueltas en la cabeza era si lo que Constance quería contarle a Myrna era algo que le había hecho alguien, posiblemente su padre, o algo que le había hecho ella, o todas, a alguien más.

Constance guardaba un secreto, eso era evidente. Y Gamache estaba casi seguro de que finalmente estaba dispuesta a revelarlo, a dejar caer su albatros a los pies de Myrna.

Suponiendo que Constance hubiera acudido primero a alguna otra persona, a alguien en quien pudiera confiar. ¿De quién podría tratarse? ¿Había alguien más, aparte de Myrna, a quien Constance pudiera considerar un confidente?

El hecho era que en realidad no había nadie. El tío André había pasado muchos años sin verlas y no parecía precisamente un admirador. Los vecinos se habían mantenido siempre a una distancia respetuosa. En cuanto al párroco, *père* Antoine, ante quien Constance pudo haberse sentido inclinada a confesarse para salvar su alma, parecía considerarlas poco más que un producto mercantil: ni humanas ni divinas.

Gamache volvió a repasar el caso una y otra vez, y una y otra vez se encontró con la pregunta de si Marie-Constance Ouellet era realmente la última de las hermanas o si una de ellas había escapado: si había fingido su muerte y cambiado de nombre para forjarse una vida propia.

Eso habría sido mucho más sencillo en los años cincuenta o sesenta, incluso en los setenta, antes de los ordenadores, antes de que hubiera tanta documentación.

Y si una de las quintillizas seguía viva, ¿podría haber matado a su hermana para impedir que hablara, para seguir guardando su secreto?

Pero ¿cuál era ese secreto? ¿Que una hermana seguía viva? ¿Que había fingido su muerte?

Gamache miraba al frente con el rostro bañado en el resplandor rojo de las luces de freno de delante. Recordó lo que había dicho el padre Antoine: que tendrían que haber enterrado a alguien.

¿Era ése el secreto? No que una de las hermanas vivía, sino que algún otro había tenido que morir para ser enterrado.

Olvidó por completo que estaba en el puente, a pocos metros de una caída vertiginosa sobre el río cubierto de nieve medio derretida: su mente estaba concentrada en aquel rompecabezas. Revisó el caso una vez más, en busca de alguna mujer mayor, de casi ochenta años. Había varios hombres ancianos: el padre Antoine, el tío André Pineault, pero no había mujeres, con excepción de Ruth.

Por un momento Gamache jugó con la idea de que Ruth fuera la quintilliza desaparecida. No una hermana imaginaria, como ella misma se había proclamado, sino una real. Eso explicaría por qué Constance había visitado a Ruth, por qué había establecido un vínculo con una poeta vieja y amargada que había escrito un poema fundamental en su carrera... ¿Sobre la muerte de quién? De Virginie Ouellet.

¿Era posible? ¿Podía Ruth Zardo ser Virginie, que no se había arrojado escaleras abajo, sino que se había metido en una madriguera de conejo y aparecido en Three Pines?

Por mucho que le gustara la idea, se vio obligado a desecharla: Ruth Zardo, pese a todas sus airadas exigencias de privacidad, era de hecho bastante transparente en lo tocante a su vida. Su familia se había mudado a Three Pines cuando ella era niña. Por divertido que le hubiera resultado arrestar a Ruth por asesinato, tuvo que rechazar a regañadientes aquella idea.

Pero entonces brotó otra en sus pensamientos: había otra mujer anciana en la periferia del caso, la vecina, la que vivía con su marido en la casa de al lado y había sido invitada a una limonada en el porche, la que se había hecho amiga, en lo que cabía, de aquellas hermanas tan reservadas.

¿Podía ser ella Virginie? ¿O incluso Hélène? ¿Podía haber escapado de la vida de una quintilliza Ouellet cavando un túnel desde la tumba?

Y entonces se dio cuenta de que la única garantía de que la vecina había sido invitada una sola vez a la casa era la palabra de aquella misma mujer. Quizá era más que una vecina, quizá no era coincidencia que las hermanas se hubieran mudado a aquel sitio.

Finalmente, Gamache consiguió salir del puente, tomó la primera salida y se detuvo en el arcén para llamar a Lacoste.

—Los informes médicos coinciden, jefe —le dijo ésta desde su casa—. Es posible que se falsificaran, pero ambos sabemos que eso es mucho más difícil de lo que parece.

—El doctor Bernard podría haberse ocupado del asunto —repuso Gamache—, y sabemos que detrás de las quintillizas Ouellet estaba el peso del gobierno: eso podría explicar que el certificado de defunción fuera tan impreciso, que dijera que fue un accidente pero insinuara un posible suicidio.

—Pero ¿por qué iban a acceder a algo semejante?

Gamache sabía que era una buena pregunta. Observó el sándwich de queso reseco en el asiento de al lado: el pan blanco se curvaba un poco hacia arriba bajo el celofán. La nieve se acumulaba en el cristal: observó cómo la barrían los limpiaparabrisas.

¿Por qué iba Virginie a fingir su muerte, y por qué iban a ayudarla Bernard y el gobierno?

—Creo que sabemos por qué habría querido hacerlo —dijo—: Virginie parecía la más dañada por la vida pública.

Lacoste guardó silencio un instante, pensando.

—Y la vecina, si realmente es Virginie, está casada. Quizá sabía que la única esperanza de tener una vida normal era empezar de nuevo, de cero, con otra identidad.

—¿Cómo se llama?

Gamache oyó teclear a Lacoste mientras abría el archivo.

—Annette Michaud.

—Si es Virginie, Bernard y el gobierno tuvieron que haberla ayudado —dijo Gamache, reflexionando en voz alta—. ¿Por qué? Es probable que no lo hicieran voluntariamente: Virginie debía de saber algo sobre ellos, algo que amenazaba con contar.

Volvió a pensar en aquella niñita que habían dejado fuera de la casa y que volvía una carita compungida hacia la cámara del noticiario pidiendo ayuda.

Si tenía razón, eso significaba que Virginie Ouellet, una de las niñas milagro, era también una asesina, quizá la autora de un doble asesinato: uno cometido años atrás, para permitirle escapar, y otro sólo unos días antes, para mantener a salvo su secreto.

—Volveré a interrogarla esta noche, *patron* —dijo Lacoste.

De fondo, Gamache oía chillidos y risas de los hijos de la inspectora. Miró el reloj del salpicadero: eran las seis y media, y faltaba una semana para Navidad. A través de la media luna sin nieve del parabrisas vio un muñeco de nieve de plástico iluminado y carámbanos de luces navideñas pendiendo de la estación de servicio.

—Ya voy yo. Además, me queda más cerca, justo acabo de cruzar el puente.

—Va a ser una noche larga, jefe —insistió Lacoste—, deje que vaya yo.

—Diría que será una noche larga para ambos —zanjó Gamache—. Te haré saber qué descubro. Entretanto, intenta averiguar todo lo que puedas sobre madame Michaud y su marido.

Colgó y dio la vuelta con el coche, de regreso a Montreal por el puente embotellado. Y mientras se abría paso despacio hacia la ciudad, iba pensando en Virginie: quizá había escapado, pero sólo a la casa de al lado.

Salió del puente y recorrió callejuelas hasta llegar a la casa de las Ouellet, a oscuras, un agujero en el vecindario, alegre y navideño.

Aparcó y observó la casa de los Michaud: el sendero de acceso estaba despejado y uno de los árboles del jardín delantero se había decorado con bombillas de colores vivos. Había luces encendidas, aunque las cortinas estaban corridas; la casa se veía cálida, acogedora.

Una casa como cualquier otra en la calle: una más entre iguales.

¿Era eso lo que tanto habían anhelado las célebres quintillizas? ¿No la fama, sino la compañía? ¿Ser normales? De ser así, y si aquélla era la quintilliza que llevaba tanto tiempo desaparecida, lo había conseguido..., a menos que hubiera matado para lograrlo.

Gamache llamó al timbre y acudió un hombre que, calculó, rondaría los ochenta años. Abrió la puerta sin vacilación, sin preocuparse de que quien estaba al otro lado pudiera desearle algún mal.

—*Oui?*

Monsieur Michaud llevaba un cárdigan y pantalones de franela gris. Su aspecto era pulcro y cómodo. Tenía un bigote blanco y bien recortado y unos ojos sin asomo de suspicacia. De hecho, a Gamache le pareció que esperaba buenas noticias, no malas.

—¿Monsieur Michaud?

—*Oui?*

—Soy uno de los agentes que investigan lo ocurrido en la casa de al lado —dijo Gamache mostrando su placa de la Sûreté—, ¿puedo pasar?

—Pero está usted herido...

La voz procedía de detrás de Michaud, y el anciano se hizo a un lado para dejar paso a su mujer.

—Adelante —dijo Annette Michaud tendiéndole una mano a Gamache.

El inspector jefe se había olvidado de su cara y de su camisa manchada de sangre, y se sintió fatal. Los dos ancianos lo miraban con preocupación; no por sí mismos, sino por él.

—¿Podemos hacer algo? —quiso saber monsieur Michaud mientras su mujer los guiaba hasta la sala de estar.

Había un árbol de Navidad decorado, con las luces encendidas y regalos envueltos debajo, y de la repisa de la chimenea pendían dos calcetines.

—¿Quiere que lo curemos?

—No, no, estoy bien, *merci* —los tranquilizó Gamache.

A petición de madame Michaud, se quitó el pesado abrigo y se lo dio.

Era una mujer menuda y regordeta, vestida con una bata de estar por casa, leotardos y zapatillas.

Le llegaba el olor de la cena, pensó en el sándwich reseco de queso, todavía sin comer, que le esperaba en el coche helado.

Los Michaud se sentaron en el sofá, uno al lado del otro. Lo miraban expectantes. Habría costado encontrar dos sospechosos de asesinato menos probables, pero Gamache, en su larga carrera, había arrestado a más asesinos improbables que evidentes, y sabía que las emociones intensas y mezquinas que llevaban a asestar el golpe definitivo podían habitar en cualquier persona, incluso en aquel matrimonio tan agradable, incluso en aquella casa tranquila con aroma a estofado.

—¿Cuánto tiempo llevan viviendo en este barrio? —preguntó.

—Pues unos cincuenta años —contestó el marido—: compramos la casa cuando nos casamos, en 1958.

—Fue en 1959, Albert —corrigió madame.

Virginie Ouellet había muerto el 25 de julio de 1958 y Annette Michaud había llegado allí en 1959.

—¿No tienen hijos?

—No —respondió monsieur.

Gamache asintió con la cabeza.

—¿Y cuándo se mudaron aquí sus vecinas, las hermanas Pineault?

—Fue hace veintitrés años —contestó monsieur Michaud.

—Qué exactitud —comentó Gamache con una sonrisa.

—Bueno, hemos estado pensando en ellas, por supuesto —repuso madame—; recordándolas.

—¿Y qué recuerdan?

—Que eran las vecinas perfectas: tranquilas, reservadas, como nosotros.

«Como nosotros», pensó Gamache observándola. En efecto, tenía la edad precisa y la complexión adecuada. No se preguntó si tendría el temperamento necesario para matar. No se trataba de eso: casi todos los asesinos reaccionaban con sorpresa ante su crimen, ante el arrebato de pasión, ante ese estallido repentino, sorprendidos por cómo, en cuestión de segundos, habían pasado de ser personas buenas y amables a convertirse en homicidas.

¿Lo había planeado o había supuesto una sorpresa tanto para ella como para Constance? Quizá había ido a la casa de al lado y descubierto la intención de esta última de regresar al pueblecito, de contarle todo a Myrna, no por rencor ni para hacerle daño a su hermana, sino para liberarse.

A Virginie, la liberación le había llegado con un asesinato, a Constance se la proporcionaría la verdad.

—¿Eran amigas? —le preguntó Gamache.

—Bueno, teníamos una relación cordial —contestó madame Michaud.

—Pero tengo entendido que la invitaron a tomar algo.

—Una limonada, en una ocasión. Eso difícilmente lo vuelve una amistad. —Sus ojos, aunque seguían siendo cálidos, también eran sagaces, como su cerebro.

Gamache se inclinó y se concentró plenamente en madame Michaud.

—¿Sabían que eran las quintillizas Ouellet?

Ambos Michaud se echaron atrás en el asiento. Las cejas del marido se arquearon en un gesto de sorpresa, pero las de madame descendieron: ella estaba sintiendo algo, estaba pensando.

—¿Las quintillizas Ouellet? ¿Las quintillizas Ouellet? —repitió, la segunda vez con un retintín de incredulidad.

Gamache asintió con la cabeza.

—Pero no es posible —intervino Albert.

—¿Por qué no? —quiso saber Gamache.

Michaud tartamudeó como si su cerebro fuera más deprisa que sus palabras. Se volvió hacia su esposa.

—¿Tú lo sabías?

—Claro que no: te lo habría contado.

El inspector jefe se apoyó contra el respaldo y los observó asimilar aquella información. Parecían francamente asombrados, pero ¿lo estaban ante la noticia en sí o ante el hecho de que él lo supiera?

—¿Nunca lo sospecharon?

Ambos negaron con la cabeza, al parecer incapaces de hablar todavía. Para su generación habría sido como enterarse de que las vecinas eran marcianas: familiares y extraterrestres a un tiempo.

—Yo las vi una vez —explicó monsieur Michaud—, mi madre nos llevó a su casa: salían a las horas en punto y recorrían la verja saludando a la gente. Era muy emocionante. Enséñale lo que tenemos, Annette.

Madame Michaud se puso en pie seguida por ambos hombres. La anciana volvió al cabo de un minuto.

—Mire: mis padres me compraron esto en una tienda de recuerdos.

Le mostró un pisapapeles con una imagen de la preciosa casita y las cinco hermanas en la puerta.

—Mis padres también me llevaron a verlas, justo después de la guerra. Creo que mi padre había presenciado cosas terribles y quería ver algo esperanzador.

Gamache observó el pisapapeles y a continuación se lo devolvió.

—¿De verdad vivían aquí al lado? —preguntó monsieur Michaud, finalmente consciente de lo que había dicho Gamache—. ¿Conocimos a las quintillizas?

Se volvió hacia su esposa, que no parecía muy satisfecha. A diferencia de su marido, ella parecía recordar el motivo de la visita de Gamache.

—La causa de su muerte no pudo haber sido que era una de las quintillizas, ¿no? —preguntó.

—No lo sabemos.

—Pero aquello fue hace mucho tiempo —añadió madame mirándolo a los ojos.

—¿El qué? Podían haber crecido, podían haberse cambiado el apellido, pero siempre serían las quintillizas. Nada podía cambiar eso.

Continuaron mirándose mientras monsieur Michaud musitaba:

—No puedo creerlo... las quintillizas.

Armand Gamache abandonó la calidez del hogar del matrimonio. El aroma a estofado se le pegó al abrigo y lo acompañó desde la puerta hasta el coche.

Condujo de regreso por el puente de Champlain con el tráfico más fluido ahora que la hora punta llegaba a su fin. No estaba seguro de haberse acercado lo más mínimo a la resolución del caso. ¿Estaba forjando su propio mito, el de la quintilliza desaparecida, la que había vuelto de entre los muertos? Un milagro más.

• • •

—¿Dónde está ahora? —quiso saber Francœur.

—Acaba de cruzar el puente de Champlain —respondió Tessier—, y se dirige al sur. Creo que regresa al pueblecito ese.

Francœur se arrellanó en la silla y observó a Tessier, pero el inspector conocía aquella mirada. En realidad no lo veía: el superintendente jefe estaba rumiando algo.

—¿Por qué vuelve sin parar a ese pueblo? ¿Qué hay en ese lugar?

—Según el expediente del caso, la quintilliza que fue asesinada tenía amigos allí.

Francœur asintió, aunque con gesto distraído: pensando.

—¿Y estamos seguros de que es Gamache?

—Sí, es él. Seguimos el rastro de su teléfono móvil y su coche. Al salir de aquí ha ido a ver a un tipo llamado... —Tessier consultó sus notas— André Pineault. Luego ha llamado a Isabelle Lacoste, aquí tengo la transcripción. Después ha vuelto a la casa donde se cometió el crimen y ha hablado con la vecina. Acaba de marcharse de allí: parece totalmente concentrado en el caso.

Francœur apretó los labios y asintió con la cabeza. Estaban en su despacho, a puerta cerrada. Eran casi las ocho de la tarde, pero Francœur no estaba dispuesto a irse a casa: tenía que asegurarse de que todo estuviera a punto. Se estaban ocupando de todos los detalles, pensando en cualquier posible contingencia. La única lucecita de alarma en un horizonte por lo demás muy despejado era Armand Gamache, y ahora Tessier decía que esa lucecita había desaparecido en aquel pueblo, en el vacío.

Francœur sabía que debería sentir alivio, pero tenía un nudo en el estómago, un mal presentimiento. Quizá estaba tan acostumbrado al enfrentamiento con Gamache, al forcejeo constante, que era incapaz de ver que la refriega había concluido.

Quería creer que era así, pero era un hombre precavido y, aunque las pruebas dijeran una cosa, sus entrañas le decían otra.

Si Armand Gamache caía al precipicio, no lo haría voluntariamente: habría huellas de garras por todo el camino. De algún modo, todo aquello era un truco, sólo que no sabía en qué consistía.

«Es demasiado tarde», se recordó, pero la preocupación siguió ahí.

—También ha estado aquí, en la jefatura, y ha ido a ver a Jean-Guy Beauvoir —dijo Tessier.

Francœur se enderezó en el asiento.

—¿Y...?

Cuando Tessier le describió lo ocurrido, volvió a relajarse.

Ahí estaban las marcas de garras. Qué perfecto era aquello: Gamache había empujado a Beauvoir, y Beauvoir a Gamache.

Y ambos habían acabado cayendo.

—Beauvoir no supondrá ningún problema —añadió Tessier—; a estas alturas, hará lo que le digamos.

—Bien.

Había otra cosa que Francœur necesitaba que Beauvoir hiciese.

—Hay algo más, señor.

—¿Qué?

—Gamache ha ido a la prisión de máxima seguridad.

A Francœur se le demudó el rostro.

—¿Por qué coño no me has dicho eso primero?

—No ha pasado nada —se apresuró a tranquilizarlo Tessier—, ni siquiera se ha bajado del coche.

—¿Estás seguro? —Francœur lo taladró con la mirada.

—Absolutamente: tenemos las cintas de seguridad. Se ha quedado ahí sentado, mirando. Las Ouellet están enterradas allí cerca; estaba por la zona, por eso ha ido.

—Ha ido a la prisión porque lo sabe —replicó Francœur.

Sus ojos ya no estaban clavados en Tessier, sino que se movían de aquí para allá como si fueran de un pensamiento a otro, como si trataran de seguir a una presa veloz.

—*Merde* —susurró, y su mirada volvió a detenerse en Tessier—, ¿quién más sabe esto?

—Nadie.

—Dime la verdad, Tessier, nada de gilipolleces... ¿A quién más se lo has contado?

—A nadie. Mire, da igual: ni siquiera se ha bajado del coche. No ha llamado al alcaide, no ha llamado a nadie, sólo se ha quedado ahí sentado. ¿Cuánto puede saber?

—Sabe que Arnot está involucrado —exclamó Francœur, y acto seguido recobró la calma e inhaló profundamente—. Ha sabido establecer esa conexión; no sé cómo, pero lo ha hecho.

—Es posible que sospeche alguna cosa —admitió Tessier—, pero aunque supiera lo de Arnot, no podría saberlo todo.

Francœur volvió a apartar los ojos de Tessier y miró a lo lejos, escrutando el horizonte.

«¿Dónde estás, Armand? No te has rendido para nada, ¿verdad? ¿Qué está pasando por esa cabecita tuya?»

Pero entonces se le ocurrió otra cosa: quizá aquello, al igual que el fracaso del plan de la presa y la muerte de Audrey Villeneuve, e incluso el fallo de Tessier, que no había acertado en lanzar el cuerpo al río, también llegaba como caído del cielo.

Significaba que Gamache, aunque hubiera deducido la conexión con Arnot, no había llegado más lejos que eso. Tessier tenía razón: con Arnot no era suficiente. Quizá Gamache sospechaba que Arnot estaba involucrado, pero desconocía el panorama general.

Gamache se había plantado delante de la puerta correcta, pero aún no había encontrado la llave. El tiempo corría a favor de ellos, era a Gamache a quien se le había agotado.

—Encuéntralo —ordenó Francœur.

Cuando Tessier no contestó, el superintendente jefe lo miró. Tessier alzó la vista de su BlackBerry.

—No podemos.

—¿Qué quieres decir? —El tono de Francœur era ahora mesurado, completamente bajo control, el pánico se había esfumado.

—Lo hemos seguido —aseguró el inspector a su jefe—, pero luego el rastro ha desaparecido. —Y se apresuró a añadir—: Creo que es buena señal.

—¿Cómo puede ser buena señal perder al inspector jefe Gamache cuando sólo nos quedan unas horas y él acaba de conectar claramente a Arnot con el plan?

—El rastro no se ha perdido, sólo se ha esfumado la señal, lo que quiere decir que está en una zona sin cobertura por satélite: en ese pueblecito.

De manera que no había vuelto sobre sus pasos.

—¿Cómo se llama el pueblo? —quiso saber Francœur.

—Three Pines.

—¿Estás seguro de que Gamache está allí?

Tessier asintió con la cabeza.

—Bien. Sigue monitorizándolo.

«Si está allí», se dijo Francœur, «es como si estuviera muerto». Muerto y enterrado en un pueblucho que ni siquiera aparecía en el mapa; desde allí, Gamache no era ninguna amenaza para ellos.

—Si sale de ese lugar, quiero saberlo de inmediato.

—Sí, señor.

—Y no le cuentes a nadie lo de la prisión de máxima seguridad.

—No lo haré, señor.

Francœur observó cómo se iba Tessier. Gamache había estado cerca, muy cerca, le habían faltado apenas unos metros para descubrir la verdad, pero se había quedado corto, y ahora lo tenían arrinconado en un pueblucho olvidado.

—Esto tiene que haberte escocido —dijo Jérôme Brunel, retrocediendo un paso tras haber examinado la cara y los ojos de Gamache—. No hay conmoción cerebral.

—Qué pena —espetó Thérèse, sentada a la mesa de la cocina, observando—: quizá eso le habría hecho recuperar un poco la sensatez. ¿Por qué diantre tenías que enfrentarte al inspector Beauvoir justo ahora?

—Es difícil de explicar.

—Inténtalo.

—Francamente, Thérèse, ¿importa a estas alturas?

—¿Sabe lo que estás haciendo? ¿Lo que estamos haciendo?

—Ni siquiera sabe lo que está haciendo él mismo —repuso Gamache—: no es ninguna amenaza.

Thérèse Brunel estuvo a punto de decir algo, pero al verle la cara, con el moretón y aquella expresión, decidió no hacerlo.

Nichol estaba en la planta de arriba, durmiendo. Ya habían cenado, pero habían guardado algo para Gamache. Éste se llevó una bandeja con sopa y una *baguette* recién hecha, *paté* y quesos a la sala de estar, y se instaló delante del fuego. Jérôme y Thérèse se unieron a él.

—¿Deberíamos despertarla? —quiso saber Gamache.

—¿A la agente Nichol? —preguntó Jérôme con cierta alarma—. Acabamos de librarnos de ella, disfrutemos de la paz.

Gamache pensó, mientras tomaba la sopa de lentejas, que era curioso que nadie llamara a Nichol por su nombre de pila: Yvette; siempre era Nichol o la agente Nichol.

No era una persona, ni desde luego una mujer; era una agente, nada más.

Cuando Gamache hubo acabado con su cena y todos de lavar los platos, se hicieron un té y volvieron a la sala de estar. En circunstancias normales habrían tomado una copa de vino con la cena o una de coñac después, pero ese día a ninguno se le había pasado por la cabeza.

Esa noche, no.

Jérôme miró su reloj.

—Son casi las nueve, creo que intentaré dormir un poco. ¿Thérèse?

—Subo dentro de un momento.

Observaron a Jérôme cargar con su peso escaleras arriba y luego Thérèse se volvió hacia Armand.

—¿Por qué has ido a ver a Beauvoir?

Gamache suspiró.

—Tenía que intentarlo una vez más.

Ella lo observó un buen rato.

—Querrás decir por última vez: crees que no tendrás otra oportunidad.

Guardaron silencio durante unos instantes. Thérèse acarició las orejas de *Henri* y el pastor alemán soltó unos gañidos.

—Has hecho lo correcto, no hay nada que tengamos que lamentar.

—¿Y tú? ¿Lamentas algo?

—Sólo haber metido a Jérôme en esto.

—Fui yo quien lo metió —replicó Gamache—, no tú.

—Pero yo podría haberme interpuesto.

—No creo que ninguno de nosotros creyera que la cosa llegaría a este punto.

La superintendente Brunel paseó la vista por la sala de estar, con sus fundas desvaídas y sus sofás y butacas tan cómodos, por los libros, los vinilos y las revistas viejas, la chimenea y las ventanas, que daban al sombrío jardín trasero por un lado y a la plaza del pueblo por el otro.

Vio los tres pinos enormes, con sus luces de Navidad meciéndose bajo una leve brisa.

—Si tenía que llegar a este punto, éste es un buen sitio para esperar lo que tenga que pasar.

Gamache sonrió.

—Cierto. Pero, por supuesto, no estamos esperando: estamos presentando batalla; o Jérôme va a hacerlo, más bien; yo sólo pongo músculo.

—Por supuesto que sí, *mon beau* —repuso ella con su mejor tono sobreprotector.

Gamache la observó unos instantes.

—¿Está bien Jérôme?

—¿Te refieres a si está listo?

—*Oui*.

—No nos dejará en la estacada, sabe que todo depende de él.

—Y de la agente Nichol —puntualizó Gamache.

—*Oui*. —Pero Thérèse lo dijo sin convicción.

Incluso alguien que se estuviera ahogando vacilaría si la agente Nichol le arrojase un salvavidas. No podía culparlos de ello: a él también le pasaba.

No había olvidado su presencia en la fonda, cuando no tenía nada que hacer allí, o al menos no en favor de ellos. Era evidente que actuaba según otra agenda.

No, Armand Gamache no lo había olvidado.

Cuando Thérèse Brunel subió a su habitación, Gamache echó otro tronco al fuego, preparó otra cafetera y se llevó a *Henri* a dar un paseo.

Henri iba delante dando brincos en sus intentos por atrapar las bolas de nieve que Gamache le arrojaba. Hacía una noche perfecta de invierno, no excesivamente fría y sin viento. Todavía nevaba, pero más suavemente ahora, y tuvo la sensación de que pararía antes de medianoche.

Echó la cabeza hacia atrás, abrió la boca y notó copos enormes cayéndole en la lengua, ni demasiado duros ni demasiado blandos.

Perfectos.

Cerró los ojos y los notó en la nariz, en los párpados, en la mejilla herida: eran como besos diminutos, como los que solían darle Annie y Daniel de pequeñitos, y como los que él les daba a ellos.

Abrió los ojos y continuó paseando despacio en torno a la plaza de ese pueblecito precioso, una y otra vez. Al pasar frente a las casas, miraba a través de las ventanas, que arrojaban luz color miel sobre la nieve. Vio a Ruth inclinada sobre una mesa de plástico blanco y a *Rosa* sentada encima, observándola, quizá dictándole.

Al volver la curva vio a Clara leyendo junto a la chimenea, hecha un ovillo en un rincón del sofá con una manta cubriéndole las piernas.

Vio a Myrna ir de aquí para allá en la buhardilla de su apartamento, preparándose una taza de té.

Del *bistrot* le llegaban risas, y vio el árbol de Navidad, encendido y alegre en un rincón, y clientes que acababan una cena tardía, o tomaban una copa hablando de su jornada.

Vio a Gabri en la fonda, envolviendo regalos de Navidad. La ventana no debía de estar cerrada del todo porque le llegaba su voz de tenor entonando el *Villancico hurón*, ensayando para cantarlo en Nochebuena en la iglesia.

Al pasar, Gamache también lo tarareó.

De vez en cuando lo asaltaban pensamientos sobre el caso Ouellet, pero los desechaba. También acudían a su mente ideas sobre Arnot y Francœur, pero las eliminaba de un plumazo.

Se puso en cambio a pensar en Reine-Marie, en Annie y Daniel, en sus nietos... y en que era un hombre muy afortunado.

Y después, *Henri* y él volvieron a la casa de Emilie.

Mientras todos dormían, Armand contemplaba el fuego y pensaba. Le daba vueltas y más vueltas al caso Ouellet.

Y entonces, justo antes de las once, empezó a tomar notas. Llenó página tras página.

El fuego se extinguió en la chimenea, pero ni se dio cuenta.

Finalmente, metió en varios sobres lo que había escrito y se puso el abrigo, las botas, el gorro y las manoplas. Trató de despertar a *Henri*, pero el animal roncaba y murmuraba, atrapando bolas de nieve en sueños.

Así pues, salió solo. Las casas de Three Pines estaban ahora a oscuras, todo el mundo dormía profundamente. Las luces de los tres árboles enormes se habían apagado y había parado de nevar, el cielo volvía a estar tachonado de estrellas. Dejó caer dos sobres en un buzón y volvió a casa de Emilie lamentando una sola cosa: no haber tenido tiempo de comprar regalos de Navidad para los lugareños. Pero le pareció que lo comprenderían.

• • •

Una hora más tarde, cuando Jérôme y Thérèse bajaron, encontraron a Gamache dormido en la butaca con *Henri* roncando a sus pies. Tenía un bolígrafo en la mano, y en el suelo, adonde había caído desde el brazo del sillón, había un sobre dirigido a Reine-Marie.

—¿Armand? —Thérèse lo tocó en el brazo—. Arriba.

Gamache despertó de repente y casi le dio un cabezazo a Thérèse cuando se incorporó de golpe. Le costó unos instantes recuperar la lucidez.

Nichol bajó torpemente las escaleras. Dado que rara vez iba peinada, no podía decirse que fuera despeinada.

—Llegó el momento —anunció Thérèse. Se la veía casi eufórica y, desde luego, aliviada.

La espera había concluido.

TREINTA Y TRES

La agente Nichol gateó por el suelo polvoriento y se metió bajo el escritorio. Agarró el cable y lo guió hacia el switch.

—¿Listos?

Arriba, Thérèse Brunel miró a Armand Gamache, Armand Gamache miró a Jérôme Brunel y el doctor Brunel no titubeó.

—Listos —contestó.

—¿Está seguro esta vez? —dijo la voz enfurruñada de Nichol—; a lo mejor quiere darle unas vueltas más frente a una taza de chocolate caliente.

—Hazlo de una vez, por el amor de Dios —le espetó Jérôme.

Y Nichol lo hizo. Se oyó un clic y su cabeza reapareció bajo el escritorio.

—Hecho.

La agente salió y ocupó su asiento junto al doctor Brunel. Jane Neal, la última maestra que se había sentado allí, no habría imaginado jamás semejante despliegue de tecnología sobre su escritorio: pantallas, terminales, teclados.

Una vez más, Gamache facilitó el código de acceso a Jérôme, que tecleó y tecleó para introducirlo hasta que sólo quedó una tecla más que apretar.

—Después de esto no hay vuelta atrás, Armand.

—Lo sé, hazlo.

Y Jérôme Brunel lo hizo: apretó la tecla «intro».

Y... no pasó nada.

—Es un equipo antiguo —dijo Nichol con cierto nerviosismo—, puede llevarle un ratito.

—Creía que habías dicho que sería ultrarrápido —terció Jérôme con un deje de pánico en la voz—: tiene que serlo.

—Lo será —dijo Nichol, apretando teclas como si se tratara de unos zuecos bailando sobre el ordenador.

—No funciona —dijo Jérôme.

—¡Hostia! —soltó Nichol, apartándose de un empujón del escritorio—. Menudo pedazo de mierda.

—Pues lo has traído tú —le recordó Jérôme.

—Ya, y anoche se negaron a probarlo.

—Basta —intervino Gamache levantando una mano—. Pensemos, venga: ¿por qué no funciona?

Metiéndose de nuevo bajo el escritorio, Nichol desenchufó y volvió a enchufar el cable de conexión.

—¿Pasa algo? —exclamó.

—No, nada —contestó Jérôme.

Nichol volvió a sentarse y ambos miraron fijamente las pantallas.

—¿Cuál podría ser el problema? —insistió Gamache.

—*Tabarnac* —soltó Nichol—, podría ser cualquier cosa: esto no es un pelapatatas, ¿sabe?

—Tranquilízate y explícame un poco cómo va esto.

—Vale. —La agente arrojó entonces el bolígrafo sobre la mesa—. Podría tratarse de una mala conexión o de algún defecto en el cable: una ardilla puede haberlo mordido y pelado...

—Las razones más probables —zanjó Gamache. Se volvió hacia Jérôme—. ¿Qué opinas tú?

—Creo que lo más probable es que sea la antena parabólica, todo lo demás funciona bien. Si quieres jugar al Solitario en el ordenador, puedes; el problema sólo lo tenemos si tratamos de conectarnos.

Gamache asintió con la cabeza.

—¿Vamos a necesitar una nueva antena?

Esperaba y rogaba que la respuesta fuera...

—No, no lo creo —repuso Jérôme—, diría que está llena de nieve.

—Lo dices en broma, ¿verdad? —intervino Thérèse.

—Es posible que tenga razón —concedió Nichol—: una ventisca puede amontonar nieve en la antena y joder la recepción.

—Pero la nevada de ayer no fue una ventisca —puntualizó el inspector jefe.

—Es verdad —admitió Jérôme—, pero nevó un montón, y si Gilles colocó la antena un poco inclinada ésta puede haber sido un cuenco perfecto para recoger la nieve que iba cayendo.

Gamache negó con la cabeza. Si el asunto no fuera tan serio, eso de que unos copos de nieve pudieran llegar a paralizar un aparato de tecnología de última generación resultaría casi poético.

—Llama a Gilles —ordenó a Thérèse— y dile que se encuentre conmigo en la antena parabólica.

Se puso la ropa de abrigo, cogió una linterna y se internó en la penumbra.

Encontrar el camino a través del bosque fue más difícil de lo que esperaba por culpa de la oscuridad y de la nieve. Apuntó con la linterna aquí y allá, confiando en hallarse en el sitio correcto, y por fin encontró lo que ahora eran sólo unos suaves contornos en un manto de nieve por lo demás plano: el sendero, o eso esperaba. Se sumergió en él.

Una vez más, notó que se le metía la nieve en las botas y se le empapaban los calcetines. Avanzó empujando con las piernas la nieve profunda y apuntando con el haz de luz árboles y bultos que en primavera serían matorrales.

Finalmente dio con el viejo pino blanco cuyo tronco tenía, clavados, unos peldaños de madera. Se detuvo para recobrar el aliento, pero sólo unos instantes: ahora cada minuto contaba.

Los ladrones que actuaban de noche dependían de la noche, y ésta estaba desvaneciéndose. Al cabo de pocas horas, la gente despertaría, se iría a trabajar, se sentaría frente a una pantalla y la encendería. Habría más ojos para ver lo que ellos estuvieran haciendo.

El inspector jefe alzó la mirada y la plataforma pareció revolotear alejándose de él, elevándose más y más en el árbol. Bajó la vista hacia la nieve y recobró el equilibrio apoyándose en la corteza áspera.

Apagó la linterna, la guardó en el bolsillo y, tras exhalar largamente, aferró el primer peldaño. Subía deprisa, tratando de ganar la carrera a sus pensamientos; quería llegar a lo más alto antes de perder el valor, antes de que el miedo que había dejado atrás volviera a encontrarlo en la noche fría y oscura.

Ya había trepado a aquel árbol una vez, varios años antes, e incluso entonces lo había aterrado hacerlo, y eso que era un día soleado de otoño. Ni en sueños se habría imaginado que volvería a subir por aquellos peldaños destartalados, y menos cuando estaban cubiertos de hielo y nieve, y en plena noche.

Se agarraba, se impulsaba y subía un peldaño más, agarraba el siguiente y volvía a darse impulso.

Pero el miedo ya lo había encontrado y le lanzaba zarpazos a la espalda y al cerebro.

«Respira, respira», se ordenó, y consiguió inhalar profundamente.

No se atrevía a detenerse, no se atrevía a alzar la mirada, pero sabía que era inevitable. Casi habría llegado, sin duda. Hizo una pausa y echó la cabeza atrás.

La plataforma de madera aún quedaba a media docena de peldaños de distancia. Casi rompió a llorar: se sentía cada vez más aturdido y notaba que la sangre empezaba a no llegarle a manos y pies.

—Sigue, sigue —susurró contra la corteza áspera.

El sonido de su propia voz lo reconfortó y tendió una mano hacia el siguiente peldaño, casi sin creer que estuviera haciéndolo. Se puso a tararear la última canción que había oído: el *Villancico hurón*.

Empezó a cantar suavemente.

—«Fue durante la luna de invierno cuando todas las aves habían emprendido el vuelo.» —Exhaló con la cabeza pegada al tronco. Más que cantar, se limitaba a pronunciar las palabras, pero aquello tranquilizó lo suficiente su mente desesperada—. «El poderoso Gran Manitú envió coros de ángeles en su lugar.»

Se golpeó la mano contra la vieja plataforma de madera, pero consiguió abrirse paso sin titubear a través del agujero. Se quedó tendido boca abajo, con la mejilla enterrada en la nieve y el brazo derecho rodeando el tronco del árbol. Su aliento entrecortado lanzó al aire copos de nieve en una ventisca diminuta. Respiró más despacio, temiendo hiperventilar; luego se puso de rodillas y se agazapó como si algo más allá del borde pudiera asomarse de pronto y hacerlo caer de un tirón.

Pero Gamache sabía que el enemigo no estaba más allá del borde, sino en la plataforma, con él.

Sacó la linterna del bolsillo y la encendió. La antena estaba sujeta a un trípode pequeño que Gilles había atornillado a la barandilla del puesto de caza.

Apuntaba hacia arriba.

—Ay, Dios —exclamó.

Y se preguntó por un instante hasta qué punto podía ser malo en realidad el plan de Francœur. A lo mejor no hacía falta que lo detuvieran, a lo mejor todos podían volver a meterse en la cama y taparse bien.

—«Fue durante la luna de invierno» —murmuró mientras avanzaba de rodillas.

Tuvo la sensación de que la plataforma se inclinaba y sintió como si cayera hacia delante, pero cerró los ojos y recuperó el equilibrio.

—«Fue durante la luna de invierno» —repitió.

«Quita la nieve de la antena y baja de aquí.»

—Armand.

Era Thérèse, al pie del árbol.

—*Oui* —contestó Gamache, y enfocó la linterna hacia ella.

—¿Estás bien?

—Sí —contestó, y retrocedió para alejarse todo lo posible del borde, con las botas arañando la nieve. Dio con la espalda contra el árbol y se aferró a él, no porque temiera caerse, sino porque el miedo que había estado lanzándole zarpazos mientras subía finalmente se había apoderado de él y lo arrastraba hacia el borde.

Gamache temía arrojarse al vacío.

Apoyó la espalda con más fuerza contra el tronco.

—He llamado a Gilles, pero no estará aquí hasta dentro de media hora.

La voz de Thérèse surgía de la oscuridad.

El inspector jefe se maldijo por lo bajo: debería haberle pedido a Gilles que se quedara con ellos por si ocurría precisamente lo que había ocurrido. Gilles se había ofrecido la noche anterior, y él le había dicho que se fuera a casa, y ahora estaba a media hora de distancia, cuando cada segundo contaba.

Cada segundo contaba.

Estas palabras penetraron a través del silbido en su cabeza; a través del miedo y el villancico reconfortante.

Cada segundo cuenta.

Se soltó del árbol, hundió la linterna en la nieve, apuntando a la antena parabólica, y avanzó a gatas lo más deprisa que pudo.

Una vez en la barandilla de madera, se incorporó y observó la antena: estaba llena de nieve. Dejó caer los guantes en la plataforma y empezó a sacarla con las manos, rápidamente y con cuidado, tratando de no separar la antena del pie que la sujetaba, tratando de no desplazar el receptor que reposaba en el centro del plato.

Por fin completó la tarea y retrocedió de inmediato del borde y de vuelta al árbol. Se abrazó al tronco, agradeciendo que nadie pudiera verlo, aunque, francamente, a estas alturas al inspector jefe Gamache ya no le importaba que aquella imagen se volviera viral: no estaba dispuesto a soltar aquel árbol.

—¡Thérèse! —exclamó, y notó el miedo en su propia voz.

—Estoy aquí, ¿seguro que estás bien?

—La antena ya no tiene nieve.

—La agente Nichol está en la carretera —dijo Thérèse—: cuando Jérôme se conecte, encenderá y apagará su linterna.

Gamache, todavía aferrado al pino, se volvió para mirar entre las copas de los árboles hacia la carretera. Sólo vio negrura.

—«Fue durante la luna de invierno», susurró para sí, «cuando todas las aves habían emprendido el vuelo». Por favor, Dios mío, por favor. «Fue durante la luna de invierno...»

Y entonces la vio.

Una luz y otra vez la oscuridad, y de nuevo una luz.

Se habían conectado: todo estaba en marcha.

—¿Funciona? —preguntó Thérèse en cuanto abrieron la puerta de la antigua escuela.

—A la perfección —contestó Jérôme con tono casi embelesado. Tecleó unas instrucciones y aparecieron unas imágenes que de inmediato desaparecieron para dar paso a otras nuevas—: mejor de lo que imaginaba.

Gamache echó un vistazo al reloj: la una y veinte.

La cuenta atrás había dado comienzo.

—Me cago en la leche —soltó Nichol con los ojos brillantes y muy abiertos—, funciona.

El inspector jefe Gamache trató de ignorar el tono de sorpresa en su voz.

—¿Y ahora qué? —quiso saber Thérèse.

—Estamos en los Archivos Nacionales —informó Jérôme—. La agente Nichol y yo hemos hablado al respecto y decidido actuar por separado, así duplicamos nuestras posibilidades de encontrar algo.

—Yo voy a entrar a través de la biblioteca de una escuela en Baie-des-Chaleurs —explicó Nichol. Al ver la sorpresa en algunas caras, bajó la vista y musitó—: Ya lo he hecho otras veces, es la mejor forma de fisgonear.

Aunque Jérôme y Thérèse parecían sorprendidos, Gamache no lo estaba: la agente Nichol había nacido para vivir en las sombras, en los márgenes; era una fisgona por naturaleza.

—Y yo entraré a través de la sala de pruebas de la Sûreté en Schefferville —añadió Jérôme.

—¿De la Sûreté? —preguntó Thérèse, mirando por encima del hombro de su marido—. ¿Estás seguro?

—No —admitió él—, pero nuestra única ventaja reside en ser audaces. Si nos siguen el rastro hasta alguna jefatura remota de la Sûreté, quizá consigamos confundirlos el tiempo suficiente para poner pies en polvorosa.

—¿Tú crees? —intervino Gamache.

—A ti sí te ha confundido.

Gamache sonrió.

—Eso es verdad.

Thérèse también sonrió.

—Pues adelante, muchachos, y no os olvidéis de jugar sucio.

Thérèse y Gamache se habían llevado las mantas a cuadros de casa de Emilie y ambos trataron de hacer algo útil cubriendo con ellas las ventanas. Aun así sería obvio que en la escuela había alguien, pero al menos no sería evidente lo que estaban haciendo.

Llegó Gilles, cargado con más leña, y echó más troncos en la estufa, que empezó a despedir un calor de lo más agradable.

Durante las dos horas siguientes, Jérôme y Nichol trabajaron casi en silencio. De vez en cuando intercambiaban palabras como «protocolos», «cortafuegos» o «teclas simétricas».

Pero la mayor parte del tiempo no decían una palabra y los únicos sonidos en la escuela eran el traqueteo de las teclas y los murmullos de la estufa.

Gamache, Gilles y *Henri* fueron a casa de Emilie en busca de beicon, huevos, pan y café; utilizaron la estufa para cocinar y la estancia se llenó de aroma a beicon, humo de leña y café.

Pero Jérôme estaba tan concentrado que no pareció ni reparar en ello. Nichol y él hablaban sobre paquetes y encriptación, sobre puertos y capas de aplicación.

Cuando les dejaron el desayuno al lado, apenas si alzaron la vista, inmersos en su propio mundo de sistemas de detección de intrusos y medidas para neutralizarlos.

Gamache se sirvió un café y se apoyó contra el viejo mapa junto a la ventana, observando, resistiendo la tentación de espiar por encima del hombro a los otros.

Aquel sitio le recordaba un poco a los despachos de sus profesores en Cambridge: papeles amontonados, cuadernos, pensamientos garabateados, tazas de té y tortitas a medio comer; una estufa como fuente de calor y el olor a lana húmeda.

Gilles se sentó en la que habían empezado a considerar su silla, en la puerta de la escuela. Se tomó el desayuno y, cuando hubo acabado, se sirvió otra taza de café e inclinó la silla sobre dos patas contra la puerta: era el cerrojo de seguridad del grupo.

Gamache miró el reloj: las cuatro y veinticinco. Tenía ganas de deambular de aquí para allá, pero sabía que molestaría a los demás. Se moría por preguntar cómo iba la cosa, pero era consciente de que interrumpiría la concentración, de modo que llamó a *Henri*, se puso el abrigo y hundió las manos en los bolsillos. En su ataque de pánico, se había dejado los guantes en la plataforma de la antena parabólica y no pensaba por nada del mundo regresar a recuperarlos.

Thérèse y Gilles se apuntaron, y salieron todos a dar un paseo.

—La cosa marcha bien —comentó Thérèse.

—Sí —respondió Gamache.

Hacía una noche fría y despejada, tonificante, oscura y silenciosa.

—Como ladrones en la noche, ¿eh? —le dijo a Gilles.

El silvicultor rió.

—Confío en no haberos insultado con eso.

—Ni mucho menos —intervino Thérèse—. Es la progresión natural de una carrera: la Sorbona, conservadora jefe en el Museo de Bellas Artes, superintendente de la Sûreté y, finalmente, la cima: ladrona en medio de la noche. —Se volvió hacia Gamache—. Y todo gracias a ti.

—No hay de qué, madame —dijo el inspector jefe, e hizo una reverencia solemne.

Se sentaron en un banco mirando hacia la escuela, con las luces amortiguadas por las mantas. Gamache se preguntó si el silvicultor silencioso sentado a su lado sabría qué ocurriría si fracasaban... y qué si tenían éxito.

En cualquier caso, iba a armarse una bien gorda, y llegaría hasta ahí.

Pero en ese momento reinaban la paz y la quietud.

Volvieron a la escuela, con *Henri* dando brincos y cazando bolas de nieve sólo para sentir cómo se le fundían en la boca. Pero nunca dejaba de intentarlo, nunca se rendía.

Una hora más tarde, Jérôme y Nichol provocaron que se disparara la primera alarma.

TREINTA Y CUATRO

El teléfono despertó a Sylvain Francœur, que descolgó el auricular antes de oírlo sonar por segunda vez.

—¿Qué pasa? —preguntó, alerta en el acto.

—Señor, soy Charpentier. Ha habido una brecha en la seguridad.

Francœur se incorporó sobre un codo e hizo señas a su mujer de que volviera a dormirse.

—¿Qué significa eso?

—Estoy monitorizando la actividad en la red y alguien ha accedido a uno de los archivos confidenciales.

Francœur encendió la luz, se puso las gafas y echó un vistazo al reloj en la mesita de noche. Según las cifras en rojo brillante eran las 5.43 h. Se incorporó hasta quedar sentado.

—¿Es muy grave?

—No lo sé. Podría no ser nada, pero tenía instrucciones de llamar a Tessier y él me ha dicho que lo llamara a usted.

—Bien. Ahora explícame qué has visto.

—Bueno, es complicado...

—Inténtalo.

A Charpentier lo sorprendió que una sola palabra pudiera hacerlo sentir amenazado hasta tal punto. Procuró que su intento resultara suficiente.

—Bueno, el cortafuegos no muestra que se haya establecido una conexión no autorizada, pero...

—Pero ¿qué?

—Es sólo que alguien ha abierto el archivo y no estoy seguro de quién ha sido. Se ha hecho desde dentro de la red, así que la persona en cuestión tenía un código de acceso. Probablemente haya sido alguien del departamento, pero no podemos estar seguros.

—¿Me estás diciendo que ni siquiera sabes si ha habido una brecha en la seguridad?

—Estoy diciendo que la ha habido, pero que no sabemos si ha sido alguien de fuera o uno de los nuestros. Es como con la alarma de una casa, que al principio cuesta saber si la ha disparado un intruso o un mapache.

—¿Un mapache? No estarás comparando en serio el sistema de seguridad de la Sûreté, de última generación y millones de dólares, con la alarma de una casa cualquiera, ¿verdad?

—Lo siento, señor, pero es precisamente porque es de última generación que hemos descubierto esa brecha: la mayoría de los sistemas y programas la habrían pasado por alto, pero éste es tan sensible que a veces detectamos cosas que no hace falta detectar, que en realidad no son amenazas.

—¿Como un mapache?

—Exacto —repuso el agente, que evidentemente lamentaba la analogía. Con Tessier había funcionado, pero el superintendente jefe Francœur era harina de otro costal—. Y, si en efecto hay un intruso, aún no sabemos si lo ha hecho con algún propósito o bien es sólo un pirata que busca armar jaleo o incluso alguien que se ha metido ahí por equivocación. Estamos trabajando en ello.

—¿Por equivocación?

Habían instalado este sistema el año anterior, se habían llevado a los mejores diseñadores de software y artífices de internet para que crearan algo a prueba de brechas y filtraciones, ¿y ahora este agente le estaba diciendo que algún idiota había entrado tranquilamente y por equivocación?

—Pasa más a menudo de lo que se cree —añadió Charpentier con tono tristón—. No creo que sea grave, pero lo estamos tratando como si lo fuera, por si acaso. Y el archivo en el que han entrado no parece muy importante que digamos.

—¿Qué archivo es? —quiso saber Francœur.

—Algo sobre el calendario de construcción de la Autopista 20.

Francœur miró fijamente las cortinas corridas sobre la ventana del dormitorio, que aletearon levemente cuando un poco de aire frío entró en la casa.

El archivo parecía muy trivial, muy lejos de cualquier cosa que pudiera suponer una amenaza a su plan, pero Francœur sabía qué era en realidad ese archivo, qué contenía, y ahora alguien andaba husmeando por ahí.

—Compruébalo y luego llámame.

—Sí, señor.

—¿Qué pasa? —preguntó madame Francœur, al ver que su marido se encaminaba al cuarto de baño.

—Nada, sólo un problemilla en el trabajo. Vuelve a dormirte.

—¿Tú ya te levantas?

—Pues sí. Ya estoy despierto, y al fin y al cabo la alarma no tardará en sonar.

Pero para el superintendente jefe Francœur, las alarmas ya habían saltado.

—Nos han visto —advirtió Jérôme—: he hecho saltar una alarma.

—¿Dónde? —quiso saber Gamache acercando una silla.

Jérôme se lo mostró.

—¿Archivos de construcción? —preguntó el inspector jefe, y se volvió hacia Thérèse—. ¿Por qué iba a tener la Sûreté archivos sobre la construcción de carreteras? Y encima protegidos.

—No veo razón alguna. No es nuestra jurisdicción; las carreteras sí lo son, pero repararlas no. Y desde luego no sería confidencial.

—Deben de estar buscándonos —anunció Nichol. Su tono era tranquilo: se limitaba a informar de un hecho.

—Era de esperar —dijo Jérôme, también tranquilo.

Vieron archivos que se abrían y cerraban en su pantalla, que aparecían y desaparecían.

—Pare de teclear —dijo Nichol.

Jérôme levantó las manos del teclado y las dejó suspendidas en el aire.

Gamache miró fijamente el monitor: casi podía ver las líneas de código que aparecían, crecían y luego se contraían.

—¿Te han encontrado? —preguntó Jérôme a Nichol.

—No, ya estoy en otro archivo. También es sobre construcción, pero es antiguo, no puede ser importante.

—Espera —intervino Gamache, y acercó su silla a la pantalla de Nichol—. Enséñamelo.

—Señor, soy Charpentier otra vez.

—*Oui* —dijo Francœur. Se había duchado y vestido y estaba a punto de meterse en faena. Acababan de dar las seis.

—No era nada.

—¿Estás seguro?

—Absolutamente. He echado un buen vistazo y llevado a cabo toda clase de exploraciones, y no he encontrado ningún acceso no autorizado a nuestra red. Como ya le decía, pasa con cierta frecuencia: un «fantasma en la máquina». Lamento haberlo molestado con esto.

—Has hecho bien. —Pese a sentir alivio, Francœur siguió sin relajarse—. Pon a más agentes a monitorizar.

—A las ocho empieza otro turno...

—Hazlo ahora mismo. —El tono fue imperioso y Charpentier respondió al instante.

—Sí, señor.

Francœur colgó y enseguida marcó el número de Tessier.

• • •

—Esto son informes de cambios de turno de una compañía llamada Aqueduct —dijo Gamache—. Son de hace treinta años... ¿Por qué estás mirándolos?

—Estaba siguiendo un rastro: ha surgido un nombre en otro archivo y lo he seguido hasta aquí.

—¿Qué nombre? —quiso saber Gamache.

—Pierre Arnot.

—Muéstramelo.

Gamache se acercó más y Nichol se desplazó hacia abajo con la rueda del ratón. Él se puso las gafas y fue recorriendo las páginas con la mirada. Había montones de nombres. Parecía tratarse de calendarios de trabajo, informes sobre terrenos y sobre algo que llamaban «cargas».

—No lo veo.

—A lo mejor tampoco lo he visto yo —admitió Nichol—, pero tiene relación con este archivo.

—Quizá es otro Pierre Arnot —sugirió Jérôme desde su escritorio—: es un nombre bastante común.

Gamache murmuró por lo bajo para indicar que le había oído, pero el archivo reclamaba toda su atención. No se mencionaba a ningún Pierre Arnot.

—Podría estar oculto —explicó Nichol—, o tratarse de alguna referencia exterior, como asociar el nombre del doctor a un archivo sobre calvicie o pipas de regaliz.

Gamache miró de soslayo a Jérôme, que había soltado un bufido.

Aun así, entendió qué quería decir la agente: no era necesario que el nombre de Arnot apareciera en el archivo para que estuviera de algún modo relacionado con él. En algún lugar del proceso había una conexión.

—Continúa —dijo el inspector jefe, y se incorporó.

• • •

—Charpentier es muy bueno en lo que hace —le dijo por teléfono Tessier a Francœur para tranquilizarlo. También estaba vestido y listo para trabajar, y al ponerse los calcetines había caído en la cuenta de que por la noche, cuando se los quitara, todo habría cambiado: su mundo, el mundo entero y desde luego Quebec—. Si él dice que no es nada, no es nada.

—No. —El superintendente jefe quería dejarse convencer y tranquilizar, pero no lo conseguía—. Algo anda mal. Llama a Lambert, que se ocupe ella de esto.

—Sí, señor.

Tessier colgó y luego marcó el número de la inspectora jefe Lambert, la directora de Delitos Cibernéticos.

Gamache removió las brasas con un tronco nuevo para hacer más espacio, luego lo echó dentro y volvió a poner la tapa de hierro colado.

—Agente Nichol —dijo al cabo de unos instantes—, ¿puedes buscar esa empresa?

—¿Qué empresa?

—Aqueduct —contestó yendo hacia ella—, a la que has llegado antes siguiendo el rastro de Pierre Arnot.

—Pero no ha aparecido: debe de haber sido otro Arnot o tal vez un contacto fortuito, algo sin demasiada importancia.

—Es posible, pero por favor averigua lo que puedas sobre Aqueduct —insistió Gamache. Estaba inclinado sobre ella, con una mano apoyada en el escritorio y la otra en el respaldo de su silla.

Nichol soltó un resoplido y la pantalla que estaba mirando se esfumó. Varios clics después, aparecieron imágenes de antiguos puentes romanos y redes hidráulicas: de acueductos.

—¿Satisfecho?

—Desplázate hacia abajo —pidió él, y comprobó la lista de referencias de «Aqueduct».

Con ese nombre, había una empresa de estudios de sostenibilidad y una marca.

Revisaron unas cuantas páginas, pero la información era cada vez menos relevante.

—¿Puedo volver ya a lo mío? —quiso saber Nichol, cansada de los aficionados.

Gamache miró fijamente la pantalla, todavía inquieto, pero asintió con la cabeza.

Se había reclamado la presencia de los integrantes de todos los turnos, y cada monitor del Departamento de Delitos Cibernéticos tenía un agente delante.

—Pero, jefa... —estaba explicando Charpentier a su superior—, era un fantasma: yo he visto miles... y usted también. He echado un buen vistazo, por asegurarme, y además he hecho todas las comprobaciones de seguridad: nada de nada.

Lambert dejó de mirar a su coordinador de turnos para centrarse en el superintendente jefe.

A diferencia de Charpentier, la inspectora jefe Lambert sabía hasta qué punto serían críticas las horas siguientes. Los cortafuegos, las defensas, los programas de software que ella misma había ayudado a diseñar tenían que ser impenetrables, y lo eran.

Pero Francœur le había transmitido su preocupación y ahora tenía dudas.

—Me aseguraré por mí misma de que todo esté bien, señor —le dijo a Francœur.

Él la miró a los ojos y sostuvo su mirada tanto rato y con tanta fijeza que Tessier y Charpentier se miraron uno al otro.

Finalmente, Francœur asintió con la cabeza.

—Quiero que tú y tu gente no os limitéis a vigilar, ¿entendido? Quiero que sigáis buscando.

—¿Buscando qué? —preguntó un exasperado Charpentier.

—Intrusos —le espetó Francœur—: quiero que deis caza a cualquiera que pueda rondar por ahí. Si alguien está intentando entrar, quiero que lo encontréis, ya sea un mapache, un fantasma o un ejército de muertos vivientes. ¿Entendido?

—Entendido, señor —repuso Charpentier.

Gamache reapareció junto al codo de Nichol.

—He cometido un error —dijo al oído de la agente.

—¿Cuál? —preguntó ella sin mirarlo: seguía concentrada en lo que tenía entre manos.

—Lo has indicado tú misma: el archivo era antiguo, eso significa que Aqueduct era una empresa antigua; es posible que ya ni siquiera exista. ¿Puedes encontrarla en los archivos?

—Pero si ya no existe, ¿cómo puede tener importancia? —preguntó Nichol—. Un archivo viejo, una empresa vieja... son noticias viejas.

—Los pecados antiguos tienen sombras alargadas —advirtió Gamache—, y éste es un pecado antiguo.

—Otra vez con sus citas, joder —murmuró Nichol por lo bajo—. ¿Y qué significa eso?

Gamache respondió mirando a la pantalla, no a la agente.

—Significa que lo que empezó hace tres décadas bien puede haber crecido... y haberse convertido en algo... —por fin miró a la cara a Nichol, habitualmente inexpresiva— grande —concluyó finalmente, aunque la palabra que había acudido a su cabeza era «monstruoso»—. Hemos encontrado la sombra. —Gamache se volvió de nuevo hacia la pantalla—. Ya es hora de encontrar el pecado.

—Sigo sin entenderlo —musitó ella.

Pero Gamache sospechó que no era verdad: la agente Yvette Nichol sabía lo suyo sobre pecados antiguos y sobre sombras alargadas.

—Esto nos llevará un par de minutos —dijo ella.

Gamache se acercó a la superintendente Brunel, de pie frente a la ventana. Estaba observando a su marido, claramente ansiosa de mirar por encima de su hombro.

—¿Qué tal le va a Jérôme?

—Bien, supongo —contestó Thérèse—. Creo que disparar esa alarma lo ha impresionado. Llegó antes de lo que esperaba, pero se ha recuperado.

Gamache observó a las dos personas sentadas a los escritorios. Eran casi las siete y media de la mañana, hacía seis horas que habían empezado.

Se acercó a Jérôme.

—¿Te gustaría estirar un poco las piernas?

El doctor Brunel no contestó de inmediato: miraba la pantalla, donde sus ojos seguían una línea de código.

—*Merci*, Armand, dentro de unos minutos —respondió por fin con tono distante y distraído.

—Ya lo tengo —anunció Nichol—. Les Services Aqueduct —leyó, y Gamache y Thérèse se inclinaron sobre su hombro para mirar—. Tenía razón, es una antigua empresa que por lo visto fue a la bancarrota.

—¿A qué se dedicaba?

—Sobre todo a obras de ingeniería, me parece.

—¿Carreteras? —quiso saber Thérèse, pensando en la alarma que había hecho saltar Jérôme, la del calendario de construcción de carreteras.

Hubo una pausa mientras Nichol buscaba un poco más.

—No, parecen sistemas de alcantarillas, sobre todo en zonas de la periferia. Eran los tiempos en los que había dinero gubernamental para retirar los deshechos arrojados a los ríos.

—Depuradoras de aguas residuales —dijo Gamache.

—Sí, esa clase de cosas —contestó Nichol concentrada en la pantalla, y señaló un informe—: Pero mire esto. Hubo un cambio de gobierno, las contratas se agotaron y la empresa se fue a pique. Fin de la historia.

—Espera —exclamó con aspereza Jérôme desde el escritorio de al lado—, interrumpe lo que estés haciendo.

Gamache y Thérèse se quedaron petrificados, como si su propio movimiento fuera a delatarlos, y luego el inspector jefe se acercó a Jérôme.

—¿Qué ocurre?

—Están ahí fuera, husmeando. No se limitan a proteger los archivos, sino que ahora andan buscándonos.

—¿Hemos hecho saltar otra alarma? —quiso saber Thérèse.

—No, que yo sepa —dijo Jérôme, y miró a Nichol, que comprobó su propio equipo y negó con la cabeza.

El doctor Brunel volvió a centrarse en su monitor. Sus manos regordetas pendían sobre el teclado, listas para pasar a la acción si era necesario.

—Están utilizando un nuevo programa, uno que no había visto antes.

Nadie se movió.

Gamache observó la pantalla y casi esperó ver salir por la esquina del monitor un espectro que fuera levantando fragmentos de texto, de archivos y documentos, y mirando debajo, buscándolos a ellos.

Contuvo el aliento, sin osar moverse, por si acaso. Sabía que era irracional, pero no quería correr riesgos.

—No nos encontrarán —declaró Nichol, y Gamache admiró aquella bravuconada.

La agente lo había dicho en susurros y el inspector jefe se alegró de ello: más allá de bravuconadas, el silencio y la inmovilidad eran las primeras reglas a seguir cuando uno quería ocultarse, y eso era precisamente lo que pretendían hacer.

Gilles pareció captarlo también. Inclinó la silla hacia delante en silencio y puso los pies en el suelo, pero se quedó donde estaba, vigilando la puerta como si sus perseguidores fueran a entrar por ahí.

—¿Saben que los hemos pirateado? —preguntó Thérèse.

Su marido no respondió.

—Jérôme —insistió ella, que también había bajado la voz hasta sisear con urgencia—, contéstame.

—Estoy seguro de que han visto nuestra firma.

—¿Qué significa eso? —quiso saber Gamache.

—Significa que probablemente saben que está pasando algo —explicó Nichol—. Aun así, estoy segura de que la encriptación aguantará.

Pero por primera vez parecía insegura, como si hablara consigo misma, como si tratara de convencerse.

Y Gamache lo entendió: el cazador y sus sabuesos andaban husmeando por ahí; habían captado un olor y estaban tratando de decidir qué habían encontrado, si en efecto habían dado con una presa.

—Quien sea que está al otro lado no es ningún piratilla —dijo Jérôme—: no es ningún crío impaciente, sino un investigador experimentado.

—¿Qué debemos hacer ahora? —quiso saber Thérèse Brunel.

—Bueno, no podemos quedarnos aquí sentados sin más —contestó Jérôme. Se volvió hacia Nichol—: ¿De verdad crees que tu encriptación consigue ocultarnos?

La agente abrió la boca para hablar, pero él la silenció con un gesto. Tenía demasiada experiencia con los residentes jóvenes y arrogantes durante las visitas médicas en el hospital para no reconocer a alguien que prefería tragarse una mentira jugosa que una verdad difícil de digerir.

—Sé franca —la avisó, aguantando su mirada.

—No lo sé —admitió la agente—, pero vale más que creamos que sí.

Jérôme soltó una risotada y se levantó. Se volvió hacia su mujer.

—Entonces la respuesta a tu pregunta es que la encriptación aguantará y que estamos bien.

—Ella no ha dicho eso —replicó Thérèse, siguiéndolo hacia la estufa y la cafetera que había encima.

—No —admitió Jérôme sirviéndose una taza—, pero tiene razón: más nos vale creerlo. No cambia nada. Y, por si sirve de algo, diría que no tienen ni idea de qué andamos haciendo, aunque hayan captado nuestra presencia. Estamos a salvo.

• • •

Gamache se plantó detrás de la silla de Nichol.

—Debes de estar agotada, ¿por qué no te tomas un descanso tú también? Échate un poco de agua en la cara.

Cuando la agente no contestó, la observó con mayor atención.

Tenía los ojos muy abiertos.

—¿Qué ocurre?

—Ay, *merde* —soltó ella por lo bajo—; ay, *merde*.

—¿Qué?

Gamache miró el monitor: las palabras «ACCESO NO AUTORIZADO» llenaban la pantalla.

—Nos han descubierto.

TREINTA Y CINCO

—He encontrado algo —dijo la inspectora jefe Lambert por teléfono—, será mejor que bajen.

El superintendente jefe Francœur y el inspector Tessier llegaron en cuestión de minutos. Los agentes se apiñaban en torno al monitor de Lambert, aunque se dispersaron al ver quién entraba en la sala.

—Marchaos —ordenó Tessier, y así lo hicieron.

Tessier cerró la puerta y se plantó ante ella.

Charpentier estaba frente a otro terminal en el despacho, de espaldas a su jefe y tecleando a toda velocidad.

Francœur se inclinó sobre la inspectora jefe Lambert.

—Enséñamelo.

—¡Jérôme! —exclamó Thérèse Brunel, y se unió al inspector jefe Gamache y a Nichol.

—Enséñamelo —dijo Gamache.

—Cuando he sacado a la luz ese viejo archivo de Aqueduct, debo de haber hecho saltar una alarma —explicó Nichol, que había palidecido.

Jérôme llegó, examinó el monitor y luego pasó las manos por delante de Nichol.

—Rápido —dijo, y tecleó a toda prisa una serie de comandos—, hay que salir de ese archivo.

El mensaje de error desapareció.

—No sólo has hecho saltar una alarma, has pisado una mina, ¡por Dios!

—A lo mejor no han llegado a ver el mensaje —dijo lentamente Nichol mientras observaba el monitor.

Todos aguardaron un buen rato con la vista fija en la pantalla completamente estática. A su pesar, Gamache se dio cuenta de que esperaba la aparición de alguna clase de criatura: una sombra, una forma.

—Tenemos que volver a entrar en ese archivo de Aqueduct —anunció Gamache.

—Estás chiflado —dijo Jérôme—: es ahí donde se ha disparado la alarma; es el único sitio que debemos evitar.

Gamache acercó una silla y se sentó junto al médico, ya un anciano. Lo miró a los ojos.

—Lo sé, por eso tenemos que volver a entrar: sea lo que sea lo que intentan ocultar está en ese archivo.

Jérôme abrió la boca y enseguida volvió a cerrarla. Trataba de dar con un argumento razonable contra lo inconcebible para no volver a caer a sabiendas en la trampa.

—Lo siento, Jérôme, pero esto es lo que estábamos buscando: su punto vulnerable, y lo hemos encontrado en Aqueduct. Está ahí dentro, en alguna parte.

—Pero es un documento con treinta años de antigüedad —intervino Thérèse—, una empresa que ya ni siquiera existe; ¿qué puede haber ahí dentro?

Los cuatro se quedaron mirando la pantalla: el cursor palpitaba como un corazón, como un ser vivo que esperaba.

Y Jérôme Brunel se inclinó y empezó a teclear.

—¿Aqueduct? —exclamó Francœur, dando un paso atrás como si lo hubieran abofeteado—. Borra los documentos.

La inspectora jefe Lambert lo miró un momento, pero habría bastado un vistazo a la cara del superintendente jefe para saber que había que obedecer de inmediato.

—¿Quién es? —preguntó Francœur—. ¿Lo sabes?

—Mire, puedo borrar los archivos o perseguir al intruso, pero no ambas cosas a la vez —respondió Lambert con los dedos volando sobre las teclas.

—Yo me ocupo del intruso —intervino Charpentier desde el otro extremo del despacho.

—Sí, hazlo —repuso Francœur—: necesitamos saber eso.

—Es Gamache —dijo Tessier—, tiene que ser él.

—El inspector jefe Gamache no puede hacer esto —repuso Lambert mientras trabajaba—. Al igual que todos los altos cargos, sabe de ordenadores, pero no es ningún experto: esto no lo hace él.

—Además —añadió Tessier, mientras observaba la actividad—, está en un pueblucho en los cantones del este, sin internet.

—Quienquiera que sea, tiene un buen ancho de banda y una velocidad muy respetable.

—¡Madre mía! —exclamó Francœur volviéndose hacia Tessier—. Gamache servía de señuelo.

—Entonces ¿quién es? —preguntó Tessier.

—¡Mierda! —soltó Nichol—. Están borrando los documentos.

Miró a Jérôme, quien a su vez miró a Thérèse, quien a su vez miró a Gamache.

—Necesitamos esos documentos —dijo Gamache—, consíguelos.

—Ese tío nos encontrará —advirtió Jérôme.

—Ya nos ha encontrado —repuso Gamache—, consíguelos.

—Esa tía —corrigió Nichol, que también reaccionaba deprisa—: sé de quién se trata, es la inspectora jefe Lambert. Tiene que ser ella.

—¿Por qué lo dices? —quiso saber Thérèse.

—Porque es la mejor. Fue ella quien me formó.

—El acceso entero está desapareciendo, Armand —informó Jérôme—: los has hecho alejarse.

—Exacto —dijo Nichol—, y la encriptación aguanta. Veo que está confundida... No, un momento... algo ha cambiado: ya no es Lambert, es algún otro. Se han separado.

Gamache se acercó a Jérôme.

—¿Puedes salvar algunos documentos?

—Es posible, pero no sé cuáles son los importantes.

Gamache reflexionó unos instantes aferrando el respaldo de la silla de madera de Jérôme.

—Olvídate de los archivos. Todo empezó con Aqueduct hace treinta años o más y Arnot estaba involucrado de algún modo. La empresa se fue a pique, pero quizá no desapareció del todo: a lo mejor sólo cambió de nombre.

Jérôme alzó la vista hacia él.

—Si salgo, no habrá forma de rescatar Aqueduct: lo desmantelarán hasta que no quede ni rastro.

—Hazlo, sal de ahí. Averigua qué fue de Aqueduct.

—Intentan recuperar los documentos —dijo Lambert—, saben qué estamos haciendo.

—No es ningún pirata de fuera —intervino Francœur.

—No sé quién es —contestó Lambert—; ¿Charpentier?

Hubo un silencio breve, y luego Charpentier habló.

—No sé decirlo, no se muestra como es debido... Es como un fantasma.

—Deja de decir eso —espetó Francœur—: no es ningún fantasma, es una persona frente a un terminal en algún lugar.

El superintendente jefe se llevó a Tessier a un aparte.

—Quiero que descubras quién o quiénes están haciendo esto —dijo, y bajó la voz, pero las palabras y su ferocidad quedaron muy claras cuando añadió—: Averigua dónde están. Si no se trata de Gamache, ¿quiénes son entonces? Encuéntralos, detenlos y borra todas las pruebas.

Tessier se marchó, no tenía la menor duda sobre qué acababa de ordenarle Francœur.

—¿Estás bien? —le preguntó Gamache a Nichol.

Parecía agotada, pero asintió brevemente con la cabeza. Llevaba veinte minutos dándole esquinazo al cazador, dejando caer una pista falsa tras otra.

Gamache la observó unos instantes y luego fue al otro escritorio.

Aqueduct había quebrado, pero, como ocurría tantas veces, había renacido con otro nombre: una empresa que mutaba en otra, de sistemas de alcantarillado y canales fluviales a carreteras y materiales de construcción.

El inspector jefe se sentó y continuó leyendo en la pantalla, intentando averiguar por qué el superintendente jefe de la Sûreté estaba desesperado por mantener en secreto aquellos archivos. Por el momento no parecían tan sólo inocuos, sino también aburridos: todo giraba en torno a materiales de construcción, muestras de terreno, acero reforzado y pruebas de resistencia.

Y entonces tuvo una idea, una sospecha.

—¿Puedes volver a donde hemos hecho saltar la primera alarma?

—Pero eso no tiene nada que ver con esta empresa —explicó Jérôme—: era un calendario de reparaciones en la Autopista 20.

Pero Gamache miraba fijamente la pantalla mientras esperaba a que el doctor Brunel siguiera sus instrucciones, y éste lo hizo, o lo intentó.

—Ya no está ahí, Armand, ha desaparecido.

—Tengo que salir, señor —dijo Nichol: los nervios la volvían cortés—. Llevo aquí dentro demasiado rato, no tardarán en encontrarme.

• • •

—Ya casi estoy —informó Charpentier—. Unos segundos más... Vamos, vamos. —Sus dedos volaban sobre las teclas—. Ya te tengo, pedazo de mierda.

—El noventa por ciento de los documentos han quedado destruidos —anunció Lambert desde el otro extremo—, no le quedan muchos sitios adonde ir. ¿Ya lo tienes?

Siguió un silencio, tan sólo se les oía teclear rápidamente.

—¿Lo tienes, Charpentier?

—¡Hostia!

Entonces el tecleo se interrumpió: ahí tenía Lambert su respuesta.

—He salido —anunció Nichol, y por primera vez en varias horas se apoyó en el respaldo de la silla—. Han llegado demasiado cerca, casi me pillan.

—¿Estás segura de que no lo han hecho? —preguntó Jérôme.

Nichol se incorporó con esfuerzo, pulsó unas cuantas teclas y luego suspiró.

—No, me he librado por los pelos, ¡madre mía!

El doctor Brunel miró a su esposa, a Gamache, a Nichol y de nuevo a Thérèse.

—¿Y ahora qué?

—¿Y ahora qué? —preguntó Charpentier.

Estaba cabreado: detestaba que lo superaran y quien fuera que estuviera al otro lado acababa de hacer justo eso. Había estado a punto, tanto que por unos instantes había creído tenerlo, pero en el último momento... ¡puf! Se había esfumado.

—Pues ahora hacemos entrar a los demás y volvemos a buscar —respondió la inspectora jefe Lambert.

—¿Cree que sigue en el sistema?

—No ha conseguido lo que andaba buscando. —Lambert volvió a mirar su pantalla—. De manera que sí, creo que sigue ahí.

Charpentier se levantó y salió a la oficina, de planta abierta, para decir a los demás agentes, todos ellos especialistas en búsquedas cibernéticas, que volvieran a entrar, que encontraran a la persona que se había colado en su sistema, la que había allanado su casa.

Mientras cerraba la puerta, Charpentier se preguntó cómo sabría la inspectora Lambert qué andaba buscando aquel hombre, y también qué podría ser tan importante para el intruso como para arriesgarlo todo por encontrarlo.

—Ahora vamos a tomarnos un descanso —anunció Gamache poniéndose en pie. Notaba los músculos doloridos y se dio cuenta de que llevaba horas contrayéndolos.

—Pero ahora nos buscarán incluso con mayor insistencia —se quejó Nichol.

—Pues dejad que lo hagan. Necesitáis un descanso. Salid a dar un paseo, a despejaros la cabeza.

Nichol y Jérôme no parecían muy convencidos; Gamache miró un momento a Gilles y de nuevo a ellos.

—Me obligáis a hacer algo que no quiero hacer. Aquí donde lo veis, Gilles es profesor de yoga en su tiempo libre; si no os habéis puesto en pie y vais de camino a la puerta en treinta segundos, ordenaré que os dé una clase. He oído decir que su postura del perro boca abajo es espectacular.

Gilles se puso en pie, se desperezó y echó a andar hacia ellos.

—No me vendría nada mal abrir unos cuantos *chakras* —admitió.

Jérôme y Nichol se levantaron para ponerse sus abrigos y dirigirse a la puerta, Gilles se unió a Gamache junto a la estufa.

—Gracias por seguirme la corriente —dijo el inspector jefe.

—¿Cómo que seguirte la corriente? Es verdad que doy clases de yoga... ¿Quieres verlo?

Se plantó sobre un pie y describió círculos lentamente con la otra pierna mientras levantaba los brazos.

Gamache enarcó las cejas y se acercó a Thérèse, que también observaba a Gilles.

—Estoy esperando la postura del perro boca abajo —le confió ella mientras se ponía el abrigo—. ¿Vienes?

—No, me gustaría leer un poco más.

La superintendente Brunel siguió la mirada de Gamache hasta los terminales.

—Ten cuidado, Armand.

Él sonrió.

—No te preocupes, intentaré no derramar el café encima. Sólo quiero repasar algunas de las cosas que ha encontrado Jérôme.

Thérèse salió llevándose consigo a *Henri*. Gamache acercó la silla al ordenador y empezó a leer. Diez minutos más tarde, notó una mano en el hombro: era Jérôme.

—¿Puedo entrar?

—Ya estáis aquí.

—Hace unos minutos que hemos vuelto, pero no queríamos molestarte. ¿Has encontrado algo?

—¿Por qué han borrado ese archivo, Jérôme? No el de Aqueduct, aunque ésa es también una cuestión interesante, sino el primero que has encontrado, el del calendario de construcción de la autopista. No tiene sentido.

—Quizá sólo se dedicaban a borrar todo lo que íbamos mirando —sugirió Nichol.

—¿Por qué iban a tomarse el tiempo para hacer algo así? —intervino Thérèse.

Nichol se encogió de hombros.

—No lo sé.

—Tienes que volver a entrar —dijo Jérôme a la agente—. ¿Han llegado muy cerca? ¿Han detectado tu dirección?

—¿La de la escuela en Baie-des-Chaleurs? —preguntó Nichol—. No lo creo, pero debería cambiarla de todas formas. Hay un zoo en Granby con un gran archivo: usaré ésa.

—*Bon* —repuso el inspector jefe—. ¿Listos?

—Listos —contestó Jérôme.

Nichol centró la atención en su propio terminal y Gamache se volvió hacia la superintendente Brunel.

—Creo que ese primer archivo era importante, quizá incluso vital, y cuando Jérôme lo ha descubierto han caído presas del pánico.

—Pero no tiene sentido —dijo Thérèse—. Conozco bien el mandato de la Sûreté, y tú también: vigilamos las carreteras y los puentes, incluso los federales, pero no nos dedicamos a repararlos. No hay razón por la que deba haber un expediente de reparaciones en los archivos de la Sûreté, ni mucho menos para que esté oculto.

—Y eso vuelve mucho más probable que el documento no tuviera nada que ver con asuntos oficiales y autorizados de la Sûreté. —Gamache contaba ahora con toda la atención de la superintendente—. ¿Qué ocurre cuando hace falta reparar una autopista?

—Se saca a concurso público, supongo —respondió Thérèse.

—¿Y luego?

—Las empresas compiten. ¿Adónde quieres ir a parar con esto, Armand?

—Tienes razón: la Sûreté no repara carreteras, pero sí investiga, entre otras cosas, que la competencia no esté amañada.

Los dos altos cargos de la Sûreté se miraron fijamente.

La Sûreté du Québec investigaba la corrupción, y no había un objetivo mayor que la industria de la construcción.

Prácticamente todos los departamentos de la Sûreté se habían dedicado a investigar en un momento u otro a la industria de la construcción de Quebec, desde acusaciones de sobornos hasta la intimidación y el homicidio, pasando por trampas en concursos de adjudicación o la participación del crimen organizado. El propio Gamache había estado al mando de las investigaciones sobre la desaparición y el supuesto asesinato de un alto cargo sindical y un ejecutivo de la construcción.

—¿Va de eso todo este asunto? —preguntó Thérèse, todavía mirando a Gamache a los ojos—. ¿Se ha involucrado Francœur en esa basura?

—No sólo él —respondió Gamache—, sino la Sûreté.

La industria era enorme, poderosa, corrupta, y ahora, con la connivencia de la Sûreté, carecía de supervisión policial y era imparable.

Estaban en juego contratas por valor de miles de millones, y la gente no se detenía ante nada a la hora de ganarlas, de ejecutarlas, ni de intimidar a cualquiera que supusiera una amenaza.

Si había un pecado antiguo y con una sombra alargada y oscura en Quebec, lo representaba la industria de la construcción.

—*Merde* —soltó, por lo bajo, la superintendente Brunel, consciente de que no acababan de pisar un simple trozo de mierda, sino una acumulación enorme.

—Entra otra vez, Jérôme, por favor —pidió Gamache en voz baja.

Se inclinó hacia delante, con los codos en las rodillas. Por fin tenían cierta idea de lo que andaban buscando.

—¿Adónde voy?

—A contratas de construcción. De las grandes, y recientemente adjudicadas.

—Vale. —El doctor Brunel hizo girar la silla y empezó a teclear. A su lado, frente al otro terminal, Nichol hacía lo mismo.

—No, espera —dijo Gamache, poniendo la mano en el brazo de Jérôme—, que no sean de nueva construcción. —Reflexionó unos instantes antes de añadir—: Busca contratas de obras de reparación.

—*D'accord* —repuso Jérôme, y dio comienzo la búsqueda.

• • •

—Hola, lamento molestarla, ¿la he despertado?

—¿Quién es? —preguntó una voz atontada al otro lado de la línea.

—Me llamo Martin Tessier, soy de la Sûreté du Québec.

—¿Esto tiene que ver con mi madre? —La mujer sonaba alerta de repente—. Aquí son las cinco de la mañana... ¿qué ha pasado?

—¿Cree que puede tener que ver con su madre? —preguntó Tessier con tono cordial y razonable.

—Bueno, ella trabaja para la Sûreté —repuso la mujer, ahora completamente despierta—. Cuando llegó, me dijo que era posible que alguien llamara.

—¿De modo que la superintendente Brunel está ahí con usted, en Vancouver?

—¿No llama por eso? ¿Trabaja usted con el inspector jefe Gamache?

Tessier no supo muy bien qué responder a eso: no sabía qué le habría contado la superintendente Brunel a su hija.

—Sí, él me ha pedido que llamara. ¿Puedo hablar con ella, por favor?

—Me ha dicho que no quiere hablar con él. Déjennos en paz, al llegar aquí estaban agotados; dígale a su jefe que deje de molestarlos de una vez.

Monique Brunel colgó, pero continuó aferrada al teléfono.

Martin Tessier observó el auricular que tenía en la mano.

¿Qué conclusión debía sacar de eso? Necesitaba saber si los Brunel habían viajado realmente a Vancouver; sus móviles sí lo habían hecho.

Había seguido el rastro de sus teléfonos. Los Brunel habían volado hasta Vancouver y luego habían ido a casa de su hija. Durante los dos últimos días habían recorrido en coche la ciudad para ir a tiendas y restaurantes y a escuchar a la orquesta sinfónica.

Pero ¿lo habían hecho ellos o sólo sus teléfonos?

Tessier se había creído que se encontraban en Vancouver, pero ya no estaba tan seguro.

Los Brunel habían partido peras con su antiguo amigo y colega y acusaban a Gamache de estar delirando, pero alguien había retomado la búsqueda cibernética donde Jérôme Brunel la había dejado, o quizá no la había dejado en absoluto.

Cuando la hija había contestado al teléfono, Tessier pudo oír la preocupación en su voz.

«¿Esto tiene que ver con mi madre?», había preguntado, y no «¿De qué va esto?» ni «¿Necesita hablar con mi madre?».

No: las suyas eran las palabras de alguien preocupado porque le hubiera ocurrido algo a su madre, y uno no pregunta eso cuando tiene a sus padres durmiendo a unos metros de distancia.

Tessier llamó a su homólogo en Vancouver.

—Espera —dijo Gamache. Se había inclinado en la silla, con las gafas puestas, y observaba la pantalla—. Vuelve atrás, por favor.

Jérôme lo hizo.

—¿Qué pasa, Armand? —quiso saber Thérèse Brunel.

Gamache había palidecido. Ella nunca lo había visto así. Lo había visto enfadado, dolido, sorprendido, pero nunca, en todos los años que llevaban trabajando juntos, lo había visto tan impresionado.

—Dios mío —susurró Gamache—, no es posible.

Hizo que Jérôme rescatara otros documentos, al parecer sin relación entre sí. Unos eran muy antiguos, otros muy recientes, unos basados en el extremo norte del país, otros en el centro de Montreal.

Pero todos tenían que ver con obras de construcción de alguna clase, obras de reparación de carreteras, puentes y túneles.

Finalmente, el inspector jefe se apoyó en el respaldo de la silla y miró al frente: en la pantalla había un informe sobre contratas recientes para la reparación de carreteras, pero él parecía mirar más allá de las palabras, como si intentara captar un significado más profundo.

—Había una mujer... —dijo Gamache por fin—. Se suicidó hace unos días, saltó desde el puente de Champlain. ¿Puedes encontrarla? Marc Brault investigaba el caso para la policía de Montreal.

Jérôme no preguntó por qué Gamache quería información al respecto, se puso manos a la obra y no tardó en encontrarla en los archivos policiales de Montreal.

—Se llamaba Audrey Villeneuve, treinta y ocho años. El cuerpo se encontró debajo del puente y el expediente se cerró hace dos días: suicidio.

—¿Alguna información personal? —preguntó Gamache observando la pantalla.

—El marido es maestro, tienen dos hijas, vivían en Papineau, en el extremo oriental de Montreal.

—¿Y dónde trabajaba ella?

Jérôme se desplazó arriba y abajo en el texto utilizando la rueda del ratón.

—No lo dice.

—Tiene que decirlo —repuso Gamache.

Apartó a Jérôme de un codazo y subió y bajó por el texto revisando el informe policial.

—A lo mejor no trabajaba —sugirió Jérôme.

—Si fuera así, lo pondría —intervino Thérèse, inclinándose a su vez para examinar el informe.

—Trabajaba para el Ministerio de Transporte —explicó Gamache—: me lo dijo Marc Brault. Figuraba en el informe, pero ahora ha desaparecido: alguien lo ha borrado.

—¿Se tiró del puente? —preguntó Thérèse.

—Supongamos que Audrey Villeneuve no saltó. —Gamache apartó la vista de la pantalla y miró a los demás—. Supongamos que la empujaron.

—¿Por qué?

—¿Por qué borraron su empleo del informe? Había descubierto algo.

—¿Qué? —quiso saber Jérôme—. Esto es exagerar un poco, ¿no? ¿Pasar de una mujer deprimida a un asesinato?

—¿Puedes volver atrás? —pidió Gamache, ignorando el comentario—, ¿a lo que estábamos viendo antes?

Los archivos sobre contratas de construcción aparecieron en la pantalla: cientos de millones de dólares en obras de reparación sólo en aquel mismo año.

—Supongamos que todo esto es mentira, supongamos que estamos viendo algo que nunca se hizo.

—¿Te refieres a que las empresas cobraron el dinero pero nunca llevaron a cabo las obras de reparación? —preguntó Thérèse—. ¿Crees que Audrey Villeneuve trabajaba para una de esas compañías y se percató de lo que estaba pasando? Quizá les hacía chantaje.

—La cosa es aún peor —dijo Gamache. Su cara estaba lívida—: las obras de reparación no se han llevado a cabo...

Hizo una pausa para dejar que asimilaran la información, y ahí mismo, suspendidas en el aire de la vieja escuela, se materializaron imágenes: de los pasos elevados sobre la ciudad, de los túneles bajo la ciudad, de los puentes; superficies de envergadura enorme por las que circulaban decenas de miles de coches cada día.

Y ninguna se había reparado, quizá desde hacía décadas: el dinero había ido a parar a los bolsillos de los propietarios, del sindicato, del crimen organizado, y de aquellos a quienes se les encomendaba detenerlo: la Sûreté. Miles de millones de dólares. Dejando un kilómetro tras otro de carreteras, túneles y puentes a punto de derrumbarse.

—Ya los tengo —anunció Lambert.

—¿Quiénes son? —quiso saber Francœur. Había vuelto a su despacho y estaba conectado a la búsqueda desde su propio ordenador.

—Todavía no lo sé, pero han entrado a través de la comisaría de la Sûreté en Schefferville.

—¿Están en Schefferville?

—No. *Tabarnac*, están usando el Archivo Nacional, la red de la biblioteca.

—¿Y eso qué significa?

—Pues que podrían estar en cualquier lugar de la provincia. Pero ahora ya los hemos pillado: sólo es cuestión de tiempo.

—No nos queda más tiempo —dijo Francœur.

—Bueno, pues tendrá que encontrarlo.

—¿Podemos darles esquinazo? —preguntó Thérèse, y su marido negó con la cabeza.

—Entonces, ignóralos —dijo Gamache—. Tenemos que seguir, tenemos que entrar en los archivos de construcción. Hurga tan hondo como puedas. Hay algo planeado, no se trata tan sólo de una red de corrupción en juego, sino de un acto específico.

Jérôme dejó de lado toda cautela y se sumergió en los documentos.

—¡Detenlo! —gritó Francœur en el auricular.

En su ordenador había aparecido un nombre para esfumarse un instante después, pero él lo había visto y ellos también.

Audrey Villeneuve.

Observó, horrorizado, cómo se llenaba su pantalla de un documento tras otro sobre obras de construcción, sobre contratas de reparación.

—No puedo detenerlo —repuso Lambert—, no hasta que descubra dónde está, desde dónde actúa.

Francœur contempló, sin poder hacer nada, cómo se abría y desechaba un documento tras otro a medida que el intruso avanzaba, revolvía y luego continuaba a toda prisa.

Miró el reloj: casi las diez de la mañana; ya casi estaban allí.

Pero el intruso también.

Y entonces la frenética búsqueda en línea se interrumpió, el cursor parpadeó en la pantalla como si se hubiera quedado clavado ahí.

—¡Dios mío! —exclamó Francœur con los ojos muy abiertos.

Gamache y Thérèse miraban fijamente la pantalla y el nombre que había aparecido en ella. Enterrado en el nivel más profundo, bajo los expedientes legítimos, bajo los documentos amañados, bajo lo seguro y lo fraudulento, bajo la gruesa capa de *merde*, había un nombre.

El inspector jefe Gamache se volvió hacia Jérôme Brunel, que también miraba fijamente la pantalla, no con el asombro de su mujer y su amigo, pero sí con un sentimiento igualmente abrumador.

Culpa.

—Tú lo sabías —susurró Gamache, apenas capaz de hablar.

El rostro de Jérôme había palidecido y su respiración era entrecortada; tenía los labios casi blancos.

Lo sabía: hacía días que lo sabía, desde que hiciera saltar la alarma que los había obligado a esconderse. Se había llevado consigo su secreto a Three Pines, había arrastrado aquel nombre con él de la escuela al *bistrot* y a la cama.

—Sí, lo sabía. —Sus palabras fueron casi inaudibles, pero llenaron la estancia.

—¿Jérôme? —preguntó Thérèse, que no estaba segura de qué la impresionaba más, si lo que habían descubierto o lo que acababa de averiguar sobre su marido.

—Lo siento —dijo él. Con esfuerzo, empujó hacia atrás la silla, que chirrió contra el suelo de madera como tiza en una pizarra—. Os lo tendría que haber contado.

Veía en sus caras que esas palabras no describían ni por asomo lo que debería haber hecho y no había hecho, pero todas las miradas se habían vuelto hacia el terminal y el cursor, que parpadeaba delante de aquel nombre.

Georges Renard: el primer ministro de Quebec.

—Lo saben —dijo Francœur. Hablaba por teléfono con su jefe; se lo había contado todo—. Tenemos que seguir adelante con el plan, ahora mismo.

Hubo una pausa antes de que Georges Renard hablara.

—Aún no podemos proceder —dijo finalmente. Su tono era tranquilo—. Tu parte no es el único elemento en esto, ¿sabes? Si Gamache ha llegado tan cerca, párale los pies.

—Aún estamos trabajando en encontrar al intruso —repuso Francœur, tratando de que su voz y su respiración parecieran bajo control, intentando sonar persuasivo y razonable a un tiempo.

—El intruso ya no es fundamental, Sylvain. Es obvio que trabaja con Gamache, que le proporciona información. Si el inspector jefe es el único capaz de encajar todas las piezas, entonces ignora al intruso y ve tras él, después habrá tiempo de sobra para ocuparse de los demás. ¿Decías que está en algún pueblo de los cantones del este?

—Sí, en Three Pines.

—Ve a por él.

—¿Cuánto tardarán en encontrarnos? —preguntó Gamache, caminando hacia la puerta.

Al acercarse el jefe, Gilles dejó de mecerse en la silla y las dos patas delanteras dieron un topetazo contra el suelo. Se levantó.

—Una hora, quizá dos —repuso Jérôme—. Armand...

—Lo sé, Jérôme. —Gamache cogió el abrigo del colgador junto a la puerta—. Ninguno de nosotros está libre de culpa en esto, nada habría cambiado si nos lo hubieses dicho. Ahora hay que centrarse y seguir adelante.

—¿Deberíamos irnos? —preguntó Thérèse mientras observaba a Gamache ponerse el abrigo.

—No tenemos adónde ir.

Lo dijo suavemente, pero con firmeza, para que no abrigaran falsas esperanzas: si tenían la ocasión de plantar cara, tendría que ser allí.

—Ahora sabemos quién está involucrado —añadió el inspector jefe—, pero aún no qué tienen planeado.

—¿Crees que hay algo más, aparte de encubrir cientos de millones de dólares en chanchullos? —preguntó Thérèse.

—Sí, lo creo —respondió Gamache—. Eso es una feliz consecuencia, algo para tener tranquilos a sus socios, pero el objetivo real es otra cosa, algo en lo que llevan años trabajando. Empezó con Pierre Arnot y acaba con el primer ministro.

—Veremos qué podemos averiguar acerca de Renard —dijo Jérôme.

—No, olvida a Renard —repuso Gamache—, la clave ahora es Audrey Villeneuve: descubrió algo y la mataron por ello. Averigua todo lo que puedas sobre ella, dónde trabajaba, en qué estaba metida y qué pudo haber descubierto.

—¿No podemos limitarnos a llamar a Marc Brault? —preguntó Jérôme—: él investigó su muerte, eso debería figurar en sus notas.

—Y alguien cambió su informe —le recordó Thérèse negando con la cabeza—. No sabemos en quién podemos confiar.

Gamache sacó las llaves del coche del bolsillo de su abrigo.

—¿Adónde vas? —quiso saber Thérèse—, no irás a abandonarnos, ¿no?

El inspector jefe observó la expresión de sus ojos: se parecía mucho a la que había visto en los ojos de Beauvoir aquel día en la fábrica, cuando él lo había abandonado.

—Tengo que irme.

Hurgó bajo la chaqueta, sacó la pistola y se la tendió. Thérèse Brunel dijo que no con la cabeza.

—He traído mi propia arma...

—¿En serio? —intervino Jérôme.

—¿Dónde crees que trabajaba, en la cafetería de la Sûreté? Nunca la he utilizado y espero no tener que hacerlo, pero la usaré si hace falta.

Gamache miró hacia el otro extremo de la estancia, donde se encontraba la agente Nichol, trabajando en su terminal.

—Agente Nichol, acompáñame hasta el coche, por favor.

Ella siguió dándole la espalda.

—Agente Nichol.

Lejos de subir la voz, el inspector jefe Gamache la había bajado, y sus palabras cruzaron la sala de la escuela hasta alojarse en aquella espalda menuda. Todos vieron cómo Nichol se ponía tensa.

Y entonces se levantó.

Gamache acarició las orejas a *Henri* y luego abrió la puerta.

—Espera, Armand —dijo Thérèse—; ¿adónde vas?

—A la prisión de máxima seguridad, para hablar con Pierre Arnot.

Thérèse abrió la boca para protestar, pero comprendió que ya daba igual: ya estaban a la intemperie, ahora lo único que importaba era la velocidad.

Gamache esperó a Nichol fuera, en el porche de la escuela.

Gabri pasó de camino al *bistrot* y saludó con la mano, pero no se acercó. Eran casi las once de la mañana y el sol hacía brillar la nieve, parecía que el pueblo estuviera cubierto de joyas.

—¿Qué quiere? —le preguntó Nichol cuando finalmente salió, cerrando la puerta tras ella.

A Gamache no le pareció muy distinta de la primera quintilliza, empujada al mundo en contra de su voluntad.

Bajó los peldaños y echó a andar por el sendero hacia el coche.

—Quiero saber qué hacías el otro día en la fonda —le soltó sin mirarla.

—Ya se lo dije.

—Me mentiste. No nos queda mucho tiempo. —Ahora sí la miró—. Aquel día en el bosque, tomé la decisión de confiar en ti pese a saber que me habías mentido, ¿y sabes por qué?

Ella lo miró furibunda mientras su cara menuda se ponía colorada.

—¿Porque no tenía elección?

—Porque, pese a tu conducta, creo que tienes buen corazón, pero ahora necesito saberlo: ¿qué hacías allí?

Nichol caminaba junto a él con la cabeza gacha, mirando sus botas hundirse en la nieve.

—Lo seguí hasta allí para contarle algo, pero estaba muy enfadado y me cerró la puerta en las narices. Ya no pude hacerlo.

—Cuéntamelo ahora —repuso él en voz baja.

—Fui yo quien filtró el vídeo.

Las nubecillas de aliento de sus palabras apenas fueron visibles antes de desaparecer.

El inspector jefe abrió mucho los ojos y tardó unos instantes en asimilar la información.

—¿Por qué? —preguntó finalmente.

Las lágrimas abrieron sendas cálidas en la cara de la joven agente; cuanto más trataba de detenerlas, más afloraban.

—Lo siento mucho, no pretendía hacer daño; me sentí tan mal...

No podía hablar, la garganta se le había cerrado impidiendo el paso de las palabras.

—... culpa mía... —se las apañó para decir—... le dije que eran seis, sólo había oído...

Nichol rompió en sollozos.

Él la estrechó entre sus brazos, ella soltó un gran suspiro y se estremeció. Y lloró, lloró sin parar hasta que ya no quedó nada: ni sonidos, ni lágrimas, ni palabras, hasta que apenas se sostuvo en pie, y él continuó abrazándola y sosteniéndola.

Cuando por fin se apartó de él, tenía la cara surcada de lágrimas y moqueaba. Gamache se abrió el abrigo y le tendió su pañuelo.

—Le dije que en la fábrica sólo había seis pistoleros —consiguió decir ella entre hipos y jadeos—; había oído que eran cuatro, pero añadí un par más por si acaso: usted me enseñó a hacer eso, a ser cautelosa, y creí que lo estaba siendo, pero luego había... —Las lágrimas afloraron de nuevo, pero esta vez fluyeron libremente, sin intento alguno por su parte de contenerlas— muchos más.

—No fue culpa tuya, Yvette —dijo Gamache—, no tuviste ninguna culpa de lo que pasó.

Y él sabía que en efecto era así. Los momentos pasados en aquella fábrica acudieron a su memoria, pero no eran recuerdos que un vídeo pudiera capturar: Armand Gamache no evocó imágenes ni sonidos, sino lo que había sentido al ver cómo abatían a tiros a sus agentes.

Y cómo sostuvo a Jean-Guy, cómo llamó a gritos a los médicos, cómo le dio un beso de despedida.

«Te quiero», le había susurrado al oído antes de dejarlo sobre el suelo de cemento frío y manchado de sangre.

Quizá las imágenes se desvanecerían un día, pero lo que sintió viviría para siempre.

—No fue culpa tuya —repitió.

—Y tampoco fue culpa suya, señor. Quise que la gente lo supiera, pero nunca me paré a pensar en... las familias..., en los demás agentes. Yo quería hacerlo por...

Lo miró y sus ojos parecieron implorar que la comprendiera.

—¿Por mí? —quiso saber el inspector jefe.

Nichol asintió con la cabeza.

—Temía que le echaran la culpa a usted: quería que supieran que no había sido culpa suya. Lo siento.

Gamache le agarró las manos pegajosas y la miró a la cara, abotargada y húmeda de lágrimas y mocos.

—No pasa nada —susurró—, todos cometemos errores, y a lo mejor el tuyo ni siquiera lo fue en realidad.

—¿Qué quiere decir?

—Si no hubieras puesto en circulación ese vídeo, quizá nunca habríamos descubierto qué andaba haciendo el superintendente Francœur, a lo mejor tu gesto acaba siendo una bendición.

—Pues menuda bendición de mierda, señor —soltó ella.

—Sí. —Gamache sonrió y subió al coche—. Mientras yo no esté, quiero que investigues al primer ministro Renard: sus orígenes, su historia. Mira a ver si puedes encontrar cualquier cosa que lo relacione con Pierre Arnot o con el superintendente jefe Francœur.

—Sí, señor. Ya sabrá que es probable que sigan el rastro de su coche y su teléfono... ¿No debería dejar el móvil aquí y llevarse el coche de otro?

—No me pasará nada —respondió él—, tú hazme saber lo que averigües.

—Si le llega un mensaje del zoo, ya sabrá de quién es.

Aquello le pareció bien a Gamache. Condujo hacia las afueras del pueblo, consciente de que lo detectarían en cuanto saliera y contando con que así fuera.

TREINTA Y SEIS

Por segunda vez en dos días, Armand Gamache entró en el aparcamiento de la prisión, pero en esta ocasión bajó del coche y cerró de un portazo. Quería que todos se enteraran de que estaba allí, pretendía ser visto y pretendía entrar. Frente a la verja, mostró sus credenciales.

—Necesito ver a uno de sus presos.

La puerta se abrió automáticamente y el inspector jefe pudo acceder al recinto, aunque no llegó más allá de la sala de espera. El agente de guardia salió de una habitación lateral.

—¿Inspector jefe? Soy el capitán Monette, jefe del cuerpo de guardia; no me han avisado de que vendría.

—Hasta hace media hora no lo sabía ni yo —respondió Gamache con tono cordial, y examinó al hombre sorprendentemente joven que tenía delante.

Monette no llegaba a los treinta años y tenía la complexión robusta de un defensa de fútbol americano.

—Ha surgido algo en un caso que estoy investigando —explicó— y necesito ver a uno de sus presos de máxima seguridad. Tengo entendido que está en una de las celdas de aislamiento.

Monette enarcó una ceja.

—Tendrá que dejar aquí su arma.

Gamache se esperaba eso, aunque también confiaba en que su rango le facilitara la entrada. Por lo visto, no era así. Sacó la Glock y miró a su alrededor: varias cámaras lo enfocaban desde cada rincón de la estancia, que no podía ser más aséptica.

¿Era posible que ya hubiera hecho saltar la alarma? De ser así, no tardaría en averiguarlo.

El inspector jefe dejó la pistola sobre el mostrador, el guardia tomó nota en el registro y le dio un recibo.

El capitán Monette le indicó con un gesto que lo siguiera por el pasillo.

—¿A qué preso quiere ver?

—A Pierre Arnot.

El jefe del cuerpo de guardia se detuvo.

—Es un caso especial, como ya sabrá.

Gamache sonrió.

—Sí, lo sé. Lo siento, señor, pero de verdad dispongo de muy poco tiempo.

—Necesito consultárselo al alcaide.

—No, no hace falta —replicó Gamache—. Si de verdad lo cree necesario, adelante, pero la mayoría de los jefes de guardia tiene autoridad para conceder entrevistas, en especial a agentes que lleven a cabo una investigación. —Examinó con atención al hombre que tenía delante—... A menos que no le hayan conferido esa autoridad, claro.

Las facciones de Monette se endurecieron.

—Puedo ejercerla, si decido hacerlo.

—¿Y por qué iba a decidir lo contrario? —quiso saber Gamache. Su expresión era de curiosidad, pero hubo un atisbo de severidad en sus ojos y su voz.

El guardia pareció inseguro. No daba muestras de temor, pero no parecía saber muy bien qué hacer, y Gamache comprendió que debía llevar poco tiempo en aquel puesto.

—Le aseguro que es algo muy corriente —dijo suavizando un poco el tono; no quería sonar paternalista, pero sí tranquilizador.

«Vamos, vamos», pensó, contando mentalmente los minutos. La alarma no tardaría en dispararse: quería que lo siguieran hasta la prisión de máxima seguridad, pero no que lo pillaran allí.

Monette lo examinó con la mirada y luego asintió. Echó a andar de nuevo por el pasillo sin decir palabra.

A medida que se internaban más y más en la cárcel de máxima seguridad, se iban abriendo puertas que luego se cerraban con estrépito tras ellos. Mientras avanzaban, Gamache se preguntó qué habría pasado con el predecesor de Monette y por qué habrían confiado la tarea de vigilar a algunos de los criminales más peligrosos de Canadá a un agente tan joven y poco experimentado.

Finalmente entraron en una sala de interrogatorios y Monette dejó a Gamache a solas. El inspector jefe miró a su alrededor, de nuevo lo enfocaban varias cámaras, pero no le resultaba desconcertante: su plan dependía de esas cámaras.

Se plantó frente a la puerta. Estaba preparado para encontrarse cara a cara con Pierre Arnot por primera vez en muchos años.

Finalmente, la puerta se abrió. El capitán Monette entró primero, seguido por otro guardia que escoltaba a un hombre maduro vestido con el uniforme naranja de los presos.

El inspector jefe Gamache miró a aquel hombre y luego al jefe del cuerpo de guardia.

—¿Y éste quién es?

—Pierre Arnot.

—No, éste no es Arnot. —Gamache se acercó al preso—. ¿Quién es usted?

—Es Pierre Arnot —insistió con firmeza Monette—: la gente cambia en la cárcel y éste lleva diez años aquí. Es él.

—Se lo digo yo —soltó Gamache, haciendo un esfuerzo tremendo por no perder los estribos—, éste no es Pierre Arnot. Trabajé con él durante años, fui yo quien arrestó a ese hombre y testificó en su juicio. ¿Quién es usted?

—Pierre Arnot.

El preso mantenía la mirada gacha, una barba cana le cubría la barbilla e iba despeinado. Gamache supuso que rondaría los setenta y cinco años; la edad era la adecuada e incluso tenía más o menos la misma complexión.

Pero no era el hombre que buscaba.

—¿Cuánto tiempo lleva usted aquí? —preguntó Gamache al jefe del cuerpo de guardia.

—Seis meses.

—¿Y usted? —dijo volviéndose hacia el otro guardia, que pareció sorprendido por la pregunta.

—Cuatro meses, señor. Fui uno de sus alumnos en la academia de la Sûreté, pero me suspendieron. Conseguí un empleo aquí.

—Venga conmigo —le dijo Gamache al guardia más joven—, sáqueme de aquí.

—¿Se marcha? —preguntó Monette.

Gamache miró atrás.

—Vaya a ver a su alcaide, dígale que he estado aquí y que ya lo sé.

—¿Que sabe qué?

—Él lo entenderá. Y si usted no entiende lo que estoy diciendo, si usted no está involucrado —dijo Gamache observándolo con atención—, entonces mi consejo es que vaya cuanto antes al despacho del alcaide y lo arreste.

El jefe del cuerpo de guardia se lo quedó mirando sin comprender.

—¡Vaya! —exclamó Gamache.

El capitán se dio la vuelta y salió.

—Usted no. —El inspector jefe agarró del codo al guardia e hizo un gesto con la cabeza señalando al preso—. Enciérrelo aquí y venga conmigo.

El guardia hizo lo que le decía y lo siguió por el pasillo, que Gamache recorrió de vuelta dando grandes zancadas.

—¿Qué está pasando, señor? —preguntó el joven haciendo esfuerzos para seguirle el ritmo.

—Usted lleva aquí cuatro meses y el capitán seis, ¿y los demás guardias?

—La mayoría hemos llegado en los últimos seis meses.

—De modo que es posible que el capitán Monette no forme parte de esto —se dijo en voz baja Gamache mientras se apresuraba hacia el portón.

Antes de salir, Gamache se volvió hacia el joven guardia, que ahora parecía muy inquieto.

—Están a punto de pasar cosas muy raras, hijo. Si Monette está involucrado, o si no consigue arrestar al alcaide, van a darle órdenes que a usted no le parecerán correctas y no lo serán.

—¿Y qué debo hacer?

—Vigile a ese hombre que supuestamente es Arnot, manténgalo con vida.

—Sí, señor.

—Bien. Hable con autoridad, compórtese como si supiera lo que hace y no haga nada que en el fondo le parezca que está mal.

El joven se puso firmes.

—¿Cómo se llama?

—Cohen, señor. Adam Cohen.

—Pues bien, monsieur Cohen, lo de hoy es inesperado para todos. ¿Por qué no lo aprobaron en la academia de la Sûreté? ¿Qué pasó?

—Suspendí el examen de ciencias. —Hizo una pausa—. Dos veces.

Gamache esbozó una sonrisa tranquilizadora.

—Por suerte, hoy no le van a pedir que sepa de ciencias, limítese a usar el sentido común. No importa qué órdenes le den, haga sólo aquello que sepa que está bien, ¿entendido?

El muchacho asintió con los ojos muy abiertos.

—Cuando todo esto termine, volveré para hablar con usted de la Sûreté y la academia.

—Sí, señor.

—Todo irá bien —añadió Gamache.

—Sí, señor.

Pero ninguno de los dos parecía creérselo.

Todavía hubo unos momentos de tensión en la entrada, cuando el inspector jefe Gamache dejó el recibo en el mostrador y esperó a que le dieran su pistola, pero finalmente le devolvieron la Glock y se dirigió a toda prisa a su coche. Allí ya no podía averiguar nada más.

Pierre Arnot estaba muerto, de eso estaba casi seguro; probablemente desde hacía seis meses, para que aquel hombre pudiera ocupar su lugar. Arnot no podía hablar porque estaba fiambre, su sustituto no podía hablar porque no sabía nada, y todos los guardias que podían reconocer a Arnot habían sido trasladados.

La desaparición de Arnot era reveladora. Entre otras cosas, Gamache podía deducir que, en el pasado, Pierre Arnot había sido el motor de lo que fuera que estaba ocurriendo, pero que ya no era necesario.

Otro había ocupado su lugar, y Gamache sabía bien quién era.

El inspector jefe subió al coche y comprobó el correo electrónico: tenía un mensaje del zoo.

Georges Renard, actual primer ministro de Quebec, había estudiado Ingeniería Civil en la Escuela Politécnica en la década de 1970. Su primer empleo había sido para la empresa Les Services Aqueduct, en el extremo norte de Quebec.

Ahí estaba la conexión entre Aqueduct y Renard, pero ¿por qué había estado el nombre de Arnot vinculado a Aqueduct?

Gamache siguió leyendo. El primer trabajo de Renard había sido en La Grande, al frente del que era el proyecto de ingeniería más grande del mundo en aquel momento: la construcción de la gigantesca presa hidroeléctrica.

Pues ahí estaba: la conexión entre Pierre Arnot y Georges Renard. De jóvenes habían trabajado en la misma zona, uno supervisando la reserva de los cree, el otro construyendo la presa que destruiría la reserva.

¿Era allí donde se habían conocido? ¿Era posible que aquel plan hubiera surgido entonces? ¿Que llevara cuarenta años gestándose? El año anterior casi había tenido éxito una conspiración para derruir precisamente aquella presa hidroeléctrica, pero Gamache lo había impedido: por eso habían acabado él, Beauvoir y tantos otros en aquella fábrica.

Y ahora las piezas empezaban a encajar: por eso los terroristas habían sabido exactamente dónde debían colocar sus cargas en esa presa descomunal. El inspector jefe nunca había logrado entender cómo aquellos jóvenes, con sus furgonetas llenas de explosivos, habían sido capaces de llegar tan lejos y de encontrar el punto débil en una estructura perfectamente sólida.

Ahora lo entendía.

Gracias a Georges Renard, primer ministro de Quebec, que en aquella época era un joven ingeniero. Si Renard había sabido cómo levantar la presa, también sabría cómo echarla abajo.

Pierre Arnot, entonces agente en la reserva cree, aunque ya encaminado a convertirse en superintendente jefe de la Sûreté, había sembrado tanta rabia y desesperanza en dos jóvenes cree que éstos se habían visto abocados a cometer un acto de terrorismo espantoso, y Renard les había proporcionado la información vital para ello.

Y casi lo habían conseguido.

Pero ¿con qué fin? ¿Por qué el líder electo de la provincia iba a destruir la presa que le proporcionaba electricidad, y encima borrando del mapa pueblos y aldeas río abajo, y matando a miles de personas?

¿Con qué fin?

Gamache había confiado en que Arnot pudiera decírselo, pero era aún más importante saber cuál era el plan B: el siguiente objetivo.

Sólo sabía que algo sucedería muy pronto y que sería terrible.

Armand Gamache notaba una sensación de malestar en la boca del estómago.

Había una gran cantidad de contratas de obras de mantenimiento de túneles, puentes y pasos elevados que no se llevaban a cabo desde hacía años y años. Los involucrados se habían embolsado miles de millones de dólares de contratas que ya habían sido adjudicadas, mientras el sistema de carreteras se deterioraba hasta quedar al borde de provocar una catástrofe.

El inspector jefe Gamache estaba casi seguro de que el plan consistía en precipitar esa catástrofe: derrumbar un túnel, un puente, o un cruce en trébol con mucho tráfico.

Pero ¿con qué fin?

Gamache tuvo que repetirse a sí mismo que a esas alturas el motivo era mucho menos importante que el objetivo. El ataque era inminente, lo sabía; cuestión de horas, casi seguro. Había supuesto que el objetivo se hallaba en Montreal, pero también podía encontrarse en Quebec capital. De hecho, podía estar en cualquier parte de Quebec.

Había otro mensaje del zoo, en este caso de Jérôme.

«Audrey Villeneuve trabajaba para el Ministerio de Transporte en Montreal, era administrativa.»

Pensó un momento antes de escribir la respuesta: sólo tres palabras. Envió el mensaje, puso en marcha el coche y dejó atrás la prisión.

—¿El zoo de Granby? —dijo Lambert—. Están entrando a través del archivo del zoo, ya los tenemos.

Con el teléfono en modo «manos libres», Sylvain Francœur oía en su despacho el teclear de la inspectora jefe Lambert: sus pisadas, cómo perseguía a toda velocidad al intruso. Desconectó la tecla de altavoz cuando Tessier abrió la puerta y entró.

—Iba de camino al pueblucho ese cuando hemos detectado el vehículo y el móvil de Gamache.

—¿Ha salido del pueblo?

Tessier asintió con la cabeza.

—Ha ido a la prisión de máxima seguridad. Hemos llegado allí hace unos minutos, pero se nos ha escapado.

Francœur se levantó como un rayo de la silla.

—¡¿Ha llegado a entrar?!

Había gritado tan alto que casi había sentido cómo se le desgarraba la piel de la garganta. Incluso había tenido la sensación de que arrojaba un pellejo a la cara del imbécil de Tessier.

—No esperábamos que saliera del pueblo. La verdad es que hemos creído que le había dado el coche y el teléfono a algún otro como señuelo para despistarnos, pero entonces nos hemos dado cuenta de que el coche estaba en la prisión. Hemos accedido a las cámaras de seguridad y comprobado que se trataba de Gamache.

—Eres un puto tarado. —Francœur se inclinó sobre el escritorio—. ¿Lo sabe ya?

Lo fulminaba con la mirada. Tessier sintió que se le paraba el corazón por unos instantes. Asintió con la cabeza.

—Sabe que el hombre que está en la prisión no es Arnot, pero eso no lo hace estar más cerca.

Tessier en persona se había ocupado de Arnot, como debería haber hecho el propio Arnot años atrás: con una bala en la cabeza.

—¿Y dónde está ahora Gamache? —quiso saber Francœur.

—Viene hacia Montreal, señor. Se dirige al puente de Jacques Cartier. Vamos tras él, no lo perderemos.

—Me cago en la leche, pues claro que no lo perderéis —espetó Francœur—: no quiere que lo hagáis, quiere que lo sigamos.

«Va hacia el puente de Jacques Cartier, hacia el extremo este de Montreal», se dijo Francœur, con los pensamientos agolpándose en su cabeza. «Lo cual probablemente significa que viene hacia aquí. ¿De verdad eres tan valiente, Armand? ¿O tan estúpido?»

—Hay algo más, señor —añadió Tessier con la vista fija en su cuaderno, sin atreverse a mirar a aquellos ojos capaces de pararle el corazón—: los Brunel no están en Vancouver.

—Por supuesto que no están allí. —Francœur volvió a conectar el teléfono de manos libres—. ¿Lambert? Soy Francœur. El doctor Brunel es nuestro pirata.

Se oyó la voz enlatada de Lambert.

—No, señor, no es Brunel: fue él quien hizo saltar la alarma hace unos días, ¿no es cierto?

—Exacto.

—Bueno, pues la persona a la que estoy dando caza es mucho más lista. Es posible que Brunel sea uno de los piratas, pero me parece que sé quién puede ser el otro.

—¿Quién?

—La agente Yvette Nichol.

—¿Quién?

—Estuvo un tiempo trabajando con Gamache, pero él la despidió y la mandó al sótano.

—Espere, yo la conozco —intervino Tessier—: la niñata de la sala de comunicaciones, una gilipollas de mucho cuidado.

—Sí, ésa —repuso Lambert. Seguían oyéndose sus dedos sobre el teclado, a la caza de la agente Nichol—. Me la traje a Delitos Cibernéticos, pero no acabó de funcionar: estaba demasiado perjudicada, así que la mandé de vuelta.

—¿Es ella? —quiso saber Francœur.

—Creo que sí.

—Reúnete conmigo en el subsótano.

—Sí, señor.

—Y tú averigua adónde va Gamache —le ordenó Francœur a Tessier, y se encaminó a la puerta.

¿Era posible que la gente de Gamache hubiera estado trabajando desde la jefatura de la Sûreté? ¿Habían estado allí todo el tiempo, justo bajo sus narices? Eso explicaría la conexión ultrarrápida.

Y Gamache, oculto en aquel pueblucho, era un señuelo.

«Sí», pensó Francœur mientras descendía hacia el subsótano: era el tipo de estrategia arriesgada que podía fascinar a un ego como el de Gamache.

La inspectora Lambert ya estaba frente a la puerta del sótano cuando llegó Francœur acompañado de dos agentes de complexión robusta.

En el mismo pasillo, Francœur se llevó a Lambert a un aparte y le susurró:

—¿Podrían estar ahí dentro?

—Es posible —respondió Lambert.

El superintendente se volvió hacia los dos agentes.

—Echad la puerta abajo.

Uno sacó el arma mientras el otro propinaba una patada a la puerta. Ésta se abrió de un golpetazo para revelar una habitación diminuta con hileras de pantallas, teclados, monitores, envoltorios de caramelos, pieles de naranja mohosas y latas de refresco vacías, pero, por lo demás, desierta.

Lambert se sentó al escritorio y apretó unas cuantas teclas.

—Nada. No ha estado trabajando desde aquí, pero deje que compruebe una cosa.

Salió a toda prisa por el pasillo hasta plantarse frente a otra puerta, la abrió con una llave y llamó para que acudieran los demás.

—¿Qué se supone que estoy viendo? —quiso saber Francœur.

—La habitación debería estar llena de equipos viejos confiscados a los piratas.

No lo estaba.

—¿Qué falta?

—Antenas parabólicas, cables, terminales, pantallas —enumeró Lambert, recorriendo con la mirada el almacén casi vacío—. Qué lista, la muy cabrona.

—Podría estar en cualquier parte... ¿Es eso lo que estás diciendo? —preguntó Francœur.

—En cualquier parte, pero probablemente en un sitio que necesite una antena parabólica para conectarse a internet: se ha llevado una.

Francœur sabía cuál era ese sitio.

El doctor Brunel y la agente Nichol copiaron los archivos en un lápiz de memoria USB y recogieron todos los documentos.

—Vámonos, agente Nichol —dijo la superintendente Brunel desde la puerta abierta.

—Un momentito.

—Ahora mismo —espetó Thérèse Brunel.

Nichol estaba sentada en el borde de la silla, a punto de irse, pero tenía una última cosa que hacer. Sabía que ellos llegarían y hurgarían en su ordenador, y cuando lo hicieran se encontrarían un regalito de su parte: con unas cuantas pulsaciones más, plantó su «bomba lógica».

—Chupaos eso, capullos —soltó, y salió del programa. Eso no mantendría lejos a los sabuesos, pero sí les daría una sorpresa bien fea cuando llegaran.

—Date prisa —insistió la superintendente Brunel desde la puerta. Su tono no traslucía pánico alguno, sólo era imperioso.

El doctor Brunel y Gilles ya habían salido. Dentro del viejo edificio de la escuela sólo quedaba Nichol, que apagó los ordenadores y les dirigió una última mirada. Últimamente, eran lo más cercano a una familia que tenía. Su padre, aunque estaba orgulloso de ella, no la comprendía; sus parientes la consideraban un bicho raro, alguien de quien sentirse avergonzados.

Y, para ser justos, ella pensaba lo mismo de ellos, de todo el mundo.

Pero a los ordenadores sí los comprendía, y ellos a ella. La vida era más simple con ellos, sin conflictos ni discusiones; ellos la escuchaban y la obedecían.

Aquellos trastos viejos, abandonados por otros, considerados inútiles, habían conseguido que Nichol se sintiera orgullosa, pero había llegado el momento de marcharse y dejarlos atrás. Thérèse Brunel aguantaba la puerta abierta y Nichol se apresuró a salir. La superintendente cerró y echó la llave. Era ridículo creer que una cerradura vieja detendría lo que se les avecinaba, pero les reconfortaba pensarlo.

Los cuatro emprendieron la marcha ladera abajo, de vuelta a la casa de Emilie Longpré: ése había sido el breve mensaje de móvil de Gamache.

«Visitad a Emilie.» Y todos habían sabido qué significaba.

«Marchaos, salid de ahí.» No había un lugar seguro, pero sí uno donde sentarse a esperar cómodamente.

Estaban en camino. Thérèse Brunel lo sabía, lo sabían todos.

Estaban a punto de llegar.

Se oyó un pitido electrónico y Lambert comprobó sus mensajes de texto.

«Charpentier la ha perdido.»

Lambert esperaba que el superintendente jefe montara en cólera y se sorprendió cuando sólo asintió con la cabeza.

—Da igual.

Francœur recorrió rápidamente el pasillo hacia el ascensor y le envió un mensaje a Tessier: «¿Dónde está Gamache?»

«En el puente de Jacques Cartier. ¿Le sigo la pista?»

«No, eso es lo que quiere: quiere alejarnos, es un señuelo.»

Dio instrucciones a Tessier y luego entró un momento en su despacho: si Gamache se dirigía a la jefatura de la Sûreté no los encontraría allí esperándolo. Francœur estaba convencido de que esto era lo que el inspector jefe quería: sabía que lo estaban siguiendo y quería que todas las miradas siguieran puestas en él, y que no se volvieran hacia el sur, hacia aquel pueblecito tan bien escondido.

Que ahora ya habían descubierto.

—Me parece que será mejor que no lo hagas, Jérôme —dijo Thérèse cuando su marido se disponía a encender un fuego en la chimenea.

Él se detuvo, asintió con la cabeza y fue a sentarse con ella en el sofá, desde donde ambos observaron la puerta. Las cortinas de la parte delantera estaban corridas y las luces apagadas, Nichol estaba sentada en una butaca y también observaba la puerta.

—¿Qué estabas haciendo allí, al final? —le preguntó Thérèse a la agente.

—...

—En el ordenador, cuando intentaba que salieras, ¿qué estabas haciendo?

—Ah, nada.

Ahora fue Jérôme quien miró fijamente a la joven.

—¿Estabas haciendo algo en el ordenador?

—Estaba poniendo una bomba —contestó ella con tono insolente.

—¿Una bomba? —repitió Thérèse, y se volvió hacia Jérôme, que sonreía y miraba de forma inquisitiva a la agente Nichol.

—Se refiere a una bomba lógica, ¿no es eso?

Nichol asintió con la cabeza.

—Es una especie de cruce de súper virus y bomba de relojería —le explicó Jérôme a su mujer, y luego le preguntó a la agente—: ¿Programada para hacer qué?

—Nada bueno —contestó la agente, y lo desafió con la mirada a que la regañara.

Pero Jérôme Brunel se limitó a sonreír y a negar con la cabeza.

—Ojalá se me hubiera ocurrido a mí.

Volvió a reinar el silencio cuando los cuatro volvieron a quedarse contemplando absortos las cortinas echadas y la puerta cerrada.

Sólo Gilles daba la espalda a la puerta: miraba por las ventanas traseras, con las cortinas descorridas. Al otro lado estaban el jardín y el bosque cubiertos de nieve, y árboles altísimos que le susurraban, que lo reconfortaban, que lo perdonaban. No dejó de mirar hacia el bosque ni siquiera cuando las primeras pisadas resonaron en el porche, cuando se oyó crujir unas botas en la nieve endurecida.

Todos vieron pasar una sombra ante las cortinas.

Las pisadas se detuvieron frente a la puerta.

Y alguien llamó con los nudillos.

TREINTA Y SIETE

Armand Gamache detuvo el coche en el sendero de acceso a la casita. De los aleros pendían luces navideñas y en la puerta principal había una guirnalda. Todos los adornos de la temporada estaban en su sitio, pero al conjunto le faltaban calidez y alegría. Se preguntó si el duelo sería evidente incluso para alguien que no estuviera al corriente del dolor que empañaba aquella casa.

Llamó al timbre.

Y esperó.

La superintendente Thérèse Brunel fue hasta la puerta bien erguida y con una expresión de determinación en la mirada. Se llevó a la espalda la mano con la pistola y abrió.

Myrna Landers estaba de pie en el porche.

—Tienen que venir a mi casa —dijo rápidamente, y su mirada fue de Thérèse a la gente que se apiñaba tras ella—. Dense prisa, no sabemos cuándo llegarán.

—¿Quiénes? —quiso saber Jérôme. Estaba encorvado, sujetando a *Henri* por el collar.

—La gente de la que se esconden, sean quienes sean. Aquí los encontrarán, pero es posible que no los busquen en mi casa.

—¿Qué le hace pensar que nos estamos escondiendo? —preguntó Nichol.

—¿Por qué si no iban a venir aquí? —replicó Myrna, cada vez más impaciente—. No parece que estén de vacaciones, y tampoco han venido por las tiendas de descuento. Cuando hemos visto que se habían pasado la noche trabajando en la escuela y que luego se habían traído hasta aquí cajas de documentos, hemos sospechado que algo había salido mal. —Myrna observó las caras que tenía delante—. No nos equivocamos, ¿verdad? Han descubierto dónde están.

—¿Sabe qué es lo que nos está ofreciendo? —preguntó Thérèse.

—Un lugar seguro —repuso Myrna—; ¿quién no necesita algo así al menos una vez en la vida?

—La gente que anda buscándonos no quiere tener una simple charla —contestó Thérèse mirándola a los ojos—. No quieren negociar, ni siquiera amenazarnos: quieren matarnos. Y la matarán también a usted si nos encuentran en su casa. Me temo que no hay ningún lugar seguro —concluyó; necesitaba que Myrna lo comprendiera.

Y Myrna seguía plantada delante de ella, claramente asustada, pero decidida. «Como uno de *Los burgueses de Calais*», pensó Thérèse, «o uno de esos jóvenes soldados en los vitrales».

Myrna asintió con firmeza.

—Armand no los habría traído aquí si no hubiera creído que íbamos a protegerlos. —Escudriñó el interior de la casa y añadió—: ¿Dónde está?

—Tratando de alejarlos de aquí —respondió Nichol, comprendiendo finalmente por qué el inspector jefe había decidido llevarse un coche y un teléfono que sin duda rastrearían.

—¿Funcionará? —quiso saber Myrna.

—Durante un tiempo, es posible —repuso Thérèse—, pero aun así vendrán a por nosotros.

—Ya nos parecía.

—¿«Nos»?

Myrna se volvió hacia la calle y Thérèse siguió su mirada. Plantados en el sendero cubierto de nieve estaban Clara, Gabri, Olivier y Ruth con su *Rosa*.

El final del camino.

—Vengan —insistió Myrna.

Y fueron.

—*Bonjour*. Me llamo Armand Gamache, soy de la Sûreté du Québec.

Lo dijo con tono suave. Sin llegar a susurrar, pero con voz lo bastante baja para que las niñas que veía mirándolo al fondo del pasillo, por detrás de su padre, no lo oyeran.

Gaétan Villeneuve parecía exhausto, como si se tuviera en pie sólo porque, si cayera, aterrizaría sobre sus hijas. Las niñas no tenían más de once o doce años y lo miraban con los ojos muy abiertos. Gamache se preguntó si la noticia que estaba a punto de darles ayudaría o les haría daño, si supondría una pequeña ola en el océano de su dolor.

—¿Qué quiere? —quiso saber monsieur Villeneuve. Su tono no era desafiante: no le quedaba energía para algo así, pero tampoco dejaba que el inspector jefe cruzara el umbral.

Gamache se inclinó unos centímetros hacia Villeneuve.

—Soy el jefe de Homicidios.

Los ojos cansados de Villeneuve se abrieron como platos. Observó detenidamente a Gamache y se hizo a un lado.

—Éstas son nuestras hijas Megan y Christianne.

El inspector se percató de que todavía no utilizaba el singular.

—*Bonjour* —les dijo a las niñas, y esbozó una sonrisa cálida antes de volverse de nuevo hacia el padre—. ¿Podríamos hablar en privado?

—Salid a jugar un poco, niñas —sugirió monsieur Villeneuve.

Lo dijo con tono amable: no fue una orden, sino una petición, y sus hijas accedieron. Cerró la puerta tras ellas y condujo a Gamache a una cocina pequeña pero alegre en la parte trasera de la casa.

Se veía pulcra, con todos los platos limpios, y Gamache se preguntó si Villeneuve habría puesto orden en la casa por las niñas o si habrían sido las niñas quienes habían puesto orden por su padre triste y perdido.

—¿Un café? —preguntó monsieur Villeneuve.

Gamache aceptó el ofrecimiento. Mientras se hacía, paseó la mirada por la cocina.

Audrey Villeneuve estaba por todas partes, en el aroma a canela y nuez moscada de las galletas de Navidad que debía de haber hecho ella y en las fotografías en la nevera, que mostraban a una familia sonriente de acampada, en una fiesta de cumpleaños, en Disneylandia.

Había varios dibujos hechos con lápices de colores enmarcados, dibujos que sólo eran obras de arte para un padre o una madre.

Aquél era un hogar feliz días atrás, cuando Audrey Villeneuve se había marchado a trabajar para no volver.

Villeneuve dejó los cafés sobre la mesa y los dos hombres tomaron asiento.

—Tengo noticias para usted y preguntas que hacerle —dijo Gamache.

—Audrey no se suicidó.

Gamache asintió con la cabeza.

—Aún no es oficial, y podría estar equivocado...

—Pero usted también lo cree, ¿verdad? Cree que la mataron, que alguien mató a Audrey. Pues yo pienso lo mismo.

—¿Se le ocurre quién pudo haber sido?

Gamache vio un asomo de vida e interés en aquel hombre mientras se detenía un momento a pensarlo, pero luego negó con la cabeza.

—¿Hubo algún cambio? ¿Visitantes, llamadas telefónicas?

Villeneuve volvió a decir que no con la cabeza.

—No, nada parecido, pero llevaba semanas de mal humor, y ella no era así: algo la preocupaba. Aunque aquella última mañana parecía estar mejor.

—¿Sabe qué era eso que la inquietaba?

—Me daba miedo preguntar... —Hizo una pausa y bajó la vista hacia su café—. Por si tenía que ver conmigo.

—¿Tenía un despacho o un escritorio aquí en casa?

—Sí, ahí. —Señaló con la cabeza una mesa en la cocina—. Aunque los otros agentes se llevaron todos sus papeles.

—¿Todos? —preguntó Gamache, levantándose para acercarse al escritorio—. ¿No ha encontrado nada que ella pudiera haber escondido? ¿Puedo mirar?

Villeneuve asintió con la cabeza.

—Lo intenté después de que se fueran. Registraron la casa entera.

El hombre observaba mientras Gamache revolvía con dedos expertos y rápidos, y acababa con las manos vacías.

—¿Tenía ordenador?

—Se lo llevaron. Dijeron que me lo devolverían, pero no lo han hecho. No me pareció normal, tratándose de... —suspiró antes de continuar— un suicidio.

—Y no lo es —repuso Gamache sentándose a la mesa de la cocina—. Trabajaba en el Ministerio de Transportes, ¿verdad? ¿Qué hacía?

—Introducía informes en el ordenador. Según ella era interesante. A Audrey le gusta tener las cosas ordenadas, bien organizadas. Cuando viajamos hace planes y más planes, solíamos tomarle el pelo.

—¿En qué sección estaba?

—Contratas.

Gamache elevó una plegaria silenciosa antes de hacer la siguiente pregunta.

—¿Qué clase de contratas?

—Memorias descriptivas: cuando se adjudicaba una contrata, la empresa tenía que informar de los progresos. Audrey introducía eso en los archivos.

—¿Se ocupaba de alguna zona geográfica concreta?

El marido asintió con la cabeza.

—Como estaba en un puesto de responsabilidad, se ocupaba de las obras de reparación en Montreal, las más grandes y complejas. A mí siempre me pareció irónico y le tomaba el pelo constantemente por ello.

—¿Respecto a qué?

—A que trabajara en Transportes cuando detestaba utilizar las autopistas y en especial el túnel.

Gamache se quedó muy quieto.

—¿Qué túnel?

—El de Ville-Marie: tenía que cruzarlo para ir al trabajo.

Gamache sintió que se le aceleraba el pulso. Ahí estaba: Audrey Villeneuve tenía miedo porque sabía que no se habían llevado a cabo las obras de reparación en el túnel. El Ville-Marie pasaba por debajo de gran parte de Montreal; si se desplomaba, provocaría una reacción en cadena en el metro y en toda la ciudad subterránea, y se llevaría consigo el mismísimo centro urbano.

Hizo el gesto de levantarse, pero Gaétan Villeneuve lo cogió del antebrazo y se lo impidió.

—Espere... ¿Quién la mató?

—Eso aún no puedo decírselo.

—¿Puede decirme al menos por qué?

Gamache negó con la cabeza.

—Es posible que muy pronto aparezcan por aquí otros agentes para interesarse por mi visita.

—Les diré que nunca ha estado aquí.

—No, no haga eso, ya saben que sí. Si lo interrogan, cuénteselo todo: lo que yo he preguntado y lo que ha respondido usted.

—¿Está seguro?

Los dos hombres fueron hacia la puerta.

—Lo que sí puedo decirle es que su esposa murió tratando de impedir que ocurriera algo terrible. Quiero que usted y sus hijas lo sepan. —Hizo una pausa—. Quédense en casa hoy, no vayan al centro de Montreal.

—¿Por qué? ¿Qué va a pasar? —dijo el hombre, pálido.

—Limítense a quedarse aquí —zanjó con firmeza Gamache.

Villeneuve le escudriñó el rostro.

—Madre mía, cree que no va a ser capaz de impedirlo, ¿no?

—De verdad que tengo que irme, monsieur Villeneuve.

Gamache se puso el abrigo, pero recordó algo que Villeneuve había dicho, algo sobre Audrey.

—Ha comentado que su esposa estaba contenta aquella última mañana... ¿sabe por qué?

—Di por hecho que era porque iba a ir a la fiesta de Navidad de la oficina: se había hecho un vestido nuevo especialmente para ello.

—¿Usted la acompañaba?

—No, teníamos un acuerdo: ella no asistía a las fiestas navideñas de mi oficina y yo no iba a las suyas, pero parecía tener muchas ganas de ir a ésta.

Villeneuve pareció incómodo.

—¿Qué ocurre?

—Nada. Es personal, no tiene que ver con lo que pasó.

—Cuénteme.

Villeneuve miró fijamente a Gamache y pareció comprender que ya no tenía nada que perder.

—Es sólo que llegué a preguntarme si tendría una aventura con alguien. No es justo: ella nunca habría hecho una cosa así, pero era por el vestido nuevo y todo eso. Había pasado mucho tiempo sin hacerse un vestido y de repente parecía tan contenta... Parecía más feliz de lo que se había sentido conmigo en la última temporada.

—Hábleme de esa fiesta; ¿era sólo para el personal de la oficina?

—Sí, en su mayor parte. El ministro de Transportes siempre aparecía, pero no se quedaba mucho rato, y este año se rumoreaba que asistiría un invitado especial.

—¿Quién?

—El primer ministro. A mí no me parecía nada del otro mundo, pero Audrey estaba muy emocionada.

—¿Georges Renard?

—*Oui*. Quizá fue por eso por lo que se hizo el vestido: querría impresionarlo.

Villeneuve miró a sus hijas, que hacían un muñeco de nieve en el pequeño jardín delantero. Armand estrechó su mano, dijo adiós a las niñas y subió al coche.

Se quedó ahí sentado un momento, encajándolo todo. El objetivo, supuso, era el túnel de Ville-Marie.

Seguramente, al introducir los informes Audrey Villeneuve había reparado en que algo no andaba bien: tras años y años trabajando con archivos de reparaciones, debía de saber distinguir entre obras que se habían realizado como era debido y obras mal hechas... o que no se habían llevado a cabo en absoluto.

Incluso era posible que hubiera hecho la vista gorda, como tantos de sus colegas, hasta que al final ya no pudo más. Y entonces ¿qué hizo? Era una mujer organizada, disciplinada, probablemente quiso reunir pruebas antes de abrir la boca.

Y al hacerlo, debió de averiguar cosas que no debería haber descubierto, cosas peores que la negligencia intencionada, que la corrupción, que obras de reparación que hacían muchísima falta y no se habían llevado a cabo.

Quizá encontró indicios de un plan para acelerar el derrumbe.

Y entonces ¿qué? Las ideas se le agolpaban a Gamache en la cabeza en su intento de encajar las piezas. ¿Qué haría una empleada de nivel medio al encontrarse con una corrupción y una conspiración de proporciones descomunales? Acudiría a su jefe, y cuando éste no la creyera, al jefe de su jefe.

Pero, aun así, nadie actuó.

Eso explicaría su estrés y su mal humor.

¿Y su alegría, finalmente?

Audrey Villeneuve, la organizada, tenía un plan B. Se había hecho un vestido para la fiesta navideña, uno en el que pudiera fijarse un político envejecido. Se acercaría a él como quien no quiere la cosa, quizá coquetearía un poco, quizá intentaría quedarse a solas con él.

Y entonces le contaría lo que había descubierto.

El primer ministro Renard la creería, estaba segura.

«Sí», pensó Gamache mientras ponía en marcha el coche y se dirigía hacia el centro de Montreal, «Renard habría sabido que le estaba diciendo la verdad».

Al cabo de unas manzanas, se detuvo para utilizar un teléfono público.

—Residencia de los Lacoste —dijo una vocecita—, soy Mélanie.

—¿Está tu madre en casa?

«Por favor», rogó Gamache. «Por favor.»

—Un momento, *s'il vous plaît.* —Y la oyó gritar—: ¡Mamá, mamá! *Téléphone.*

Unos segundos más tarde, le llegó la voz de la inspectora Lacoste:

—*Oui?*

—Isabelle, no puedo extenderme: el objetivo es el túnel de Ville-Marie.

—Ay, Dios mío —fue la respuesta, en voz muy baja.

—Tenemos que cerrarlo ahora mismo.

—Entendido.

—Ah, Isabelle... He presentado mi dimisión.

—Sí, señor. Se lo diré a los demás, querrán saberlo.

—Buena suerte.

—¿Y usted? ¿Adónde va ahora?

—De vuelta a Three Pines: me he dejado algo allí. —Hizo una pausa antes de añadir—: ¿Puedes buscar a Jean-Guy, Isabelle? ¿Asegurarte de que hoy esté bien?

—Me aseguraré de que esté lejos de lo que está a punto de pasar.

—*Merci.*

Gamache colgó, llamó a Annie para avisarla y decirle que no se acercara al centro, y volvió a subirse al coche.

Sylvain Francœur iba en el asiento trasero del todoterreno negro, a su lado estaba Tessier y por el espejo retrovisor veía la furgoneta sin distintivos que llevaba a dos agentes más y el equipo que iban a necesitar.

Francœur estaba encantado de salir de la ciudad, teniendo en cuenta lo que estaba a punto de ocurrir. Feliz de estar lejos del jaleo y de cualquier posible acusación: nada de aquello podrían achacárselo a él siempre y cuando llegara a tiempo a ese pueblucho.

Iba a ser una carrera contrarreloj.

—Gamache no ha ido a la jefatura —susurró Tessier comprobando el móvil—. Han rastreado su teléfono hasta el extremo este de Montreal, hasta la casa de los Villeneuve. ¿Vamos a por él?

—¿Para qué molestarnos? — Francœur tenía una sonrisa plantada en la cara: aquello le parecía perfecto—. Nosotros ya la registramos, ahí no va a encontrar nada. Está desperdiciando el poco tiempo que le queda. Cree que vamos a seguirlo; pues dejemos que lo piense.

Tessier no había sido capaz de encontrar Three Pines en ningún mapa, pero daba igual, sabían más o menos dónde estaba por el sitio en que siempre desaparecía la señal de Gamache. Pero «más o menos» no era suficiente para una persona tan cautelosa como Francœur: no podía permitirse retrasos ni dudas de último momento, de modo que había llevado consigo una baza certera, a alguien que sí sabía cómo encontrar aquel pueblo.

Francœur miró al hombre demacrado que conducía el vehículo.

Con semblante inexpresivo, Jean-Guy Beauvoir aferraba el volante mientras los llevaba directamente a Three Pines.

Olivier miraba por la ventana. Desde la buhardilla de Myrna tenían una vista panorámica del pueblo y, más allá de los tres enormes pinos, hasta la carretera que salía de Three Pines.

—Nada —declaró, y volvió a sentarse junto a Gabri, que le puso su mano enorme sobre la rodilla enjuta.

—He cancelado el ensayo del coro —dijo Gabri—, aunque probablemente no debería haberlo hecho: más valdría aparentar normalidad. —Miró a Olivier—. Igual he metido la pata.

—La pata u otro miembro —soltó Nichol.

Gabri se quedó entre sorprendido y tenso unos instantes, luego se echó a reír.

—Una chica lista —opinó Ruth.

Y el silencio volvió a abatirse sobre ellos, el peso de la espera.

—Voy a contarles una historia —dijo Myrna, acercando la silla a la estufa de leña.

—No somos críos de cuatro años —repuso Ruth, pero levantó a *Rosa* para sentársela en el regazo y se volvió hacia Myrna.

Olivier y Gabri, Clara, Gilles y la agente Nichol movieron sus sillas y se dispusieron en círculo al calor de la estufa. Jérôme Brunel también se acercó, pero Thérèse se quedó mirando por la ventana. *Henri* se echó junto a Ruth y alzó la mirada hacia *Rosa*.

—¿Es un cuento de fantasmas? —quiso saber Gabri.

—Más o menos —contestó Myrna, y cogió un sobre grueso de la mesita de centro. Escrito con cuidadosa caligrafía, ponía: PARA MYRNA.

Sobre la mesa había otro sobre idéntico, y en éste podía leerse: PARA LA INSPECTORA ISABELLE LACOSTE. POR FAVOR, ENTREGÁDSELO EN MANO.

Myrna los había encontrado en su buzón esa mañana a primera hora. Con el café en la mano, había leído el que iba dirigido a ella. El sobre para Isabelle Lacoste seguía cerrado, aunque sospechaba que debía de decir prácticamente lo mismo.

—Había una vez un pobre labrador y su mujer que rogaban al cielo que les enviara hijos —empezó Myrna—. Sus tierras no daban frutos y, por lo visto, la mujer tampoco. Tan desesperada estaba la esposa del labrador por tener hijos que emprendió un viaje larguísimo hasta Montreal, hasta el oratorio, para visitar al hermano André. Una vez allí, subió la escalinata de piedra de rodillas y rezando avemarías...

—Qué barbaridad —musitó Ruth.

Myrna hizo una pausa para mirar a la vieja poeta.

—A ver si prestas atención, luego se pone interesante.

—*Caca, caca* —graznó Ruth (o *Rosa*), pero ambas se mostraron dispuestas a escuchar.

—Y tuvo lugar un milagro —continuó Myrna—: ocho meses más tarde, un día después de morir el hermano André, nacieron cinco bebés en aquella diminuta casa de labranza en el centro de Quebec, en un parto asistido por una comadrona y el propio labrador. Al principio, el hombre estaba tremendamente impresionado pero, al coger a sus hijas una por una y sostenerlas en sus brazos, descubrió un amor como el que no había experimentado jamás, y lo mismo le ocurrió a su esposa: fue el día más feliz de sus vidas, y el último día feliz.

—Estás hablando de las quintillizas Ouellet —intervino Clara.

—¿Tú crees? —se burló Gabri.

—Habían llamado al médico —prosiguió Myrna con voz melódica y tranquila—, pero éste no se molestó en salir de casa en plena ventisca para ir a una casucha perdida en el campo donde, si es que le pagaban algo, sería en nabos. De modo que el médico volvió a la cama y dejó el asunto en manos de la partera; sin embargo, a la mañana siguiente, cuando se enteró de que eran quintillizas y estaban vivas y sanas, se fue hasta allí y se dejó fotografiar con las niñas.

Myrna hizo una pausa y miró a los ojos a los allí reunidos uno por uno. Hablaba en voz baja, como si los invitara a formar parte de una conspiración.

—Aquel día no nacieron sólo unas quintillizas, también nació un mito y, con él, algo más vio la luz: algo con una cola larga y oscura. —Esto último lo dijo susurrando y todos se inclinaron hacia ella—. También nació un asesino.

• • •

Armand Gamache circulaba a gran velocidad por el túnel de Ville-Marie. Había considerado no cogerlo y dar un rodeo, pero era la vía más rápida para llegar al puente de Champlain y salir de Montreal hacia Three Pines.

Mientras recorría el túnel largo y oscuro iba reparando en las grietas, en las baldosas que faltaban y el hormigón reforzado expuesto; ¿cómo podía haber tomado aquella ruta tan a menudo y no haberse fijado?

Levantó el pie del acelerador y el coche aminoró la marcha hasta que otros conductores empezaron a tocar el claxon y a hacerle gestos al adelantarlo, pero apenas reparó en ello: sus pensamientos habían vuelto a la entrevista con monsieur Villeneuve.

Tomó la salida siguiente, paró en una cafetería y se dirigió al teléfono.

—*Bonjour* —dijo una voz suave y cansada.

—Monsieur Villeneuve, soy Armand Gamache.

Hubo un silencio al otro lado de la línea.

—De la Sûreté, acabo de estar en su casa.

—Ah, sí, por supuesto: había olvidado su nombre.

—¿Le devolvió la policía el coche de su mujer?

—No, pero sí lo que había dentro.

—¿Había papeles? ¿Algún maletín?

—Tenía un maletín, pero no me lo devolvieron.

Gamache se frotó la cara y se sorprendió al notar la barba de tres días. No era de extrañar que Villeneuve hubiera parecido reacio a dejarlo entrar: entre la barba canosa y el cardenal debía de tener aspecto de vagabundo.

Intentó poner en orden sus pensamientos. Audrey Villeneuve había planeado asistir a la fiesta de Navidad. Se sentía emocionada y feliz, quizá incluso aliviada: por fin transmitiría lo que había descubierto a alguien que podría hacer algo al respecto.

Tuvo que haber sentido que se quitaba un gran peso de encima.

Pero también debía de saber que el primer ministro de Quebec no iba a limitarse a creer en su palabra, por atractiva que estuviera con su vestido nuevo.

Tendría que ofrecerle pruebas, pruebas que llevaría consigo a la fiesta.

—*Allô?* —dijo Villeneuve—. ¿Sigue ahí?

—Un momentito, por favor —repuso Gamache.

Ya casi lo tenía, casi tenía la respuesta.

Pero Audrey, en todo caso, habría llevado un bolso de fiesta, no un maletín, una carpeta ni un fajo de papeles. De modo que ¿cómo planeaba pasarle las pruebas al primer ministro?

A Audrey Villeneuve la mataron por lo que había descubierto y por lo que no había llegado a descubrir: el último paso que la habría llevado al hombre que estaba detrás de todo aquello, precisamente el hombre a quien iba a acudir: el primer ministro Georges Renard.

—¿Puedo volver? —preguntó por fin—. Necesito ver qué llevaba su mujer en el coche.

—No es gran cosa —advirtió Villeneuve.

—De todas formas necesito verlo.

Colgó, dio la vuelta con el coche y se adentró de nuevo en el túnel de Ville-Marie conteniendo el aliento como un crío que pasara por delante de un cementerio. En unos minutos estaba otra vez en casa de los Villeneuve.

Jérôme se sentó en el brazo de la butaca de Myrna y todos se inclinaron hacia ella para oír aquella historia de milagros, mitos y asesinatos.

Todos excepto Thérèse Brunel, que seguía plantada frente a la ventana. Escuchaba, pero mirando hacia fuera, escudriñando las carreteras que llevaban al pueblo. Brillaba el sol y el cielo estaba despejado: era un precioso día de invierno, pero a su espalda se narraba una historia sombría.

—Arrebataron a las niñas de brazos de sus padres cuando aún eran bebés —continuó Myrna—. En aquellos tiempos, el gobierno no necesitaba una razón para hacer algo así, pero de todas formas hizo que el buen doctor insinuara que los Ouellet, pese a ser buena gente, eran un poco lerdos. Quizá hasta era un defecto congénito. Estaban capacitados para criar vacas y cerdos pero no a cinco angelitos. Las niñas eran un regalo del cielo, el último milagro terrenal de *frère* André y, por tanto, pertenecían a todo Quebec y no a unos campesinos dedicados a la agricultura de subsistencia. El doctor Bernard también dio a entender que los Ouellet habían cobrado bastante dinero por las niñas, y la gente lo creyó.

Clara miró a Gabri, que a su vez miró a Olivier, que a su vez miró a Ruth: todos se habían creído la historia de unos padres que cegados por la codicia habían vendido a sus hijas. Eso era parte esencial del cuento de hadas: no sólo habían nacido cinco niñas, sino que además habían sido salvadas.

—Las quintillizas causaron un gran revuelo en todo el mundo —prosiguió Myrna—. La gente, asfixiada por la Depresión, pedía a gritos noticias de aquellas niñas milagrosas. En aquellos tiempos oscuros, ellas parecían la prueba de que el bien aún existía.

Myrna tenía en la mano el sobre con las páginas que Armand Gamache había redactado minuciosamente la noche anterior, y dos veces: una para su colega y otra para ella. Él sabía que Myrna había querido a Constance, y creía que merecía saber qué le había ocurrido. No tenía un regalo de Navidad para Myrna, pero le había dado aquello.

—Bernard y el gobierno vieron rápidamente que podían amasar una fortuna con las niñas: películas, todo tipo de productos, giras, libros y artículos en revistas; todo a modo de crónica de unas vidas doradas.

Myrna sospechaba que a Armand no le gustaría saber que les estaba contando lo que había escrito. De hecho, en la primera página él había anotado «confidencial», y ella ahora estaba soltándolo todo como si tal cosa. Pero al ver la ansiedad reflejada en sus caras y percibir la gravedad de la situación a la que se enfrentaban, se había visto en la obligación de distraerlos de sus temores.

Y qué mejor manera de hacerlo que con una historia de codicia, de amor, de sentimientos tan retorcidos como reales, de rabia y secretos, de un dolor insondable y, finalmente, un asesinato. O, más bien, varios asesinatos.

Se dijo que el inspector jefe la perdonaría y confió en tener la oportunidad de disculparse con él.

—Y las cinco niñas tuvieron en efecto una vida dorada —continuó, observando los ojos muy abiertos y atentos de todos—: el gobierno les construyó la casita perfecta, como salida de un cuento, con un jardín y una valla blanca que impedía que entraran los curiosos... y que salieran las niñas. Tenían vestidos preciosos, clases particulares, profesor de música; tenían juguetes y pasteles: lo tenían todo, excepto privacidad y libertad. Y he ahí el problema de tener una jaula de oro: dentro no puede florecer nada, y lo que un día fue hermoso acaba por pudrirse.

—¿Por pudrirse? —intervino Gabri—. ¿Se pelearon entre ellas?

Myrna lo miró.

—Uno de los retoños se volvió contra los demás, sí.

—¿Cuál? —preguntó Clara en voz baja—. ¿Qué pasó?

Gamache se detuvo en el sendero de acceso, bajó del coche y casi resbaló en el pavimento helado. La puerta se abrió antes de que llamara al timbre, y entró.

—Las niñas están en casa de una vecina —dijo Villeneuve.

Era evidente que había entendido la importancia de aquella visita. Lo guió de vuelta a la cocina, y ahí, sobre la mesa, Gamache vio dos bolsos: uno de diario y otro de fiesta.

Sin decir palabra, abrió el de fiesta. Estaba vacío. Palpó el forro y luego lo inclinó hacia la luz. El forro se había recosido recientemente; ¿lo había hecho la propia Audrey, o los policías que lo habían registrado?

—¿Le importa si le quito el forro?

—Haga lo que tenga que hacer.

Gamache arrancó un trozo y palpó debajo, pero lo encontró vacío: si ahí había habido algo, ya no estaba. Pasó a examinar rápidamente el otro bolso, pero tampoco ahí encontró nada.

—¿Esto es todo cuanto había en el coche de su mujer?

Villeneuve asintió con la cabeza.

—¿Le devolvieron su ropa?

—¿La que llevaba puesta? Se ofrecieron a hacerlo, pero les dije que la tiraran: no quería verla.

Pese a llevarse una decepción, Gamache no se sorprendió: él habría actuado igual. Además, sospechaba que lo que fuera que Audrey había ocultado no estaba en su ropa de oficina. O, si estaba, ya lo habían encontrado.

—¿Y el vestido? —quiso saber.

—Tampoco lo quería, pero apareció con el resto de las cosas.

Gamache miró a su alrededor.

—¿Dónde está?

—En la basura. Probablemente debería haberlo donado a la beneficencia, pero la verdad es que no me he visto con ánimos.

—¿Todavía tiene esa basura?

Villeneuve lo condujo al cubo que había junto a la casa y Gamache revolvió en él hasta que encontró un vestido verde esmeralda con la etiqueta de Chanel.

—Éste no puede ser —dijo enseñándoselo a Villeneuve—: aquí dice que es de Chanel y, si no me equivoco, usted me había dicho que Audrey se había hecho ella misma el vestido.

Villeneuve sonrió.

—Pues sí, pero Audrey no quería que la gente supiera que hacía ropa para ella y las niñas, de modo que cosía etiquetas de marca en las prendas.

Villeneuve cogió el vestido y miró la etiqueta negando con la cabeza; sus dedos se fueron tensando sobre el tejido hasta cerrarse en un puño y las lágrimas empezaron a rodar por sus mejillas.

Al cabo de un par de minutos, Gamache puso una mano sobre la de Villeneuve e hizo que lo soltara; luego se llevó el vestido dentro.

Palpó el dobladillo: nada, palpó las mangas: nada, palpó el cuello: nada..., hasta que llegó al final del escote en *v*, donde los dos lados se unían.

Cogió las tijeras que le tendía Villeneuve y descosió con cautela la costura, que no estaba hecha a máquina como la del resto del vestido, sino a mano y con mucho cuidado.

Desdobló un poco la tela y encontró un lápiz de memoria.

TREINTA Y OCHO

Jean-Guy Beauvoir salió de la autopista y tomó la carretera secundaria. En el asiento trasero, el superintendente jefe Francœur y el inspector Tessier intercambiaban impresiones; Beauvoir no les había preguntado por qué querían ir a Three Pines, ni por qué los seguía aquella furgoneta de la Sûreté sin distintivos.

Le daba igual.

No era más que un simple chófer: haría lo que le dijeran. Las discusiones se habían terminado: había aprendido que, si se implicaba demasiado, las cosas le hacían daño, y ya no podía soportar más dolor, ya ni siquiera las pastillas conseguían aliviarlo.

Así pues, Jean-Guy Beauvoir hizo lo único que podía hacer a esas alturas: tiró la toalla.

—Pero Constance era la última quintilliza —dijo Ruth—, ¿cómo pudo matarla una de sus hermanas?

—¿Qué sabemos en realidad sobre sus muertes? —le preguntó Myrna—. Tú también habías sospechado que la primera que murió...

—Virginie.

—... no había caído de manera accidental por aquellas escaleras: llegaste a sospechar que había sido un suicidio.

—Pero sólo era una suposición —replicó la vieja poeta—. Era joven, y la desesperanza me parecía romántica. —Hizo una pausa para acariciar la cabeza de *Rosa*—. Es posible que confundiera a Virginie conmigo misma.

—«¿Quién te lastimó antaño / hasta tal punto que ahora...?» —recitó Clara.

Ruth abrió la boca y por un instante todos creyeron que iba a responder a aquella pregunta, pero luego sus labios finos se cerraron con firmeza.

—Supongamos que te equivocabas con lo de Virginie —sugirió Myrna.

—¿Qué importancia tiene eso ahora? —fue la respuesta de Ruth.

—Pues sí que importaría que Virginie no hubiera caído en realidad por las escaleras —dijo Gabri metiendo baza, y luego agregó dirigiéndose a Myrna—: ¿Era ése el secreto de las quintillizas? ¿Que no murió?

Thérèse Brunel se volvió de nuevo de cara a la ventana. Se había permitido mirar hacia la habitación, hacia el círculo apretado y su cuento de fantasmas, pero un ruido atrajo su atención hacia el exterior: se acercaba un coche.

Todos lo oyeron. Olivier fue el primero en moverse y salvó la distancia en cuatro zancadas por el suelo de madera. Miró hacia fuera por encima del hombro de Thérèse.

—Sólo es Billy Williams, que llega a almorzar.

Se relajaron, pero no del todo: la tensión, que la historia había conseguido relegar a un segundo plano, había vuelto.

Gabri echó un par de troncos más en la estufa, todos sentían escalofríos a pesar de que la habitación estaba caliente.

—Constance trataba de decirme algo —dijo Myrna retomando el hilo—, y lo hizo. Nos lo contó todo, pero sencillamente no conseguimos encajar las piezas.

—¿Qué fue lo que nos contó? —quiso saber Ruth.

—Bueno, a ti y a mí nos contó que le encantaba jugar a hockey: el deporte favorito de *frère* André. Ella y sus hermanas habían formado un equipo y jugaban contra los niños del barrio.

—¿Y qué? —soltó Ruth, y *Rosa*, en sus brazos, graznó suavemente, como si imitara a su madre:

—*Quequequé...*

Myrna se volvió hacia Olivier, Gabri y Clara.

—Os regaló manoplas y una bufanda que ella misma había tejido con símbolos sobre vuestras vidas: pinceles para Clara...

—No quiero saber qué símbolos eran los vuestros —dijo Nichol a Gabri y Olivier.

—Prácticamente estaba dejando pistas —continuó Myrna—. Debió de ser frustrante para ella.

—¿Para ella? —intervino Clara—. Tampoco es que la cosa fuera muy evidente...

—Puede que no —repuso Myrna— para ti, para mí ni para nadie aquí presente, pero tratándose de alguien que no tenía la costumbre de hablar de sí misma y su vida, debió de ser como revelarnos sus secretos a gritos. Ya sabes cómo son esas cosas: cuando sabemos algo y lanzamos indirectas, esas indirectas nos parecen muy obvias. Seguramente nos consideró un puñado de idiotas por no captar lo que nos estaba diciendo.

—Pero ¿qué nos estaba diciendo? —quiso saber Olivier—. ¿Que Virginie seguía viva?

—Dejó la pista definitiva bajo mi árbol, pensando que iba a volver —explicó Myrna—: en la tarjeta, decía que era la llave para entrar en su casa y que al abrirla se revelarían todos los secretos.

—Su albatros —intervino Ruth.

—¿Te regaló un albatros? —preguntó Nichol. Ya nada sobre aquel pueblo o aquella gente la sorprendía.

Myrna rió.

—En cierto sentido, sí: me regaló un gorro de lana. Al principio creímos que lo había tejido ella, pero era demasiado antiguo, y llevaba cosida una etiqueta en la que se leía: «MA».

—Ma —dijo Gabri—, así que era de su madre.

Hubo un silencio breve mientras Myrna negaba con la cabeza.

—No: eran iniciales, como las que había en los demás gorros. Madame Ouellet no tejió ese gorro para sí misma.

—Bueno... ¿y de quién era entonces? —quiso saber Ruth.

—De la persona que la asesinó.

Villeneuve llamó al timbre y su vecina abrió la puerta.

—Gaétan, ¿vienes a buscar a las niñas? Están jugando en el sótano.

—*Non, merci*, Celeste. De hecho, quería preguntarte si podemos usar tu ordenador... la policía se llevó el mío.

Celeste apartó la mirada de Villeneuve para posarla en el hombretón sin afeitar y con un moretón y un tajo en el pómulo. No pareció muy segura que digamos.

—Por favor —insistió Villeneuve—, es importante.

Celeste cedió, aunque no le quitó el ojo de encima a Gamache. Los tres se dirigieron hacia el fondo de la casa y al portátil instalado en el pequeño escritorio del comedor de la cocina. Gamache no perdió el tiempo: introdujo el lápiz de memoria en un puerto del ordenador y el contenido se mostró en la pantalla.

Hizo clic en el primer archivo y luego en el siguiente. Tomó nota de varias palabras y frases:

«Permeable.» «Incumple requisitos de calidad.» «Derrumbe.»

Pero hubo un término que lo hizo detenerse y mirar fijamente.

«Pilares.»

A toda prisa, hizo clic con el ratón para volver atrás y más atrás; entonces paró y se levantó de golpe, haciendo que Celeste y Gaétan dieran un respingo.

—¿Puedo usar su teléfono, por favor?

Sin esperar respuesta, levantó el auricular y empezó a marcar.

—Isabelle, no es el túnel: es el puente, el puente de Champlain; creo que los explosivos estarán sujetos a los pilares.

—Estaba intentando encontrarlo, señor. Se niegan a cerrar el túnel. No me creen, ni a usted. Y si no cierran el túnel, puede dar por seguro que no cerrarán el puente.

—Voy a mandarte el informe por correo electrónico —respondió Gamache, volviendo a tomar asiento para teclear con furia—, así tendrás las pruebas. Cierra ese puente, Isabelle, no me importa si tienes que tenderte tú misma en los carriles, y haz que acuda la unidad de desactivación de explosivos.

—Sí, señor. Hay una cosa más, *patron*.

Por el tono de su voz, supo de qué se trataba.

—¿Jean-Guy?

—No consigo encontrarlo: no está en su oficina ni en casa. He probado a llamarlo al móvil y lo tiene apagado.

—Gracias por intentarlo. Ocúpate de que cierren ese puente y ya está.

Tras dar las gracias a Celeste y Gaétan Villeneuve, Gamache se fue hacia la puerta.

—¿Es el puente? —preguntó Villeneuve.

—Su mujer descubrió lo que pasaba —dijo Gamache, ya en la calle y caminando deprisa hacia su coche—. Trató de impedirlo.

—Y la mataron —añadió Villeneuve siguiéndolo.

Gamache se detuvo y lo miró.

—*Oui*. Fue al puente para obtener la prueba definitiva, para verlo con sus propios ojos. Tenía planeado llevar esa prueba y esto —dijo, sosteniendo en alto el lápiz de memoria— a la fiesta de Navidad y entregárselo a alguien en quien creía poder confiar.

—La mataron —repitió Villeneuve, tratando de captar el significado de aquellas palabras.

—No se cayó del puente —explicó Gamache—: la mataron debajo del puente cuando pretendía echar un vistazo a los pilares —dijo, y subió al coche—. Recoja a sus hijas, vayan a un hotel y llévense consigo a su vecina y su familia.

No utilice la tarjeta de crédito, pague en efectivo; dejen los móviles en casa y quédense allí hasta que todo esto acabe.

—¿Por qué?

—Porque he mandado los archivos por correo electrónico desde la casa de su vecina y he usado su teléfono: sabrán que ya lo sé y que usted también lo sabe. No tardarán en llegar; ande, váyanse.

Villeneuve palideció, retrocedió para alejarse del coche y luego echó a correr llamando a sus hijas, trastabillando sobre el hielo y la nieve.

—Señor —dijo Tessier mientras comprobaba sus mensajes—, tengo que enseñarle esto.

Le dio el móvil al superintendente jefe Francœur.

Gamache había vuelto a casa de los Villeneuve y, desde el ordenador de los vecinos, había mandado algo por correo electrónico a Isabelle Lacoste.

Cuando vio de qué se trataba, las facciones de Francœur se endurecieron.

—Ve a por Villeneuve y la vecina —dijo en voz baja a Tessier—, y a por Gamache y Lacoste: haz limpieza.

—Sí, señor.

Tessier sabía qué significaba «hacer limpieza»: había hecho limpieza con Audrey Villeneuve.

Mientras Tessier se encargaba del asunto, Francœur veía las planicies de las tierras de cultivo transformarse en colinas, bosques y montañas.

El inspector jefe Gamache estiró el cuello para atisbar qué había detenido el tráfico. Los vehículos avanzaban a paso de tortuga por una calle residencial de calzada estrecha. En un cruce muy concurrido, vio a un guardia de tráfico y una barrera; se acercó.

—Circule —ordenó el guardia sin mirar siquiera al conductor.

—¿A qué viene este embotellamiento? —preguntó Gamache.

El guardia lo miró como si estuviera chiflado.

—¿No lo sabe? Es por el desfile de Papá Noel. Circule, que está entorpeciendo el tráfico.

Thérèse Brunel seguía mirando hacia fuera, de pie a un lado de la ventana.

Sabía que ya no tardarían mucho.

Aun así, Thérèse escuchaba la historia de Myrna, una historia que llevaba una cola muy larga, tanto que se remontaba a décadas atrás, casi hasta donde les alcanzaba la memoria.

Hasta un santo, un milagro y un gorro regalado por Navidad.

—MA —decía Myrna—: ésa era la clave. Todos los gorros que había hecho la madre llevaban una etiqueta con las iniciales: MC para Marie-Constance, etcétera.

—¿Y qué significaba entonces MA? —quiso saber Clara. Repasó los nombres de las niñas: Virginie, Hélène, Josephine, Marguerite, Constance. Ninguno empezaba por A.

En ese momento Clara miró a Myrna con los ojos muy abiertos y brillantes.

—¿Por qué cree todo el mundo que sólo había cinco? —preguntó—. Está claro que tuvieron más.

—¿Más qué? —quiso saber Gabri.

Pero Olivier sí lo pilló.

—Más hijos —dijo—: cuando les arrebataron a las niñas, los Ouellet tuvieron más hijos.

Myrna asentía despacio, observándolos mientras afloraba la verdad. Y como ocurriera con Constance y sus insinuaciones, ahora todo parecía muy obvio, aunque para Myrna no lo había sido hasta que había leído la carta de Armand.

Cuando a Marie-Harriette e Isidore les arrebataron a sus queridas niñas, ¿qué otra opción les quedaba sino concebir más?

En su carta el inspector jefe Gamache explicaba que había hecho analizar el gorro en busca de rastros de ADN. Habían encontrado el suyo y el de Myrna. Ambos habían tocado el gorro recientemente; también hallaron el ADN de Constance y el de otra persona que casi era compatible con el de ella.

Gamache admitía que había dado por seguro que era del padre o la madre, pero, de hecho, el técnico había dicho de entrada que era de un hermano.

—Otra hermana —sugirió Clara—: Marie-A.

—Pero ¿por qué nadie conocería la existencia de esa hermana pequeña? —preguntó Gabri.

—¡Por Dios! —espetó Ruth con desdén—. Lo lógico sería pensar que alguien que parece un personaje de novela sabría más sobre mitos.

—Bueno, reconozco a una gorgona en cuanto la veo —soltó Gabri fulminando con la mirada a Ruth, que tenía pinta de estar intentando convertirlo en piedra.

—Veréis —explicó finalmente Ruth—, se suponía que las quintillizas eran un milagro, ¿no? Una cosecha enorme salida de una tierra yerma, el milagro definitivo de *frère* André. Y entonces ¿cómo hubiera quedado que la madre empezara a parir críos uno detrás de otro? Digamos que eso le quita un poco de lustre al milagro.

—El doctor Bernard y el gobierno pensaron que había puesto los huevos de oro y que ya no debía poner más —repuso Myrna.

—Si yo llego a decir eso, me castran —murmuró Gabri dirigiéndose a Olivier.

—Pero ¿le habría importado realmente a la gente? —preguntó Olivier—. Me refiero a que las quintillizas ya eran en sí asombrosas, tuvieran los hermanos pequeños que tuvieran.

—Pero eran aún más asombrosas si se las consideraba obra de un Dios benevolente —respondió Myrna—, y eso era lo que vendían el gobierno y Bernard; no un número de circo, sino un acto divino. Durante la Gran Depresión y luego durante la guerra, la gente acudía en masa no para ver a cinco niñas idénticas, sino un atisbo de esperanza, una prueba de que había un Dios generoso y bueno que le había otorgado aquel don a una mujer estéril. Pero supongamos que madame Ouellet no era estéril en absoluto..., supongamos que había sido madre otra vez...

—Supongamos que Jesucristo no hubiera resucitado —añadió Gabri—, supongamos que el agua no se hubiera convertido en vino.

—Era vital para su historia que madame Ouellet no fuera fértil: ahí residía el milagro —explicó Myrna—. Sin aquello, las quintillizas se convertían en una rareza, nada más.

—Y sin milagro, nada de dinero —comentó Clara.

—De modo que el nuevo miembro de la familia amenazaba con echar por tierra todo lo que se habían inventado —dijo Ruth.

—Y con costarles millones de dólares —añadió Myrna—: había que esconder a ese crío o cría; Armand cree que era eso lo que veíamos cuando Marie-Harriette cerraba la puerta a sus hijas en el noticiario.

Todos recordaron aquella imagen que les había quedado grabada en la cabeza: la pequeña Virginie berreaba y trataba de volver a entrar en la casa, pero la puerta no se abría: se la había cerrado en las narices su propia madre no para que las niñas quedaran fuera, sino para mantener al retoño más pequeño dentro, para que MA no saliera en los noticiarios.

—Constance sólo nos contó una cosa personal —intervino Gabri—: que a ella y a sus hermanas les gustaba jugar al hockey, pero en un equipo hay seis jugadores, no cinco.

—Exacto —repuso Myrna—. Cuando Constance me contó lo del equipo de hockey, me pareció que era importante para ella, pero pensé que era tan sólo un recuerdo: creí que estaba poniendo a prueba su recién descubierta libertad para revelar cosas y había decidido empezar por algo trivial. Nunca se me ocurrió que ésa fuera la clave: seis niños, no cinco.

—Yo tampoco lo pillé —dijo Ruth—, y entreno a un equipo.

—Tú acosas a un equipo —intervino Gabri—, no es lo mismo.

—Pero sí sé contar: seis jugadores, no cinco. —Ruth reflexionó un momento, acariciando la cabeza y el cuello de *Rosa*—. Imaginaos ser esa otra niña o niño, excluido, oculto, viendo cómo tus hermanas se llevan toda la atención mientras tú tienes que estar escondido como si se avergonzaran de ti.

Todos trataron de imaginar cómo sería algo así: tener no sólo una hermana que fuera la favorita, sino cinco; y no sólo las favoritas de sus padres, sino del mundo entero: que recibieran vestidos preciosos, juguetes, caramelos, una casa de cuento de hadas... y toda la atención.

Mientras que a MA lo dejaban de lado, lo obligaban a quedarse dentro, le negaban todo.

—¿Y qué pasó? —quiso saber Ruth—. ¿Estás diciendo que a Constance la mató su hermano o hermana?

Myrna levantó el sobre con la caligrafía minuciosa de Gamache y se volvió hacia Ruth.

—El inspector jefe cree que la cosa se remonta a la primera muerte, la de Virginie —dijo—. Constance vería lo que ocurrió, así como Hélène. Se lo contaron a las demás hermanas, pero a nadie más: era su secreto, lo que las unía.

—El secreto que se llevaron a la tumba —dijo Ruth— y que trataron de enterrar: Virginie fue asesinada.

—Y la había matado un hermano o hermana —añadió Gabri.

—Constance vino aquí para contarte eso —intervino Clara.

—Cuando Marguerite murió, ella tuvo la sensación de que por fin podía hablar con libertad —explicó Myrna.

—Mateo 10:36 —dijo Ruth casi en un susurro—: «Y los enemigos del hombre serán los de su casa.»

• • •

Jean-Guy Beauvoir conducía por la carretera que conocía tan bien. Ahora estaba cubierta de nieve, pero la primera vez que la había recorrido, años atrás, era de tierra, y los árboles no estaban desnudos, sino en pleno colorido otoñal, y el sol se filtraba entre las hojas ámbar y rojas y de un amarillo cálido como si atravesara un vitral.

No había hecho comentarios sobre la belleza de aquel lugar: era demasiado reservado y cínico para dar muestras de asombro ante la visión de un pueblecito precioso y pacífico en el fondo del valle.

Pero sí lo había asombrado su belleza, y también la paz que se respiraba.

Ese día, sin embargo, no sentía nada.

—¿Falta mucho? —quiso saber Francœur.

—Ya casi estamos, sólo unos minutos más.

—Para aquí —ordenó el superintendente jefe.

Beauvoir hizo lo que le decía.

—Si el inspector jefe Gamache fuera a instalar un centro de operaciones en el pueblo, ¿dónde lo haría?

—¿Gamache? —preguntó Beauvoir. No había caído en que todo aquello tenía que ver con Gamache—. ¿Está aquí?

—Limítate a contestar a la pregunta —dijo Tessier desde el asiento trasero.

La furgoneta que llevaba a los dos agentes y el equipo se había detenido tras ellos.

Francœur sabía que aquél era el momento de la verdad. ¿Se mostraría reacio Beauvoir a darles información sobre Gamache? Hasta entonces no le había pedido que traicionara activamente a su antiguo jefe, sólo que no hiciera nada por ayudarlo.

Pero ahora necesitaban más de él.

—En la vieja estación de ferrocarril —respondió al fin, sin protestas ni titubeos.

—Llévanos allí —ordenó Francœur.

• • •

Myrna todavía tenía en la mano el sobre que contenía la carta manuscrita de Armand Gamache. En ella detallaba cuanto sabía y cuanto sospechaba sobre el asesinato de Constance Ouellet y sobre el de su hermana Virginie, más de cincuenta años atrás.

Constance y Hélène habían presenciado este último: Virginie no había tropezado ni se había arrojado por aquellas escaleras, la habían empujado. Y detrás de aquel empujón había muchos años de dolor, el sufrimiento de una persona a la que habían ignorado, escondido y marginado, a la que habían privado de muchas cosas. Años y años en que las quintillizas habían recibido toda la atención no sólo del mundo entero sino, lo que era peor, incluso de sus padres.

Cuando las niñas llegaban a casa en sus poco frecuentes visitas, las trataban como a princesas.

Eso podía torcer el destino de un niño, dañarlo hasta lo más profundo, envilecerlo. Quizá a las quintillizas las habían mimado en exceso, pero al otro le destrozaron la vida.

Su corazoncito se fue llenando de odio y, al crecer, su odio era inmenso.

Y cuando Virginie vaciló en lo alto de aquellas escaleras, la mano que podía haberla salvado se apresuró a arrojarla escaleras abajo.

Constance y Hélène habían visto lo ocurrido y decidieron no decir nada, quizá porque se sentían culpables, quizá por una obsesión casi maníaca por la privacidad y el secretismo: sus vidas y sus muertes eran asunto suyo y de nadie más; incluso sus asesinatos eran de puertas para adentro.

Todo eso lo explicaba Gamache en su carta a Myrna, y ahora Myrna lo transmitía a quienes estaban reunidos en su casa, a quienes se ocultaban en su casa.

—El inspector jefe sabía —prosiguió— que andaba buscando a alguien cuyas iniciales fueran MA y que rondara ahora los setenta y cinco años.

—¿Y no debería haber un registro de nacimiento? —preguntó Jérôme.

—Gamache investigó —contestó Myrna—: ni en el registro civil ni en los archivos parroquiales había nadie más con el apellido Ouellet.

—Puede que las autoridades no fueran capaces de crear a una persona —comentó Jérôme—, pero sí podían borrarla.

Jérôme escuchaba la historia, pero no dejaba de mirar a su mujer: la silueta de Thérèse se recortaba contra la ventana, esperando.

—Al darle vueltas al caso, Armand se percató de que había conocido a cuatro personas que encajaban en la descripción —continuó Myrna—. La primera era Antoine, el párroco. Según le dijo, lo habían destinado a su parroquia mucho después de que las quintillizas se hubieran ido, pero no le dijo que había crecido en la zona: fue el tío de las niñas quien le contó que de niño había jugado con Antoine. Es posible que *père* Antoine no mintiera, pero tampoco le había dicho toda la verdad; ¿por qué?

—Y el párroco estaba en posición de alterar los registros —apuntó Clara.

—Eso fue exactamente lo que pensó Gamache —repuso Myrna—, pero luego estaba el propio tío, André Pineault. Era unos años más joven que las quintillizas y, según él mismo contó, había jugado al hockey con ellas; se fue a vivir con el padre, Isidore, y cuidó de él hasta su muerte: precisamente lo que haría un hijo. Y monsieur Ouellet le dejó a él la casa de labranza.

—Pero MA tendría que ser una mujer —dijo Clara—: Marie no sé qué.

—Marie-Annette —puntualizó Myrna—. Annette es el nombre de la vecina de Constance: la única persona con quien las hermanas tenían trato social, la única persona a la que habían dejado entrar en su porche. Puede parecernos un detalle nimio, casi de risa, pero es significativo que las quintillizas, tan traumatizadas por las miradas escrutadoras de la gente, permitieran a alguien acercarse tanto a su hogar. ¿Podría Annette ser Virginie o bien la hermana perdida?

—Pero si Constance y Hélène la habían visto matar a Virginie, ¿querrían tener algo que ver con ella? —intervino Gabri.

—A lo mejor la perdonaron —opinó Ruth—. Quizá comprendieron que no sólo ellas habían salido perjudicadas, sino también su hermana.

—Y a lo mejor querían tenerla cerca —añadió Clara— por aquello de que «Más vale malo conocido...».

Myrna asintió con la cabeza.

—Annette y su marido Albert ya vivían en el barrio cuando las hermanas se instalaron en la casa de al lado. Si, en efecto, Annette era la hermana pequeña, eso sugiere que, o bien la perdonaron —dijo Myrna mirando a Ruth— o querían tenerla vigilada.

—O vigilado.

Todos se volvieron hacia Thérèse. Miraba por la ventana, pero era evidente que había estado escuchando.

—¿Vigilado? —preguntó Olivier.

—Podría tratarse de Albert, el vecino —explicó Thérèse, y su aliento empañó el cristal—: quizá él era el hermano, y no ella.

—Tiene razón —repuso Myrna, dejando la carta de Gamache cuidadosamente sobre la mesa—. El técnico de la Sûreté estaba seguro de que el tercer ADN que había encontrado pertenecía a un hombre: Marie-Harriette tejió aquel gorro con ángeles para su hijo.

—Para su hijo Albert —puntualizó Ruth.

Myrna guardó silencio y todos la miraron.

—Si Isidore y Marie-Harriette hubieran tenido un hijo —dijo ella—, ¿qué nombre le habrían puesto?

Reinó el silencio; incluso *Rosa* había dejado de murmurar.

—Los pecados antiguos tienen sombras alargadas —señaló la agente Nichol, y en ese momento todos la miraron a ella—. ¿Dónde empezó todo esto? ¿Con quién empezó el milagro?

—Con *frère* André —soltó Clara.

—André. —La voz de Ruth resonó en la habitación en silencio—. Lo habrían llamado André.

Myrna asintió con la cabeza.

—Eso cree Gamache. Le parece que es lo que intentaba decirme Constance con el gorro. Marie-Harriette lo tejió para su hijo, que llevaba el nombre de su ángel de la guarda. Una prueba de ADN lo confirmará, pero cree que André Pineault es hermano de las quintillizas.

—Pero MA... —intervino Gabri—. Entonces ¿qué significa la M?

—Marc. En la familia de Marie-Harriette, todas las niñas llevaban como primer nombre Marie y todos los niños Marc. Gamache descubrió que era así en el cementerio. Quizá se llama Marc-André y lo llamaran simplemente André.

—El hermano André —apuntó Gabri—, literalmente.

—Eso trataba de decirnos Constance —explicó Myrna—. De hecho, nos lo dijo, o me lo dijo a mí. Mencionó que el hockey era el deporte favorito del hermano André. Fui yo, y no ella, quien dio por hecho que hablaba de un religioso. No era el hermano André, sino su hermano André: el sexto hermano, que llevaba el nombre de quien había obrado el milagro.

—Mató a Constance para que ella no te contara que había matado a Virginie —dedujo Clara—: ése era el secreto que las hermanas habían guardado todos esos años, el que las tuvo prisioneras mucho después de que la gente hubiera dejado de entrometerse.

—Pero ¿cómo sabía que ella iba a contarlo? —preguntó Olivier.

—Quizá no lo sabía en un principio —repuso Myrna—, pero Gamache cree que estaban en contacto: André Pineault afirmó no saber dónde vivían las hermanas; sin embargo, más tarde afirmó que les había escrito para comunicarles que su padre había muerto. Sabía su dirección, y eso sugiere que mantenían alguna clase de contacto. Resulta extraño que Pineault mintiera al respecto.

»Gamache cree que Constance le contó sus planes para Navidad: visitar a su amiga y antigua psicóloga. Y Pineault se asustó. Quizá sospechó que, una vez muerta Marguerite, Constance querría contarle a alguien la verdad, antes de que le llegara la hora, que querría que se supiera la verdad sobre la muerte de Virginie. Había mantenido el secreto de su hermano todos aquellos años, pero entonces, tanto por su bien como por el de Virginie, necesitaba sacarse ese secreto de encima.

—Y su hermano la mató —concluyó Ruth.

Jérôme vio tensarse la espalda de Thérèse y entonces oyó un ruido. Se levantó y cruzó rápidamente la habitación hasta llegar a su lado. Miró por la ventana.

Un gran todoterreno negro descendía muy lentamente por la ladera seguido de una furgoneta.

—Ya están aquí —anunció Thérèse Brunel.

TREINTA Y NUEVE

Armand Gamache entró en el puente de Champlain al volante de su coche. Aún no había indicios de que hubiera la menor intención de cerrarlo, pero sabía que si alguien podía conseguirlo era Isabelle Lacoste.

El tráfico era denso y la calzada estaba cubierta de nieve. Al adelantar a un coche, miró hacia su interior: delante iban un hombre y una mujer y detrás un crío pequeño sentado en una sillita. Dos carriles más allá vio a una joven que iba sola: tamborileaba con los dedos en el volante y movía la cabeza al ritmo de una música.

Gamache empezó a ver luces rojas de freno. El tráfico era cada vez más lento; avanzaban palmo a palmo y se estaba formando una caravana.

Más allá se elevaba la gigantesca estructura de acero.

Él apenas sabía nada sobre ingeniería, sobre pruebas de carga y clases de hormigón, pero sabía que ciento sesenta mil coches cruzaban cada día aquel puente: era el más utilizado de Canadá, y estaba a punto de saltar por los aires y caer al San Lorenzo, y no a manos de algún enfurecido terrorista extranjero, sino de dos hombres que gozaban de la confianza de los ciudadanos de Quebec: nada menos que el primer ministro y el jefe de las fuerzas policiales.

Le había llevado un tiempo, pero finalmente creía saber por qué.

¿Qué hacía a aquel puente distinto de otros, o de los túneles, o de algunos pasos elevados extremadamente descuidados? ¿Por qué elegirlo como objetivo?

Tenía que haber una razón, un propósito. El dinero, quizá: si un puente se venía abajo tendría que reconstruirse, y eso haría que cientos de millones de dólares fueran a parar a algunos bolsillos. Pero Gamache sabía que no era sólo una cuestión de dinero. Conocía a Francœur, y sabía qué movía a aquel hombre: era una sola cosa, siempre había sido una sola cosa.

El poder.

¿Por qué razón echar abajo el puente de Champlain iba a proporcionarle más del que ya tenía?

Un carril más allá, un joven lo miró directamente a través de la ventanilla y sonrió.

Gamache le devolvió la sonrisa. Él también aminoró la marcha hasta detenerse y se unió a la cola de vehículos parados en medio del puente. La mano derecha le tembló un poco y agarró con más fuerza el volante.

Pierre Arnot había puesto aquello en marcha, décadas atrás, cuando estaba en aquella reserva remota.

Mientras estaba allí, había conocido a otro joven cuya carrera se encontraba también en pleno ascenso: Georges Renard.

Arnot formaba parte de la comisaría de la Sûreté, Renard era un ingeniero que trabajaba para Aqueduct en el proyecto de la presa. Ambos eran inteligentes, ambiciosos y emprendedores, y de algún modo se alentaban mutuamente. Quizá a causa de esto último, con el tiempo, la inteligencia se convirtió en malicia, el carácter emprendedor se tornó obsesivo y la ambición, despiadada. Como si aquel encuentro fatídico hubiera cambiado el ADN de los dos hombres.

Hasta entonces, ambos habían sido muy ambiciosos, pero en última instancia honestos: había un límite para lo que estaban dispuestos a hacer. Pero cuando Arnot conoció a Renard y Renard conoció a Arnot, ese límite, esa frontera, desapareció.

Gamache había conocido a Pierre Arnot y, en otro tiempo, incluso había encontrado admirables algunos aspectos de su personalidad; por eso ahora, mientras avanzaba palmo a palmo hacia la parte más alta del puente, se preguntaba qué habría sido de Arnot de no haber conocido a Renard y qué habría sido de Renard de no haber conocido a Arnot.

Gamache había visto en otras personas las consecuencias de no elegir buenas compañías. Una persona ligeramente inmoral era un problema, dos juntas eran una catástrofe. Sólo hacía falta un encuentro fatídico: alguien que te dijera que tus deseos más mezquinos, tus pensamientos más viles, no eran tan malos, que, de hecho, los compartía.

Y así fue como se les ocurrió lo impensable, y lo planearon, y lo pusieron en marcha.

Si Georges Renard había levantado la gran presa hidroeléctrica de La Grande, también podía echarla abajo... con ayuda de Pierre Arnot.

La encomienda de Arnot era simple y fácil de llevar a cabo. Quienes buscan reclutas para las células terroristas, al igual que quienes lo hacen para las fuerzas policiales o el ejército, se basan en un principio muy elemental: si se recluta a gente lo bastante joven, se puede lograr que hagan prácticamente cualquier cosa.

Y eso fue lo que hizo Arnot. Unos años antes había dejado la reserva cree y ascendido a superintendente jefe de la Sûreté du Québec, pero seguía teniendo influencia en el norte. Allí lo respetaban; hacía oír su voz y con frecuencia le hacían caso.

Arnot puso en puestos de la reserva a agentes clave cuya tarea consistía en encontrar, y de ser necesario crear, a los chavales más marginales y rabiosos entre los miembros de la tribu. Y en alimentar ese odio; en reafirmarlo y recompensarlo.

Los jóvenes que no se dejaban convencer o que amenazaban con desenmascararlos, sufrían «accidentes» o «se suicidaban»: desaparecían para siempre.

Se eligió a dos chavales maltratados y desesperados y se los manipuló hasta convertirlos en dos jóvenes adictos y violentos. Eran los más furiosos y los más vacíos.

Les dieron dos camiones cargados de explosivos y les indicaron dónde debían impactar contra la presa. Les dijeron que morirían como héroes, que se harían famosos; se escribirían canciones sobre ellos, y su historia, llena de valentía, se contaría una y otra vez. Se convertirían en leyendas, en mitos.

Renard, por su parte, había proporcionado una información que sólo podía tener alguien que hubiera trabajado en la construcción de la presa: la información sobre dónde era más vulnerable.

Éste había sido el primer plan. Gamache lo había frustrado, aunque por los pelos; y a costa de perder a muchos jóvenes agentes y de haber estado a punto de perder a Jean-Guy.

De hecho, había perdido a Jean-Guy, pensó ahora.

Casi había llegado al punto más alto del puente. A ambos lados se elevaban vigas de acero de dimensiones gigantescas. El crío del coche de al lado se había dormido y daba cabezadas. Gamache vio al padre y a la madre en los asientos delanteros; él al volante y ella con un gran paquete envuelto para regalo en el regazo.

Sí, había impedido que destruyeran la presa, pero no había conseguido llegar al fondo de la podredumbre: el núcleo duro seguía allí, en la sombra, y se extendía. Después del contratiempo, se había vuelto más fuerte y peligroso.

Arnot había ido a parar a la cárcel y su segundo al mando, Sylvain Francœur, había ocupado entonces su lugar. Éste era, para George Renard, prácticamente un alter ego: eran tan parecidos que semejaban dos mitades de la misma naranja. Y juntas, esas dos mitades resultaban catastróficas.

El blanco había cambiado, pero no el objetivo.

Lo que convertía el puente de Champlain en un blanco perfecto era, al fin y al cabo, muy simple.

Era un puente federal.

Cuando se viniera abajo con una tremenda pérdida de vidas, la culpa recaería sobre el gobierno de Canadá por los años de mala gestión, la negligencia, el uso de materiales de mala calidad, la corrupción...

Y todo eso estaría documentado por el Ministerio de Transporte provincial.

El departamento de Audrey Villeneuve.

Las secuencias de ese suceso espantoso aparecerían día y noche en las pantallas del mundo entero; las fotografías de los muertos: padres, hijos, familias enteras, saldrían continuamente en periódicos y revistas.

La mirada de Gamache recorrió los vehículos que lo rodeaban y se posó, una vez más, en el crío del coche de al lado. Ahora estaba despierto y miraba por la ventanilla con ojos vidriosos de aburrimiento. Entonces el niño reparó en su propio aliento sobre el cristal frío de la ventanilla y escribió algo con el dedo.

«ynnaD», leyó Gamache.

Se llamaba Danny.

Aquel niño se llamaba igual que su hijo Daniel.

Si la muerte les sobrevenía en ese instante, ¿sería rápida? ¿Se daría cuenta Danny?

Lo que era seguro es que sus fotografías saldrían sin parar en las noticias, sus nombres se grabarían en monumentos: serían mártires.

Y el último responsable del puente, el gobierno canadiense, sería vilipendiado, demonizado.

«*Je me souviens*», leyó Gamache en la matrícula llena de nieve fangosa del coche de delante. El lema de Quebec: «Me acuerdo.» Nunca, jamás, se olvidaría el día en que el puente de Champlain se había derrumbado.

Aquello no tenía que ver con el dinero, excepto como medio de financiar la corrupción, de comprar el silencio y la complicidad.

Aquello tenía que ver con el poder, con el poder político. Georges Renard no se sentía satisfecho con ser el primer ministro de una provincia: quería ser el padre de una nueva patria. Prefería gobernar en el infierno que servir en el cielo.

Y para hacerlo necesitaba alimentar la ira y después dirigirla contra el gobierno federal. Convencería a la población de que la razón por la que el puente se había venido abajo era que Canadá había utilizado a sabiendas materiales de la peor calidad, que el gobierno federal no se preocupaba por los ciudadanos de Quebec.

Y sus palabras tendrían muchísimo peso no porque fuera un separatista quebequés, sino porque no lo era: Georges Renard era federalista de toda la vida, había forjado su carrera política como partidario de que Quebec siguiera formando parte de Canadá. El argumento para la separación sería mucho más potente si provenía de un hombre que nunca la había defendido hasta aquel suceso tan espantoso.

Para Año Nuevo, Quebec habría declarado su independencia: la caída del puente de Champlain sería su toma de la Bastilla y las víctimas se convertirían en leyenda.

—¿Adónde se dirigen? —susurró Jérôme.

Desde la ventana de Myrna, Thérèse, la agente Nichol y él vieron cómo el todoterreno sin distintivos rodeaba lentamente la plaza del pueblo y cruzaba el puente de piedra.

—A la vieja estación de ferrocarril —contestó Nichol—: es donde el inspector jefe Gamache solía instalar su centro de operaciones.

—Pero ¿cómo lo han sabido ellos? —preguntó Jérôme.

—¿Será que tienen al inspector jefe? —sugirió Nichol.

—Él jamás los guiaría hasta aquí —repuso Thérèse.

—Alguien tiene que bajar —intervino Clara.

Todos en la habitación se miraron unos a otros.

—Iré yo —se ofreció Nichol.

—No, tiene que ser uno de nosotros —dijo Clara—, alguien del pueblo. Cuando no encuentren nada en la vieja estación, empezarán a hacer preguntas: alguien tiene que contestarlas o se pondrán a registrar el pueblo de arriba abajo.

—Creo que deberíamos votar —sugirió Gabri.

Muy despacio, todos se volvieron hacia Ruth.

—Ah, no, ni en broma: no permitiré que votéis que me vaya de la isla —soltó la poeta, y luego se volvió hacia *Rosa* y le acarició la cabeza—. Son todos unos cabrones, a que sí, a que sí.

—Ya sé quién se lleva mi voto —repuso Gabri.

—Iré yo.

Había hablado Olivier, que ya se dirigía con paso decidido hacia las escaleras que bajaban de la buhardilla de Myrna.

—Espera —dijo Gabri corriendo tras él—, deja que vaya Ruth.

—Tiene que ir usted. —Era la superintendente Thérèse Brunel quien lo había dicho. Había asumido el mando y todos en la habitación se volvieron hacia ella. Se había dirigido a Olivier con claridad y firmeza—. Vaya al *bistrot* —continuó— y si aparecen actúe como si no supiera quiénes son, como si fueran simples turistas. Si se identifican como miembros de la Sûreté, pregúnteles si andan buscando al inspector jefe...

Se vio interrumpida por voces de protesta, pero levantó una mano.

—Ya saben que ha estado aquí por el caso Ouellet, no tiene sentido negarlo. De hecho, tiene usted que parecer lo más servicial posible: debe dar la sensación de que Three Pines no tiene nada que ocultar, ¿entendido?

—Déjeme ir a mí también —pidió Gabri abriendo mucho los ojos.

—Sí, votamos que él también vaya —intervino Ruth alzando una mano.

—Eres mi mejor amigo —dijo Olivier mirando a su compañero—, mi gran amor, pero serías incapaz de mentir ni para salvar la vida. Por suerte, yo sí puedo hacerlo y lo he hecho. —Miró a sus amigos—. Todos sabéis que es así.

Hubo débiles intentos de negarlo, pero era la verdad.

—Por supuesto, tan sólo estaba practicando para hoy —añadió Olivier.

—Conque el gilipollas está dispuesto a mentir —soltó Ruth casi con tristeza, y se acercó a él—. Pero va a necesitar al menos un cliente, y a mí me vendrá bien un whisky.

Thérèse Brunel se volvió hacia Myrna y le dijo en tono de disculpa:

—Usted también tendrá que bajar.

Myrna asintió con la cabeza.

—Sí, abriré la tienda.

Clara hizo ademán de unirse a ellos, pero la superintendente Brunel la detuvo.

—Lo siento, Clara, pero he visto sus pinturas y tampoco me parece que se le dé muy bien mentir. No podemos arriesgarnos.

Clara miró fijamente a madame Brunel y luego caminó hacia donde estaban sus amigos.

—Myrna también necesitará al menos un cliente en su librería —anunció—: iré yo.

—Llámala «biblioteca», querida —dijo Ruth—, o sabrán que estás fingiendo.

Ruth miró a Jérôme y se puso a girar el índice contra la sien mientras ponía los ojos en blanco.

—Liberad al leviatán —dijo Gabri al verlos marcharse.

—A los pirados, dirás —repuso Jérôme, y se volvió hacia Thérèse—. Estamos sentenciados.

—Échala abajo.

El superintendente jefe Francœur indicó con la cabeza la puerta de la vieja estación.

Beauvoir fue hasta ella, accionó el picaporte y la abrió.

—Aquí nadie cierra las puertas con llave.

—Pues deberían prestar más atención a las noticias —dijo Francœur.

Los dos robustos agentes de la Sûreté siguieron a Tessier al interior del edificio.

Jean-Guy Beauvoir se hizo a un lado, ajeno a todo aquello: lo observaba como si fuera una película que nada tenía que ver con él.

—Aquí sólo hay un camión de bomberos y algunos trastos —anunció Tessier al salir un par de minutos después—, ni rastro de nada más.

Francœur escrutó el rostro de Beauvoir. ¿Estaría dándoles gato por liebre?

—¿En qué otro sitio podrían estar?

—En el *bistrot*, supongo.

Subieron a los vehículos, volvieron a cruzar el puente de piedra y aparcaron ante el *bistrot*.

—Tú conoces a esta gente —le dijo Francœur a Beauvoir—, ven conmigo.

El local estaba casi desierto. Sentado junto a la ventana, Billy Williams tomaba cerveza y pastel, Ruth y *Rosa* estaban en un rincón, leyendo.

Las chimeneas a ambos extremos del *bistrot* estaban encendidas y los troncos de haya y arce ardían y chisporroteaban.

Jean-Guy Beauvoir observó aquel sitio que le era tan familiar y no sintió nada.

Miró a Olivier y lo vio abrir mucho los ojos, sorprendido.

Y en efecto lo estaba: ver a Beauvoir en semejante compañía y en semejantes condiciones lo había impresionado. Estaba totalmente demacrado, como si un soplo de brisa o una palabra desagradable pudieran derribarlo.

Olivier trató de sonreír, pero el corazón le palpitaba con furia.

—Inspector Beauvoir —saludó, y rodeó la barra larga y pulida—, el inspector jefe no nos avisó de que vendrías.

Soltó aquello con tono efusivo y se dijo que debía suavizarlo.

—¿El inspector jefe Gamache? —preguntó el otro hombre, y Olivier, a su pesar, captó su atractivo: el carisma que desprende la confianza en uno mismo y la autoridad—. ¿Lo ha visto?

Aquél era un hombre acostumbrado a mandar. Rondaría los sesenta; tenía el cabello cano y complexión atlética. Sus ojos eran escrutadores, incisivos, y se movía con una elegancia natural, como un carnívoro.

Junto a aquel hombre enérgico, Beauvoir pareció encogerse todavía más. Se convirtió en carroña: en una res muerta que aún no había sido devorada, pero no tardaría en serlo.

—Claro —contestó Olivier—. El inspector jefe ha pasado aquí... —Pareció reflexionar por un instante— casi una semana, diría yo: Myrna lo llamó cuando su amiga Constance desapareció.

Olivier miró a su alrededor, se acercó más a Beauvoir y bajó la voz.

—No sé si te habías enterado, pero Constance era una de las quintillizas Ouellet, la última que quedaba. Y la asesinaron —añadió con una expresión de inmenso placer en la cara.

»Gamache ha estado haciéndonos preguntas. Nos mostró un documental, un viejo noticiario sobre las quintillizas Ouellet. ¿Sabían que...?

—¿Y dónde está ahora? —zanjó el otro hombre, interrumpiendo el parloteo de Olivier.

—¿El inspector jefe? Pues no lo sé. ¿Ha visto su coche allí fuera?

Olivier miró a través de la ventana.

—A la hora del desayuno estaba en la fonda. Mi compañero, Gabri, le ha preparado...

—¿Estaba solo?

—Bueno, pues sí. —La mirada de Olivier fue del otro hombre, que había hecho la pregunta, a Beauvoir—. Normalmente habría venido contigo, pero según él estabas en otra misión.

—¿No lo acompañaba nadie más? —dijo el otro de nuevo.

Olivier negó con la cabeza. Era un gran mentiroso, pero era consciente de que estaba delante de uno incluso mejor.

—¿Llegó a montar el inspector jefe un centro de operaciones? —preguntó el hombre.

Olivier negó con la cabeza sin atreverse a hablar.

—¿Dónde trabajaba?

—Aquí o en la fonda —respondió Olivier.

El tipo paseó la vista por el *bistrot*. Ignoró a la vieja del pato y se encaminó hacia Billy Williams.

Olivier lo observaba cada vez más angustiado: era probable que Billy Williams se lo contara todo.

—*Bonjour* —saludó Francœur.

Billy Williams levantó el vaso de cerveza. Tenía delante una porción enorme de pastel de merengue y limón.

—¿Conoce al inspector jefe Gamache?

Billy asintió con la cabeza y empuñó el tenedor.

—¿Sabría decirme dónde está?

—Ni repajolera idea.

—*Pardon?*

—Ni repajolera idea —repitió Billy alto y claro.

—Necesito encontrar al inspector jefe Gamache —dijo Francœur, que había cambiado al inglés y le hablaba lentamente a aquel patán—. Soy su amigo.

Billy hizo una pausa y después respondió con idéntica lentitud.

—Me la trae floja.

Francœur se lo quedó mirando y luego se dio la vuelta.

—¿Éste habla en francés o en inglés? —preguntó en voz alta.

Olivier observó cómo Billy se metía en la boca un gran pedazo de pastel y lo bendijo en silencio.

—No estamos muy seguros.

—¿Sabes dónde está la fonda? —le preguntó Francœur a Beauvoir, que asintió—. Llévame allí.

—¿Les apetece un café antes de irse? ¿Han almorzado ya?

Pero Olivier ya hablaba a sus espaldas, así que rodeó la barra, aunque aún sin bajar la guardia, sin atreverse a dar muestras de lo mucho que lo había impresionado el encuentro.

Olivier Brulé sabía que acababa de mirar a los ojos a un hombre que lo mataría sin dudarlo si fuera necesario... y quizá también sin que lo fuera, sólo porque sí.

—Me la trae floja —susurró.

Un accidente justo al otro lado del puente había provocado el embotellamiento: un simple topetazo había provocado aquella tremenda cola.

Al fin, Gamache consiguió salir y vio cómo Danny, su hermana y sus padres enfilaban la autopista hacia Brossard a salvo.

Pero otros Dannys se acercaban al puente; otros padres, abuelos y niños felices, disfrutando de sus vacaciones. Confió en que Isabelle Lacoste no tardara en llegar.

El inspector jefe Gamache apretó a fondo el acelerador: aún estaba a una hora de Three Pines, y eso con el asfalto seco. Fue todo lo deprisa que se atrevió a ir y un poco más.

Francœur y Tessier registraron la fonda. Encontraron el rastro de un único huésped: el inspector jefe Gamache. Había objetos de aseo en su cuarto de baño, las paredes de la ducha y el jabón aún estaban húmedos, había ropa colgada en el armario y doblada en el cajón, la habitación olía levemente a madera de sándalo.

Francœur miró a través de la ventana hacia la plaza ajardinada del pueblo y la calle que la rodeaba. Había unos cuantos coches aparcados, pero no el Volvo del inspector jefe Gamache. Aunque eso ellos ya lo sabían: le habían seguido el rastro hasta la prisión y de ahí a la casa de los Villeneuve en Montreal. Y luego se enteraron de que había enviado un gran archivo por correo electrónico a la inspectora Lacoste desde el ordenador de los vecinos.

Ya había agentes en camino tanto hacia la casa de Lacoste como hacia las de Villeneuve y sus vecinos. Y la búsqueda de Gamache estaba en marcha: seguían la pista de su móvil y del dispositivo rastreador instalado en su coche, así que lo atraparían en cualquier momento.

Francœur se volvió hacia Beauvoir, que estaba plantado en el centro de la habitación como un maniquí.

—¿Nos ha mentido el dueño del *bistrot*?

Aquella pregunta directa espabiló a Beauvoir.

—Es posible: miente un montón.

Oyeron un juramento, se volvieron y vieron a Tessier pulsando con un dedo furibundo la pantalla de su móvil.

—Menuda zona muerta, joder —soltó, y levantó el auricular del teléfono fijo.

Mientras Tessier llamaba a la jefatura de la Sûreté, Francœur se volvió hacia Beauvoir.

—Gamache ha estado aquí, pero ¿dónde se encuentran los otros?

Beauvoir pareció no entender.

—¿Qué otros?

—También estamos buscando a la superintendente Brunel y a su marido. Creo que el tipo del *bistrot* nos ha mentido —dijo Francœur en un tono cordial, razonable—. Es posible que Gamache se haya ido, pero creo que ellos siguen aquí. Hay que convencerlo de que nos diga la verdad.

—Las brigadas se están acercando —le susurró Tessier a Francœur cuando bajaban por las escaleras hacia la puerta principal—: han captado la señal de Gamache, le darán caza en los próximos minutos.

—¿Saben qué hacer?

Tessier asintió con la cabeza.

—Ese último mensaje que envió Gamache, en respuesta al del zoo de Granby... —dijo Francœur cuando ya estaban en el porche—, ¿qué decía?

—«Visitad a Emilie.»

—Exacto. —Francœur miró a Beauvoir—. ¿Quién es Emilie?

—No lo sé.

—¿A qué se refería entonces Gamache cuando les dijo a los Brunel que visitaran a Emilie? ¿Hay alguna Emilie en este pueblo?

Beauvoir frunció el entrecejo.

—Antes había una, pero ya lleva muerta unos años.

—¿Dónde vivía?

Beauvoir señaló hacia la derecha y allí, justo al otro lado de la calle Old Stage, estaba la casa de Emilie, con su porche amplio, el revestimiento de madera de la fachada, las ventanas de parteluz y la chimenea de ladrillo.

Y el sendero de entrada bien despejado.

La última vez que Beauvoir había visitado Three Pines, la casa de Emilie estaba vacía, ahora ya no.

—¡Dios mío! —exclamó Jérôme. Estaba a un lado de la ventana de la buhardilla de Myrna y escudriñaba el exterior—. Los está llevando a casa de Emilie.

—¿Quién? —quiso saber Gabri, que se había sentado junto a la estufa con la agente Nichol mientras los Brunel miraban por la ventana y los iban informando.

—El inspector Beauvoir —contestó Thérèse—: está con Francœur.

—Imposible —dijo Gabri, que se puso en pie para ir a verlo por sí mismo.

Al mirar por la ventana llena de escarcha, vio a unos tipos robustos entrando en la casa de Emilie. Jean-Guy Beauvoir se había quedado en los peldaños cubiertos de nieve y observaba el pueblo a su alrededor. Gabri se apartó de la ventana un instante antes de que Beauvoir notara su presencia.

—No puedo creerlo —susurró.

—El inspector Beauvoir es un adicto desde hace bastante tiempo —explicó Thérèse desde el otro lado de la ventana.

—Lo sé: desde lo de la fábrica —repuso Gabri en voz baja—, pero creía que...

—Sí, todos lo creíamos —zanjó Thérèse—. Confiábamos en que así fuera. Pero la adicción es algo terrible: te roba la salud, a tu familia y tus amigos, tu carrera. Te sorbe el seso, te roba el alma y, cuando ya no queda nada, te arrebata la vida.

Gabri se arriesgó a echar una ojeada. Beauvoir seguía en el porche mirando al frente: no parecía que hubiera mucho que robar a esas alturas.

—Jamás se volvería contra Gamache.

—Tienes razón: Jean-Guy Beauvoir no lo haría —intervino Jérôme—, pero la droga no tiene amigos ni lealtades, es capaz de cualquier cosa.

—El inspector Beauvoir podría perfectamente ser la persona más peligrosa que hay ahora mismo ahí fuera —añadió la superintendente Brunel.

—Han estado aquí —dijo Francœur al salir de la casa de Emilie—, pero se han ido. Tenemos que conseguir que el dueño del *bistrot* nos diga la verdad.

—Yo sé dónde están.

Beauvoir bajó del porche de Emilie Longpré y apuntó con el dedo.

CUARENTA

Tardaron una fracción de segundo en forzar la cerradura y entrar en la escuela.

Tessier fue el primero, seguido de los dos agentes robustos. Sylvain Francœur entró el último, tranquilamente, y miró a su alrededor: contra una pared se veían monitores, cables, conexiones y cajas; cinco sillas vacías rodeaban la estufa de leña todavía caliente.

Francœur se quitó los guantes y acercó la mano al hierro colado.

Sí, habían estado ahí, y no hacía mucho. Habían salido corriendo, dejando atrás todo aquel equipo incriminatorio. Gamache, los Brunel y la agente Nichol habían huido y estaban fuera de juego: ya no podían hacer más daño y era cuestión de tiempo que los encontraran.

—¿Cómo lo has sabido? —preguntó Francœur a Beauvoir.

—La escuela estaba cerrada, pero el sendero que lleva hasta aquí había sido despejado, igual que en la casa de Longpré.

—Gamache ha adoptado la costumbre de abandonar los sitios... y a la gente —comentó el superintendente jefe. Dio la espalda a Beauvoir y se unió a los demás ante los ordenadores.

Jean-Guy los observó unos instantes y luego salió.

Sus botas hicieron crujir la nieve al cruzar la plaza del pueblo, que estaba sospechosamente tranquila. Lo normal sería que hubiera críos jugando al hockey, padres mirando, gente practicando esquí de fondo; que hubiera familias bajando en trineo por la ladera y perdiendo pasajeros en las protuberancias del camino.

Pero aquel día, pese al sol, en Three Pines reinaba el silencio. No parecía un pueblo abandonado: no era un pueblo fantasma. Parecía estar atento, expectante.

Jean-Guy fue hasta un banco y se sentó.

No sabía qué andaban haciendo Francœur y Tessier, no sabía qué hacían allí ni qué tenía que ver Gamache con todo aquello y no pensaba preguntarlo.

Sacó un frasco de pastillas del bolsillo, lo agitó hasta que cayeron dos y se las tragó. Miró el frasco de OxyContin. Tenía dos más en su apartamento y un bote casi lleno de ansiolíticos.

Suficiente para su propósito.

—Hola, tonto del bote —soltó Ruth, sentándose en el banco a su lado—, ¿quiénes son tus nuevos amigos?

Señaló con el bastón hacia la escuela.

Beauvoir no contestó, se limitó a seguir mirando al frente.

—¿Qué hay tan interesante ahí? —quiso saber Ruth.

Olivier había intentado impedir que saliera, pero cuando Ruth vio a Beauvoir sentado solo en el banco, se puso el abrigo, cogió a su pata y fue hacia la puerta diciendo:

—¿No creéis que le parecerá muy raro que el pueblo esté totalmente desierto? No voy a contarle nada... ¿Pensáis que estoy loca o qué?

—Pues la verdad...

Pero ya era demasiado tarde: la vieja poeta había salido del local.

Olivier la observó cruzar la plaza lleno de inquietud, lo mismo que Myrna y Clara, desde el escaparate de la librería, y Gabri, Nichol y los Brunel, en la buhardilla. Momentos después se sentó al lado de Beauvoir en el banco helado.

—¿Nos va a causar problemas? —preguntó Thérèse a Gabri.

—No, todo irá bien —repuso él y esbozó una mueca.

—La tengo en el punto de mira —dijo Nichol con tono esperanzado.

—Me parece que Nichol y la poeta chiflada podrían ser parientes —le comentó Jérôme a Thérèse.

Abajo, Ruth, *Rosa* y Jean-Guy seguían sentados uno junto al otro observando la actividad en la escuela.

—«Quién te lastimó antaño», susurró Ruth, «hasta tal punto que ahora...».

Jean-Guy reaccionó por fin, como si de pronto hubiese reparado en que no estaba solo. Miró a la poeta.

—¿Crees que estoy maltrecho sin remedio, Ruth? —preguntó, usando por primera vez el nombre de pila de la vieja poeta.

—¿Qué crees tú? —respondió Ruth mirándolo a los ojos, aunque sin dejar de acariciar a *Rosa*.

—Creo que es posible que sí.

Beauvoir volvió a mirar hacia la antigua escuela. En lugar de llevarse los ordenadores, estaban descargando cosas de la furgoneta para meterlas ahí. A Beauvoir le resultaron familiares, pero no se molestó en hurgar en su memoria en busca de información.

Ruth guardaba silencio a su lado. De pronto, levantó a *Rosa*, que le dejó una sensación de calor en las piernas, y la depositó en el regazo de Jean-Guy.

Él no pareció darse cuenta, pero al cabo de un momento levantó la mano y empezó a acariciar suavemente a *Rosa*.

—Podría retorcerle el pescuezo, ¿sabes?

—Sí, lo sé —repuso Ruth—. Por favor, no lo hagas.

La poeta miró a *Rosa*, sus ojos oscuros de pato. Y *Rosa* miró a Ruth mientras la mano de Jean-Guy le acariciaba las plumas del lomo acercándose cada vez más a su cuello largo.

Finalmente, la mano de Jean-Guy se detuvo y se relajó.

—*Rosa* volvió a casa, ¿eh? —dijo.

Ruth asintió con la cabeza.

—Me alegro —añadió él.

—Volvió por el camino más largo. Hay gente que lo hace, ¿sabes? Parecen perdidos, puede que incluso hayan echado a andar en la dirección contraria. Mucha gente tira la toalla, dice que se han ido para siempre, pero no lo creas: algunos acaban por volver a casa.

Jean-Guy levantó a *Rosa* de su regazo y trató de devolvérsela a Ruth, pero ésta hizo una seña con la mano.

—No, quédatela.

Jean-Guy la miró fijamente sin comprender. Intentó de nuevo devolverle a *Rosa* y Ruth volvió a negarse con suavidad y firmeza a la vez.

—Contigo tendrá un buen hogar —dijo sin mirar a *Rosa*.

—Pero yo no sé cómo cuidar de una pata; ¿qué voy a hacer con ella?

—¿La cuestión no es más bien qué va a hacer ella contigo? —preguntó Ruth. Se puso en pie y hurgó en el bolsillo—. Toma, éstas son las llaves de mi coche. —Se las dio a Beauvoir y le señaló con la cabeza un Civic viejo y maltrecho—. Creo que *Rosa* estará mejor ahí que aquí fuera, ¿tú no?

Beauvoir miró las llaves que tenía en la mano y luego aquel rostro flaco, arrugado y marchito y aquellos ojos legañosos que, bajo el sol radiante, parecían derramar luz.

—Vete de aquí y llévate a *Rosa*, por favor.

Se inclinó muy despacio, como si cada centímetro supusiera una agonía, y besó a *Rosa* en la coronilla. Luego miró los ojos brillantes de la pata y susurró:

—Te quiero.

Ruth Zardo les dio la espalda y se alejó cojeando, pero con la cabeza bien alta, hacia el *bistrot* y lo que fuera que estaba por llegar.

• • •

—Está de broma, ¿no? —le dijo a Isabelle Lacoste el poli gordo detrás del mostrador—. ¿Alguien va a volar esto por los aires?

Indicó sus pantallas con un ademán y a punto estuvo de llamarla «jovencita».

Lacoste no tenía tiempo para andarse con diplomacias: le había mostrado al tipo su placa de la Sûreté y le había contado lo que estaba a punto de ocurrir. No era de extrañar que no se muriera de ganas de cerrar el puente.

Rodeó el mostrador y le plantó la Glock bajo la barbilla.

—No estoy de broma —dijo, y vio cómo el tipo abría mucho los ojos, aterrado.

—Espere —rogó.

—Los explosivos están sujetos a los pilares y van a estallar en cualquier momento. La brigada de desactivación llegará en cuestión de minutos, pero necesito que cierre el puente ahora mismo; si no lo hace, aténgase a las consecuencias.

Cuando el inspector jefe le había contado cuál era el blanco y ordenado que cerrara el puente, Lacoste se había visto ante un dilema: ¿en quién podía confiar?

Y entonces se le ocurrió: en los guardias de seguridad del puente. Estaba claro que no tenían ni idea de lo que estaba a punto de ocurrir, de otro modo habrían salido pitando de allí, pero había que confiar en cualquiera que estuviese trabajando en el puente. El problema era cómo convencerlo.

—Haga volver a sus coches patrulla.

Lacoste esperó, todavía apuntándolo con la pistola, mientras el tipo ordenaba por radio a los coches que regresaran.

—Descargue esto —dijo, le dio un lápiz de memoria y observó cómo lo insertaba en su ordenador y abría los archivos.

—Pero ¿esto qué es? —preguntó el guardia al verlos.

Lacoste no respondió y la cara del hombre se fue desencajando poco a poco.

La inspectora enfundó la pistola. El guardia ya no miraba ni el arma ni a ella: su mirada y su atención estaban centradas por completo en la pantalla. Un par de sus colegas regresaron al puesto de guardia, miraron a Lacoste y luego a él.

—¿Qué pasa aquí?

La expresión del guardia los previno de hacer bromas.

—¿Qué ocurre? —insistió uno de ellos.

—Llamad al superintendente, sacad a las brigadas de desactivación de explosivos, cerrad el puente...

Lacoste no oyó más: estaba de vuelta en su coche y cruzaba el puente. Hacia la costa opuesta, hacia el pueblecito.

Gamache circulaba a toda velocidad por esa carretera secundaria que conocía tan bien, ahora cubierta de nieve. El coche derrapó sobre una placa de hielo y él apartó el pie del acelerador. No tenía tiempo para sufrir un accidente. Cuanto ocurriera a partir de ese momento tendría que ser meditado y deliberado.

Vio un pequeño supermercado y se detuvo.

—¿Puedo utilizar tu teléfono, por favor? —dijo mostrando al dependiente su placa de la Sûreté.

—Tendrá que comprar algo.

—Dame el teléfono.

—Compre algo.

—De acuerdo —dijo Gamache, y cogió el artículo que tenía más a mano—. Toma.

—¿En serio? —preguntó el dependiente mirando fijamente el montón de preservativos.

—Dame el teléfono de una vez, hijo —insistió Gamache, luchando contra las ganas de estrangular a aquel joven que parecía estar divirtiéndose. En vez de eso, sacó la cartera y puso un billete de veinte sobre el mostrador.

—Si quiere usar el cagadero, tendrá que comprar algo más —soltó el chaval mientras marcaba la venta en la caja y le tendía el inalámbrico.

El inspector jefe marcó un número. Sonó, sonó y sonó. «Por favor, por favor.»

—Francœur —dijo una voz forzada, tensa.

—*Bonjour*, superintendente jefe.

Hubo una pausa.

—¿Eres tú, Armand? Te he estado buscando.

La comunicación no paraba de cortarse y volver, pero el tono de Sylvain Francœur se había vuelto alegre y cordial: parecía estar sinceramente encantado de haber recibido aquella llamada, como si él y Gamache fueran amigos íntimos.

El inspector sabía que aquél era uno de los muchos talentos del superintendente jefe: la capacidad de hacer que una imitación pareciera genuina. Era un impostor, pero cualquiera que lo estuviera oyendo, y podía haber unos cuantos, no dudaría lo más mínimo de su sinceridad.

—Sí, lo siento, he estado fuera de contacto —repuso Gamache—, atando cabos sueltos.

—Exactamente igual que yo. ¿Qué puedo hacer por ti, Armand?

Francœur observaba cómo trabajaban los agentes en la antigua escuela. De pie frente a la ventana, presionaba contra la oreja el teléfono que a duras penas conseguía captar la señal.

—Tendrás que hablar más alto: estoy en un pueblo con muy mala cobertura.

Gamache sintió como si hubiera tragado ácido de batería.

De modo que Sylvain estaba ya en Three Pines. Había calculado mal creyendo que le llevaría más tiempo encontrar aquel lugar. Pero entonces, a la primera dosis de ácido se añadió otra: Francœur debía de haber encontrado a alguien que le mostrara el camino.

Jean-Guy.

Inhaló profundamente y controló su tono de voz. Trató de sonar despreocupado, cortés y un poco aburrido.

—Voy de camino, señor. Me preguntaba si podríamos vernos.

Francœur enarcó las cejas. Había esperado tener que dar caza a Gamache: nunca se le había pasado por la cabeza que el orgullo de aquel hombre fuera tan desmedido que le sorbiera toda sensatez.

Pero, por lo visto, así era.

—Por mí, estupendo —repuso alegremente—. ¿Nos encontramos aquí? Me dice el inspector Tessier que hay una antena parabólica muy interesante en el bosque. Todavía no la he visto. Cree que los aztecas podrían haberla instalado allí. ¿La conoce?

Hubo una pausa.

—Sí.

—Bien, pues ¿qué tal si nos vemos al pie de la antena?

Francœur colgó. Sabía que Gamache jamás llegaría a aquella cita: sus hombres lo tenían rodeado y darían con él en cualquier momento.

Se volvió hacia su segundo al mando.

—¿Saben qué hacer? —preguntó, señalando con la cabeza a los dos agentes. Uno estaba bajo el escritorio y el otro en la puerta de la escuela; ambos trabajaban con cables.

Tessier asintió con la cabeza: aquellos agentes estaban con él cuando se ocupó de Pierre Arnot, de Audrey Villeneuve y de otros. Hacían lo que se les decía.

—Ven conmigo —añadió Francœur.

En la puerta, Tessier se volvió hacia los agentes.

—No os olvidéis de Beauvoir, lo necesitamos aquí.

—Sí, señor.

Beauvoir ya no estaba en el banco, pero Tessier no se preocupó: probablemente estaba en el todoterreno, fuera de combate.

—¿Qué creéis que significa? —susurró Jérôme cuando vio a Francœur y a Tessier subiendo por la colina y saliendo del pueblo—. ¿Que se marchan?

—¿A pie? —preguntó Nichol.

—Bueno, a lo mejor no —concedió el doctor Brunel—, pero al menos Beauvoir ya no está.

Miraron el hueco en la nieve donde antes había estado el coche de Myrna.

En la planta de abajo, Myrna se volvió hacia Ruth.

—¡¿Le has dado mi coche?!

—Bueno, no podía dejarle el mío: yo no tengo coche.

—¿Y de dónde has sacado las llaves?

—Estaban sobre el escritorio, donde siempre las dejas.

Myrna negó con la cabeza, pero no podía enfadarse con Ruth: puede que Beauvoir se hubiera llevado su coche, pero también algo mucho más valioso para la vieja poeta.

Todos oyeron cerrarse la puerta de la librería, miraron hacia allí y luego por la ventana: Gabri caminaba deprisa por la calle, sin abrigo, gorro ni botas; resbaló, pero recuperó el equilibrio.

—¡Mierda! —soltó Nichol, y corrió hacia las escaleras seguida de los Brunel—, ¿adónde va?

Thérèse detuvo a la joven antes de que pudiera seguir a Gabri.

—Va a la iglesia —anunció Clara.

Se apresuró a ponerse el abrigo y ya casi estaba en la puerta cuando Nichol la agarró del brazo.

—Ah, no, tú no vas.

Clara se liberó con un gesto tan repentino y violento que pilló a Nichol por sorpresa.

—Gabri es mi amigo y no pienso dejarlo solo.

—Está huyendo —dijo Nichol—. Míralo, está cagado de miedo.

—Lo dudo —terció Ruth—, Gabri jamás iría cagado: es demasiado mariposón para eso.

—¿El que ha salido era Gabri? —preguntó Olivier, que había entrado corriendo por la puerta que daba al *bistrot*.

—Se dirige a la iglesia —explicó Clara—, y yo también voy.

—Y yo —anunció Olivier.

—No —intervino Thérèse—, usted tiene que ocuparse del *bistrot*.

—Ocúpese usted.

Le arrojó el trapo y siguió a Clara al exterior.

Una vez en el bosque y colina arriba, los móviles de Francœur y Tessier empezaron a emitir sonidos; fue como si hubieran cruzado una membrana entre un mundo y otro.

Francœur se detuvo en el sendero para echar un vistazo a sus mensajes.

Sus órdenes se habían seguido con rapidez y eficacia: el caos que había creado Gamache se estaba conteniendo y saneando.

—*Merde* —soltó Tessier—, ya creíamos tener a Gamache.

—¿Lo habéis perdido?

—Se ha deshecho del móvil y del dispositivo rastreador.

—¿Y a tus agentes les ha llevado todo este rato darse cuenta?

—No, se han percatado hace media hora, pero ese puto pueblucho ha impedido hasta ahora que llegaran los mensajes. Además...

—*Oui?*

—Creían estar siguiéndolo, pero ha dejado ambos dispositivos en una carroza del desfile navideño.

—¿Me estás diciendo que la élite de la Sûreté ha seguido a Papá Noel por todo el centro de Montreal?

—No, a Papá Noel no: a Blancanieves.

—¡Por Dios! —Francœur soltó un resoplido—. Bueno, da igual: Gamache viene hacia nosotros.

Antes de volver a meterse el teléfono en el bolsillo, el superintendente reparó en un breve mensaje de texto, enviado a todas partes media hora antes, en el que el inspector jefe Gamache anunciaba su dimisión. Qué típico de Gamache, se dijo Francœur, creer que al mundo entero iba a importarle aquello.

• • •

Thérèse Brunel notó que uno de los agentes de la Sûreté salía de la escuela. Lo vio observar el pueblo con detenimiento y dirigirse primero a la casa de Emilie, y luego a la fonda. Salió un minuto después, fue hasta el todoterreno y abrió las puertas del lado derecho.

La superintendente Brunel lo oyó cerrarlas con sendos portazos y mirar a su alrededor con gesto de frustración.

«Ha perdido algo», se dijo Thérèse, y adivinó de qué se trataba: de *quién* se trataba. Estaba buscando a Beauvoir. Luego, el agente levantó la vista hacia ella, que apenas pudo apartarse y poner la espalda contra la pared antes de que la viera.

—¿Qué pasa? —quiso saber Jérôme.

—Viene hacia aquí —respondió Thérèse, y sacó la pistola.

El agente echó a andar hacia la hilera de locales, hacia el *bistrot*, la librería y la panadería. Era posible que Beauvoir hubiera entrado en uno de ellos para descansar... o para desmayarse.

«Esto será fácil», pensó el agente.

Notaba la pistola en el cinturón, pero sabía que sería mejor usar lo que llevaba en el bolsillo: la bolsita de pastillas que le había dado Tessier; cada una de ellas era una pequeña bala en el cerebro.

El otro agente ultimaba los preparativos en la escuela y ahora sólo necesitaban encontrar a Beauvoir.

Pero el agente titubeó: unos minutos antes había vislumbrado a una mujer negra y grandota y a una vieja con bastón dirigiéndose a la iglesia.

La vieja era la misma que había estado hablando con Beauvoir en el banco.

Si Beauvoir se había esfumado, quizá ella supiera dónde estaba.

Cambió de rumbo y fue hacia la iglesia.

Armand Gamache aparcó junto al sendero que Gilles y él habían abierto en el bosque sólo unos días antes. Advirtió que había pisadas recientes.

Echó a andar internándose cada vez más en la espesura, hacia el puesto de caza.

Vio primero a Sylvain Francœur, al pie del pino blanco, luego alzó la mirada y arriba, en el antiguo puesto de caza de madera, junto a la antena parabólica, vio a Martin Tessier. El inspector Tessier, de la división de Delitos Graves, estaba a punto de cometer un delito muy grave: apuntaba con una automática al inspector jefe Gamache.

Gamache se detuvo en el sendero y se preguntó por un momento si era así como se sentían los ciervos. Miró directamente a Tessier y se volvió un poco hacia él mostrando el pecho al tirador, desafiándolo a apretar el gatillo.

Si había un momento idóneo para que aquel artilugio maldito se viniera abajo de una vez, se dijo Gamache, era ése.

Pero el puesto de caza aguantó y Tessier siguió teniéndolo en el punto de mira.

Gamache miró entonces a Francœur y dejó caer los brazos a los costados.

El superintendente jefe hizo un gesto y Tessier bajó rápidamente y sin dificultad por las destartaladas escaleras.

El agente entró en la iglesia y miró a su alrededor. Parecía desierta. Y entonces vio a la vieja, todavía con el abrigo de paño gris y el gorro puestos: estaba sentada en un banco del final. La mujer negra y grandota había ocupado uno de la primera fila.

El hombre miró hacia los rincones, pero no consiguió ver a nadie.

—Eh —llamó—, ¿hay alguien más hay aquí?

—Si le habla usted a Ruth, está perdiendo el tiempo —dijo la mujer de la primera fila, que se levantó y le sonrió—: no habla francés.

Ella sí lo hablaba, y muy bien, aunque con un poco de acento.

—¿Puedo ayudarlo?

El agente echó a andar por el pasillo.

—Estoy buscando al inspector Beauvoir, ¿lo conoce?

—Sí. Ha estado aquí antes, con el inspector jefe Gamache.

—¿Dónde está ahora?

—¿Beauvoir? Creía que estaba con ustedes —repuso Myrna.

—¿Por qué iba a...?

Pero el agente no acabó la frase: le habían apoyado en la nuca el cañón de una Glock. Una mano experta se deslizó para cogerle la pistola de la funda.

El agente se dio la vuelta. La anciana del abrigo de paño y el gorro de lana lo estaba apuntando con un revólver reglamentario.

Y no era anciana en absoluto.

—Sûreté —declaró la agente Nichol—, está detenido.

Jean-Guy Beauvoir circulaba por la autopista hacia Montreal. *Rosa* iba a su lado y no había proferido sonido alguno; tampoco había dejado de mirarlo fijamente.

Pero Beauvoir mantenía la vista al frente, alejándose más y más del pueblo. No sabía qué tenían planeado Francœur, Tessier y los demás, y no quería saberlo.

Al salir de Three Pines, su teléfono había emitido varios pitidos, todos de mensajes de Isabelle Lacoste, que le preguntaba dónde estaba.

Beauvoir sabía qué significaba aquello: Gamache andaba buscándolo, probablemente para acabar lo que había empezado el día anterior, pero entonces había leído el último mensaje, que se había enviado a todo el cuerpo de policía.

Gamache había dimitido: ya no formaba parte de la Sûreté.

Aquello era el final.

Miró a la pata; ¿por qué demonios habría accedido a llevársela? Sabía la respuesta: en realidad no había accedido a llevársela, simplemente no había tenido la energía o la fuerza de voluntad necesarias para quejarse.

Sin embargo, se preguntó por qué se la habría dado Ruth. Sabía lo mucho que quería a *Rosa* y lo mucho que *Rosa* la quería a ella.

«Te quiero», le había susurrado Ruth a la pata.

«Te quiero», oyó decir de nuevo, pero esta vez la voz no era la de la vieja poeta chiflada, sino la de Gamache. En la fábrica, entre las balas que se incrustaban en el suelo de hormigón y en las paredes, pum, pum, pum, entre las nubes de polvo asfixiante y cegador, entre ruidos ensordecedores: gritos, disparos, chillidos.

Y vio a Gamache arrastrándolo para ponerlo a salvo, y restañándole la herida con las balas silbando por todos lados.

El inspector jefe lo había mirado a los ojos y se había inclinado para besarlo en la frente, susurrándole: «Te quiero.»

Y había vuelto a decírselo el día anterior, cuando creyó que estaba a punto de dispararle. En lugar de luchar, de defenderse, le había dicho: «Te quiero.»

Jean-Guy Beauvoir supo entonces que a *Rosa* y a él no los habían abandonado: los habían salvado.

CUARENTA Y UNO

—¿Y ahora qué? —quiso saber Gabri.

Olivier, Clara y él habían salido de detrás del altar, desde donde lo habían visto todo, Clara y Olivier llevando sendos candelabros en la mano y Gabri un crucifijo: los tres dispuestos a darle en la cabeza al pistolero si conseguía escapar de Nichol y Myrna.

Pero no había hecho falta, el pistolero estaba ahora amordazado y esposado a uno de los bancos largos de madera.

—Hay uno más en la escuela —dijo Myrna.

—Y otros dos que han ido hacia el bosque —añadió Clara.

Miró la pistola en la mano de Myrna y la que empuñaba Nichol: eran aterradoras y repulsivas. Deseó tener una.

—Bueno, ¿y qué hacemos?

Gabri se volvió hacia Nichol, que se las apañaba para parecer al mando de la situación y fuera de control al mismo tiempo.

Martin Tessier le arrancó el abrigo a Gamache, dejándolo en mangas de camisa, y le quitó el arma.

Luego puso la pistola en la mano que le tendía Francœur.

—¿Dónde está Beauvoir? —quiso saber Gamache.

—En el pueblo, trabajando con los demás —repuso Tessier.

—Dejadlo en paz, es a mí a quien queréis.

Francœur sonrió.

—«Es a mí a quien queréis», como si esto empezara y acabara con el gran Armand Gamache. En realidad, no acabas de entender lo que está pasando, ¿verdad? Incluso has divulgado a los cuatro vientos tu dimisión, como si fuera importante, como si a nosotros nos preocupara.

—¿Y no es así? —preguntó Gamache—. ¿Estáis seguros de eso?

—Bastante seguros —respondió Tessier, apuntándole al pecho con el arma.

Gamache lo ignoró y continuó mirando a Francœur.

Hubo más pitidos y el superintendente comprobó sus mensajes de texto.

—Tenemos a Isabelle Lacoste y a su familia, a Villeneuve y a su vecina. Eres como la peste, Armand: todos los que han tenido contacto contigo están muertos o pronto lo estarán. Incluido Beauvoir: lo encontrarán entre los escombros de la escuela, donde morirá tratando de desactivar la bomba que tú has conectado a todos esos ordenadores.

La mirada de Gamache fue de Francœur a Tessier y de nuevo a Francœur.

—Estás decidiendo si me crees o no —dijo el superintendente.

—Por el amor de Dios —intervino Tessier—, acabemos con esto de una vez.

Francœur se volvió hacia su segundo al mando.

—Tienes razón. Baja de ahí esa antena parabólica, yo acabaré aquí abajo. Camina conmigo, Armand; por una vez te dejaré ir delante.

Francœur hizo un gesto en dirección al sendero y Gamache echó a andar resbalando un poco en la nieve. Era el sendero que Nichol y él habían abierto cuando arrastraban el cable a través del bosque, de vuelta a Three Pines; de hecho, era un atajo hasta la vieja escuela.

—¿Siguen vivos? —quiso saber Gamache.

—Francamente, no lo sé.

—¿Y Beauvoir? ¿Sigue vivo?

—Bueno, todavía no he oído ninguna explosión, de manera que sí, por el momento.

Gamache dio unos cuantos pasos más.

—¿Y el puente? ¿No deberías haber tenido noticias del puente a estas alturas? —preguntó el inspector jefe. Respiraba entrecortadamente y se agarró a una rama para recuperar el equilibrio—. Algo va mal, Sylvain, sabes que es así.

—Cállate —ordenó Francœur.

Gamache obedeció. Se volvió y lo vio sacar el teléfono móvil. Francœur lo tocó con un dedo y esbozó una sonrisa de oreja a oreja.

—Ya está hecho.

—¿El qué?

—El puente se ha derrumbado.

En la iglesia de Santo Tomás, las celebraciones fueron breves.

—Mirad —dijo Myrna. Clara y ella escudriñaban el exterior por las ventanas de vitral.

El otro pistolero había salido por la puerta de la antigua escuela. Les daba la espalda y parecía estar haciéndole algo al picaporte.

«¿Estará poniendo un candado?», se preguntó Clara.

Luego el tipo se plantó en el porche y miró a su alrededor como había hecho su colega unos minutos atrás.

—Lo está buscando —dijo Olivier, e indicó con un gesto al prisionero esposado y amordazado al que custodiaba Nichol.

Vieron al pistolero dirigirse a la furgoneta. Desplegó un gran saco de lona en la parte trasera, cerró de un portazo y volvió a recorrer el pueblo con la mirada, perplejo.

En ese momento, Thérèse Brunel salió de la librería. Llevaba un abrigo grueso y un gorro grande que le ocultaba el cabello y la frente. Cargada con un montón de libros en los brazos, echó a andar despacio y con paso titubeante hacia el agente de la Sûreté.

—¿Qué hace? —quiso saber Clara.

—«Fue durante la luna de invierno —empezó a cantar Gabri a pleno pulmón y todos lo miraron— cuando todas las aves habían emprendido el vuelo.»

El pistolero se volvió al oír los cánticos que surgían de la iglesia.

Aquel pueblo le ponía los pelos de punta. Con lo bonito que era y en cambio estaba desierto: había una sensación de amenaza en el ambiente. Cuanto antes encontrara a Beauvoir y a su compañero, y pudieran marcharse de allí, mejor.

El agente echó a andar hacia la iglesia. Era evidente que había gente allí dentro, gente que, con una dosis de persuasión, quizá podría decirle dónde estaban Beauvoir y su colega, dónde estaba todo el mundo.

Una anciana cargada con libros caminaba hacia él, pero la ignoró y se dirigió hacia la pequeña capilla de madera que había ladera arriba.

El hombre siguió el sonido de los cánticos y subió por los peldaños. No se percató de que la mujer de los libros también había cambiado de dirección y lo seguía. Abrió la puerta y se asomó al interior.

Al fondo de la iglesia había unas cuantas personas cantando en semicírculo.

Varias filas atrás, una anciana con un abrigo de paño estaba sentada en un banco. Los cantos se detuvieron y el hombretón que parecía dirigir el coro le hizo señas.

—Cierre la puerta, está dejando entrar el frío.

Pero el pistolero no se movió. Siguió de pie en el umbral, observando la escena. Allí pasaba algo: todos lo miraban raro, excepto la vieja encorvada que aún llevaba el gorro puesto y que no se había vuelto hacia él.

El agente alargó la mano hacia su pistola.

—Sûreté.

Oyó la palabra, oyó el chasquido metálico y notó el cañón contra la nuca, oyó caer los libros y los vio desparramarse a sus pies.

—Levante las manos.

Hizo lo que le decían.

Se volvió para ver a la anciana que lo había seguido: un revólver reglamentario había reemplazado a los libros. Era la superintendente Thérèse Brunel.

Lo apuntaba con la pistola, y no estaba para bromas.

—¿El puente ha caído?

Gamache miraba boquiabierto a Francœur.

—A la hora exacta —confirmó el superintendente jefe.

Desde el pueblo, debajo de ellos, les llegó una voz que entonaba un antiguo villancico quebequés. Sonaba como un lamento.

—No me lo creo —dijo Gamache—, estás mintiendo.

—¿Quieres pruebas?

—Llama a Renard; llama al primer ministro y que él lo confirme.

—Encantado, estoy seguro de que él también querrá charlar un poco contigo.

Francœur apretó un botón en su móvil. Gamache lo oyó sonar y sonar.

Pero nadie contestaba.

—Probablemente está ocupado —comentó el inspector jefe.

Francœur le dirigió una mirada agria y probó con otro número: el de Lambert, de Delitos Cibernéticos.

Sonó y sonó.

—¿Nada? —preguntó Gamache.

Francœur bajó el teléfono.

—¿Qué has hecho, Armand?

—«Hemos puesto a Lacoste bajo custodia y tenemos a su familia» —recitó Gamache—, y un par de minutos después has recibido otro mensaje: «Villeneuve ha ofrecido cierta resistencia pero ya está hecho.»

A Francœur se le tensó el rostro.

—No habrás creído de verdad que yo permitiría que destruyerais mi departamento, ¿verdad? —La mirada de Gamache era penetrante y su voz sonaba dura y llena de ira—. Todos esos agentes que se fueron, que pidieron traslados... a todas partes de la Sûreté.

Hablaba despacio, para que cada palabra cumpliera su objetivo.

—Fueron a parar al Departamento de Tráfico, a Delitos Graves, a Protección Civil, a Actuación ante Emergencias, a Delitos Cibernéticos. —Hizo una pausa para asegurarse de que Francœur le siguiera antes de darle la puntilla—. A la salvaguarda de altos cargos públicos: el equipo que protege al presidente. Usted mismo desmanteló mi departamento y desparramó a mis agentes por todas las divisiones. A *mis* agentes, Sylvain: nunca fueron suyos. No opuse resistencia porque servía a mi propósito. Mientras su plan progresaba, el mío también.

Francœur estaba blanco como la nieve.

—Mi gente ha tomado el mando en esos departamentos y arrestado a cualquier agente leal a usted. Tenemos al primer ministro y a todo su personal bajo custodia. De haber estado en alta mar, a esto se le habría llamado un motín a bordo.

»El anuncio de mi dimisión era la señal para que mis agentes actuaran. Tenía que esperar a saber cuáles eran sus planes, y a tener pruebas. Nadie responde a sus llamadas telefónicas porque no hay nadie ahí para contestarlas. ¿Y esos mensajes de texto que ha recibido? ¿Sobre el puente, sobre la gente que había sido detenida? Los ha enviado Isabelle Lacoste: el puente ya está protegido y a salvo.

—Imposible.

Francœur volvió a mirar su móvil. Sólo bajó la vista unos instantes, pero fue suficiente.

Gamache pasó a la acción.

• • •

Jean-Guy Beauvoir aparcó detrás del Volvo de Gamache. Abrió un poco la ventanilla para que le entrara aire a *Rosa* y luego se bajó.

Se quedó parado en la carretera sin saber muy bien adónde ir. Había pensado ir derecho a Three Pines: ahora ya sabía qué era todo el equipo que había visto en la furgoneta. Probablemente lo había sabido desde el principio, eran explosivos, detonadores y cables-trampa.

Esos agentes estaban conectando los cables a la puerta de la escuela; cuando se abriera, explotaría.

Su plan había sido ir al pueblo y detener a aquellos agentes, pero ver allí aquel coche que le era tan familiar lo hacía dudar.

Miró al suelo, vio el sendero recién abierto en el bosque y lo siguió.

Gamache arremetió contra Francœur e intentó quitarle la pistola de la mano, pero el arma salió volando y acabó enterrada en la nieve.

Ambos hombres cayeron al suelo con un topetazo. Gamache le puso el antebrazo en el cuello a Francœur e hizo fuerza tratando de inmovilizarlo. Francœur se debatía, retorciéndose y lanzando puñetazos. Su mano, tanteando en busca de la pistola, se cerró sobre algo duro; lo blandió con todas sus fuerzas y alcanzó a Gamache en la sien.

El inspector jefe cayó sobre el costado, aturdido por la piedra. Francœur consiguió ponerse de rodillas y forcejeó con su parka tratando de abrirla, tratando de llegar a la Glock que llevaba en el cinturón.

• • •

—¿Tessier?

La voz de Beauvoir sorprendió a Martin Tessier cuando bajaba por las escaleras. La antena parabólica estaba en el suelo, donde él la había arrojado desde la plataforma, y Jean-Guy Beauvoir estaba de pie a su lado.

—Beauvoir —contestó Tessier, recobrándose del susto. Luego saltó del último travesaño. De espaldas a Jean-Guy, bajó una mano hacia la pistola—. Te hemos estado buscando.

Pero no llegó más lejos porque el arma de Beauvoir le presionó la nuca.

—¿Dónde está Gamache? —le susurró al oído.

Gamache vio cómo Francœur desenfundaba la pistola. Se arrojó sobre él antes de que pudiera apuntar y lo derribó, pero el superintendente siguió aferrando el arma.

Ambos hombres lucharon por ella a puñetazos, retorciéndose.

Francœur la tenía sujeta y Gamache le agarraba la mano con las dos suyas, pero la nieve estaba húmeda y notó que le resbalaban.

De un tremendo empujón, Beauvoir estampó la cara de Tessier contra la corteza del árbol.

—¿Dónde está Gamache? —repitió—. ¿Conoce vuestro plan para volar la escuela?

Tessier asintió con la sensación de que la carne de sus mejillas se había quedado pegada a la corteza.

—Cree que estás en la escuela.

—¿Y por qué?

—Nosotros también lo creíamos.

—¿Ibais a matarme?

—A ti y a la mayoría de la gente de este pueblo, cuando la bomba explotara.

—¿Qué le habéis dicho a Gamache?

—Que hemos puesto explosivos en la escuela y que tú estabas dentro.

Beauvoir le dio la vuelta y lo miró a los ojos, tratando de llegar a la verdad.

—¿Sabe que la bomba está conectada a la puerta? —espetó.

Tessier negó con la cabeza.

—Pero da igual, no va a llegar tan lejos: Francœur se está ocupando de él en el bosque.

Gamache sintió que se le escurrían las manos. Dejó de batallar por la pistola y le dio un puñetazo en la nariz a Francœur. Notó cómo se rompía y manaba la sangre. El superintendente soltó un aullido y giró el cuerpo, tirando a Gamache de costado en la nieve.

Dio media vuelta justo cuando Francœur se ponía de rodillas.

Vio algo oscuro sobresaliendo en la nieve, podía ser una roca, un palo... o el cañón de una pistola. Rodó hacia ella y luego volvió a rodar y alzó la vista justo a tiempo para ver cómo Francœur levantaba un arma y apuntaba.

Y Armand Gamache disparó, y disparó otra vez, y otra más.

Hasta que el superintendente jefe Francœur, sin expresión en la cara, cayó de costado.

Muerto.

Gamache se puso en pie, no perdió más tiempo con Francœur y echó a correr.

Beauvoir oyó la rápida serie de disparos... de una Glock.

—Ése es Gamache —dijo Tessier—, está muerto.

Beauvoir volvió la cabeza hacia el sonido y Tessier arremetió contra él en un intento de arrebatarle la pistola.

Beauvoir apretó el gatillo y vio caer a Tessier.

Luego echó a correr. Corrió sin parar, internándose en el bosque, hacia donde ahora reinaba el silencio.

Armand Gamache corría como si lo persiguieran las Furias, como si el bosque estuviera en llamas, como si el diablo le pisara los talones.

Corría a través del bosque y entre los árboles, tropezando con los troncos caídos, pero se levantaba y echaba a correr otra vez hacia la antigua escuela, hacia los explosivos, hacia Jean-Guy.

Jean-Guy Beauvoir vio un cuerpo boca abajo en la nieve; corrió hacia él y se dejó caer de rodillas a su lado.

«Dios, no, no.»

Le dio la vuelta.

Francœur, muerto.

Se incorporó y miró a su alrededor, desesperado. Y entonces se obligó a calmarse, a escuchar. Y cuando el silencio se cernió sobre el bosque, lo oyó, a lo lejos: el sonido de alguien que corría alejándose de él: hacia Three Pines.

Hacia la escuela.

Jean-Guy Beauvoir salió disparado, corriendo y gritando, gritando y corriendo.

—¡Alto! ¡Alto! —chillaba.

Pero el hombre que iba delante no lo oía, y no se detuvo.

Beauvoir corría tan deprisa como era capaz, pero la distancia entre ambos era demasiado grande. Gamache llegaría a la escuela convencido de que él estaba dentro, de que estaba en peligro.

Subiría los peldaños de dos en dos, abriría la puerta de par en par y...

—¡Alto! ¡Alto! —gritó.

Y entonces empezó a chillar sin articular palabras. Metió todo su miedo, toda su ira y cuanto le quedaba en aquel aullido.

Aun así, el jefe siguió corriendo como alma que lleva el diablo.

Beauvoir trastabilló hasta detenerse, sollozando.

—No..., deténgase.

No podía alcanzarlo, no podía detenerlo, excepto en caso de...

Isabelle Lacoste se arrodilló junto a Tessier, pero se incorporó de un brinco cuando oyó aquel sonido espantoso. Jamás había oído nada parecido. Era como si algo se desgarrara, como si se hiciera pedazos. Echó a correr hacia las profundidades del bosque siguiendo aquel grito de mil demonios.

Armand Gamache oyó el disparo. Vio cómo arrancaba la corteza del árbol que tenía delante. Pero siguió corriendo, más y más, inquebrantable; tan deprisa y en línea recta como podía.

Derecho hacia la escuela.

Ahora ya la veía, roja entre el blanco y el gris del bosque.

Otro disparo dio en la nieve a su lado, pero aun así siguió corriendo. Tessier debía de haber encontrado a Francœur y ahora trataba de detenerlo, pero no estaba dispuesto a dejar que lo detuvieran.

A Jean-Guy le temblaba la mano, la pistola se estremecía y sus disparos no daban en el blanco. Había estado apuntando a las piernas del inspector jefe, confiando en tan sólo rozarlo, rezando por que así fuera. Sólo lo suficiente para derribarlo, pero la cosa no funcionaba.

—Alto... ¡Dios mío, por favor, deténgase!

Beauvoir veía borroso. Se pasó la manga por la cara y luego echó la cabeza atrás unos instantes y miró entre las ramas desnudas el cielo azul en lo alto.

—¡Dios! Por favor...

Gamache casi había salido del bosque, casi había llegado a la escuela.

Beauvoir cerró brevemente los ojos.

—Por favor —suplicó una vez más.

Volvió a levantar la pistola, ahora con las manos firmes. El arma ya no temblaba. Afinó la puntería, pero ya no apuntaba a las piernas de Gamache.

—¡Alto! —gritó Lacoste, apuntando con la pistola a la espalda de Beauvoir.

Más allá, a través del bosque, veía al inspector jefe corriendo hacia Three Pines y a Jean-Guy Beauvoir a punto de abatirlo.

—Tire el arma —ordenó.

—No, Isabelle —exclamó en respuesta Beauvoir—, tengo que hacerlo.

Lacoste apuntaló los pies, apuntando bien. Desde donde estaba, sería imposible fallar. Aun así, titubeó.

Había oído algo en aquella voz. Ni súplica, ni ruegos, ni locura.

La voz de Beauvoir había sonado firme y segura: su voz de antaño.

Lacoste no ponía en duda lo que pretendía hacer. Jean-Guy Beauvoir iba a dispararle al inspector jefe Gamache.

—Por favor, Isabelle —dijo Beauvoir, todavía dándole la espalda y con el arma en alto.

El dedo de Lacoste se tensó en el gatillo.

• • •

Jean-Guy Beauvoir tenía a Armand Gamache en el punto de mira.

El inspector jefe se hallaba en el linde del bosque, a pocos pasos de la escuela.

Beauvoir inhaló y exhaló profundamente.

Y apretó el gatillo.

Armand Gamache ya casi podía tocar la escuela. Los disparos habían cesado.

Iba a conseguirlo, estaba seguro: iba a sacar de allí a Jean-Guy.

Justo había salido de entre los árboles cuando el tiro lo alcanzó con tanta fuerza que lo alzó en el aire y le dio la vuelta. En el instante antes de caer al suelo, en la fracción de segundo antes de que el mundo se desvaneciera, miró a los ojos del hombre que le había disparado.

Jean-Guy Beauvoir.

Y Armand Gamache cayó espatarrado, como si grabara la figura de un ángel en la nieve reluciente.

CUARENTA Y DOS

En la iglesia de Santo Tomás de Three Pines reinaba el silencio, salvo por el susurro de las hojas del programa de la ceremonia. Cuatro monjes entraron con la cabeza gacha y formaron un semicírculo ante el altar.

Tras unos momentos de concentración, los monjes empezaron a cantar. Sus voces se unieron y se mezclaron hasta convertirse en una sola: era como escuchar una de las pinturas de Clara, con colores y trazos en espiral y efectos de luz y oscuridad, todo moviéndose en torno a un centro en calma.

Un canto llano en una iglesia sencilla.

La única decoración en Santo Tomás era una ventana de vitral donde se veían unos soldados perpetuamente jóvenes. Estaba colocada para captar la luz matutina, la luz más joven del día.

Jean-Guy Beauvoir inclinó la cabeza, abrumado por la solemnidad del momento, y entonces oyó abrirse una puerta tras él y todos se pusieron en pie.

El canto llegó a su fin. Después de unos instantes de silencio, se oyó otra voz. A Beauvoir no le hizo falta mirar para saber de quién se trataba.

Gabri se había plantado ante el altar mirando al fondo del pasillo, más allá de los bancos de madera, y entonaba con su voz clara de tenor:

Tañe las campanas que todavía suenan,
no trates de hallar la ofrenda perfecta.

En torno a Beauvoir, la congregación unió sus voces a la de Gabri. Oyó la de Clara, las de Olivier y Myrna. Incluso captó la de Ruth: débil y aflautada, pero firme; la voz de un soldado de infantería: ligeramente titubeante y sin embargo incansable.

Pero Jean-Guy se había quedado sin voz. Sus labios se movían, pero de ellos no brotaba sonido alguno. Miraba pasillo abajo y esperaba.

Todas las cosas del mundo se agrietan:
así penetra la luz.

Vio primero a madame Gamache, caminando despacio, y a su lado iba Annie.

Estaba radiante con su vestido de novia, y recorría el pasillo cogida del brazo de su madre.

Y Jean-Guy Beauvoir se echó a llorar: de alegría, de alivio, de pena por todo lo ocurrido, por todo el dolor que había causado. Allí de pie, bajo la luz matutina que iluminaba a aquellos jóvenes que nunca volvieron a casa, lloró.

Notó un codazo y vio que le ofrecían un pañuelo. Beauvoir lo cogió y miró los ojos castaño oscuro de su padrino.

—Tú también lo necesitas —dijo, e hizo ademán de devolvérselo.

—Tengo otro.

Armand Gamache sacó un pañuelo más del bolsillo de la pechera y se enjugó las lágrimas.

Los dos hombres, codo con codo en el primer banco de la capilla repleta, esperaban entre sollozos mientras veían a Annie y a su madre recorrer el pasillo: Annie Gamache estaba a punto de casarse con su primer y último amor.

• • •

—«Ahora ya no habrá más soledad» —recitó el pastor en su bendición final a la pareja.

Id ahora a vuestra morada
para entrar en los días de vuestra vida juntos.
Y que vuestros días sobre la tierra sean largos
y estén llenos de bondad.

La fiesta dio comienzo en la plaza del pueblo a media mañana de aquel día soleado de primeros de julio y duró hasta bien entrada la noche. Se encendió una hoguera, hubo fuegos artificiales, se preparó una barbacoa y todos los invitados llevaron ensaladas y postres, *pâtés* y quesos. Se ofreció pan tierno y cerveza, vino y limonada con zumo de arándanos.

Cuando empezó la primera canción, Armand, vestido de chaqué, le pidió su bastón a Clara y se acercó cojeando al centro mismo del círculo de invitados, el centro de la plaza, el centro del pueblo, y le tendió la mano a su hija.

Esa mano, en la que Annie puso la suya, era firme y no temblaba un ápice. Gamache se inclinó y besó la de su hija, luego la atrajo hacia sí y bailaron despacio a la sombra de los tres pinos enormes.

—¿Estás segura de saber a lo que te enfrentas? —preguntó él.

—¿Lo estaba mamá? —contestó su hija riendo.

—Bueno, ella tuvo suerte: resulta que yo soy perfecto.

—Qué pena. Tenía entendido que las cosas son más fuertes cuando se han roto antes —repuso ella mientras su padre la hacía moverse despacio por la plaza del pueblo.

Annie apoyó la cabeza en el hombro recio de su padre, el lugar que él reservaba para la gente a la que amaba.

Pasaron bailando ante Gabri y Olivier, ante Myrna y Clara, ante los tenderos y los lugareños, ante Isabelle Lacoste y su familia, ante los Brunel, que estaban junto a la agente Nichol: Yvette Nichol.

Todos sonreían y saludaban al ver pasar a Armand y a su hija. En el otro extremo de la plaza, Jean-Guy y Reine-

Marie bailaban frente a Daniel y Roslyn y los nietos de los Gamache, que acariciaban a *Henri*.

—Ya sabrás lo contentos que estamos, Jean-Guy —dijo Reine-Marie.

—¿Lo estáis de verdad?

Todavía necesitaba que se lo aseguraran repetidamente.

—Ninguno de nosotros es perfecto —susurró ella.

—Intenté matar a tu marido —dijo Jean-Guy.

—No: intentaste salvarlo, detenerlo, y lo conseguiste. Siempre estaré en deuda contigo.

Bailaron en silencio mientras ambos pensaban en aquel instante en que Jean-Guy había tenido que tomar una decisión: seguir disparando a las piernas de Gamache y seguir fallando o levantar el cañón y apuntarle a la espalda.

Un disparo que hubiera podido matar al hombre al que precisamente quería salvar. Pero si no le hubiera disparado, el inspector jefe se habría encontrado con una muerte segura: habría volado por los aires al abrir la puerta de la escuela buscando a Jean-Guy.

Había sido una decisión terriblemente difícil.

Al igual que la que había tomado Isabelle Lacoste.

Se había guiado por el instinto y había bajado el arma. Y había visto horrorizada cómo Beauvoir disparaba y cómo caía el inspector jefe.

Si Gamache había salvado la vida, había sido gracias a la presencia de Jérôme Brunel: el antiguo médico de urgencias había acudido corriendo desde la iglesia mientras otros llamaban a una ambulancia.

Reine-Marie se preguntó, mientras su flamante yerno la hacía dar vueltas por la soleada plaza del pueblo, qué habría hecho ella. ¿Habría sido capaz de disparar sabiendo que había muchas posibilidades de matar al hombre al que amaba?

Y que no hacerlo supondría condenarlo.

¿Habría podido seguir con su vida con uno u otro resultado?

Al escuchar aquella historia, tuvo la certeza de que, si Jean-Guy iba a rehabilitación y Annie seguía queriéndolo, ella se sentiría orgullosa de tener a un hombre así en la familia, tan orgullosa como se sentía ahora, bailando con él.

Annie estaba a salvo con Beauvoir: Reine-Marie estaba segura de eso, y pocas madres pueden estarlo.

Señalando con la cabeza a la pareja que se acercaba bailando, Jean-Guy preguntó:

—¿Cambiamos?

—*Oui* —contestó Reine-Marie, y soltó a su yerno.

Unos instantes después Armand Gamache notó unos golpecitos en el hombro.

—¿Me permites? —preguntó Jean-Guy.

Gamache se hizo a un lado con una reverencia discreta.

Beauvoir miró a Annie con tanta ternura que el inspector jefe sintió que el corazón le daba un vuelco, desbordado de alegría.

Y entonces Jean-Guy se volvió y tomó entre sus brazos a Gamache, mientras que Reine-Marie sacaba a bailar a Annie.

Los invitados estallaron en carcajadas y aplausos. Gabri y Olivier fueron los primeros en salir a la pista con ellos, seguidos por el pueblo entero. Incluso Ruth, con *Rosa* en brazos, bailó con Billy Williams, ambos susurrándose dulces tacos al oído.

—¿Hay algo que necesites contarme, jovencito? —preguntó Gamache, notando la mano fuerte de Jean-Guy en la espalda.

Beauvoir rió y luego hizo una pausa antes de hablar.

—Quiero decirte que lo siento.

—¿Por haberme disparado? Te perdono. Sencillamente no vuelvas a hacerlo.

—¿No te ha parecido extraño ver a madame Gamache recorriendo el pasillo con Annie del brazo? —preguntó Beauvoir.

—Tienes que llamarla Reine-Marie, por favor: ya te lo hemos pedido otras veces.

—Lo intentaré.

Le costaba romper con una costumbre de años, al igual que se le hacía casi imposible llamar Armand al inspector jefe. Pero algún día, cuando tuvieran hijos, quizá llegaría a llamarlo así.

—Yo llevé del brazo a Annie en su primera boda —dijo Armand—, me pareció justo que fuera su madre quien lo hiciera esta vez. Yo lo haré en su próximo matrimonio.

—Serás desgraciado...

Con el inspector jefe entre sus brazos, Beauvoir pensó en el momento en el que había apretado el gatillo y visto a Gamache salir catapultado del bosque por la fuerza del impacto. Lo había visto caer boca abajo y, soltando la pistola, había echado a correr sin parar hacia él mientras una mancha roja se extendía sobre la nieve formando una especie de alas.

—Se me rompió el corazón cuando te disparé, ¿sabes? —susurró, y resistió el impulso de apoyar la cabeza en el hombro de Gamache.

—Lo sé —respondió Armand en voz baja—, y a mí cuando te dejé en aquella fábrica. —Siguieron bailando en silencio y luego Gamache añadió—: «Todo en el mundo se agrieta.»

—Sí.

Hacia la medianoche, Armand y Reine-Marie estaban sentados en el amplio porche de la casa de Emilie. Veían las siluetas de Annie y Jean-Guy recortadas contra la hoguera de la plaza, meciéndose uno en brazos del otro al ritmo de una música suave.

Clara y Myrna se habían unido a ellos en el porche. Daniel, Roslyn y los nietos ya dormían en la planta de arriba y *Henri* se había hecho un ovillo a los pies de Reine-Marie.

Gamache había estado varios meses convaleciente en el hospital antes de poder salir. Mientras tanto, Jean-Guy se había sometido a una cura de rehabilitación.

Por supuesto, se había llevado a cabo una investigación sobre la conspiración para derribar el puente y formado una Comisión Real para desentrañar los casos de corrupción.

Arnot, Francœur y Tessier habían muerto, Georges Renard estaba encerrado en la prisión de máxima seguridad aguardando juicio junto con todos los que se habían conchabado con él en el complot, o al menos todos los que habían pillado hasta entonces.

Isabelle Lacoste era ahora la inspectora jefe interina de Homicidios, y no tardarían en confirmarla en el cargo. Jean-Guy trabajaba a media jornada y continuaba con el tratamiento de sus adicciones, como haría el resto de su vida.

Thérèse Brunel era la superintendente jefe interina. Le habían ofrecido el puesto a Gamache, pero él lo había rechazado. Era posible que recobrara la salud, pero no estaba seguro de si llegaría a recuperarse alguna vez en otros sentidos, y sabía que Reine-Marie no se recuperaría jamás del miedo que había pasado.

Había llegado la hora de ceder el turno a otro.

Cuando llegó el momento de decidir qué hacer, no les había costado mucho: habían comprado la casa de Emilie Longpré en la plaza del pueblo de Three Pines.

Armand y Reine-Marie Gamache habían vuelto a casa.

Ahora, con la mano de ella entrelazada con la suya, acariciándola con el pulgar mientras un violín solitario tocaba esa melodía que le resultaba tan familiar, Armand Gamache supo que estaba bien donde estaba.

Reine-Marie sujetaba la mano de su marido mientras observaba a su hija y a su yerno en la plaza, y pensaba en la conversación que acababa de tener con Jean-Guy: él le había contado que echaría muchísimo de menos a Armand, igual que la Sûreté.

—Pero todos entienden su decisión de jubilarse —se había apresurado a añadir para tranquilizarla—: se ha ganado un descanso.

Ella se había reído y Jean-Guy, dejando de bailar, había retrocedido un poco para mirarla.

—¿A qué ha venido eso?

—Armand ha nacido para hacer lo que hacía: es posible que se retire, pero nunca lo dejará del todo.

—¿De veras? —preguntó Jean-Guy, no totalmente convencido—. Pues el jefe parece muy seguro.

—Todavía no lo sabe.

—¿Y qué hay de ti? ¿Te parecería bien que quisiera volver a formar parte de la Sûreté algún día? Si dijeras que no, él te haría caso.

Por la expresión de su cara, Jean-Guy supo que también ella tendría que enfrentarse a una decisión terrible.

Y ahora Reine-Marie apretaba la mano de su marido y observaba bailar a Jean-Guy y a Annie.

—¿En qué piensas, *mon beau*?

—«Ahora ya no habrá más soledad» —recitó Gamache mirándola a los ojos.

Id ahora a vuestra morada
para entrar en los días de vuestra vida juntos.

Cuando había soltado a Beauvoir para que volviera con Annie, en medio del primer baile, Armand había visto algo en los ojos de Jean-Guy. Más allá de la felicidad y de su aguda inteligencia, más allá incluso del sufrimiento, había visto algo luminoso: un brillo, un destello.

Y que vuestros días sobre la tierra sean largos
y estén llenos de bondad.

NOTA DE LA AUTORA

Como canadiense que soy, desde niña oí hablar de las famosas quintillizas Dionne, nacidas en Callander, Ontario, en 1934. Fueron todo un fenómeno y causaron sensación. Es posible que muchos de ustedes las hayan reconocido en mis quintillizas Ouellet, y es cierto: las Ouellet de la novela se inspiran en las hermanas Dionne. Sin embargo, mientras me documentaba para *Un destello de luz*, tuve cuidado de no hurgar demasiado en las vidas reales de aquellas quintillizas: tenía la sensación de que supondría una intromisión en su intimidad y una limitación demasiado grande para mí. Francamente, no quise saber cómo había sido su vida en realidad: eso me dio la libertad de crear la vida que yo quisiera y necesitara para mis quintillizas.

Hay obvias similitudes entre unas y otras... ¿Cómo no iba a haberlas? Pero, al contrario que las hermanas Dionne, las Ouellet son ficticias y sus conflictos no son reales. Digamos que la principal similitud es su condición de quintillizas. He sentido que les debía esta explicación a ustedes y desde luego a las hermanas Dionne que todavía viven: ellas han sido una inspiración maravillosa.

AGRADECIMIENTOS

Como ocurre con todos mis libros, no habría podido escribir *Un destello de luz* sin la ayuda y el apoyo de Michael, mi marido: sin Michael no hay libros, es así de simple y de cierto, y siempre le estaré agradecida, en esta vida y en la otra.

Pero otras muchas personas me ayudaron con este libro tan complejo.

Mi amiga Susan McKenzie y yo pasamos dos días en Hovey Manor, a orillas de un lago en Quebec, enfrascadas en algo muy parecido a la clásica reunión que llevan a cabo los periodistas para determinar cuál es el tema candente que hay que abordar y cómo. Contrastamos ideas, pensamientos, conexiones... Algunas las descartamos por demasiado locas, otras por demasiado cuerdas y sensatas. Elegimos unas cuantas y las examinamos detenidamente para quedarnos con lo mejor y construir sobre eso. Un proceso así es mágico cuando encuentras a alguien a quien se le da bien, pero exige ser creativo y constructivo, no andar buscando defectos, sino la joya oculta, y saber reconocer aquello que lleva una idea un paso más allá. Exige saber escuchar de manera activa y respetuosa. Susan cumple todos los requisitos. Formamos un gran equipo y ella hizo que este libro fuera mucho mejor.

Cassie Galante, Jeanne-Marie Hudson, Paul Hochman y Denis Dufour me ayudaron con muchos detalles técnicos. *Merci, mille fois*.

Contar con Lise Page, mi ayudante, no tiene precio. Siempre es de las primeras que leen mis manuscritos y me anima en todo momento, es una compañera de trabajo incansable y una persona profundamente creativa. Sin Lise, mis libros y mi carrera no estarían donde están, ¡y no me habría divertido tanto!

Mi hermano Doug también es de los primeros que me leen. Es un crítico delicado y un increíble apoyo. En una carrera tan afortunada como la mía, al cabo de un tiempo hay que pensar si conviene seguir llamando a los amigos para darles más y más buenas noticias: podrían pensar que es puro fanfarroneo (y podrían tener razón). Aun así, cuando me pasan cosas realmente estupendas, siento la necesidad de contárselas a alguien, y es a Doug a quien llamo: él siempre se alegra por mí (o es lo bastante amable como para no decirme que me calle de una vez).

Linda Lyall diseñó mi página web y mi boletín de noticias y se encarga de gestionarlos. Invierte muchísimas horas en asegurarse de que la imagen pública de la serie haga justicia a Gamache y a los demás personajes. ¡Gracias, Linda!

Teresa Chris y Patricia Moosbrugger, mis agentes, han guiado los libros de Gamache por los terrenos rocosos y en extremo impredecibles del mundo editorial de hoy en día. Han dado muestras de seguridad y valentía y han elegido sabiamente sus batallas, lo cual me ha permitido concentrarme en mi única tarea verdadera: la de escribir libros de los que me sienta orgullosa.

No tengo hijos, así que, para mí, los libros de Gamache no son algo trivial. No son un pasatiempo, ni la gallina de los huevos de oro: son mi sueño hecho realidad, mi legado, mis retoños. Para mí, son valiosísimos, y por eso los dejo en manos de la gente estupenda de Minotaur Books y St. Martin's Press; de Hope Dellon, mi correctora y amiga de toda la vida, infalible a la hora de mejorar los libros; de Andrew Martin, el editor, que aceptó un librito ambientado en un pueblecito quebequés y lo colocó en la lista de más vendidos de *The New York Times*;

de Sarah Melnyk, mi agente de publicidad en Minotaur, que conoce bien los libros, me conoce bien a mí y ha sido una feroz y eficaz impulsora del inspector jefe Gamache.

¡Gracias!

Y gracias a Jamie Broadhurst, Dan Wagstaff y el equipo de Raincoast Books en Canadá, que han puesto a Gamache en las listas de libros más vendidos de mi propio país, ¡qué emocionante!

Y a David Shelley, el editor de Little, Brown en Reino Unido, por haber incluido la serie en su catálogo: sé que con él los libros están en buenas manos.

Finalmente, me gustaría dar las gracias también a Leonard Cohen. Este libro lleva por título un fragmento de su poema/canción *Anthem*:

> *Tañe las campanas que todavía suenan,*
> *no trates de hallar la ofrenda perfecta.*
> *Todas las cosas del mundo se agrietan:*
> *sólo así penetra un destello de luz.*

Utilicé por primera vez esta estrofa en mi segundo libro. Cuando me puse en contacto con él para pedirle permiso y averiguar cuánto debería pagar por ella, su agente me respondió que me la cedía gratuitamente.

Gratuitamente.

Yo ya había pagado cantidades generosas por otros fragmentos de poemas, así que daba por hecho que debería pagar por éste, y más teniendo en cuenta que en esa época, hace seis años, un miembro de confianza del equipo del señor Cohen acababa de robarle gran parte de sus ahorros.

En lugar de pedirme miles de dólares, prefirió no pedirme nada.

No puedo ni imaginar los chorros de luz que deben de penetrar en ese hombre.

Y ahora tienen ustedes en las manos mi ofrenda imperfecta. La he escrito con mucho amor y mucha gratitud, y siendo muy consciente de lo afortunada que soy.